沧海孤帆

CANG HAI GU FAN

周锴甫 著

新华出版社

图书在版编目（CIP）数据

沧海孤帆 / 周锴甫著. -- 北京：新华出版社, 2016.5

ISBN 978-7-5166-2521-7

Ⅰ.①沧…　Ⅱ.①周…　Ⅲ.①长篇小说－中国－当代

Ⅳ.①I247.5

中国版本图书馆CIP数据核字(2016)第113948号

沧海孤帆

作　　者：	周锴甫		
责任编辑：	曾　曦	**责任印制：**	廖成华
封面设计：	臻美书装		

出版发行： 新华出版社

地　　址： 北京石景山区京原路8号　　　**邮　编：** 100040

网　　址： http://www.xinhuapub.com　　http://press.xinhuanet.com

经　　销： 新华书店

购书热线： 010－63077122　　　**中国新闻书店购书热线：** 010－63072012

照　　排： 臻美书装

印　　刷： 河北鑫宏源印刷包装有限责任公司

成品尺寸： 145mm×210mm

印　　张： 14.5　　　　　　　　　　**字　数：** 350千字

版　　次： 2016年10月第一版　　　**印　次：** 2016年10月第一次印刷

书　　号： ISBN 978-7-5166-2521-7

定　　价： 38.00元

目 录
CONTENTS

　　那天骄阳正艳，高康旭从她斑驳发黄的离婚照上，看到了躺在离婚旧照上的男人，不禁打个激灵，才发现自己竟是从那男人离婚旧照里钻出来的男人……

一、上不了岸 一辈子飘荡

人在水泊江岸上溜达，魂在群魔噬咬中游荡。

2004年初秋，秋雨萧瑟，高康旭的成熟中年像悬崖峡谷的苍松，任凭风吹雨打，依然矗立在彩虹之巅，只是这种矗立太过虚妄，更像是活在剃须刀边缘—咋说好呢？呃，康旭遭受企业破产和离婚双重打击，自以为是濒临死亡的玩命狙击。原本怀揣一个纯净的人生梦想，试图让生命渐入佳境，超越平凡的生活。而今，万劫不复，从云端跌倒，难以救赎。为此，他父亲希望他进城打工，大不了换个生活环境，对一家人得有热血担当噻。可他对进城两眼一摸黑，那么多全日制本科生找不到工作，他闯城市火拼，岂不是以卵击石？哪里有他的安稳营生？像"候鸟"般的筑巢，先安营扎寨，再安居乐业，按图索骥地在城市"舔舐余唾"，未必就有他的席位，城市不是他最后的归宿。在他备受凌辱后，觉得命运像在一张纸上，被秋风吹乱，上不了岸，一辈子摇晃，最终的结局，大不了就一死！

当顶高照的艳阳，正意味深长地追视着蠢蠢欲动的高康旭，他正处于决绝行为进行时，好像全世界都站在他的对立面，阳光透过银杏树缝隙中纯净地流淌，投射在他核桃般蠕动的喉结上，那吞咽矿泉水"咕噜"声响，或许是他生命的最后回唱。深邃而黯淡的瞳孔，凝重而沮丧地看着这滨江之城，银杏树和芙蓉树交织成一道的绿色拱廊，

1

江畔的风肆意拼命地吹，当记忆的发梢缠绕过往的支离破碎，仿佛述说他生命狙击的撕扯和杀戮，早已心若死灰，腾空一跃的念头在江畔滋生和蓬勃起来，现在只想挥动如翼的双臂，跳下去——

没人在意他，这个落花似有情的季节，他刚才是如何突然从堤岸上冒了出来。人生冰火两重天。他没脸向亲人们道别，路已走到了尽头，他既不殉情，也不作秀，只求速死，解脱！郊道上一簇簇芙蓉花瑟瑟作响的声浪，似乎在哀叹他生命的倒计时，他翘首望天，与世决绝，天空像放电影似的，浮现他跌跌撞撞的狗血人生，婚变、企业倒闭和求职无门……跳进江里，也轻如头发和鼻涕，唯求被尘世湮没，这念头，已占据他整个心扉，眼前红枫伴彩云，已与他无关了，他正在移动脚步，朝着那两江交汇处的"那片海"——

那天早晨，他从床上爬了起来，家里到处有垃圾发酵发霉的馊味，他认定自己的身体也发馊了。他穿上当老板时御用的雅戈尔西服，从省城的城南车站搭长途车，行驶100多公里，来到那个江岸上，此生从未见过大海，权且把眼前这片浩瀚的江水当作大海吧……

康旭一条腿向前伸着，一手扶着栏杆，一手掠过缠绕双眼的头发，脑袋高傲地扬起，落寞的视线与"海"天一色的蔚蓝融为一体。宛如雕塑般的成熟面庞、健硕伟岸的身躯以及被江风撩起的衣角，在艳阳逆光里挺直的身躯，在头顶骄阳正艳、脚下碧波荡漾的西南江滨城市，在生命临界点上"丢翻自己"，只需在眼睛一眨一闭间，纵身一跃，便会为不堪命运划过最后一道凄美的弧线……

城市风景在流转，鬼蜮般的人影在游走。他要乘无人的空档葬身"那片海"中……一切都空寂下来，他已灵魂出窍，能听见自己喉咙里发出吞咽的声音，那声音在哭啼似的与自己对话——在凯州城里的成人店铺，像光着屁股绕着圈子拉磨，几个轮回下来，才发现自己一直像傻逼样的"裸奔"，还挨了老板两耳刮子，男人尊严被湮灭，龌龊和厌恶的尘世，已没啥让他留恋了……他只需在江岸上一脚跨过去，他整个人将丧生"海底"，消逝在这没人知晓的水系地平线。他抗议这世界玷污了他的灵魂，就让这清澈的一江秋水，将给他来个彻底的涤荡……

松开手上的江岸栏杆，便可腾空飞翔，让自己沉溺到水里，而他最真切的疼痛则与江水相呼应，不错，让大江吞噬自己，就此终结屈辱的生活……

康旭下意识地捏了一下西服口袋，对了，衣袋里缝有写着他名字的布条……死亡，将毁掉他所憎恶与肮脏的肉体！当他微闭双眼，朝前跨越、决绝地纵身一跳之际，突然感觉他的后衣领——被身后来自人的力量牢牢地攥住了，后面有人在使劲地把他往岸上一拽，他嘭地瘫坐在江岸上，一片"看人跳水，快救人"呼唤声聒噪他的耳鼓，疲惫不堪的他，过分沉浸葬身江底的灵魂在愚钝中苏醒，他一时难以注解自己的极端行为。在骄阳炫彩的逆光里，他依稀看见，一群来此城旅游的男女正满脸狐疑地围着他，惊魂未定地审视他。那位身穿蓝色格子休闲装的中年男子说："啧啧，我还以为是在拍戏哩，硬是有人想不开哦……我们美女导游都留意观察你好久咯！"

高康旭在眩晕和送离的逆光中，恍惚听见那位手拿导游旗子的美女导游，脸上神色淡然如菊，却显露出热情、探究和忧心忡忡。女导游俯下腰身，她的目光在他额头和脸颊上游走，她的鼻翼两侧挂着如同荷叶上晨露般的汗珠，继而汗珠变成无数晃眼的碎片，让康旭眼花缭乱。她口音一听就知是本地人——语气强悍坚定而沉郁，"哦，小伙子，是不是失恋了，来这里上演自杀秀，为爱殉情？"见康旭还未缓过劲来，痴愚茫然地直瞪着她。美女导游兀自感叹道："我就搞不懂咯，一个大男人，就那么疯狂地想走绝路？"便热情地伸出手与他握手，说："冒昧地自我介绍一下哈，我叫百慕仪，是带这个旅行团的导游，你呢？"高康旭这才从惶惑中确切地认知，他已经被眼前这个女人救了，所有场景的切换，就发生在一刹那间，像骄阳下的一道刺目的闪电划过，"葬身江底"求解脱，转眼就变成了女导游眼里一个悠长而娴熟的"跳水秀"，他睁开质疑的眼睛，下意识地附和回答："我……我叫高康旭，是打酱油都没人要的孤魂野鬼！"

"何必轻贱自己！江水就能洗掉你最深切的疼？或许，你的个人价值还没被人发掘哩……"百慕仪深邃的眼睛盯住他，若有所思地说："小伙子，你长得天庭饱满，地阁方圆，面带福相哩！堂堂男子汉，有啥想不开？啧啧，大不了，兵来将挡，水来土掩嘛……"

康旭被她的话激得浑身颤抖，不假思索，独自呢喃地迸出声："呃呃，还小伙子哩？你救我也没用，人既已心死，是救不活的……"

康旭自顾瞎想，身上沾染太多的诟病，他的存在构成一种罪孽和笑柄，再难以承受心灵的孤寂和繁琐的沉重。他没有优势像古时文豪把苟且活成潇洒，何处立足，流向何处彼岸？不，他没有彼岸了，他甚至没有苟延残喘的力气了……选择死在别处，竟那么难！

突然，浩荡的江面上，回响船帆起航的鸣笛声，又有一道骄阳下炫目的光晕向他弥漫过来，百慕仪再次有力地抓住他的手，双眼湿润动情地说："不经天磨非好汉！何苦要走绝路呢？说不定大好时光在等着你，说不定你将会大器晚成哩，你真还没到灰飞烟灭的时候哈……好了，我还要带团呢……不说了，给你一张名片，请答应我，别贸然行事，铸成大错！等心情平静下来，请给我来个电话！若没接到你的电话，我和全团30多人和你的家人一样，都会在这个江岸为你伤心的，对吧？真男人，为亲人，没有过不去的坎，请珍爱生命—"

4

临离开时，百慕仪在康旭的肩膀上拍了拍，煞有介事地加重语调说："蝼蚁尚且偷生，何况你一个壮硕伟岸的大男人！哎，我再多问你几句，你自杀，是不是想祈求别人的可怜，觉得自己活得造孽、窝囊？需要别人怜悯你？告诉你，可怜之人必有可恨之处！所有问题都是你自己的问题，你想想自己的问题吧，热血男儿应有热血担当吧！你太自私了，想撒手就撒手，想解脱就解脱？死还不简单，谁不会？可你别忘了，这是两条江的交汇水域，是老百姓眼里的绿色港湾，是天然氧吧，是国家级生态旅游圣地，不是自杀男人葬身污染的地方……再说，惨如死狗一样，像猪尿包似的悬浮在江面上，也不是你想要的最后归宿吧？"白慕仪又觉得自己的话没分量，忽略了某种禁忌和杀伤力，仍是一脸的狐疑，于是加重语气，得下猛药，说："告诉你，跳江自杀一点都不好玩哈！再说，你也跳不起！给你明说，下游捞尸工收费很贵的，打捞一个尸体，开口价就要一万八到两万。啧啧，你自己还不如用这两万块东山再起哩！对吧？男人真正的精彩，不是一帆风顺时的精彩，是跌倒了没趴下，重新站起的那份精彩！自己好好想想吧！"康旭一个激灵，从没想过这些，错愕地戳在江岸，僵直而沮丧地垂下脑袋。白慕仪寓意深邃地剜他一眼，扔下凄惶落寞的他，带着旅行团队伍抽身离开了。

人群散去了，只留下康旭一人待在那里。旋即，他用胳膊支撑起身体站了起来，思绪浑浊，略有一丝领悟，今日邂逅一位走南闯北的女导游，萍水相逢，她的话刻薄而又分量！狭路相逢勇者胜，是一种遇见，是意外的惊喜？历来他就骄横放肆和唯我独尊，此时他已心力交瘁，几经跌倒又爬起，也没见什么精彩，或许命该再活一回！谁也难预知，勇者相救，自杀未遂，反倒会衍生一场被才子佳人们煽情已久的艳遇？红色枫叶在江岸上沙沙地纷飞，两岸云水处明媚清新。他

5

连做十个深呼吸，失魂落魄地坐在江岸上的休闲椅子上，竭力梳理思绪，沉吟一会儿，声名狼藉的过往，像一江秋水，被骄阳下的一层薄纱遮着，显得好遥远，遥远有多远，他仍心乱如麻，不想知道……

突如其来的逆转，让康旭满怀荒芜与郁结，自杀的冲动变成了男人的耻辱，再走这一步，需要底气了……江岸上，在一棵"歪脖"银杏树下，女导游的话如雷贯耳，他的僵尸似的思维开始渐次活泛起来，心境渐渐回归平复。然后，便靠在休闲椅上沉沉地进入静谧的梦乡，酣睡了两个时辰，他才从梦中醒来，秋高气爽，骄阳当顶。或许，他真的死过一次了，已经被江水吞噬了；而现在，又重新被人拯救了，没有遭人摈弃，角色切换了，成了美丽江滨之城的旅游观光者。

高康旭回味他灵魂深处的挣扎和炼狱般的疼痛，显得像孩子般的无助，恍惚升起一种莫名的彻悟，活着，走着，瞧着……"搞他妈的人造家具"，一个多月来，他神经衰弱、失眠，老是独自嘟囔着此类诡异而荒诞的粗话，还扮出一些的怪异姿态与夸张动作，引起同事和熟人质疑，以为他是从疯人院刚放出来，他们恰似隐没在遮阳银杏树荫里的幽灵那样，冷不丁在他自说自话中飘逸出来……

康旭脸上写满绝望和懊丧，随着一股送爽的江风吹来，在他面前呼啸而过的送报汽车上，蓝天碧云下，"唰唰"地飘飞来两片缤纷的红枫叶，飘落在他身边，哦，不，近看，是两份报纸，他顺手抓起一份，定睛细看，竟是《凯州日报》；而另一份却随着江畔的风力，飘浮在波涛翻滚的江水里，犹如一叶扁舟地随一江秋水飘逝而去，渐渐淡出他了孤寂的视线……

他两眼饥渴地直勾勾凝视着报纸，手捧报纸的剪影，倒影在江水里……当他一想到年迈的父母和读中学的儿子，忽然浑身软瘫，且颤抖不止，唯有一条求死的生命，才会大彻大悟，正如美女导游所说，想自杀，他没资格，也死不起！一个男人对家庭最起码的责任心，遏制了他"自杀"的冲动，还需到喧嚣红尘中，继续"苟活"，自杀就是亵渎生命！

"滴滴—"

他手机固执地发出蜂鸣声，搭眼一看，是他老姐打来的，说是帮他找到了工作，要他明天去应聘面试，具体工作和待遇，需见面细谈……

高康旭心里随即激荡起"好好活下去"的涟漪。没告诉老姐自己在距凯州市区100公里以外的丹乐山市。对他来说，这里最不缺诗情画意，最缺的是返回凯州城区的车票钱，原本只想跳进滔滔江水里作个彻底了结，现在兜里已空空如也，在绝处逢生之际，他心里灵光一闪，身上唯一值钱的就这件名牌西服了，卖掉它吧，再杀回凯州，重出江湖。于是，他来到对岸江畔景点公园的大门口，用刚才捡来的那张报纸，躬身把西服铺在报纸上面，然后就蹲在那里向路人兜售……他想再跟自己赌一把，要么西服卖出去，就回凯州打工，养家糊口，要么就地解脱，等熬到夜晚天黑人静，乘人不备，再次只需扑通一声，一个腾空而起，跳进滚滚江水，悄无声息地坠江而死……能否继续苟活，唯看天意啦！

隔了不到一个时辰，那位似曾相识的穿蓝花格衣服的中年男子，晃着膀子走了过来，留守在他的摊点前，先是随意溜达一会儿，后经过讨价还价，终于愿意花四百七十元，将他的名牌西服买走。

颤抖的双手，捧着这苍天相助、及时救命的红色钞票，康旭像被打了一针鸡血，突然亢奋起来，江岸头顶骄阳正艳，通过刚才的酣睡和卖衣，在他身上发生了魔力般的改变：寻死之心已荡然无存，命不该绝啊！老天爷和美女导游都伸手相援，他眼前所见到的碧绿浪花，竟然唱起了欢乐的歌……

康旭找到一家街边"苍蝇馆子",猛撮了一顿,然后,轻装上阵,坐长途公交车返回凯州,准备迎接明天新的职场挑战。不过,今天邂逅了生命贵人——那位美女导游,让他绝处逢生,老姐那个救命的电话也来得太及时了,兜售西服也恰巧遇到了识货的人,所有格局看似峰回路转、水到渠成,又像有一双无形的手在暗中帮衬或掌控……今天所有的履历都犹如旋转舞台的时空流转,让他体验了一次江岸"假性死亡"。

承载种种的疑惑感,康旭晚上回到父母的篱笆墙农家小院,进门前做了个深呼吸,再抹掉眼角的泪痕,一如往常地跟父母闲聊几句,然后就溜出院外,鼓足勇气,按白慕仪提供的名片给她打了电话。

"喂,是白导游吗?你好!"对方的手机一拨即通,"没想到我还活着吧?给你道谢了!"

"不用谢!生死自有天意!真搞不懂你正时值壮年,何苦去寻什么死呢?"

"唉,不好说……反正当时就想扑通一下,一了百了!"

"其实,自杀者但凡有两个情景:一是生活无路可走,二是为情所困。请问你属于哪种?"

"不好说,无论哪方面,我都很失败……"

"你以为死就可以解决一切吗?你这把年纪,应该是家里的顶梁柱吧,你死了,家里的妻儿老小咋办?上帝关上一道门,就会为你打开一扇窗,但窗外却是陡峭悬崖,不努力,上帝绝对不会再给你升降梯的。你最大的失败是产生了寻死的念头!中年男人,能不能别活得太自私?自己命苦,就不要怪社会!自己身体肮脏,就不要去污染江河水!好不好?"白慕仪以这种特立独行的循循善诱,刺激他迅速打

8

消"自杀"念头。

"这话有点刻薄哦！但我不生气。我万念俱灰，想解脱都不行？不过，现在好像有点缓过来了……谢谢你，大恩不言谢！"

"感谢，就免了！生俗里说，蝼蚁尚且偷生，何况人乎！压力大，也不足以构成自杀的理由，在竞争社会里打拼，谁压力不大？活着多好，活着就有机会，活着就有梦想和希望……你想把自己死拍在江水里，抠都抠不上来！即便打捞上来，却臭不可闻，不如一个猪尿包！保持联系哈……"

电话那边，百慕仪似乎正通话，好像突然被迎面吹来的秋风呛住了，对话戛然而止。康旭心底莫名地冒出一句歌词：情比江水韵更多。

高康旭扑朔迷离、差点戛然而止的命运曲线，没有在他家留下一丝痕迹。他不是石头，为何要自绝于社会与家人，跳进大江任奔腾的江水吞噬；在社会上难以立足，就把自己扔进大江，幻化成一条最厉害的鲨鱼，因为他已脱离了社会群体这片海洋，注定只有死路一条，转弯，才是上策。是张国荣似的"怕容颜老去"，还是困于掏不出"打酱油"的钱？"恨不得把反骨刻在脑门上"，让他吃足苦头！

一个中年男子摔倒了，第一件事，是先站起来看看周围有没有人，再看自己是否走到了路的尽头，他不相信那种时间是疗伤的说辞了，他由一个私企老板转换成城市打工仔，从角色切换，便可审视他的命运轨迹……

蓦然回首，却已是物是人非。康旭的浑身已被美女导游传递的温暖所渗透，在这个"事不关己高高挂起"社会道德蒙尘的背景下，人家能及时拯救，足以见证她是有正义感的女人，给了他重新做一回他自己的勇气！

江岸记忆中，永远镌刻这一天：2004年9月27日。

高康旭从企业倒闭到凯州城打工之前，重病了一场，住院治疗了半个月，他脑袋里也斗了半个月，他深思熟虑，选择离开这座乡村名镇，到大城市去谋求个人发展。历经炼狱般的企业破产、婚变的双重打击，他已不敢奢望东山再起，从乡镇首富跌入低谷，回到了原点。他谋划着换个活法，变个环境，到大都市拓展新天地，他变卖了位于新街的那五间商铺和三楼一底的房产，还清银行及相关债主的债务，最终囊中羞涩了，生活把他抛弃到社会底层，命运把他抛到大都市缥缈浮沉的边缘地带……

该打起精神振作，进城捞生活啦！

一个男人成熟的标志，在于他甘愿为某项事业卑贱地活着，在砥砺沧桑中转换人生角色。

"进城去闯，总比窝在家里要好些……"这是高康旭刚进城"闯生活"唯一能给自己打气的想法，也是他心中走出人生困境逆旅的第一道曙光。

初秋一个寂静的傍晚，从被夕阳余辉浸润的树枝缝隙里，康旭望见场镇上建筑工地上塔吊上的灯光，像守望的灯塔般地闪亮，它是滚滚红尘中最孤寂的一颗星辰。康旭触景生情，再不调整好心态进城打拼，自己就快哀叹"最美不过夕阳红"了。穿过城市的声浪，扑面而来的是无止境的浮躁与喧嚣，钢筋水泥架构的立交桥和摩天大楼，在演绎着这座繁华大都市历久弥新的巅峰传奇……面临凯州城，他觉得很渺小和卑微，犹如天桥水泥板缝里一颗刚萌芽的谷粒，在对自己的卑微和渺小的认知中，卑微到了尽头，或许就会逆转，一个男人是否在痛彻的卑微中浴火重生，突破这种卑微，要么在卑微中把自己烧成灰烬，要么卑微中重塑美好人生……

在乡村蒙羞、心里蒙尘的高康旭，初到凯州很是迷茫，瞎逛了三天，确切地讲，他没有在大城市立足的"敲门砖"和傲人资质。他从一个又一个（招聘）劳务市场拱出来，心情比刚才走进劳务市场时更绝望和懊丧。他脑海里也是纷乱繁杂，一片迷茫，同时又感到，自己像"没头苍蝇"似的瞎撞，怕从今日所饱受的一切惨败中彻底气馁。似乎还要咬紧牙关，再作一搏！他多次扪心自问："要揽瓷器活，你有金刚钻么？"你立足之本是什么？"没本事"的自责感漫过他的心灵深处，职场像一座高山般高踞在蓝天碧云之上，自己既是憋死的牛，又是愚死的汉，屡遭拒绝是个致命的问题：为了确保一家人的基本生存，他决定，"只要在凯州城，有人肯聘用我，就是守厕所都义不容辞！"若不一条道走到黑，其结局就只有死路一条！现在他自己成了"炼狱般苦难"的隐忍者，自己身临其境火拼，亲眼目睹"厄运"与他狭路相逢，只要养家糊口，干什么都在所不辞！后来稀里糊涂地瞎逛，在一家"成人用品专卖店"的橱窗前停了下来，这里要聘营业员，那位胖得跟充气娃似的女老板上下打量他，绷着的肥脸痉挛一下，贪婪地嗅着这个外表壮硕的乡野汉子的独特气息，觉得他模样周正，便暂聘他留下来兜售这些冰冷的塑料成人用品，以及那些壮阳药品。曾经呼风唤雨的大老板，康旭咬牙留下来了，整天与这些遮遮掩掩的塑料夫妻用品（充气娃）打交道，他曾把面子和尊严看得比生命还重要，干这个，是否对他的人格构成亵渎，不过，现实的枷锁与个人尊严相考量，活下去才是最重要的！不知道兜售这些塑料性具是否跨越了他尊严的底线？他麻木了，已不懂男人底线的界定点……或许，地位、权利和金钱才是尊严的筹码？或许，他尊严的大厦早已因企业破产而顷刻坍塌，他已清晰地感觉，就在那一瞬间，他的梦想和尊严已经深埋在老家那片"良土沃壤"里了……

难以接地气，没有任何迹象表明，他能在城市站稳脚跟，能在打拼中破局，硬着头皮混吧，陀思妥耶夫斯基有句名言："只要能活着，活着，活着！不管怎样活着，只要活着就好！"在"成人用品店"，每天面临那些需要释放、"犹抱琵琶半遮面"的男女，他还得按用户需求，推荐适宜的新产品，自己却很惶惑，不知为何这城市以这种方式接纳他，好在有个落脚的地方，供儿子读书有个收入来源……他认定，这里不是大老爷们该待的地方，但为生活所迫，别无选择前，忍耐做下去，活下去不需要理由，只需要适应……

从未听闻高康旭在城里站稳脚跟的消息，那个"成人用品店"最终未让他走出狙击命运的泥潭。

想点燃遗落的生活热情并非易事，这里不是康旭安身立命的驿站。店里的老板来过一次，嘴里指桑骂槐暗示他与胖老板娘有一腿，这让他感觉作呕都找不到呕吐的地方，渐渐地他的职场倦怠感越来越浓了，都一大把年纪，何以在此受"夹磨"，在漫天遍舞的塑料性具世界里"混寿年"！"我欲有心照明月，无奈明月照沟渠"，这便是他的心境。在店里没有顾客光顾时，他感觉这座城市一片漆黑，暗骂自己："搞个人造家具！"这骂声很顺溜、很爽快，也很泄愤，有一种与命运抗争情绪宣泄的余味，就像在公交车上向窗外吐口唾沫似的那份"倍儿爽"。这种蕴含歹毒与龌龊意味的骂人方式，他一直持续到后来很久，他甚至质疑自己有点变态！

光顾此处的男女，以其说是变态，不如说是病态，在店里整天与这些人打交道，他说不出的晦气和颓废。但站在店老板的角度来讲，以这种方式开店做生意、满足这类层次顾客的需求，虽然暗中遭别人嘲笑，做不出好的营生，偏爱这种以塑料成人用品，搞不懂老板是龌龊还是无奈！后来他明白了，销售成人用品是个产业链，是以聚敛财富"滚雪球"的。

就在那天，因中午没生意，高康旭就到街巷书报亭买了一份当天的《凯州日报》，自他高中毕业一直以来就有一个习惯，晚上睡觉前必须要看书报才能入眠，生活再蝇营狗苟，也从没荒疏业余爱好读书的事。店里陈列着冰冷的玩意儿，来看的人多，真正掏钱买的人少，好奇的人想买却买不起！他只好用阅读书报来打发无聊的时光。有一天，好不容易等来了买主，是一个脑满肠肥的中年汉子，一眼就认出这男人前几天来买过产品。那汉子想砍价，康旭说他按老板制定的价格销售，自己没权利削价，这原本就是一不争辩、二不解释的"暴利"行当，愿者鱼儿上钩，价格贵得吓死人。

　　"骗人的歪货，还买那么贵！"那肥男"啪"从手提包里把充气性具扔在柜台上，"退货，还钱——"那男人肥是肥，可块头大，魁梧有力，腰背挺得粗壮而笔直。康旭觉得没必要跟他打架，心情比刚才肥男进来时更加失望和懊丧。

　　"凭啥？给个理由！老板都是通过正规渠道进的货。"康旭耐心解释。

　　"歪货！还需要理由吗？这塑料玩意儿不仅脱层，还搞坏了老子裤裆里的东西……"

　　"这……不好意思，我是打工的，货款都交给老板了！"

　　"我不管，你马上打电话把老板叫过来，还钱给我！"

　　"老板到南方进货去了……"

　　"骗谁？不退钱，老子就找媒体、工商，谁怕谁！踩垮你这个臭不要脸的黑店！"

　　高康旭立即给老板家里打电话，那边是胖老板娘接的电话，回复说老板不在，让他自行灵活处理。把一个"烫手山芋"扔给了他。

　　"人家客户要向媒体、工商投诉哩！"听到此话，电话那边正在搓麻将的老板娘反应很大，扯起喉咙开骂："有那么臭不要脸的男人吗？买这玩意儿还好意思投诉，羞死人咯……你让他告，投诉到中南海，老娘都不怕！"

"你做这玩意儿的营生都不羞，人家来照顾你生意反而羞耻，龌龊！"高康旭不由得心里狠狠地骂道。

见软磨硬泡不行，那中年肥男确实去找了报社和工商部门，成人店不仅赔了他的货款，还被工商部门勒令罚款、停业整顿。那位肥男拿到了赔款大摇大摆地走了。高康旭却闯了祸，当老板夫妇来清盘店面时，他正在聚心汇神地看《凯州日报》文学副刊版，高中毕业时，他就在这家报纸上投稿发表过两篇小说，后因下海打拼才放弃了写作，现在重新拾起，爱不释手，唯有阅读可以让他的心境宁静，他的好心情都是从阅读书报获取的。

他讨厌城市光腚似的成人店老板，老板视他为廉价的劳工。那天中午，一声怒吼把他从深度阅读中惊醒，那怒吼发自老板的喉咙，老板一见他在读报，双手颤抖着，好像透着寒气，眼睛里燃着一丝愤懑的火焰，责问："是你给报社打热线举报的？"他胖老婆也附和说："看你孤身进城挣钱养家糊口造孽，模样也中看，就留用了你，没想到，我是引狼入室哇！"

"凭啥说我举报的，有证据吗？"

"我们做这个生意已经五年了，从没翻过船，你一来就搞砸了，不是你是谁？"

"人在河边走，哪有不湿鞋！事实上，卖给人家本来就是假货！"

"啪"一声，老板手起声响，狠狠地打了康旭一耳光，厉声骂道，"吃里爬外的东西，一天到晚捧起报纸看，不弄出事来才怪哩！"老板拽起他的衣领质问："你看报纸的目的，就是为了给报社提供新闻线索，

14

对不？混账东西！"

"……"老板不等他解释，狠狠推他一把："滚—扫把星！"

"把工资结给我！"

"工资？你搞垮了我商店，不要你赔经济损失，就算你走运了，还有脸要工资？再闹，我找你的原籍领导索赔！你信不信？"

"威胁我？你告诉我，我的原籍领导在哪儿？连我的血汗钱你都敢吃？你兜售假货，管我屁事！见个不要脸的，就没见过你这么臭不要脸的……不付血汗钱，好，到时连你连精神损失费一起赔！"

"呸，还精神损失费哩，真是屈才了哈！你天天读报纸，嘴又臭又硬，应该去当记者噻！怪只怪你自己投错了庙门！"老板鄙夷地朝他离去的方向啐了一口。

康旭怔在那儿，一动不动，感觉他飘忽的生命像枯黄的秋叶一样一片片地散落……

正如前面所讲，一气之下，成人店老板一巴掌，把他对凯州城的一线希望给打得灰飞烟灭了。就算是死，"我也不能同镀金的邪恶和睦相处！"第二天一大早，他就乘长途汽车到100公里以外的丹乐江去跳江自杀，试图终结这千疮百孔的"狗血"人生，或许命不该绝，就像小说开头所讲述的那样，碰巧遇到"天后"降临，被路过的女导游白羡仪拯救，让他绝处逢生。

二、浴霸不是灯塔

翌日，太阳照常升起。

对于一个具有热血担当和深邃透彻心灵的男人来讲，疼痛与缺憾是他必备的气质。遭遇蛮横无理的成人店老板一记耳光，康旭在丹乐江畔阎王爷牙缝前游荡片刻，被临门一脚踢了回来，调整好心态，急匆匆地赶公交车，来到凯州电子批发市场三楼。在老板面试之前，他先闪进洗手间，对着镜子狠狠地敲打自己晕眩的脑壳，紧握双拳高高举过头顶，一边深呼吸，一边忍声肆无忌惮地嘶喊："凯州，打不死的高康旭我又回来啦……"

当了十年的私企老板，康旭在控制自己的语境情绪方面，还是颇具功底的，可以在较短的时间里把旁人带入他所设置的意念里，这次他再"反骨"，再"钻牛角尖"，就彻底废掉了，被这个城市抛弃，这次他已构建抵御磨难完整的心理建设壁垒，理性打工，"兵来将挡，水来土掩"！他暗自用白慕仪的话给自己打气。

那位李老板有些年轻，是个浙江人，挽手打袖的，质朴、利落、干练。一看就知道，正处于逐鹿生意场上的初期打拼。李老板上下打量他一眼，感觉他体格健硕，形象正直、踏实，具备能吃苦耐劳的韧性，轻活重活都能拿下，加上是亲戚介绍来的，知根知底，不到十五分钟，就拍板录用了他。在此，他获得了既劳累又繁杂，每天需要工作十多个小时的就业机会。

李老板安排人骑过来了一个破电瓶车，交给了康旭，专门用于拉货到各物流部发货，偶尔是代收款项，是一份门槛较低的体力劳动。

康旭后来才知道，真正介绍他进来的是家住凯州城北的亲老姐的小姑子陈莹青，也就是这家电子（浴霸）公司的出纳和门市总管。陈莹青直接给康旭派活，每天客户购买的货物必须及时找就近的物流托运部发出去；每天的货款必须要在当天收回来，四个库房的货物必须要按货号保持分类堆放，月底定期盘点，是属于那种看不到绩效却累死人活该的"狗血"苦差。

李老板租住的住房和库房是陈莹青帮忙搞定的，她有六个小叔子，其中三个还待在监狱里"吃官饭"，其他三个，属于黑社会圈里"脑壳提在裤腰上耍"的角色，并划定这个电子市场为地盘，欺哄勒索，欺行霸市，骗人越货。李老板选择陈莹青做总管，就是利用她"地头蛇"优势找"保护伞"，开放搞活，提高经营安全系数。这是康旭在凯州打的第二份工，也是他绝处逢生后的第一份工，因急于养家糊口，即便暗生一种类似"虎落平梁"的牢骚，也只有回家面壁发泄。他早听说陈莹青夫家就是凯州城北"土匪窝"，但没想到她一个五十多岁老女人竟然会趟这滩浑水。他只顾闷头做事，无暇顾及这些，随时都在提醒自己："管他的，又不在这儿干一辈子，生存才是第一位的。"

浴霸门市部的墙上、地上，摆满了各类国优、名优品牌浴霸产品的样品，在灯光下，琳琅满目的电子产品煞有介事地映出光亮。在门市部，满屋的电子产品丛林中仅有一条很窄的通道，可以勉强走进里屋，里屋是用铝合金玻璃隔开的，放有四个办公桌。李老板指着其中靠里面那个办公桌说："以后你就在这个办公桌办公、休息。"在办公室里面，放了一个类似时装店的那种移动大镜子，正对着门市部进

17

门的入口，康旭不明白，陈莹青当个主管，还需要这么浓妆艳抹？每天中午四个人还可享用一份免费工作餐，由陈莹青打电话在市场外的"苍蝇馆子"端上楼来，午饭后，可以伏在办公桌上午睡。上班过了一星期，李老板购买一辆二手面包车，把钥匙扔给康旭，有了车子，李老板到江浙一带去进货，门市部配货发货送货收款等诸多繁杂之事，统统由康旭全部打理，为每月挣到微薄的五百六十元钱，有时候要忙到晚上八九点钟，他还饿着肚子扛住，还得做出一副愿意听指唤、懂事的样子，把这份工作做得尽心尽职。

李老板的老婆姓王，整天吃喝玩乐，提着摄像机，耍网吧、迪吧、歌城，不是美女，却竭尽全力用化妆品把自己装备成远观的疑似美女。李老板不在家，老板娘频频出现在门市部，那天晚上加班，她还炒了两素一荤，摆在圆桌上，从李老板办公桌里拿出一瓶白酒，闻到酒香的陈莹青问："今天是什么好日子？"

老板娘说："小李本来就是劳碌命，不懂享受……"话说到一半便觉失言。

一直感觉老板"抠门"的陈莹青说："老板外出，老板娘开始体恤我们这些下苦力的了哈……"说着，给康旭抛了一个诡异的眼色。

康旭洗了洗手，走到桌前，"哦，今天有好酒，你们好好享用。"

老板娘摆了三个杯子，说："来，辛苦了，喝酒！"

康旭瞬间嗅到老板娘身上的怪异香水气与酒气混合的气味，很不受用，禁不住连打几个喷嚏，因没及时掉转脑袋，唾沫溅在桌上的菜碗里。老板娘一捂鼻子，厌恶地瞟了一眼陈莹青。

"哎呀，你哪有那么多'标点符号'，一桌子酒菜全都拿给你糟蹋完了！"陈莹青拿着筷子敲着酒杯说。

康旭也觉得自己没素质，没吱声。自己原想把事情做好，不能遂愿，反倒白遭一番奚落，也没有理由辩解，一旦争执失控，这份苦力活也就干不成了。

两个女人开始喝酒，也没招呼康旭去喝。她们喝得人喜神欢，聊天划拳。他倍感无聊，胡乱扒拉一碗饭，随手抹嘴，拍屁股走人回家。可等他赶到电子市场的候车站，才发现晚点了，直达他家街道的公交末班车已收车了。

这顿额外的晚餐，不仅吃了一肚子气不说，他还得格外花钱打的回家。于是，他再次跑到老板的门市部，要求老板娘把面包车借给他用一下，说是今天周末他住校的儿子没有钥匙进不了家门。陈莹青立马拉起驴脸，尖酸刻薄地说："你以为你是名人，下班后还要给你配专车？知不知道，现在油钱有多贵？你就不会去喊火三轮？"

康旭忽然就有些后悔，没把老板想象得像他以前那样善待员工，其实不该冒失地上楼借车，因为潜意识中陈莹青的那道坎他就过不去—借车与其想让自己快速回家，倒不如说是为陈莹青讨好老板娘提供机会。

康旭以不用质疑的口吻反击过去，说："你说的哈，打的？老板给我报账！"

老板娘听罢端起酒杯，嘴角扯了一下，再次看着陈莹青，幽幽地说："来，干了！要不要我亲自送你回家？"

陈莹青站起来阻止，"开啥玩笑？你喝了酒,醉驾？不怕遭重罚？"又冲康旭说："哎呀，今晚你就干脆在门市部搭地铺对付一晚上，一个单身汉，哪有那么矫情……"

康旭一挥手，"算咯，我走路回家，还不行吗？"……

老板娘结婚三年，不想要子女，对康旭这个年龄段的成熟男人，她似乎有些心旗荡漾。李老板不在家时，康旭每天晚上都要到李老板所在的小区住宅楼里，去上交当天的送货单据和四个库房钥匙。若遇到老板娘外出打麻将，他还得坐在楼梯间傻等……偶尔也会遇到老板娘穿一条裤衩儿打开房门，让当时累得一身臭汗的康旭，不禁产生一种莫名的屈辱感，好在有十多年生意磨砺的垫底，他甩开门，下楼前对老板娘甩出一句："老板娘是衣冠不整出门工作，不太合适吧？"老板娘当时也没有一丝的尴尬和难堪。

事已至此，她心里对康旭有了恨意，在生意交流中，不直接与康旭发生正面争执，而是把不满情绪传递给陈莹青，而口无遮拦的陈莹青会以最快的速度反馈给康旭，以"毒舌"中伤康旭，这种尖酸刻薄的"收拾"，贯穿在康旭工作每个环节中，促使康旭在陈莹青呼来唤去中忙碌。

康旭一直在恶劣情绪中疲于奔命，没有一丝好心情，以至于康旭憋着一股无名火，仿佛全世界都欠他的，这个城市的一切他都看不顺眼！当每晚康旭拖着疲惫的身子，上楼交账单货款和钥匙时，她风摆杨柳，故作风骚，弄得康旭浑身起鸡皮疙瘩，若如鲠在喉。

在此处打工，康旭觉得窝囊和憋屈。人家也讨厌他文艺愤青范儿，任何环境都可变成他宣泄的场所，最经典的范例，是他每天吃午饭后，要定时阅读《凯州日报》，然后用报纸把脸蒙上，四仰八叉靠在办公桌前打呼噜……

陈莹青趁老板夫妇不在，试着问他，"为何当了十年老板，还要出来打工？"

"就命贱噻，就想体验一下被奴役被欺压的滋味噻……"

陈莹青听罢，不知如何是好，气得鼻子哼哼地说："说这些！说话不要'扯皮刮骨'，让别人不舒服，你就痛快了！没病吧？"并一再反问："哪个奴役你了？哪个欺压你了？你说呀？你是不是觉得这里鱼塘太小了，容不下你这条大鱼？"

"错，我是啥大鱼？一条任人宰割的烂鱼、臭鱼！"

"有病，要不是你姐，这个破皮烂摊子你都进不来！"陈莹青骂道。康旭沉默无语。为此他们"冷战"了好长一段时间。

"把反骨支在脑壳上"，还有一次经典的例子，以至于让陈莹青怀疑，康旭是不是自己为李老板找了一个自我设定的劲敌。

陈莹青在门市部给康旭打手机，要他到二环路立交桥托运部去拉退货，按常规，任何城区托运部均可帮李老板托运货物送达到目的地，都是一手交钱一手交货，怎么可能产生存在退货？康旭急匆匆来到该托运部，立即拆开被批发商退回的四件封存好的名牌浴霸，纸箱包装上注明了退货理由：该产品没有注册商标，系假冒伪劣产品，歪货！康旭心底一阵疼挛，一股冷气从脚底冒到脑顶……

"李老板造假贩假？"康旭冷脸失笑，笑得两边的肩膀都在摇晃，窗外秋雨潇潇，空中流转着一股冷气，恰似他的心境。"为什么打一份堂堂正正的工，就那么艰难？真是瞎了自己的狗眼！"这个事实既可笑又残酷，摆在眼前的，足以毫不留情地再次得出结论—李老板造假贩假无疑，在职场上莽闯瞎撞的他，一不小心又钻进了这家造假贩假窝点。开始就感觉电子门市部不对劲，又拿不出一个确切的证据，当一天和尚撞一天钟，稍作梳理，那售假黑幕就昭然若揭……从李老板勤换库房并依靠陈莹青家"黑社会"护驾，其答案再明显不过了。

现实的残酷性，使他在此打工，如履薄冰，如临深渊。从潜意识中他拒绝留在这里，故而更加孤绝惶惑。他懵里懵懂地成了贩假售假的一个帮凶！记得那天，从浙江发来一车皮的浴霸产品，李老板叫他去找几个搬运工来卸货，并叫他当场清点货物，他从外包装清晰可辨，牌子好扎眼睛，清一色的名牌产品，其中"飞利浦"、"松下"，还有"夏普"，这些标明注册商标的产品堂而皇之地摆进了门市部展示厅，不断吸引批发商前来购买。康旭做货物记录，请农民工卸完货，当天中午，李老板第一次单独请康旭吃午饭，在餐桌上，极其神秘地提醒他，不要向别人说产品销售的内幕，不要向别人说起四个库房的位置，对本市的求购者一律不卖，不要带任何人进库房……并一再强调，门市部、财务陈莹青打理他放心；四个流动库房的钥匙交给康旭他也放心。

康旭问："为啥对我那么信任？"李老板说出其理由：他是陈莹青的亲戚！

原本想转换角色，凭出卖血汗与苦力，换取一份养家糊口微薄收入，结果不经意间陷入坑蒙拐骗的贩假圈套里……他真想给自己一个耳刮子，自己沉溺到坑蒙拐骗的深渊？此时疲惫不堪，他下意识地让胳臂舒展，仿佛下面就是无底深渊，脚步稍微朝前挪腾，便会垂直地跌落深水中，葬身水底……

康旭无法挣坑害老百姓权益的昧心钱，决定月底发薪后立马走人。他感到一阵脑晕，一种再次失业危险的威胁。打工要对得起自己良心，这是底线，打死不做坑害消费者利益的帮凶！

事隔几天，在李老板生日宴会上，陈莹青的母亲，即康旭老姐的婆母酒后失言，向李老板泄露康旭原来是做大生意的大老板，几百万的固定房产，因企业破产屈才打工。李老板当时就拉长了驴脸，把问题的严重性提升到了相当的高度，康旭为何难以掌控？总不能让他遂愿，潜意识中不买他的账，他不对他俯首帖耳，不讨好老板不说，还弄彼此难堪，难道是潜伏在老板身边深藏不露的商业间谍。李老板苦着脸对陈莹青说："安全第一，谨防商业间谍！你那个亲戚的东西有点烫，笋壳毛毛不好裹，进不了我们的圈子……"

李老板这种观点，立即引起陈莹青的反感，她告诉李老板，康旭来上班前，已居无定所，出来打工前，他先找他老姐借了一千元钱，给儿子交了学费，再给年迈的父母二百元，剩下的钱拿去充了一个月上班用的公交卡，已成了彻底的"穷光蛋"，没有任何能力与之抗衡，更不要说当啥狗屁"商业间谍"。

那是个艳阳高照的中午，康旭回到三楼门市部吃工作餐，一进门就发现，在餐桌旁自己的座位上，已坐着一位四十岁左右的陌生男人，李老板、老板娘、陈莹青和那位男人已在喝酒，看得出他们跟那男人挺熟悉的，人还没到齐就开饭了。康旭见状，心里很不痛快，心里就暗骂："没素质！"便当即掉头转身想离开，准备下楼买一碗清汤面凑合。几双眼睛追光灯似的扫了过来。李老板赶忙站起来，叫住了他："快过来吃饭，菜都没动过哩！快到旺季了，给你请了一个助手！来，介绍一下，这是富锐凯……"那位健硕俊朗的富锐凯站了起来，个子适中、寸头，盯住人看的眼神有些游离，但很有神。康旭奇异地发现，那陌生男人眼里投射一种类似骄奢淫逸"反骨"的饥渴之光……劣质白色衬衫敞开所有的钮扣，黑色短裤，那张勤刮胡子貌似硬汉的黑红脸庞，因喝酒满脸通红发光……那蓬勃性感的胸毛，宛如蜘蛛网状似的贴在他胸前，六根腹肌泛着精壮男人旺盛的荷尔蒙蓬勃涌动……李老板带着这陌生男人正式来门市部报到，就好酒好肉招待。陌生男人一见他，就露出淳朴的笑脸，赶紧给康旭和其他几人递上一根红芙蓉香烟，说："以后大家就是兄弟，请多关照哦！"康旭被动地接过烟，叼在嘴上，富锐凯赶紧用打火机先替他点燃，又拢回手给自己点上，轻皱剑眉，随口吐个烟圈儿，看似很专注地看康旭说："投缘哈，弟兄间不说客套话，好熟悉哦，好像在哪儿见过你哩？"陈莹青忙说："你俩是同年同月同日生的'老根，'见面就亲噻，说是见过他，是吧？可能是电视上吧！"不知锐凯是和他套近乎，还是产生了某种亲近感，康旭再留意到他最炫酷的胸毛，宛如烧红的蜘蛛网，摇曳在他健美的胸膛上，那一抹俗称荷尔蒙标识线的胸毛，使他那张有些俊朗陡峭的脸庞，显得尤为坚韧阳刚，出色而醇厚的睫毛使他的眼睛深邃而迷蒙。他热情地摆了一下胳膊，在康旭的手背轻拍了一下。"豪爽"，他又强调说，"哥们长相很豪爽，一起搭伙搞浴霸生意正巴适哩。没准儿，你我会成为铁哥们哩！"他的口音大概是出自农村老家话，听起来富有煽动性，剽悍且易于让人怦然心动。但让康旭不懂的是，他搞啥不好，偏要搞滚烫的浴霸，浴霸不是灯塔！康旭被他骄阳当顶般的正点爷们品貌，鼓捣得搔着后脑勺肆无忌惮地笑了，随即不经意间瞟了陈莹青一眼。陈莹青正附在李老板耳朵前私语，仿佛在议论康旭最缺的就是"豪爽"，锐凯还真看走眼啦！这种叽叽歪歪的咬耳朵，其实没一点营养，但高康旭和富锐凯焰火般切入的对视，擦出那种"我把我唱给你听"般的火花，在他们脸上绽放两朵类似相见恨晚的真切笑容。陈莹青觉得他俩笑得很诡异、很痴愚，李老板则觉得他俩匪夷所思的滑稽、投缘。

红脸膛壮汉富锐凯因盯着康旭看得太过仔细，就像站在镜子前看自己，敞开的衣角一下子就把筷子碰掉了，掉在地下，康旭立即躬身去捡，便在桌下石破天惊地发现，壮汉锐凯裆部腿毛与短裤里阴毛交织在一起，这么蓬勃茂密的"草丛"，都在默默地温存和呵护他裆内下体……

康旭一皱眉头，计上心来。总觉得锐凯除了炫眼的网状胸毛，就活像从镜子钻出来的另一个自己。暗自思绪如潮涌而来："啧啧，这就奇了怪了，他这一身貌似烈焰般阳刚的体毛，是天生长出来的，还是刻意粘上去的？每根体毛都在迸发蓬勃的欲望之火……康旭脑海里突然冒出一个词："骄阳似火。"眼前这个红脸壮汉似曾相识，竟敢在第一天上班，就像工地上走出来的农民工，穿着短裤、拖鞋，休闲洒脱得掉渣，于是，又不可名状地冒出一个词："铮铮硬骨，壁立千仞！"

野三轮车夫？耳边听见李老板正在介绍，新来的帮手叫富锐凯，是电子市场大街上拉偏斗三轮的人力车夫。康旭独自好笑："谁敢坐他的三轮，就不怕惹一身毛？"真的看不懂喽！随后，他们工作格局有些变动，以后康旭照单配货、收款。富锐凯拉三轮车送货到各托运部，四个库房钥匙和送货单均由康旭保管。说康旭恃才傲物，但他后来跟锐凯很合得来，与李老板建立"一荣俱荣、一损俱损"销售体系。

依然按部就班地贩卖假货，唯一改变的，是中午工作餐后休息时段，康旭没以前那么孤独和落寞，在库房里和锐凯瞎聊，可以尽情宣泄地对老板的不满，李老板造假贩假，库房流动性大，谁也管不了他。康旭疑惑不解，锐凯那"骄阳似火"样的热心肠，春风化雨似的好性格，情涌如潮般的亢奋劲，在繁杂的工作中任劳任怨，在餐桌上陪老板娘、陈姐喝酒，很快就在势头上盖过康旭，李老板很幸庆，终于找到了死心塌地为他卖命的踏实男人。

浴霸门市部最终摊大事了……

那天来自丹乐山市的批发商裴大姐，因她的客户买了歪货浴霸，在洗澡时浴霸爆炸，炸伤了眼睛，于是就带着受伤人顾客来门市部"大闹天宫"。

浴霸门市部，裴大姐来找李老板退货，要求老板全额退货钱，并要求赔偿受伤者的全部医疗费和误工费，否则就向媒体和工商举报，刚来不久的富锐凯见状。一副不关自己、高高挂起的样子。却见对方软硬不吃，锐凯就连打几个喷嚏，支吾着说："我打电话把主管请回来，马上给你解决哈—"就下楼去把陈莹青叫了回来，就尽快闪人。

只见心急火燎上楼的陈莹青嘴里叼着一支烟，鼻子哼哼地质问：

"干嘛呀，干嘛呀？"康旭知道，处理这类质量纠纷最有经验的，当属这位从"土匪窝"中修炼出来的泼妇，其架势和那"烟锅巴"腔调，在气势上更大程度把对方撂倒了。

裴大姐要求"赔偿损失"。陈莹青黑丧着脸，一手叉腰，一手夹着烟卷，用她惯用的"七分欺骗三分情感"套路顶回去："不好意思，哪晓得这批货进糟了，大家都是受害者，对不对？建议你去找厂家噻，包装上有的是地址和电话！"

裴大姐说："废话少说，你们造假售假，理应赔付！"

陈莹青说："这话我可不爱听，哪个造假售假？证据呢？我们是中间商，又不是生产商。这个大市场是市政府修建的民生工程，你去找他们赔噻！"

裴大姐说："人家花钱买浴霸，照顾你们生意，还弄伤了眼睛，你们既不退钱又不赔付，还胡搅蛮缠，你们的商业道德呢？讲诚信吗？劫财害命，丧尽天良，你们不怕遭报应吗？"

陈莹青说："这些牢骚应去找厂家发，去给老板讲，我们站柜台的没文化，听不懂！"

裴大姐身边一直未吱声的那位汉子，左眼被纱布蒙着，再也控制不住情绪，吼道："懒得和他们废话，一句话，赔不赔？我就不信，法治社会，就没人管得了你们！这也叫做生意吗？坑蒙拐骗，劫财害命！"然后只见陈莹青拉着泼妇脸，无语，那蒙眼男人让裴大姐打举报电话，打《凯州日报》热线和凯州电视台热线……

在闹得不可开交之时，陈莹青也拿起座机拨了电话，几分钟后，门市部涌进来几个一脸横肉、穷凶极恶的男人，把裴大姐和那位男性伤者团团围住，带头叼着香烟的那位高个子，康旭一眼就认出是陈莹青的丈夫宗石魁。

"哪个敢在这儿骚皮？"

裴大姐见来者不善，不敢吭声。那位伤者情绪失控，把他们顶回去："你们的歪浴霸伤了我的眼睛，我们想……"

宗石魁反问："你啥时候买的，有证据吗？有发票吗？有没有搞错，想敲诈我们，是不是走错了地方？我看你硬是眼睛瞎了，看不懂中国字，这里全部销售的名优产品！"

裴大姐口吃着问："如果不……不赔付，我们就不走了，今晚就住在这儿，等你们老板回来！"

宗石魁露出一脸奸笑："啥子老板？我就是老板！这个电子市场统统归我管！"然后放荡地拍拍裴大姐的肩膀，问："我赔你三万，要得不？"

单纯质朴的裴大姐立马眼里放光："可以商量！"

"嘻嘻……"宗石魁一脸横肉，亮出底牌，说："但有个条件——"

裴大姐忙问："什么条件？"

宗石魁说："要先卸你一个膀子！"然后，啪地把三叠百元大钞摔在桌面上，"你是要膀子呢，还是要钱？是卸左膀子，还是卸右膀子呢？"

裴大姐脸色吓得苍白，颤抖着双手说："黑社会嗦？有本事去抢银行呀！欺负我一个平民糟老婆子，就不怕遭报应？"

宗石魁说："嘴臭！啥叫报应？封建迷信！有本事拿钱走人啊，你敢吗？"

那位男性伤者反问："凭啥不敢？"

宗石魁说："拿了钱就卸掉一个膀子，再说，拿了钱你走得出这电子市场吗？整个市场都是我的，知道不？识相点——"

那位男性伤者坐在桌前，默默地拿出手机在看，似乎在给人发短信或拍照，然后，愤怒地站起来，拉起裴大姐扫了这群凶神恶煞的男人一眼，匆匆离开了。

康旭和锐凯亲眼目睹一场一触即发的恶战。给在他俩的职业生涯中留下挥之不去的阴影。

这事大概过了几天，李老板突然要求富锐凯把身份证复印件交一份给他，富锐凯对裴大姐的事还耿耿于怀，就冷冷地说："丢了，正在补办！"

李老板又问："那你的户口簿总没有丢吧？"

富锐凯淡漠地答："没丢，但就是拿不出来——"

李老板问："为什么？"

富锐凯说："没有为什么，只是觉得没必要。我就一个卖苦力的烂'豁皮'，你们生意有宗大哥那么大的黑势力做保护伞，还有必要防我一个山民吗？"

简直是于无声处听惊雷，康旭在旁彻底错愕了，几乎不敢想象，此话出自乡野粗汉锐凯之口！

李老板一时语塞，感觉那天的"涉黑"恶战不该当着员工上演，这无疑会引起了他们反感和震动。

陈莹青走过来，轻言细语地对锐凯说："你可以让家人给你发一份传真过来噻。"

富锐凯说："传真是啥子哦？我们农民搞不懂！"

陈莹青被呛得一震，立即口气就硬了起来，说："好了，不要复印件了，如果我们必须要身份证原件呢？"

富锐凯答："我说过，我没有！你们要咋办就咋办！"

"锐凯，你咋会是这种态度？"陈莹青柳眉倒竖、两手插腰地问。

李老板夫妇与陈莹青没想到，看上去憨厚质朴的锐凯不愿出示有效证件，他们的"涉黑"势力，无形中丧送了与锐凯建立长期廉价雇佣关系。他们反觉得康旭是自家亲戚，稳当些，由康旭掌握重要票据和流动库房钥匙才真正可靠。

月底25日那天，康旭在库房里盘点，已在灰尘弥漫的库房里折腾了大半天，陈莹青突然打来电话，要他马上去拉退货，他正忙得够呛，疲惫不堪，在电话上反驳，"这个不属于我管，凭啥要我去？"陈莹青在电话里出气有些急促了，针尖对麦芒地骂："你敢不听招呼？你打工挣钱，叫你干啥你就必须干啥！"

"我虽是打工仔，但不是奴才，这么大的雨，要拉你去拉……"像吃了火药似的反击回去。康旭就关了手机，便在不远处的书报亭买了一份《凯州日报》，回屋随手拖个纸箱子铺在库房的过道上，便倒在纸箱板上，边看报纸边睡觉，当他正睡半梦半醒之时，李老板半道上开车绕过来提货，"哗啦"地拉开卷闸门，一眼就发现他正在库房里偷睡懒觉，李老板一脸愤怒，狠狠地冲卷帘门外啐了一口……

谁叫自己待在本不属于自己的位置上待着，瞎撞误打到这儿来谋生，为养家糊口，自己送上门让别人任意宰割……

梦想是自己的，与别人无关，就算错过了一季的芬芳，也要相信，唯有心存梦想，始终有一处生命风景在别处绽放。康旭既看不惯陈莹青那副讨好迎奉的奴才相，也看不惯她以一种"救世主"眼神看他和锐凯，恰好，她需要的是心理扶贫！她怎么看怎么像从一个妓院里出来的鸨母！他俩决计不会为贩夫走卒的李老板而出卖尊严与灵魂的。

康旭记得尼采说过这一段话："使人们对受苦真正感到愤怒的，不是受苦本身，而是在于毫无意义地受苦。"第二天中午，吃了工作餐后，富锐凯就用偏斗三轮车载着康旭回到库房里午休，康旭随便在路口买了一份《凯州日报》。锐凯觉得不可思议，嘿嘿微笑说："刚刚吃了饭，昏头涨脑的，看啥报哩，来，聊一下—"于是，这两位萍水相逢的中年壮汉就像《闪闪的红星》里的潘冬子与春芽子在米店的那份兄弟情，他们各自把货物包装的纸板铺在库房过道上，面对面地交流，他俩都没有能力依附国家体制作保障，都在城里残延苟活，挣的是"吊命钱"！何必画地为牢，作茧自缚呢！若一有新的平台，就立马"拍屁股走人"，这是二人的一致职场意向。

富锐凯已扯下穿在外面的白褂子，胸毛像幽幽草坪遍布胸前两旁，露出清晰可辨的六坨腱子肉，库房窗外射进一注斑驳的光亮，突出了他雄性勃发的阳刚气魄。康旭在与他闲聊中获知，锐凯小学毕业就辍学了，老家住在距凯州100公里以外的丹乐山市某个小山村，他在其表哥的喷胶棉厂打过工，后因打架伤人被撵出来了，来到了凯州，曾在立交桥下熬过了又冷又饿的三天三夜，后来通过在城北百货批发市场赊小百货摆地摊过活，经常被城管撵得屁滚尿流，后来把地摊生意做到郊外乡镇，存了一点钱买了偏斗三轮车拉客，他是李老板在电子市场街口请来的，他白天这儿打工，晚上出去熬夜拉三轮，每天干两份苦力活。

那天午饭后，康旭告诉陈莹青，他做完这个月，就不来上班了。"我不管你—你是我介绍来的，你以为这儿是旅馆，想来就来，想走就走？每月挣的钱尽赚干落，中午饭钱都给你省了，你还不满意？"陈莹青面如冰霜，红肿的肉泡泡眼盯着他，说，"估计李老板不会让你走，四十出头的大男人咯，哪儿去找工作哦，别这山望着那山高啦！"

后来，李老板主动承诺给他每月追加100元话费，外加100元的加班费，还再三叮嘱要保密。每月多200元，心里又多了一点动力，便问："锐凯有没有？"

"这是老板的事，不该问的别问！"

到了月底，李老板并没有发工资，康旭住院的儿子等着用钱，问老板为啥不发工资？李老板解释，钱用来进货了，再等一星期再发。康旭看不起不讲诚信的人。"那你把我的车费和话费先报了噻—"李老板说："你打个报账的领款条来，我给你报—"康旭当即写了200元的领款条。

又过了两天，李老板同样没付钱。康旭想到陈莹青是出纳，领钱要找她，于是就从库房里给她打电话，他的领款条呢？这下子就像惹怒了一群马蜂窝，陈莹青把康旭臭骂一顿，说是没和她商量就去找李老板加工资，这个家电门市能"一锄头挖个金娃娃"，李老板是小本经营，不要太以自己为中心，一概不顾忌别人的感受！康旭回击："小本生意的老板，也应该前半夜想自己、后半夜想别人噻。老板对我有承诺，我为啥不找他要？付出的劳动就希望得到回报，有啥错？"

这天午饭后，按惯列康旭去买了一份当日的《凯州日报》，翻开报纸刊载的某品牌浴霸产品专卖店，正在鼓励市民举报本品牌仿名假冒伪劣产品和假冒专卖店，对举报者以资奖励六万元。

康旭被压力所羁绊，但情绪并未逾越常理。他暗自思忖："李老板若不兑现承诺，就打电话举报他……"反过来，又想，"若举报了，陈莹青的饭碗或许会打脱，她毕竟是老姐的亲姑子，她需要这份工作。凭康旭的做事风格，做人不能过河拆桥……他陷入苦闷与纠结中。

恰在康旭举棋不定之际，李老板的浴霸门市部及四个家电库房被工商和相关部门查封了，库房也被贴了封条。明眼人稍动脑筋，便知是裴大姐他们举报所致。这个月的工资多半又打了水漂了。

康旭说不出的无助与落寞，身似纸签，未来薄若蝉翼。乘公交车回家，他感到脚底下像塞了一团棉花一样发飘，脑袋涨痛欲裂，他感到一种混沌与宿命，想摆脱这种坑蒙拐骗的职场桎梏。

三、无须跪地求饶

康旭沉浸在落寞愁苦的焦灼中，耳畔响彻着电子市场独有的尘世喧嚣与嘈杂，窗外的蔚蓝天空骄阳正艳，而他自己的天空，却为何总涂上灰色的脸，为何总挂满潮湿的泪，天空为何没有他的那片彩云？只要苟延残喘死不了，必定会像午时骄阳似的纵情燃烧……

浴霸门市部，陈莹青接连赶三地抽着烟，其空间烟雾萦绕，乌烟瘴气……她嘴上独自嘀咕，一会儿骂李老板"找一个败家的臭婆娘。"一会儿又骂："命中该绝，引狼入室！"那个胸毛密布的富锐凯，却开始悄悄"闪人"了，从门市部遭查封以来，就开始玩"失踪"。

陈莹青对康旭说："你是我亲侄女的亲舅，我肯定会保你的利益。"康旭没被此话感动，一天干十多小时，每个月就挣那点"渣渣"多块，中午吃一顿免费工作餐，还要以此感恩戴德，岂不让人笑掉大牙！

陈莹青说："我们都分析过，你是亲戚，又经过大起大落，这种缺德事，你绝对做不出来的，多半是那个混账锐凯去举报的，要不，他身份证复印件都不敢提供，这几天他又一直不露面，电话也打不通，他就是潜伏在我们门市部的商业间谍……幸好他是老板自己招进来的，要不，老姐我吃不了兜着走……"

富锐凯工资都懒得来领，一直玩失踪。被查封的李老板的生意仍然在悄悄地运作……康旭晚上给老板上交账目，发现了一个秘密，李老板在陈莹青家的顶楼上，还有一个隐秘的库房，平时这库房上货都是李老板夫妇自己搬上去的，外人无从插手。他们是与媒体、工商玩"无间道"的浙商流动高手，而那些被查封的库房只是一些纸板撑起的空箱子。"隐秘"库房里是晚上偷偷堆放进来的，才是为其带来滚滚财源的假冒电子产品。

那天中午，康旭正在既闷又热的顶楼库房里配货、发货，接到陈莹青的电话，要他到某托运部去代收款，当康旭把货款搞定回来时，每日按惯例，工作餐要等人到齐了才一起吃，今天还有三个客户在场，看样子都吃过了，餐桌上蘸满唾沫味，一片狼藉，而且李老板瞅了康旭一眼，便与他老婆带客户找茶楼喝茶去了。

康旭瞄一眼桌上，阴冷着脸，把代收款扔给还在独自喝酒的陈莹青，然后走到他自己的办公桌前，发现他桌上的库管手册和四个库房钥匙已经被没收了……

陈莹青仍在独自喝酒，也没给他留下属于他的那份饭菜。陈莹青灰黑着一张冬瓜脸，根本不理睬他，空气几乎窒息……突然电话骤响，陈莹青拿起电话，一听就知道是李老板打来的，"嗯呀嗯呀"的，也不知嘀咕些什么……陈莹青仍然无视他的存在，故作平静自得其乐地喝完最后一杯酒，就扭到她办公桌前坐下，似乎有一种暗示，要康旭去收拾餐桌上的残羹剩菜，陈莹青见他既不上去吃饭，也没去收拾桌上的残羹剩菜，陈莹青铁青着脸唠叨说："原来那个师兄吃完饭，还晓得收拾桌子，你像老爷一样，每天还要我来伺候……"这句话，犹如一支火柴划过点燃一桶汽油，"嘣"的一声，又饿又热的康旭奔向桌子，发了一会呆，迅猛不可防地把桌子掀翻了，桌子四脚朝天，碗筷盘子里残汤剩水随之流了一地，慢慢向浴霸样品漫过去……

康旭再也无法控制自己，指着陈莹青破口大骂：

"谁稀罕你伺候我？你伺候李老板两口子，端起牛肉面，从这幢楼爬到另一幢楼，你亲爹妈都没享受过你的这种伺候……"

陈莹青也扯起沙哑的烟酒嗓子，像村妇在田间地头干嚎："你以为你是谁？你来这儿就是在老板下巴底下接饭吃的，叫花子还嫌馊稀饭？"

康旭冲过去稀里哗啦地将李老板发给他的公文包扔在陈莹青的办公桌上，他心知肚明，实在熬不下去了，他天性就不会忍耐，而他的忍耐，远没有他与生俱来的"反骨"逆袭来得痛快！

"你以为我像你一样，是在老板下巴底下讨吃剩饭的狗奴才？"

"我要不是看在你亲姐、我亲嫂子名下，老娘会搧你两耳光！你信不信？"

"就不信，你敢一"康旭眼圈似乎盈泪，但他忍了进去，顿了顿，他从牙缝里挤出以下的话："虎落平阳被犬欺！"

陈莹青吼道："你嫌当狗奴才，吃剩饭，那就别干了一"话说在这个份儿上，这层纸已捅破。

康旭反驳道："只有李老板才有资格叫我下课，干不干，不是你说了算……"

"有没有资格，请你看看这个……"

陈莹青嗤之以鼻，随手抽出一个牛皮纸信封，"啪……"地扔到办公桌上。

"拿去，你的工钱一"

康旭绝没想到，他做十多年企业法人，第二次流臭汗打工挣钱，竟被以这种方式被扫地出门了。从另一个层面来讲，这里没有炽热的职场激情和开疆拓土的温度，这又何尝不是对残酷现实与灵魂疼痛的临阵脱逃呢！

头顶上炽热绚烂的骄阳，散发着雄性的恒久热量。

康旭却感觉生活的愚蠢、粗鄙、毫无生机的悲凉与不确定性，追寻过往未曾体验过的欲望膨胀般的极端矛盾的城市生活，再次让他以失败告终……

走出李老板的家电门市部，大概将近午后三点了，康旭先到市场大门口的巷道边，要了一碗盒饭，心境陷入万分疼痛和无限纠结中，胡乱填饱肚子，满脑子的混沌与凄惶挥之不去，抹一把嘴，走在街口拐弯处的报亭前，买了一份当日的《凯州日报》，然后突然似乎想起了什么，他又想返回到了李老板的浴霸专卖店，但最终没有足够的底气上楼。

康旭再次为电子市场的售假黑洞而战栗，为这次职场游历强化了内心的地狱感。因掌控贩假售假"黑洞"，被李老板下课。康旭白痴般地手拿一份报纸，却静不下心来阅读，便一口气奔过了电子市场甬道，来到市场的大门口，又在街沿上来回走动。憋屈的心境与时俱增，真是没个去处了……

猛地抬头，发现一辆公交车停在身旁，他毫不犹豫地跳上去，在公交车上漫无目标地晃了六个站台，然后又乘那路车赶回原点，在电子市场后巷的小巷茶铺里喝了一会儿茶，打了一会儿盹，才逐渐梳理好思绪，看了一会儿报纸，他又晃着膀子回到了李老板的浴霸门市部……

陈莹青对他没头苍蝇似的回归，报以轻蔑的浅笑，以为他走投无路，再来央求或跪地求饶接纳他……她眯起眼睛看他藐视一切的陡峭下巴，同时也恐惧他像中午那样发出振聋发聩的呐喊，可这次他没有，他只是淡淡地说，"李老板还有一个星期的工资没有发给我，还有他承诺的手机费、话费和差旅费，我是给他打了领款条的，请出纳补够……”

陈莹青铁青着驴脸，声腔抵触地说："原来是回来要'二黄皮'嗦？这个，我不知道……你找老板要—"

"就找你，你炒我！到现在，我还没接到老板炒的正式通知，是你要我滚蛋的，凭啥要找老板？"

陈莹青此时多了一份理智，坐在那里，点燃一支烟吸着，眼睛眯成一条缝，阴冷地说："该给的都给了……我告诉你，要不是看在你姐、我亲嫂子的名下，你一毛钱也拿不到……"

"还有脸提这个，你是专烫熟人！拿不是吧？请你转告李老板，不懂《劳动法》就趁早进地摊上去练摊！《劳动法》明文规定，克扣农民工血汗钱是犯法的。我也看在你是我姐的小姑子名下，奉劝你别仗势'黑势力'撑腰，欺人太甚，反把自己逼上绝路！逼毛了，只需一个电话，就让李老板的歪公司彻底完蛋，你也跟着滚蛋吧……"

陈莹青浑身臃肿的肥肉"嗖"地一个激灵，从椅子上跳了起来，"砰"地把电话向他面前一推，"打呀，你打呀，你去举报噻—我警告你，为这点渣渣事，你敢打举报电话，弄垮李老板，我就'废'了你，信不信？别以为你有点狗屁文化脑袋，就可以这么嚣张？老娘随时都可以把你拿下—"

康旭毫不示弱，针尖对麦芒无不讥讽地说："啊呀，你以为我是幼儿园大班的，吓大的？你那么凶，背后有'土匪窝'撑腰，你自己开个破茶铺，还不是被人家挤垮杆了哩？你咋没把你黑社会'土匪'搬去把人家杀了呢？"

陈莹青猛地倒抽一口冷气，那架势恰似"母夜叉"遇到"牛魔王"，恰在这时，他们肆无忌惮的吵闹声，很快吸引了楼桑楼下门市部的客商围了过来，外面围满了看热闹的人，局面有些混乱而失控，围观的商户带着一种"卖石灰见不得卖灰面"的鄙视，隔岸观火……

陈莹青面色立马柔和下来，强压住沙哑声调，指着他说："我晓得，你今天回来是故意专来闹事的—"，然后就"哚哚"地走到办公室前，气呼呼地扯起破锣嗓子给李老板打电话，请示了康旭少发工资的情况，此时，三楼几乎所有门市部的家电老板都围了过来，幸灾乐祸地看他们克扣员工血汗钱的闹剧，那几个做同类生意的老板脸上浮出那种"咎由自取"的讥笑。

为稳住阵局，陈莹青经李老板同意，格外补发给他一百六十元的工资。康旭黑着脸、梗住粗红脖子说："还有手机费、差旅费没补—"陈莹青拉开装钱的抽屉，"看嘛，这儿没现钱了，哪天让你姐给你补回来……"接着，就站起来向围观人群摆摆手，说："去去，有啥子好看的？别挡着我们做生意！"

瞅见看热闹的人已散去，陈莹青鄙夷地扫了手捏报纸的康旭一眼，极尽挖苦之能事，"一天到晚夹着一份破报纸，跑在这儿来下苦力，真是屈才了哈，该去当作家、记者噻！'安的状元心，长的长工命'！"

"啧啧，那还不一定哩！"

"哼，都到了黄泥巴盖了半截脖颈的年龄了，大白天还在做春秋大梦？一个大男人，就不怕羞死人了？"

"嘿嘿，光天化日欺行霸市都不羞人？造假售假都不羞人，我有个梦想就羞人了？荒唐！"

正在争吵中，康旭的手机响了，来电显示，大概是电子市场某托运部某老板叫他去做大型托运部经纪人的电话。陈莹青基本上听明白了那边通话内容，发了一下怔。康旭一边接电话，一边义无反顾地离开了这个卖了四十天苦力的浴霸门市部。

走在大街上，康旭仍然很窝火，被炒的全过程在脑子里像电视镜头逐一闪过，"弱肉强食"的城市，从来没有"公平正义"，"公平正义"对他而言，简直是奢侈品，只要一息尚存，就需握紧双拳"抗争"，他此时渴求来一场暴风雨，好好洗涮一下这座混沌的城市！

刚走到电子市场旁的夜市一条街，恰好碰到正在玩失踪的富锐凯，彼此意外相见，没有任何前奏，锐凯见他劈头就问："都超期一个多星期了，李老板还不发工资？"

"发工资？一天干十多小时，弄得比奴隶还奴隶，搞他妈的人造家具！"正说着，恰巧陈莹青的老公宗大哥正骑着自行车过来，两人的对话已被他听得一清二楚，锐凯用眼神示意他不要再说了，康旭头一昂，说："有啥好怕的，卖臭汗讨生活还有啥面子的！如果不忙，走，我请你喝茶！"

他们来到夜市一条街背街上，在一家名叫"骄阳苑"的茶铺停下来，进去找了两个座位，在墙皮剥落的窗口前坐下来，静下心来好好品茶聊天。

康旭还在"必死"的焦灼中度日，也未从失败婚姻和企业倒闭的阴霾中走出来，走进凯州城，情绪抵触、干筋火旺，被再次炒了鱿鱼，不过这次他没想去寻短见，他确实需要找一个人好好聊聊，不是说，旁观者清，他总遭城市拒绝，难以让城市接纳他，他诚心想让旁人帮他解读症结之所在。

康旭刚落坐，品了一口茶，用平和又不经意的语气说："锐凯，我又被炒了，明天就不来上班了……"

锐凯问："另外找到新工作了？"

"没有，遭李老板炒的，工资都结算了。"

锐凯看似对门市部的发展了然于胸，说："莫叹气了，老板搞非法经营，做那种见不得人的生意，就注定每个员工都做不长……"

康旭伸着脖子说："这个歪摊子，值得我叹气吗？此处不留爷，自有留爷处！你以后咋办？"

锐凯说："还能咋办，明天去结账走人呗！一个私人破门市部，老板还有脸押我的身份证！"

康旭愤怒地说："他妈的太黑了，太让人心碎了！……"

锐凯心如止水地说："莫生气了，随便在综合市场拣点小百货摆地摊货，都比在他那儿挣得多……要不，另外去找一个适合自己干的工作！"

康旭说："我又没做啥缺德事，为啥到处是坎，处处碰壁？我不知道在凯州，还有无路可走，还有没有适合我的事可干？一大家子，耍不起哇！"

锐凯见康旭脸色煞白，甚至说话声都在颤抖，人很颓废，目光游离，就说："别太上火了，慢慢来嘛！苍天长眼，好人自有好报！打工也需要投缘，不投缘的，干得再好，老板都看你不顺眼，以后找到投缘的老板就好了！"

康旭嘴里满是干燥的苦味，问："你我都是来自农村，'天涯沦落人'，觉得我们投缘吗？"

锐凯说："当然投缘喽，只是我无权无势，帮不了你。不过没有过不去的火焰山，咬紧牙关熬吧！还有，你都拿到工资了，还像掉了魂似的，我就搞不懂了？"

康旭说："这点渣渣钱，还不够塞牙缝！我就觉得，这么大的城市，就容不下我一个，老是像掉进大江的漩涡里扑腾、板命，总是上不了岸！"

锐凯听罢就劝道："应该是你的问题吧，希望值太高了！还有，你企业倒闭和婚变都已经翻篇了，你还把这种情绪带到工作上，好像所有人都欠你的，看谁都不顺眼，这对你不利！当你难过的时候，就想想以前本哥们晚上在立交桥洞下过夜，挨饥受冻，摆地摊哩，又被城管撵得屁滚尿流……要知道，随便咋样活也是活，一个人的基本生存标准是很低的，别想太多哈，今晚回去好好睡一觉，明天早晨起来，太阳又是新的！"

康旭刚才心冷得紧缩，那种感觉正在逐渐消失，说："和你聊一下，心情好多了。你挺会安慰人的哈。不说我了，你咋办？看来他们开了我，目的是为了长期留下你。"

锐凯说："就那个歪摊子，你觉得我还能待得下去吗？"

康旭说："正因为是歪摊子，才好混噻！你想，他们被工商、媒体踩了几次了，依然毛发不损。歪摊子才暴利，才是城市执法部门的盲点！你挣你的钱，其他的懒得管！"

锐凯说："到底是文化人，分析得透彻！好—"举起茶杯碰了一下康旭的茶杯，"难得能结交你这样的文化人，你这个朋友，我今生交定了！以后我俩就是'有难同当、有福同享'拜把兄弟！"

锐凯的行侠仗义，康旭心情大悦，赶紧认同，说："好啊，很高兴哈，结识你这个拜把兄弟！患难见人心！明天你仍然去上班。来，祝你好运……"

康旭不想让年迈的父母知道他再次失业，他在茶铺与锐凯一起喝茶，估计到了下班时间，他才灰不溜秋地乘公交车回到家里，心里盘算着明天如何跑劳务市场，一定要把头转向外面的世界，绝不能窝在家里，浪费大好时光，必须要走进城里"打拼"，哪怕用力"抗争"，哪怕肝脑涂地，也要找到属于自己的位置，不是说，"背心改乳罩，位置很重要"吗？

在那漫长的夜晚，康旭憋着一股无名火，在灯下读一篇小说才恢复了片刻宁静。第二天，睡到太阳晒屁股才起床。午饭后才想起了"维权"，他便给李老板发短信，要求他补回手机费和差旅费。

他给李老板打电话，对李老板说，"如果不补那200元，就给香港品牌浴霸专卖店打举报电话……"李老板明白，康旭知道他造假售假的库房老巢，想要撕破脸，摊出底牌，他的生意就会灰飞烟灭……李老板一时惊恐万状，立马向陈莹青讨教对付康旭的策略。陈莹青立即通知市场"黑老大"老公宗大哥，又立马通知了康旭的亲姐姐，这件事还惊动了陈莹青的亲妈、康旭老姐的婆母，遇到这个"打不烂拧不湿"的"牛魔王"，弄得全家鸡飞狗跳，最终陈莹青安排李老板拿200元息事宁人，"一定要稳住他，"并在办公室打电话给康旭，告诉他，钱一定会补够，周末叫他老姐带回家来。

在电话连线中，陈莹青对康旭破口大骂。

"我吃饱撑着，帮你介绍工作，简直是引狼入室，害了李老板不说，还弄得两家亲戚极不愉快。"

康旭说："我一天干十六小时，要回我应得的劳动报酬，有啥错？每天日晒雨淋挣十多块，还要遭层层盘剥，你以为我是奴隶，好压榨？搞不懂了，你为啥老是站在李老板立场说话！"

陈莹青说："亲戚之间嘴毒心不毒。该你的自然要给你！你也是把生意做垮了的个体户，懂得做生意的艰难，动不动就拿举报来威胁人家，不弄'日笨'你不好过？你是不是人哦！"

康旭说："无商不奸。我就是要不来奸猾，才倒闭的！我最讨厌欺负下苦力的老板！你既然了解我，还和老板裹起欺负我，不是在伤口上撒盐吗？"

"实话实说，没人欺负你，是李老板觉得你做这个太委屈，你稍不顺心，又爱折腾，'大闹天宫'。你脑袋灵光，这个苦力活不适合你……"陈莹青如此解释，康旭觉得还有些合情理。

康旭说："就算打这份工不适合我，也轮不到你来炒我，而且昨晚李老板还打电话给我说，生意进入了旺季，还要重新招人，是你和他老婆擅自开了我，就因我比你多拿一点手机费和差旅费，你心里就不平衡，有意'黑'我，有你这么当姐的吗？你背后下黑手，还串通全家给我父母告黑状，你配做我家亲戚吗？"

电话那边，陈莹青气喘如牛，说："人家李老板耍大牌，会亲自给你打电话？告诉你，这次不遭查封，你或许做得还长久一些。除了那个裴大姐，你和锐凯都是怀疑对象。你说，你究竟举报没有？若没有举报，还好说，一旦举报了，就等于砸了我的饭碗，我死也不会放过你……你在哪儿？你宗大哥说，立马来拿下你……"

康旭说："我待在该待的地方。别拿你家'土匪窝'威胁我！你动不动就搬'黑社会'来，我就怕你了？我站在家里的篱笆门前等着呢，快来捅死我呢？相反，举报电话一旦打出去，真而遭拿下的是给你发钱的李老板，把苦力工当猴耍的人要遭报应。凯州城区是共产党的天下，邪不压正，不要以为身边笼络一群社会人渣就成'黑社会'的'压塞夫人'了？骗鬼去吧……"

没过一会儿，篱笆菜园那边，康旭父亲家的座机响了，康旭的母亲跑过来喊他接电话，康旭从咚咚二楼跑了过去，拿起电话一听，是他亲姐的婆母、陈莹青80多岁的老妈打过来的，只听那边老太婆在电话里连咒带骂，然后是带着哭腔数落，电话开的免提，满屋子都听得见——

"哎哟，我不活了，气死我了，我要跳楼了，人家李老板好心收留他，拿钱给你挣，你以怨报德，你心黑，拍屁股走人不说，还去打举报电话，想整死人家，你说，你打没打？我们这边都快要急疯了……"

康旭父母和姐姐就站在他身旁，感到天崩地裂般的恐惧，就质问康旭："你打没打？"

真是树欲静则风不止。康旭冲电话吼："我没打！"

电话那边传来李老板的沙哑的声音："你确定没打？看在亲戚份上，打了就承认！如果打了，我们这儿好采取行动，我不能坐以待毙，对吧？"

眼前黑压压的一屋子家人，再次冲康旭吼着质问："惹祸了，究竟举没举报？"

康旭对着电话吼："你们听好了，我，高康旭，没有打举报电话！要杀要剐，你们来吧，我奉陪到底！"然后，"嘟"地关了免提，挂了电话。

刚想回自己房间，那边老姐的婆母又打来电话，指名要康旭去接，老太婆发威，向康旭呼天号地的哭闹，"你姐可怜你又破产又离婚的，想法帮你找工作挣钱、养家糊口，你倒好，一脑壳反骨，一肚子坏水，你拿了老板的工资，还要把人家朝死里整！哎哟，如果你把我闺女的饭碗打脱了，我们全家就到你……你家来舀饭吃！"

屋子里，康旭老姐面如死灰，拉着康旭的手说："如果你打了举报电话，那个'黑老大'老宗大哥一定要来把你拿下，我觉得你还是马上离开家，出去躲避几天……"

康旭觉得不可思议。说：我偏不信，"啥子'黑社会'？啥子'拿下'哦？不就是一群被社会抛弃的闲散'人渣'吗？怕他还算男人？"

老姐脸色紧张了，有一种强烈的大祸临头的恐惧感，说："他们'黑社会'啥子都干得出来！你不走，到时出事，别怪我没提醒你哈！好心当作驴肝肺！"

大概过了二十分钟，康旭农家小院前的机耕道上，有一辆白色面包车急匆匆地由远而近，开进了康旭乡间竹篱小院。姐姐一看就是"黑老大"宗大哥喊人来了，慌张得手脚无措，让康旭从右边河岸边超小路赶紧撤离。

康旭梗着脖子，铿锵有力地说："凭啥？我偏不走，就不信，他们把我生吞了，活剥了？"

正说话间，那辆面包车杀气腾腾地开了进院坝。车门"嘭"地拉开了，一群陌生人气势汹汹地跳下来，最后，陈莹青扶着他的老妈慢慢下了车……

康旭父母面色铁青，马上走过去迎接。

陈莹青老母喘着气，说："高康旭，你给我站出来！亲家，你不知道哇，你们家出了一个牛魔王、害人精，所有的亲戚都被他得罪完了！今天我用八十多岁的老命，要跟他论道论道，扒开他，看他屁眼儿有好黑！"

康旭母亲连忙上前搀扶老亲家母，劝说："亲家，你八十多岁了，还亲自来，这不是折煞娃娃吗？"

老亲家母说："你娃娃脑壳够用，想吃掉我们陈家，没门！我们介绍你家娃娃挣钱养家，有啥子错？他偏要黑心黑肺去告人家李老板，康旭，你在哪？怕了，怕把你拿下—"

康旭那暗探的目光，不过是一道没有精神胆怯的视线，他挺住脊背站过来，默默无语，觉得他们全家动不动就把她老妈推到风口浪尖上，兴师动众，小题大作，已在气势上输了，还好意思吼"拿下"，胎神，拿下个屁！

一看这群来者不善的黑帮人物，一直无语的康旭父亲强忍着内心的愤怒，把康旭拽到身后，上前质问："他做错啥子事了，该你们拿下，唉？"

老亲家母带着哭腔说："你问他，他打举报电话，我们全家的饭碗都被他打脱了—"

康旭说："我刚才在电话上说得很清楚了，我没有打！哪个执法部门来查封你们了？"

康旭父亲又反过来把康旭推上前，说："听到了吗？他没打！兴师动众的，我在这儿，看你们谁敢把他拿下？"

局面有点僵持，康旭老姐说："我兄弟没打，那个电子市场二、三楼卖的全部是假冒伪劣产品，他举报得完嗦？"

老亲家母说："你给我闭嘴，这次闯祸，你有一半的责任！啥子混账东西都介绍出来，丢人！"

就在剑拔弩张的一瞬间，康旭已被那群黑帮男女包围着，康旭父亲走过去，轻轻把康旭扒拉了出来，奇怪地逐一审视那群凶巴巴的男人，啪啪宗老大的肩膀，鼻子哼哼地说："想打架？有没有搞错，睁开眼睛看看，这儿是不是你们的地盘？"又指着那条唯一的乡间机耕道出口，说："看到了吗？唯一的一条出路，你们如果打了人，还走得脱吗？"

康旭正要说什么，被他父亲制止了，说："有好大的事嘛？他就是犯了法，自然有法律来制裁他；轮得到你们把他拿下？我看你们吃饱了撑着，一群法盲！哪个敢动手，哪个必遭警察拿下！"

恰在此时，康旭二弟高康阳雷厉风行地带来了几十个农家壮汉，手持锄头、灰铲，里三层外三层地把那群黑帮男女团团围着，二弟昂起脖子，质问："你们那个吃了豹子胆，敢把我哥拿下？"

一直黑着脸的陈莹青老公宗老大终于站了出来，给他那帮兄弟打个手势，说："我们只想来问问他究竟打没打，没打就算了。都是走自家亲戚，人多闹热噻……"刚才那种剑拔弩张架势一下子就缓过气来。

康旭老姐把康旭扯到一边，悄声说："没事了，你别吱声了，打工拿到该拿的钱，就别闹了。你要想你姐活，你饶了你姐吧，哝，别闹了，气死了她老妈，就凭你老姐和姐夫挣那点'渣渣'钱，出得起安葬费嗦？"

什么是固若金汤的亲情？康旭在此彻底领教了……

接下来几天，康旭托人把那个快报废的昌河面包车处理了，卖了4800元，这无凝给身处逆境的他重新杀入凯州职场打拼，提供了再次苟延残喘的缓冲机会。

康旭一直在人才市场溜达。在人声喧嚣的电脑城人才市场九楼，他在拥挤的人群中徜徉，不厌其烦地在各招聘摊位前询问、投递简历。在二环路劳务市场，他不知这里聘用的是临时工、建筑工和保姆之类的，也在这里溜达了一天……

康旭很清醒，理性择职不容易。或许命运把他扔到了这个城市，就算没有明天，就算成功几率为零，就算只有孤独与疼痛做伴，他也要在这个城市杀出一条血路，即便没有年龄与学历的优势，也要跨过悬崖峭壁，迸发出骄阳似火最炽烈的光芒。

四、胜败仅一纸之隔

人们看到康旭像只无头小鸟到处转悠，在人声鼎沸的人才市场有目的地闲逛，他常用白莫仪"把寻死的勇气拿来应对社会机遇和挑战，用行动自我救赎"的话，给自己加油。他用公交卡赶公交车，围着一、二环路转了一圈，跑偏了各大劳务市场，都没有找到合适的工作。他突然想起，电子市场那家曾打过交道的物流货运部曾老板想聘用他的事，又从终点回到了原点，在下意识中就走到了李老板的浴霸门市部，陈莹青与人的对骂声缓冲他的步伐——他清晰地听到顾客裴大姐正在和陈莹青对吵。前面提到过裴大姐是李老板的固定客户，上次因卖出去的浴霸爆炸刺伤了顾客的眼睛，来找李老板索赔过，迫于市场"黑市霸"的淫威，当时忍辱离开了，没想到时过十多天，他们又杀他一个回马枪……

康旭躲在二楼楼梯拐弯处，面临事态进展静观其变——

裴大姐义愤填膺地说："你们的假冒名牌直接危害社会，我有两个买主买了你们的浴霸，在洗澡时爆炸了，玻璃片刺伤了眼睛……政府和媒体天天喊打假，咋不来踩死你们！除了挣这些黑心钱，你们还能干什么？"说着，拿出门市部曾开的提货单要陈莹青全额退款。

陈莹青照业务行规来讲，应该做一个合理的解释。但她不会，她把底气十足的傲慢集中到对方的眼睛上，似乎刚才客户说的话像屋子里烟圈袅袅飘飞了，答非所问地说："本店的货有你说的那么歪吗？这个牌子我也在用，咋没有炸瞎呢？你的眼睛不是好好的吗？谁知道你在哪个破地方搞一个烂浴霸来我们这儿敲诈？"

裴大姐一时接不上话来，旋即，气得扯起破鼓嗓子叫嚣："见过泼妇，就没见过你这样的浑身长横肉的泼妇！你们蛮不讲理，自有说理的地方去！"哭骂着，就冲出了门市部。

陈莹青似乎还没过足嘴瘾，指着对方说："随便你告哪儿去，奉陪到底！要买正宗货，到王府井大楼去呀，价钱不一样哈—"

康旭在楼梯的拐弯处一闪身，等到裴大姐下楼来，就凑上前去询问情况，对方也认出了康旭曾是门市部里的打工仔，就问他为何没上班？康旭说，"老板怕供出他售假的内幕被开了……"

"喔，我们都是受害者哈……"

通过交流后，裴大姐把其所购浴霸爆炸刺瞎眼睛的两个买主的姓名、年龄、家庭地址、照片和受害时间的举报资料复印件，都交给了他，请他帮忙求助媒体。

手持确凿翔实的证据后，康旭决定去找富锐凯商量对策。他蹲在锐凯常摆三轮的街头没抽完一支烟，锐凯就蹬着他的三轮车出现了，继而，就在街头转弯处灰头土脸地候客，一顺溜坐在偏三轮车上东张西望，一脸的焦头烂额……

康旭使劲揉了揉眼睛，走到那个潦倒落魄的偏三轮车夫前，康旭有些矛盾，此时竟然想不出一个可做深度交流的人，眼前唯一能与之畅所欲言的人，恰是眼下这个富锐凯！因其手上有李老板假货伤人的足够证据，找个朋友商量对策，让自己下一步行动的模糊思路清晰一点，他没有直接去打扰锐凯，而是辗转徘徊在已搭好的夜市棚区里，脑海老是浮现胸毛像菊花瓣渐次绽放的富锐凯……

于是就给他打小灵通，连线了好长时间，都不在服务区。康旭走进前次来过的"骄阳苑"茶铺，找个靠墙角的地方坐下，叫来一杯茉莉花茶，寂寥茫然地环视一下四周，然后伏下身子浅睡了一觉，然后再连线锐凯的小灵通，"嘟嘟"通了，"请你来'骄阳苑'喝茶—"

那边锐凯回话很爽央："稍等，马上就到—"

他俩正值"骄阳正午"的年龄段，都在逆境的漩涡底层挣扎，难得闲来无事来这家茶铺喝茶、聊天，一起看窗外城市的蔚蓝天空，是他们唯一可以打发无聊时光的休闲方式。这里可以随意洒脱地吸一支烟，呼吸茶香气息，并口无遮拦地愤世嫉俗……

带着一脸挥之不去的落寞与倦意，锐凯走了进来，还没坐下了就说："你叫我是因李老板卖假货伤人的事，对吧？何必搞得那么神秘？"

富锐凯闭口不谈他为何失踪，谈论的话题多是老板售假，克扣员工工资的事。锐凯说："到这座城市打工，我输就输在没有文化上，别看我一嘴的粗话，但我从骨子里特羡慕有文化人，我现在做梦都想在凯州读一回大学，我每天从梦里醒来，就知道我在这个城市没有明天……"他在康旭的手背上拍拍，"对付李老板这样的黑心老板，还是要用文化技术含量较高的方式来搞定，既要捣毁他，又不能让他知道是我们干的……"

康旭说："对啊，找媒体曝光最快、最好！每天《凯州日报》发行量是二十多万，让李老板造假贩假伤人事件曝光，让他的假货没有市场，就像老鼠上街人人喊打！"

锐凯说："舆论监督的影响力，肯定比在门市部吵架大！"

康旭说："顺天意吧，成不成就看能不能引起报社的重视……"

在城里浮沉，到处瞎撞找工作，正处于诚惶诚恐无言地煎熬和等待中，康旭最不缺的就是时间和精力。

康旭在茶铺的桌面上铺开纸，写了一份"读者举报信"，写好后，递给锐凯审核认可，然后带锐凯一起去了一家街角的美工打印部。一个年轻女人啪嗒啪嗒地在电脑上一阵敲击，一篇"黑心老板卖假名牌浴霸致人伤残"的"读者举报信"就成型了……

　　康旭不敢奢望这篇短文能渗透无尽的对城市生存空间的忧虑，只想大胆去做，为正义而战，为保护消费者权益而摇旗呐喊。

　　电子市场大门外有个邮筒，康旭把那篇贴上邮票的"读者举报信"投了进去……接着他每天都读这份报纸，尤其是周一的副刊和"读者来信"，他有时狂妄地遐想，如果这篇短文被报社选中采用，他一定会收获一种峰回路转的愉悦感。他谋职之旅越挫越勇，原本把这年龄段看成炼狱沉浮的时段，前途薄如蝉翼，现在想啥皆可，就是懒得去想"有没有明天"……

　　或许老天开眼，大概是第六天的《凯州日报》，那篇"揭黑"短文终于在"读者热线"中刊发了，他在书报亭前一翻开这一短文，竟有莫名眩惑与欲哭的冲动，仿佛有一种久违的生命鲜活能量被释放了。后来李老板他们如何受到处罚，他都没兴趣去关注了，他现在每天的必修课—在日记中记下《凯州日报》刊发他短文的责任编辑的名字，心存感激，在灵魂深处镌刻了与这家报纸的特殊情缘，希望带着深恶痛绝的心情，尽快脱离苦海……

　　那晚又失眠了，他想起了意大利诺贝尔文学奖获得者路伊吉·皮兰德娄的名言：我在床上最爱的是通过做梦来自我救赎。恰在此时，手机响起"滴滴"短信提示音，拿起一看，是美女导游白慕仪的短信—

　　岁月，总会流走过去的沧桑；年华，常在驻守沿岸的风景。心若浮尘，浅笑度日，淡定地寻，淡泊地活，其间会多一份历练和孤寂，人生必将花开彼岸，失之东隅、收之桑榆，自我救赎才是人生恒久的主题曲。

白慕仪的短信、电话，对康旭来说，与网上的励志语录有异曲同工之妙。双方遇到烦心事就会在第一时间想起对方，通过交流排解尘世的郁闷与烦忧。思念的滋味，唯有蘸着泪水的绝处逢生与对方异地相遇，产生某种心灵碰撞，彼此在江畔意外邂逅，就像情缘天空中出现的那一道风雨彩虹……

康旭在床上像翻烙饼似的，进城就业屡屡受挫，他耳畔响起白慕仪的话，"嘴巴不要太潦草，进城打工不是城市适应你，而是你去适应城市……"他从小就被人指责为"不通世故"、"善钻牛角尖"，想给心情找个知己，想学点悠闲，在城市不可能活得太清澈，不想让生活带来无数的烦恼与郁闷，试图要换一种活法，学一回洒脱，健康快乐地活着，为何他总与城市不接地气呢？

康旭不敢奢望他与白慕仪有什么发展未来，但一想起她心里就泛起温柔的涟漪，仿佛前面等着他去收获一路美丽风景……

或许，人们所说的心有灵犀，几日后的晚上，康旭正在掌灯夜读，手机的蜂鸣声唤醒了他，提起一看，屏上显示："白慕仪"，忙接听——

白慕仪在电话里说："前几天带团时，手指遭摔骨折了，请了几天假，想来凯州休闲、游玩一下，欢不欢迎？"

康旭一阵心慌意乱，不知慕仪的到来，是不是意味着他职场噩梦将戛然而止，是否有可能衍生一段新感情？他不知道！康旭喜出望外地说："当然欢迎哦！要不要请一个仪仗队来夹道欢迎？"

白慕仪说："别瞎闹了！说正事，你的工作落实没有？"

康旭回答，"你来了，就意味着好运和贵人来，近日，天使降落，有天使保驾，苍天开眼，工作敢不快点落实吗？"

在凯州城西迎宾大道"骄阳似火"茶楼，窗外的秋日骄阳正烈，那泛着温情的茶楼，透过炫彩的窗户，康旭遥望着安谧的碧空，东方天际密布着凝然不动的红色云朵，从中依稀能辨识出逐渐清晰的一轮骄阳，投射在茶楼屋檐枝头墨绿色的芙蓉树枝上，折射出一抹白昼阑珊般的光影。让康旭浑身颤动而灼热，他又想起了那日被江水"反弹"获救的情景……

康旭正在窗前触景生情时，乍一抬头，就看见正跨出电梯门口目光游离的白慕仪轻盈地走了进来，她差不多是和其他茶客同时走进茶楼的，她的右手中指系着白色绷带，背上挎一个款式时尚的旅行包……

康旭一阵恍惚，脑海里旋即冒出一个很奇崛的词：天后！

天后驾到！康旭一时手脚无措，忙不迭地站了起来，走出几步前往迎接，痴痴地看着满脸含笑的白慕仪。

今日天后降临！白慕仪身着翠绿色女导游套装，长发披肩，脸颊泛红，风姿绰约，目不斜视，常流露出某种春风化雨般的清雅脱俗、英姿飒爽。只因猜测白慕仪是矜持而羞涩的，所以他需要打起精神，热情接待她，事先心里准备了一箩筐话，与主动出击的她作情感衔接，白慕仪进了茶楼嘴不吱声，眼睛在说话，也在睿智地旁敲侧击事态的进展。使康旭惊讶的是，这位明澈孤傲的女导游那种贤淑干练和唯我独尊，而这一切都是毋庸置疑的。康旭觉得自己并不想一厢情愿。康旭发现她清澈发亮的黑色大眼睛十分尤其漂亮，甚至很匹配她那张意气风发、泛红的椭圆形脸蛋。这双一汪深潭的眼睛里，正好与她美丽的嘴唇曲线协调地配搭，有种"一切尽在不言中"陶醉迷恋的神韵，也有种不嗜张扬、心计高深的丰盈感。不要以为在那次江岸邂逅后试图过来缠绕他，大胆泼辣地追逐稍纵即逝的情缘，"犹抱琵琶半遮面"闪烁其词，就想填补康旭正想续弦的感情空白，那就错了，大家都是过来人，康旭不想否认他邂逅到这位"江畔佳人"后所获得的美好印象，他今天要不要"投石问路"很直率地向人家表白呢？人家打老远来，就显而易见已让康旭心底掠过一种奇妙的涟漪。

康旭在接过她的旅行袋时，一种带电的眼眸石破天惊地切入他的眼睛，感觉她的美貌蕴含着一种历练与积淀，一种超脱红颜的靓丽与清逸，身上散发出一种英姿飒爽独特的天后气场，她身上夹裹着茶楼里那种"茶香自醉何须酒"的那份茉莉清新香味……

虽说是第二次见面，加上平时的短信和电话交流垫底，瞬间便可穿越两人之间的心里隔阂，彼此相恨见晚的欢愉感和亲切感，宛若云水般在心里流淌。

两人笑盈盈地并肩坐在茶楼靠窗的位子，城市的窗外秋风送爽、街景一片秋色金黄。康旭贪婪地做了个深呼吸，瞬间就感觉浑身从未有过的神清气爽，有种秋风送爽般的沉醉感，他朝思暮想这一刻，目光凝重地审视"救他上岸"的女导游，"滴水之恩，涌泉相报"，这可是"大恩不言谢"的救命之恩啊！这气场，人脉广博、历练娴熟的导游美女，在鱼龙混杂的旅游业中，她这种品貌堪称翘楚。

康旭贸然而唐突地睁大眼睛打量白慕仪，白里透红的皮肤，齐胸的卷发，适中的身材，特别是她历经风雨磨砺铸就那份独有的成熟与泼爽气质，更让康旭满心喜欢。更令人着迷的那一剪瞳仁，流溢着一种久违而脱俗的椰林寨娘子军战士的那份豪爽本色，比起凯州那些嗲声嗲气、花枝招展的都市"白富美"更适合与自己交流、投缘。

自知身处逆境的康旭，暗骂自己自作多情，一厢情愿，是不是应把态度摆端正，自己还在一片看不到天的黑暗隧道里摸索，何才何德想入非非？

"人家可是你的救命恩人哈，休得乱了方寸！"康旭及时提醒自己，环顾一下茶楼四周，他立马叫服务员泡来一杯碧螺春，用手示意白慕仪用茶，茶楼那几拨人把头掉转过来，视线聚焦过来，还以为他们是现实版的电视相亲哩！

"当导游很辛苦吧，文化层次要高，普通话要好，形象要靓丽端庄……上次你救我的时候，我就感觉你带的游客认定你是最漂亮的美女导游。咯，你们旅行团招不招老男人导游？你们旅游行业竞争激烈吧？"

康旭一边询问着，一边艳羡地瞟着白慕仪脖子上和手上佩戴的水晶和玉玺饰品。

"嗯，你比上次气色要好得多，有股精神气，还想当男导游，是吧？"白慕仪端庄地坐定后，暗自瞟眼看他，抿嘴浅笑："状态不错哈，那得看你咋感谢我咯？"

"感谢，用笑声感谢，好不好！笑也是过一天，哭也是过一天，就算是哭着笑也得笑。今天，用什么方式感谢都行，只要你开心！另外，还要感谢你在电话上的心灵援助？"康旭应答着。从他落寞阴郁的眼里，白慕仪读出，他在这个城市的前途薄如蝉翼，不知路在何方！

"说话酸溜溜的！面对面的交流，不是心灵扶贫，是真诚地和你交朋友！那天你自杀未遂，是上苍给你再活一回的机会。当时有游客在跟我打赌，说那个叫高康旭的男人不会再去寻死了，会慢慢找到笑着活下去、笑到最后的存在价值，看来，他们真的赌赢了……"

"是吗，在你们眼里我有那么脆弱、厌世吗？"康旭心里拂过一丝汗颜、愧疚，这一年来，自己独自带着儿子苦苦挣扎，目前虽然面临困境，但已走出了万劫不复、必死无疑的那道坎，至少有点越挫越勇的底气了。

"别怪我多嘴，我冒昧地问一下，看你样子应该是有能力的，那天为何要选择自杀呢？"白慕仪笑颜迷人，这让康旭的喉结重重地蠕动一下，咽下一口唾沫。白慕仪不过是想旧话重提，既尽量拉近彼此的距离，又可随便善意地给康旭来一场心灵扶贫或"洗脑"。

"哦，是么？其实，按心理学来讲，每个男人一生都会有几次试图自杀经历的。18岁高考落选，我就想喝农药自杀，结果被我祖母发现了，没死成；第一次失恋、第一次投稿失败，第一次企业倒闭，我都不想活了，因为总觉得，这世界根本不需要我，我的存在显得那么多余……哦，对了，给你续点水吧——"

"没看出来，你还真自杀成瘾了哈！活得好不自私？风光的时候，你就风花雪月；但凡遇到逆境，就想自绝于人民？"白慕仪盯着杯中的上下不住地漂浮的杯中茶叶，"每个人来到世界不仅属于家庭、更是属于社会，如果你死卓了，你父母、儿子咋活？"

"嗯啦，像我这样没出息的混蛋，解脱了就一了百了，既节约环保，又减少低素质群体……"康旭自嘲地答非所问，做个无奈何的夸张姿势，两手一摊。

白慕仪脸庞泛起红晕，端起茶杯喝一口，说："我原以为你已经走出了人生阴霾，看来我是错了。今天，我吊起膀子大老远来看你，你尽说些不负责任、没有营养的丧气话，不觉得这样对待你的救命恩人，太过残酷吗？"

"不好意思，我不是在和你谈论死亡的恒久凄美吗？很诗意，对吧？"康旭脸色苍白，有种难以名状的困惑和惶恐。

"你就错了，怪不得你找不到工作呢！尽说些自毁前程的丧气话。你的气场还没起来，你人生旅程或许正面临着另一次拐弯，你需要做好拐弯的长远规划，厍积极向上的心态去审视自己，突破自我……"白慕仪一番话的冲击力直抵康旭心灵深处。

"来，向你敬礼，天后，白导游！以茶代酒，敬一个，第二次见面，让你费心了，祝你健康漂亮！也为我们能萍水相逢成为好朋友，干杯！"康旭端起茶杯站了起来，与白慕仪的玻璃杯"嘭"地碰一下，一饮而尽。

"天后！"白慕仪觉得这个赞美很贴切、有能量！

除了康旭以外，还没有哪一位中年男人能以茶代酒博得过她这个天后女人的垂青。确凿无疑的事实，就在眼前，因为试图博得她垂青的猎艳者，特别在她婚变以后，确是无以计数。但那些急于续弦的适婚男人的拙劣试探，多半都是枉费心机，有些男人由于遭遇这位有脾性、有颜值、有固定收入女人的挪揄和鄙视，最后不得不在望梅止渴鞭长莫及中抱头鼠窜，甚至反成了她情场历练中不愿搭理撇清的备用胎。白慕仪稳坐在那里，似乎感到一种莫名的憧憬与感怀，一种谋定而动，好心情接踵而至，脸色突地有点潮红，嘴唇和眼眸游离，在隐约地发亮发光，右脚尖有节奏地叩击着藤椅上的扶手，心里咚咚地发生了小小的骚乱，竭力克制，似乎还是心魂不定，难道与他相见恨晚？她嘴角不由得带笑意，但这是清澈明快的笑。康旭甚至未曾料到美女导游竟会有这样清纯恬静的一面，感到特别奇妙。而且不管他被怎样的荒芜沧桑心情所萦绕，他的目光还是被她深深地吸引住了。她的举止言谈似乎也变得跟那天江岸上大相径庭：语调里似乎完全没有那天那种快言快语的飒爽劲，也没有了那种生命狙击的倔强劲……

趁放下温热的玻璃茶杯的一瞬间，在白慕仪微笑中隐约掠出了一种痴迷的神情，近距离沉醉地端详他，这种新奇的端详，竟产生一种不可名状的似曾相识。康旭身上不似传统印象中的"泥腿上岸"的进城打工仔，脸上神情毕恭毕敬，但却还沉稳得体，并不流露虚假的阿谀逢迎，更像水浒里说的英雄好汉，看上去顶多三十五岁，身材适中，目似朗星，炯炯有神，好像两颗熠熠发亮的拂晓星光。鼻若悬胆，下巴陡峭，两条健硕的长腿，因近期职场坎坷，显得气场不够。一撮带着欢腾笑语似的小胡须，做楔子形。嘴唇写满坚韧与落寞，时常发出磁性而浑厚声音，而那个潮红的脸颊下那宛如盛夏的成熟杏子似的喉结，散发着中年男人特有的健硕硬朗、筋骨阳刚。最让她怦然心动的是，茶楼窗外投射进来的阳光照在他轮廓陡峭阳刚的面庞，一种壁立千仞的精神气！她想，影视剧中诗仙李白和大文豪苏轼大概也就这种神采吧！

康旭的心灵虽然处于愚钝落寞状态，他的缺憾感虽然还在日趋加重，但他的智商并不残缺，到底还是情不自禁地对在她心里产生的一种明媚清新的感觉深表错愕：这个天后女人，这个为"救赎"他而出现的女人，现在不但使他产生敬畏，并每逢夜晚在他灵魂深处中闪过江岸倩影的女人，总会产生那种怦然心动的温柔感觉。

白慕仪赶紧收回自虐般的遐想，目前的关键，是这个男人需要有个高人扶他上战马，制胜于疆场，就慷慨激昂说："只要你有信心，任何陌生都可以熟知的，任何局面都可以打开的……就你的品貌，找个工作应该不算难事！没有金刚钻不揽瓷器活！只要你有金刚钻，职场上位是没问题的。我就对你有信心—"

"谢谢—"康旭嘴里这样说，心里暗想，大话谁不会说，梦想照进现实，那只是一种传说！她不知道凯州找工作多难呀！不过，他还是给自己鼓劲，人家大老远的来看你，总不能拂去人家美意吧！

摆在面前的是，急需解决某种心灵上的困扰与自己生活上的现实危机。出了茶楼，因兜里还揣着卖旧面包车的钱，康旭还是很绅士地尽地主之谊，邀请远道而来的白慕仪吃饭，在交流过程中，康旭能逐一顿悟对方的用心良苦，也大有相见恨晚的感觉。

在餐厅畅通了彼此的交流，白慕仪拉开旁边椅子上的旅行包，扔出一件折叠整洁的男士名牌西服。康旭一看，就认出是上次在丹乐江自杀未遂后、变卖回家车旅费的那件名牌西服，当时就蹊跷为何那么快就脱手了，现在才恍然大悟，竟然是美女导游安排人暗中买走的，今天物归原主，这女人滴水不漏、莫测高深，他在丹乐山江畔的绝处逢生，全得益于她的运筹掌控之中。他不知道他们的邂逅，是否还可以延续……

"这件西服在江岸让你绝处逢生。建议明天就穿这件西服去面试，多半能面试成功，它包含你的历练与底气。据我掐算，这件西服一定能给你带来好运……"白慕仪语气中带着发自内心的鼓励。

康旭咕哝着："你叫我穿着这件西服去面试，你不觉得过时了吗？"

她用明澈的眼睛瞧着他，飒爽地大声说："哎，拿出一点大老爷们的底气来。我告诉你，男人穿名牌西装永不过时。自信一点，记住，没有风险就是最大的风险！去闯一番新天地！"

康旭对这位温柔而滚烫得让人无法拒绝的天后导游，只好计听言从了。过一会儿，他进入了洗手间，他啪地一声坐在抽水马桶上，脑袋懒洋洋地靠着墙板，心脏突突地狂跳，浑身在痉挛地颤抖，脸上浮出一种几近幸福又惶惑的表情，初来乍到的那种纠结猜疑和不确定，随即烟消云散。

后来一到周末，康旭恰似一江秋水向东流，大江东去，在水一方。一改初见时的自惭形秽，有种素来熟识而又意欲接近的感觉，潜意识中不可逆转地想她，增加了电话聊天频率，白导游源源不断地给康旭输送精神食粮，刻意在心灵深处的碰撞和交织中达到理念一致，都给彼此留下深刻的印象。

在熙攘拥挤、喧叫嘈杂的人群中，康旭再次把自己扔进了滚滚求职大潮中……有女导游的随机跟踪主导，他决定把找工作的定位由原来的苦力活转变到一个文化含量较高的工作上来。

白慕仪事后觉得这趟凯州没白来，且不敢说来自康旭身上的活色生香，至少觉得他不像一般男人那样侃大山、吹大牛、撒谎，自认为受了社会欺骗，为绷足面子，就肆无忌惮地撒谎，装腔作势，满嘴跑马，拘泥于片言只语中，拿一粒豌豆当山丘，拿片鸡毛当令箭，就算遭遇万劫不复，他浑身都有一股铮铮硬骨，一股大男人身上独有的正气。随后，她还满心欢喜地给他寄了有关职场制胜谋略的励志书，康旭感觉瞌睡遇到了枕头，爱不释手地坚持读书，平静地过了一段闲散悠闲的时光。

这世上，轮角分明、不谙世故，是注定要吃亏的。康旭最终还是没有摆脱掌控电子市场邪帮"黑手"的魔爪。

那是个异乎寻常的傍晚，因工作上的事，与托运部招聘主管谈得太久，来到他和锐凯经常去过的那家风味手工面馆吃面条，他们曾喜欢那里的原生态手工面味道。他进了手工擀面馆，叫来一碗手工擀面，刚好吃完，正欲喝碗里的面汤时，一抬头间瞥见，面前站着一个满脸横肉的男人，随后进来一个戴墨镜的黑脸男人，带着一种随意、戏谑的口气对他说："这位哥们，打扰一下哈，有个朋友在外面找你！"

即使在康旭心里第一意识，就是面临危险。对方压抑住带着气说话的语调，他的眼睛好像已经透露他内心的邪念，表达一种轻描淡写的用意，却暴露了完全与现时险情难以应对的神色。心地质朴的康旭神色忧郁，觉得某种不对劲，但当时容不得多想，第一反应就是锐凯来找他。哪里知一出面馆，外面的迷蒙的灯光下，站着三个男人，慢慢围住他，接着，就不问青红皂白，就用一条蛇皮口袋笼住他的脑袋，一阵狂风暴雨般的拳打脚踢，主攻方向屁股部位，然后，只感觉自己的右手指一阵穿心触骨般的刺痛，只听"啪"地一声，在求生的慌乱挣扎中，他知道他的手指遭扭骨折了，然后还没等他回过神来，那三个明显的被人指派来的打手立即作鸟兽散……

他痛得在地上打滚，眼冒金星，在突如其来的疼痛晕眩中，他依稀看到有满天曼舞的花花绿绿的报纸在空中随风飘荡……

还是被那位好心的面馆伙夫跑出店外，赶紧扯掉蒙在他头上的蛇皮口袋。

在昏暗的灯影下，他脑袋露了出来，口鼻喷血，脸上血迹斑斑。面馆敦实老板吓得手足无措，赶紧把他扶到餐桌前的椅子上，一边拿餐巾纸给他擦血，一边嘴里说："你是不是得罪了那伙黑社会？要不要打110？"鼻孔直冒血的他翁着声音，呶着气说："不用，谢谢！"吃力地想从裤兜里拿出钱来付老板的面钱，可是他粘着血迹的中指已骨折，用另外两指掏出钱给老板，敦实老板摆手说不要。然后，还带他到后面洗手间去冲洗脸上的血迹，告诉他附近有一家社区公立医院，并提醒他一定要找医生包扎一下，检查一下，骨折的手指才能及时修复，免得留下后遗症。老板又在外面喊来一辆人力偏斗三轮车，康旭在恍惚中睁眼一看，应声进来的车夫，竟然是富锐凯，他喘着气，喷着鼻息冒着雾气，然后莫名地摇了摇头，想把鼻尖上的汗水抹去……

富锐凯脸色惨白，戳在灯光下，看清了康旭如此这般，惊恐万状，语无伦次地问："你……你怎么啦？谁打了你？"见康旭脸色煞白，嘴角和鼻孔突突喷血，就忙收住废话，赶忙轻轻扶起他上了偏斗三轮车，然后蹬起三轮车朝医院一路狂奔。到了那家社区医院，做及时治疗。

康旭在彻骨的伤痛中极力梳理思绪，极其沮丧，连使尘世生活继续下去的工作都没有，竟然有人对他下黑手？在混沌与抗争中明白是谁干的，明白他们为何扭断他的右手指，也知道身上受的不过是皮外伤。在那家斜月清照的社区医院，他和锐凯以前从未想过，在万家灯火的城市街巷深处，还有一个把温暖撒满整个夜晚的健康驿站—社区公立医院。那位骨科医生很专业地为他接好了手指，并做了包扎，还用绷带吊起右手。

那位和蔼的中年男医生说："没事了，休息几天就恢复了！"

那个被挨"黑打"的夜晚，他神志清晰，脸色憔悴，再次打车回家，这件事他决定不告诉父母和老姐，权且就当它是一场男人的炼狱演习吧……

康旭眼睛喷火，呼吸急促。在床上辗转反侧，从黑夜里折射一种可怕的空虚与伤痛，而他心中可怕的空虚则与之呼应。是的，其中那个群魔乱舞的电子市场对他大打出手，似乎使他十分惊愕，所以他事后决定对外保持于无声处的沉默，不为别的，只为家人和老姐不再为他伤心流泪。他不想弄得满城风雨，他不想用"挨黑打"玷污了他求职路上的名誉。多行不义必自毙，作恶者自有遭报应的时候。他再次选择了坚韧。同时他又想找人倾述，不是简单的为了泄愤，而且仿佛是渴望跟亲朋好友发泄自己内心的愤懑和郁结，在极度孤独中找倾述对象再一次酣畅淋漓地敞开自己的胸怀。……他最终迷惘和恐惧的是，他自己是不是即将完蛋了，他的谋职出路在哪里，毁灭就在哪里如影相随！

五、泪水冲走愤懑

唯有季节到了中秋、秋风送爽的时候，他的心才隐约感到丰硕金秋那份感动，滋生了豪迈博大、不知餍足和渐入佳境的爱。

正在质疑难以安放的爱渐行渐远时，康旭接到白慕仪一个电话："喂，去找工作，出门了吗？记住穿那件名牌西服。别自己打败自己，和那些应届大学毕业生 PK，你更有气场和优势。"

康旭答："知道了！"

慕仪又叮嘱道："振作一点，年龄不是问题！没什么好怕的，野百合也有春天……"

每个男人在爱的路上会走得很远，更都有力量因爱获得全世界，用爱情的喜泪涤荡滚滚红尘的诟病……康旭小心翼翼地对着手机嗯啦嗯啦之际，来到了位于凯州东区的劳务市场，嘈杂的"该出手就出手"音乐声大作，溜达一圈后，在名为"包找工作"的中介摊点与那位女老板做了短暂交流，并交了中介费 280 元。过几天，那家中介女老板打来电话，开口就嗲声嗲气直呼："帅哥，已安排你的工作了，请到西城区一环路的航帆写字楼十一楼去竞聘业务经理一职，老板对你的经商经历很感兴趣，祝你成功！"

康旭一跨进位于十一楼的富豪投资公司面试，坐在对面的老板夫人上下打量他，绷着一副职业性的冰冷面孔，说："这次招聘，经过最终筛选，就剩下你和一个姓富的竞争对象，需试用一周，再决定最终留用谁？主要工作内容是做房产抵押贷款、房屋购销经纪等业务。"

怎么在这儿，会突然冒出一个姓富的，难道幽灵似的锐凯也来应聘？康旭忙问："竞争对手是叫富锐凯？"

"对呀，他没有相关工作经验，但显得稳重，还会武功；你嘛，知识层面、学历比他高，你们应该不分伯仲吧，谁能竞聘成功，就看谁的能力更强了……"

当康旭爬到写字楼的顶层时，突然感觉腿脚发软，就坐了下来，然后愤懑地甩掉那些求职资料，闭起双眼和嘴巴，满脑子都是锐凯的影子，接着，他挺起胸脯做深呼吸，似乎想竭力把胸中的怨气和积郁释放出来，连同积聚在他内心的纠结、绝望和愤慨统统挥之而去。

"锐凯，怎么进厕所都会碰到你？"康旭心想，但没给老板娘说他与竞争对手认识，他也不想跟锐凯参与"刀口舔血"的职场竞争，那样暗中叫板恐怕以后连朋友都做不成了，最终让老板来定夺吧。

在公司安排的玻璃格子座位上，对面坐着阳刚外溢的富锐凯，曾经的好朋友成了竞争对象，彼此都觉得不好玩，无言以对吧。康旭一心要谋到这个职位，自我感觉还是自己略胜一筹，文化层面、经营实力都几乎都占上风……对康旭来说，被公司正式聘用是一份奢侈的幸福，势在必得，可让他匪夷所思的是，他瞟见锐凯一脸的不在乎……

在公司后侧的洗手间里，康旭在马桶上听到两个员工正在议论相关聘用讯息—老板娘择优录用的标准更多的向他倾斜，锐凯扮演的不过是"陪他练摊"的角色。在洗手间的镀金镜子面前，同事之间对着镜子聊八卦时，脸上纷纷露出莫测高深的坏笑，只因公司法人董事长在美国打理那边的生意，公司上下暗流涌动，老板娘更需要一个顶梁柱的极品男人，为公司，也为排遣她的寂寞注入新能量。

刚到公司摸清这些实情时，康旭有些许不爽，以顺其自然，随遇而安的心态应对。下班后，他到附近的超市买日用品，一位推着货筐的四十多岁左右、且分不清性别的人迎上来招呼他。那人飘洒的披肩长发也分不清是真发还是假发，他凑到康旭面前先是皱起鼻子像狗一样夸张地嗅着，从头到脚审视着他，然后既夸张又儒雅地伸出兰花指，与康旭相握，说："高哥，好帅耶，简直就是金武成的翻版，怪不得我姐看上你了……"

康旭被弄得丈二和尚，懵在那里，面前这个太监似的熟面孔，好像在公司里担任要职，经常在公司里怪声怪气、大呼小叫的，他居然知道自己是高康旭？他姐姐又是何方神仙？

那长发男人见他有些迟疑，就打着太监腔说："我姓梅，梅艳芳的梅，叫梅德方，你不必叫我梅主任，叫我阿梅好了，是这个公司的通联部主任。你我都是同事耶，不必拘束，对吧？昨天我姐来公司瞧见你就走不动路耶，怎么，你不动心，我姐可是棋琴书画样样拿得出手的资深文艺范美女耶！喏，这是她的照片，走，哥们，请你喝茶—"

梅德方说话句尾带着拖音，不由分说地拽住康旭去喝茶，一边诡秘怪异地要他看照片。康旭搭眼一瞟照片上的女人，是不错，只是浓妆艳抹，就觉得太唐突。不就喝茶吗，谁怕谁？大不了遇到了疯人院偷跑出来的"怪胎"，自动撞到本哥们枪口上来，这货色，还通联部主任呢？呸，我也是社会底层"疯子"群里修炼出来的，看谁更嚣张？

走进附近的茶楼，在绿意葱茏的塑料藤蔓的墙角坐定后，那个梅德方就伸着兰花指比画着说："我姐一见你就夸你超帅、有成熟男人的气概，现在走近来看，你耶，简直就是中年女人的灭绝师太，哦，不，是师奶杀手！嘻嘻……"

第一次听到这种提法，康旭瞬间被弄得浑身起鸡皮疙瘩，脸热心跳，喉结蠕动着问："哥子，你找我，不只是为了当面赞美我吧？"

梅德方神秘地说："是的，每个人都有爱的权利，对吧？我姐暗恋你了，这几天在公司，你没有觉得有美女在对你暗投秋波，人家想给你寄纸条又拉不开脸面，女人天性矜持……就求我来表达她对你的爱意。我在你的档案里知道你已离婚，做我姐夫是你最好的选择，我姐在澳大利亚继承我姑父上亿美金的遗产。我姐说，只要遗产一到手，她就用你的名字办房本，拿下我姐，到时你就变成了亿万富翁了，还有必要在这破公司看老板脸色过日子吗？"

进城到凯州打工，在前面两家店里都挨了两次"黑打"，差点没把康旭打进阴曹地府，在这儿居然"骄阳正艳"，居然还有人"稀罕他的超帅"，真是"东边日出西边雨，道是无情却有情"，他没被莫名虚幻的荣耀击晕。这几天，在办公室确实有个风韵犹存的老女人在他面前晃悠，原来是"只因在人世间多看了你一眼，就没忘了你容颜"，谋划着招女婿上"东床，"布局自己生活的温柔乡，没想到，在他的天空，还有女人叠加着层层的某种淫念！

"依我看，你是不是爱情片看多了，拿我一个'二婚头'开涮？真的说不出我有何貌何德能让你姐看上？"康旭从来不喜欢这种不阴不阳的城市"怪胎"，无欲则刚的他，觉得个中缘由并不是想象的贪恋"男色"那么简单。

"我发誓，我姐是真诚的，是她要我来向你表白的，当时都激动得快要哭了……"那太监声线的腔调听起来有点哽咽。

康旭说："那个锐凯，标准的硬汉，阳刚威猛，只那片性感十足的胸毛，就不知要迷死多少女人？你最好把他推荐给你美丽的老姐—"

"他不属于我姐喜欢的类型！威猛性感又不能当饭吃！我看过他

65

的资料，一个破小学文化，能有什么前途？我姐说怕来不及，该拿下就拿下，要及时把握好自己如意的男人。当初离异时，一心扑在工作上，感情有个修复的过程并不是不要爱情，只是没有找到具备条件的……遗产一到手，爱情就有足够的实力充电，就能很快鲜活起来了，对吧？"梅德方的话让康旭听得云里雾里。

康旭瞧他忧心忡忡，有些不知所措。梅德方迂回地周旋，决计将康旭搞定，"帅哥，你同意做我姐夫吗？我姐是独一无二的，她可是再也伤不起了！"

康旭也不知是自己伤不起，还是阿梅老姐伤不起。敷衍地说："在这个欲望膨胀的城市，哪个伤得起？"

梅德方用哀求的目光盯着他："你是纯爷们，你就大胆的往前走吧！我建议你和我姐是不是可以约个会，应该单独交谈，加深一下印象……"

康旭一时心里涌动着一种莫名的温热，嘴上却一字一顿地说："请转告你姐，她的心意我领了，她一定会得到幸福的！不过，那个男人绝不是我……"

"初来乍到的，我知道，你不喜欢我这类文艺范儿的男人？男人嘛，各有各的活法，各有各的价值取向！做了我姐夫，在公司，本主任会好好呵护你的……"梅德方笑得一脸灿烂，继而又眯起眼来打量康旭。

康旭回到公司，才知道公司上下（老板家族系凯州外地人）都暗中称梅德方为"霉得慌"，由此感觉生活特喜剧、滑稽。试想，与阿梅话说得有些暧昧，心里一时山呼海啸，五味杂陈，于是走进洗手间，对着镜子对自己说："祸从口出，管住你的破嘴！"然后，狠狠地打了自己一耳光。

这天早晨，按公司特殊规定，上班前，全体员工照惯例在大厅上举手宣誓、喊公司口号，听老板娘平日里常挂在嘴边的训话，并接受公司新一天的工作安排。刚走完这些程序，康旭发现，梅德方又卖弄着他那刚染的一头飘逸的红毛，一扭三摆地又到一环路电脑城人才市场招聘新员工去了。

待了几天，书写创意策划成了康旭的专项工作。那天，康旭正在办公桌上写项目策划，接到从原来的一位信用社朋友的电话，说有个客户要请他帮忙在他的投资公司贷款，并在半个小时就到。康旭喜出望外，竞争业务经理需要用业绩来上位，正好，机遇来了，立马搞定它，用业绩证明自己。于是，他春风满面地走进老板娘办公室说："总经理，我能不能胜任业务经理一职，就看我能不能拿下这个单子了，让业绩说话，公平竞争。"得到老板娘的赞许后，在他到前台领到一份业务合同之际，朋友介绍的那位姓曾老板已到了公司会客厅，开口就要贷款100万，用于经营铝合金、钢材生意。按公司规定，贷款前，客户需先交8%的手续费，也就是说，要先交八万元，还需固定房产作抵押，贷款额按评估的固定房产的30%贷出。

市场投资游戏翻手为云，覆手为雨。同事们感觉，干这行的真是水中捞月，"刀锋舔血"。客户老曾被这种贷款条件很反感，甚至气愤，说："打劫嗦，还先交八万块？有钱还来找你们干啥？100万房产抵押给你们，只贷30万出来，岂不是坑蒙拐骗吗？一看就不是做正经生意的公司！你我生意都做老了，一看这里就是个城市蛰伏的诈骗团伙。三分假情七分骗！"．

康旭在送老曾下楼的时候，老曾拉住他的手情真意切地说："你曾经也是企业家，听我一句，你是一个老总级别的高层次男人，就算落难，也不该在这种歪摊子鬼混。我敢断言，你在这里打工非但不挣钱，还会惹祸上身。这地方，可不是你的久留之地哦……"

到该公司做半个月了，康旭一心要竞争业务经理职位，白慕仪曾说他穿这件名牌西服可以走好运，似乎还要命犯桃花，而他一直在丈量梦想与现实的差距，这里除了每天按时刷卡坐班，中午有免费午餐外，康旭和锐凯每天唯一能做的是，去各街巷的房屋中介门市部去发自己的名片。经老曾提醒，康旭由此多了一个心眼，意外地发现，这座由租用十一楼和十二楼的公司临时办公区，每天都有专人用望远镜向底下瞭望，底楼还派有专人放风，严格注视和监控媒体和执法部门的进入，每周五，阿梅都会带一批新员工加入，为公司输送"造血功能"，随即又有一批老员工黯然离去，公司刻意制造一种生意爆棚的繁华假象，在人才市场找一些"求职心切"的帅哥靓妹，来做永远免费"试用"工撑场面，若能熬到半个月，老板就安排阿梅动员员工先交1000元的正式在编职工的统一服装费。每个新员工刚进公司，看到公司发展风生水起，都热情高涨，感觉找到了适合自己事业发展的平台，实际上，公司招他们进来，不过是扮演免费"撑门面"的白领角色装扮给客户看的。

面临是否交1000元所谓的在编职工统一服装费，康旭自己也很纠结。生活在别处，为让生活继续，就交吧，交了钱，交了也未必就能挣钱！公司忽悠新员工的模式不可复制，正如前面曾老板预言，以经营为名义对客户搞商业敲诈！赤裸裸问员工要服装费就已初见端倪。

康旭在公司洗手间关起门蹲下时，正要摊开报纸看时，门外的镜面洗手池旁，传来了娘娘腔梅德方与企贷部经理孙某的争辩声。阿梅说："老板娘要我喊那两个老男人交服装费，我真的开不了口。"

"有啥开不了口的？"

"他们都是上有老、下有小的户主，老板暂时招他们来撑摊子，忽悠小青年还说得过去；忽悠人家中年男人，真的做得太不地道了—"

"就是嘛，年轻人还可以'啃老'，这些中年男人可不是来'混年寿'的，伤不起呀！哎，你姐不是看起那个姓高的帅哥了吗？"

"哼，就他，颜值高、一表人才又咋地？还不是跑到这儿来凭颜值'撑场面'的，道具！就看不出这里的水有多深，没出息的傻缺！"

"不要这样说，你不是评论人家很有男人的筋骨感和沧桑感吗？"

"这年头，有沧桑感的硬汉管屁用，球钱不得，家伙梆硬！嘻嘻……"

没想到阿梅竟然爆出粗口！

康旭脑袋上空，犹如炸响了冬日惊雷，刹那间，无须透过雾里看花，什么都明白了，几天的郁闷和纠结由此释放了，暗自骂道："跑到这儿来，陪他们裸弄，玩'空手道'，搞他妈的人造家具！"

"'城市蛀虫'，一个表面富丽堂皇的歪公司！应该赶紧提醒锐凯……"康旭不知是怎样从洗手间溜进办公室的，反正回荡在半空中嗡嗡作响的，尽是刚才那两人阴损的怪笑声。

康旭办公桌上，已放着一份公司要求缴纳1000元服装费的书面通知单。而对桌的锐凯，也正拿着"烫手山芋"似的通知单发呆，见康旭进来就问："咋办？挣不到钱不说，反而要我们先出血？"

"你想竞聘业务经理，就乖乖交钱吧！"

"……"锐凯看上去也有说不出的怅惘与纠结，不知何去何从，但他并没有告之他是否交服装费。

康旭耳畔立马想起客户老曾的话—"到这里来，一眼就能看出，不是做正经生意的歪公司"，"真是小看了，这里的水真他妈的太深了……"康旭不想在这此处蹚浑水，于是他决定给白慕仪打个电话，如此这般地阐释目前的职场黑洞。白慕仪在电话上，甩出一句话掷地有声，"三十六计，走为上计。此时不撤飘，还待何时？咱惹不起，还躲不起吗？"，劝他"不要在那里'挂空挡，'你这把年纪赔不起"，尽快"撤飘"！

第二天早上，康旭意欲选择离开。不过还是硬着头皮去了公司，按白慕仪的职场点拨，尽量想办法让老板自己提出来炒他，这样便可拿到半月工资。随后，按流程照本宣科宣誓、喊完口号后，康旭给锐凯丢个眼色，就拿着那份交服装费的通知单，进了老板娘的办公室，里面门关着的，正欲敲门，隐约听到老板娘正在与企贷部经理老孙商量，要他尽快出去租房子。

"公司要搬家？"—康旭正欲推门的手，像触电似的缩了回来，玩坑蒙拐骗、"打一枪换一炮"的伎俩！

康旭觉得不必再与老板娘交流，就闪回到座位。

免费午餐开饭前，公司召开了紧急会议，已回归平和心态的康旭收敛心绪，神情平静如水，竟然意想不到……然后老板娘宣布，业务经理最终上位的人选：富锐凯。是的，并不是别人，是他最要好的哥们富锐凯！同时，公司上下还有一个爆炸性决定宣布，以"饶舌妇"恶习著称、透露公司机密的"娘娘腔"梅德方已被开除了。

身着笔挺名牌西服的康旭，脸色一下子挂不住了，背心禁不住直冒虚汗，似乎手也不停地颤抖。这家投资公司"市场怪胎"似的运作，无疑是在钻法律空白打擦边球！

康旭没有心情吃免费工作餐了，无语地乘电梯下了楼，刚到底楼电梯门口，富锐凯便拦住他，神情并没有因升职而满面春风，没有一丝的风雨见彩虹般的成就感，声音也像渡过劫难过后的那一份沙哑，说："康旭，你一定在心里恨我吧？我骗了你，我交了1000元的服装费，是公司留我的唯一理由。对不起，这对你不公平，没办法，我们要活下去，这就是打工职场！"他拉住康旭的手说："你一定想知道，我凭啥会赢？告诉你吧，其实我的职位并不只是业务经理，还取代了阿梅的位子。阿梅是老板安在老板娘身边最有安全感的耳目和喉舌，优势是没有男人功能，因老孙的挑唆，现已被老板娘识破了……还有，这个位子原本是你的，为了养家糊口，我略施小计，昨天我给老板娘发了个短信，只说了一句话，'你不是一直想要一个忠厚健壮的贴身保镖吗，本人从小练过武功。'一切搞定，就这么简单！"

康旭宛如五雷轰顶，真不敢相信，这就是只有小学文化的富锐凯，竟能设此招独揽胜局，一箭双雕！在康旭木雕似的呆在电梯口时，锐凯狂荡地大笑起来，一直笑到泪流满面，掏出手纸擦泪，可怎么也擦不完……

康旭按习惯跑到街口拐弯处，买了一份《凯州日报》，接过报纸，他竟然鼻子酸酸的，可怜他羞于提十年经商的资历，还读过两年半的电大，持有本科自考文凭，与锐凯相比，他简直是用刚出生的婴儿那样无助的眼光看世界、看城市……

恰在这时，康旭肩膀被人拍了一下，掉头一看，竟是锐凯在对他笑，说："建议你去另找工作，也许凯州电脑城人才市场九楼，能找到适合你的工作，你可以去试试！"

康旭狠命地揪着他的衣领，贴近他耳朵，一字一顿地说："不用你假惺惺来关心我！你滚去让富婆潜规则吧，用你父母给你的下半部分，去给肥婆午夜销魂，既爽了自己，又有钱挣！你知道老百姓尊称你们叫什么？鸭鸭，男妓！还好意思说你被人性化了，赢（淫）了！"

锐凯毫不退缩地说："哥们，你那是嫉妒，心里不平衡！我是成年男人，这种事你情我愿，很正常！你不懂，能力是竞争不过自然人性化优势的！"

"谁是你哥们，你够格吗？就你，一脸的淫相，靠裤裆里的脏物作人性化竞争，没一点男人的底线，臭不要脸！小心富婆把你的胸毛给薅光啦！哈哈……"

六、放纵不羁的"摸奶巷"

在康旭看来，在城市职场逐鹿，就像掺杂着玻璃渣子的毒药，既要人的命，又要一点点烙着疼痛……既焦虑自己的处境，又想着已成过眼烟云的往事，他站在秋叶静美的秋阳下，其际遇每况愈下，现在又开始行尸走肉地逛人才市场。不过，他不想把职场失意的负面情绪带进找工作的环节中，就乘公交车来到凯州电脑城人才市场九楼，整个人才市场就像乡镇过年赶庙会似的，招聘场面极其拥挤、火爆。

康旭随着应聘的人流不经意地徜徉，带着探寻的目光，毫无理性地、瞎走误撞地走到《慕来巷》杂志社招聘的摊位前，潜意识中，突然想起自己曾经在省级报刊发表过三篇小说，或许还有点文字写作功底，就驻足细看杂志社的应聘条件。人一旦烦什么什么就纷至沓来。再次让他惊魂未定的是，一个熟悉而久违的娘娘腔声音冲击其耳鼓，杂志社摊点上有人在热情招呼他，他瞪大眼睛，回头一看，哇呀，是原投资公司通联部主任梅德方。康旭倒抽一口冷气，暗骂自己一进城就"霉得慌"，尽遭遇此类社会"怪胎"，随便上个洗手间都撞见他这种"胎神"！活见鬼，嘴里骂道，便准备措辞撒腿开溜，"我……我可不敢应聘你家富婆姐夫！"

梅德方非但不计较，反而笑靥如花，别扭地一把拽住他，"你跑个啥？杂志社招的是执行主编，很适合你！来，填一张表——"

"就我，适合个屁？你好烦，又搞拉郎配！"康旭还是想扭头开溜，低叹今天太晦气了，在辞别的前面的那家投资公司，他既受不了就这个"娘娘腔"，也受不了锐凯的"阴损伎俩！"

"哎呀，何必呢，以前我们好歹也是同事。真傻，谁会跟职位过不去耶！帅哥，我告诉你，凭我的法眼，你最适合，你不应聘会后悔死的！桥归桥，路归路，就算你讨厌我，但适合你的工作总不能丢噻。你要是今天跑了，我偏要天天跟踪你，天天打爆你的电话，信不信？偏气死你！"

梅德方脑袋上系着一个红酒色马尾发辫，在与康旭的拉扯中摇曳生姿。阿梅脸上写满认真和坚持。康旭被他"咬住青山不放松"较劲样子给唬住了，暗自思忖，这家伙跳槽跳得挺快的，仅几天工夫就进了文学杂志社，足以证明他在凯州有过硬的人脉关系……

康旭自持清高，抹不过面子，不屑与他为伍，最终一再措辞婉拒，在仓皇中逃离了……

梅德方急得直跺脚："好心当作驴肝肺！你跑，也跑不出我的掌心！嘻嘻，我是你的弥勒佛！"

第二天上午十点钟，当康旭穿梭在另一家人声鼎沸的人才市场时，手机无止尽地震动，提起一看，便是《慕来巷》杂志社的梅德方打来的，与其去听电话里"霸王上弓"的急促腔调，不如说加重了他的反感。梅德方随之语气变得很柔和，态度却很坚决，说："别以为你好高明！我知道你天天都在人才市场上瞎逛，这里有适合你的，你却要放弃，除了瞎撞，你还会什么？告诉你，我已把你极力推荐给了老板，如果成功应聘，在公司你就是一人之下，万人之上！"

康旭感觉浑身爬满蛆虫般的恶心，懒得去听，反唇相讥："你就北风那个吹吧，你就使劲吹吧！我是不会给你的招聘份额冲量的！"

电话那头，梅德方一时就慌神了，说："我知道你讨厌我，可杂志社不是我家开的。凭直觉，你一定喜欢我们杂志社，老板是画家，全国美协会员，杂志社经常邀请名作家、艺术家来作现场指导……别忘了，你竞聘的是执行主编！来不来？若不来，我去找锐凯来啦？"这感性而带威胁的话，彻底把康旭震撼了，心头禁不住一阵阵鹿撞，仿佛他看见，意念中的梦想像向日葵一样正一朵朵地渐次怒放，杂志社可是为文学爱好者铺就成功之路的驿站。

约好的那天，康旭去杂志社面试，天正下着蒙蒙细雨，康旭感觉，萧瑟秋日雨天的一路泥泞，并没有骄阳正艳、秋风送爽那样闲适惬意感，不过还是没有一点底气在面试中胜出，主要是想探究阿梅是忽悠他，还是善待他？

"反正闲着没事，成不成没关系，就当是一场生活体验吧"。康旭硬着头皮撑着雨伞去了。

白慕仪又来短信了，开频一看："古之立大事者，不惟有超世之才，亦必有坚忍不拔之志"。巴尔扎克说过：世界上的事情永远不是绝对的，结果完全因人而异。苦难对于天才是一块垫脚石"。

读罢白慕仪发来的短信，康旭在职场挫折中自我反省，觉得老是娇惯自己的脾性，迎合自己的感官，丧失了人生价值，又荒疏了进城的初始谋略，所以一次次被淘汰出局。如果没有海市蜃楼皇宫般的投资公司作铺垫，这次就进不了《慕来巷》杂志社。到杂志社，康旭似乎又成了初进大观园的刘姥姥了。租用的写字楼，装修得豪华、别致、很有文化艺术氛围。真实，这家杂志是由一家港资的文化传媒创意公司自办的民营杂志，发挥创收功能，依托这个杂志刊载软文广告，找企业拉广告，不断制造文化产品来向市场要效益，市场广告收益与供给是杂志社生存的唯一支撑。

在这里，企业要生存下去，市场经济主体的车轮在夜以继日地轮回，"红猫白猫，逮住老鼠就是好猫"，在这里有着难以撼动的力量，广告创收业绩成为其经济运转的跳动脉搏，在凯州广告公司如林的背景下，它的广告收益直接影响着杂志社的生死存亡。这个平台，是具有全国摄影家协会会员头衔的老板老魏启勃创办的。此时，他正在召见员工谈话。康旭刚踏进杂志社编辑部门槛，行政部三个美丽的前台小姐友好地向他点头微笑，把他安排了在编辑部一办公桌前候着，让他熟悉这里环境，打量着编辑部的色彩斑斓的墙体，整个墙幕上一幅幅漂亮的绿水青山、花开富贵、小桥流水、诗意阑珊的字画，墙面的台面位子，镶嵌着苍茫而恢宏的金字草书：《慕来巷》杂志社。

想在这家杂志社谋求一席之地，康旭将与一群竞争激烈的青年男女共事，老话说"事不过三"，康旭已经过前三次职场失败，他这把年龄手上唯一的"敲门砖"，就是手上带来的已泛黄、发表过的原创三篇小说的省报报纸，还有自考本科文凭。徜徉在杂志社门外艺术画墙的长廊中，幕墙上彩绘着像电影分镜头式、一组印着国内几家名牌企业广告创意设计影画，给他的第一印象：这家文化广告公司是一家服务一流、品质卓越、业精诚信的文化产业企业。

见他在那儿傻坐，行政部的前台小姐给了他一份公司简介，他表面上在熟悉公司，实际上心里七上八下的，能不能应聘成功，心里还在直打鼓哩。

法人代表魏启勃———

康旭盯着墙上挂着公司管理层领导一栏，介绍法人魏启勃，就忍不住想笑，这名字简直就是男人生殖器官的一个图腾意淫画，更像男性壮阳药名的商标牌子名称。表面看，杂志社经营得上风上水，编辑部的隔壁是公司的广告设计室，在编辑部与设计室之间，用一种时尚的磨纱式日本玻璃推拉橱窗隔开，从外面望里面总有一种朦胧感，里面依稀晃动着人影和豪华办公配置，就像一个大屏幕特技的立体动感幕墙，足见公司老总操纵文化产业的匠心独运，一种厚重文化底蕴的传承。

编辑部里配置有 10 张办公桌，每张都有电脑、电话，其中有两个似乎也是在等应聘面试的两位女青年，坐在那儿，正在把玩电脑，她们在旁边偷偷窥视着康旭，私底下交头接耳。

康旭枯坐在那里，一边心不在焉地阅读《凯州日报》，一边等老板传唤他进去面试，等到了午饭时间，杂志社不解决工作餐，他就独自乘电梯下楼，去草草买了一盒方便面填饱肚子。

午餐后回到编辑部，康旭伏在桌上睡着了，仿佛在梦里走了许多路，醒来后才发现自己还在杂志社。

编辑部内间作品展示厅里，灯光迷蒙、暧昧，摆着 20 多盆鲜花，一条古色古香的实木条桌上，存放着两盆香气飘溢的名贵兰花，一排排别开生面的书架上展览着员工的广告设计图和近期《慕来巷》出版的新杂志，展示厅墙上陈列着动感十足的用杂志拼凑成"慕来巷"字样的图案，墙壁四周悬挂着老板魏启勃的获奖摄影作品。

据资料显示，虽然公司系魏启勃和某港商合资创办，但公司员工很难见到港方老板，据说每年春节前她才来杂志社分红。

在这里，可以收获一份好心情。康旭痴痴地想，只是傻坐那里被晾起，好像老板故意不想面试，这一刻，让他的自信心很是受挫，魏总不是叫"霉得慌"打电话安排面试吗？杂志社人才济济，还招什么人？放一个素不相识的人的鸽子，真没素质！

其实，在隔壁的设计室内，48 岁的魏启勃一直在鼓起"二筒"眼睛观察康旭，只不过那双鹰一样犀利的眼神，并没有被康旭察觉而已，他还以为没有老板的存在，或是老板无视他的存在。

　　既然魏总不在，康旭已把今天的《凯州日报》浏览完了，这时，正在搞招聘的另一家百货连锁集团给他打来电话，他拿起手机，跑到杂志社电梯出口的巷道去接听，那边公司通知他马上过去面试。

　　康旭决定去试运气，择职是双向选择，他的苦恼不是没有选择，是苦恼没有太适合的选择。《慕来巷》杂志社一直拖着不搭理他，康旭总觉得被看不起、被轻视，故意冷漠他，觉得他没分量，没含金量。

　　于是，他乘电梯下楼打的去了那家百货连锁集团面试，面试成功，职位是担任总公司领导的行政驾驶员，集团要求先交500元的统一员工服装费，周末没假，没有固定的作息时间，或许要晚上10点过才能下班。康旭当即拒绝了这份工作，太苛刻了，他的本性和个人禀赋，就不是侍候官老爷的料，这里不适应自己！

　　第二天，已到了"看水还是水，看山还是山，看太阳底下的一切都不新鲜"，这个年龄段的康旭，　心如死灰，在家蒙头大睡，昏头昏脑，一切都懒得去做，一切都懒得去愁，只是昏天黑地地睡，只希望一觉就昏睡百年才好哩……

　　《慕来巷》杂志社的"霉得慌"梅德方匆匆地打来电话，强调魏总要单独与他谈谈。康旭并不为之所动，哀求道："阿梅，我已经够倒霉了，你别把我也搞成'霉得慌'？闲得蛋痛，也不要欺负我这样的本分人，对不？你老板招不招聘，关我屁事，你别为完成老板的招工指标，硬把我拉去滥竽充数！。"

　　"你一个四十大几的大老爷们，靠啥去竞争？你找工作转了那么几大圈，还没搞懂，在凯州，没背景，没关系，没后台，谁招聘你？我告诉你，要改变自己的口袋，首先要改变自己的脑袋。你哪里是在找工作？是瞎撞，当炮灰，徒劳无功，你这样神戳戳地找工作，找到过年，都没戏！你信不信？"梅德方真的生气了，啪地压了电话。

康旭懒得理他，捞起铺盖蒙头大睡，却越睡越清醒，就打开手机看短信，上面的语言很精辟、好搞笑：新世纪成熟男人的标准———睡得了地板，住得了走廊，跪得起衣板，补得了衣裳，吃得下剩饭，付得起药方，带得了孩子，养得起女人，耐得住寂寞，做得来灰太狼……

旋即，康旭手机发出一阵刺耳的铃声，他意犹未尽地打开一看，却是梅德方发来的短信："过了这个村就没这个店了哈！这次成与不成，不是杂志社的问题，是你的问题！骂我不是男人，不抢抓机会就是男人所为吗？试想，凯州还有第二像我这样的，拿给你臭骂了，还在傻逼一样帮助你的人吗？死脑筋！请及时回复！"

康旭读毕短信，懂了，怦然心动了！不是真情流露，是发不出这种短信的……

一走进杂志社，通联部主任梅德方就把康旭派到里间展示厅，告诉他，午饭后杂志社要对应聘者进行笔试，以考试成绩择优录用，"别半推半就的，想不想做？在杂志社打工，考的不是关系、颜值，是扎实的文学功底，你文学功底那么好，怕啥！调整好心态哈，那些刚大学毕业的学生娃娃，成你的竞争对手，会赢？"

康旭一脸的惶惑与郁闷，说："莫名其妙，你不是说魏总找我面试，绕来绕去，还不是诓来看你演戏！"

梅德方从牙缝里迸出一句话，说："你以为，这个世界你是唯一，全世界再也没有唯一了……严格地讲，这次考试是逗硬的，强中自有强中手，看你满不在乎的样子，我就替你急！唉，唉，不要绷着个脸，看着我的眼睛，耶耶，笑一个，笑一笑，好运到，祝你好运！"说着，就用兰花指把自己眼角上的发梢朝上夸张地一撸。

康旭此时落寞与愚钝在递增，笑不出来，只是清醒地认定，终于找到与自己的志趣爱好接轨的职业。考试前，阿梅发来短信，祝他竞聘成功。下午，编辑部会议室的八十多张座位被应聘人员坐满了，应聘者都必须参加笔试，《慕来巷》确实在招具有技术含量、具备"真金实银"的文学才子。

考试卷子发下来，要求应聘者写一篇命题作文，规定介绍慕来巷实业公司养鸡场独家养殖的纯天然绿色生态鸡的美食特色和食材功能，要求按此材料写一篇1500字左右的文章，体裁自定。康旭明白，这是杂志社招聘新人的规定动作。

第二天考试结果出来，魏总对康旭的钢笔字书法很赞赏，只是觉得文章略欠具有说服力的厚重度，没有把公司的开办生态环保鸡场的深远意义表达得淋漓尽致。相比之下，康旭还是在这次实施"宁缺毋滥"选才战略中，从八十多人中脱颖而出，也是本季度唯一录取的执行主编。

康旭并没引以为豪，更没有大获全胜的感觉。公司杂志社养的闲人太多，尽是些被潜规则的"绣花枕头"！魏总很注重办事流程，具有操作性的流程都要经过诸多复杂环节，一旦杂志社拉不到广告，构筑不起业绩创收的支撑力，就立马捉襟见肘、举步维艰。

一盏清茶，经过了滚热的水的浇灌，散发出幽幽的芬芳……

一杯盖碗茶，摆在办公桌上。

董事长办公室名画陈列，豪华雅致。

老板魏启勃召见了康旭。魏总对聘用他还是较满意的。在面对面的交流中，康旭细致地打量他，长相粗鄙、目光混沌的魏启勃，是那副先富起来的成功人士的举止做派，动不动就来个欧美式的一摊手，一耸肩，一副大手笔掌控市场傲视群雄的大款风范。康旭心里不禁冒出一个怪想法，那种富有雄厚资质的那副言谈举止，在一个"挣扎在社会底层苟延残喘"的人面前，岂不显得有点滑稽、拙劣！

康旭仔细审视，魏启勃再张扬做作，也难以掩饰他的某种老态，他那张老脸清晰地写满他早年间的淫荡荒诞与命运不堪。他那副唯我独尊、刁蛮傲慢、敏感嘲弄的三角眼底下，冒了两个臃肿的眼线袋，坑坑洼洼的脸上布满枯萎茄子般的皱纹，轮廓模糊的下颏下面，还蠕动着一个硕大露骨的喉结，泛黑的厚肉皮，像一只猕猴桃似的焦渴地蠕动，平添了一种荒淫、奸妄、专横的邪气与痞气，再匹配他那张食肉兽形的猪拱嘴，回锅肉厚嘴皮，嘴里露出焦黄、泛着残食馊味的牙床肉。一张嘴就唾沫四溅，匆促而急躁的咆哮，仿佛每个应聘而来的人，都是"送货上门"等他奴役的奴才。他虽是通身名牌包装，看上去也乐于张扬自己的"土豪金"做派，虽说他对自己的形象并不苛责，他曾恬不知耻地炫耀自己发黑的大喉结，说："喉结大，意味着下半部分的物件也大，证明雄性特征突出，荷尔蒙功能旺盛，真正像性感男星任达华……"他说，"喉结大，是性感猛男的标志，特讨美女们喜欢，只有望门贵族的后裔才有的这种男人特征。"粗鄙相貌上的败笔反成了他引为荣耀的措辞。

回到编辑室跟人闲聊，康旭才知魏启勃原来在美国待了三年多。

针对康旭的考试文章，魏总指出，主题还需进一步挖掘，才有厚重度。康旭不懂，老板在故意制造的一种缺憾感、距离感，给他一个可拓展的载体空间，旨在驱使他尽快进入市场博弈状态。

融入其中，不难发现，杂志社原本就求贤若渴，却又"稳起不饿"，端着居高临下的架势，所谓"宁缺毋滥"。其发展格局已初显"病态"，除了通联部梅德方外，整个公司包括设计部三个人，企划部三人，行政部三个人，都是清一色的漂亮女人，连个支撑场面的真正男子汉都没有，康旭初来乍到，就恰如《红色娘子军》里洪常青进了娘子军连队。

次日，魏总坐在真皮气派的老板转椅上，潇洒地转了一圈，继而眯起眼睛盯着康旭瞟了一眼，然后从办公桌拿出一盒名片，递给他，从名片上显示，魏总任命他担任杂志社执行主编兼策划部经理，这个职位是康旭进城以来最正式的一种任命。同时，还发给他一个闪亮的工作牌，上面印有：《慕来巷》杂志社采编记者、执行主编。康旭四十二岁了，这才在懵懂地感觉，自己沉浸在梦醒时分的祥云在身边萦绕，就像歌里唱的"所有梦想都开花"……

魏总直接给康旭安排的文案任务。

杂志社最稀缺的，除了拓展市场的广告骨干，更缺写作高手，而那些在魏总面前前呼后拥的美女员工，确实写不出一篇像样文章，一个依托杂志社编辑部在社会上延伸文化产业链的公司却最缺乏最基本的写作能手，稍动脑筋便知，表面风光的魏启勃日子并不好过，与他的名字大相径庭。

康旭按魏总要求，熬夜写出了两家省内名牌企业宣传的创意策划方案。他敲开了董事长办公室，递给魏总审核，魏总低头审阅后，连呼"不错"。魏总示意他在其对面坐下来。从魏总的倾述中，他知道一些杂志社内部人力资源流失讯息：杂志社原来的职位配置是齐备的，人才被那几个"人心不足蛇吞象"的老男人撬走了。康旭现在是执行主编，如果干得好，还可晋升为常务总编，仅在魏总之下，原来的常务执行总编是《凯州武警报》退休资深记者，仅在此干了三个月，就挖走了这里的精英人才，到了一家待遇更好的国家级报社高就了。随后，魏总又透露，现在常务执行总编的职位一直空缺，杂志社有可能还要找一个副主编来与康旭竞争这个职位。

"公平竞争，有竞争才有动力。哪一个的业绩和优势更突出，哪一个就是杂志社的常务执行总编。"魏总强调说。

"我该怎样参与竞争？"康旭没想到竞争这么快、这么激烈，比翻书还快。便问。

"我知道你发表过小说，那也只能证明你的过去，而在我这里，文章写得好只是考核的一方面，另一方面，还要让市场说话，给杂志社创收，简单地说，用挣钱的业绩证明自己！"魏总回答。

魏总强调说，广告业没有职业稳定，杂志社不是"混年寿"的地方，优胜劣汰，以前有好多从省市级报社退出的正牌记者都到这里工作过，都混不到一年，最终在竞争中被淘汰，这已构成了杂志社不变的人事流动趋势。

樱桃好吃树难栽，金钱不会从天降。《慕来巷》杂志社要出版面，就要在社会上签订足额的广告费来"等米下锅"，上个月走那一拨老男人，人家连续在这里出了四期，也就是说，康旭窝在办公室写再多的创意策划书而搞不回来钱，都等于零，办公室屋顶掉不下金元宝。大概过了一周，行政部主任向敏扔了一个黑色真皮密码公文包给他，说魏总安排他走市场线路，到社会上去推销杂志社版面，确切地说，从即日起，他将为杂志《慕来巷》拉广告。

魏总说："男人一生唯一推销的就是他本人，通常男人的最大本事，无非是把别人口袋里的钱，动脑筋装进自己的口袋里；把漂亮女人动脑筋揽入自己的怀抱里……"并告诉康旭杂志社另一个秘密——杂志社目前日常开销全部来自公司另一个平台——绿色天然养鸡场的生态鸡的利润，会写文章不过是纸上谈兵，挣钱才是硬道理。并点拨他说："以挣钱为中心。不改变行动，永远无法改变结果。"

康旭背着那个公文包在凯州走街串巷，一有企业就去找人家的老板，拿出《慕来巷》杂志的样刊，期望人家做版面宣传，始终与杂志社同舟共济、风雨兼程。可是，现实是严苛的，他无法转移客户的抗拒点，事实上，那是一个毫无影响力的、报摊上没有销售的私人广告公司办的杂志，没有一点宣传价值和技术含量。

那天周末下午，康旭乘公交车来到市区一个重要楼盘，希望能在此处拉到广告客户，遭别人奚落一阵，自讨没趣后，从楼盘办公室溜了出来，耷拉个孤寂无助的脑袋、无精打采地在夜市转圈，令他大跌眼镜的是，上个月才跟老板娘肥婆上床，刚荣升为那家投资公司部门主任、并准备为事业献猛男健体的富锐凯，居然站在夜市上，和一个陌生女人用几张塑料布摆地摊，销售旧书和过期杂志，旧书摊上居然还有一摞《慕来巷》杂志，康旭一直有在旧书摊上淘书的习惯，当他躬身捡起这个旧书摊上的《慕来巷》杂志时，正抬头问价格时，富锐凯竟破天荒地冒了出来，猛地站直身子，衬衫敞开着，流露出特别醒目绚烂的胸毛……当他抬头意外地瞅见是康旭时，有些不好意思地想缩了回去，真没脸面搭理康旭。

康旭平静地花了三元钱，买了三本文学旧杂志，拿在手上，不计前嫌地走到锐凯面前去付钱，这让锐凯感知康旭的诚意和友好，有点触动，望着康旭质疑的眼神，他浅淡地苦笑一下，说："还是你过得好，名牌包都背起了，找到好的工作了吧？"

康旭将实情告诉了他。

锐凯颇为伤感地说，"在老家，都说凯州市'金鸡长鸣，凯歌高奏，'可我们再努力，还是没有真正'凯歌高奏'的地方……"

第二天回到杂志社，康旭把昨天见锐凯的情景告诉了梅德方，梅德方瞥了他一眼，又一瘪嘴，说："哼，活该，下作到当男妓都没人要的傻逼！自以为聪明，设损招暗算排挤我们，他一个山村老表，就只有一个摆地摊的命。啊呸！"

"别这样说嘛，锐凯已够可怜的了！"

康旭这才从梅德方嘴里获悉，他们离开那家投资公司后锐凯的遭遇——当时，设损招与康旭比拼获胜的锐凯，成功当了部门主任和老板娘的贴身打手，吃香的喝辣的，每月有丰厚的薪酬，刚好领完一月工资上班的第一天早晨，当锐凯穿上花了一千元买的公司统一制服，幽灵般地进入老板娘办公室时，等待他的是从美国空驾回来的大头老板，正在办公室与老板娘张心病狂地大闹，骂出的语言连锐凯这样的乡野粗人都觉得龌龊。他在窗外细听一会儿，才突然明白，搬迁新址的公司发生了三件事：一是老板娘经营的投资公司赚的钱还不够搬家费；二是坑蒙拐骗的伎俩被客户识破，公司遭相关部门处罚；三是老板娘不照公司章程办事，擅自开除老板的线人梅德方，录用富锐凯是为了填取老公不在身边的寂寞与空虚……

当时，锐凯已不敢正面从电梯下楼，偷偷地从漆黑的楼梯口跑下来，从此，又在投资公司采用司空见惯的伎俩玩"失踪"了。

外出拉广告没一点起色，康旭疲于奔命，又回到办公室待着，不停地往外打电话，要求人家在杂志上登广告，他想用实际行动感谢魏总的栽培之恩。

这个时间段，魏总脸色总是灰色的，杂志社的风向标随时都在他脸上显现，魏总的脸色脉动着杂志社的喜怒哀乐。

这天早晨，魏总把梅德方喊进他办公室，嘀咕很久，然后，梅德方就飘洒着酒红色长发跑到人才市场去招人去了，其结果拿回来几十份档案，统统被魏总刷了下来，唯一留下来的竟是富锐凯。

梅德方把锐凯带进魏总办公室时，吸引了全体杂志社的所有女员工的目光，黝黑健美的脸庞，敞开衬衫两颗纽扣的亮出胸脯那一片烟雨迷蒙般的胸毛，气宇轩昂、性感健硕，锐凯一登场，就让魏总眼目一亮，当即拍板留用担任杂志社副主编。锐凯很坦诚，说他不会写文章。

魏总若无其事地说："会写文章的人满大街都是，随便配一个枪手帮你，不就可以搞定了！现在杂志社最需要的不是写手，而是拉广告挣钱的业务精英！"从此，杂志社编辑部专门从《凯州都市报》新聘来一位研究生，他叫小余，他是专门帮锐凯写软文广告的枪手。

康旭与锐凯，并列杂志社副主编，轮番坐镇，难决高下。魏总在周一例会上宣称：一碗水端平，两个副主编物竞天择，公平竞争，两季度后最后对决，业绩好的晋升为常务副总编。这一决定，让杂志社所有员工心诚悦服。公司建立一种完善的用人机制，旨在空前激活公司潜能，"鲶鱼效应"，在康旭与锐凯之间形成，使他俩都不敢停留下来，否则就会被对方 PK 掉。魏总"一会儿刮东北风，另一会儿又刮西南风"，在上周例会上，赞扬康旭文章写得有厚重度，让锐凯下来青筋暴跳，辗转反侧；今天，他又在全体员工面前褒奖锐凯办事效率高、速断速决，轮到康旭两眼发直，心存自责。几个回合下来，弄得两人食寝难安，原本各自持优势的两人，每次例会下来的那一刻，便有一种领悟，嗅出了两人把原投资公司"战火"蔓延到了杂志社，弄得两人都成了充满"斗气"的公鸡。

"试用期"过来一个月，被魏总人为设置的机制对决正在不断加剧……

时隔一周，就开始破局——

锐凯利用个人亲戚资源，为杂志社签回了两万元的广告，并把带回来的那家水泥厂资料交给小余，要他加班赶稿，写一篇有市场凝聚力的软文广告，文稿成型后，厂家即付广告款。

做单成功，锐凯得到了魏总的赞赏，天平立马向他倾斜。

当晚，宴请市工商联，魏总除了带一位行政部美女向敏去外，还让锐凯以老板副手身份作陪。康旭却被安排晚上加班，做两家名牌企业包装的策划方案，在编辑部挑灯夜战，就着一碗方便面，在一张张稿纸上爬格子，心里说不出的憋屈。

外观上，杂志社文化氛围很浓，貌似有精英团队作支撑，然而，同事之间缺乏精诚合作，联手出击，多是独来独往，单打独斗。只要有一点社会人脉，像锐凯那样的业务员以机智、隐忍、韧性，变通渠道冲在前面，加上还有那么一点财运，才能做回一些单子，这里演绎一段摒弃亘古至今老调重弹的戏路，给不会写文章的乡野俗汉配置一个"枪手"，头上照样有编辑、记者的光环，这就是市场杠杆对"利益集团"的撬动作用，在一个充满心机重重、钩心斗角的杂志社里，对老板投其所好，用一点色相，一点拓展，一点业绩，获取一手遮天、主宰杂志社命运的老板的青睐，在老板的敲打下，每个人可以升职，可以上位，可以凭实力注解杂志社"挣钱才是硬道理"理念……

康旭算看清楚了，所谓《慕来巷》杂志社，表面上是为企业提升品牌效益和社会效益，就是企事业单位按其需求与杂志社签合同，支付不限定的费用，把款打进魏总账号，再由杂志社所谓的记者为其写"歌功颂德"的专题文章，然后，再按其文章的质量杂志社安排版面刊发。由于事先签好了预定版面的合同，并留出事先协商好的利润空间（如果政府形象宣传的金额巨大，魏总会按 8% 的比例返回给记者作稿费），其他金额等于直接送钱给杂志社老板魏启勃。这样做，无论是企事业单位和客户在合同的签署上都看不出任何问题，操作起来随即产生高效率、快节奏，其结果就二字：捞钱！如果杂志社拥有既有推销版面的经营公关高手，又有深厚文学功底的精英记者，不断通过杂志社为社会输送文化产品，这就构成了杂志社无本万利的利润输送的产业链。甚至，还有企事业单位管宣传的领导与杂志社记者在业务衔接中还可按比例收取回扣，而杂志社为对方出具与合同金额一样的发票，避免了收取回扣行贿的法律纠纷，从杂志社提供的一式两份的合同上，根本看不出任何利益纠纷的瑕疵所在。

每天中午，康旭他们都要到外面自行解决午餐。康旭、锐凯和梅德方因在前一家投资公司有一段交情，午餐进餐馆，康旭屁股后面，就紧紧跟着锐凯和阿梅。因为锐凯做回了单子挣钱了，那天中午，他给每人喊了一碗铺盖面，同事间边吃边聊。

梅德方说："我的专业是做专职版画，我们新出版的杂志版画全部出于我之手。还要到人才市场招聘人才，来杂志社供职的人才，都是我在人才市场挑选来的，你们看吧，行政部美女们在魏总面前稍微受宠，就不正眼看我。"

锐凯问："哎哎，你啥子意思哦？未必然你介绍进来的人，挣钱后都要给你'喂菜'？"

梅德方说："你说呢？我每月才一千二百元的死工资，每次外出费用又报不了账，这点钱还不够塞牙缝！"

康旭突然想起什么，忙问："你不是还有一个继承亿万遗产的亲姐吗？她可以资助你嘛！"

梅德方说："我不需要，我不想让她在我目前炫耀金钱的优越感，我要独立。"说着，楞了锐凯一眼，"还是做单好，一次提成就几大千！"

锐凯说："你也可以去做嘛，大家马儿大家骑嘛！"

梅德方说："你要我厚起脸皮去拉广告，打死我都不干！孤家寡人的，挣那么多钱干吗？"

康旭与锐凯面面相觑，都不敢再吱声。

接下来，锐凯问康旭："阿梅四十岁出头的人，也从来没听说他家妻儿老小的事，外出办事，他竟不太熟悉凯州城区的交通线路，经常跑来问你，你还给他画一个线路图，他还经常借别人的自行车去给杂志社跑腿。"

康旭绷着脸说："就你观察仔细，有些话还不好说—"

第二天下午，梅德方办完事一回来，就满头大汗跑到康旭办公桌前。正在校对稿子的康旭乍一抬头，竟然瞅见令他扯心触骨的一幕—梅德方在遭雨水淋湿后的衣服包裹下，明显突出的胸部，他一时有些酸楚，竟无法接受这一残酷，原以为阿梅只是追赶时尚"中性偏转女性"的变态狂，自己曾骂这位从出生起就注定要扮演悲剧角色的人"娘娘腔"……康旭此时眼里竟有些湿润，觉得无法面对眼前这个人。活了四十多岁竟然不知自己的父母是谁？不知道自己是男是女？

康旭此番大彻大悟了，当初幸好没有跳江自杀，这世上比自己悲惨的人多了去了，当你嫌弃自己没鞋穿时，却意外地发现街对面的人没有脚，康旭此时恰似这种感觉……

又过了一会儿，锐凯从洗手间出来，也被梅德方突出的胸部惊得目瞪口呆，竟一时站在那儿手足无措。

"哎，累死我耶，我这条狗命就剩下一口气而已……"梅德方的额头浸着汗水，喘着气说。

康旭放下手里稿子，扯了一张手纸递给他，问："有你说得那么严重吗？"

"别人是遇桥桥通，遇路路通，遇楼楼通，还可以生活在别处；我呢，眼前一片漆黑，到处都不通，唯有死路一条！"

"有啥通不过的，至少你的婚路是通的？回家的路是通的，是不是在外面受了啥刺激了？告诉我，叫锐凯去帮你摆平！"

梅德方随手拿起办公桌上的那张康旭与儿子的合照，很羡慕地欣赏，苦笑着问："过着婆娘娃儿热炕头的滋润生活，你一天到晚还一副苦大仇深的样子；就不看看我，我是如何在挣扎着活命的！你们谁能实话告诉我，在那家投资公司，你们看见我的第一印象是啥样的？"

"简单啦，觉得你像搞艺术的、作家、诗人、画家、摄影之类什么的。"康旭答。

锐凯在一旁尴尬地搓手，面无表情，坐井观虎斗。

"一样都不是……"梅德方夸张地弹动自己突出的胸部，自嘲道："你看，人体结构的构造都错位了，一个残废，还当什么名家？"

"就算是这样，也不是你的错，你没必要自卑哦，现在医学那么发达，该留的留下，该扔的扔掉，不就完了！"梅德方的肢体动作吓坏了康旭，赶紧安慰他。

"那你说，我选择哪种……"

"对不起，我对你还不够了解，这个只有由你自己决定哦。"瞅见杂志社有人慢慢走了过来，梅德方慌忙一摆手，"打住，这事我可从没给任何人讲过。"

"谢谢你的信任，很荣幸！"康旭和锐凯的脑袋负罪地缩了下去。

恰在这时，那位行政部美女向敏，正从他们面前风摆杨柳地进了魏总办公室，空气中立马掠过一股香风。

梅德方便有了某种触动，又自言自语："耶耶，你们看，美女就是资源……我嘛，唯有眼睛彻底一闭，就什么都解脱了！"

锐凯说："你言重了，不就做个小手术吗？无非是几万元就能搞定的事，这点钱还能难住你？"

"现在吧，我还不具备做这种手术的条件！"

康旭又趁机抓住机会反问："你不是有一个继承亿元遗产的富婆姐姐吗？她可以资助你啊！"

"你说这个，怪不得你不想理我？你以为上次茶楼给你谈的事，我是在骗你？你以为国外办继承遗产的手续程序不复杂吗？依我看，我是身残，你是脑残，你我彼此彼此！我都这么悲惨了，不过只想真心交你这个朋友，你要么懒得理我，要么趋炎附势，要么冷嘲热讽，你真的好冷酷，好狭隘！"

康旭忙劝道："别这么说，大家本来是朋友嘛，对不对？其实你也不错，从穷山沟到凯州城来打工，每月有固定工资拿，也算是半个白领吧，魏总对你做的版画欣赏有加，你有自己的价值取向噻。"

"连身体部位的零件都搭错了，还谈得上啥子价值取向哦！活了四十出头了，还不知道自己的亲身父母是谁？我到那家打工，人家都用怜悯施舍的目光看我．偶耶，我真的受够了，大不了一死！"

康旭说："我说句话，你不要多心！你说这些话，若是被魏总听见了，必定挨臭骂。当主管，做你份内的事，谁施舍你了？你画版画，辛苦挣稿费，是你的劳动所得。公司又不是慈善机构，谁会施舍你？你的自信心都跑哪儿？"

康旭无意伤害梅德方，只是在平等交流中无法达成共识，心里暗想，"已经身残，再弄个脑残，那么整个人就报废了，"现在老听他说"死啦死啦"没营养的话，心里还是有些郁闷和忧伤，就独自想着心事走进洗手间镜子前瞅瞅，觉得自己脸色不好，就拉开衣袖蘸水使劲扯痧，过后就不觉得郁闷了。

又是一个很平常的中午，杂志社就只剩下康旭与梅德方，行政部那几个美女、锐凯等跟着魏总去了另一个生产基地。

梅德方这几天又染了麦穗色的黄头发，在康旭办公桌前晃来晃去的，从背后看身段，焗了黄发的齐肩披发，还以为是个清纯女人，从正面看脸庞却是明显像个男人。

康旭总感觉面前犹如嗡嗡苍蝇扑面而来，心里有点诡异和纳闷，梅德方上的是男厕所，或许，魏总不会让他上女厕所，因为他的身份证性别一栏填的是男性。听锐凯说，他的性别爱取向剑指男人，他自以为剑指所向，一路披靡，尤其是对长得酷似男星金武城的高康旭，他竟然有些垂涎的懵懂冲动……

有好几次上洗手间，康旭刚溜进，梅德方瞟见，立马尾随而进。康旭刚开始还觉得很正常，但他紧挨自己的尿槽，老是低下头，目光意淫游离闪动，刻意盯着他男性隐秘处贪婪地偷窥，弄得康旭五味杂陈、情以何堪……

比如某一天，康旭正在洗手间方便，梅德方垂涎着脸，又一边诡异地盯着细瞅，一边随意掏出手纸让康旭擦拭，弄得康旭措手不及，弄得鸡皮疙瘩掉一地，忘了拉上拉链就跑了出去。跑到办公桌，又被锐凯指着敞开的拉链，笑得把满口的茶水喷到他的脸上……

真他妈的都病了，都病得不轻哦，该吃药了！

为规避阿梅老来瞅他的裆部"亮剑"，为此事翻脸弄得同事间不和，就因小失大了。为避免发生不愉快，一想着方便就麻烦和不爽……试想，一个健康男人一掏出男人性器，就有一个张阴阳脸盯着细细地打量，弄得自己触目心惊，浑身毛骨悚然。为避免这种尴尬，避免在变态的阿梅面前"春光乍泄"，康旭索性选择逃离，但凡要方便，就偷偷乘电梯到下一层楼去解决……

魏启勃直挺挺地走了进来，鼓起双颊也难掩饰其烦躁焦虑的内心，一见康旭和锐凯都在办公室待着，就鼻子不是鼻子，脸不是脸，说："坐班能坐来广告款？坐在办公室能等来天上掉馅饼？"对杂志社目前的经营状况很不满意，便开始出口伤人，一会儿骂梅德方"废物"，一会儿又骂康旭和锐凯"一个大男人不出去闯，窝在办公室里，整得'霉不隆丛'的……"对那几位行政部和策划部的美女员工却宠爱有加，打情骂俏……

在杂志社，没有一个人，可以在相交中慢慢渗透，没有一份情，可以在相处中渐渐认同。相交就要比心，相处就要凭情，情始于交往，心在于认同，好不好在感情来往中体现，优不优秀在相处间慢慢感受。男人在这里真诚付出，未必就能得到老魏赞赏；女人在这里比男人日子好过得多，她们不用去跑业务，她们发挥老魏御用美女的优势资源，只为让老板和客户赏心悦目，还可供老魏解闷、销魂……

四十大几的男人挨骂，让他们整个中午都不开心。一起来到写字楼后面的小吃一条街去吃午饭，锐凯还没吐出憋在心里那股恶气，没好气地对梅德方说："干脆你去做手术，变个漂亮的美女，跟魏总上床，免得你和我们一起受窝囊气！"

"你准备拿多少钱赞助我哦？要不，老子先跟你上床，你敢要吗？"梅德方瞪起牛眼珠，黑下脸反驳。

锐凯说："啧啧，就你下半部分那零件，还敢自称老子，你够当老子的资格吗？"

梅德方脸色骤变，回敬："你管得了吗？这是爹妈给的，跟我没半毛钱的关系！你呢，零件倒是完整，却用爹妈安装的零件出卖色相，为多挣金钱勾引人家老板肥婆！贱货，男妓！搞充气娃的货色！"

"哎哎，说我勾引老板娘上床，你看见了，你录像了？有证据吗？会说人话吗？"锐凯指着梅德方的鼻子质问。

"是你先侮辱我人格，我才将话答话！我一见你野兽似的胸毛，就锥心！每个男人都有缺憾，我就偏不信，就你'一身毛'的锐凯是高、大、上？"

"还'三剑客'哩，见面就吵，吃饭都不消停，你两个搞个啥？硬是搞充气娃的货色！"康旭拿着筷子敲他俩的碗，制止他们吵闹。

"还是写作高手哩，这么人渣的话，你都说得出口哇！天不怕地不怕，就怕流氓有文化！"锐凯和梅德方立马笑得喷饭，用筷子打着拍子高声朗诵。

锐凯拧起眉毛说："唉，别闹了，说正事哦，我们把广告都回来了，魏总还是不满意，总看我们不顺眼？"

梅德方说："创收回来未必就高枕无忧。我听行政部向敏说，两个月前辞职走的那三个老男人，其中一位是全国文化名人，他们那个团队两个月内就给老魏出了六本杂志，给魏总创收好几十万，太牛了！后来他们嫌这是魏总私办的公司杂志，在国家新闻出版署没有注册，属于非法刊物。再说，魏总根本没有用感情和待遇留住他们，他们也嫌魏总嘴太臭，骂人太损人、太刻薄，还有……"

"是不是哥们哦，说话只说半句，啥子意思嘛？"康旭和锐凯盯着阿梅质问。

"连我这个残废都雾里看花了，你两个大男人还蒙在鼓里？"

"又在跟我们摆玄龙门阵？想说啥就说！"

"态度不好，本哥们偏不说！气死你们……"梅德方故意卖关子。

"你是不是想说，魏总和杂志社那几个美女有一腿？"锐凯旁敲侧击地说，"连疯人院放出来的都能看出来，这年头有钱的老板哪个不好色？"

"美女是老板享有的独有资源，知道不？"康旭说，"哦呦，他也是搞充气娃的货色！我们拼命给他挣钱，为他玩弄女色提供资金来源。"

"就是噻，上次广告款的 8% 提成还没发给我们哩！"锐凯与他一唱一和。

"唉，还有哩，独家新闻，杂志社的内部消息，听不听？"梅德方故作玄虚地把话打住。

"最讨厌了，话只说半句，又想急死我们？"锐凯跺着脚催他。

　　梅德方说："知道吗，人家魏总还在100多里以外的农村租场地，投资办了一家规模不错的生态养鸡场，这种生态鸡已经在凯州城区各大酒店建立了固定的销售网络。魏总是用养鸡场产生的经济效益反哺杂志社，打文化牌，是魏总的经营战略，是他搞文化产业的资金来源……"

　　"这消息一点都不神秘，早就知道了。魏总他妈的太能干了，命该他妻妾成群！"锐凯蠕动着硕大的喉结，艳羡地说。

　　"你以为男人挣钱就为了玩女人？其实魏总身边的女人，有的是女人主动勾引他，她们喜欢他的钱，女人主动投怀送抱，满足他的淫欲，反正是各有所需……"梅德方如此阐释说。

　　"老板每天有吃肉，我们总得有汤喝噻……"康旭说这话时，深深地叹了一口气，顷刻得到另外两人的拍手称快……

七、"长袖善舞"先折翼

中午吃饭的时候，人都跑光了。

今天值班，康旭泡了一碗方便面填饱肚子，一种莫名的困意袭上来，眼皮几乎要用火柴棍支起才行……用混沌而质疑的目光审视这里，真不知这张办公室的冷板凳还能坐多久？他习惯性地拿起《凯州日报》读起来。正午骄阳斑驳的光线从窗口洒落进来，旁人从侧面看着他轮廓分明的男性阳刚面庞，脸部镶嵌一道骄阳绚烂的色彩，炽烈的光亮在他那陡峭的脸庞上闪烁不定……

在半梦半醒之间，依稀又回到了那令人产生窒息感的成人用品店，他正边看报纸，一边守店铺，一位顾客戴着棒球帽，帽檐垂得很低，他想尽力看清这位顾客的脸，那男人"犹抱琵琶半遮面"，买了一款女人替代品；过一会儿那位捏着鼻子说话的声调"娘娘腔"更重了，又要了另一品牌的男人替代品……这可令他大惑不解，随后他的心在胸中怦怦直跳。此人究竟活得有多纠结，究竟是男是女？凯州城，这林子大了，什么鸟儿都有！那"怪客"在慌乱出门中，他的棒球帽被门口的塑料门帘挂落了，露出他惊恐万状的阴阳脸，啊，啊……现在想起来，那情景模糊又清晰——这分明是梅德方，对，是他，没错……

康旭伏在办公桌进入睡眠状态，打了个盹，睡眠使他心旷神怡，清醒时，才注意到办公桌前站了一个男人，一直在盯着自己。于是他浑身冒着薄汗,睁开眼睛,试图透过刺眼的光线去看清面前这个人,啊,啊……他终于僵尸还魂般地看清了那人的五官,与梦境里的那个面孔一模一样……自己一直躺在恶梦中,却一直还自以为接近梦想哩!

那个鬼魅似的面孔具体落实到一个人,是梅德方。

"你一直喜欢看《凯州日报》,对吧?"梅德方莫名用手捂住着嘴问。

康旭此时犹如戳烂的轮胎,一下子蔫了,心里也怕自己在成人店干过的事,被他捅了出来,于是转换话题,"这是市委机关报,是党报,搞文字工作看权威媒体的报纸,有什么错吗?"

"没人说你有错,只是你看报纸的样子有点奇怪……"听罢对方如此话中有话。

康旭知道已被他认出来了,只是不想捅破这张纸罢了。他买双性替代品不也怕被人揭穿吗!

康旭想到这里,也唯恐自己哪根筋又搭错了,乱了方寸。

"杂志社前面那位辞职的执行主编,是你介绍进来的吧?"康旭故意竭力绕开话题,反问。

"是又怎样,不是又怎样?不该问就别问!谁给你说的?"

"看不出你蹚的水还挺深的。前段时间,你还在前面的那家投资公司上班,这边杂志社也有你的职位,你行啊,一起挣两份钱,一只脚踏两只船。在那边,你去投资公司逛一圈,然后就闹着去人才市场招人,结果跑到这边杂志社来当主管。老谋深算……"康旭掐住指头地分析着,有根有据,底气十足。

"跟我说这些?关你屁事!有脾气去告魏总啊!去呀——我有本事把你弄进来,就有本事把你弄滚蛋!"

康旭压根儿没想到,阿梅竟步步逼近,如此威胁。

"算了，看在你有病的份儿上，懒得跟你争！"

"你才有病！你以为你有好了不起嗦？不就矮子里面充高人，文章写得好一点罢了！在这个凯州城，每天满大街哭喊着找工作的人中，比你优秀的成千上万，别自视太高！"面前那张石膏般的阴阳脸一下子就扭曲了。

"就你那样，还能找杰出人才？也不撒泡尿照照自己！"这话在康旭脑海里打个滚，没敢骂出来。自己又不是"下三烂"，说这些"没营养"的话太没劲，没必要太刺痛他。

梅德方大概觉得自己占了上风，威胁说："等一下魏总来了，你自己去跟他说，你是怎样知道前任执行主编的来龙去脉……"

"你蹬鼻子上脸，敢拿这个威胁我？"康旭想骂，"山上老虎都见过，难道怕你这条狗"，但还是再次忍了。

"我威胁你啥啦？杂志社有杂志社的管理机制！"

康旭说："算了，别把鸡毛当令箭！你不觉得说这些不好玩吗？无聊！"

正吵闹着，魏总一下子就出现在他们面前，灯泡似的眼睛瞪他俩一眼，没吱声，旋即，气宇轩昂地跨进内间的办公室。

梅德方恶毒地剜了康旭一眼，说："稍等片刻，魏总就会召见你——"紧接着就像疯狗一样，凶神恶煞地钻进魏总办公室。

"大不了让我滚蛋，但他能如愿吗？"康旭陷入深深的迷茫和怅惘中……

"霉得慌"在魏总办公室说些什么，他不想管，无非是"以小人之心度君子之腹"，康旭置若罔闻。

恰在这时，向敏走了过来。梅德方对她冲康旭一噜嘴，故意大声对向敏说："魏总叫那个人进去……"

向敏满脸尴尬地跑过去，隔着门窗询问魏总，又"蹬蹬"地跑过来，满脸紧张地对康旭说："魏总要找你谈话——"

康旭有种不祥的预感，又没招惹过谁，反正都命运不堪、活成这样了，没啥好恐惧的！尤其是梅德方，只是说了几句实话，他就在魏总面前置换地狱，吓谁啊？

严酷的现实，随时都可把他挤进地狱，你死他活，皆是地狱！

谁怕谁？康旭硬着头皮，浅笑着走进魏总的办公室。

魏启勃脸色像青菜般的铁青，正在大呼小叫地对着电话狂吼，对走进门的康旭熟视无睹。

康旭提醒自己要理智对待，从容镇定，说话要有分寸感；随后，魏启勃绷着脸，一副居高临下的鄙视，这种神态就像照妖镜，很多人在他的注视下显得丑陋、卑琐、奴隶似的唯唯诺诺，不堪一击……可这一招，对康旭丝毫不奏效，进门前他就思忖，他既不怯弱，也不懦弱，没啥大不了的，要么忍，要么滚！

心情不舒畅，就像你这级别的破公司，本人还懒得伺候哩！恰在这时，从装置有单人床的办公室内间，梅德方突地钻了出来，发泄似的"啪"地关了门。

康旭站在魏总办公室前，沉默着……只见魏总鼓起腮帮做了一个深呼吸，然后掉头问康旭一些问题，无非是有关杂志社广告进展情况。

然而，话题陡然一转，魏总问："你觉得梅德方这人怎样？"

康旭稍觉意外，顿了顿，答："挺好的啊，工作热情负责，对吧？"他才懒得在魏总面前搬弄是非哩。

魏总莫名其妙地把手一摊……

康旭惺惺惜惺惺，从魏总办公室走了出来，嗅到了到处流溢的胭脂气和法国香水味……

每到上午十点过，美女们有个习惯，泡一杯咖啡，编辑部混杂着胭粉气和打情骂俏相融的浪笑，让第一次走进来谈生意的客户，还以为误闯了场地，还误为走进了"卖春楼"，经常搞得一些客户手足无措，面露尴尬。

那个月黑风高的晚上，康旭夜不能寐，在表面上像"小孩过家家"似的杂志社，反应慢的会被玩死，能力差的会被闲死；胆子小的会被吓死，酒量小的会被灌死；身体差的会被累死，讲话直的会被整死；能力强的会被用死，男人的好业绩不如"女人的好脸蛋"！一想到锐凯已经创收，自己还在"挂空挡"，心里好不容易积蓄一点工作激情，眼看就要灰飞烟灭，到月底再不做单破局，就意味着他将被淘汰出局，意味着锐凯上位，晋升为杂志社常务执行总编。

自从锐凯来了以后，所有风头被他占尽，自己似乎是在夹着尾巴混日子……与魏总谈话，只知道自己的试用一月就正式录用，但魏总从未提出与他签订劳动合同，每月只发一千二的保底工资，碍于面子，他不便去问诸如劳保福利之类的话，问得太具体，不仅显得俗气，更是弄巧成拙，但他的那点卖旧车的钱马上要花光了，月底他要是再领不到工资，他有可能要去卖血了。

康旭孤寂地电话连线白慕仪，聊了他在杂志社的尴尬境地，要么做回广告，要么拍屁股走人。"刀锋见血"，同事间竞争厉害，从家电门市部到《慕来巷》杂志社，这位同事在事业上和他命里相克……

白慕仪在电话上循循善诱，说："就算没有他，还会有另外的人与你竞争，人家杂志社又不是为你一人开的，老板要聘谁，你能掌控？你需要心灵除尘，擦净心灵垃圾，在职场上自我重塑，不要去管别人咋样出招，跟你没关系，你想法把业绩拿上去就行了。"

"我又再次跌入人生低谷，你是'弹子盘'脑袋，够灵活，帮我出点招，给我打气加油！我快熬不下去了！"

"很简单，物竞天择，适者生存。你没看清你与竞争对手之间的差距，别人哪点比你强？人家懂得，这个社会是人与人打交道的社会，朋友是自己的社会资源，资源最终要变成自己的财源；比你更懂得去挖掘社会资源来为广告创收服务。别人行，凭啥你就不行呢？你就和林黛玉一样，贾宝玉被人抢走了，自己就独自万念俱灰，万劫不复，甚至绝望想到死，真没出息！市场竞争是无情的，残酷的，你就不能节奏快点，效率高点？少抱怨，多干活！"

"不要再洗脑了，人家打电话，不是想要天后帮忙出招吗？"

"你不要老闷在办公室里，要主动出击，把自己推销出去！难道你就甘心输给一个只有小学文化的乡野村夫？"

"可我给朋友们打了电话，他们都不愿在杂志社做广告！"

"还是你的问题，你公关能力有局限。你做梦都想到主流媒体当记者吗？试想，现在你连一个杂志社广告经营都搞不懂，又凭啥优势杀进主流媒体？"

第二天，白慕仪发给康旭一个短信，帮他推荐了一位客户，并附带一个手机号，要他主动联系，好好交流，或许就能搞定。

康旭竟有云开雾散之感，立即掏出手机照其号码拨过去，这简直是瞌睡碰到枕头，白慕仪介绍这位客户是一位中学校长，他们学校正在找媒体做校庆宣传，除了选择杂志社，还要另外选择媒体。康旭大喜过望，揣一份合同，觅找到学校校长。

白慕仪再次发短信点拨他："拉广告，管住嘴，迈开腿。满嘴跑风，资源落空！你的问题是心态不好，总是端起你曾当老板的架子，自持有颜值，故作清高，告诉你，这世界，清高男人没饭吃！还有，不要躺在怨恨的情绪中工作和生活，回归自然禀赋的乐观与快乐，失意后坦然一点，自信中淡定一点，挫折后沉稳一点，磨难中从容一点……"

第二天，康旭与那位中学校校长见面后，彼此很谈得很融洽，很快签下了两万元的广告，并计划在本月的杂志刊发，这无疑给康旭工作的平台夯实了基础。

八、梦想 云水般地流淌

　　自从康旭与梅德方言语龌龊后，彼此见了面心里都不爽，谁也懒得理谁！那天中午午休，杂志社的人不知到哪溜达去了，康旭在读《凯州日报》，但心里还是莫名的哀怨凄惶，很想找个人交流一下，然后走到行政部的会议桌前，给他的一位同学客户打电话，在电话连线间，让他特感意外的是，他搭眼瞟见办公桌的玻璃板下，放着那张已离开的杂志社工作人员的通讯录，那一连串的并不熟悉的手机号码，像美妙音符一样跃入他的眼帘，这组电话号码与之相对应的姓名，正是两个月前给杂志社整整出了六期版面的辞职记者的姓名，这支特别能战斗的媒体精英、广告达人，却从未在魏启勃嘴里谈起，或许是魏总得罪了他们，是他们炒了魏总的鱿鱼，但凡在梅德方面前一提起，就立马受到挤对。康旭环视一下四周，赶紧先把这几位记者老师的电话号码抄在采访本上……

　　说干就干，闲着也是闲着，再次环视周围无人，于是就提起这个电话座机，按上面的电话号码先拨了第一个号码，打的是名叫毕行舟的手机号，呃，通了—那边接电话很热情、声音很浑厚、凝重。康旭随即介绍了自己的情况，又觉得不妥，自我推销似乎有让对方满足自己需求之嫌，对方说了声"保持联系"就挂了。

　　一直不辞艰辛，行走路上，康旭跑了一些大企业，人家企业老总对私立杂志社嗤之以鼻，并说，"你们这家公司杂志，凯州有几个人知道？还不如我们厂里的黑板报有影响哩！"

又是中午午休，康旭正翻阅着《全国报刊投稿指南》，准备把刚写好的一个短篇小说投过去。这时，只见魏总提着电脑包与向敏打情骂俏地进了内屋……

康旭突然感觉心脏和左眼皮有了反应，同时扑簌簌地跳了起来，这种牵扯着神经系统的颤动，对一个离异三年的男人来说，不知是感官刺激，还是触动了脆弱的男人雄性荷尔蒙，是一种莫名的汇聚和深度持续的本能骚乱？在杂志社的隐秘的世界里，他真正嗅到一种"肉欲色池"般无尽的绵延余味……

康旭默不作声地从门缝中看过去，或许带着某种急不可耐忘了关门，一对狗男女像做贼一般滚在里间的床上，魏总的手伸进了向敏的胸部乱摸起来，向敏也肆无忌惮地撕扯魏总裤子的皮带……

瞅住这一不堪镜头的一刹那，康旭呆若木鸡，更像处于静态的塑像，竭力做一个深呼吸，他起身走出编辑部，乘电梯来到这座写字楼的底楼大厅，在一个条型沙发上静坐，只想好好透透气，梳理自己的情绪……

不经意间，一头撞进了淫窟。

康旭郁积、困惑与愁绪挥之不去。

康旭一口气走到了街巷，一直走到街心花园，一簇簇被正艳的骄阳光芒喷洒在欲望与喧嚣的街巷，一波波的芙蓉花浓香巨浪，澎湃于广袤而浮躁的城市，或许是仲秋骄阳破碎后泄流到城市带着斑驳光亮的血液，或许是城市欲望火焰燃烧后迸溅于滚滚红尘的白昼焰火……一波波蜂拥而来的激情，一片片络绎不绝的追寻，那大街小巷驰骋着骄阳般的火热，那流动的车水马龙挥舞着朔风般的狂野与嚣张，城市绿道两旁的芙蓉花并不炫耀其娇媚与张扬，只因那使人无法喘息般的燃烧与迸发，一朵朵芙蓉花喷薄出这个流光溢彩季节的炽烈与绚烂……

康旭回首走进凯州来时路的每一步，真的走得好无助，好孤独，刚才杂志社里的那一幕，真真切切地让他悲哀的感慨和狂乱的灼伤，只想把自己转换成那驰骋沙场的勇士，在腥风血雨中风驰电掣，在刀光剑影中披荆斩棘，在桀骜不驯中刀锋舔血，阳光下已无新鲜事，与其苟延残喘不如纵情燃烧……

大概又过一小时，康旭从大街上回到写字楼，发现魏总从底楼电梯走了出来，他仿佛瞅见一个浮沉于市场大潮中道貌岸然的衣冠禽兽，于是坐在底楼沙发上发愣。魏总见他后觉得好奇怪，转过头问他："上班时间，你怎么跑到底楼来了？"

康旭答非所问："电脑前坐久了，写文章眼珠子都抠痛了，下来透一下风。"

魏启勃又严肃地说："高副主编，上班不坐在编辑部工作，为何还要为擅自离开岗位找客观理由？"他似乎希望从康旭笨拙的解答，透露一点有关刚才床上苟合的话题。

康旭盯着魏总的眼睛，用混沌而炽烈的眼神，算是给他作了满意的回答，心里直觉苦涩、晦气，懒得在现场看你们表演床头戏……

"今天才亲眼看见，中午是魏总莺歌燕舞最销魂的时段，怪不得中午，在杂志社连鬼影子都看不到……"康旭情不自禁地窃笑，再次嗅到魏总走过去的背影散发一股浓烈的邪气与醒醍。

康旭整天心灰意懒，在家里、公交车、杂志社之间游离，晃着膀子走路，似乎沉浸于惶惑而郁结的半睡眠状态，脑子总是重叠着那种淫乱镜头—魏总办公室里屋敞开着，窗外的骄阳投射一束斑驳的光柱，恰巧投射在那荒淫的床上，床上一对狗男女赤身裸体在交媾，肉滚滚地鼓捣着、翻腾着……

每到此时，康旭就觉得气喘如牛、眼热心跳，如果有心脏病，必死无疑。他一直在心里筑梦，绝没有想到，来凯州发展抹黑瞎撞进了"摸奶巷"，这里竟是潜心打拼的平台，失望、忧虑与伤感阵阵袭上心头，很难想象现代化大都市的凯州城还有这样传承文化产业的龌龊之地……他虽能理性地摆正自己的位置，但还是替屋里的男女蒙羞，为什么不收敛一点呢？"魏骚棍"难道就不怕他老婆捉奸在床，话又说回来，即使捉到了，又能怎样呢？

每天望着魏总离开的背影，康旭便产生一种冲动，禁不住模仿他无可奈何地一摊手，以及无奈滑稽地耸耸肩，心里说："你不过是利用中午时间加班，干了一场体力活罢了，没必要在光脚的乞丐面前炫耀你土豪的骄奢淫逸！"

正当康旭被这幅荒淫的画面激怒时，又摇晃着身影返回办公室拿公文包的魏启勃，在进电梯时恰好与出电梯的锐凯差点碰个满怀。魏总怒视他，问："这几天，你跑到哪儿去了？"

锐凯说："出去拉广告噻。"

魏启勃蛮有兴致地打量锐凯泛亮的红脸膛和雄性勃发的胸毛，狠狠挖苦说："拉的广告在哪儿？不会是拉到哪个女人床上去了吧？"

或许是说者无心，听者有意。锐凯居然嚣张地从上到下扫了一眼魏总，说："你以为每个男人都为那点事忙活？再说，像我这样的男人，穷得柴棒棒打鬼，哪有钞票找女人上床？只有您魏总才有实力'天天入洞房，夜夜当新郎'噻，您是我崇拜的偶像，我得多多向你学习！"

锐凯挎着采访包从电梯走进杂志社。康旭尾随进去，便问："哈哈，你娃有长进咯，敢跟老板嘴臭！应该去跟你的崇拜偶像正式拜师噻，你们俩都是同类，一脸的淫相，一肚子的坏水！"

锐凯酸酸地苦笑，说："你娃要不得哈，偷听！几天不见，你娃的破嘴越来越潦草了哈！"

康旭嘿嘿地说："这话应该我来说你才对，不知在哪里浪荡几天，回来就敢在魏启勃面前'冒皮皮、打飞机'，你不怕他活吞了你？"

锐凯伸着青筋暴突的脖子，说："谁叫他看我不顺眼，端他的碗，服他管，不端他的碗，他咬我的卵！他又没包养我，谁怕谁！"

"还杂志社的副主编，这么粗鄙的话都说得出口？包养你，你爹妈配置的零件装备错了——变态！"康旭质疑他的底气。

然后屁股刚一落坐，锐凯就隔着桌子对面的康旭说："哎哎，我说哦，你那张破报纸有啥看头？走，出去我请你喝茶？"

康旭爽朗地答应："好啊，正烦着呢，什么地方？"

"'骄阳正艳'茶楼！"

"依我看，这几天你在床上才'骄阳正艳'哩！"康旭赶到茶楼时，锐凯已端坐在那里了。

茶楼别有一番风味，承载七十年代令人激情澎湃的"锄禾正当午"的乡村禀赋，传递着"少无适俗韵，性本爱丘山"陶渊明式的乡愁情怀，墙上悬挂着 "种豆南山下，草盛豆苗稀。晨兴理荒秽，带月荷锄归"的诗句字画，聪明讨巧地把人们带入淳朴清新的"诗意的栖居"……

锐凯似乎无意间抬头看见康旭走过来，忙问："你喝啥子茶？"

"和你一样，碧螺春！"

锐凯几次欲言又止，瞅一眼他，埋着头，问："要不要喊'霉得慌'来？"

"随便！"

康旭想告诉锐凯，他撞见魏总在办公室放纵荒淫之事，杂志社是

107

老魏自筑的淫窟。在飘摇不定的职场，他亲眼目睹老魏兽性大发的淫乱表演，以及在杂志社美女丛林中，还蛰伏着患了多重性格紊乱症的变态狂梅德方……但见锐凯不急于表达什么，一想到在上家投资公司他拙劣的演技，这才提醒自己，还是先管住这张破嘴为好！

锐凯寂寥地抿了一口茶，习惯性地挺了挺前胸，康旭不知他采用这种潇洒方式，是不是为了吸引或唤醒别人去品读他那雄性勃发的胸毛和腹肌……

锐凯低头叹了口气，故作深沉地叹息道："俗话说，'百年修得同船渡'，从电子市场到今天的杂志社，你我就开始打交道，真是投缘哈……我来凯州打工过得比你更艰难，你就住在这个城市的三环路旁，每天早晚可以乘车上下班，跟城里人没啥区别；而我生于距凯州100多公里外的偏远山区，条件恶劣得多，你也看过我摆地摊，为了活命，啥子都干！只因你人品好，这些从没给别人讲过，你在魏总面前也从不说我坏话，我敬重你的人品。来这个城市，你我恍然如梦，我没文化，你比我有优势……"

康旭听罢，就认定锐凯有事相求，说："废啥话呀，有话就说，有屁就放！"

锐凯在他的脸上瞟一眼，能听见他喉结蠕动的声响。他说："你我都这把年龄了，还能晃荡多久？我知道你，特爷们，特仗义，如果把我的下一步打算说出来，你得先答应我，不准嘲笑我……"

康旭暗探对方的目光，那不过是一道没有精神胆怯的视线，便感受到窗外迟暮黄昏降临……锐凯这种声调，犹如迟暮空谷中凋零枫叶的飘落，只能用灵魂深处的东西才能感受其呼吸，啧啧，眼前这个精壮男人应该去驰骋江湖，除暴安良，去锄强扶弱，可凯州大都市并未真正接纳他这样的边缘人。他或许应跟梁山好汉一起去拯救乾坤，只是命运的沧海把他像一粒尘土一样飘洒到了凯州……

紧接着，锐凯故作玄虚地拍了康旭一下，告诉康旭，他准备策划开一家文化传媒工作室，构筑文化产业，批量输送和生产文化产品，以流水线创意策划和创作专题广告为载体突击推进。

锐凯一脸严肃，却难以掩饰地沉浸在亢奋中，说："你知道，写作，我是外行，请你来挂帅，再找六、七个记者，分别安排去跑政府、卫生医疗、教育等口子，固定人来统稿、校稿，编排，版式设计，全面推行程式化操作，这样可以形成组团式力量，分工协作，形成优势，提高创收效率。这种操作模式，便可以摆脱魏总的约束，自己堂堂正正当老板，用最小的投资，获取最大的利润空间。"

康旭对这些所谓谋略，难以认同，他那贸然而嘶哑的话，使康旭感到好像对方的脸皮被打肿、心脏被引爆般地疼痛，就说："凯哥，你想开文化传媒工作室？好是好，平台在哪里？拉回来的广告还甩给《慕来巷》刊发？你还没睡醒吧，客户都说《慕来巷》不过是魏总自己家的黑板报。杂志社不是流金引玉的作坊，没一点市场号召力，它只是骚棍魏总荒淫无度的'摸奶巷'、'泄欲坊'。"

康旭言辞里，明显流露出对他未来谋划的不屑，纸上谈兵，空中楼阁！

锐凯对康旭的质疑并不在意，仍在心底坚持，继续口若悬河地说道："哎哎，我说你还没转过弯了嗦？八个点子的提成，老魏都不想兑现，你还想忠心耿耿地为他卖命？给你讲哈，记者是吃青春饭的，脑子一旦不灵光了，馊稀饭都没得吃喽！不抓紧时间改变，黄花菜都凉了……再过几年，你我就回去唱夕阳红了！"

康旭反问："你还没开窍，你想大干就能心想事成嗦？医生要有行医证，记者要有记者证。你以为老魏在我们名片上印的记者头衔，就是记者了，做你的春秋大梦吧！真正的记者，要经过国家新闻出版署统一考核，合格后发给你的记者资格证，外出采访要出示的记者证，才算正牌记者，对社会才有监督权和话语权。客观地讲，给老魏跑广告，充其量就是一个三分假情、七分欺骗的广告业务员！"

有关新闻记者的常识，锐凯早就略知一二。康旭心想，就凭你胸前那蜘蛛网状似的、看起来有点锥心的胸毛，就配当记者了！不过，有一个念头一闪，看来，他在蠢蠢欲动，想把在魏启勃这儿作为一个跳板，看准时机，立马跳槽。

"嘟嘟……"锐凯手机响了，他接起一听，眼睛一滑溜，就马上捂住，低声对康旭说："是'霉得慌'，要不要他来？"

"人家找你，你那么威猛性感，他重口味，就好你这口，正稀罕着你呢，你好意思拒绝吗？"康旭脸色冒出一种酸气，心想，你刚才胡说海吹自己的发展前景，这下好玩了，更热闹了，再看"霉得慌"又有啥值得炫耀的。

梅德方扭着电风扇似的屁股、颤动着明显的胸部，忸怩作态地进了茶楼，发现康旭也在，稍有些意外，自从上次当面给魏总打小报告后，明知康旭对他心存芥蒂，一时没有机会化解，眼下倒是一个机会。

"来来，梅总管来了，请坐！"锐凯对他热情、爽快，想必他将新建的传媒工作室少不了这位版画专业人才。

"今天请你喝茶，我们聊的事，你不会去跟老魏打小报告吧！"锐凯还未等他坐定，就先拿话敲打他。

梅德方瘪着嘴，用眼神制止锐凯："我有你说的那么'下三烂'吗？有事说事！"

锐凯说："有个词叫画地为牢，你们想不想冲出牢笼？"锐凯开门见山地说，然后端起茶杯，站起来，"从今天起，我们就是江湖上的铁哥们，三剑客，生死与共，有难同当，相互帮衬！"

康旭和阿梅跟着感觉走，也不知他葫芦里卖的什么药，下意识地端着茶杯，站了起来。

锐凯在这个城市频频碰壁，竟然谋划从文化产业中赢得财富和尊严，竟然把自己和他们想象成刘、关、张"桃园三结义"。锐凯喝了一口碧螺春，就庄严地宣布："从今天开始，我们哥们三人生死与共……"

"慢一点，你要搞桃园三结义？"康旭从不相信哥们义气那一套，就一摆手，打断他，"能不能等阿梅做完手术再举行结拜仪式？"

"唉，我说，你……你啥意思？你不想结拜就直说，不许看不起人家梅总管哈！"锐凯愣在那儿，说道。

"我有我的理由嘛，就我们三个蝼蚁一样的人还搞结拜，还桃园三结义？啊呸，结拜了又能怎么样？再说，'桃园三结义'是纯爷们的事，对吧？我们总不能偷换概念嘛！"康旭字字珠玑。

"别咬文嚼字的！说半天，你还是看不起我？自以为你是彩虹下的一棵松，别人都是一根葱？如果当初老子不让老魏聘你，说不定你还在凯州大街上瞎撞流浪哩，忘恩负义！"一直无语的梅德方用嘶哑嗓门骂道，流露出赤裸裸的阴毒与刻薄，透出一股冷彻骨髓的寒意。

"不要闹了，好啦，今天准备不充分，时机不成熟，改日再来哈！"

锐凯尴尬地比划着，忙在他俩之间和稀泥、打圆场，"都别说了，同事间莫伤了和气，就算给我个面子，好不好！"

"哪个跟他是同事？背信弃义的白眼狼！"梅德方一甩披肩黄毛长发，把茶杯狠命一推，溅了一桌子茶水，昂头一捋因狂躁遮脸的头发，长发飘逸地扬长而去。

"你看到了吧，典型的多重性格紊乱症—"康旭指着梅德方的背影说。

　　"不说这个，阿梅是刀子嘴豆腐心，这事我来搞定！"说着，锐凯就跨出门去一把拽住梅德方，"你跑个啥哦？难道我们三个聚一下，就不能心平气和的坐下来，好好谈谈吗？"

　　"要交流，你们交流好了。我跟他只交不流了；就他那个清高样、破脾气、臭德行，还有交流的可能吗？"梅德方忧心忡忡地说。

　　锐凯跺着脚说："嗨嗨，我才外出几天，你们关系就闹得这么僵？"

　　"是嘞，他老是怀疑我在魏总面前黑他，你就不想想，我要挤对他，要黑起屁眼整他，还挨他臭骂，当初我会千方百计把他招聘进来？我自己招进来的人，又去老板面前排挤他，我还是人吗？我，这不等于打自己的脸吗？"梅德方觉得腹背受敌，满世界的受辱和愤懑。

　　锐凯指着康旭的鼻子说："听到没有？人家从来没排挤你哈，都不容易哈！不要用自己的优点和别人的缺点比喽！四十出头的大男人，你那个破脾气也该收敛一点了，见面就吵，以后咋个相处？不要只顾过嘴瘾，伤了哥们间的友情！"

　　康旭低头无语，不过，阿梅的话对他还是有些触动。

　　锐凯掉过脑袋，又对梅德方说："你想过你的问题吗？我和康旭都是你介绍来的，搞招聘，是老魏要你做的分内工作，对吧？你能招聘老板满意的人才，老板还要以资奖励，所以，你就没必要在我们面前摆出一副救世主的面孔，好像我们得了你好大的恩赐似的，以后别动不动就甩脸子……"

　　锐凯又靠拢康旭坐下，说："你呀，咋说呢？哎，直说了吧，你也不能因为阿梅的生理缺陷而看不起他—"然后又站起来生硬地把他俩的手握在一起，以行侠仗义的命义，将三双手紧紧握在一起了。

　　梅德方已是热泪盈眶，埋头站起来，谎称要去买药，就先走了一步……

康旭还是憋不住，说过阿梅，又想说老魏，不说出来，他心里堵得慌，就说："本来打工仔不能乱说发薪人的坏话，魏启勃随时都在换情妇，弄得杂志社那几个美女争风吃醋……最可恶的是，他在杂志社跟女人上床，是不是应该搞得隐蔽一点，回避一下员工？就算要搞办公室恋情，也该拉好那条幽梦似的窗帘……"

锐凯随即一阵淫荡的爆笑，笑得胸毛像丝茅草似的扭成一团，笑得唾沫飞溅，说："哈哈，不足为奇，十个老板九个淫，还有一个正发情。人家在美国待过，干那个事像喝矿泉水。我也搞不懂，让魏总包养那个向敏，她老公是个名律师，不差钱，人家老公都管不了，何况你？就算看一场免费的三级黄片，人前要假装不晓得才对噻……"

康旭诡异地瞪他一眼："假得很，我看啊，你和老魏是一丘之貉！"

九、"花月痕"的妓色转换

　　夜幕，宛如在金鱼玻璃缸里灌注的碳素墨汁，渐渐地在旷野中漫开、渗透。羞涩而慵懒的月亮，尚未从云层里探出头来。朦胧的路灯摇曳着虚妄与恍惚，让街巷和路人的脸显得光怪陆离，诱发男人在黑暗中欲望膨胀……

　　前几个晚上，锐凯穿了一件麦粒色的旧太空服，半张脸诡异地缩进衣领，双手揣在衣兜里，孤魂野鬼般在街巷闲逛，他的魂在霓虹灯下的红灯区游离，眼睛滴溜溜地转着，漫不经心地东盯西瞅，谁知道他是散步，还是在猎艳？

　　到城里打拼已有两年多了。距家一百多公里，回一次家需支付昂贵的路费，想回家，可一摸干瘪的钱袋，几次都未能成行，至于男人正常的床第之事，只好对着街上流动的美女望梅止渴了。初到本市，只因白天奔波太疲惫，夜晚倒在床上，一觉睡到大大亮。一个季度下来，目前在杂志社"混年寿"的工作倒是适应了，睡眠却成了问题，身体本能地排斥这种阴阳失调的生活，无奈仰望星空，辗转反侧。电视里某些带色的片段，浸润他骚动的肌体，爆得体内滋吧滋吧地响，淫秽的画面和呛人的烟草味弥漫在出租屋里。

　　锐凯是乡野俗汉，既耐不住寂寞，又没有繁华可守。晚上就希望有人来和他做伴，这不，康旭来了，晚上校对稿子加班没回家，在锐

114

凯出租屋借宿。康旭也浮躁，睡在隔床睡不着，抽烟，然后，用脚趾试探地敲打他，鼻孔里冒出两个纠结的烟圈，先走出了屋子。锐凯急忙起床，尾随而去。康旭说："出租屋像狗窝一样，一股骚味，屋里太闷了。"锐凯就带他出去溜达，只为透气、散心，解闷。不料锐凯却把他拽进了一家网吧。网吧里的白炽灯昏暗苍白，好像是专为这些孤寂的打工仔排遣孤独。电脑前大多是打工仔和学生，靠墙角处有三两个男学生在打游戏。网吧里烟雾缭绕，逼仄而压抑，其间散发着体臭和泡面的混杂味，光着身子穿烈焰般的红羽绒服亮胸肌的、臭袜子扔在一边抠臭脚丫的、边看黄片边吃薯片的、谈恋爱边上网边嘴接吻的、四仰八叉躺着睡觉的……冲刺其间。

康旭在网上看一篇小说。锐凯却点击一部美国黄片，叫康旭过去一起分享，两人看得面红耳赤、呼吸急促、心猿意马。黄片里的波涛汹涌、人肉滚滚，变着体位玩味，哼哼唧唧的叫床声冲击耳鼓，非洲黑男和欧洲白种女真枪实弹的身体撞击，黑白分明、缠绵悱恻，就像挂在菜市场肉架上的两坨色彩迥异的腊肉。随后康旭觉得肮脏、放荡、变态！竟有一种呕吐的冲动。暗想，干那事，还让人录像放视频供人欣赏，这不是等同于畜生吗？

屋里空间太闷，他俩就晃着膀子从网吧里溜了出来，已是午夜时分。锐凯脸热心躁，浑身燥热亢奋，产生某种欲念，急需找个地方潇洒一下，就不想回出租屋了，硬拽着康旭沿街遛弯，自诩是"球钱没得"的浪荡汉，看街景不要钱，并说，那些粉红玻璃门"KTV"厅，楼上大都有接客的香艳小姐。那些一圈圈眨眼挑逗的炫彩灯，冒泡似的吐出红唇图案，那里注定是红粉地带。康旭陌生地打量他，没想到他深谙此道。其实，锐凯在网吧里看黄片时，想得最多的是放纵一回。康旭的情景也好不到哪里云，离婚三年，正常的夫妻生活断档，可他觉得这种事像吸毒，上瘾，又费钱，也暂时不想自甘堕落，也堕落不起！就算去染指色情，也决计不敢跟平时口无遮拦的锐凯一起去，这不与他成了一丘之貉吗？不是为他提供要挟自己的柄抓吗？凌冽的寒风吹来，他打个激灵，又连打几个哈欠，就拍拍锐凯的手，说："好冷哦，不好耍，你要干啥，你去吧，我瞌睡来了，先回去睡了。"锐凯瘪嘴骂道："假，百无一用是书生。不敢去，是不是男人哦？你的家伙是不是捂坏了？"说着，便独自哼着小曲转悠着朝前走，像没头苍蝇似的在夜色迷茫的街巷中瞎撞。

康旭忽地产生一种猎奇心里，没有立即闪人，紧紧跟随，看他究竟敢不敢玩真格的。

锐凯刚走到一家"花月痕"KTV 大门前，抬头观望片刻，稍微迟疑一下，就昂首径直地上了三楼。收银前台的墙上，挂有一幅装裱好的字画，字画的右侧，写有烫金的草书—"多情自古空余恨，好梦由来最易醒。岂是拈花难解脱，可怜飞絮太飘零。"康旭盯着字画暗想，这里想营造一种文化氛围，却歪曲了古诗文化的底蕴。再看那幅粉红色窗帘，带着挑逗色彩，"犹抱琵琶半遮面"，一帘幽梦般地时开时关，一个浓妆艳抹的老女人探出一个脑袋，冲锐凯伸出兰花手，嘴里似乎在交代着什么。锐凯梗着脖子、紧绷一张冷酷的脸，义无反顾地就钻了进去。锐凯进了一个包间，表面上温馨宜人，实则有种污秽色彩，无所不在的刺激感官。一种强烈的占有欲势如潮水，锐凯觉得应该裸露健硕的男体，或者剥光被他觊觎的小姐的服装，让生命将在肉搏中获升华。一位带着纸醉金迷烟花气息的女人，用捕捉猎物般的迷离眼神，深度探视着锐凯。女人款步走到吧台，要了两杯红酒，一杯递给他，碰了一下，优雅地举杯，一饮而尽，再接着独自喝酒，接着又主动找一些话题，跟他聊天、热身。

康旭开始隐身、撤退了，独自在红灯区街巷魂不守舍地漫步，寂寞与惶惑，使他的偷窥感在寒风中逐渐削弱。

春宵一刻值千金。恨不得脱得一丝不挂，赤膊上阵，在充溢中体验到一种肆意宣泄的狂放。锐凯感到沉寂已久的体内在膨胀，渴望再次如潮水般地涌来。

喝红酒的女人再次进来，灯火阑珊处炫动而晃眼。在众多红粉女郎中，喝酒那位红酒女人显得成熟而矜持，看起来极度的冷艳与愤世嫉俗，她如月的脸盘与性感的豪乳，很切合锐凯的审美标准，与其说是锐凯选择了她，不如说是重口味的她拿住了他。在包间床沿，她扭动如蛇的腰身，走过来坐在锐凯身边，又粘腻地盯住胡子拉碴的他看了片刻，在他不敢作出任何反应时，服务员就过来贴着她耳朵，"货"怎么样？她点头称是。锐凯尝试地攥着红酒女郎的手，她顺势慢慢往他身上贴，一股飘忽的幽香把他摄住了，不再迟疑，他们彼此的嘴在吸引中接吻了、缠绕了。楼下KTV传来《死了都要爱》煽情情歌，这里成了男女倾情狂欢的旷野。随后，彼此的手都在游走，极其精道地触及敏感部位，锐凯凶猛而笨拙地让对方刚好趋向自己。与此同时，感到对方一个温热肉体强力地相互吸附，她游移不定的眼神，流露出一种焦渴，喉咙里发出一种悠长奇妙的沉吟声。

锐凯变得肆无忌惮。没想到他在甘愿堕落、恬不知耻地放纵欲望。春风拂面显得些许牵强，浪笑显得言不由衷，骚动的焰火来势凶猛，锐凯不想拂逆来自男人本能的欲望，以压倒一切的雄壮，用强劲的双臂挤压对方，好像腹腔突然承受某种内部震撼，这份传递的激荡扩散到躯体和灵魂，产生了一种从高处往下冲的快意撞击，仿佛飞在蓝天碧云中，翅膀在拍打，勾勒出无头无身天使的盘旋飞翔，持续轻飘地腾空飞翔，越飞越高……这种生命的迸发，正在逐渐消融彼此猎艳前的焦灼感。

红酒女郎只顾体验他健硕身体的激荡。锐凯明显感到了对方的娴熟功底，只需按她的意图演练，他唯有游刃有余地承接暴风骤雨。置身温柔包间，外面冬夜深沉而凌冽，那女人极带主动性和攻击性，几次让他差点背了过气，随后只想侧头呼吸。刚好渐入佳境，红酒女郎随即却逃离了，一切都从粉色梦幻里抽离出来……

锐凯有些许沮丧，随后又被一种声音唤醒，意欲再次床战的红酒女郎声音充满柔情蜜意，像她撩人的魔鬼身段那样淫荡。她低吟道："哦，我知道，你们男人喜欢温柔，我今晚温不温柔？"锐凯傲居群雄，惯性而僵直地迎战。酣畅淋漓地完事后，好像双方的腹腔乃至心灵，都突然受到空前的温暖灌注和灵魂洗涤。

锐凯裸露的脊背上，汗水像蚯蚓般地流淌。忽然产生一种质疑，就贴在她耳边，像干完体力活的农夫一样喘息着，试探地问："美女，你看上去不缺钱，为何来做这个？"她眼睛忽闪一下，盯住他蓬勃而炫目的胸毛，说："你懂的，你缺女人吧？"接着，她沉吟片刻，说："哦，你是外来的农民工？"锐凯无语。她郁结的声音沉下去，带着满足与宣泄的笑意，意味悠长地说："噢，我喜欢这样的大好时光，排解孤独……"

红酒女郎没有准备结束，一条腿仍在空中舞蹈，强势而剽悍地说："来，我们涛声依旧——"锐凯情绪有点抵触道："刚做完，还要？玩电脑还要缓冲一下，你懂不懂男人哦？"她一脸不屑："打铁还得自身硬！懂不，你上不上？"锐凯见她目光透着贪婪、焦渴，荷尔蒙功能还未缓过劲，经过风暴后的身体，有些痉挛，她尝到从中的妙处与余味，她一定要搞定这个男人，必须的！她冲他嫣然一笑，使他一个激灵，正欲放弃，她的手开始攥住并疯狂地撩拨，锐凯浸淫其中，要把她的气焰给彻底打下去！锐凯眼前再次流转一团粉红色的大海，仿佛听到椰子树倒影下的沧海一声笑，又像把耳朵贴在烤热的沙滩上，聆听那缠绵而灼热的浅唱……在碰撞和博弈中喘息，悬在空中荡气回肠地飞翔与坠落，金色海岸上，海风在乐此不疲地轻拂……

锐凯唯恐遭到警察突然袭击，就在忙乱中穿好衣裤，准备闪人，起身跟在红酒女郎身边，她已经着装，坐在床边，优雅地点燃一只女式香烟，轻柔地在包间里来回走动。然后推门出去，穿过色彩缤纷的歌管长廊，进了洗手间，往返包间时，红酒女郎的高跟鞋跟有节奏、有层次地敲打着大理石地砖，妖娆而放纵的身躯渐行渐远……红酒女郎在锐凯面前吸烟，故意吐出烟圈熏他，看上去她很惬意，健硕威猛的锐凯，把高潮迭起的她托举到了云端尽头，让她春情洋溢……包间外的混响噪声，她对此置若罔闻，此刻是她婚变后最销魂触骨的灯火阑珊夜，一场灵与肉的假面盛宴：极乐快感是盛宴的佳宾，用句行话来说，即是屠夫的交媾，而这个屠夫，就是锐凯——

包间里镜子投射的灯光，一会儿炫亮如白昼，一会儿如磷光，墙壁上、电视上、天花板上，无处不在地叠加着男女暧昧的图腾，当激情沉淀下来，却没有激情后的怦然心动，唯有心境在"捆绑"中回归落寞与沮丧，恰似对接夜空中无止境的落寞与惆怅。

坐在床沿上，都静下心来审视彼此：红酒女郎依然不忍离去，着魔发狂般地把锐凯搂在怀里，唯恐被他人夺走似的，并贴近他耳畔说，她要一直"绑定"他，成为她的御用"男伴"。锐凯并不质疑，此生尚未邂逅如此美艳而风情万种的女人。红酒女郎顾盼生姿，含笑地从貂皮大衣里掏出一双粉色丝袜，麻利地穿上，穿戴完毕，站在镜前梳理头发，戴上一顶棒球帽，盖住了大半个脸。带着他，轻手轻脚地离开了包间。

来到吧台收款处，锐凯掏出皱巴巴的四张老人头钞票，熟练地扔过去，红酒女郎赶紧捡起，强硬地塞在他手上，然后从 LV 包里扯出四张红钞票扔过去，头也不抬地径直下楼，"走，帅哥，快闪人——"憨厚淳朴的锐凯那一刻心花怒放了，嘻嘻，出来玩，人家美女反给男人买单，他第一次听到"绑定"、"倒提"的说辞，天下竟有这等美事！

康旭自恃清高，貌似矜持，不敢来，一个傻逼！

出了"花月痕"大门，红酒女郎举止不再轻佻，显得清纯而得体，眼睛里不时流露一种恬淡与狡黠，一种成功女性的气场风范。他们穿越一条黑暗的甬道，便进了一个停车场，只有进口和出口有灯光，她在过道上找汽车，她掏出电子钥匙，一按键钮，不远处一辆炫彩的雷克萨斯豪华轿车石破天惊地扑闪出光亮，锐凯觉得，今晚他不知是被宠爱了，还是出彩了？因一场尘世猎艳，一个富婆宠幸"绑定"了他！喷喷，一个开两百多万轿车的美女富婆爱上他了！过度的狂喜与紧张，使锐凯突地在寒风中止步，迟疑地发现红酒女郎进了车门，开启车灯，一刹那间，停车场恍若白昼、车内恍如仙境。锐凯坐在后驾，他的心随着轿车的前行而飞翔，他琢磨她是美女，还是妖魔？从黑夜中忽明忽暗的光影里，她形同蛇精，尽管汽车开了空调、视频。始料未及的逆转，使锐凯哆嗦得厉害，红酒女郎转头剜他一眼："哎哎，你抖啥哦，冷吗？做啥工作？"

锐凯想说，"帮人家拉破广告的，"但觉得卑贱，羞于启齿，就答："没工作，在漂泊，这个城市的浪荡汉——"

红酒女郎竟一时语塞，柳眉倒竖，从坤包里扔给他一个牛皮信封，锐凯知道信封里是钱，却很尴尬，怎么能要女人的钱呢？但意念中，红色钞票在他头顶的夜空上嚣张而虚妄地飘逸……表面傲视群雄，实则感知自己的沉沦、堕落，做一个被人"绑定"的肮脏交易！心境跌落到了悬崖谷底，然而，他仍需要在这城市厚着脸皮活下去！他心里在嘶喊，"苍天在上，竟恕我吧！全世界都在假正经，我只好假装不正经啦！"

城市的夜色绚丽明亮，寂静的街道偶尔有车辆驶过，很少出现人影，整个城市都彻底昏睡了。雷克萨斯轿车突然发力向前狂奔，前面是锐凯简陋的出租屋，在空寂的街巷口若隐若现。就在一瞬间，锐凯惊愕地发现了前边的状况——康旭在朦胧的路灯下孤独地奔走。锐凯赶忙对红酒女郎说："我还有一个哥们是和我一起出来的，他不敢进去，他怕我犯错误，一直在外面跟踪我，咯，就他—"他在里面颠鸾倒凤，康旭却蹲在外面等他，这令锐凯心里不落忍，想着如何补偿他，喏，这里有个活色生香的美女，资源共享！正在焦渴中呼唤午夜牛郎哩！锐凯思索地转过头，揶揄地问红帽女郎："他是我有福同享、有难同当的铁哥们，离婚三年的帅哥，比我棒多了！现成的色香味俱全的唐僧肉哦！要不要拉他下水，再过一把瘾？"

红酒女郎意识到锐凯不是嬉戏和玩笑，棒球帽下的她，已几近疯狂而骚动。随着醉意加重，锐凯认定她有魅力搞定他，他哥俩今晚注定要成供她享用"重口味"的菜。雷克萨斯靠边，"嘎嚓"地停在康旭面前，像一块屎壳郎不经意间摔在他面前。物欲纵横的繁华城市，下一站要发生什么事，总是始料未及的。锐凯既想预谋恶搞，又有点忧虑，在这夜黑风高的街巷，一个把尊严看得比天大的康旭，是否就范？是如何带着行尸走肉般的身躯在夜色阑珊中，被"金鸡长鸣、凯歌高奏"？今晚，偏让他虚妄的孤独清高与人间正道，都统统见鬼去吧！

原本康旭早该回出租屋了，他完全可以对锐凯坐视不管，好比懒得去管一个掉进茅坑里的石头，又唯恐他"四肢发达，头脑简单"，别人挖坑让他跳——被烤成炭灰，掉进坑里，于是，就蜷缩在 KTV 门外徘徊守候。锐凯蓄谋已久的事，注定使他颤抖、汗颜，夜幕下的城市充斥着欲望和暗算，闹剧般的屈辱缠绕着他，见一辆豪华的雷克萨斯停在他身边，他呆若木鸡了，接下来的片段似乎以强迫的方式进行逆转。锐凯下了车，为他打开了车门，憋着气把他拽上车，这让他情以何堪。凭直觉，他知道锐凯被眼前这妖艳女人"搞定"了，就想与他保持距离，但夜晚催生的荒诞、犯罪，非但没因他的理性止步，反而被一种放纵牢牢掌控了它的流向。

雷克萨斯在缓缓地一路前行，空调的热度让人浮躁不安。车上放了一段撩拨色情的碟片，大家都屏气静听，锐凯很惊奇，康旭既想跳下车，又挪不动沉重的双腿，心底纯净的他，居然不知上了这车，就等于掉进了烘烤的窑井里，就等同于一坨"唐僧肉。"

苍穹中垂下一抹幽灵般的黑暗，黑夜让人不禁产生一种体验罪恶的欲望，一直走到一个无法预知的世界，即使被吞噬，被堕落，都在所不惜，反正没人怪罪黑夜和死亡的沧桑临界点。

锐凯热情地把康旭介绍给豪车富婆，红酒女郎露出捕捉猎物后的嫣然一笑，那个意味深长的笑脸，不禁让人联想起妖精看到得手的唐僧肉那种淫笑。车内骚动而暧昧。康旭静观其变，在婆婆的暗影中清晰可见：红酒女郎在驾车，淑女般的淡定而从容，不可名状的养尊处优，一看就不是来自同一个世界，一种天上人间的泾渭分明。车内播放的黄色碟片不堪入目，发出销魂的奇妙回响，见时机已成熟、气氛已融洽，雷克萨斯缓缓地靠边停下了，红酒女郎煞有介事地说："可能刚才酒喝多了，头晕！帅哥，你来开车，我休息一下—"

锐凯对此深刻领会，下了车，侧身坐进了驾驶室，与红酒女郎互换坐位。热望中，她向头顶的天空一指，抬头仰望夜空中的月亮，眼神腻味而迷离。坐进车内，她主动与康旭搭讪、握手，她惊艳地扶了扶棒球帽，开始情不自禁地扭动腰身。然后，以游移方式扼杀她残存在这世界上的落寞与沮丧，似乎任何力量都难以阻碍她吞噬康旭的欲望。康旭从她的手中挣脱，被一种难言的闷骚感觉所驾驭，她突然神志错乱地歪倒过去，她体内激荡一种腥红的贪欲风暴，淫荡的冲动占据了她的整个心身，又重新拽住康旭的手。汽车下意识地踉跄几下，她乘机歪倒在康旭怀里，瞬间露出的性感豪乳呼之欲出。

她顺势躺倒在康旭怀里，眼睛放电，呼吸急促。她见康旭无动于衷，不为色所动，依然矜持、不解风情，她就俯身去解开他的衣领，用艳红的嘴唇去亲吻他的脖子、嘴唇，抱住他剧烈扭动，以至暴露了身体，豪乳一览无遗地敞开……

借着玫瑰色而朦胧的车灯光，康旭看到了她腻乳而光滑的胴体，这让康旭难以把持，开始眼热心跳、欲火中烧了，势如破竹，堕落远比矜持受用，就算这个女人是披着裹尸布的女鬼，他也难以抽离，沉溺于堕落中，沉溺于夜幕下的"车震"中，就算他捡食锐凯的剩菜，也远胜过在荒漠中苦熬的折磨与悲凉。她的躯体像蛇精一样扭动，流露出淫荡的贪婪，驱使康旭的蓬勃雄性化为焰火，那个夜晚的邂逅，首次尝到"城市野合"的酣畅淋漓，首次体味了什么叫销魂蚀骨，魂飞魄散。

红酒女郎突然吩咐锐凯停一下车。惊魂未定的、疲乏的锐凯正想休息一下哩。没有任何语言的撩拨，锐凯在驾座上假装眯眼打瞌睡，红酒女郎开口说了一句："这世上谁也管不了我，想咋玩就咋玩！"她又附在康旭耳朵边重复一遍。她故作镇定地宽衣解带，她摘掉了成功淑女的伪装，脱下衣衫，肆无忌惮地说："这世界太假了，明明需求，却把自己禁锢起来受折磨，嗨，你们师兄俩，够爷们！"她敲打驾驶室的隔离玻璃，叫锐凯专心开车，然后缠绕在康旭身上，贴着他的脸庞，喷着酒气，说："你放心……我没脏病，再不玩，就老得玩不动了，知道啵？"康旭看到这个在爱的荒漠里艰难跋涉的女人，她性急地展示技艺，她粗鄙而强悍，作了一个石破天惊的举动，就像一个染缸里扔进了一个物件…………驾驶室上的锐凯在假意仰望苍茫夜色，麻木不仁地坐井观虎斗。她的动作柔和而热辣，显然要从中释放"及时行乐"全身心的迸发。康旭已被她带进了角色，被动而澎湃地响应……

红酒女郎感觉到一种令人晕眩的固化式的虚幻，幸福再度如潮水般的激荡，承载通透的温情洋溢，使她热泪盈眶。这蕴含着晨曦金色的清澈与温煦，一种感知死了都要爱的决绝挥洒，她梦幻般的退潮后，一切都意味着她繁花怒放后的枯萎与颓废。

留给哥俩一种目睹奇崛困倦的绝妙印象，这是残忍的、疯癫的、行尸走肉的，突然间，苍穹下的夜色变成了毫无生机的枯萎与毁灭。

两男一女在雷克萨斯车里小睡了半个多小时。康旭最先苏醒，便觉得自己一下子就成了空壳……好像在回味逝去的似水年华，其余的是更沉重的寂寞与孤独，是虽生犹死般穿越漫漫长夜的跋涉……

风花雪月夜后的几天，锐凯表面上该干啥就干啥，其实早已按捺不住心猿意马，魂牵梦绕。事实上，在接下来的日子，他和康旭的情谊并未因此寡淡，反而更深厚了，属于网上所说"一起玩过枪，一起嫖过娼"的那种铁磁。首次涉足风月场的康旭，表面上像挥去云彩一样，不想再提此事，可他的淡定并不等于锐凯的淡定，康旭尚有一定的文化层次，懂得一些医疗常识，潜意识中开始留意自己的身体变化，对那种"车震"苟合，还是深恶痛绝的，觉得自己"渣"一回、被"盗版"一回，既有渴求，又很排斥，却用一句话聊以自慰；"每个男人出生时都是原创的，可悲的是渐渐的都成了盗版……"

一个理念，终于在他灵魂深处强化，真心实意地与恋人处好感情，打"野食"非真男人所为！朦胧而怅惘中，康旭觉得那晚他亏大发了，究竟是哪点吃亏，他真说不出来，偶尔质疑自己在半推半就中捡了锐凯的肮脏剩菜。

　　那个猎艳销魂的夜晚，锐凯收了那女人600元钱，觉得是他和康旭一起接的活，自己不能独占，应该分一半给他，但又怕伤害他，就找机会请他喝酒。刚在一家新开张的"家常菜"饭馆坐下，锐凯还是禁不住坦诚地告诉他实情，那天晚上收了红酒女郎600元钱。

　　"你嫖妓，人家倒贴钱？到底谁嫖谁？你收了人家的钱，这性质就变味了，你知道吗？"

　　锐凯如坠云雾里，说："你都把我说糊涂了，啥意思？"

　　康旭急得面红耳赤，说："别装蒜了！你一个大男人去娱乐场所嫖妓，倒收人家富婆的钱，你不成了男妓？依我说啊，这钱不能喝酒，应该拿去退给人家！"

　　"咋退，我又不认识她！"

　　"去找花月痕KTV老板噻，不就知道了吗？"

　　大概时隔十天，锐凯拽着康旭去花月痕KTV三楼找人，等他们一上三楼，康旭就像做了见不得人的事一样，心里总是憋屈得慌。锐凯反觉得，这里很适合他，他想把康旭支开，自己何不单独尽兴地潇洒一回。康旭偏不走，他要亲自盯着锐凯把钱还人家，好落得一身干净。锐凯东盯西瞅，觉得每个包间的门牌都变了，抬头看到上面标有"莲韵"烫金字样，不由想起那晚那个包间，其格局和氛围一模一样，只是物是人非。再朝前走，走廊没路了，他们傻傻地对视而笑，原来是进错了门，那晚的"花月痕"在公路的对街。发现他俩神色游离，收银台的前台小姐警惕地盯着他俩，忙问："你们是暗访记者吗？"

"不，我们想问一下，你们KTV装修为啥与对街的'花月痕'一样呢？KTV也可以复制、造假？"没等对方回答，他俩拐弯就下楼了。

出来门，好不狼狈，做个深呼吸，平复一下心情。穿过过街马路，抬头细看，确认是那晚来过的花月痕KTV厅，就上了三楼，装潢得满屋浪漫，窗内投射出的粉红色的光影，他俩像快步入刑场前似的，移动沉重的脚步。那粉色窗帘一掀开，康旭意外地发现一张熟悉的面孔，啊，是他离婚后新谈过恋爱的女人，叫林歆月，对，是她！她敢来玩"花月痕"？敢潜伏在这里"用青春赌明天"？旋即，她只是一个照面，旋即，人影闪过，就隐遁了，消失了，康旭心里突突乱跳，人家人走茶凉，也无颜过多深究。走廊走过来一个身穿酒红色套装、打领结的小伙子，伸长脖子，问他们："唱歌，还是做保健？"那眼神，他俩就像供奉上来的唐僧肉，进了这店，不出点血都得脱一层皮。

"我们找人—"

"找哪个？"

"红酒女郎，戴棒球帽的，穿紫色貂皮大衣的女人。"

小伙子又问："叫什么名字？"

锐凯答："不知道！"

"姓名都不知道，咋找人？二位帅哥先做个保健吧—"

小伙子把他俩带进一个按摩厅，里面有两张床，床与床中间用一个磨砂移动红玻璃门相隔，这种配置一看就懂它的意图。小伙子用对讲机呼唤来了两位穿粉花短裤的按摩女子，两位都是披肩长发，染了一头玫瑰色的毛发，另一个年龄稍大一些。

他俩各上一张床，坐在床边。

身材粗壮一点的女人抢先要了康旭。

苗条的那位把手搭在锐凯肩上，准备做保健。

锐凯暗想："人生苦短，对自己好点，大不了把那天的600元消费掉。"就气定神闲地等着享受服务。

康旭却不喜欢这里的氛围，想撤，就一摆手："不忙，先问断，后不乱。做保健咋个算？"

康旭盯着面前那位举止粗鄙、月盘脸的长发女子问。

"做半小时50块，做一个小时98块。"圆脸宽肩的女人故意朝康旭亮了亮她的性感乳沟。

关键时刻，康旭的天资睿智派上了用场，唯恐她们服务品质不够，就问："说直白一点，是不是50块解决男人的健康问题？98块解决男人的生理需求？"

"不，要想特殊服务98块还要再加100块呗—"两个女人都笑得花枝乱颤。苗条女子的一只手已经缠绕在锐凯的腰上。

康旭实在勉为其难，觉得憋屈，真的不想趟这滩浑水，就起身，对锐凯说："你是继续消费呢，还是走人？这么贵，我看哦，还是回家自我保健吧！要不，我还有事，先走一步！"

烫手山芋，锐凯还像二百五一样戳在那儿等人家烫成脑残，烫成碳灰？不，不，那就等同于在那儿挖个坑，干脆把自己埋掉算了，康旭一甩手，懒得管！

康旭抽身拍屁股走人。身后他听到锐凯在冲他吼："你太不够哥们了哈，是不是男人哦？"

"先交198块—"穿酒红色套装的小伙子拿了锐凯的钱，和那个月盘脸女人出了门，随手关了里面的粉色移动门。

锐凯义无反顾地交了钞票。那位苗条女子把他从一个帷幔里的暗墙里带进了地下室楼底。地下室放着一张床，他还是有点心虚，忙问："这里安全吗？别照顾了你生意，还遭警察抓了，太不划算啦！"小姐告诉他，绝对安全，这不，床下还有一个暗道，爬出后门，直达旁边酒楼的厨房，就能安全跑出大街，神不知鬼不觉。确保"抓黄打黑"的警察"瞎抓狂"，这儿从没翻过船！苗条女子贴近过来，偎依到他身边，锐凯心里才"咯噔"一下，这女人一脸的厚粉，上面填满风尘沧桑，再摸一把看似活蹦乱跳的胸部，那玩意竟是用胶硅垫起的，活像质地冰冷的塑料暖壶。

苗条女人暂不直奔主题，也没有浪荡的引诱，打哑谜似的坐在床边，像新娘在洞房花烛夜一样的羞怯，然后从衣兜里掏出一张纸条，说："你不是要找一个美女吗？咯，这上面有她的电话号码—"然后揣进锐凯的衣袋里，锐凯脑子里立马想起那晚和康旭轮番上阵的情景，心脏开始直突突地跳，饿狼捕食般地扯小姐的衣扣。恰在此时，内室门外的甬道上，传来几个男女惊诧慌乱的奔跑声，后面似乎还有人在追赶："白日青光的，你们竟敢卖淫嫖娼？"锐凯听罢，吓得胆战心寒，一阵哆嗦，立马蹲进床下，扯开墙面的黑布幔，像一条丧家之犬一样，通过幽暗的地道一直往外爬呀爬，朝隔壁酒楼的厨房跟跄跋涉……

憋屈地爬得满身臭汗，出了酒楼厨房，走在大街上，锐凯胸闷气紧，鼓起腮帮连做几个深呼吸，站在街巷观望，街上并没停有警车啊，感觉"花月痕"歌厅的对街也没啥异样，他索性坐在超市的塑料凳上休息。稍对每个环节作仔细思量，不禁打个寒颤，太不靠谱了——刚才甬道喊"打黄"的那些男女，原本就不是警察！遭了；遭孙二娘似的黑店坑了！不，是他自己掘土挖坑，把自己那198元埋没了，还色迷心窍，差点诱发心脏病暴毙！蓦然嗅到一股股酒楼厨房里冒出潲水的馊臭味，一个激灵醒悟：被人烤成"干猫鱼"了！

在城市的寒夜里，锐凯又像孤魂野鬼似的游荡，独自孤寂无助地徘徊，在恼恨被坑之余，他却反觉得又被康旭玩了，如果当时直接把他拽走了，他就不会被"鱼肉刀俎"！

　　在露天地摊上草草地吃了一碗面，好像刚才发生的事不值一提，锐凯又摆出一副痞气十足资深流氓的架势，像候鸟一样飘进了出租屋，竭力梳理一下脑子，猛地想起什么重要事情，哦，对了！抽风似的从衣兜里掏出与他"一夜情"红酒女郎留给他的纸条，贴在胸前，感觉一股潮水般的暖流在胸中洋溢，他不懂"择一城终老，遇一人白首"，但他仍有虽败犹荣之感，对了，今天没被坑，拿到手的这张富婆纸条，价值千金哦，本哥们能否在这个城市立足、能否活出男人风貌，就全靠它了！

　　康旭从外面推门进来了，瞅见锐凯魔怔似的坐在那儿，两眼发直、自个意淫——一个被施了催眠术的人，粘贴在护城河桥上一尊石像上的意淫，直到康旭上前悄悄蒙上他的眼睛，他的双眼依然还在满城花雨中等待富婆的"绑定"，康旭却感觉他的满腔热泪从自己的指缝里流出……大惊失色地问："你哭了，为啥？"

十、黑腹丧钟为谁而鸣

　　康旭不禁哀叹自己，难寻可倾诉衷肠的哥们，哪怕比锐凯高一点点文化层次也好，可是他生活中没有……

　　周一早晨例会开始了，魏启勃打扮得衣冠楚楚，米黄色名牌西服、洁白的衬衫、深黄色领带，再配上深黄色皮鞋。一进会议室，便有美女秘书向敏相携同行，神色凝重，从十楼楼梯走下来，乍看分明就像一个黑社会老大。康旭看到这一阵仗，也有略知几分，今天这副杀气腾腾的样子，预示着新一轮的暴风雨即将来临。

　　最使康旭既惶惑的是，开这种无聊乏味的例会，令他在会上有一种呕吐的感觉。魏启勃长篇大论，像着了魔，心灵深处燃烧着炽热的火焰，徒劳无功地把官场那一套用在杂志社，煞有介事地在前座颐指气使，他滔滔不绝，直到把康旭憋得透不过气来……康旭难以分辨这里是官场还是职场，想必同事们也会感同身受。

　　端坐在行政部那张偌大的会议桌前，魏启勃在开例会，憋足了劲，巧立名目折腾全体员工，按照杂志社"创造利润方能证明自己的能力"的原则，最近杂志社发展态势举步维艰，员工不会与时俱进去拓展市场，季度目标任务严重下滑。魏总拍着桌子说："杂志社的发展，要靠大家同舟共济，总不可能要我一个人挣钱来养活大家吧"……

　　随即，会场一切又都归于寂静，只有魏总的回音仍在飘荡……

康旭与锐凯交换眼色，彼此间有一种厌恶感，看对方便犹如在一面裂了缝的镜子里看自己。开会，即是一种把自己绑定在板凳上做升官发财的意淫。

　　魏总发现锐凯等几位员工在抽烟，很生气，便咆哮着骂："除了会过烟瘾、散发致癌气体，还会干啥！有本事抽烟，就去拉几个卷烟厂的广告回来噻！"锐凯他们嘟着嘴赶紧把烟掐灭了，扔进烟灰缸。这种慑于淫威的懦弱的夸张动作，把女员工们逗乐了，大都掩着嘴却又忍不住笑出声来。

　　魏启勃居高临下地瞟了那边女员工一眼，说："你们别笑人家，你看你们，坐没坐相、站没站相，笑没笑相，一点文化素养都没有，杂志社的品牌形象你们撑得起来吗？"

　　亲眼目睹魏总"一竿子打死一船人"，斥责大家，康旭心里燃起一把无名火，恨不得跳起来把他从座位上拽起来扔下楼去……但男女员工脸上始终保持一种麻木和职业化的沉默……会场的气氛逐渐充斥着颓废、挣扎和不可救药。

　　电话铃声打断了康旭的思绪，他也永远无法把这类事情想透彻。于是拿起手机，离开座位径直朝洗手间走去，意念中仿佛紧跟着一双性感大腿或一个美丽酥胸如影相随，他脑子里乱哄哄的，一个个别扭的念头接踵而至。

　　当他刚进洗手间门的一刹那间，被一位披肩长发、跌跌撞撞地走过来的女人撞了个满怀，定眼一看，这女人那双清澈的瞳仁迸出冷艳之光，一剪长长的浓密睫毛，几乎像锥子似的撞到他脸上。当他与她看清对方的脸庞时，惊诧得像雕塑一样地愣在那儿。一眨眼间，彼此几乎同时用手指着对方的鼻子，异口同声地问："你怎么会在这儿？"

　　"新来的员工！"

康旭不在乎谁会来，有啥好奇怪的，稀奇古怪的事天天有！

当那位女人莲步款款地出现在会议室时，魏启勃的脸色马上就阴转多晴了，带头鼓掌欢迎，站起来介绍说："这是公关部前台接待兼董事长秘书林歆月小姐，大家欢迎……"

魏启勃刚才的恼羞成怒只因新美女的到来自动消失。或许，每位新来美女带给魏总的，是如潮的荷尔蒙激情涌动……

康旭打死也难以想象，刚才还出口伤人，魏启勃此时心情大悦，只因又捕捉到了新的猎物，新的尤物又为"钱途""送货上门"了，误撞进他的淫窟。老板是发薪人，他要干啥都有底气，都是他隐私，员工无权过问，也懒得过问，但这一位美女林歆月却是曾与他生命发生过故事的女人——过往最真切的疼痛，也触骨销魂。

林歆月，自信于她十足的性感与丰乳肥臀，她不过只是命运选派来吞噬他那逆流中的一枚重磅炸弹。她的出现，凑巧的，无意的，因为她是凯州城里最不可能有意识地在职场上造成毁灭印象的女人，在本质上完全是一位具有中国农村传统品质与脾性的城市外来妹。确切地说，她曾是与康旭同床共枕一年的非婚妻子。

美女新员工的出现，又有可能把康旭逼到新的绝境，而且连一点峰回路转的余地都没有……

康旭闪回自己的座位上，魏总在会上继续训话，过足"老板瘾"，又把没有可比性的康旭和锐凯作一番比较，声称他俩是杂志社本季度唯一录用的中层干部，又强调："杂志社既要写作高手，又要具备营销技巧的经营高手，做到了这两点，杂志社就无往而不胜。再次欢迎林小姐加盟……"

魏启勃带头鼓起掌来，几十个人的掌声也随之稀里哗啦地响起来，随着会场上"哇噻"的尖叫中，在康旭眼里，仿佛有一挂粉色门帘轻轻启动，一道骄阳正艳的逆光向她投射过去……

全体员工再次把目光投向林歆月，林歆月款款地站出一道风景，活脱脱的一个丰腴性感、面如皎月、风姿超群的时尚美女……

魏启勃眼里赤裸裸色迷迷地射出欲望之光，向她招招手，林歆月眼波放电，风摆杨柳地稳坐在魏总身边那个椅子上。

向敏等那几位女人唯恐林歆月抢了她们的风头，在暗中瘪嘴，持各种心态的人都有……魏总身边又多了一个新宠秘书，董事长里屋的床上又多了一个丰乳肥臀的妖娆女人，按先例，在这群女人中必有一人将会淘汰出局……

惊鸿一瞥胜千金。魏总的举止已传递信息，新来的杜歆月大有取代她们之势，让她们黯然失色。

策划部的美美、向敏、朵朵的粉脸一下子变形了，看来他们以后就只有受冷落了。心里酸酸的美美举手提问："魏总，什么时候发工资哦？"马上引起全场强力响应，人们七嘴八舌议论着，局势不太好掌控，魏启勃说，他马上给要林歆月交代工作安排，并叫她到办公室去，其余人散会。

上过月的工资都发不出来，还招人！杜歆月一进杂志社，在全体员工心中就炸锅了。宸旭表面呆若木鸡，心里却翻江倒海，盯着杂志社前台的玻璃门发怔。在员工的交头接耳声中，啪的一声，这时，梅德方拿一份广告策划丰扔在他的办公桌上，打断了他大脑中枢的模糊思维，浑身正冒着冰凉的冷汗。

梅德方说："工资都没钱发，还招聘新员工！"

"什么情况？"锐凯的办公椅也转了过来，手上的那杆笔在胸前转动着。他奇怪地发现康旭今天不大对劲，脸色苍白沮丧、神经紧张。锐凯问："你是不是病了，脸色这么难看？"

康旭没有理会，不过只感觉头顶像盘旋一群苍蝇一样，既恶心又拍不走。

这一变故，使他郁积与荒芜，寻求安稳营生的获得感随之消失——他的非婚前妻就要落入魏总怀抱，他的忍辱负重已破了底线，他的最后救赎不堪一击……今天他真的后悔当初没有沉江自杀、一了百了！

锐凯盯住他的脸说：“别闷闷不乐了，看不惯的就不看，管不了的就别管！你看，老魏养的女人都无所事事，坐享其成。整天不抬屁股地坐在那里抱怨这抱怨那的，工资照拿。挨骂的肯定是男人；人家可以堕落，可以腐败，你敢吗？别自寻烦恼了，多余……”

康旭苦笑一下，欲言又止。在这窒息而沮丧环境里，他唯有隐忍无助地盯着墙上那个转动的挂钟。只是心里连连叫苦——为何受伤害的总是我？打掉的牙齿只能往肚子里咽，凭啥他的职场防剑，怎么防也防不过，便任其毒剑射他个满窟窿喷血、把他打回原形！

“哎，康旭，我给你讲，这女人可不是我招进来的哈！这里已经千疮百孔了，又来了一个‘杨玉环’，看咋个收拾残局！”梅德方似乎看出某些由头，过来插一杠子。

“你要有脾气，就把这些话去说给魏总听！”康旭与锐凯故意激他。

林歆月性感撩人，宛若杨玉环在世。曾与康旭同居一年，有夫妻之实，她的突然出现，弄得康旭好晕眩、纠结，心如死灰……只知这位曾让他欢喜让他忧的女人的到来，把他在此谋生的生理和心理防线统统给摧毁了，而且摧毁得灰飞烟灭！

反正康旭在凯州职场，原本就不接地气，这次有可能要栽到这个女人手上了。

这个世界真的太小了，分手三年多，当时就“永不说再见”，居

134

然在这里重逢，真没想到，这让已经单身三年的康旭唯一感觉，是在他的伤口上狂妄地撒盐，想不出解决的办法，就唯有拍屁股走人……

林歆月一副走向堕落的架势，好像她要把康旭从沉睡梦呓中摇醒似的。他们曾经总是在盛夏骄阳似火的炽热处互相错过，又在这个杂志社相逢，是续前缘，是自我救赎，还是开辟一条让康旭生不如死的情感死巷？

林歆月在老魏面前小鸟依人，引起康旭自责、愧疚，面临此情此景，这让他脸色煞白、胸闷气紧，更加脆弱和神经质……

针对此事，锐凯恰好想偏了，变着花样邀约阿梅一起揶揄他，说他和"杨玉环""对上眼了"、害相思病了，带着赤裸裸暗示的"八卦"，让康旭苦不堪言、心如刀绞，他们要恶搞，要幸灾乐祸，每到这种"煽情"式的揶揄出笼，康旭就丑态百出，神经质地感觉一时内急，便故作镇静、乘势溜进洗手间，他的背影后面旋即爆出哄堂大笑……

他刚进洗手间门，从洗手间款步出来的林歆月容光焕发，与他再次碰面，对方则像看外星人一样盯着他，带着报复意味的口吻说："你不是针织厂的大老板吗？跑到这儿来体验生活嗦？"

康旭原以为彼此回避从前，不再提从前，而从对方充满敌视的眼神，他明白，对方还在嫉恨当初他的薄情寡义……对方眼神已有种暗示—报复他的抛弃之恨，与他对决到底，未来日子陪他玩、有他的好看……

康旭脑子里灵光一闪，阴差阳错，与其被她搞死，不如逢场作戏玩命狙击，这方式显得厚颜无耻，反正不想坐以待毙！

于是就故意拿话激她，"你真是不见棺材不掉泪，敢来给骚棍老板当小蜜，主动投怀送抱，也不看自己有几斤几两？这里跟他上床的都是大学本科生，你就等着送死吧—"

"我是死是活，跟你没半毛钱的关系，你是我什么人，凭啥管我？"林歆月昂着头蔑视他，从牙缝里迸出话来。

"一日夫妻百日恩，对吧？我是为你好！"

"闭住你的臭嘴，谁跟你是夫妻？自己屁眼上都在流鲜血，还管别人长痔疮？听好了，三年前，是你抛弃了我，我偏要破罐破摔，男人想播种，我就是他的自留地，我偏要自甘堕落，你管得了吗？我活得越惨，你造的孽就越深，我就要你愧疚一辈子，难过一辈子……"林歆月情绪一下子就失控了，眼眶里溢满泪水。

康旭唯恐怕被同事们听见了，一边说"不要生气哈，我们心平气和地谈谈，好不好？"，一边赶紧硬拉着她钻进了电梯，并直接上了这栋楼的顶层 26 楼。

林歆月极力挣脱他的手，骂："孤男寡女的，拉拉扯扯的，像话吗？想非礼我？"并执意想挣脱。

在这栋写字楼的顶楼上，苍茫如黛的远山衬出这个季节的高远诗意，阳光斑驳的逆影在林歆月的面庞流光溢彩，迎面吹来的秋风把她衣衫吹拂得线条分明，美貌与迟暮的青春在秋风中尽情洋溢……

林歆月像出浴美女似的勾着他的魂……

康旭再次温柔地说："我知道，你在用青春赌明天！不说其他的，就算跟一个老熟人，也可以这样单独交流！对吧？"

"我最好的青春都奉献你了。我的青春在哪儿？我的明天又在哪儿？我最讨厌别人跟我谈明天！为你奉献了我的全部，你给了我明天吗？"林歆月夸张地推开他。

康旭的心境，却莫名其妙地因她生气样子而温馨起来，这样一推一拉，康旭的兴奋点被点燃了，似乎有一种柔软的火苗燎了起来，噼啪啪的，已经历经三年模糊而清晰与她相爱的画面，又隐隐约约地在他的脑海里浮现了……

康旭当务之急是想说服林歆月"弃暗投明，远离色狼"，从魏总刻意设置充满迷雾的魔爪里摆脱出来，不要主动献身，去重蹈"始乱终弃"的覆辙。

"你了解杂志社吗？了解魏总吗？"康旭问。

"我懒得管那些混账事，只关心我每月能拿到足额的工资。像你们文化人，吃饱了撑着，整天东想西想，想那么复杂，活得累不累哦！"

"告诉你，魏总在南郡山区开了一家纯天然生态养鸡场，他招的前台公关小姐就是他的陪睡小蜜，你难道不怕变成被魏总玩弄的正点'肉鸡'？"

说到此处情深意切，康旭心率加快，鼻子发酸，血压上升，有一种莫名的窒息感。

"陪睡小蜜？话不要说得那么难听，还文化人呢？没搞错吧，我的工作是前台接待，委接电话，泡泡茶，招待客户，没人事先说要我陪睡！陪睡，哼，本姑娘从'花月痕'修炼出来的，还怕陪睡？谁睡，本姑娘明码标价……"

"上次，我和锐凯在'花月痕'见到了你，我还以为看错了呢，没想到你真的彻底堕落了！你以为这里遇到魏总，你工作就像打瞌睡就碰到枕头，时运逆转了？你在城里打拼几年，根本就没一点长进，饥不择食！你已陷进了狼窝，色狼已经逼近你了，恶狼张着嘴向你扑来，要吃掉你，你还很麻木罢了……你真想投怀送抱，陪睡？"

康旭做一个被饿狼吃掉的夸张动作。

"投怀送抱？现在才来管我，都迟了，谁稀罕你管？我为你投怀送抱了一年，陪你白睡了一年，还为你刮宫，便宜让你捡够了，你像摔破鞋子一样摔掉我，你又回报我个啥？没一点责任心的东西，还好意思来羞辱我！你还是男人吗？"

"当初没人逼你走，是你自己冲气走的，对不对？严格地说，是你抛弃了我，你让我很受伤！"康旭有些哽咽着强调。

"你说这句话，可见你没良心了，怪不得那么红火的厂子都被你混账搞垮了！当时，你本来就一个'二锅头'，我们同居一年了，我爸叫我们两人办证，你偏要推三拉四的，你拍拍良心问，你真心善待过我吗？爱过我吗？就算是我自己走的，那也是被你逼的！如果你爱我，为什么不来找我呢？还好脸骂魏总'招鸡'？人家愿意聘我，就证明人家对我有情意，就算他要招我上床，只要我愿意，谁也阻拦不了！你们男人不都好这口吗？在'花月痕'出来的女人还怕这个，你也太天真了吧？"

"好心劝你回头"的话还没说出口，林歆月立马突出眼珠，颤抖"波霸"似的乳峰逼视他，制止他："打住，你想劝让我离开魏总，让我回来跟你过？你敢娶我吗，养得起我吗？愿意跟我扯结婚证吗？虚情假意的东西，滚！"

一连串的问号，让康旭怔在那儿发呆、心里淌血。林歆月恶狠狠地推他一把，指着他骂道："你不敢，对吗？那你就趁早别管我跟谁上床！只要有人要我，我何乐而不为！你我缘分已断。我警告你，以后少来招惹我，别在我面前阴魂不散！哼，简直是活见鬼，跑到这里来，偏偏遇到你这个恶魔！"骂完，就扭身从楼顶冲进电梯下楼……

"好心当作驴肝肺，你就等着后悔吧！"

康旭落寞地走进办公室。

这一情景没有逃出锐凯的眼睛，他产生诸多猜测，搞不清楚这是不是一种颠覆行规的感情错位，魏总看上的女人他竟然敢先下手……不过，不管怎么说，锐凯何不好好洗涮一下他。锐凯诡秘地凑近康旭，阿梅也随着围了过来，锐凯用沙哑的烟锅巴声腔，向康旭讲述了他在一家酒楼听来有关帅哥员工抢走老板小蜜的故事，最有创意的是，在"摸奶巷"杂志社又有了新的版本。

康旭惊愕地抬起头，显得惊慌失措，脸色惨白。锐凯感受不到他从内心深处发出的疼痛哀鸣，又讲了一些"先下手为强"、"等着抱得美人归"之类的话，康旭每听一遍更加灼痛与惶惑。

"你一天到晚尽想猪八戒背媳妇，尽吞着口水垂涎好事！"最后康旭憋出的这句，反让锐凯产生了许多遐想……

十一、梦呓红颜的旧客船

凭直觉，林歆月来此处打工是错误之举，这取决于她在文化层面的弱势，她那种"天下老子唯一"直率脾性，阻碍了她在这个城市的职业拓展，她生于被伟人毛主席称之为广阔天地大有作为的农村，像一粒骚动而叫嚣的沙粒，呼啸在城市边缘的隐晦地带，她含垢忍辱，沿袭传统农民与命运抗争的坚韧与倔强，在拾起城市夹缝中的余唾中，点亮一丝存活城市的星光，在含泪潜心耕耘中艰难度日，在融入城市的逐鹿与碰撞中头破血流而在所不辞，无序的污浊蒙尘的生活，侵蚀了她纯真质朴的本性，被这个城市冲击得她尊严沦丧，摔打得失魂落魄，却难以寻觅一畦稍微可供存活下去的栖身之地。

在康旭眼里，林歆月想用武力解决问题的架势，整个活脱脱的就像一个粗鄙的女泰森……不知何故，脑子里一下子就浮现美女导游白慕仪"清水出芙蓉"般的袅袅娜娜身影，他刚才那种万劫不复的感觉，竟莫名其妙地有所好转。

康旭难以放松自己，心灵深处聚集和积压了大量的东西，林歆月的问题在康旭脑子里过滤，他无意与林歆月"冷饭重炒"，只想把她当"哥们"好好交往，也许他表达方法有点刻薄，揣测她此时的心情想必也失落到了极点，烦躁到了极点……

她在杂志社，不仅没有明天，纯粹就是赤裸裸地充当老板的泄欲工具，到时候，在她彻底感悟时，才醒悟自己不仅是隐形的尘埃，而是还是一枚不堪一击的"肉蛋炮灰！"这种幽怨与纠结，一直伴随他苦熬很久，难以入睡。

即使林歆月找工作找昏了头，一种微妙的自我防范本能必要时总会及时提醒她。如果她"油盐不进"，对这份即将变昧的前台工作的始终不产生疑惑，他潜意识中会默默地当她的"护花使者"，做一个救赎她的隐形灯塔，蛰伏在杂志社，与淫棍魏启勃拉开一场赤膊上阵的"苦肉战"。老魏已经给她设置了充满伎俩圈套引她上钩，让他疑惑的是，这种圈套她是假装看不见，还是正中她下怀呢？凭康旭的经验，现在他已能破解老魏的全套底牌，因此康旭暗中设计着保护她的全盘可行谋略，这并不是回敬她那种无意而巧妙的报复，而是旨在回报当初那份踏踏实实的真情实感。

迷糊中，他在透过开满鲜花的江岸上徜徉，秋水纯净碧绿，空中余音绕梁。江岸上芙蓉花绽放，合着音乐的曼妙节拍，踩在丹枫飘溢的江岸上、野菊花丛，也不知来了多久，他突然感觉有一双莲藕样的玉手，牵引他身上的某个部位，一下子嵌入莫名而温热的缝隙里，他又拥有了男人的美好时光，伴着对方恰到好处的节奏，他刚才的郁积与渴求已得以本能地释放……在这江岸之夜，留住下来陪他的女人，一路为他送上满天星光，用爱为他疗伤……恍惚之间，她在一个渔舟唱晚的迟暮时分，离开了，从此他丢失他亲爱的伴侣……

康旭错愕地呐喊，他嘴里似乎像塞住什么东西，又喊不出声来，从床上翻身掉了下来，浑身燥热、膨胀……恍惚中奔腾的江水两岸，左岸是林歆月在扯起破鹅嗓子与他吵架，右岸又是白慕仪，在茶楼把散发着馥郁幽香的衣服扔给了他……

康旭重新爬上床，望着苍白而孤寂的天花板，禁不住泪水悄悄滑过脸庞。

梦境里，此情不想再提起，让他伤心欲绝、缠绵悱恻与林歆月的过往，此情可待成追忆，而今林歆月的意外出现，和她在一起的故事，像穿越时空的隧道显得越发清晰起来……

尤其是康旭那双眼睛，在茫茫人海中如同一只纵横搜索的巨型探照灯，它无情地不停地无序旋转，这双清澈的眼睛，并没为他爱情与婚姻带来一点前景展望，看似雄姿勃发，但所有男人功能都处于休眠状态；味同嚼蜡的生活，让所有的壮男功能都被耗尽，只是在买进卖出的经营流程中尴尬憋屈地在商场上浮沉，静观其变地探究，品味着"足下一马平川、顶上骄阳正艳"当今社会涌动潮流。

曾几何时，康旭一直是文学"愤青"，发表了几篇短篇小说，当文学梦破灭后，才深深体会"儒冠误身，行文命苦"的真谛，试图改变一种活法，借了一些启动资金办了一家针织厂，并在中学校里租用两间旧教室做生产车间场地，与前妻离婚后，他一人孤独地白天忙生意，晚上住在车间房，一日三餐在伙食团打饭，或就着方便面解决。他当时针织厂一位热心的练大姐想帮他促成一桩婚姻，改变他"中年失妻"的凄惶局面，就介绍了一个对象，是她的嫡亲表妹，这女子正是林歆月。第一次见面，林歆月在凯州某俱乐部模特比赛败走麦城，正陷入人生低谷，正需要心灵安慰，一见面她就说康旭有点像明星金城武，而她的形象也很合乎他的择偶标准。康旭年龄偏大一些，又有个"拖油瓶"儿子，但儿子人乖嘴乖，不用劳神费力，且与他祖母一起过，不影响他们过二人世界。忙得昏天黑地的康旭明显感到，急于需要有个女人来当作"内当家"，感谢上苍赐予他的一切：需要女人时就有女人就像仙女下凡似的来了。生活有了奔头，生活也逐渐变得滋润……

一个健康漂亮的女人愿意和他相濡以沫，男人实质上的伟大，是女人的滋润赋予的，男人塑造了他一个全新的女人，为的是让她上得了厨房、下得了厅堂。当她想把爱的绳索缠绕和固定在他身上时，他却忘记了婚姻的初始目的。她则像似水流年在他的暂租厂房里，悄悄地消耗自己的红颜，他确是以真情实意和充沛能量来演绎这场前世安排的姻缘。

记得那天周末，林歆月来得很早，这也是她第二次到来，发挥她洗衣煮饭扫地的主妇作用，然后与康旭凑在一起交谈，越谈越起劲，越谈越感觉相见恨晚，或许每个婚姻失败的男人对突如其来的温柔女人都有一份特殊的祈盼与欲望，这便掺杂着一份干柴与烈火般的碰撞与急切。也许是雄性的荷尔蒙作祟，交流时二人几乎头挨头，脸挨脸，双方都意欲同享这份犹如阳光暖暖的拂拭与释放……

时值中午，林歆月亲自下厨，做了三菜一汤，端上桌来，印证了她是一个上得厅堂、下得厨房的贤惠女人，让用伙食团饭菜和方便面充饥的康旭，感觉久违的家的温馨。双方交流很顺畅、甚至有点恬不知耻——他谈前妻离异较量的往昔，她讲与前赌徒男友"拉豁"的对决。按常规，双方本应回避的婚恋隐私话题，他们不引以为耻、反以此卖弄，这种蒙羞的话题，被他们肆意渲染得有声有色、活色生香，恨不得把其情节切换过来，来一个"现身说法"，双方眉目传情，浓烈得像汽油与火焰的交织，嘶嘶地冒出随时可以引爆的烟火，袅袅地因急需解决久旱遇甘露而升腾的激情燃烧。

午饭后，林歆月稀里哗啦地一阵忙碌，把康旭的脏衣裤和床上用品全部丢进洗衣机里洗了，一副认真操持家务的派头，她一边在外面的空坝上晾衣服，一边嘴里说："你们男人在外面风光，在家里邋遢，从被子上能闻到一种单身汉汗汁汁的味道……"

"啧啧，我不仅是单身汉，还是一个孤魂野鬼，你见过野鬼洗衣服吗？"康旭说。

"孤魂野鬼？你别把自己说得那么高深、纯洁，你敢说，那么多年，你就没出去'晃'过？"林歆月瘪嘴反问。

"你不要把中国式老板说得那么荒唐、淫荡，我虽在底层挣扎，但我活得有尊严、有底线。"

"我偏不相信，一个健康雄实的男人，就憋得住？"林歆月用疑惑的眼神看他。

"你怀疑我这个男人不正常，告诉你吧，我是有色心没色胆。坦率说，我被女人伤怕了，经验告诉我，有的女人碰不得……我表面坚韧，其实内心很脆弱，再伤不起了！"康旭一摊手，无可奈何地说。

"平时不谈恋爱，又靠啥子打发空闲时间呢？"

"一书在手，终身富有；写写读读，永不孤独！"康旭扮个鬼脸说。

"这样说，我真的搞不懂了，你是私人老板，还是乡村秀才？"林歆月陷入质疑和纠结的思绪中。

"我是做过作家梦，挣那点稿费连烟钱都不够，还让村里人嘲笑，不务正业，就从梦里回到了现实，后来为生活所迫，才硬头皮做生意。男人得有个活下去的实业噻！但我一直是文学爱好者……你也看到了，我枕头上、床头柜上尽是书报。"

"你的文学才华，跟你做生意关系大吗？客户跟你合得来吗？上次，我在骄阳商场买东西，听到那群女服务员说话好粗俗哦，满口爆粗。"

"营业员一天到晚站着工作，那么辛苦，说点粗话减压，可以理解嘛！"

"那我就配不上你了，你既是老板，又是文化人……"林歆月试探他。

"不要假谦虚噻，是我配不上你，我还有个拖油瓶儿子噻……"

"拖油瓶？别说得那么难听！两情相悦，就凭一见钟情！"

"我给你的第一感觉咋样？"康旭不想绕开话题。

"废话，不好，我今天会再来？"林歆月被激得满脸通红。

下午康旭还在学校外面的操场上教林歆月学汽车驾驶，两人的感觉都好，趁学车之际两人偶尔也故意耳鬓厮磨，在开车和倒车中，康旭手把手地教她，一会儿骂她"笨得屙牛屎"，一会儿又夸她"还有点悟性"，笑得她花枝乱颤，整个过程在诠释"男女搭配，干活不累"的俗话。

学校里认识康旭的一些人，从他们面前走过，瞅着他们在车上窃窃私语，无非是说康旭"又换'叫'了"，这年头做老板太"烧包"，风摆杨柳型"戴斗篷的走了"，又来了一个"肥沃型的"的"波霸"，康旭不在乎别人说他是"花心大萝卜"。

在教她学车之时互换位置，康旭一会儿要像教练一样做示范，座位换过去换过来，偶有一次，林歆月那双巨乳像活蹦乱跳的小白兔差点跳了出来，好一个丰润性感的俏佳人。虽然康旭一直谨记不可"以貌取人，看重人品"的古训，但他的重心还是更倾斜于性感貌美的女人，因为性感貌美与相貌恶俗的女人的区别，等同与乡间泥塘的黄水汤与厨柜里高品质的红酒……

很久没这么心情愉悦了，又一次换位子，康旭故作不经意间地触摸了她的胸膛，这难免令他心旗摇荡，林歆月责怪地一巴掌打了过去，"不许打着学车的幌子耍流氓哈！"

"不是我的错，都是你的魅力惹的祸！"

"怪头怪脑的，偷吃人家的豆腐还狡辩！本姑娘是受农民传统教育的农家少女哈……"

康旭反问："你在凯州闯了几年，封建礼教的紧箍咒还没取下来？"

"你以为年轻女人闯城市，都要拿自己的容貌赌前途？本姑娘平时白天在公司里打工，晚上住在我三姨妈家，我的口粮也是我爸把自己从田里种的新鲜大米送过去的……"林歆月像燃鞭炮似的快言快语，心里好不舒爽。

"你就'北风那个吹'吧，把自己吹得像不食人间烟火的仙女似的。大女当嫁，大男当婚，只要两情相悦，这年头，谁在意这些，嘿嘿……"驱车在白晃晃的水泥路上，眼前秀色可餐的女人就在身边，康旭浸淫于恍如隔世的爱情，他直白地传递着对异性伴侣的渴望。

"哎，还开不开车？不开就把车溜回去，说话注意影响哈，谨防人家传出去，说夜话留着晚上说，好不好！"其实林歆月心里乐开了花，意念中有些把持不住了。

轮到做晚饭时，林歆月边在厨房切菜，嘴上边嘀咕道："只怪我心好，见不得那个一日三餐都用方便面填肚子，不忍心看你吃伙食团里的潲水饭……做完饭我就走人，免得我三姨妈担心。时间拖迟了，你可得开车送我回凯州……"

"不走行不行？我们又不干坏事，就想你留下来陪我说说话，我还有好多话没说完嚒……"

"听你说话的口气，傻子都知你动机不纯？你想扳倒我，现在报警很方便的，别对我图谋不轨哈！"林歆月蓝幽幽的眼光打量在他脸上唆来唆去的，她的目光闪电似的迎奉承接对着他那放电渴望的眸子，幸福之情在胸中充盈得满满的，使得他骚动不安……晚饭后，康旭在看电视，林歆月说："学了半天车，一身黏糊糊的，如果方便，我想

146

冲个凉，然后你必须送我回去……"

这是学校的旧教室靠围墙处搭成的简易洗浴间，中间仅就一帘幽梦似的一条布帘隔开。林歆月在那里冲洗着，脱去了底线……康旭禁不住朝里面一瞥—林歆月在灯光投射下，绽放不可抗拒的魅力，一览无遗的她，也感知到了来自男人贪婪而欲念的目光，用毛巾擦拭身子，不知不觉中，又呈现一幅春光乍泄错落有致的膨胀弧线……

她伸出莹白的长鹅脖子冲他投以惊鸿一瞥，还不住地用手在她的硕大而高挺的乳峰上撩拨……

康旭天性会琢磨人，心里立马领会她传递的肌体语言，某种挑逗与暗示，给了他信心。随即"砰"的一声，他感觉整个身体燥热膨胀起来，满世界全是飘溢着粉红色的炽烈爱情，空中天女散花般的朵朵玫瑰花瓣，随风锦簇般地向他飘逸而来，他试图靠近她，在审视她时，有一种久违的幸福感在心中荡漾，他全身的血管及每个毛孔都舒展开来了，额头上青筋暴起，某部位像撑起小伞似的顶了起来，他犹如饿狼捕食似的一跃而起……她开始似乎还有些挣扎，后来变成本能的顺理成章的迎合与挥洒了。

康旭原以为，封存已久的欲望在此会酣畅淋漓地爆发，尝试再次做个猛男，便可战而不疲，恨不得真炮实弹地办事，但还未真正捕逐这份浪漫时，她热血沸腾地说："今天我是你的了，就永远是你的了……"

康旭手忙脚，操作起来中总是不得要领，那不争气的疲软，还未到最佳境地，就一泄千里，那份憋屈与落寞，跟手淫没什么两样……

康旭彻底败下阵来，觉得自己窝囊透顶。在她面前，身体简直就像一坨面团，三年未实戡的他，历经太多的隐忍、挫败，加上前妻离婚前置他于死地的诸多伤害，他眼眶里溢满泪水，是造爱不成反成失爱？难道他丧失了男人正常的初始功能了吗？

林歆月说："看来，你真的很久没碰过女人了，也许是压抑太久了，也许太兴奋了吧……"

康旭默默无言，也想好好睡一觉，养精蓄锐后再展雄风，再与身旁这位女人来一番销魂触骨的博弈，谁怕谁！可是，他怎么也睡不着了……

不到一小时，他又协调雄性能量，再次翻身把对方扳倒，她四仰八叉，但无论他采用哪种方式实战，弄得投枪功能丧失，徒劳无功，宛如一条蚂蟥瘫软无力……

又到了下一个"周末喜相逢"，当康旭跑完业务回家时，租住房已被提前进门的林歆月打扫干净了，正在厨房里炒菜，他家的温馨感扑面而来，微笑着伸起头，痴痴地看着厨房里忙碌的她，说："不好意思啊，来就让你受累！"

"哪存在这些呢！相遇就注定我们有缘分！"

晚饭洗涮后，两人尝试又急不可耐做那份"体力活"，她娇滴滴地贴近在他耳边说："今晚我要你记住我一辈子，对你很有信心哦！"这话似乎激活了他所有的雄性荷尔蒙，欲望就在茶色玻璃茶几上"激凸"的，面对他喜欢的丰润女人，他用手捧起她的脸，来一个飞旋似的长吻，她似乎听到他那体内骚动的呼啸声由远处而近……盲目而草率地承接这个可依靠的男人……

他们蜷缩在学校的出租屋里，校园里的树木花草充满勃勃生机，在这盛夏时节窥视他们。他已被一种获得感、融入感裹住了，似乎又看见了天空中穿云薄出的正午骄阳……她先是从双肩给他按摩，渐次往下抚摸，她的肢体语言显得轻重得宜、曼妙多姿，让他浑身通泰舒爽，双方眼睛在静谧中默默对视，她那双玉手在他身体上游走，继而那只玉手着力牵引……他竟有一种将下体置入炭火缝隙中炽烈的灼痛感……随着她动作的协调和转换，他有一种沧海横流尽显英雄本色的豪迈，运用演练过的娴熟技巧，双方都感觉一直在腾空飞翔……

活色生香的完整"演练"后，双方紧紧相拥在一起，都感觉彼此眼角蓄满了久违的泪水，升腾一种感激之情，残存着一份浴火重生的心灵感悟……

从这天以后，他们的关系发生了逆转，成了相依为命的恋人。康旭继续外出跑生意，林歆月留下来与他兄弟帮忙打点车间作坊生产事宜。一年多来，她每天在屋外的太阳下用蜂窝煤灶给作坊工人们做饭，他也没有给她开过工资，她感觉自己搭上了幸福快车，她的皮肤变得白嫩而有光泽，更加风情万种。他疲于奔命，加上新街已修建的车间综合楼，永无止境地买进卖出，人瘦了不少，人却越发健硕精壮……

不久她怀孕了，她的家人慌了，要求她无条件地立即与他办理结婚证，怕她"傻瘪"得让男人白睡，她感到自己的落寞、纠结、愚钝……此时正值生意的盛夏淡节，寝室太潮湿，他的全身上下都长满了湿疹，无法再履行床第之事，于是这对相爱的男女生活陷入某种尴尬。

为了让她开心一点，他约了一些朋友晚上出去唱歌、跳舞、吃火锅。她吃喝玩乐样样都在行，大大咧咧，口无遮拦。康旭的父母不喜欢她，更不认可她，她身高一米七，若穿高跟鞋比康旭还略冒一点，更是突出表现在文化层面的残废，正是文化素质的局限，他父母觉得她的言谈举止粗俗不堪，与一位具有文艺范的他相比，很难有共同语言，不在一个档次，根本就不般配。他父母需要她上得了厨房，上得了厅堂，根本没资格做他们孙子的后妈。

端午节梅雨料峭，康旭自认为绝配的婚事像饱胀的玫瑰花蕾，突如一夜夏风扑哧一声就怒放了。林歆月家人要求康旭和他父母一起去上门认亲。按中国传统，顺带给未来的岳父母送端午礼。林歆月亲自去请他的父母，希望他们代表家长前往，遭到他父母婉拒，他们根本不看好他俩的婚事。她的家人却很喜欢他，相信作为企业老板的他对自己的婚姻有自己的主见，他俩的爱情自己做主，也就没有往更深层的方向去想，最终两个家长没有平静地坐在一起交流，这就为他俩婚姻的无疾而终埋下了伏笔。单纯的她以为仅凭她每周的"周末喜相逢"作为纽带便可锁定这桩婚事，可他俩的心灵碰撞无法再点燃火花，他俩的融合与交流无法找到新鲜感，除了她文化素质的弱势，最致命的是，他父母还看不惯她的粗俗不堪，更有甚者，康旭的姐妹还发现她身上的毛孔太刺眼，还看见她脖颈部隐隐约约的喉结，是彻头彻尾的"女汉子"，认定她长个"克夫"像，这就印证了影视剧常说的——"婚姻不是两个人的事，而是两个家族的亲情组合"。他的家人骂他色迷心窍，竟会饥不择食地选择她……

他俩确切地说，还处于磨合阶段，走下去前景尴尬，女方却不合时宜地提出"办证"，导致坚决反对其婚事的父母把户口本藏了起来，她觉得他和父母一起挤兑她，变着花样冷落她，于是就回到凯州她三姨妈家里，加上自己对这场婚姻没有信心和家人的教唆，几天后她再来"周末喜相逢"，立马就下了通牒——若不马上"办证"，就分手！户口本已被其父母藏了，他说等忙了这阵来再办，她家人以为是他故意搪塞她、玩弄她，不珍惜这份感情，于是她退缩了，在来不及与他商量的情况下，她就擅自去做了药物无痛人流。

当他母亲给她买来乌骨鸡、鸡蛋等营养品，她威逼他母亲强迫她儿子马上去办结婚证，母亲轻描淡写地说："你们的事你们自己做主吧！"她就大发雷霆，把那一筐鸡蛋当场摔碎。也就是说，她在做药物人流后，没进补一点必须的产后营养品，这便是他的一大终身遗憾，伤心是一种说不出的痛，这时他才明白，他终身最对不起的女人就是林歆月……

康旭的湿疹医好了，也收了一笔货款回到家，那晚她做了一桌子的菜，还一起喝了酒，他没觉得某些不妥，这是他俩诀别前的最后晚餐。那个异乎寻常的夜晚，他们还按平时夫妻惯例自然地行了鱼水之欢……做事完毕，她落寞地告诉他，她在五天前做了药物流产，他整个脸都扭曲了，心痛地说："药物流产也算坐小月子，这个时候是不能同房的，你应该事先给我说噻……怀孕又不是你一人的事，招呼都不打就独自去拿下了，把我当成啥了？是不是太过分了？"

"你本来就不想娶我，不和我'办证'，你干吗还要和我上床！"她嘤嘤地哭了，他更正道："没有人说不跟你办，只请你给我一点时间，行不行？"

"不想结婚，谁愿意做陪睡的免费保姆？"

这句纠结的反驳，在他耳畔一直伴随尘世的喧嚣起伏着，嘶喊着……只是当时他忙于经营生意，的确忽视了她的渴求，她需要那种稳定的婚姻安全感……因生意业务缠身，平时她是没心没肺、嘻哈打笑的，"满嘴不把门，"昨晚吵架的事，他也没当回事……

当夜幕低垂、夕阳西下之时，忙碌一天的他赶回家，一推开门，他便幡然醒悟，但一切都已迟了，她已彻底离他而去了，衣柜里属于她的衣物全拿走了，她今生在他的视野里彻底消失了……

一夜无眠，望着天花板发呆，曾经相识相知的情景犹如电影插花般再度呈现，女友的逃离证明他高估了自己的情商……现在一想到"天上掉下个"白慕仪，理智清醒地告诉他，林歆月不是他生命中的朱丽叶，当初她如果执着地守望这份爱情，隐忍一点，豁达一点，或许他真的就成了她的罗密欧，现在与她所有的恩怨与纠结，都必须就此打包封存。

爱情的最高归属形式就是婚姻。康旭没有给林歆月一个美满的婚姻，林歆月也因缺失一份证明名分的婚书而离开了他，仅隔三年的今天，她临镜描画的记忆早已模糊又清晰。她这三年的情况他除了在"花月痕"见过她，其他情况他是一无所知。

而今他俩又在杂志社相逢了，她的角色发生了转换。康旭控制不住某种遐想，魏总招她来的定位，莫非是要她充当他"招之能来、来之能战"的泄欲工具，那可不能等同当初他俩蕴含"试婚"名义的真感情，等同他们那种"周末喜相逢"，她是他永远的痛点，伤害与被伤害因时间的流转而变得麻木了，失掉了痛的感觉，而与温柔缠绵在一起的梦境已显得太久远、太迷茫了……

此情可待成追忆。康旭毅然决定，把所有对林歆月的记忆，彻底埋葬在她三年前不辞而别的那一天……

十二、这滩浑水有多深

不过现在时过境迁，空气中却平添了一种气息，一种久违的回归的气息，这种气息充塞着康旭的灵魂。第二天，康旭来到杂志社，总是愣怔怔的，没来由的怅然若失。三年后的今天，林歆月的出现，打乱了他正常工作节奏。与他曾同床共枕一年的女人是他生命中的女人。伤痛源于他对生命的，让他临睡前会想留一盏灯，远眺窗外星星数伤痕，是否在处理彼此关系上有些狭隘、有些猥琐，在藏污纳垢中心里蒙尘，可现实像一把枷锁，他连自己都拯救不了，哪能去拯救她！

康旭心里正在承受一种难挨的崩溃，他的感情堤坝在顷刻坍塌，瞬间有种踩空坠落之感……

且不说凯州不需要林歆月，而她的旧船票搭上了本不属于她的帆船。他们再次相遇，虽然尴尬，但她毕竟曾是自己"未办婚书"相濡以沫一年的试婚伴侣。

如何处理这抱残守缺的棘手事？康旭魂不守舍地坐在办公桌前，心里辗转挪腾，吧唧着嘴，把一片不慎溜进嘴里的茉莉花茶又回吐进茶杯，抬头想跟阿梅说话。额头上烫了几缕红发的梅德方嗲声嗲气地凑了过来说："欧耶，想啥呢？我姐在国外继承遗产的事搞定了，过一周就回国，她打电话让我转告你，要你和我一起去机场接她—"

康旭原本心里为旧情窝火，就不耐烦地说："别给我洗脑了，你姐是亿万富婆，会看得起我们这些社会渣滓？这不是扯淡吗？"

"嗨，有没搞错？上次在那家投资公司，你我都谈好了的事，你反悔了？别拿话来搪塞我哦！"梅德方一生气脸就挂不住了。

"有……有一亿多资产，应该去包养一位高大威猛的男明星，找我这样蝼蚁似的男人，若不是忽悠，不是变态，就是他妈的脑残……"康旭起身欲绕开他，正欲去上洗手间，猛一抬头，就瞅到站在身后复印机前复印的林歆月，恰巧待在那里痴痴地盯着他，他突然有些晕眩和恍惚，有种认栽的感觉……

康旭想起和林歆月租辆火三轮穿行在乡村田园的雨巷阡陌，像两个不需风力便可天马行空、随意漂泊的幽灵。满天繁星眨眼，意犹未尽地追视他俩纯净的爱。如果一旦停留下来的那一刻，就能领悟，浩繁的夜空其实蕴育着无限生机。但他康旭没有。他要么一路只赚吆喝不赚钱，要么把大好时光浪费几多落寞冰冷的被窝里。

那天中午骄阳当顶，康旭却莫名地感觉一种邪魂附体般的龌龊感，所有预感得到了印证。此时在魏总办公室内屋里的床上，肆意放荡，正在与魏启勃缠绵悱恻的女人，不是别人，正是林歆月……

康旭没想到，来这里打工，还要遭受如此灭顶的劫难和羞辱，于是萌生了欲哭的退意。不想再看魏启勃在林歆月身上发泄兽欲，绝不让自己羞愧难当，只是无地自容，唯一想找一个地洞钻进去……

作为男人，康旭是不会放过这个淫魔的！从此，绝不再看魏总淫荡满足地舔着嘴皮之丑态，康旭觉得，应该做点什么来痛击他！思络不断清晰，那需要理智对待，切忌猛冲猛打……

哦，有了，天助我也，周五那天是美女向敏值班，中午前，她的律师丈夫临时叫她去赴一个重要的宴会，她便要次日值班的康旭与她换班，康旭欣然应允。

中午十二点,因为老魏出差去了,一到下班,杂志社的人作鸟兽散。康旭打电话叫楼下的外卖送饭上来了。

真正的男人气魄不是压倒一切,而是不被突如其来的风暴卷走。

吃罢午饭,环视一下周边环境,确定杂志社没人,康旭从自己办公桌里拿起一把老虎钳,偷偷关掉行政部大厅里的灯,关闭外面的大门,然后悄悄潜入魏总的办公室里屋,摸到那间散发着晦涩淫荡气息的单人床前,撩开豪华而肮脏的褥子,沉重冷静地扭动老虎钳,借助手机的光亮,把单人床四脚的螺丝帽扭转到了最后一线丝扣……只需在床上稍微承载一点重物,这个让魏骚棍玷污过许多女人清白的骚床就会立马散架,灰飞烟灭……

好不刺激的翌日中午,康旭的眼角流露不易察觉的冷笑,一场蓄谋已久的好戏即将上演。

康旭岿然不动,按贯例来到编辑部,坐在工作的办公桌旁,故作镇定地翻阅当天的《凯州日报》,心里禁不住偷着乐……骚棍老板,老天睁眼,让你的糜烂的淫荡史,从此将画上休止符吧,更预示着你骄奢淫逸生活的一次终极谢幕……胆敢在本爷们面前玩我的女人,"夺妻之仇不可不报",慢慢去享用吧,仅仅奉上这招,小儿科而已……

恰在这天上午,魏总在办公室里,把向敏骂得狗血淋头,"睁开你的狗眼,看看你们创意策划的狗屁东西"……

突然,公司大门拥进来几个高大黑蛮的中年男子,走进魏总办公室,进门就质问他:"你们《慕来巷》杂志是啥子破杂志,是月刊还是季刊?一个季度都出不了一期,收了我们18万广告款,说安排文章滚动刊登六次,结果一次都没有登!若不想登了,请把另外五期的广告款15万广告费退给我们?"

魏启勃这才明白,是某水泥集团来催杂志社刊登广告,因为每出一期杂志，杂志版面必须至少要凑够六家单位，上六个版面，才能出新一期的杂志，加上《慕来巷》没有全国统一书刊号，属于非法出版物，近日正在查处的风头上，魏启勃不敢顶风作案，如果有人举报，他将吃不了兜着走。

那家水泥集团的另一个男人，语调缓和地说："是集团老总要求退还广告费的，在你们这个像黑板报样的破杂志上登广告，丢人现眼！"

魏启勃赶紧给三位壮汉发一支中华烟，前台林歆月赶紧给他们泡了三杯茶。一位粗黑壮汉说："老魏，请你写一个还款计划，我们好回去跟老总交差。"魏总只笑着摆了摆头，无可奈何地沉默，眼神里有种不屑一顾。

那位个子最高的壮汉"腾"地站了起来，拍桌子打巴掌地吼起来："你以为你是谁，功成名就？想白敲诈我们十多万，没门！走着瞧，举报你，让你尝尝因小失大的滋味……你会后悔的！"边退出门外边吼……

那一位稍有儒雅气质的男人又回到魏总办公室，掷地有声地说："我们都调查清楚了，你靠搞歪门邪道发财，不仅用制药厂的药渣打成药粉作鸡食，开养鸡场赚黑钱，还用潲水提炼地沟油，杂志也是非法杂志……你再不还钱，就举报你！"

此话在杂志社所有员工听来，无疑是一磅定时炸弹……

魏总骂骂咧咧地瘫坐在沙发上，新来的林歆月也不知哪根筋搭错了，笨手笨脚地跑去给他捶背、按摩，倒水吃药……

或许康旭的凯州打工之旅仍处于煎熬的缓冲期，或许社会底层上升渠道阻塞，社会阶层固化趋势正在加剧，贫穷延伸的代际传递，新型城市化吸引大量农民流向城市，但顽固的阶层固化阻碍了由传统农民转变为真正的城市居民的通道……

当康旭在凯州的第一站那家成人店就向天发誓，一定要层层冲关，杀入主流媒体《凯州日报》，或许，这家杂志社不过是他挑战极限的一个跳板而已。

康旭原则上不想对老板过亲或过密，他还是透过这家公司的所谓的"生态鸡"、"潲水油"，以及诓钱的家用黑板报似的《慕来巷》杂志社表面喧哗与嘈杂的背后，清晰地看到了蛰伏的致命与危机。

老魏也充其量扮演着市场经济机制下的金钱奴仆角色。

又到了午时时分，又轮到了康旭值班。

老魏里屋的床，并没有按康旭想象的预料响起来，也许是上午那几个要求返还广告款的男人的吵闹与折腾，破坏了老魏偷腥寻欢的兴致，杂志社的烦恼和漏洞占据他的整个世界。

下午两点，康旭在百无聊赖中，又按照杂志社行政部办公桌玻璃板下的那个通讯录，给原《慕来巷》杂志社执行主编毕行舟打了一个电话，告诉对方，他创作了一篇短篇小说，准备投给他们报纸副刊发表。毕行舟说，报纸的版面都是客户买了的版面，登文章要付钱的。不过，毕行舟在连线中告诉康旭说："有个喜讯：报社刚好有一个副主编的空缺，若有兴趣，你随时可来竞聘，来以前先给我打个电话，我亲自接待，我也想找你好好谈谈了，如果加盟我们部门，你就是最年轻的副主编。"

第二天上班，在《慕来巷》杂志社打了考勤，康旭跟魏总谎称有家企业老总约他谈广告，魏总面无表情地点了点头。

康旭背起公文包就溜进了电梯，去竞聘有刊号的国家级报社的副主编职位。

十三、躺着都中枪

　　《凯州商务早报》第二办公区，位于凯州市区西干道一个普通的一套二住房里，门口悬挂着《凯州商务早报》的金字招牌，编辑部共六张办公桌，每桌有一部电脑，里面有个小单间，是主编毕行舟的办公室，旁边那个单间是照排室，那三位男女青年正对走进来的康旭友好地点头，工作环境有些简陋，这些曾在《慕来巷》杂志社辞职的资深记者在这里迈入新闻事业的新常态，三个月前来这里的老男人喜欢上这里的生态环境，推开窗户，进入视线的紫柳粉荷的芙蓉公园……打算在明媚的阳光下奉献余热的媒体退休人士，对康旭的加盟表现出亲情化的热络。那些人个个都衣食无忧，会常常流露出某种善待他人的和蔼可亲。

　　康旭挎着真皮采访包，一身发白而笔挺的名牌西服，衣袖高高挽起，虽略显疲备，眼神忧郁但清醇，脸庞俊朗而显威严，举止言谈得体，也许在进门的几分钟内，就将屋子里的每位陌生人尽收眼底，在一进门的一瞬间，或许就预示他濒临绝境之际的一次命运切换，这里才是他升级为官方认可的媒体记者的摇篮。

　　眼前这个男人，就是早就如雷贯耳的主编毕行舟先生，是中国作家协会会员、资深媒体人，他身材魁梧，挺着个大肚子，宽肩膀但此时有些耷拉，此外，在康旭的印象中，他的头发有点自来卷，印堂发亮，戴一个酒瓶似的深度近视眼镜，盯人时乌黑的轮廓不太清晰的眼睛会眯成一条缝，目不斜视，表现出一种唯我独尊、却又运筹帷幄的高官样。他以前在《凯州武警报》任总编，一直住在武警部队军区公寓里，康旭觉得他有点像中年时的金庸。康旭感觉这个人既陌生又熟悉，注定要在他冥冥命运之中闪亮登场，是他不堪命运等待了很久的贵人。

毕行舟告诉他，他和他的团队曾给《慕来巷》杂志社打工，让魏启勃过足翘脚老板的瘾，只管坐地"收金捞银"，但他们那拨人没有得到应有的尊重，尊严丧失，已突破了男人底线，《慕来巷》魏启勃一手遮天。

毕行舟第一次面试，谈得最多的，就是他的"冤大头"魏启勃，让康旭透过神秘的迷雾看清魏启勃的嘴脸。毕行舟说，魏启勃事业有成后，给他原配老婆买了一套精装房，儿子也在外地上大学。老婆比他大两岁，一个人老珠黄的黄脸婆，只要他每月及时给她钱，她就懒得过问他的风流韵事。他养情妇是公开的秘密，行政部那个向敏已嫁给一位律师，他开始还不敢动她，而且向敏老公还在他的一场生意官司中做过他的律师，切实帮过他，每年除了固定工资外，他格外给向敏追加两万元；策划部美女朵朵是一个名牌大学上海交通大学的高才生，刚来时才20岁，一来二去就看上了他的钱，被他长期包养同居，在凯州芙蓉湖畔买有固定房产，在生活上、工作上却是他的"出气筒"……

在闲聊中毕行舟说，魏启勃掌控的文化产业，他蹚的水太深了，除了那个绿色生态养鸡场，还暗中开了一家"潲水油"油厂，而且招聘来的编辑记者来一个烦一个，稍不顺眼，就配发到"潲水油"油厂，或调到山上的养鸡场去……没有人能拯救杂志社，因为杂志社没有可持续发展后劲和土壤，真正的人才干不到两个月就开跑，老魏不仅根本不懂感情留人、待遇留人，还荒淫无度，让每个有正直血性的男人领略些许伤悲与无助，每个人刚进去时一腔热血，到后来都化成一腔冰水，唯一看到的是这座城市的一片漆黑与荒芜……

主编毕行舟提出建议，希望康旭加盟到《凯州商务早报》来，过来竞聘副主编。康旭考虑到那边的工资还没拿到手，略显犹豫，低头看了看鞋尖，也不想贸然行事，就慢吞吞地说，"毕总，请容我考虑考虑……"

一想到魏总和自称"破罐破摔"的林歆月搅在一起，他不知道何去何从，他绝非那种轻易跳槽的人，他决定与白慕仪电话连线后再做决定。

康旭刚回到《慕来巷》杂志社座位上，魏启勃就走过来，问："和那位企业老板谈得如何？签单没有？"

康旭猛地打了激灵，一语惊醒梦中人，一时才回过神来，忙不迭地说："哦哦，昨天去见了面，只是一个前期铺垫，最后搞掂，还需要加把劲——"

魏启勃用眼白盯着他的眼睛看，说："怎么啦，魂不守舍的？"

"没什么，可能昨晚没睡好吧……"康旭面对站在魏总身旁的林歆月，非但没有显得无地自容，反而当着他的面，对老魏半依半偎的，似乎想以此证明给他看，她林歆月与魏启勃的关系非同一般。

现在，康旭特烦林歆月的犯贱与存在，像跟屁虫似的与老魏真情相拥，干脆不姓林，姓贱，一副"贱样"！

在趁上洗手间之机，康旭给林歆月发了一则短信：别破罐破摔，别用你的"波霸"肉蛋迷惑老魏，谨防引火自爆！

下班时，康旭与林歆月挨肩在电梯上，康旭意外地发现，上午给她发短信，并没有在她心里溅起一丝波澜。此时，她与他冷脸相对，如入无人之境。

康旭出了写字楼，进了大街，一幅撕心裂肺的镜头令他晕眩，魏启勃开出的一辆帕萨特轿车停在大楼外候着，曾与他共浴爱河的林歆月步履轻盈地打开车门，一歪身便坐了进去，隔着斑驳夕阳的光影，林歆月笑靥如花，在车上好不得意，向康旭投来惊鸿一瞥，就在那一瞬，康旭觉得，好像他的整个心脏都被掏空了……

又是一个正午骄阳照顶时分。

策划部设计室美女朵朵找到康旭，又要他帮她值班。康旭一时无语，员工都感觉本人一个单身汉无牵无挂，闲得蛋疼，成了帮人值班的"专业户"了。草草吃过外卖送过来午饭后，正从外面进餐回来的魏启勃与林歆月，一脸迫不及待，旁若无人似的进了董事长办公室里间……

康旭的心脏也随之焦灼地痉挛起来……林歆月眼神中，似乎找到了被康旭抛弃的报复时机，急于与魏总缠绕在一起，用迟暮的青春赌明天……

里间那张充满罪恶与肮脏的单人床—经过康旭亲手螺丝松动处理的单人床，被老魏与林歆月弄出摇摆的声浪，在空中鬼魅地荡漾，充满嘲讽地吱嘎吱嘎地吟唱，那床似乎哀怨不堪重负这份道德沦丧淫荡负载……这个让多位美女备受摧残的单人床，散发着让整个杂志社员工都能听到摇摇欲坠的晃荡声，牵动着康旭提到嗓子眼的赌咒之心，使他心率加快、呼吸急促，一是嫉恨那位曾与他有夫妻之实女人的臭不要脸；二是责问苍天对这个有几个臭钱就肆意淫荡的老板龌龊行径的无声拷问；再者是担扰这破床立马坍塌时会出现怎样奇崛而狼狈的情景……

就在康旭产生无尽猜想的一刹那间，只听吱嘎的一声响，顷刻，啊，是里屋林歆月呼喊的声音，难道她是"有了快感你就喊"？哦，不，是她发出撕心裂肺的求救惨叫声："啊啊，快、快、救人啦……魏总不行了—"

康旭不由分说地首当其冲，跑进里屋，即见一对赤裸的狗男女在散架在地的破床上颤抖着、蠕动着，不堪入目。他们的裤子因急于享乐"春宵一刻"，一律毫无颜面地扔在地上，充满了悲怆的淫乱意味。康旭瞟见蹲在垮床前的林歆月，脸上写满愁绪，悔恨汹涌地漫上心头，从强忍在眼角的泪水中一览无遗。

场面比想象还糟糕……魏启勃张大着嘴，眼睛翻白，呼吸急促，只有出气没有进气……凭以往经验，康旭明白，这是心脏病突发—心肌受损的心律失常，便掏起电话打了120急救中心。

林歆月手足无措，惊诧惶惑中才想起该做什么，慌乱中下意识地穿好衣裤，再伸手帮忙去给魏总穿……康旭终于再也憋不住，让两颗水滴状的仇恨，痛心疾首地倾泻而下。他忙阻止她，吼道："不能动、动不得，动了，诱发心脏病他就要立马断气……"

心惊肉跳的黄金时间，120救护车的医生来了，他们急匆匆赶来，把魏启勃十万火急地送进了医院。

"人作恶不可活。谁动我的女人，谁必遭天报！哈哈！"

这个损招，真他妈的毒！

康旭善用锦囊妙计，成功"拿下"自以为床上"不朽"的老魏，既让他颜面全失，又让与他有染的其他女人拍案叫绝！康旭神不知鬼不觉地制裁老魏，有睿智、有筋骨、有杀伤力，恍惚傲居群雄了，倍儿爽，一时亢奋起来。卑微之人，用卑鄙方式报复这卑鄙的淫魔……从刚才魏启勃疲软肮脏的身体，以及那副张着黑洞似的嘴喘息样子来看，他足以认定，魏启勃身体内存耗损得无可救药了，即将雄风不再……

康旭对其蓄谋已久报复方案的成功实施，暗自给自己点赞，特想找一群人来分享一下，分享用高智商考量男人智慧的硕果。

那画面的原音重现，一直在他的脑海里重叠着、翻滚着，一想到丢人现眼的魏启勃像赤条条的活尸体在那儿躺着，他就心花怒放……

"跟我斗，你他妈的找死！"

魏启勃肆无忌惮的肮脏行径，必将成为杂志社员工暗中议论的热点。当新一天的太阳从窗外照射进来，康旭刚好抹完办公桌的灰尘，突地看见魏启勃又夹住公文包走进来，这太让康旭匪夷所思了……昨天还沉浸在桃色新闻热点的杂志社员工，都伸起长长的鸭脖子，望着他在暧昧而淫荡的背影，先是暗自伸舌头，随后开始交头接耳，昨天中午他赤裸肮脏身体被裹着送进医院抢救的狼狈情景，还历历在目——

康旭不得不看魏总的脸色行事，对不断升级的复杂人际关系充满焦虑，真的没办法让自己好好活着。而魏启勃的所作所为是沟壑难填似的放纵，不是在为别人表演，不想赢得别人的掌声，所有的骄奢淫逸都那么心安理得，那么平静自然。

骄奢淫逸，是魏启勃享受文化产业带来的生活福祉的原动力。员工们的声讨和谴责，反而多此一举，仿佛在给自己的头脑和心灵设置许多禁区。或许，大家有时忘了自己为什么活着，所以觉得自己活得很累。

就算林歆月再傻，也无需把和康旭以前的故事告诉魏总，如果点明，康旭就更没脸在《慕来巷》杂志社待下去了。由于生意疲软萧条，魏启勃大施"我是老板，我说啥就是啥"的霸王淫威，照例每天见谁不顺眼就破口大骂，像疯狗一样"逮住谁就咬谁"，不管男女，指派"规定动作"就必须执行。

万物皆为我所用，但非我所属。

正在康旭浮想联翩时，就感觉办公室的员工都在朝他这边看，他抬起头就见魏启勃用中指敲他的桌子，"喂，你去帮我把床修一下—"

康旭承受魏启勃鹰一样眼睛的注视，当即有种呕吐的感觉，还有掺杂一种撞进粪坑里般的屈辱与龌龊……就说："不好意思，我手笨，做不来这种活！再说，我还要赶稿子呢……"

林歆月立马凑过来说："魏总，我会，让我来修吧！"

要我修那肮脏的淫床，做梦吧！一到月底领了工资，老子就拍屁股走人！

那天发了薪水，每天来杂志社刷了卡便出去跑广告的小王、小余领了工资，就去告诉行政部主任向敏，说自己辞职。站在旁边、染了一头彩色红毛的梅德方就问："为啥要辞职？"

锐凯的代笔"枪手"小余说："天天挨骂不说，每天去搞创收拉广告，还不是到处碰一鼻子灰。我们是刚走出大学校门的小青年，要么出卖色相，要么耍不要脸逼人家做单，我们甩不开这个脸子。"

梅德方好言挽留，他俩头也不回不予理睬，各自抱起一个资料纸盒就开溜……

正要下班，康旭去意已定，把办公桌抽屉里属于他的东西全部放进了公文包里，正转身离开，他的脑袋被拍了一下，瞪眼一看，好不意外，最近又在"玩失踪"的富锐凯就站在他面前，手里拎着一个黑色真皮包，自顾自的戳在那儿挤眉弄眼。

锐凯一扭身，随手拖了一个转椅，也顾不上在意康旭此时极为落寞荒芜的心情，就已经坐到了他的身边。

锐凯与康旭是同年同月同日生，算得上是广告经营的老江湖了，属于很爷们那类的，长得挺有精神气的，眉眼和眉眼之间的轮廓尤其像后来在央视《星光大道》出名的旭日阳刚中的王旭，一种欲念膨胀的淡笑，脖子上挂着一条金灿灿的粗长项链，金项链衬托他那敞开的网状似的胸毛，具有一种绝佳的性感衬托和精壮炫耀。

"来，康旭，送你一本书—"锐凯热情地从包里拿出一本《中国当代名家小说经典》，递给康旭，这让康旭大跌眼镜，既文盲又流氓的锐凯这般送礼，他必定另有企图。

"这几天杂志社开工资，我来是想和你商量一件事的。"

康旭痴痴地想：如果把自己的才学和他圆滑的营销手段相结合，跑业务广告就太有杀伤力了。

锐凯说："康旭，你我是朋友吧？我是个粗人，做事有点莽撞，我对曾有伤害你的地方给你道个歉。上次在茶楼，我不是给你讲了，要杀进正规媒体平台，干好了才能站稳脚跟。我嘛，这次回来是要你一起加盟我们报社，那边报社需要你。"

锐凯扔给康旭一杆中华烟，拿出打火机给他"点火"，然后也给自己点上。

康旭暗自苦笑一下，心想："自己的命原本就苦，走到哪里，哪里都是一片漆黑，再有魄力的男人，有谁又能玩得过命呢？没关系，命中注定飘荡的人就继续瞎跑瞎撞吧，便问："哪家报社？"

锐凯说："《凯州商务早报》—梦想桃园工作室。"

康旭问："那个梦想桃园工作室的主编叫毕行舟，对吧？"

锐凯答："对呀，你咋知道？毕主编点名要你去竞聘副主编，走喽，离开'摸奶巷'，气死魏骚棍！听说那边报社把你的办公桌都腾出来了。那边的老男人灭《慕来巷》没商量！这边的每个人才都得薅走，必须的！"

见康旭沉默无语，锐凯盯住他的眼睛说："到那边，你我两兄弟又可并肩作战。若你同意，我马上就给毕主编回话—"

锐凯一边拍着康旭马屁，一边离开了杂志社，直到消失在写字楼走廊尽头。

康旭看着锐凯的背影，不禁感慨，这靠谱吗？媒体变得急功近利，越来越市场化、庸俗化，那种在老百姓心中具有景仰和崇尚地位的"无冕之王"（记者），在市场经济大浪潮中渐行渐远了……

为魏总带不回来丰厚的利润，康旭他们的存在，与杂志社陈列在橱窗里的包装盒没什么两样，距解决温饱还差几步之遥的康旭和锐凯有了某种惊醒，这个年龄段的男人，前途薄如蝉翼，想要演绎"夏行春令"的传奇是不可能的，除了"混年寿"外，时光就像一朵烟火袅袅升起，除了多增加脸上一抹沧桑外，梦想一旦从天空腾起，然后"噗"地一声就随风飘逝了……

那个周一的例会上，魏启勃宣布，本月杂志社广告收入颗粒无收，魏总气急败坏，大呼小叫。散会后就把康旭、锐凯和梅德方叫到老总办公室，查找失败原因，追究创收业绩上不去的责任。

"杂志社花钱养你们，你们每天跑出去尽唱空城计嘛？跟我玩空手道？"魏启勃咆哮如雷，"你们简直对杂志社这个平台没有起码的尊重，简直是在鬼混！什么素质哦"。

魏启勃用鹰一样犀利的眼睛横扫他们几眼，说，"还有，你们谁动了我的床？可恶！我想来想去，还是感觉有人在蓄意谋害我！我他妈的真是引狼入室啊！"

"……"他们三位面面相觑，沉默、郁闷。

"拉广告不起劲，对杂志社前面辞职的老男人却很感兴趣？还联系上了，对吧？谁能告诉我，为什么？"魏启勃的脸扭曲了，变形了，变得越发狰狞恐怖。

"说呀，为什么？"魏启勃逐一指着他们，丧心病狂地咆哮。

"……"康旭想说话又竭力克制了，又觉得自己傻得无以复加，还好意思冒杂音。

魏启勃又指着康旭和锐凯的鼻子，唾沫飞溅，张牙舞爪地说："你们俩，听好了，如果再拉不回广告，就调到养鸡场去卖生态鸡，或者去养鸡场喂鸡！"

康旭和锐凯面面相觑，没想到，他会来这手！这下慌了神，到凯州打工之旅变成了去百里外的山坡上去爬坡上坎，到鸡圈臭屎堆里去"刨饭吃"。

"养鸡场我们又没去过，我们是来城里打工，不是上山下乡！"康旭说。

"不想去，对吧？我告诉你，养鸡场正需要你们这样的壮劳力，懂不懂规矩？任何员工都必须听从老板安排，换工种老板说了算……"魏启勃又说，"你们要文凭没文凭，要业绩没业绩，总不可能要我一人挣钱来养你们这群老男人！"

"你说这话，不觉得很难听吗？什么叫老男人，你还比我们还大七八岁呢？我们充其量就处于人生的盛夏季，壮年！"康旭反驳话还未说完，魏启勃就打断了他，"对呀，我忘了，你们是壮年，壮劳力，好了，香油厂更适合你们。养鸡场你们就不用去了，明天你们就去油厂上班——"

"香油厂？造的是啥子油？无非就是损害消费者健康、致癌物质的潲水油，要我们去做危害群众健康和生命的帮凶？在这儿谁不知道，你这滩浑水有多深？"锐凯语气铿锵有力。

"你……你敢威胁我？我就不信，林歆月一个女人都能干的活，你们一个个壮年男人干不了？要挣钱养家糊口，还挑三拣四？鸭子死了还嘴硬？"魏启勃扯起喉咙质问。

167

"你把林歆月发配去提炼潲水油？唉，要人就要人，不要人就尿滴人？欺负一个无助女人，有意思吗？"康旭没想到自己一手谋划的"垮床事件"，却换来这样的恶性循环，这可把林歆月坑苦了，他脸都变绿了，肺都气炸了。

树欲静则风不止。

魏启勃咬牙切齿地说："在这儿，我是老板，还你是老板？安排女工变换工种，是我的权力，与你何干？"

康旭站起身来，握紧拳头，豁出去了，反正不干了，责问："你招美女来，不就是陪你上床吗？难道香油厂那边还另设有淫窝？你一个大老板，需要女人，干吗要这样对待一个善良女人呢？"康旭不卑不亢，磊落坦诚，据理力争，语气中没有丝毫一般打工仔可怜巴巴的贱气。

"你说为啥，上床？我有好多床拿给她压垮？扫把星，晦气！"

魏启勃龇牙咧嘴，丧心病狂地一蹦起，嘴角两旁鼓起的肉块，令人不难揣测他对女人的淫欲宛如潮水般的泛滥，就像小笼包子被烈日晒破皮了，肉馅爆皮外露，一览无遗……他反问："你那么关心她，和她是啥子关系？"

这下轮到锐凯和梅德方面面相觑了，唯恐事情闹大，不可收拾。锐凯扯了一下康旭，"算咯，还是少说几句！"可康旭心想，老子死都不怕，还怕这个"腹黑"混账老板！

当然，他只想杀杀这个恶棍的气焰，说："同事关系噻，就算一个稍有正义感的男人，都有权利站出来为她鸣冤！难道她进城打工，是为了去生产致癌物质的潲水油吗？"

魏启勃露出鄙夷的目光说："有没有搞错？乡坝头的红苕屎都没屙干净，还有脸来跟我唱高调？"

康旭是从死神边缘熬过来的，不怕！他冷哼一声，眼神很阴森，愤怒地摔开正在劝他的锐凯的手臂，一字一顿地说："你的红苕屎屙干净了？你除了会践踏下力人，会玩弄女人，还会干啥？你连一点为社会谋福的起码意识都没有，还当什么狗屁老板？"

致命的利器劈面而来，魏启勃一下子像被电击，宛如刺鲠在喉。从未见过如此嚣张的打工仔，竟敢当面跟老板叫板。

魏启勃还想力挽残局，死盯康旭一触即发的架势，说："你再穷凶极恶，还是我的打二仔！性格决定命运，就你这素质，我就不信，就凭你嘴臭这点本事，在凯州你能混得下去？"

管他的呢，反正光脚不怕穿鞋的！

康旭争辩道："就你这地方，还有资格谈素质吗？"

魏启勃从牙缝里迸出一句："你，你放肆！睁开你的狗眼，这儿是你撒野的地方吗？"

"什么叫撒野？听从腹黑老板愚弄，就不是撒野？你用下三烂的伎俩坑人，我见多了！你的生态鸡是用生化饲料喂成的，你把阴沟里的地沟油提炼成所谓的香油投放市场，一旦有人举报，法律和媒体一旦跟进，你就会彻底完蛋，到时候，你就连红苕屎都吃不上了！另请高明吧，本人不做坑蒙拐骗的帮凶！请叫财务室给我结账，我马上走人！"康旭头也不回地冲出魏启勃的办公室。

"怪不得胆敢跟我大闹天宫，过足了嘴瘾，原来已找好了下家，准备拍屁股走人啦，跳槽了？"魏启勃跷起二郎腿晃悠着，两手一摊，"哼，结账要钱，毛都没一根……"

十四、火拼的"鲶鱼效应"

　　在这片漆黑的城市瞎撞，在孤灯下寂寥地激扬文字，捕捉一份稍纵即逝的好心情，文字排遣他的孤独生活，用心情铸成文字，自我救赎．......

　　2004 年一场萧瑟秋雨，洗涤掉康旭所有的尘埃和雾霭，让所有的梦想在正午骄阳的斑驳闪亮下开花⋯⋯

　　在这座人力资源永不匮乏的造梦之城，康旭痴痴地望着窗外，天空依然涂满灰色的脸，天空依然挂满潮湿的泪滴。一场暮秋栉雨，在窗前坠落成宛如一帘幽梦般的水滴，他心里泛起冰冷的涟漪，命运把他逼得无处憩身⋯⋯

　　自从走进凯州，大多都在复杂社会等级关系的倾轧和焦灼中度过，康旭也试图"圆滑世故"一点，挽回一些残存的败局，但最终还是被杀得片甲不留，在钢筋水泥的城市丛林里，却发现自己仍活在溺水和剃刀边缘，成为这个城市唾弃的对象，他是一个古怪拧巴的屡遭社会淘汰、不受待见的男人⋯⋯

　　这次与魏总吵了一架，他就像释放了身体的毒素一般，痛楚而又特爽。

　　一想到林歆月，她居然在恶臭熏天的溲水油桶前打工的情景，他就气不打一处来，感觉为浮沉职场自控力已达到了极限，自己都没有安全感，拿什么去拯救别人？

"滴滴……"康旭的手机响了，是锐凯，说是老地方见。

还是那间用人工塑料点缀而成的绿色葡萄藤蔓的"正午骄阳"茶楼。康旭还没走近座位，锐凯和梅德方就在临窗的茶几前情不自禁地窃笑……

康旭走过去劈头问："捡到钱了嗦，脸都笑开花了？"

锐凯示意梅德方说，阿梅用兰花指捂住嘴，怪怪地盯着康旭看，"啧啧，还真看不出来哈，从悲壮到豪迈，还有一点英雄情怀，怜香惜玉，敢跟魏骚棍吵架、叫板？"

康旭口无遮拦、一吐为快，说："我知道自己有一身的毛病，但有一点可以肯定，我有与生俱来的一身正气，这就是我。我最看不惯欺压小老百姓的恶棍，最见不得专占弱女人便宜的人渣！"

锐凯满脸堆笑，伸出大拇指，说："外表冷漠，内心狂热，纯爷们！到底是'高家庄'出来的，高，实在地高！"

康旭绷住脸，打翻他的手，笑着说："别阴阳怪气的，有事说事！"

锐凯抿了一口茶，声音爽朗地说："那天中午，魏总不是想跟林歆月勾搭成奸吗？正准备上床办事，在饿狼捕食时，把床压垮了，听说他的尿筋都遭闪坏了，关键部位遭闪坏了，彻底阳痿了，那家伙报废了……真是偷鸡不成，倒偷鸡不成，倒蚀一把米。嘿嘿！"

康旭一时也精神亢奋，有种骄阳彼岸、惊涛拍岸之感，暗想，怪不得他要把林歆月发配到油厂去卖苦力，原来就此结下了的梁子。

康旭问："哦，必须的，这是报应！你们咋知道呢？"

锐凯笑得泪水在眼眶里打转，"这个都不知哦，'摸奶巷'的美女哪个不是口无遮拦的'漏斗'！她们不说出来谁知道呢？倍儿爽！"

康旭为此颇有感触地说："'坐在宝马座驾上，睡在女人肚皮上'

的老魏，眼看就要完蛋了—"

"好，今天高兴，我请二位吃'合家欢'套餐。"康旭喊茶楼老板端来了三套盘套餐，他们感觉特别香，边吃边聊。

康旭挑一口红烧肉往嘴里喂，抬头问："有一点，我就没搞懂，老魏有一定的文化层次，还出过国，为何给杂志取名那么粗俗，叫啥子《慕来巷》？乍一听就成了'摸奶巷'？"

梅德方答："啧啧，你有所不知，老魏最崇拜和羡慕是伟人总理周恩来，所以《慕来巷》之名是仰慕周恩来的简称。'慕来巷'三个字，上口，好记。"

康旭嗤之以鼻，说："周恩来是民国时期的第一美男，新中国的领袖人物，老魏这种做法，是对中国第一代美男领袖的亵渎和玷污！"

锐凯抿着嘴笑，接个话头说："不是我说你哈，你这人呀，啥都好，就是一脑子'反骨'，就不会逆来顺受一点，所以一直走霉运喽。"

康旭用眼白不屑地瞟着他，说："这是本哥们的一贯风格。你讨厌就离我远点！这个社会，不见得讨好卖乖、曲意承欢的人就能吃香，对吧？"然后掉头对梅德方说："我们马上就要'撤飘'了，我就是心里放不下林歆月。过两天等她来杂志社，你叫她给我打电话，我要约她好好交谈一下。你们也看出来了，我不是那种脾气暴躁的人，这种职场环境，哪个能做到处变不惊？"

康旭在心里默默地为林歆月祝福，若有机会再相遇，还是有勇气与她面对面交朋友，也许是终身无缘再相见，再说那次离开了，彼此都未曾说过再见……

昨晚，康旭电话连线白慕仪，说他要离开魏启勃的《慕来巷》，到《凯州商务早报》去当副主编了。白慕仪很支持，心里却一头雾水，为何每个职场都让他从疲于奔命到身心疲惫，以失败告终？

172

电话那边白慕仪却依然为他点赞，鼓励说："好好把握新机遇，总的说来，你还是有长进的，前面都是老板炒你，这次你却主动炒了老板！经过深思熟虑，才做选择，以后就别后悔！"

"已经没有退路了，我就是再去跳江自杀，我也不在'摸奶巷'干了……我臭骂了老板一顿，彻底把他得罪了，他要么罚我去山上养鸡场去打扫鸡屎，要么去臭气熏天的潲水油厂扛活，我弄死都不干……"

"你的职场定力好像有点受挫，这家杂志社与你的志趣爱好相投，现在老板挤对你，你跳槽是好事，离开这个人渣老板，到报社上班，首先保持完整的职场心理建设，预祝你竞聘副主编成功！"

听了白慕仪的肺腑之言，康旭无比振奋，"天后"导游一直在遥远处用通讯引领着自己，一种欲哭的撕扯感，让他镜子里的表情都扭曲了，面部肌肉因感激和相恋而痉挛着，热血沸腾，使体内膨胀的毛细血管有种即将爆裂的亢奋感……

翌日，康旭在杂志社照例坐着，望着窗外发怔，然后进洗手间抽了一支烟，走进办公室就很爽快地把一些资料、用具塞进了公文包，然后在电脑里打了几个字，"别说再见，让我伤心流泪的'摸奶巷'"，然后把字体放大，占据整个电脑的桌面。随意地把公文包往肩上一甩，便去找向敏领工资。向敏告诉他，"领工资要走程序，公司每月十日发工资，到时要来找魏总签字才能领取。"

康旭不想为难她，毕竟同事一场，就做过"拜拜"的手势，匆匆辞别，一转身溜进了电梯，心里想，"摸奶巷"，永不再回头！这辈子再不回到这个让他伤心欲绝、淫欲横流的伪杂志社。站在向下滑动电梯里，他想，自己用必死的心态去与这个城市碰撞、博融合，本身就是磨难的历练过程，要在这个城市立足，让城市真正接受就注定要伤痕累累，以自己的肉身做老虎的饲料，用自己的伤痕与泪水生祭奠了这个灯火阑珊的凯州城，没什么大不了！

康旭腾挪并将拓展新空间啦，正欲走出底楼电梯，恰巧与林歆月碰个正着，她眼波明澈，梨涡荡漾，不计前嫌地微笑着问："你又要跑去拉广告？"

康旭迟疑一下，表情深沉且复杂地问："魏总不是安排你去了湔水油厂吗？怎么又调回来了？"又想，又用你的身体并没有获取魏总的欢心，更不可能抵达拯救命运的彼岸，相反，魏总反而嫌弃你晦气、扫把星，何苦呢？"垮床事件"注定了你在这里必输，遭人唾弃的输！你与魏总"耕云播雨"未成，反而把他由猛男闪成了"痿哥"！

康旭一见林歆月那儿童般的清澈眼睛，世上竟有如此愚钝的女人！心里直呼崩溃，让他如临世界末日！他就霸王上弓地把她拽过来，说，"我有急事找你，走，我请你喝茶——

还没走近茶楼，他们就一路吵了起来。

"你把老板的床压垮了，还去独自跑去'送货上门'？姑娘家家的，咋不知羞耻哦？"康旭骂得有点刻薄。

"放屁，咋怪我？是他的床有问题！"

"是你脑壳有问题，脑残！女人出来打工，连一点保护意识都没有，我说你也快三十了吧，能不能庄重矜持一点？"

"你嫉妒，霉得慌！去呀，去找'霉得慌'给你找的亿万富婆噻，我死活都轮不到你管！"

"自己还没睡醒，还去陪老板睡，要脸不？你听清楚哈，人家老板已经嫌你晦气了，扫把星！你还去找他干嘛？你简直贱得冒泡！"

"你是我啥子人？稀罕你来管？陪谁睡我愿意，关你屁事！"

"一日夫妻百日恩！你是个善良女人，本质不坏，我担心你受伤害呗！我建议你，哪怕出去当清洁工，都别在这儿干了，你再不走就毁了！这不，我马上要辞职了！"

"你有文化，好找工作；我呢，哪个要我？我要求很简单，混口饭吃、饿不死就行了，其他的我不在乎。我就不信，这么大的城市，就只饿死我一个人！"

"你再跟魏总鬼混，就不是饿不饿死的问题了，而是死得很难看！你可以找个男人嫁出去、过居家生活。"

"哪个要我？连你一个'二锅头'都不要我，相亲的男人尽是些矮子鬼！"

"矮就矮吧，只要他爱你疼你，能陪你过日子就好，有个归属就好……你呀，还真不是敢女汉子的料！你在这儿混，真的要出好多问题的……你过得造孽，我心里就不得安宁！"

"你自虐成瘾？现在你晓得难受了哇，迟了……当初，你咋不留下我？"林歆月打个呵欠，抬头却瞅见康旭眼里隐忍着泪。

"都过去了，说那些都没用了……主动投怀送抱也拯救不了你！你越怕事，就越要弄出事来！你要对自己的婚姻有信心，答应我，离开魏启勃，难道你不怕把小命搭进去？"

恰在这时，康旭手机响了，是《凯州商务早报》毕行舟打来的。康旭忙捂住手机对林歆月说："听我的，不得出问题！好了，那边领导叫我马上去竞聘，今天不多说了，你考虑考虑吧……"刚走开，又掉头过来说，"记住，弄死不去那个致癌的潲水油厂哈—有事打电话哦—"

从写字楼到茶楼之间的街巷，康旭既担心林歆月的愚钝与逆反，又怕她拂逆他的一片苦心。林歆月向他投以怨尤的一瞥，他的目光与之对接，他的沧桑颓废的情绪有所缓解，然后故作轻松地扮个鬼脸，冲着她的背影后面打了个响指……

康旭的心早就飞到了《凯州商务早报》。

毕行舟那种浓重的贵州口音似乎变成了一抹和煦的阳光，"识不足则多虑，威不足则多怒，信不足则多言，能不足则多变。"康旭在见毕行舟前想起这句话，产生一份激情，难道《凯州商务早报》是他生命冥思苦想中最现实、最纯净的纯净港湾？

刚落坐在主编毕行舟办公桌对面，康旭有种久违之感。毕行舟上下打量他，问："在《慕来巷》做了有半年了吧？忍耐力也磨炼得差不多了，能在魏启勃手下埋头干过半年的男人，一般都会变成熟。老魏那恶魔脾性，受过不少气吧？"

康旭抿着嘴笑着说："那倒没有，只是心里有点郁闷，堵得慌，做起事来总不没对劲，感觉那种工作氛围不适合我，是我自己的问题。"

"把姑娘变成情妇，把男人弄成傻逼。这是老魏开公司的第一功能。最可恶的是他克扣员工的工资？"毕行舟悠闲地转动着手上的钢笔说。

毕行舟告诉康旭，《慕来巷》杂志社老板魏启勃在1994年起家经商开公司，被市场经济大潮点燃捞钱的欲望，就一个营业执照，办公司杂志，搞印刷，开潲水油厂，办养鸡场，听说还在暗地里用稻草、垃圾烂布做床垫……没有一个职能部门敢来管他，真是不可思议。

康旭说："名不正言不顺。他让我们以记者的身份去拉广告，给他圈钱搞钱，一样官方手续都没有，去找企业'空手套白狼'，人家企业老板又不是白痴，我还要自己垫差旅费，我们反倒被他要成白痴了……"

康旭在交流中，明白毕行舟对魏启勃的仇恨，又意外地发现毕行舟的右脸上留着一个泛黑的疤痕，他也是"老天打了记号的货色。"，便立马把眼睛移开。

"嗨，我们都在他那儿熬出来的……"毕行舟明显的刀疤脸有轻微的痉挛，诚恳而严肃地说，"我聘你加盟到报社来当副主编，我们有比《慕来巷》杂志强10倍的优势。报纸是有国家统刊号的国家级纸媒报纸，每周五出版一次，在这儿上班的人心情愉快，且有很大的发展空间。我对你竞聘副主编很有信心，能否竞聘成功，同样要通过报社总部的笔试、面试、口试和大会抽题应急回答的程序来最终确定。你能在《慕来巷》被那么刁难的魏启勃选中，又有工作经验，到这儿来竞聘，应该没问题吧！"

见康旭未吱声，毕行舟进一步试探说："我们善待每一位记者，在这儿上班，没有一点身份焦虑，出去都是堂堂正正的记者。到我这里来，你的名分改变了。如果你创意策划能力强，文字功底扎实，出去采访、搞创收又懂市场，又兼具营销技巧和谈判技巧与缔结技巧，你在我们报社应该是前程无量的。"

"哦，谢谢！如不嫌弃，我就试着干吧，相信不会让毕总失望吧！"康旭一脸淡定，一脸的纯净与耿直。

"我们报社的正式记者，要经过国家新闻出版署统一考核，考试合格后颁发盖有国家新闻出版署钢印的记者资格证，一旦拿到记者证，就像医生拿到行医证，教师考取教师证一样，走到哪儿都是'无冕之王'。记者，是一种身份地位的象征！"毕行舟这话最具有震撼力，这句最具技术含量，把康旭给彻底震撼了，他早已明白，新闻是实现文学梦的另一个驿站。

磨难已让他心里起了老茧，或许他并没有领悟毕总话里的分量，他只想能够每月挣够1200元，能供娃娃读书，让父母身体朗健、踏实，能够按基本需求活下去。他不敢去奢求什么国家新闻出版署考核的记者证，他不能让自己"自视太高"，他只想简单地活下去，他进城的初衷，即是用事实证明自己，即使不做企业老板、不经商，他照样能养活自己及家人。

康旭随即伸出一双手给毕总看，说他是一个手心、脚心都长着黑痣的人，命中注定要当文化人的料，以前为这个梦想，确是走过很多弯路。当正牌记者是他一直心驰神往的工作。

毕行舟握着他的手说："真是难得哈！好，欢迎你加盟，高副主编！"

"谢谢，我会好好珍惜的，感谢您的留用提携之恩！"康旭虽然心里没底，但他无法不对毕行舟感激涕零，据说他为留用他当副主编，力排众议，否决了另外几个入围的副主编候选人。

但还是感觉梦的影子，正在向他萦绕。

蓦然间，康旭耳边回响起梅德方那不阴不阳的叫骂声："你以为你很优秀，在凯州，每天在人才市场有百多万人在找工作，你算个屁，比你优秀的人大有人在……"

紧接着，他的脑际又翻叠着锐凯如痴如醉的那张无限憧憬的脸，"啧，我做梦都想开一个属于自己的文化传媒工作室……"

机遇与际遇，是两个概念，同时属于一个人的概率是很小的。

最后又想起他与白慕仪有一个对梦想的心灵之约，就是搏杀进权威媒体党报《凯州日报》当正牌记者，他已感觉，放飞梦想的栖息地，就在"孤帆远影碧空尽"的不远处，向他招手。

刚在报社毕总安排的办公桌坐下，"摸奶巷"杂志社的魏启勃就打来追踪电话，这让康旭着实很意外。魏启勃叫苦说，锐凯已"玩消失"好多天了，现在杂志社执行主编"非他莫属"，并再次重申"我不管谁的脾气好坏，谁给公司多挣钱，我就无条件地器重谁！"

康旭没有心思再陪这个恶魔老板玩了，对他的讨厌已无以复加，就像讨厌暴君秦始皇一样，虽然他和秦始皇不可同日而语，好像他随意搞死谁都自有理，明白魏启勃对他的价值像鸡肋，"食之无味，弃之可惜！"他再也不上魏总"摸奶巷"那张贼船了，他的职场生涯与魏启勃彻底翻篇了！

心里困惑之时，他自然就会想起同伴锐凯，感觉与他结下了不解之缘。锐凯在凯州谋职，一般都待不了半年，一旦发现单位的一些问题，总是他最先选择逃离……

2004年11月17日，这天上午下冰雨，整个城市都阴霾弥漫，可到了中午才渐渐云开雾散了，冬日骄阳才从云层里探出笑脸，难道上苍真的开眼，或许是一个好征兆，让漂泊浮沉的康旭再扬命运之帆。毕行舟对他的第二印象不错，甚至还平添了几分欣赏成分，或许，他梦想中孤帆远影处的骄阳，在碧空中冉冉升起了……

历经太多沧海桑田，太多的炼狱般的磨难就像一场宿醉。面临在壮年时期的命运转机，康旭还从未有过被馅饼砸到脑袋的那份热血沸腾。

康旭坐在办公桌前，从公文包里拿出一些必备的资料归置好，当他还没在座椅上坐热乎，而他的一举一动全过程，都尽收在另一个人的眼底，此时，这人已经在他的办公桌对面的位置坐定了，他无言地希望与他眼神寻求惊喜的交集点，且渴求从他眼睛里审视出内心的倾述与感激。但康旭在整个过程都没有流露这份情感，"自恃清高"的他像原来魏启勃所批评的那样，"与社会脱节"的清高没"营养"、"没饭吃"，不把任何人放在眼里的人注定会到处碰得头破血流……

"康旭，认识这位富副主编吗？是他极力推荐你来的……"毕行舟从主编办公室走了出来，向康旭介绍对桌的那个精壮男人。

"富锐凯，是他推荐我来的？"康旭扬起头不解地盯着毕行舟，满脑子的质疑。

毕行舟反而困惑地问："你们不是一起在'摸奶巷'当副主编吗？是铁哥们吗？"

"哦，嗯啦……"康旭与锐凯异口同声地说。

康旭的眼神舍近求远地穿过毕行舟的面部，直抵锐凯，流露出匪夷所思的惶惑与质疑。但毕行舟洪钟般的声音宛如一记巴掌似的冲击着他的脸，然后似有一股彻骨的阴风，从他的耳畔呼啸而过。

康旭承认在"摸奶巷"杂志社，他与锐凯、梅德方确是"铁三角"，可到这里来竞聘副主编，却被注解成是锐凯推荐来的，好像在无形中获得了别人的暗中施舍似的。锐凯在魏启勃那边玩"失踪"玩进这边报社当上了副主编，就算当初他提及过梦想"开一家文化传媒工作室"，也是当初在私下跟他透露的一点风声，现在竟然当着毕行舟的面，把这份与他平起平坐的副主编美差拱手送给了他，给他一个"意外的惊喜"，其希冀的效应就是要他来磕头作揖地对他感恩戴德，区区六个人，就两个副主编？那一刻，康旭刚才那份有关梦想的幼稚兴奋点荡然无存了，并认清了当前的处境：一、毕行舟为报复原来《慕来巷》魏启勃的羞辱之仇，挖走唯一能给他创收挣钱的两个经营高手，为扩充报社创收总量招兵买马；二、让两个中年男人并列副主编，形成在竞争中产生"鲶鱼"效应；三、他是锐凯推荐而来，表面上很仗义、"够哥们"，实际上他所扮演的不过是"备用胎"的尴尬角色。

那晚加班，康旭正在校对稿子，听到楼上流淌下来一首《城里的月光》抒情歌曲，可他从未感受那月光的温暖把整个城市夜晚洒满，初进报社时那种命运"峰回路转"之感更是冰山一角……

凭康旭的经商阅历和人脉资源，两个平台都需要他，那也是从"新闻民工"和"广告苦力工"层面上的需要。

康旭依然拿不出继续待下去的尚方宝剑！一心想干自己喜欢做的事，他明知前途薄如蝉翼，仍然做一场遥遥无期的守候。当他扭头瞟了锐凯的那一瞬间，似乎办公室所有人都好奇地望着他，被"闲置"、被遗弃到可有可无的尴尬境地……

那一刻，他起身立即钻进了洗手间，想把自己变成一个隐形的甲壳虫钻进地缝，旋即，他又自责，初来乍到的，是不是有点莫名的神经质？

就在这周五出的《凯州商务早报》报纸上，报纸的"梦想桃园"版面的报眼上明显印着"副主编：高康旭"字样，他没有在毕行舟"刀疤脸"上看到惯常的威严与谦逊，倒是发现他吐出烟圈淡淡一笑的样子，看上去似乎有些许的荣耀感和成就感。

毕行舟说，前几天，凯州市北郊有家名为"佳栋"的家具公司打来电话，邀请"梦想桃园"工作室去谈广告合作事宜，还要求报社领导给厂家家具产品找一位影视明星做企业品牌代言人，厂家扬言计划拿三百万来做品牌广告宣传，这是通过锐凯的那位前辈穿针引线促成的，这无疑给报社"梦想桃园"工作室带来了某种兴奋点，把工作激情点燃了……恰好那天，康旭请假到儿子的学校开家长会，所以这种沸腾的亢奋场面与他无缘。

事后第二天，康旭从家里乘公交车走进办公室，正如他所料，毕行舟正在阅读昨天的《凯州日报》，并拿着软布帕擦拭瓶底似的眼镜，瞟了一眼他，因其高度近视、严重变形的黑眼眶在灯光下显得有些阴森恐怖，旋即，他用眼白冷峻地扫了康旭一下。

"昨天一天都不见你影子，今天为何又来迟到？"

"昨天我打电话给您请了假，给娃娃开家长会。"康旭在用旧毛巾擦办公桌，见毕行舟的脸色阴沉，就下意识地帮他擦办公桌，然后又擦拭从额头上流下的汗水。

毕行舟梗着脖子，又用眼黑楞他一下，似乎想从他身上搜索某种不对劲的地方，这才戴起眼镜迷茫地看着他，"知道吗，人家富主编拉回来好几十万的广告哩，你呢？老是太清高，太书生意气，知道吗？百无一用是书生喽！"

康旭对锐凯艳羡不已，这小子真爷们，一出手就是大手笔！

康旭要自己"不以物喜、不以己悲"，但心里却慢慢沉入底谷，随手将擦桌帕向锐凯那边的办公桌扔去。

毕行舟见罢略一思索，又说："你不是会开车吗？明天去'佳栋'家具公司去商谈，安排你和我们俩一起去，三大主将都挂帅！"

康旭心不在焉地答："听毕总安排噻……"

"这么大的广告项目，三个主编不挂帅谁挂帅！我已租了一辆桑塔纳，你来开！"锐凯见康旭说话有些卑微且猥琐，就抿着嘴笑、端详着他的神色，在桌子对面跷起二郎腿说。

在这类媒体打工，一向信奉"红猫白猫，逮住老鼠就是好猫"的理念，逐鹿中，康旭似乎要矮三分，就算心里不愿当陪衬，或作"备用胎"，但嘴里还是没有表露出来，只是挠了挠头，自我打气地鼓起双颊，一屁股坐在车上，躬肩俯仰地为报社领导专心驾车，迅疾驶入北回归高架快速通道，根本就没有闲情逸致看窗外两旁的风景。

康旭的感官嗅出某种变味，自从来到报社"梦想桃园"工作室，他与锐凯若即若离，渐行渐远，很难得有单独交流的机会，这次签了大单，锐凯萌生一种膨胀感和优越感，老是用领导俯视下属的目光看他，弄得他很不自在。这种关系的微妙变化，康旭也曾在电话上与白慕仪作了探究。

就在前天，白慕仪在连线电话时循循善诱地规劝他："小小工作室，也是一个大世界。四十出头的男人，连应对这个局面的能力都没有，你也太不成熟了吧！不要再情绪化了，要改变自己的口袋，首先要改变自己的脑袋。对谁都看不顺眼，把自己变成坏情绪的俘虏，是职场的大敌。你要懂得：你哥们签了单，人家在你面前耀武扬威，或许是你的心理作用。你嫉妒，是你吃不到葡萄说葡萄是酸的，完全是你的问题，你心里不平衡！这是'鲶鱼'效应。机会均等，有脾气，你自己也去签一个大单回来噻。毕总脸色不好看，这很正常呗，你们的游戏规则就是：赢为王，败为寇！"

　　"唾面自干"也是一种能力。康旭耳畔响起白慕仪的敲打声。阳光洒满斑驳的车窗，三个男人各持其心绪。刚坐上租来的桑塔纳车上，康旭将今天的广告谈判定性为人脉与市场的把玩游戏，一种以媒体为媒、骗吃骗喝的规定动作。

　　康旭瑟缩地在驾驶室，边开车，边打呵欠，机械地行驶。明知道签单后，这单广告的业绩提成和稿费注定跟他没半毛钱的关系，他则在心里刻薄地对自己点玥，这是他作为"备用胎"功能的实战演练……

　　康旭只管开好他的车，毕、富二人在车上啦呱半天，他把车里的音乐尽量放小声，音乐成了后座两人的对话的应景或伴奏音乐，他们二人似乎已忽略了他的存在，其实，他打哈欠、鼓起双颊做深呼吸的浑身不自在，都在后视镜中反馈给了后座的那二位男人……

　　一栋栋倨傲挺立的现代化楼群气势恢宏，蔚蓝的天，幻彩的光，车间大厅现代化流水线几净明亮，运行流程畅达，厂区动感十足的落地玻璃反射着斑驳色彩……这里是"佳栋"家具公司新型工业化的产业功能区。

　　借力市场经济拓展的东风，"佳栋"瞄准新型产业化放飞全新崛起的梦想。

事先张扬的广告签单，这个时候，锐凯碍于面子还没有站出来撇清，但他还是担忧有人来分他的业绩"提存"。

康旭带着一股不愿被别人踩着的劲头，投入跟签单之行不相匹配的浑噩中。在"佳栋"富丽堂皇的会客厅，他们以"佳栋"公司企业文化为选题，作了一次互动交流。在前台就座，康旭与锐凯充当毕行舟的左膀右臂，陪着他局促而僵硬地微笑，可康旭落寞而惆怅的目光是装不出来的……

会上提出，要为"佳栋"家具品牌找一个当红影视明星做形象代言人，为此"佳栋"创意策划部郑主任专门举办了一场别开生面的企业与媒体的见面会，从公司领导到普通员工，均可以就此随意向台上的三位记者提问。在讲台上，他们三位要恰到好处地为公司人员解惑释疑，尽管康旭今天心情郁积，不过，还是见面会的现场，感受了企业上下对记者这个"无冕之王"的那份敬仰和崇尚心理，像影视明星那样面对在黑压压的广大群众，那种"不是官员胜似官员，不是富翁胜似富翁"荣耀感油然而生，他的心境慢慢变得纯净和坦荡了，有一点点受用和充实。

三位主编首次走进大企业，后来慢慢咂摸出来一些套路。在这个地市级城市的"艳骄阳大酒店"，"佳栋"集团高层宴请了三位记者。午饭中推杯换盏，郑主任介绍说，"佳栋"公司是全省家具三大名牌之一，这次请媒体宣传，其程序是先在纸质媒体宣传，再上中央电视台，聘用当红影视男明星做"佳栋"傢俬品牌代言人，其初始谋略是要在全国各大电视台广而告之，提高企业的品牌号召力和市场占有率。

可他们最感兴趣不是这些，而是郑主任闭口不谈的今天至关重要的一环——甲乙双方签署正式合同。

康旭剜了毕、富二人一眼，想起在报社搭建一个成功的部门工作室不容易，租辆车子跑了三十多公里，总不可能单纯未来到此过一把所谓的虚里吧唧"无冕之王"的记者瘾吧……

毕行舟、锐凯犹如热锅上的蚂蚁，急于搞定签单的心态溢于言表，可就是在酒桌上不好开口，心里七上八下的。他们明白，一是急于签署双方自愿合作的报社认刊合同，但又唯恐出手太快，心急吃不到热豆腐，怕乱了阵局；二是忧虑一旦喝醉了酒，失去智慧与计谋，眼看煮熟的鸭子就要飞跑……

搞不懂"佳栋"高层玩的是什么招？或在刻意与他们过招……

康旭对毕、富的签单技能嗤之以鼻。凭他以往经商的经验，眉头一皱计上心来，就招呼与毕行舟借故进了洗手间，说："喝酒，别忘了我们今天大老远租车来的目的，不是放纵喝酒，是签单！用合同先把他们拴住，今天必须先搞定单子，免得夜长梦多，才是上策！签了单，哪天都可以喝酒！"

康旭好像许多年积攒在心里影影绰绰的智慧，一瞬间全附在搞定这件事上。他给毕行舟发了一支烟，强调说："商机稍纵即逝，已经到了临门关键的一脚，而这一脚决定着工作室的生死。是公司邀请我们来的，这就是理由！抓紧这一刻，用枪逼着也要把合同拿下！这块肥肉，不能给其他主流媒体下手的机会，当然，做好企业的宣传服务，是我们分内的事……"

毕行舟深表赞同，二人一起击拳，起身返回酒桌，底气十足地准备迎战。

毕行舟伏在康旭耳畔说："你大显身手的时机到了，由你主谈，我们协同！我看好你哦！"

酒桌上，行令划拳，比拼酒量，毕行舟四杯下肚，就直奔洗手间抠喉咙管，吐得翻天地覆。

锐凯被毕总的魔怔似的酗酒吓住了，有点头晕眼花。康旭在餐桌下踢他一脚，示意他别在酒桌上趴下。锐凯领会，其行侠仗义的痞子气在酒桌上"接地气"，端着酒杯，散发一种"兵来将挡，水来土掩"的豪爽和底气，不就喝酒吗？来，干了！陪酒陪得"佳栋"高层人喜神欢的……

作为"佳栋"企业报的主编郑主任喝得面若猪肝，但思路却很清晰，在与锐凯推杯换盏中，站起来凑到锐凯面前，举起酒杯，高兴地喊锐凯和他"玩文的"，晚上就安排他们去"玩荤的"，便道出一句对子，要锐凯对下联——

"问夕阳，迟暮江岸，红颜老成枫林秋。"

真是山外青山楼外楼，高人丛中有高人。"佳栋"主管这是唱的哪一出？毕行舟如刀的眼睛与康旭面面相觑，这可是锐凯的软肋，这次彻底暴露他乡野粗汉的底牌了！

康旭急中生智，站起来走过去，蜻蜓点水般地拽开锐凯，端起酒杯，锐凯会意，作出及时反应，便故作呕吐状，捂住嘴朝洗手间奔去……进了洗手间才有些后怕，刚才"佳栋"主管跟他霸王上弓玩"雅致"，一回味郑主任一脸的作弄像，他妈的，就这点底子，真玩不转了，竟痴痴地站在那儿，忘了进来方便了，浑身悉数化成了一身虚汗。

康旭豪爽地与郑主任碰杯，幽幽地说："嘿嘿，你看他都喝麻了，思维不清晰，若郑主任看得起，我来帮他对，行不？"

下联是：偎夜杯，红袖添香，孤帆远影碧空尽。

郑主任脸笑成一朵花，拍手叫绝，"绝对，天上人间！意境高，充满诗情画意！赞一个！"然后掉头对毕行舟说："高主编旷世奇才啊！毕总，你从哪里把他薅来的？用人有方啊！"

……

毕行舟他们三位一行在酒店的茶坊喝茶，到了午后两点半，他们一起去找"佳栋"创意策划部郑主任。

康旭热情地递了一支软中华，诚恳地说："郑主任，能不能打扰一下？"

郑主任给他们让坐，说："嗯，有事请讲！"

康旭语调舒缓、但态度明朗地说："请您转告严总，按报社行规运作流程的要求，这次我们来，是需要先签一份正式合同。过了元旦节，报社的广告费就要涨价了，现在签单，既可以为您公司节省一大笔宣传费用，又可赢得为你们宣传的时间。再说，还要帮您公司找品牌形象代言人，这也要在先签单的条件下花工夫运作。签了合同，对双方都有个制约，接下来工作才好推动，对不对？我们都是跑基层的，已大老远的跑来了，目的就是签合同。还有，今天下午，请安排一下，我们要到严总办公室采访，您看如何？"

郑主任看上去没有反驳的理由，迟疑一下，拿起座机给老板严总打了电话，阐明了他们工作流程和签约的必要，从对话中，可以听出严总是同意签单的。

康旭催促毕总拿出已事先准备好的标准版合同，用《凯州商务早报》"梦想桃园"的部门合同与"佳栋"家具公司签署了广告发布合同，并负责寻找一位当红影视男演员担任"佳栋"品牌形象代言人。由康旭填好金额数据，毕总和郑主任分别代表双方在合同上签了字，甲乙双方盖了公章，今天出师告捷……

康旭在反省自己，是否在疲于奔命中"骑马找马"，是否自持病态的抑郁和"强作愁"性格，对眼前的点滴快乐始终视而不见？承受激变和磨难的潜在能量，这个城市的成功代际复制率很高，为维持工作室的协作与和谐，他尽量默默地在屈从中才不显尴尬，先学会从众，再与众不同。

毕行舟背地里用富兰克林名言剖析他："搞不懂他是好高骛远，还是自命不凡！对于不知足的人，没有一把椅子坐着是舒服的。"

那天，康旭坐在办公桌前写稿子，但有两位男人在看他，那是饶有趣味的窥视。毕行舟在几个员工面前一边来回转悠，一边亦喜亦嗔地说："你们啊，大家都要向富主编学习，要大胆地去拓展市场，心里建设要完整，不要做了广告就大喜过望，没签到就万劫不复，瞎折腾一通，觉得被全世界抛弃了，两眼一团漆黑，一点记者的修炼和素质都没有，一点奋战的激情都没有……"

"这不是含沙射影骂我吗？"康旭不仅仅局限于愤懑，这次搞定"佳栋"，他功不可没，可毕总还拿话刺他，反而更欣赏锐凯。

口号再喊得冠冕堂皇也没用，签单挣钱才是永远的主题。签不回单的康旭眼看着自己的人生梦朝着庸俗化、功利化的深渊坠落，仿佛唯有签单才有脸对他烂尾人生作唯一的修复，这几天，签单这件事，简直就在他的脑海里狂轰乱炸……

搞定"佳栋"后的这几天，毕行舟看了每个员工都是眉开眼笑的，再也没有取下眼镜，在擦拭眼镜时用眼白瞅人了，这几天中午吃免费工作餐的标准也提高了，由每人6元涨到每人10元，据说月底还要追加奖金。

这里没有"行到水穷处，坐看云起时"的清逸与禅意，都在纷繁和喧嚣着"钞票"。为了签单创收，康旭表面波澜不惊，却在自己脑子里把原来经商时的客户都搜索一圈，调动一切能调动的资源，甚至连白慕仪和林歆月也用电话走了一番，哪怕是死乞白赖也要搞定一笔广告单子。

看来有了转机，林歆月提供了一大创收的线索，她姑父是凯州市18中的语文老师，因评职称必须要在国家级、省市级报纸杂志发表一篇论文，他因多次向教育类杂志投稿都石沉大海，问能否花一点钱在《凯州商务早报》上刊登，并要求在原有的基础上作深度的挖掘，使论文更具厚重度。康旭满心欢喜，满口答应，只有拉回广告，创了收，他才有可能与锐凯抗衡，现在他唯有抓住毕行舟这根稻草，哪怕是光着身子裸奔，也在所不辞！

承载一份假意的感恩回馈，心里建设的完整性和反复的市场演练，产生了一定的回馈效应。无论林歆月的姑父多么不可一世，气焰多么嚣张，谩骂康旭抛弃他侄女的语言多么恶毒，他都是面带微笑，又是敬烟又是添茶续水，俯首帖耳，流露出的每句话都是恭维与感恩，什么"资深帅哥、资深文化人"地夸着，一向"自视清高"的她姑父丝毫不觉得牙酸肉麻，他只当把自己置身为一个讨好卖乖的戏剧角色，并从中悟出一种莫名而奇妙的快乐。

康旭不得不承认，林歆月姑父的优越感来自在国家级中学当教务处主任，端的是"铁饭碗"，又是灵魂工程师，能活出自己的精彩人生。

通过自我公关演练，康旭成功地说服林歆月姑父在《凯州商务早报》的版面上发表晋级论文，并收取了版面费4800元。一直在发力促成这件事的林歆月脸都笑开了花，拍着康旭的肩膀说："我姑父一直夸你呢，说你以前当老板也好，现在干记者也好，都白活了，若去当演员，一定走红！"

报社版面，是他潜心耕耘的"一亩三分地"，他要确保这片地"稻花飘香"或"生金出银"，就要到社会上去"捞鱼"来滋养它。当他把创收款交给毕行舟时，心里多了一份踏实感。毕行舟也按报社的内部管理机制把提成当面返还给他……

魏启勃的《慕来巷》杂志社与毕行舟现在的"梦想桃园"用人的最大区别是：魏总的管理模式是"打你几鞭子，不给你吃几颗枣子"；而毕行舟则是应用人性化管理，该谁的报酬"三下五除二"，立竿见影当面兑现。

锐凯不会写文章，康旭想隔岸观火，可做不到。没过几天，毕行舟作了一番思想斗争，才找康旭单独谈话，用一句"千磨万击还坚劲，任尔东西南北风"压阵，建议他替代锐凯写文章，原则是业绩提成归锐凯，稿费归他，这无形中让他扮演锐凯"枪手"角色。从那一刻开始，锐凯看他的眼神多了一份隐晦与敲打，多了一份对金钱和名利的无止境追逐……因为难以把握尺度，康旭在报社运作中陷入难以言说的惶惑与郁积。

黯淡入夜，独掌孤灯，整夜无法安眠，总是心绪难定地在窗台前徘徊，毕行舟的话一直在耳边萦绕，"报社专题文章上打你的名，写锐凯的文章也打他的名，工作室是一个团队，大家要齐头共进……"本人的原创文章凭啥要署他的名？这不是侵权吗？这不是明显偏袒他吗？"佳栋"公司签个大单，他在关键时刻挺身而出，搞定了此单，却跟他没半毛钱的关系，没拿一毛钱提成。一想到这里，康旭就气不打一处来，随时都可能一头栽下去……

康旭点灯费蜡写"佳栋"文章刊发出报那天，"佳栋"老板来了，整个工作室像欢度新春一样，大家欢歌载舞，呼亲唤友，大快朵颐。能否这么理解，只因康旭，为报社工作室做来"佳栋"广告大单！一种与老毕报社工作室荣辱与共的荣耀感油然而生，康旭感到自己能者多劳、负载太重，难以全心身地匹配记者这个"无冕之王"的荣耀，他为自己做出这种心底排斥锐凯的狭隘放荡的行为感到忏悔。从此，"我是《凯州商务早报》记者，"俨然成为一个炫酷的标杆，持续占领了他的灵魂高地，并在后来的金色年华中历久弥心。以至于第二年，当《凯州商务早报》作为一个地摊报被市场吞噬时，康旭还在心境纯净地追寻那份被历史唾弃的报社，甚至质疑自己信仰出了问题。

当他在黑暗中摸索之际，在这次创收是林歆月帮忙找的，条件是要他帮忙把她从淯水油厂调出来，来投奔毕行舟工作室，事情很明摆一锐凯戳在那儿梗着，康旭成了"猪八戒照镜子，里外不是人。"

十五、情感回流

　　康旭认定自己命运不堪，林歆月却把他视若生命。在康旭成功做单，尚未得瑟之际，林歆月来找他了，不仅源于她帮他搞定一单广告，也是她蛰伏在灵魂深处萌动着某种复活，一种观念在叩击她，"一念天堂，一念地狱。你的心在哪里，幸福就在哪里！"每个人都活得很现实，随时都在削减脑袋找机遇，用饿狼似的眼睛猎艳，纯粹的男性文化更多用性感觉选择性感女人，而纯粹的女性文化更多地用性韵味与男人并存。一个真正的"纯爷们"，往往用性快感认同女人的魅力，在情感中更多地用纵欲、激情和销魂的感觉与女人相拥，而拥有实战体验的男人，更是在耳鬓厮磨中定夺婚姻获得感的走向。压抑已久的中年男人欲火中烧，恰巧碰到投还送抱的女人，乘机颠龙倒凤，尤其是曾经与自己同床共枕一年多的女人，就算再续前缘上床，也不会背上"玩"一夜情的骂名，只算用原来的旧船票重登昔日的旧客船，"涛声依旧"也罢，"露水夫妻"也罢，一切诟病的笑谈，都将付诸流水……

　　尤其像康旭这样被城市边缘化人，在处理感情中玩世不恭，他像众多鳏夫一样意淫，他偏不按常规出牌，他偏要看这个离他而去的女人，用玩何种招数把自己"拿下"？

　　这种悖逆的"拿下"的症结在，这类承载放纵与泄愤的荒唐，对于这个世风日下、人心不古的城市，已不再是桃色新闻了，坐怀不乱反而才是新闻！孤男寡女待在一室，不发生那种鲜廉寡耻的事，那才是匪夷所思的新闻，这种事不再骇人听闻，大家都已司空见惯了，并非某男某女一起就大逆不道！人们对这种玩世不恭、游戏人生的事持冷漠，特包容。"青山在人未老"，及时行乐，肆无忌惮的放纵，已根深蒂固地置换于心，道德观念枯竭，甚至没有道德底线！赤膊上阵的肉搏与撼动，竟未能产生廉耻感。

如果一个男人为摆脱鳏夫生活，满脑子精虫飞扬，撕下冠冕堂皇的遮羞布，深谙风花雪月的肉麻表达，不知涉足情感需要担当责任，直面有悖常理的唾弃，就难以用灵魂碰撞那份真感情，这时，男人抵御女色的把控力就会削减，其周期性沉湎其中的销魂频率就会持续增强。

那天是周末，一个寒冷阴霾的迟暮黄昏，家门口公路两旁的树枝在凛冽的寒风中呼啸着，冷空气拍打着来往行人通红的面庞。

康旭拖住疲惫而孤寂的身影，独自奔走在下班回家的路上，当他刚要掏出钥匙开门进屋时，一个"波涛汹涌"、暗香浮动的女人从围墙暗处"嗖"窜了出来，拍了一下他的肩膀，问："哇呀，人家等你好久了，冷不冷哦？"

康旭错愕地一惊，扭头细看，林歆月鬼魅鬼眼地戳在那里，脖子上的围巾在料峭的寒风中摇曳着，大惊失色，问："你怎么会在这儿？"

"咋啦，我不该在这儿？今天我表姐过生日，吃了晚饭就顺道过来了……"林歆月眼里喷着柔肠百转特有的爱恨情仇，她早已胸有成竹，鼓足勇气，与其说她把自己曾一度蛰伏的情感送上门来，不如说她像虎妞彪悍纠缠似的剑拔弩张，来找单身汉康旭，反正，那架势，她今天已豁出去了！

"惊风火扯的。你来以前也不先打个电话？"

"哎哟，你有好大的官嘛，见个面还得预约？人家不是想给你一个惊喜吗？打这种电话好无聊哦，容易搞复杂，搞变味滴！"

康旭心里连连叫苦，可他们昔日的"周末喜相逢"已打入史册，彻底翻篇了……远处居民楼里流淌着那首人们耳熟能详的《涛声依旧》——"那张旧船票，能否登上你的客船"。

"她离开三年多了，还想上船涛声依旧？这么冷，总不能把人家拒之门外，这该如何是好？"康旭听罢歌有些许触动，好不怅惘，看她那架势，不要她进门，她就会一直戳在门口，让她进来吧，孤男寡女的，不怕被邻居戳脊梁骨？

康旭迟疑片刻，打开了门，林歆月一顺溜地就钻了进去。然后上楼，熟练地随手拖起一张围腰帕拴起，进厨房做饭，一会儿，两菜一汤、热腾腾的米饭就端了上来，"女主内"典型的家庭适用型妇女形象再次原音重现……康旭在惊魂未定之余，额角和手心都紧张得冒出汗来，暗想，"兵来将挡，水来土掩！我一个大男人今晚偏要看你如何出招，给我下套，把我绕进去？"

严格地说，按家庭主妇的标准，林歆月一直做得很到位，可就是与她找不到生活与文化志趣的交织点，现在感觉她有股倔强劲，要么是被人在背后挑拨鼓捣下，受了某种刺激，要么是邪魂附体似的意情迷乱……康旭真是雾里看花了！.

"你在老魏总那儿干得还好吗？"康旭边吃边问。

"我都快要憋疯了……你晓得，老魏安排我去给香油厂工人煮饭，那里到处是馊泔水的恶臭味，到处都有病毒气体在散发……"林歆月一边用拖帕拖地，一边嘴里直接切入主题，"看得出来，这世上只有你心痛我。我现在后悔当初离开了你，我知道我配不过你，可是我们至今还互相牵挂、藕断丝连，对吧？婚姻是命中孽缘，这次你我再次相逢，证明你我缘分还在……你再给我一个机会吧，行吗？"林歆月无序地来回走动，心不在焉地拖地，憋屈已久的表白，爽快地流露出来，使她面如桃花，那股风摆杨柳浪摆劲儿旋即就上来了；康旭立马破解她这股"劲头"的力量源头，他想起了影视剧那句"无耻才能无敌"，"实力厚不如脸皮厚"的台词，没有一丝"众里寻他千百度，那人却在灯火阑珊处"的惊艳，只好独自坐在那里发痴发呆。

林歆月脱掉外套，身穿一间粉红色的羊毛绒毛衣，衣服上那些炫酷的彩色珠子在灯光下摇曳闪亮，"春潮涌动"的前胸勾勒出曼妙的倩影，传递今晚她不可抗拒的"化腐朽为神奇"的力量，因亢奋而扑闪着的眼睛和红扑扑的脸，点活了她稍显僵持愚钝的表情，让康旭不由得有些许怦然心动，极力下沉的心又突地浮起……

康旭显得不自在了，先是站了起来，但又觉得不对劲，又坐在那儿，垂下脑袋，竭力把控自己的放纵与冲动，然后双手放在两腿之间，胸膛砰砰地狂跳，似乎想刻意掩饰欲望，或者捂住什么，不至于让男人颜面全无，让自己的致命弱点暴露无遗。又大口喝水，压抑那股邪火，神情寂寥而纠结，一副道貌岸然的假面。他抬头望着光线柔和暧昧的灯光，以及窗外洒满星光的湛蓝天空，窗外蒙上一层莫测高深的光晕……天上星星忽闪着洞悉红尘的眼睛，寓意深奥地像在鼓励他肆意捣腾。这时，康旭蓦然纳闷，女人哪来的驱动力，试图重拾

已逝的旧爱。如果二人潮水决堤、赤裸相向，彼此"偷食禁果"，将情以何堪？

追本溯源，她帮康旭签单，业绩"开壶"，拉近了彼此之间的距离，可爱情它是个难题，让人目眩神迷，可一个白慕仪已经占据了他的全部身心，他俩的爱已成往事，已彻底"翻篇"了。康旭此时既愚钝又惶惑，有必要去做无谓的抗争吗？有必要苛求一个四十多岁的鳏夫清

高自洁，坐怀不乱吗？该来的，谁也拗不过天，一切都由上苍安排……今晚是不是深情相拥，他搞不懂！纵然记忆抹不去，就算爱与恨都还在心里，也要给她做一个彻底的了断，彻底与往事干杯！

记得林歆月刚进魏总的公司，臆想凭貌美与性感的双重优势，凭丰乳肥臀，便可占据"摸奶巷"的半壁江山。性感、秀气可餐，是她让魏总难以把持的本钱，可因"垮床"事件，魏总嫌弃她"晦气"，是个扫把星。康旭对此气得牙根打鼓，恨只恨，在那天的"垮床"事件中，没让老魏吓得真正的心肌梗死、彻底暴毙，已是奇迹了。康旭从洗手间慌张迟疑地走出来，脸上的笑容刚露一半，就僵持凝固了，眼前定格的情景，使他心旗摇动—林歆月像剥"洋葱"似的剥掉了上装，毫无顾忌在他面前一览无遗，正准备进洗手间洗澡，痴迷且僵持的媚笑，向他蓦然投来勾心摄魂的惊鸿一瞥，故意与他擦身而过，步态轻盈地进了洗手间，这种散发性感女人独特魅力的招数，早已在三年前曾演绎得淋漓尽致……

康旭体内有股邪火，在嚓吧嚓吧地升腾燃烧，也不知她在演戏，还是准备"女为悦己者容"，暗自在渐次升腾起来的欲望与责任的撕咬中决绝、撕裂与交织……自从三年前与她柔情"断档"后，除了"花月痕"的红帽女郎，再也没沾染过女人，当初惊涛骇浪的"周末喜相逢"，"爱潮涌动"，渐渐地就回归到了疲惫与厌倦，"求生不能，求死不成"的他，感觉男人功能是否像电力不足的手电筒，因零件老化或激战无门而躲在阴暗角落里雄风不再了，若不及时再找一个女人来充电，充分激活生命能源，恐怕那种荷尔蒙功能体，就被吞噬，从被压抑到被湮灭。

在浴盆里浸泡的林歆月，做了个深呼吸，咬紧嘴唇，感觉浑身在喷涌呼啸，记忆中与康旭在一起的那些粉红色的仲夏夜，被彻底苏醒了，这几年她的青春年华，大多付诸水流，今天，她有脾气用自己的身体慰藉康旭，给深爱的男人一个酣畅淋漓的销魂之夜……这世界唯有他才是老天奉送给她的真命天子，谁也休想夺走他，唯有他才有天然体魄与她般配、婚恋……一想起他那非洲猛男的黝黑威猛，她浑身春心荡漾、血液狂飙……这几年，在魂牵梦绕中，忘不了他，一副成熟男人健美壮硕的古铜色肤色的身躯，手感丰润，色泽膨胀，哇塞，她乍地脸热心跳，浑身燥热，她要立刻张开双臂把他融化在温柔的怀抱里……

林歆月赤身裸体地走出洗手间，眼波清澈，宛如碧水般的静幽地流淌……傻愣在那儿的康旭，正在拷问自己是否对她有真爱时，可在惊艳之余，确能感知来自对方即将袭来的主动彪悍的香吻……反正今夜无眠，她敢如此肆无忌惮，他就敢让她体验他的"硬件功能"。他提醒自己理智一点，突然萌生一个先与她做一次深度交谈的念头，决定给四肢发达、脑袋缺根筋的她，好好"洗个脑"。但感性的东西往往输给人性化的东西。在感性与理性碰撞时，往往是蕴含原始特质、人性化的感性胜出，感性生出肆意放纵、丧失理智。她从洗手间一走出来，扑上来就急于展示"御夫"功底，她是那么不懂矜持、轻车熟路、赤膊上阵直奔主题，未作一丝迟疑，她已用她红樱桃似的性感嘴唇贴住他，他希望来点气氛融洽的前奏、先倾述一番，把她红杏似的舌头伸进他嘴里，然后肆无忌惮地缠绕他的舌头，弄得他像磁铁般地被粘贴住，想一把推开她，可心跳频率比热吻还强烈，欲罢不能，随即嗅到她口腔喷出的酒精气味，推开她，忙问："你喝酒了？在哪儿学的哦，技巧娴熟，借酒壮胆，是不是想活剥了我？"

"嗯啦，你也该喝酒了，要不，就彻底废掉了！"

林歆月说罢，就没再吭声了。竟有"枯木逢春"之感。他已能感触她眼睛的湿润，一下子就心软了，来自体内的荷尔蒙燃烧炽烈起来，一对"苦命人"的颈脖子都芒果似的通红。

康旭故作淡定地架起二郎腿，坐在床沿上，揣测着今晚这个女人用何种招数来撩拨他……没有一丝甜言蜜语撩拨与欺哄，她反倒主动出击了，豁出去了，以此肉搏，唤醒自己失去的情感，反正没有更好的选择了，拼命把三年多的朝思暮想转化成今晚的花好月圆，先饿狼似的扑倒他，然后最终"拿下"他，用她的"旧船票"再上与他双栖双宿的"旧客船"。她见他还在惶惑、迟疑，就野蛮粗暴地让他突破底线，幻觉中一片粉红色的闪电划过，她对他像"剥洋葱"似的剥光了……炫彩而摇曳的灯光下，那威武健硕的健美腹肌一览无余了……她眯起渴求与陶醉的眼睛，穷追猛打，像野兽捕食般地扑上去，顺手把他拖到体位适合的床楞上，以迅雷不及掩耳之势，犹如自行车打气般地"立桩"似的嵌入……她紧闭双眼，频率加速地挪腾辗转……

康旭已被她带入，渐入佳境，开初应对她"干体力活"，无法推开那堵活色生香的肉墙，浑身躁动，受其与时剧增的欲望驱使，他只好本能地随她感觉走了。旋即，以锐不可当之势，火急火燎地顺势威猛地把她扑倒在床，一阵狂风骤雨，人间焰火回馈他的耕耘……随着纵深而有节奏感的捣腾，三年来干枯欲裂的健硕身体，最终得以春风雨露般的滋润……随着幸福沸点在荡气回肠中成功抵达，她又忙不迭地拾起一根橡皮筋，拴起她的披肩卷发，折腾得身下男人齿唇间发出舒爽且浑厚的呢喃……

从辗转悱恻的亲吻，到激情燃烧的释放，两人在交合中爱意增温，热度在沉醉中增至沸腾点，欲与情相融抵达巅峰彼岸……但她干"体力活"的技巧，从哪里学来的？跟以前一样的彪悍，捣腾"干活"却比以前更胜一筹，一个声浪盖过另一个声浪，声声喊魂催魄唤春风，他被她浪荡之声弄得欲火焚身、欲罢不能。突然心里"咯噔"一下，脑海浮现她在"花月痕"的情景，觉得这个"御夫"高手多半把玩过许多男人，甚至怀疑她这些床上功夫来自于淫秽的"花月痕"，既让他不寒而栗，又幸福洋溢。办完事后，他浑身像被高压电击过的酥麻温润，竟产生一种翻越千山万壑般的抽粟与痉挛……

星移斗转，时空交错。到了早晨，昨夜一场恰逢甘露似的透雨，将这座城市多日来的积郁与阴霾洗涤一空，旭日初升，新一天的阳光透过幽梦般的翠绿窗帘投射进卧室里，继而，在房间里流淌一种花好月圆般的粉红色的余温。

林歆月从香梦中醒来，睁开一瞳剪帘般的双眼，双眸里透出一种明澈之气，蠢蠢欲动地再次靠近他，如饥似渴地瞅着他，犹如瞅着餐桌上剩下的可口美食　喃喃地自语，康旭没听清她在说什么。

康旭在那一刻，还在回味悠长辗转反侧，便起身用靠垫把脊背靠在床沿上，顺手抽了一支香烟。幽蓝底色的牡丹花铺盖滑落至下腹，窗外一注斑驳的晨光投射在他赤身胴体上，麦粒色似的刚毅肌肤，雄姿勃发地洋溢着他作为壮年男人的性感阳刚，俊朗陡峭的脸庞如同精雕细刻般的轮廓分明，腹部凸现出的六块腹肌，更威猛地迸发着宛若千山万壑般的健硕之美。

康旭想蜷缩在被窝里，想再睡一个回笼觉，惬意慵懒地落个心地清净。或许，昨晚的轮番决战，让他略感困乏和疲惫，这时他的右肩亮在外面，旁边的床位已经空着了，女人已进厨房准备丰盛的早餐。往日那种司空见惯的空缺感，便从他厚实的右肩向心灵深处蔓延开来……

他俩再续前缘，一夜贪欢，看似悖逆。在这里，无须用传统文化的视角过度框定婚外的恋情，或过度强调女人对旧爱的痴狂，无须刻意有悖人性地造成男女上半身与下半身的碎片化的对立，无需拂逆双方的初心。一个有健康上半身、也有隐秘下半身的成熟女人，一定也会与一个上下俱全的男人迸发火花，而因原始欲望驱动，一个不用上半身思维的男人，或许一般会触碰一个非理性下半身的女人，让生命不留下遗憾，不白活一回；有些男人一旦与女人的下半身发生关系，那个女人就会跟他"一条道走到黑"，直抵生命的尽头。

正当虚妄的康旭对男女情愫产生无尽的遐想时，厨房里飘来了林歆月下厨做好的早餐香味。

"滴滴……"康旭打个激灵，舒展地从被窝里伸出手臂，拿起床头柜上的手机一看，无巧不成书，恰在这节骨眼儿上，白慕仪打来了极不合适的电话—来得太不是时候了。

"你好，这么早，请问打电话有何指示？"

当康旭尴尬地确定是另一个女人找他时，探头望了望厨房，心里有些惊魂未定，尤其是此情此景—办了丰润的"香妃"，"天后"又从天而降，哇塞，康旭质疑自己真成了"播种机"了！

围着围腰帕的林歆月从厨房里噔噔地跑了出来，忙问："这么早，谁打电话找你？"

"嘟嘟……"那边白慕仪冷不丁地把电话挂断了。

林歆月的声音，无疑是让白慕仪听见了。

真是大煞风景。生活由来就比影视剧还狗血！

康旭心情有些受挫，感觉被杂志社魏总骂为是"扫把星"的她，此时一下子让他倒抽一口冷气，昨夜意外的花好月圆已是荡然无存。

康旭对此极敏感，是白慕仪？不错，一定是她听到了女人的声音，便匆匆把电话挂断了，但他仍能从手机连线中听出了那种令人销魂的嘴唇的熟悉气息。

他用手机里的来电显示拨了同样的号码，通了，但对方没有回应。

"莫名其妙……"他无可奈何地独自摇头。

自从上次白慕仪来凯州送回他的名牌雅戈尔西服后，他在下班后在夕阳的余晖下散步时，就自动形成一个习惯，一旦遇到工作难题，就在第一时间拨打她的电话，与她探讨。他抑制不住，常在清晨被窝里赖床手淫时，脑子里天女散花般地浮现她的倩影；常在夜不能寐中，痴情地怀想美女导游游山玩水的多彩生活，常质疑自己又是如何获取她的芳心，其性格与当下社会难以融合的他，他都搞不懂她钟情于他哪一点？

康旭用手机再次拨通对方的号码，在与白慕仪连线后，他竟紧张得气喘如牛，就像在和另一个女人上床那种感觉，他没敢吱声，双手颤抖着，竟无意挂断了电话。

康旭心里痒痒的，心灵深处刚浮起一种幸福感，旋即又被另

一种自责感代替。觉得上苍长眼，感觉美女导游从未从他身边消失过，已满满地占据了他的整个心灵；她似乎又在暗中窥视他，她现在一定听到了他身边另个女人的声音，不接电话是为了惩罚他的荒淫无度。

林歆月把早餐端上桌子，过来招呼他起床吃饭了。

林歆月走进房间，坐在床沿上，问："是不是又有女人给你打电话？你可不要吃了碗里，又望着锅里哈？"

窗外投射进来的光影凝固起来，眼望康旭坐在床上成熟健壮的侧影和陡峭俊朗的脸孔，在林歆月看来，从昨晚她的床第之欢起，康旭就应该完整地属于她了，他们三年前的感情生活从放纵滥情的那一刻就注定要复合了，若有另一个女人来骚扰，她就立马废了她！

"刚才，谁给你打电话？"

"没有呀，一大清早的，可能是推销保险的！"

康旭一想到眼前这个女人既性感又丰满，既体贴又野蛮，想到昨晚她的那几招，相比两个女人各有其韵味和魅力，他心里也不知应该属于哪一个，对她过去存在一丝丝怨恨和防线似乎在刹那间坍塌崩溃了。他不敢奢求同时拥有两个女人，他重温美女导游在一起厮守的美好情景，竟有一种泪水悄然滑落的冲动。

"对了，今天周日，她一定是到凯州了，想打电话约我出去度周末……"康旭又一个激灵，放下手上的碗筷，他喜庆自己的心智和城府，不能让这个野蛮女人看出破绽，随即就进了洗手间。

他趁上洗手间之机时，给白慕仪重拨了电话。

林歆月踮起脚尖在门前偷听。康旭一出来，她就抓住他的衣襟，就破口大骂："看不出来，三年不在一起，你变了，变成了空心花萝卜、采花大盗！"

"不要乱说，好不好？我敢保证你走了三年，你一直从未出去晃过！你自以为你好纯洁，你不是在'花月痕'干过？你不是把老魏的床压垮过吗？还好意思给我洗脑！"

林歆月一甩波浪卷发，鼻子哼哼地说："我找魏总是为了气你，他也没有占到我的便宜。这事你还气不过，说明你嫉妒他，还在乎我！只要你我不计前嫌、重归于好，我以后除了你，另外的男人我看都不看一眼，行了吧？"

"不好意思，本人没那么好的福气！"

林歆月抢白他："你不要吊儿郎当的，我说的是我们俩的终身大事！"康旭看得出昨晚这个女人的实战演练，使她倾其所能地真正地爱一回，所以现在轮到她底气十足的发泄一通。

"终身大事？我最讨厌说这个，我现在没资格谈终身大事！"康旭回敬道。

"哎哟喂，下了床你就不认了？我不管，你一个大男人，是不是应该敢作敢当？"

"那你说该咋办？你总不能用锁把我连在你裤腰上吧？"紧接着他脸色一沉，说，"不好意思，今天我约了客户，失陪了……"

"呵呵，重口味哩，任性哩！该不会这边被窝气味还是热的，那边又猫叫春喊你上床了吧？想拍屁股走人？"

"你话说咋那么难听在？再美好的事，进了你破嘴就整变味了。没文化！小时候你爸叫你读书，你跑去跳橡皮筋，现在说话那么粗俗不堪！"

"除了没文化，我那点配不过你？不要以为你进了报社，就一飞冲天了？告诉你，我要你介绍我到你们报社上班，帮不帮忙？"

"我们那儿又不要人煮饭、扫地，做后勤已有人了，其工作你又搞不懂。"

"我可以给你们老总开车噻。"

"又想给老总投怀送抱，就晓得你好这口？告诉你，我们工作室毕总租的是他姨姐的房子，人家是省级媒体的有军衔的退休干部，是中国作家协会会员，品性口啤好得很，你以为每个老板都像魏骚棍那样的下三烂！再说，我们工作室目前还没有配置汽车。"

"你不想帮忙，好啊，那我就去找锐凯，到时候你别后悔！"

"你去呀，去送货上门呗！他和老婆刚好离婚，正需要，去呀！"

这话一说出口，康旭就想打自己的耳光，难道这不绝情，对她不无暗示作用吗？难道他惊讶她的野蛮之余没有生出些许喜欢吗？难道他从不担忧一个有肌肤之亲的女人在物欲望纵横的阑珊夜晚，被一群酒精壮胆的流氓围攻所潜藏的惨剧吗？

康旭对自己的口无遮拦有些悔意。

"拿给你'吃饱'了，你又来劲了？送货上门，我愿意，你管得着吗？"林歆月提起她的坤包一扭身就冲出门去。

康旭拉着她，铿锵有力地给她"洗脑"："你听好了，不是我薄情寡义，你以为自甘堕落，就可以解决婚姻问题吗？那是你太愚昧、太单纯，脑子被门缝夹扁了！请不要动不动就用跟男人上床来报复我，卖春是要收钱的，进城的打工妹也要活出一种尊严！"

"卖春是要收钱的？你给我钱了吗？"林歆月就站在门口气急败坏地吼。

"你不是上了老魏的贼船了吗？拿去—"

康旭摸出一百元，递给她，轻声说："善意地劝你一句，不是给的过夜钱，是给你喊出租的钱！"

林歆月舞动兰花指愤怒地把那钱扔掉了，那一张"红瓦皮"钞票随风摇曳。她骂道："你混蛋！想践踏我？信不信，老娘告你性侵，送你蹲班房！"凛冽的寒风把她的披肩卷发撩拨得遮住了半边脸，亦步亦趋地走着……

"你以为警察是白痴？有在我自家房间里的床上的性侵吗？"

她一边甩动坤包，一边还在哭泣，康旭不宜过多责怪她。她骂道："遇到你这样的混账男人，倒八辈子血霉了，狼心狗肺，专捡女人的便宜，你根本就是打光棍的命！没有担当的男人还算男人吗？"

林歆月骂骂咧咧，频爆粗口。康旭望着她的背影，没有情绪再强词夺理。三年前的朝夕相处也是这样，前一个晚上爱得缠绵悱恻、死去活来，过后又吵得不可开交。康旭哪里知道，现在这个女人今非昔比，绝非像无知妇孺，像祥林嫂那样逢人就说"我真傻，我们阿毛如何……"除了文化层面的弱势，她有女汉子的脾气，恨不得在他每根胡须上都

204

刮一层油来。

　　康旭忍受不了强势彪悍的女人，尤其无法宽容和忍受她人前人后的大呼小叫！做什么都得有个度，昨晚的感觉是不是找错了，该不会出什么事吧？康旭在门外打了个激灵，哎哎，权当昨晚就是"一场游戏一场梦"吧，忽然又仿佛听到了一个来自心灵深处的声音，保留自己本真个性，不折不挠地走自己的路。

十六、孤帆远影碧空尽

　　煞费心机重续前缘，搭进身体，却收获这样的恶语相加，让林歆月颜面尽失，气得牙齿磕砰砰地响，对康旭恨之入骨，盘算着如何伺机报复；康旭属于"鸭子死了嘴壳硬"的货色，临出门前，出言不逊，与林歆月一阵恶吵，就图个一时过嘴瘾，图个"冒皮皮打飞机"的爽快，口无遮拦，把自己的意志强加在她身上，事后又懊悔莫及。过去经常读一些中外文学名著，康旭曾被某些男主人公富于独有个性的创举所感动，他梳理好心情，面带微笑地去赴白慕仪的温馨约会，他此时感觉那些男主人公正神秘地游离在他身边，并且用赞赏的目光给电力十足的他举拳加油，他要像那些男主人公那样，转换角色，去张开双臂拥抱生命的馈赠，奔赴等待已久的心灵之约。

　　"盛夏骄阳"公园门口，康旭与白慕仪就像一对夫妻短暂分离又喜相逢了，相见甚欢地打招呼，丝毫没有一点矜持和难为情。他远远地看见她站在一棵榕树下。他乘坐的火三轮一拐，陡峭健硕的面庞就稳稳地出现在她的面前，或许他对她的感情已不只停留在被拯救或感恩戴德的层面上了，那种"煲电话粥"似的恋爱长跑已经过于老土了，还有发短信的拙劣交流方式只能传递的无尽牵挂，这种欲擒故纵，确有种隔靴搔痒的无奈，他确实想找机会把一直高悬在空中的彩虹捕捉下来，对她一直魂牵梦绕，这是他们第三次共赴的感情盛宴……

这里蕴含有江岸救命之恩作垫底，就算她带团旅游，又怎会江岸巧遇他，可她独有的风情万种偏要钟情于他那一种，通过昨晚与那位丰饶女人的"真枪实炮"的技能施展，似乎还萌动着一触即发的欲望延展，爱就爱她个酣畅淋漓，爱她个荡气回肠……但此女非彼女，火候不到位，"霸王上弓硬"相逼，直奔主题，除了弄得无地自容、颜面尽失、前功尽弃，还让人家以为自己是狂躁症患者哩……

康旭仰慕"天后"，不像林歆月似的庸脂俗粉，她用"大女人"的超凡智慧引领他未来逆袭的航向。报社毕行舟要他去拓展广告创收市场，他却跑到公园里来开辟"左怀右抱"的婚恋市场，职场要他哭，生活要他笑，他也不明白是笑着哭，还是哭着笑，反正今天他即便用比哭还难看的笑，面对这位救赎他的女人。

他们手牵手，徜徉在飞花逐翠、渔舟浅唱的玫瑰湖畔，接着他们找了一个公园椅子双双坐下。白慕仪剜了一眼康旭，那神情像是把他的五脏六肺看穿似的，康旭没有承接她的目光，先俯首帖耳，再仰头看护城河上人来车往的彩虹桥。白慕仪若有所思地问："今天早上，我给你打电话，听到一个女人在说话，你该不会金屋藏娇吧？"

康旭犹如听到命运的鞭挞，站起来撒个善意的谎，回答："你听到的，可能是电视里的声音吧。"然后轻吻她一下，"管她是谁，最重要的事，我的天后美女降临了，没有比这个更重要的了，对不对？"

"其他没长进，嘴巴倒是修炼出来了哈！看在你甜言蜜语的份上，今天我就不私设公堂，暂且饶恕你吧！反正你们男人做这种事像喝矿泉水……"然后白慕仪低沉地感叹一声，"嗨，这个充满诱惑的时代，你们男人最容易变坏！"

绕来绕去，她还是在怀疑！

康旭说："我不在'变坏男人'之列哈！这个说多了，有欲盖弥彰之嫌。改天我再作详细解释。"白慕仪笑了，她一笑，那绷紧在鼻梁两侧摇曳的雀斑就彻底飘散了，风姿卓约的笑靥顿时显得意味深长。

康旭唯恐来不及消除她的揣测，昨晚"上床"的风声鹤唳已渐行渐远，迫不及待地想再作解释，又怕节外生枝，她在乎他，就会默默地心疼他，若她厌恶他，再多的解释都于事无补。既然他对她有爱的强大定力，他就不必虚伪地表白他的坐怀不乱，只想情感的壁立千仞，曲意承欢只为遥寄相思于千里之外……

康旭深知，在居高临下的救命恩人面前，他的惟我独尊是没有市场的。他滑溜溜从椅子站起来，把胸口拍得砰砰响，说："我的小命都是你救的，就算我想放纵，但我有那色心也没那色胆哇！你就不想想，嫖妓是要付费的，我哪有钱呢？"

"你没钱，人家就不能主动送货上门？现在出钱找男人的女人大有人在！"白慕仪扑闪着她洞悉一切的眼光，再切入他的眼光，电力十足。

康旭被电得浑身哆嗦，苦涩一笑，自嘲地说："照你这么说，我不是成了男妓了？"

白慕仪忍俊不住地笑了，说："在外面跑的男人，还有几个懂鲜廉寡耻的了？"

康旭已无招架之势，只剩下苟延残喘的份了，忙拍拍她的手说："哎哎，能不能不要再围追堵截了，这种事，越描越黑？"

康旭不想拂逆愿景、风雨如晦。他暗自思忖，我就不相信昨晚那场"周末喜相逢"的气息你能嗅到？男人的生命轨迹就像是一盆大杂烩，酸甜苦辣咸麻样样齐全，如果再缺乏相亲相爱的这一调味品，真正活不出男人的本真！

他们享受冬日暖阳的惬意照拂，起身在花团锦簇的绿色长廊上漫步。突然，一个小孩从他们牵手的身子之间撞了过来，他忙不叠地松开她的手，心里冷丁有一种莫名的刺痛。这奇妙的感觉让他有种惶惑与恐慌，道不尽对白慕仪的某种愧疚与自责……不过他心里马上又坦荡了，他鳏夫做困兽对决，哪怕承受再多的炼狱，也要终身不离不弃地与她厮守，一直到老。一想到昨晚因喝酒被强悍女设招"拿下"，他就觉得自己"没个男人样"！

今日的白慕仪，显得格外的端庄平静、神闲气定。康旭似笑非笑地说："说真的，你好久都没电话跟踪我了！"

白慕仪娇嗔地甩开他的手，一种逆反的奇妙感觉以前从未曾萌动过，觉得男人的事业根基最重要，就说："我又不是你人生的专职测算师、命运导师，懒得管那么宽。你现在在报社当副主编，工作还适应吧？"

"生活由来逼人。还好，一大把年纪了，没太多贪欲，无欲则刚，总算遇到了一个懂我的上司，你说我活得多容易吗？"

"就是说，你很满意目前的工作？你浑身带刺、一身反骨的毛病，也该改一改了，跟真正的文化人打交道，既不要太谦恭，又不要太强势，用业绩说话，爱拼才会赢！"白慕仪端详他带着某种明星似的耳垂与手指，循循善诱地说。

"呃呃，知道啦。有一种感觉总在失眠时，才承认是相思；有一种缘分总在梦醒后，才明白是永恒；有一种目光总在分手时，才感觉是眷恋；有一种心情总在离别后，才领悟伤不起……"康旭娓娓道来，让白慕仪觉得他事先准备的台词，又觉得话很投机，彼此能听到来自灵魂深处的呐喊。

白慕仪看似有些动情，但又故作不解地问："好肉麻哦，你别用网络烂诗来蛊惑我，我可不是迷茫青涩的小女孩！"

恰在此时，一辆豪华的雷克萨斯轿车开了过去，锃黑泛亮。车身外壳闪烁着浮华又流淌着时尚引领的风景线。公园两旁鳞次栉比的高楼大厦，豪华汽车的反光玻璃投射出远方彩虹般的立交桥，碧蓝色的天空，行色匆匆、熙熙攘攘的人流，一幅日新月异、浮躁喧腾的城市繁华景象……

康旭奇异地发现，轿车上有一个熟悉的眼睛正看着他们，恍惚间还有人在拍照—

康旭喜欢她身上那种英姿飒爽的独特韵味。他用赞许的目光打量她，觉得她活得潇潇洒洒，在公司敢不要底薪，凭业绩证明自己。有人说导游就像导演，每天调配和管理四五十个游客，在游客面前要表现出广博的知识和高素质的综合协调能力，三十岁出头的女人每天在奔走的旅程上，吃饭如厕都没有规律，当别人在麻将桌上酣战和在沉迷于肉欲欢愉时，她还在旅途中处理游客的吃喝拉撒……

媒体曾有报道，女导游因旅行工作繁重，憋尿憋成尿毒症，这个年龄段的女人不善矫情浮躁，更需要呵护关爱，更需要法定意义上的由男人责任与安全双重支撑的憩息家园……他们渴望的爱情不仅要绽放出夏花般的绚烂，更要结出"爱情的最高形式"的婚姻硕果；而在凯州打拼的林歆月，或许历经过多次无疾而终的恋爱，再用原始的诱惑回到他的身旁，梦想再回到从前，他不过是她一时缺失的情爱填补品罢了，这与"天后"白慕仪相比，恰如张爱玲所说的"低到尘埃里"去了。

康旭觉得自己不过是在死神牙缝里捡回来的废人，那天当空的"孤帆骄阳"，宛如一片春风化雨后的云彩，在他的头顶上飘忽，缓缓飘荡出属于他与她骄阳正艳的梦的旷野。

他们走进繁华步行商贸街，钻进一栋豪华大楼的电梯里，然后牵手走进了一家川菜馆。

川菜馆外面有一棵树影婆娑的大槐树。当一对对恋人走过一棵绿意葱茏的树荫长廊，注定要收获一份好心情。当你有机会跟您所心仪的人快乐地聊天，怎能不感知满屋浪漫呢！……世上带你进入佳境的事物俯拾恰来，就连最有真切疼痛的男人，也喜欢夏花之绚烂，秋叶之静美。绝望时，您不妨看看日出东方的大海，看看孩子小苹果似的脸蛋，看看朝霞映照的荷叶上的晨露，看看草长莺飞的江岸，看看对你惊鸿一瞥、流转爱的睹目……

这间坐落在公园对门被称之为"骄阳"的餐馆，流光溢彩，偌大的厅堂全是粉红色格调。主人对环境设置显得匠心独运，这里注重的不只是美味佳肴，注重的是唤起人们对浪漫年华的追忆，以及沉湎于怀旧情调的回归，看似漫不经心的饰品与鲜花的点缀……让他俩一看即能领悟—看似粗糙自然中的精制与配置，蕴含着一种毫无痕迹的文化品质的雕琢与流淌，这一氛围，让他俩眼前仿佛又浮现那条江岸"孤帆远影碧空尽"的梦境……

刚落座的白慕仪打量他孔武俊朗的脸庞，尤其是他那宛如两个陡峭山峰拼凑的坚韧下巴，然后隔窗笑看绿黛远山，说："真会选地方，这个餐馆吃的不是饭，是吃环境，是吃文化，准能吃出一个好心情！"

"哦—"康旭看见，铺着粉红格子布幔的桌子上，他俩所在的桌号是九号，冷不丁想起他与林歆月三年前就在这张桌子上共进午餐……昨晚，为"涛声依旧"，她带着那种把命豁出去抢夺的色彩，利用没一点技术含量的攻势，让他就范，但这也难击毁他深爱白慕仪根深蒂固的感情城堡。

餐馆粉红色的窗幔一泻而下，在每个人脸上投映出一种粉红色的光晕，每个人都多一份靓丽。康旭脸色黝黑泛红，眼里似乎闪烁着希冀亢奋的曙光，轮廓分明的嘴角一直挂着欲望释放后一种成稳淡定，比以往成熟恬淡了许多，就连许久未曾谋面的白慕仪，都觉得他今天历经风雨后那种独特的雄姿勃发。

餐馆里往返的人都向他俩投以艳羡的目光。白慕仪说："从他们的目光里告诉我，今天你真的好帅！"

"这个嘛……"康旭诙谐而苦涩地一笑："一直就帅哈，只不过被底层生活的绝望与挫折压变形了……不说我了，还是说你吧！"

"说我，我有什么好说的？旅游八卦，还是'食之无味、弃之可惜'的怨妇故事？"

白慕仪诡秘地笑着，一道粉红光晕投射在她生动的脸庞上，她觉得新奇，康旭又有改变，谈吐和动作都有几分讲究，最惹眼的是，比一般男人多出一种儒雅的文化点缀……不过，她不会当面夸他。

"怨妇？有人说导游是吃青春饭的，你们的工作就是免费游山玩水，还说自己怨妇？还让我们这些做苦差的人活不活哦？"

康旭习惯性地摸了摸自己的上唇鲁迅似的八字胡，再移下摸着陡峭的下巴，盯着粉红色的窗幔看，幽默地说。

"嗯，嗯，记者也是吃青春饭的噻……"白慕仪略带调侃地嫣然一笑，"当然，我们跑导游的要考导游证，你们记者听说也要参加国家新闻出版署考试，那个镀金带钢印的记者证，就是你冲刺《凯州日报》的敲门砖，不忘初心，放得始终哦……"

康旭脸色陡然泛着红光说："我都没脸谈初心了，都磨疲了。有人说，梦想是为有准备的人编织的，有实力的梦想就会自动来敲门，也不知道我是否会有那么一天。天后，以后请多敲打我哈，要不，和你这样的高智商交流就吃力喽，你我之间的沟壑难以逾越了……"停了片刻，康旭以求思想达成一致，做个深呼吸，又自话直说："我现在刚进报社，不懂报社的'深水区'究竟有多深，在报社能走多远就走多远吧，没人告诉你行不行！你知道我最羡慕你什么？"

白慕仪反问："最羡慕我什么？"

"敢于挑战自我，敢放弃保底工资，靠业绩证明自己，很多女人都不会有这么大的格局和气场……"

"都是逼出来的噻，我一个人要养活一家老小，我何尝不想有一个为我遮风挡雨的男人撑起这个家，我苦苦寻觅，而那男人又在哪里？"白慕仪不急不恼，沉稳地用话试探他。

"远在天边，近在眼前！不知你从阎王牙缝里救出的那个男人，是否能赢得你的芳心？"康旭不懂矜持，夸张地举手自荐，刻意传递一种讯息，形成一种造势。

"有气魄，是一条汉子！"白慕仪噗嗤地会心一笑，眼里隐忍着泪水。

"可我还没有走出黎明前的黑暗，还处于人生的底谷……"

"如果你现在是有房有车的土豪金，还需要我来救赎吗？恐怕还没开始就结束了，恐怕早就有人投怀送抱了！"

"此话怎讲？"

"你就不想想哦，如果你活得风吹斗转，你就不会去跳江自杀，你我也就无缘相识……对吧？"

饭菜端了上来，四菜一汤，还有红酒。康旭站起来举杯，触景生情地说："好，为你我缘分哈，不为往事干杯，而为今生来之不易的缘分干杯！"

至于白慕仪的过去，她不说，康旭就绝不去问。他也不会说出因一纸婚书与林歆月试婚失败的事，更不会傻到把昨晚饥不择食、相互慰藉的荒唐事捅出来……也许，在潜意识中，同是天涯沦落人，同是急待"支架筑巢"，构筑栖枝而眠的"双对鸟"，尽管他们都还试图挣扎着去忘却逝去的伤痛，或许是谁亏欠谁而作一些留恋的补偿，用以填补他们脆弱灵魂的一点点慰藉，一点点依恋。而今天的再次相逢，似乎更倾心于对方，虽然都试图旁敲侧击地去探究对方失败的过往，但一触及这一敏感话题，却换来彼此绝望的无助与沉默的对视……

　　他们默默地吃着饭菜，静静地相互守望着，相互愉快地交流着，心甘情愿凑到一起感染彼此的气息，就这样彼此坐在对方面前，可以满心欢喜地对望，可让幸福与快乐在自己身边环绕……

　　"一直就帅，只不过被残酷现实压变形了……"白慕仪顾盼生姿，回味刚才康旭那句狗屁不通的话，忍禁不住"噗"地笑出声来。

十七、大好年华浪费在被窝里

　　林歆月再次被康旭从他家里上驱赶出来，像剑拔弩张的箭头一样呼啸而出。辨识度很低的雾霾已慢慢散去，空洞而蒙尘的城市上空，布满了因冰冻而凛冽的潲水油污。林歆月那一刻感觉刺骨的寒冷，三年来一直期盼再次"周末喜相逢"的那份"涛声依旧"，再续前缘，可无情的冰雨无情地打在她的心底，康旭言不由衷，便知他们真的没戏了……

　　林歆月悲怆而绝望，可以感知到这个城市脉搏的跳动，心若死灰，尚且还能搏动的心脏一样，苟活吧。她借住三姨妈家的窗棂已在霉烂，散发出劣质潲水油炽烈辛辣的闷臭，窗外的一家苍蝇饭馆在她的房间前，用水泥瓦搭起一个简易厨房，屋顶丢满肮脏的餐巾纸和粪便纸，她一推开窗子，就有一股恶臭扑面而来，难以控制直至呕吐……

　　再瞧瞧护城河岸边的加油站，除了劣质汽油和汽车尾气夹裹在寒风里飘过来的致癌气体外，河床上到处是腥臭烂泥和霉变的经化学物质浸泡的生活垃圾。雾霾天气的街灯射出忽明忽暗幽灵般的光亮，让瞎撞到城里来的男女在情感的焦渴与生存中，就差被窒息而死了……河畔下的立交桥桥洞成了暗娼、盲流和流浪歌手的栖息地—那里是填补性爱"短板"的交易场，更是落魄文人和追梦歌手经常驻守的地方。这里常有一个留着披肩长发的男人，肚子上挂着一只吉他，靠着桥柱墙边站着，他的双手在吉他上撩拨着，身子随着他嘶喊《存在》的节奏而搜来搜去。统筹城乡一体化已将一些廉价的社会闲散人员聚合在这里，被与时俱进的时代潮流抛到这里，它或许是记者深度挖掘社会新闻被忘却的"边缘灰色地带"，没有蓝天，没有碧水、没有绿荫。"练摊"在这里的人们，全是在这座城市被碰得肝脑涂地、苟延残喘的造梦的炮灰，他们的梦想就像飘飞在空中的七彩肥皂泡稍纵即逝。他们或许曾充当替别人造梦的一个"垫背"或"备用胎"，当别人踩住梦想的云端腾飞时，他们被遗弃了，陨落了，堕落了，成为这座繁华城市"余唾自干"的边缘人……

可是城市大都市的巨轮在飞速旋转……林歆月依稀感觉需要有来自男人的某种力量帮助她真正融入这个城市，昨天晚上她很亢奋，觉得发掘了回归正常感情的男人力量，可现实再次把她抛向人肉屠场的绝境……

恰在此时，康旭感觉好极了，他与白慕仪从相识到相知，再到相爱，几乎是尘埃落定。昨晚的交融与碰撞，还残留一丝温热和余味……长时间焦渴的相思，在潜意识中遥想未来婚恋的美好时光，心里憧憬着在厮守中把幸福延伸到生命的尽头。

康旭真诚地邀请白慕仪到他家去与他的父母见面。白慕仪暗想，反正有一周的假期，倒不如把这层关系确定下来，最好能获得他父母的认可，却故意绕开话题，说："好啊，你原是个文学愤青，家里一定藏有许多文学书籍吧？我倒想去借一本陀思妥耶夫斯基的《白痴》，再拜望一下你父母，再到现场追踪一下自杀未遂男人的'烂尾人生'……"

"'烂尾人生'？是命运给了我一副烂牌，不过，以后有了你，你就是天后，是我的灯塔，照亮我未来的人生之路，我的生命就会有一副好牌！"说着，就招呼一个火三轮，拉到康旭的竹篱笆家门口时，已是暮色四合。临到回家，他心里还一直打鼓，万一林歆月今晚意犹未尽，万一林歆月再找上门来，万一两个女人碰个正着，他注定会弄得鸡飞蛋打。思绪稍作梳理，他又想，处理这种事，大不了"兵来将挡，水来土掩！"不能在白慕仪面前显得一丝卑微、猥琐，那样会显得修炼不够、境界不高。

双双心手相牵，在篱笆家院停留片刻。

皎洁的月光晒在白慕仪身上，她的倩影也变得皎洁，皎洁得一切变得美好，皎洁得止不住热泪盈眶。上了二楼康旭的卧室。环视一下四周，这是一座城区西郊的乡间复式二层的农家楼房，整洁而气派，两层楼的上面还加盖了两层简易楼，一看就是冲拆迁款去的，就说："你家家用电器一应俱全，只是没有精装，你活得没想象的那么'烂尾'，没觉得活得好失败吟！"

"你别忘了，本哥们曾下海经商十二年，底子还是有一点滴。你看我们这个深深庭院三面被绿水河岸环绕，从这走过去的右边，就是我家的青瓦红墙的老宅四合院，我爸妈就住在那边。要风水有风水，要环境有环境，要生态有生态。我爸妈带着我儿子就住在那边老屋里，明天我带你去见他们……"

"这个农家竹篱小院，三面河水环绕，我喜欢！想想，有点像我们家乡的丹乐江大佛，坐北向南，按风水的说法，你们家院应该出一位对社会具有影响力的人物吧？你天资聪慧，据你目前这种状况来看，可能跟你太愤世嫉俗、不会'贫则独善其身，达则兼济天下'有关吧？"白慕仪第一次到他家，竟有一种久违了的感觉，就喜欢上这里天作之合的原乡生态环境。

"封建，你还相信风水先生那一套？不过，这座老宅，估计再过两年就要拆迁了，马上我们就要搬进现代新型小区了……"

"也就是说，为你的第二春筑婚巢，应该不成问题了？"

"当然，有'天后'保驾，面包会有滴，牛奶会有滴，美女会有滴，一切都会有滴！"

与林歆月相比，白慕仪流露出气质撩人的那种飒爽、清丽。她三十三不到，不仅模样娇丽，而且浑身上下透露出一种因职业历练形成英姿飒爽的独特气质，自然流溢一种超凡脱俗的气场，有种"运筹于帷幄，制胜在疆场"的阔达与霸气！举止言谈让他仰视，更能贴近和满足他心扉。

"城堡是什么，不言而喻，就是一堆石头。"康旭需要一座由石头砌起的石头城堡。

白慕仪因职业原因，无暇对其皮肤进行精心保养，但又因其心态健康，使她的容貌还在停留在即将逝去的迟暮青春上，看上去比她的实际年龄有很大的落差，手部和指甲是经过精心的护理的，量身定做的职业套装衬出她独有的资质层面和文化品位，随身携带的崭新名牌坤包备有少量化妆品，与昨晚那位"恶俗到骨子里去了"的林歆月相比，更像出水芙蓉，气质超凡。

与康旭同行，她说的话不多，但总是在观察周边的环境，显得煞有介事地深入贴近他家的生活，手机一直捏在手上，只响过几次短信提示音。

或许，白慕仪多半是被很多男人追逐过的魅力女人，或许拥有过很多鲜花掌声，他与她结缘的初始谋略，是要给她生命来一次与众不同的情感逐鹿，在两个人关系悬而不决的节点上发力，接着，补上临门一脚，真正缔结固若金汤的恋爱关系。

赠送红玫瑰几乎是中外通用的追逐美女的方式。康旭眼里浮现这样的情景——旅行团的一位老男人在旅行车给她赠送玫瑰，娇艳欲滴的十九朵玫瑰，一股淡淡的香气沁人心肺。她接过玫瑰时，略微有点惊讶与迟疑，她低着头把花放到了自己的坐位上，刚坐下来，整个旅行车报以热烈的掌声……

康旭的思绪又切换到白慕仪所在的旅行社办公室——

一位疑似她前夫的壮硕男人送花来了，九十九朵玫瑰，洒下一屋子的扑鼻芬芳。她从走廊进来，听同事说前夫送花来了，很是落寞与迷茫，不知是偷笑，还是酸楚地笑着哭，红着脸，捧着那簇玫瑰花，然后"嘭"地把它扔进墙角的垃圾桶里……

办公室门外，静静地为她守候着两个男人，伸着期待的脖子向里张望，红玫瑰的芬芳气韵隐约蕴含一种情场博弈的气氛。

白慕仪在接到玫瑰花的时候，已经不知如何是好，满脸通红，带着几分尴尬，在女同事羡慕目光中，一缕秀发飘逸吹过，遮盖了她美丽的半边脸，产生一种"犹抱琵琶半遮面"的奇妙效果，羡煞了公司里所有的女同事……

康旭这家乡间竹篱庭院看上去好幽深，是这片旷野里农家深宅大院里众多蛰伏在幽静孤寂中的民居庭院之一。墨竹掩映、紫陌粉柳。白慕仪一拍他肩膀，问："哎，又在想啥心事？"把他从思绪中唤了回来，喃喃自语道："我没搞懂，有那么多男人追你，凭啥就偏偏选择我？"

"今天都到你家来了，你对自己还没信心？那次在江边救你，可不是我偷偷设置与你相识的巧合哈，是老天的安排，这叫天意不可违，有缘千里来相会，懂不？"康旭觉得自己多虑了，看白慕仪此时的心境，在田园乡村的月夜，会不会再次演绎昨晚那种柔情蜜意、花好月圆？在此，康旭自责自己"有点荒淫，有点恶俗！"可他又很矛盾，若不抓住这一千载难逢的契机，天后导游很快就会变成别的男人的新娘！在这种事情上，女人"说 NO，就等于是在说 YES！"康旭想，不是本哥们矜持，在这场天赐姻缘中是 NO，还是 YES？都由眼前的这位女人最终掌控或定夺！

康旭推开了二楼卧室门，首先映入白慕仪眼帘的是一个偌大的落地书柜，存放着浸润于瀚海书香的各类文学书籍，足足有好几万本吧，一份避开车马喧嚣的净土中"修篱种菊"，一份浓郁的书香呼之欲出，让一直追寻心境宁静港湾的她目眩神迷，随即又面红耳赤……她的心被彻底征服了，不禁跺脚沉吟一声："啧啧，这么多书哦，你是陶冶情操呢，还是研究文学？喏，这年头有几个女人还会受书的诱惑？"可从她扑闪的双眸中，可以见证所有的效应—她是一位嗜书如命的读书达人。

"哎，天后，我现在没有钱给你买九百九十九朵玫瑰，只要有你喜欢的书就好！这条小命都是你捡回来的，就随你处置……"康旭动情地搂住了她。

"你爱找谁处置，找谁去，和我没半毛钱的关系……"白慕仪眼里盯着书看，却被康旭揽入怀里。她矜持地挣扎，康旭更是不依不饶地搂紧了，暗想："今天她就是个城堡，也会把她攻下来。爱不需要商量！"啧啧，城堡是什么？不言而喻，就是一堆石头，女人的香艳堆积的石头！"康旭又从书柜里取出他自己曾经发表过的文学杂志样刊，指出那几篇是他的原创小说。白慕仪手捧那些样报和杂志，一时显得魂不守舍。康旭借着对方阵阵醉人的女人馨香，嘴唇肆无忌惮地凑上去，白慕仪先是有点排斥，接着就没再反抗，在下意识中迎合着，沉醉地微闭双眼，两人都沐浴在这久违了的"良宵胜千金"的浓情蜜意中……

康旭威武强悍地吻了她，接着拦腰抱住她，像扯香蕉皮一样把对方的衣服剥下来，同时，也把双方的郁结与伤痛也扯了下来，双双赤裸身体相向……人生苦短，摒弃优柔寡断，不想让这份相恨见晚的感情再荒疏下去，加上昨晚临场实战的荷尔蒙激荡的惯性，康旭仓皇而凶猛地主动突击，半推半就的白慕仪渐渐地被他带带入佳境。

康旭的想法有点自私，他真正拥有了天后，唯有开启彼此的试婚之旅，这辈子才算没白活一回，承载如此具有文化情怀的方式寻觅知音，相互美满融合，这不是所有浪漫故事突出的主题曲吗？锐凯有句恬不知耻的煽动性名言："看上了的女人，就拿身体滋润她，嘉奖她。"康旭潜移默化中，不觉得此话有多流氓，他也不认为自己主动出击是犯错，若不这样，难道还要继续苦熬，难道还要像林黛玉那样，要苦等到贾宝玉迎娶薛宝钗入了洞房，才"借炉焚诗"气绝身亡吗？

在康旭备好饮料，再次走进卧室的瞬间，双眼不由自主地被眼前的情景电住了，使得他手扶门框，极力让身体维持住平衡，只见在暧昧的灯光下的她，脱掉了米色羊毛绒大衣，媚光流转，举手投足间万种风情，散发着令人魂牵梦绕的香艳气息。就在她蓦然回眸间暗香流动，渐次扑鼻而来，充溢而悠长地刺激着昨晚刚好被激活的他雄性肾上腺的旺盛分泌……由某种香水和女人馨香交织出的诱惑，撩拨着身体里的某种功能在嚓吧嚓吧地撕裂，这足以让辗转反侧的男人在销魂的夜晚臣服于她……

或许这款香水里面，含有几种激活情感的成分，若喷在男人关键部位会引发膨胀，再与女性荷尔蒙碰撞后，能强烈地刺激男性肾上腺分泌，导致犹如汽油与烈焰炽热般的燃烧，让男人欲火失控、锐不可挡，同步驱动裆部带动脑部的造爱功能，进而再展雄风、高潮迭起。

女人如果意欲"拿下"某位男人，只需款步走到他身旁长袖善舞，发挥其催情功效的撩人风韵，立马让男人产生心猿意马放纵欲望，在懵里懵懂中让男人不能把控自己，被女人的肢体语言所虏获，水到渠成地开启共度颠鸾倒凤的爱河之旅……

"怎么有两个枕头，好像还有女人气息？我可是待婚族哈，可别对我坑蒙拐骗哈！非缘勿扰哦！"经过柔情蜜意的实战演练，白慕仪就凭女人直觉，感觉房间昨晚残存的余味不对头。

"周末我儿子回家，和我一起睡噻……我正想……想问哩，要说女人气息，也应该是从你身上散发出来的体香噻……"康旭极力掩盖、有些口吃地说。

"四十大几的男人，别把自己说得那么自律、纯净！你不会是为了答谢我的救命之恩，为感恩才愿意跟我上床吧？感恩和爱情是两码事，不要混为一谈！"在大朵牡丹花的粉红色被窝下，她睁开了沉醉迷离的媚眼，一下子支起胳膊坐了起来。

"当然不是，我爱你，不需要理由，是感觉对味、对眼。但请不要在意我的过去……从今晚开始，我只属于你一个人，好不好？"康旭思忖，这个问题一定要回答明确，得把话说透，向对方表达从心灵深处的真挚感情，过后又觉得有"欲盖弥彰"之嫌。

"春宵一刻胜千金"。在昨晚撕开一个"香蕉"的残存温热中，康旭又赤膊上阵，继续干那种男人热衷且倾情干的"体力活"，其间漫过江岸那种"孤帆远影碧空尽"的诗意，让浓得化不开的月夜更胜春宵，把酒言欢，相拥而眠之夜胜似春天，不需要传统的桎梏，让有情人直抵激情后幸福的彼岸……

白慕仪"女为悦己容"后，看见康旭面庞露出大功告成后的志得意满，她心里也有些许踏实，终于找到了最后归宿，储备了自我救赎的力量，一想到他在办事时的梦呓里，承诺要为"她写一部传世长篇小说"回报她时，她鼻子就发酸，泪水悄悄滑落，自己江边捡回来的男人，有颜值，有品味，有情调，同时也有缺憾，当然还需她的帮助才能变成'盛夏的硕臾。"是彼此间心仪已久的"终身托付"。她的心剧烈地震撼，一股暖流在浑身涌动，手也情不自禁的去触摸他泛着麦粒色光亮的那六根腹肌，继而，轻轻地再次把他拥入怀里，似乎生怕被别人抢走似的……

白慕仪躺在床上，心事浩茫，躺在一个既熟悉又陌生的男人床上，茫茫人海，这里才是她疲于奔命后最后的憩息地。她用自己芬芳身体驾驭这个男人的世界，唯有躺在他身旁，聆听他均匀的鼾声，审视他满脸日趋峥嵘的胡须，冷峻而陡峭的面庞，与他同呼吸共命运，她才真正领悟，爱情真的可以重塑精彩人生……

没什么大不了，爱他就给他。

不管是彼此是放纵"消费"也好，尽情"释放"也好，这对"二锅头"男女，那晚终于完成了人生之旅酣畅淋漓的第二春绽放……见他脸上写满称心如意，让白慕仪乍地想起农村老家的那句怪话，"划桨划不过摆渡汉，熬床熬不过嫖客棒。"间或也懵懂地质疑，自己是否真的上了嫖客的床？是桃花运，还是桃花劫，谁知道呢？就算这样，她可不想把自己标榜成羞怯清纯的现代林黛玉，或许是天堂和落寂红尘的交接点，缭绕的那种健康的幸福感与获得感，来得最直接，一直在满屋子云水般地流淌。

一心想摆渡灵魂和自我救赎的人，才会在邂逅中遇见，在惊鸿一瞥中定格美好缘分，无论在人来车往的城市，还是在稻花飘香的农村，即使有缘遇见，也难以在扑朔迷离的人群中相识或牵手，结果恰是既不成艳遇，也难以缔结良缘。一个人如果对谁都没一点善意，对谁都不想搭一把手，也难以追寻或赢得适合自己的爱；在没有感情支撑中苦逼着寻欢销魂，无非是放纵淫欲，耽于原始的动物感官刺激，在让人唾弃的泥潭里彻底堕落成兽类，而一切都始于难以抵御所谓爱情至上那种温热与滥情。康旭浮想联翩，今晚再次欢度良宵了，再次洞房花烛了，又当了一回新郎，凭心而论，他对得起这份夹裹"灯塔引领"不变的爱吗？他没对自己的男人良心撒谎吧？但他对白慕仪确是撒谎了，昨晚，就在这间卧室，一个姓林的女人就在这个床上与他鸳梦重温、肆意放纵。激情过后，反而有一种缠住康旭不放的满怀愁绪，饱含着今晚瞒过隐情不得消停的自我谴责，那种阴暗郁悒的内疚感与时俱增。他再次扪心自问：你今晚是不是度过人生最美好的时光？他点点头答：年华飞逝如剑，男人得对自己好点！然后他再问自己：你是滥情，还是获得了爱情？你不想白活一回，不想把大好年华埋葬到孤寂冰冷的阴影里，你带着真情实感为自己活一回，没错哦！可事实上，人家白慕仪确是捡了昨晚林姑娘的"剩菜"，难道自己成了有"亮剑"、有胃脏的行尸走肉？对于极其粗野禽兽般的肉欲，真是贪得无厌、乐此不疲！为了填补性爱空白而肆意妄为、放纵淫欲，打着沧桑挫折、曲解婚恋的旗号，不择手段地骗女人上床，扭曲得没个人样！想到这个节点，他面红耳赤，心脏突突地乱跳，仿佛快要蹦出胸腔了。

俄国大作家陀思妥耶夫斯基说：爱情是无邪的，神圣的。

原始本能就像着了魔，心灵深处燃烧着炽热的火焰。他们欲罢不能，缠绵悱恻，他们真的不知这是一场爱情盛宴，是彼此邂逅的受惠者，还是蒙羞者？康旭赤裸着胳膊，靠在床沿上悠闲沉醉地抽烟，吞云吐雾地说："呵呵，这辈子就这样过，多好，不白活一回！我高康旭何才何德拥有天后级别的美女？"白慕仪小鸟依人地躺在他的身旁，他预想中的欲说还休、欲擒故纵的责怪与纠缠，并没有发生。她依恋他健硕而温热的身躯，就算大好年华浪费在被窝里，她也愿意。她又想，生活的磨难使他痛不欲生，但是以后她会用她最好的爱给他好好补偿，他视她为天后，他也是她这辈子要追逐的真命天子，她一辈子的真命天子……

　　这种感觉久违了，一种无邪而神圣的感觉，在奇妙的融合中找补回来了！既然邂逅了，碰撞了，相见恨晚了，就不要因矜持而擦肩而过 。激情要么在隐忍中爆发，要么在抑制中湮灭。蛰伏后爱的苏醒，是上苍对红尘男女的温存、张弛、呵护，聚敛最触骨、最奇妙的深情回馈……

十八、命运像掺杂玻璃渣子的毒药

男人到中年，在撕裂中奔跑。这种事发生在自己身上，过后才觉得危言耸听。意大利文学家皮兰德娄有句名言："我在床上最爱的是通过做梦来自我救赎。"不过，留住这份香梦激情的余味，让康旭的生命更丰盈、更充沛，成了他锻造成功链条中最为关键的动力，促使他把有限的渴求释放出无限的潜能，她是他唯一的爱，他唯恐失去这份爱，他突地冒出一个霸气的念头，要她须臾不得离开自己半步！

正是这种彪悍的欲念，脉动他必须成就一番事业，再也没脸漂泊啦！

康旭、锐凯和毕行舟在同一个工作室，偶尔貌合神离，偶尔情同手足，特别是对邋遢而聒噪的老毕，他俩流露一种落落寡欢、敬而远之的恍惚。每天午餐后，都要沿着文化公园散步，那是在报社总部公示他和锐凯并列工作室副主编之后。文化广场矗立有李白、杜甫、白居易和苏东坡等历史文化名人的塑像，逛广场，康旭加深了对凯州厚重城市文化的了解。凯州的廊桥、茶马、河流和芙蓉苑公园景物，对每天到此溜达的康旭而言，竟产生了审美疲劳，无法触动诗情，接下来就听毕行舟讲他贵州老家的往事，属于那种喋喋不休、味同嚼蜡的"痛说革命家史"。

没过几天，康旭就失去了趋炎附势的耐性，随他们散步，潜意识中厌恶老毕的居高临下，不想这样蝇营狗苟，就在街巷半途中买了一本纯文学杂志，借机抽离，匆匆赶回报社办公室，独自阅读，感觉跟他们一起废话重复说，都听得口苦舌燥了。毕行舟的刀疤脸和锐凯的红脸膛，搅在一起聊时局、找后台、谈权贵，特腻味地闲逛芙蓉谭公园、文化广场和护城河。康旭只想独自在工作室里安静地阅读，硬木板凳坐得不舒服了，整天坐班，整得屁股都坐痛了，墙上白色的考勤表叫人厌倦，每天三个老男人没完没了地胡扯神侃，觉得枯燥至极……

康旭为此幡然醒悟，做一位记者，真正的快乐还是要一直行走在路上……可到了年底，没有规定动作，没有安排采访，每天煞有介事地坐班，当一天和尚撞一天钟，混到午餐时，就邀约一起到对街的中餐馆去吃免费家常菜，共享这份惬意感和休闲感，行走在依托广告业绩求生存的媒体行业，他只是半路出道，要深谙此道，一方面需要毕行舟这样的老媒体人"传帮带"，一方面在潜意识中又想做优秀的新闻战士，"一直行走在一线的路上"。在市场经济的大环境下，康旭和锐凯很快发现，毕行舟既想建立计划经济的办报体系，又想均衡分享市场经济的红利，在悠闲自在的闲适中玩媒体，洞察了出老毕体系下工作室的操作模式的弊端。

那天午餐后，康旭去书店买了一份《凯州日报》，刚刚在办公室坐下，就已经意识到桌子对面有人在审视自己。随后，一丝不易察觉的鄙夷眼光，向自己投射而来。锐凯不知何时对他产生不屑，仗势他签了大单并与毕行舟分享丰厚提成，而康旭并未落得一份羹。

面临锐凯的鼻孔朝天，康旭率性耿直，也有意"把清高进行到底"，令他奇怪的是，锐凯居然会伸着脖子诚恳地邀请他去喝茶。

康旭指着自己的脑袋问："就我们俩？有何贵干？"

"嗯，拜把兄弟，去了就知道了……"

在去茶楼的路上，康旭手机响了，提起一看，是白慕仪发的短信："逆境来时勇敢地尝试改变它，你便可能逆转，成就传奇；若不勇于改变，你就可能随时被时代淘汰……"

心里一边思索白慕仪的短信含义，一边走进了茶楼。

康旭作了个深呼吸，极力梳理好思绪，告诫自己要控制好自己的情绪，然后在靠墙的座位上坐下来。

锐凯带着一副成功人士的微笑走进来，"鸟枪换炮"变成了一种城市型男。迈着方步，潇洒自得地坐下来，嗅着茶香，看得出来，他在视康旭为他命运逆转的"底牌"，或者是"鲶鱼效应"终极对决的一块垫脚石。

康旭从洗手间坐回自己坐位，他偏要看从到报社到现在两个多月两人第一次单独谋面交流，将会涉及哪些重要话题。

"唉，把我约过来，不会在这儿呆坐吧？"康旭拿起盖碗茶碗，用茶盖拂去面上的茶叶和泡沫，瞅着他，然后，倒掉了盖碗茶面上的茶水。

"嗯，有点矛盾哈，我在想关于命运的话题……"锐凯双手使劲揉搓着说。

"命运，你在指什么？"

"茶能醉人何须花！"锐凯深深地叹口气，做个莫名其妙的夸张动作。

康旭略带幽怨地剜他一眼，说："嗨，你再假，我转身啦！别卖关子了，有话就说，有屁就放！"

"也没什么事，就想请你搓一顿……"

"签了大单，发财了，用行动来帮扶我们弱势群体了？我可是穷得肠子都生锈了哈，今儿就等宰你一顿……"他俩进了楼上的餐厅。

楼上餐厅，进门口有个装潢别致的收银前台，那位大叔型的男人正在放着光碟，还不时扯着嗓门反复唱些苍凉粗犷的歌曲。临近餐厅，康旭情不自禁地随歌声哼起来，锐凯把脸挤进栅栏的凉菜亭前站着点菜，随后掏出手机，可能是在联系梅德方吧……

上了菜，康旭边吃边看报纸，也没看出，梅德方不在场有啥不妥。正好照例大吃了一顿。耳畔听着孙国庆的《就恋这把土》，这种嘶喊顿挫的老歌，很适合这对"泥腿上岸"来自农村的乡野俗汉。锐凯喊了一桌的美味佳肴，对身边的职场伙伴，几次想要说"报社马上要报考记者资格证"的话题，却发现康旭今天一反常态，心不在焉，就只顾埋头吃饭，懒得说话。

锐凯说："我的压力比你大，就我这样的品种，老毕随时都可以叫我卷铺盖走人。可我不想坐以待毙，若丢了这份不遭风吹雨打的工作，我和家人咋个活？所以，你得帮我———"

锐凯掏出一包中华烟，扔一根给康旭。他的外套总是敞开两个纽扣，其意图在于炫耀那网状似的性感胸毛。他口中散发出烟酒混合而纠结男人气味，手心一紧张就出汗。

锐凯见康旭没有理他，说："不该这样对待一直陪伴你的拜把兄弟吧？你是不是太冷酷了？还有，那个老毕，我遇到难题，他也不给我出注意。"

康旭从未听过他谈他的家眷，就鼻子哼哼地说："要出主意，找你婆娘多吹枕头风噻。这世上，最能直接给你力量和快乐的就是你婆娘！"

锐凯眼神迷茫地摇摇头，补充道："我的婆娘啊，我告诉你，她除了洗衣煮饭、生娃娃，一点儿都不懂文化人的事。"

锐凯不管康旭怎么看他，视他为劲敌也好，称兄道弟也好，都不重要了，他只知道这次"考证"箭在弦上，是他进入媒体生涯竞争的"底牌"，"命运只负责出牌，但玩牌的是他们自己"，就算命运没有赋予他们一副好牌，但他仍有信心打好这副"烂牌"，他的筹码就是眼前这个拜把兄弟！

对于他们这些游走在城市和媒体边缘的"广告民工"来说，通过关系网和变通经营模式来获取广告提成，意欲在经济链条上超近道实现险道超车，利益增长是最大的诱惑，他们不乏气魄和闯劲，闯劲既可催生事业成功，也可能反过来吞噬他们，走向穷途末路。"舆论监督"的擦边球打过头了，不仅难以在这座城市立足，反而还会被打回原形，连"余唾自干"的城市边缘人都做不成了。

对"考证"，锐凯志在必得。得来是偶然的，获取是必然的。延伸出资产，随缘不变，不变随缘。可是，前段时间与康旭有些若即若离，他只需用半个时辰，便可改变他的看法，要把两位哥们的利益捆绑在一起，从而让康旭乐意尽心帮他。

"唉，是把我请来吃饭的，还是来看你发'秋瓜梦'的？"康旭看着锐凯在桌对面发愣，懒得问他的难言之隐。

"一起打过枪、一起嫖过娼的哥们，我都快愁死了，你还有脸洗刷我？"锐凯恢复了憨厚淳朴的样子，眉开眼笑地问。

"别拿那个说事，丢人现眼！你签了大单，拿提成发了财，你还发愁，那我们就干脆不活了！"康旭放下筷子，撩了撩自己额上的头发，用纸巾擦拭嘴角，身上有股孔武帅气。

"一看就知道，你天资聪颖，是我学习的榜样，我一直在想，凭啥你我在每个职场都会相遇，都会与你并肩作战，你身上散发一种男人的气魄，这种魅力不仅女人喜欢，也越来越让男人着迷……"锐凯凑过去，端起茶杯，"来，我们以茶当酒，干一杯！"

康旭从坐位上站了起来，闲散转悠着正去上洗手间，举起右手的中指，在锐凯眼前晃了晃，两眼莫测高深地眨了眨，对他说："你呀，啰唆半天，你还是不了解我！"

康旭重新回到餐桌前坐下，脸也绷不下去了，举杯，轻轻地抿了一口说："过分献殷勤，非奸即盗！一见你这样过分热情，就知道你有事求我！"

两位壮年男人近距离盯着对方，谁能看懂彼此的"真面目"！

锐凯说："对头，和你认识那么久，感情很深，你我知根知底，我摊上大事了，你总不会坐视不管吧？"

"这话让人听起来，弄得你我像搞同性恋似的……今天，你嘴里像抹了蜜似的……又想动什么花花肠子设阴招，让我在中间受夹板气？"

"不管你咋说，反正我就喜欢你身上的那种特质。有你坐在我办公室对面，就觉得特别踏实。嗨，你不觉得，这次'佳栋'签单，关键时刻你起了关键作用吗？"锐凯支着下巴，又痴迷地看着康旭。

"是吗，别和我套近乎，有事说事！"康旭心照不宣，深深地吸了一口气，暗想，你有事求我了，就像"霉德慌"似的，把我说成"一朵花"，就拜把兄弟啦，提成你和老毕独享，考虑过本哥们的感受吗？

"当时，我和老毕都看出来了，你才是谈判高手，经营高手，签单高手。报社需要你这样的奇才！"

康旭沉醉地向他甩了一拳，小声附在他耳边说着："世上哪有那么多高手？你才是硬功夫的床上高手哩！你这些话，如果让梅德方来说，就正常，因为他本来就变态；你说这些，就显得不大正常了，变态狂！"

"我变态？我只是实话实说。"

康旭眯缝着眼睛斜视他一下，说道："你绕了半天，究竟要我办什么事？"

锐凯这才说出了他想考"记者资格证"的事。

康旭反问："我为什么要帮你？"

锐凯说："难道我们不是拜把兄弟吗？"

康旭嗤之以鼻，说："你能说出你收买拜把兄弟的条件吗？"

锐凯哽住嗓子问："铁哥们还讲条件，不就成了假朋友了？"

康旭面不改色地解读："错，请问：何为朋友？按禅师的说法：'朋友分四种：一如花，艳时盈怀，萎时丢弃；二如秤，与物重则头低，与物轻则头仰；三如山，可借之登高望远，送翠成荫；四如地，一粒种百粒收，默默承担。人低头见影，必有领悟：待友如何，便遇何友，朋友犹如一面镜子……你是我镜子里冒出来的？"

锐凯似懂非懂，咧嘴憨厚地傻笑，说："你明知我没文化，还说得文绉绉的，都把我说糊涂了……反正，你这个朋友，我交定了……"又把胸膛拍得砰砰响，"为你挡炮弹、堵枪眼、当炮灰，我都干！如果不信，马上喝血酒，再结拜一回也行！"

康旭当即被他的真诚，激起一种江湖男人的侠肝义胆，恍惚感觉人间有股英雄气，就问："嗨，该帮就帮吧，喝血酒也太俗了，过时了，还是免了吧！你说，咋个帮法？"

锐凯说："帮我考记者资格证。"

康旭说："记者资格证是个媒体人走进社会采访的'敲门砖'。先说好哈，如果是闭卷考试，没戏！如果是开卷考试，就好办多了。"

锐凯随即站起来，"哦"的一声跟康旭鞠躬，接着又提到梅德方的事，问："我就没弄搞懂，阿梅跟老毕关系不错，可他先来报社，却还在偷偷帮魏启勃。"

康旭说："他跟我们根本就没有可比性，他怕拓展市场、不懂经营，老想求稳定，靠那点保底工资活命，魏骚棍也把他当着吃救济饭的穷人来施舍、来对待。不像你我，更喜欢去和人打交道、跑基层，勇于挑战、喜欢一直行走在路上……"

锐凯说："要是能考上记者资格证就好了，就不怕人家背地里戳脊梁骨了……"

康旭听了直摆手，笑着说："幼稚！你以为领了记者证就旱涝保收了？拿了证，只代表当记者名正言顺，光去跑，不用脑，照样无法改变口袋。"

锐凯挠着头问："搞不懂了，报社凭啥老叫我们出去拉广告挣钱？国家财政不给报社拨款？"

"报社是商业媒体，自给自足，自生自灭。不挣钱，你以为报社是慈善机构，喊你我来吃救济呀？"

锐凯说："嘻嘻，你大概忘了，我的宗旨是：玩得转就玩，玩不转就开溜！"

"你说的是玩失踪？你能不能统计一下，你用玩失踪的把戏，白玩了几个老板？太老套了，能不能玩点新招？劝你先学会适应新环境，你玩的那套早就过时了！"

"你帮我拿下'记者证'，我就不玩失踪了。过了春节，就要培训，发考试资料，真枪真弹地上考场，像我这样，除了考烟，啥也捞不着……"

康旭听罢，不禁哈哈大笑，"还真枪真炮哩，喊你从裤裆里掏家伙出来'烤'，你敢吗？怪戳戳的！再说，你玩失踪又玩到哪里去？总不会重新溜回山村老家噻，你那个'被爱情遗忘的角落'的'夹皮沟'，更不好玩，对吧？人家老毕器重你，不要稍遇挫折就拍屁股走人，不帮老毕雄起，你是不是男人哦？"

"乱说哈，本哥们堂堂纯爷们！"

"你以为有茂密炫目的胸毛，你就纯爷们了？你知不知道，我最看不起你啥？"

"啥？"

"工作没有定力，动不动就打一枪换一炮，不坚守阵地！"

"只要你答应我，你帮我考证，我就改嚏！"

"你才有点怪呢，又不是我们家开办的考场，我能帮你个啥？到时候，看情况说话嚏。"

"嗨，你就会钻牛角尖，你想想，万一是开卷考试，你能不能……"

"把答卷拿给你抄？"

"嘿嘿，聪明一回！大智慧。"

"智慧个屁，到时候被发现了，我都要遭取消考试资格！"

"命运到了最危难的时刻，你不帮我谁帮我？"锐凯又问："你知道到关键时候，拼的到底是什么？"

"智商、情商、坚韧？呔，我也说不清！"

"不，拼的是毒！你毒，我比你更毒！"锐凯答。

"变态，丧心病狂的变态！骂你变态你还不爽！当局者迷，旁观者清！你那么毒，谁敢帮你哦？唉，你不是有个当官的亲戚作后台吗？不是黑白通吃吗？叫他给帅总打个电话免考嚏！"

"那当然好哦。不过，这样利用特权搞到手的事，怕查到了脱不了干系！"

"毒，无耻，无耻才能无敌。实力厚不如脸皮厚！按你这些行事标准，你还怕这些？"

"什么叫毒？什么叫无耻？命运给我一副'烂牌'，要把它打成好牌，不用点手腕能行吗？这话不是我说的，是我那位亲戚说的哈。"

"拿了好牌路好走，比如富二代，官二代；但打好'烂牌'，需要实力与智商，你有吗？你的'底牌'是什么？看你的'底牌'就要看你的竞争对手，你的竞争对手又是谁？"

"我的'底牌'就是你，竞争对手也是你！但你又是我的榜样！就这么简单！"

"谢谢你高看我了！你'底牌'是我？什么逻辑，有没有搞错？你业绩比我好多了，到目前，我都自以为在媒体滥竽充数，有愧于伟大的新闻事业，严格地说，我还是一个门外汉！我可'毒'不赢你哈，'无耻'不过你，不是你的劲敌，更不是你的'底牌'！"

"不要低估你自己的价值噻！"

康旭说："哼哼，给你屁股上插一根叉路扫把，你也变不了大灰狼！"

一语点醒梦中人。

锐凯脸色骤变……他的暴怒洪水猛兽般地骄横放纵，只见他硕大的喉结粗鲁地蠕动，发出野兽般沉闷声响，但他压抑地隐忍了，面对帅气壮硕的康旭，一个惹不起的货色，惹恼了他，将失去一个铁磁加同盟，将遭到前所未有的孤立，一个把王者身份与百般娇宠幽灵般地根植在媒体圈的新闻狂人。

就凭锐凯的文化弱势，要想在媒体继续滥竽充数，他的定力已框定他必须对康旭的话洗耳恭听；经过长时间的接触与交锋，经过几个平台友好对接，康旭很难不顾及锐凯的感受，锐凯偶尔也会跳出来和他抬杠，但最终出面妥协的注定是锐凯，彼此无话不说，一种接纳与排斥的关系，在"肝胆相照"与"无耻就无敌"之间游走，或许锐凯身上就有他的影子，或许锐凯就是他的一面镜子，或许他们具有同样的劣根性，都想"超近路实现逆转拐弯处超车"，但康旭自有他的做人底线。

十九、寻求逆转拐弯处超车

锐凯对康旭关怀备至了吗？锐凯不知在何处获知，林歆月是康旭试婚女友，啧啧，这也太奇崛，太不可思议了！

锐凯的惊讶程度无异于梅德方摇身一变，变成了一位雄性勃发的裸男而蹄不沾地疯了似的裸奔。

林歆月提到康旭眼里写满柔情蜜意，这时那副与康旭同居时的碧玉发卡还在她头上插着，一本时尚杂志也煞有介事地夹在她腋下，经常跑到工作室找康旭聊一些无关痛痒的话题，就连清高得"不使人间造孽钱"的毕行舟都能猜出几分。林歆月每次走进来，那间屋里就散发着廉价的胭脂气、黄角兰气息……

林歆月在工作室逗留，从衣袋里掏出餐巾纸，帮康旭擦拭他办公桌上的茶痕和污垢，然后走到门外林荫路旁的垃圾桶扔掉……康旭这次感到问题的严重性，这女人犹如贴在自己身上的狗皮膏药，怎么撕扯也扯不掉！

这些没逃脱锐凯的毒眼，他想：康旭不是单身汉吗？怎么对送货上门的"杨玉环"置之不理，在"摸奶巷"他就略知一二……林歆月估计有一米七，如果穿上高跟鞋与康旭相比，远看他高不了多少，这种落差，锐凯就清楚其中的玄机了。下午下班的路上，锐凯和康旭走在电梯里，很想听康旭对此作出相关解释，这"女追男"格局，产生在四十大几男人身上，显得"奇葩"而可笑，锐凯禁不住不时停下来，死盯着康旭嘲笑一番。

锐凯问："好有艳福哦……风浓雨浓情更浓！一看就知道跟人家上过床，就冲她那股韧劲儿—非你莫嫁？"

康旭觉得他太"八卦"，训道："你笑个你老汉的大屌屌？在老魏那边，你又不是不认识，有好大的男女关系？"锐凯反唇相讥："忠言逆耳，你们如果有那层关系，你又想甩掉人家，这不成了始乱终弃吗？那么丰饶的'杨玉环'，你舍得放弃？"

康旭脸色苍白，冷冷地推开他，说："哪凉快滚哪去，这种事，你又不懂，乱嚼舌根，乱烂牙腔？我都懒得给你解释！"

"你究竟是不是单身汉哦？你特殊材料制成的，四十大几的老男人还那么抢手？拒绝现成的女人，你有病，还是那个零件废掉了？"锐凯大惑不解，质疑道，沉吟一会儿，又说："如果这种事轮到梅德方，还觉得正常，可你是健康男人，对女人不感兴趣，是不是性取向有问题哦？"他旨在激怒康旭，希冀他凄凉或歇斯底里的反驳，或是承认他是一个既凄惨又催悲的无欲男人。顿了顿，突然锐凯意识到，无论怎样刻薄尖酸地给他洗脑，都不能让他道出那段难以启齿的真切伤痛。

康旭心里想呐喊，想漂泊，想改姓换名，或者做个变性手术，只要那女人不来纠缠……康旭重重地剜了他一眼，正色说："你以后少在我面前谈女人，我没你那么重口味！你以为都像你，见个女人就走不动路？我这是对别人负责，对自己负责，责任担当，懂不懂哦？"

"爱一个女人，就该用男人身体去滋润她！"锐凯道出实情说："这个都不懂，还……还好意思攻击我？看样子，她对你一往情深。这样绝情，我担心你会不会弄出事？"康旭说："能出什么事？她来找我，无非是想摆脱'摸奶巷'的魏启勃，来我们报社上班。可我咋给老毕

237

讲呢？"

锐凯说："一起在老毕面前争取一下噻。"

康旭说："就你面子大，你去找老毕说好了！试问，她来做啥？报社又不是慈善机构！"

"这……"锐凯瞠目结舌了。

康旭哼哈地笑了笑："把她喊来堆堆坐，吃果果，谁拿果果给她吃？你以为是读幼儿园大班？她的工资从哪儿出？"

当锐凯烟熏味浓烈的嘴唇贴近康旭耳朵，说："现存的丰满女人送货上门，你却不敢拿下，你那玩意真的憋坏了？"

康旭从嗓子里发出沉闷的抗议声，相较于锐凯的品性，没有他那么"滥情"、下作；他也能想象，那些离异女人用热辣眼神追随"唯一"的锐凯，温柔语言中流露一种对"猛男"遵从的虏获，她们与他勾搭，并不认为是犯贱，而是被当成是一种情感逆战的"宠幸"，因为她们根本不知道，锐凯同时周旋在六个女人之间，她们捡了别人的剩菜！

这个时候，林歆月像没头苍蝇四处瞎撞，茫然而慌乱，具有强烈的冲击力，她时时困扰着康旭的心。她过来告诉康旭，她不想在三姨妈家住了，她受不了住房外面的苍蝇馆子潲水油和垃圾的致癌物质。

康旭似乎觉得，林歆月从胸腹里聚集着一股强大气流，夹裹着一种威猛的龙卷风，她不承认已被白羡仪打败，她要把他俩撕裂、碾碎，然后死了后也要把她的尸体横陈在康旭身下。康旭难以避让，任由她折腾，她此时正贴近康旭胡子拉碴的嘴唇，让康旭防不胜防，浑身起了一层鸡皮疙瘩，她的粗俗彪悍方式让康旭窒息，只好硬着头皮，帮她在西郊给她租了一套一的房子，签订好了租房协议，安排好各类日杂琐事。这会儿，他只当"贫则独善其身"，没别的。他嘱咐她，下次来工作室，先打个电话，假如他在写稿时，他抬头突然发现她戳在他身旁，他准会晕倒！他感觉昔日与她浸淫已久的荒芜与乏味；他与她撇清，总是这么诚惶诚恐，不为别的，就为能迎娶白慕仪……

挥之不去的林歆月还未撇清，陷入逆流漩涡里的富锐凯，挟带一种一触即发的焰火，也像紧贴在康旭身上的油桶，若遇导火索，便一点即爆。锐凯"无耻才能无敌"的腹黑理念，已到了不可复加的地步。他裹挟着一种猥亵，一种君临臣下的骄横，居然敢把康旭刚泡好的茶，顺手端起来，自己先咕咚咕咚喝个干净，这让一直讲究生活质感的康旭受到某种压制，陡升一种愤懑与厌倦，又不好发作，就径自另外找了一个茶盅，把他喝过的茶让给他，又重新泡了一杯。

锐凯翘起二郎腿，伸起大拇指说："嘿嘿，不错，倍儿爽，够哥们！"然后就躺在藤椅上，四仰八叉的，"激凸"的裆部显得大煞风景……

现在他什么都懒得干，只是品茶、撒尿！上苍，这家伙，自从康旭答应帮他"考证"，别人都在温课迎考，他倒好，他以为从此高枕无忧、旱涝保收了，独自落个逍遥自在，进洗手间撒尿也不关门，尿水奔流而下，激荡着满屋子人的耳鼓，随即散发出满屋子浓烈刺鼻的尿臊臭，这让屋里那三位照排室的小青年很不舒服，流露一种厌烦与唾弃……

毕行舟走了过来，拍了一下他的肩膀："注意，文化素质！"锐凯才憨态可掬地返回去，慌忙扭动抽水马桶……

锐凯之所以走神，他想帮康旭分担一点忧愁。当他下楼去收发室拿报纸时，看见院里多了一个丰饶女人，林歆月又来找康旭了，难道这女人脑残、看不出康旭已厌烦她了吗？于是，他走过去热情接待，竟然用沙哑烟酒嗓子招呼她——"美女，来啦，晓得你要来，办公桌正好刚泡好的茶等你哩，还没喝过，喏——今天气色不错哈，找你们帅哥康旭有重要会谈？"

锐凯仍能感觉到林歆月厚重的肩膀向他倾斜，她那永远野性迷蒙的眼神，正好切合他此时无聊的意情迷乱，一股浓烈的亢奋点在他的胸毛间泛滥开来……他感到最惬意莫过于置身丰乳肥臀的美女旁边，与两条美腿和一对诱人的酥胸同呼吸，空间里一片目眩神迷，一个个淫荡意念接踵而至。那时，不禁产生一种奇思妙想，那是没有约会，不请自到，他有点莫名地羡慕同伴康旭了，这么一位活色生香的女人，有什么理由拒绝呢？真是"饱汉不知饿汉饥"，哦，明白了，康旭不喜欢这个女人太单纯，太复杂的女人他能征服吗？这位前女友，本人在"摸奶巷"还未发掘她的大好春色，自己何尝不能与她交个朋友呢？

　　林歆月傻妞似的没心没肺地笑，说："我不想帮老魏了，你是这里的领导，把我介绍到报社来工作嘛"。她把锐凯奉承得得意忘形了，知道吗？就在锐凯听到这句不切实际的蠢话时，她似乎在无形中触摸他、靠近他—或许是他异想天开。锐凯甚至质疑康旭乐意受磨难、受煎熬，他们已分手，只是她还想"一厢情愿"再续前缘，那他就没扮演"朋友之妻不可欺"的尴尬角色。就尝试地问问她，她会不会在他面前控诉康旭"始乱终弃"给她造成的某种伤害！

　　锐凯煞有介事地问："你想来报社，希望能做什么工作？我觉得吧，找康旭去说比较好……"

　　林歆月说："找他？你们当领导的就不能安排一下嘛？"

　　当他们走进工作室，这才发现康旭的座位没人，他闪人了！

　　林歆月见状，气得的血管都快炸了，该用的方式都用了，跟锐凯唠唠叨叨大半天，他也没说出康旭的去向。

　　林歆月一屁股坐在康旭的座位，锐凯把茶杯递给她，说："毕总临时安排他出去办事，又不是有意躲你。"

　　林歆月气呼呼地说："不躲才怪！躲得了初一，躲不了十五！"

就在那一刻，林歆月像孩子一样的无助，眼里充满了敌意，这点锐凯可以设身处地替她着想。看出了她沟壑纵横、逼仄错落的情感流向；她很生气，怨康旭不给她机会，原本想重拾或享有感情，却再次无情地被抛弃，使她感知自己的价值再次归零了，心沉到冰点，她义愤填膺了，某种邪火的冲动正在她心中萌发，她偏要破罐破摔，就到工作室来破罐破摔，她今天来的目的是想跳槽，康旭到哪里她就跟到哪里，是新生，还是毁灭，她不管！没戏就闹，感情永远没有大彻大悟的那一天……你胆敢无情甩老娘，老娘就在这里薅一个上床，爱情面前谁怕谁！对，就对桌的锐凯，彼此知根知底，病急乱投医嘛……

面临对桌的林歆月幽怨暧昧的目光，锐凯有些心猿意马，其感觉反倒有些心灵充溢、踌躇满志。他不乏小聪明，看她那架势，他只需略施小计，她就会自动投入他的怀抱，现在他心中暗算如何用业绩证明自己，激发自己征服女人的能量，使之与女人的价值相抗衡。康旭不是讥讽他拿"果果"让她分享，他就有足够的"果果"让饥渴的女人分享，在分享中获得慰藉……

锐凯进城，就想玩得开心，"玩坏"了就尽兴了，尽兴了就过瘾了。作为他的单体生命都要适应时代潮流的冲击，这是他以前不曾有过的新奇体验。是的，他目前什么都没有，唯有压抑已久健硕的体魄、旺盛的壮男雄风，可以称作是他身体躯壳蛰伏的潮水般的能量，好像再不来一次空前的释放，再那样残酷地憋屈着、隐忍着，压抑平常蓄势勃发的肌体，他男人生命肌体就会随之蜷缩、枯萎，自然属性的如山的健硕威武，只能被残酷现实彻底吞噬了，在这个城市当不了"炮弹"，就只能成"炮灰"……

与锐凯对这个城市的感性认识相比，康旭更趋于丰厚积淀的理性认识。康旭疲惫地坐在天桥上，默默地看着川流不息的车流，一个个消逝在万家灯火的温暖小区里。在城市，自己就宛如冬日天桥上预制板夹缝里那一棵自生自灭的狗尾巴草，情以何堪？怎样才能像那些不眠不休的、用亲情守候那些夜归人一样，有一个属于自己的温暖的家？那些呼啸而过的车辆驶出城市，是否驶向更遥远的港湾……

城市似乎有一种被压抑的迷离混沌气氛，一种被潜质压制下去的动线流转，仿佛希冀中的梦想需要某种十分机遇作支点，这种支点而又全然无痕迹、无法预知的潮流涌动。这种若即若离的梦呓状态既允许一个男人置身于一个常规博弈之中又叫他保持心态淡泊。康旭执着地跋涉，让柔软的心灵坚韧起来，就像隆冬的郊道上凝结的霜，而那些并不透明的霜的晶体，显得如此怪诞、生硬，然而它们存在的理由，却要任由成千上万的车辆碾压、饱受自然严酷的冲击和涤荡……

走出那条街巷前面，就有一道彩虹似的立交桥。沿着立交桥底层辅道，不停脚甩开大步往前走，深一脚浅一脚。他越走越快，走的路途越远，他只想以这种方式真正融入城里……

"大叔，这个城市你融入不进去，是不是该放弃了，放弃这个钢筋水泥和车辆喧嚣的空城，这个城市层级森严，死不了、不脱几层皮，是永远进不来的……"康旭脑海里浮现了一部热门电视剧的台词，又痴痴地傻笑一回，自己未免太过悲伤了，混迹于城市森林丛中，锐凯那样的粗鄙男人都百折不饶、不言放弃，自己为何不能像生长在天桥预制板夹缝里那棵狗尾巴草，存活于坚硬的水泥地面，要么被别人一脚踩死，要么与城市同享明媚春光。

"哦，哦嚯嚯—"他独自一人站在立交桥上，仰望万家灯火下繁华城市，张开双臂伸向夜空，对着呼啸的滚滚车流呐喊着，意欲呼出那些心头的郁结和阴霾，在嘶喊中辞别那些辛酸而落寞的过往，让自己在含泪中找到跌倒了再爬起来的支点……然而，他这竭力微弱的呐喊，被彻底吞噬在车流的喧腾中……

就在他怅然垂泪在城市的旷野时，他的手机铃声突然响了，把他从惶惑中惊醒，打开翻盖一看，是林歆月。

"你在哪儿？"

"在西一环路立交桥上。"

"要不要我来陪你？"

"算咯，夜不成公事！有事明天再说！"

"你别那么奸诈虚伪，好不好？玩腻了，就想甩掉我，没门！"

"你才奸诈虚伪！大晚上的，孤男寡女，不怕我非礼你？"

"明天我就去你报社找你，主动送门要你非礼，你敢吗？一个大男人，就这点本事，芝麻大点事就弄得要死要活的？能不能向我学习，活简单一点，行不？这么大的城市，想活得复杂，你复杂得起吗？"

康旭婉拒了她，却遭到她刻薄的臭骂。不过，在此时孤寂落寞中，不厌倦她，反而心生感激，至少心情没有刚才那么糟糕了，他不知自己才何德让她锲而不舍、舍命狂追，舍得在自己身上下功夫，那种原始欲望满足后的某种驱动。她产生的哀怨与委屈，伴着那晚的"一夜情"，她的心灵被他带走了……觉得很对不起她，原本想慰藉她，拯救她跳出苦海，可他自己无力自我拯救！

次日中午，康旭与毕行舟他们一起出去吃工作餐时，林歆月像从地下冒了出来，在不远处呼唤他，他应声跟了过去。

这一情景被毕总、锐凯他们看见了，都产生一种奇特之感—桃花运来了撵都撵不走，都这把年纪了，居然还命犯桃花！

康旭不想和林歆月一起与报社同事一起吃工作餐，想随便找了个地方吃饭，就问："你想吃什么？"

林歆月一心想抓住这个"俘虏"，兴奋了，走得甩手打脚的，就说："想吃鹅肝、海鲜，你请得起吗？"

气得康旭吹胡子瞪眼。后来他们在一家水饺馆吃一顿。出来，两人肩挨肩地走在大街上。

林歆月从精美坤包里拿出一套名牌女式套装，在胸前比画一下，问："喏，漂亮吗？"

康旭怀疑是魏启勃买的，一想到他们"垮床"事件就想呕吐，鼻子哼哼，不屑一顾。

"显摆个啥？你穿，还想扮嫩，有没搞错？"康旭板着脸，故意刺激她。

"废话，我本来就年轻！像你，老男人！"林歆月底气十足地说。

康旭不无讥讽地说："去啊，你去找嫩男人噻！不知羞，自以为年轻而丰满，有老魏的阳光雨露滋润，当然会变年轻咯！"

"你是文化人，说话别那么难听，好不好？你总是把别人说得跟你一样？梅德方给你介绍他的富婆老姐就年轻，小有六十了吧？干瘪变霉味的老鸡婆！"

"那只是谣传，没有证据！"康旭身体前倾，透过拥堵的汽车挡风玻璃凝视前方，觉得自己像一块被抽成真空的太空棉枕头。

"证据多了去了，人家还说你脚踏两只船，老嫩通吃！"

"恶俗，我哪有那么好的福气？按你的说法，加你就脚踏三只船了，对吧？"康旭反驳。这几天，他感觉郁闷、胀气，是近期最寂寥、最难忍受的时光。

林歆月奇怪地望着他那陡峭俊朗的脸庞，再次有缘相逢，或许是上苍的巧意安排吧，或许，老天安排她来监视他、救赎他。凭心而论，她死也想不通，他们之间究竟出了什么问题？

两人都有些阴阳怪气，心照不宣，被环境制约，一见面就回忆已

244

逝的大好年华……

在公园里溜达，恍惚中，似乎各自背后都有一双双眼睛盯着他们。康旭蓦地转身，好像每个行人都在给他们行注目礼，又似乎在对他们品头论足。身边的林歆月却更加肆无忌惮，夸张地仰面死盯着他，挽住他的手臂缓缓前行。

康旭有点矜持，步子迈得快些，想挣脱她，刻意与她保持一段距离，说："你呀，走个路，眼睛都在滴溜溜的勾引人，招蜂引蝶的，也不怕路上的人笑话？粗俗不堪！"

一缕阴坏的笑意，瞬间悬浮在林歆月的嘴角，说："我说过，如果你不要我，我就破罐破摔！我就是要在你的伤口上撒盐！看你咋的？"

康旭遂贴近她耳朵，搞怪地说："你赶快行动吧，撕开我裤裆，拿刀在我大腿上划个口子撒盐，你敢吗？"

林歆月笑得花枝乱颤，骂："臭流氓，听说那年我走后，你还差点为我殉情，差点为我自杀？说明你的心里只有我，没有他人！"

康旭眯起眼争辩道："我姓高，不姓'贱'，我有那么贱吗？相濡以沫，不若相忘于江湖。失恋很正常，我会痴狂到为你去死？自以为是杨玉环！"

林歆月掉转长发飘逸的脑袋，清澈而暧昧地端详他，反驳："说你嘴臭呢，你还不舒服！听我表姐说，三年前因我不辞而别，你在床上哭了三天，躺了三天，谁也不想见，谁来电话也不接，还绝食了三天，说是用以祭奠我们的那段不了情……后来你还托人买一种像橡皮檫子一样的减肥药，每天吃三次、不吃饭，光喝水。他坚持了十天，减掉了十多斤，我离开后，你绝食十天。一个月后，你胃大出血，急性肠胃炎，差点要了你的狗命，还到三医院住院十天。活该，无情的东西，遭报应的货！"

就算她说的是事实，而今"物是人非"，已经确实找不到那种感觉了，她独有的气息都已飘散了，被这个浮躁城市的致癌气体毒化了，浸透了，注定覆水难收！

康旭孤独地对着路上车镜，那奇冷怪异地欲哭的苦笑，那笑容隐藏着深不可测、秘不可宣。

男人最难熬的时辰，便是林歆月离开那个最纠结的仲夏夜，他的朋友曾在夜总会给他"约炮"，协调心身，他忐忑不安地审视，感觉还不如林歆月的十分之一，"嫖妓"的愉悦感从何谈起？更不用说销魂。于是，他婉言拒绝了。

也许她回来找过他，站着门口等过他、迟疑不决……他不在，她又颓然而返。

林歆月坐在公园凉亭旁的塑料椅上，似乎已找不回当初那种小鸟依人、真情相拥的感觉了。

"你不想接受我，是在等另一个女人？未必然这个女人比仙女还好？未必然这个女人就是阿梅的亿万富姐？"林歆月心平气和地问。

康旭一阵眩晕，头痛得厉害。这话题难以让他气定神闲，时间可以洗涤一切，怨恨可以变成好奇，变成对彼此婚姻生活的再度关注。

康旭说，"你明明知道我在'耍单'，还说这话来刺激我？你一走，弄得我人财两空，我才是输家，我想要男耕女织的婚姻，现在已绝迹了……我已患恐婚症了，再也折腾不起、伤不起了……"

"都什么年代了？你还想在过男耕女织的夫妻生活？"林歆月咬紧牙关讥讽他。

"那又怎样？陶渊明的世外桃园生活，一直是我最美好的向往！不喜欢一吵闹，一发生矛盾就翻脸分手，试想哪对恋人没有矛盾？"

"你们男人宁愿裸婚，也不愿去办证。根本不把女人当回事！"

林歆月脸上一阵发热。他们竟对婚恋进行实质性的讨论，像老熟人一样，平静的语气中有一丝夸张虚妄的激情，一种难以捕捉到花前月下、逢场作戏的余味。康旭无言以对，空洞地盯着她，啧啧，又是那副人头猪脑的笨女人模样！他望向别处，眼角的余光发现她把手伸进口袋掏手纸，然后听见她擤鼻子，那声音闷响而粗鄙。

康旭省去空洞无聊的客套话，开门见山，直杀主题，顿了顿，润了润嗓子问："你想过没有，你就这样打算在老魏的养鸡场干？"

"呸，管得我呢！干不干和你有关系吗？"事实上，他还在关心她，她因此觉得舒适惬意。

"那你等于活在地狱里，与魔鬼打交道。"康旭说。

林歆月微眯拢的眼睛，突出放荡的下巴，那样子让他稍感别扭。

她反问："我活得有你说的那么恐怖吗？"

康旭说："你整天在养鸡场喂鸡，身体接触生化药厂扔掉药渣，慢慢地就会染病。还有我早就说过，你没有实力和魏总的那几个女人竞争。向敏和魏总同居不到半年就带她到了美国、北美去旅游，现已给她买了一套三的豪宅，管杂志社的行政和财务，无形中扮演老板娘的角色；那位律师夫人朵朵，魏总也带她去过美国、法国，听说准备到休斯顿开一家贸易商场……"

林歆月觉得，他现在还在故意折腾自己。在当初试婚生活中，大部分时候都被他气得发疯—他为那个"拖油瓶"的读书问题和她吵嘴，穿着木屐拖鞋上街买菜也也跟她吵，诸如此类均都令林歆月抓狂……林歆月听罢，气不打一处出，做个极力制止的手势："打住，别说了！他们再金枝玉叶，跟我没半毛钱的关系！吵了半天，你还没搞懂，跑题了。我要进你们报社上班—"

康旭神态刚归于平静，又进入绷紧状态，"你吼个啥？那天说得很直白，报社不是我家开的，不是谁想进就能进的……"

"我不管，你必须想办法给我办，我就赖上你了，要不，我就找你们毕总、找锐凯，告你耍流氓、始乱终弃、下三烂，咋地？"林歆月刁蛮劲又上来了。她懒得去和别的女人作比较优势，她似乎恍若隔世，她的心境阴郁起来，因为在这个城市她要走的路太窄了……

俄顷间，她一个激灵地跳起来，咬紧牙关强调说："在凯州，总有我立足的地方嘞！我没有优势我也要混，反正怎么混也是混呗！"

"嗯，嗯……"公园门就像一个大彩电屏幕，流动着大街上的人熙熙攘攘，人头攒动，门前两棵苍劲青松像两根一柱擎天的男性阳刚图腾。

突然，林歆月的手机声大作，康旭估计是魏启勃打来的。林歆月抖动那"无限风光在险峰"性感双乳，一下子就脸放红光，这让男人豪情激荡、欲仙欲死的性感"双峰"，或许是魏启勃需要她留下来滋润他的丰饶女人。

在沉默中对望。康旭刻薄地问："老魏喊你去满足他的淫欲？"声音中带有一丝幽怨和困惑。

康旭怔怔地站在公园门口，林歆月来不及搭理他，就钻进一辆出租车，忙掏出坤包里的小镜子，揽镜自照，并手忙脚乱地补妆。难道她真把骚棍魏启勃当成秦始皇了？

小镜子里，林歆月长发披肩，鼻梁高挺，皮肤白嫩，脸孔白皙，微翘的樱桃唇，一双媚眼，很港台美女叶子楣那种的黑亮亮而隐含莫名梦幻的那种性感……

康旭莫名地想，有一份真爱，在下一站的某处等着他，白慕仪的身影在心中再次浮现，他觉得刚才自己怅然若失、痴痴傻傻的样子很滑稽。他扪心自问，早就该把林歆月从魏总的淄水油厂里解放出来，摆脱老魏的无聊纠缠。而对白慕仪，自己除了健硕雄壮的身体，房子、车子他都暂时给不了她……

"只有潮水退去，才知道谁在裸泳"。

过几天在办公桌，康旭觉得这句话很有意思，就记在日记本上。这时，毕行舟出来安排新一天的采访任务，专业术语叫规定动作。报社工作室下行政指令，要求康旭去凯州市最大的针织公司谈广告宣传。康旭穿着那套被白慕仪还回来的那套名牌西服，呈黑色细条格子，儒雅而经典。

康旭刚走出报社办公室，便接到林歆月打来的电话，说："在淄水油厂里闷死了，你能不能带我出去溜一圈……"

"你不是在被窝里给老魏暖床，跑出来瞎疯个啥？"

"男人说话，请尊重我们妇女！要不，小心老娘过来掐死你！"

康旭在公交车站台，远远望见林歆月甜甜地向他跑来，带着一身将逝去的迟暮青春。和他一起上了报社采访车，她带着那种似妻似女友那种似是而非、模棱两可的诡秘，她的声音带着一种悦耳的鸭公似的嘶哑。

她的脸孔比前几天吵架时越发皎洁明艳、甜美自然、清爽而毫无雕饰。尽管她的神情有些迷离，康旭难以猜测，好像她心里缠绕着某种挥之不去的伤感事。

汽车加速飞驰，向着西郊名镇的方向。

林歆月觉得喉咙涌动一种东西，她忍了忍，窥视着身旁的康旭，觉得他的眼睛多了些许沧桑与荒芜。

康旭与她迅速对视一下，但双方又迅速掉开了头。她注意到与康旭眼神碰撞时，似乎多了一些阳生感。

快到要找的那家针织公司豪华大门口，康旭停车，似乎忽然想起什么，问她，"要不要一起进去？"

"来了不进去，还不如不来！"

据说这里西部数得上名次的针织公司。公司大门配置有大门前高耸云端的广告牌，昭示着企业的品牌文化。

在走进公司办公大楼前，康旭低声告诉她，"老板是女的！"又絮絮叨叨地说："进去后，你别说话，一切我来应对，争取签单挣钱！"

"哦，知道了。"她浮躁的心绪一下子就稳定了。

可从宽敞高大的产品展示厅一览无余。他们走进产品展示厅右边的董事长办公室，林歆月依偎在他的右侧，他做个深呼吸，挺起胸腔，大步迈进去。

董事长是位年近花甲的太婆，正在与一对夫妻客户谈生意。他们一进去，那太婆并未掉过头来，那个世故圆滑的青年男助手接待了他们。

大概过了二十多分钟，那位叫池春苗的酷似太婆的女老板才站起来，面带微笑向他们走过来，"哟，记者同志，久等了哈？"寒暄、握手。康旭呈上自己的名片和一份近期报纸样报。

康旭告诉池总，他是她在县委里的领导介绍来的，若要申报国家级免检产品称号，需要在《凯州商务早报》这样的国家级报纸做造势宣传，希望只占用池总二十多分钟，"让我做个专访，然后在报纸上刊发文章，为您的公司做品牌扬名。"

池总定定地瞄了他们一眼，摆了摆手说："这个嘛，要等下一步再说……"

康旭不紧不慢地问："您说的下一步，具体是在什么时候？"

池总用老太婆那种特有的慢条斯理声调说："五一节前再来，我会打电话找你来。我现在最想要的不是国家级免检产品称号，而是……

顿了顿，你们二位准能猜得出？"

康旭曾下海做了十年多年的针织品生意，这个难不倒他，便说："你急于在三八妇女节前多来些集团购买——"

此话一出口，让老太婆心花怒放，她爽朗地大笑，说，"聪明！毕竟是在天天飞来飞去的大记者。你们记者交际面广，多给我介绍一些团购来，成功后，可按比例给你们提成。"

"嗯，现在报纸广告打出去了，扩大了影响力，集团购买自然就来了噻。"康旭想尽快搞定这个单子，可不想碰这个软钉子！

"现在车间需要大量的原材料，钱从哪里出？"池总说出一大堆推诿的理由，试图打消康旭"签单"的念头。康旭明白，这单不搞定，一定会给他和工作室业务拓展带来挫败感，这是他按行规程序的第一个"陌生拜访"，一定不能败下阵来……他直率地说："也花不了几个小钱。您看我说得有无道理？我觉得吧，恰好提前抓住这一黄金时段做宣传，把您的品牌优势通过报纸宣传出去，就会产生巨大的市场号召力，集团购买自然会纷至沓来了……"

话到这份上，池春苣怦然心动，说："哦，这位帅哥口才太好了，请问做半版多少钱？"

康旭出示报社统一的广告刊例价。

池总叹息地说："既然是县领导介绍来的，我们也不好让你们空手而归，对吧？"

"合作成功后，您公司就是我们报社的协作同盟单位，现在开新闻发布会都用床上用品做纪念品，报社每天都与领导们打交道，以后我会首推您公司产品作单位团购。"见池总还有些迟疑，康旭趁热打铁，说："只有像您这样有企业品牌文化的大公司，消费者才相信媒体对品牌产品的展示——"

康旭拿出事先准备好的报社标准版合同，在合同栏目上填写好，然后请池总签字。随着这一戳章的声响，康旭在《凯州商务早报》第二份独立操作的广告单子就此搞定。

随后，池总让那位男助手给他们掺茶续水。并说："基层老百姓对记者还是挺有崇尚心里的，我有一个同学的兄弟就是为了做好新闻工作，连婚都不结，反倒让她老姐操心。你们认识吗？那位记者姓梅，梅艳芳的梅！"

"是不是梅德方哦？他姐是您的同学？"康旭很兴奋，一种意外收获！

"对头。你们认识？"

"岂止认识，是铁哥们！不知当问不当问，他姐都快六十岁了吧？是不是在国外继承一笔上亿的遗产？"康旭控制不住自己，探究地问。

"你一个大男人，咋好问人家女士的年龄呢？我们公司产品就是通过他姐发到国外去销售的，集团购买也不少！"

"不好意思，我是说，认识池总是缘分哈！双方都有共同的朋友，所以问起话来，就不太拘礼了！"

康旭出师告捷，对林歆月拍拍胸口，说："如何？你的前夫还雄得起吧？"

林歆月粗鄙地瘪嘴，说："还好意思显摆哩！你曾经还当过大老板，人家太婆三言两语就差点没把你说来笼起，只不过，你反应快而已！还有，'霉得慌'给你介绍的那个亿万富婆是池太婆的同学，都奔六了。你嫌弃我，就为和她谈恋爱，是不是想钱想疯了？年龄相差二十岁，我都替你害臊！"

康旭脖子梗起说："咋子害臊哦，这纯粹是捕风捉影！"

林歆月反驳道："打住，我第一次陪你出来，就签了单，就证明我是一个旺夫的女人，抛弃我，你不怕后悔终身？"

"什么逻辑，这是？"康旭奇怪地而又意味深长地盯着她。

"看我干吗，有什么好看的？今天签了单，是不是要分一点提成给我哦？"

二人又相互抬杠，鸭子死了嘴壳硬，打起了口水仗，反正吵吵闹闹，对他们来说，已是司空见惯。

康旭说："不看你看谁？李伯清说的，'婆娘还是人家的好'，今天心情好，就看你这个肥沃而漂亮女人！"

"有钱才漂亮。我又没钱，哪点漂亮？还不如你六十岁亿万富婆的美钞漂亮！"林歆月不由自主地侧过头来，鄙视地说。

"头发就像一团海丝带，身穿衣裳像麻袋，腰系一根黄飘带，有事没事想造爱，老总要你上床，你胖得把床都压坏，哈哈……你真有点像进了神经科的渣二代……"康旭情不自禁地自娱自乐调侃她。

"你才是进神经科的渣二代！超级的二百五！"

康旭定了定神，说："别生气嘛，小幽默一下！"他猛然一抬头，却瞧见林歆月晃来晃去、优哉乐哉地把玩着手机甩圆圈，浑身随之有节奏地抖动，那对"双峰"在令他心旗摇动，他那陡峭的脸庞习惯地讪笑着，向她的嘴唇努着，一只手不安分地在她"双峰"上晃来晃去。

"这是大街上，臭不要脸的，流氓！"林歆月痛快地骂着，脸色透红，情绪激动异常，像压抑很久的恶气终于像火山爆发了。

"从今起，你混账敢再骂我是魏总的第四情妇，老娘就跟你拼命！"林歆月暴跳如雷，咆哮着。

"吼啥吼？又没人惹你！我告诉你，以后你别再拿破罐破摔来威胁我！"康旭惊愕至极，道出他的内心独白。

这笔上万元的广告款，让主编毕行舟对康旭赞赏有加。

二十、红尘作伴　未必能活潇洒

　　这边林歆月在死缠烂打、意欲破镜重圆，那边白慕仪又来电说要到凯州来休假，弄得难以消停的康旭疲惫不堪，一整天阴郁而恍惚，难道自己注定要在命犯桃花中涤荡灵魂？

　　这年的公历二月二十三日，正好他满四十三岁。康旭早就产生遐想，这天应过得有意义—四十三朵玫瑰花赠给了白慕仪，虽然没有点明赠送玫瑰花意图，但看得出，白慕仪已是笑靥如花了。蓝天碧水下的正午骄阳正艳，为治疗情殇，他需要经历一场酣畅淋漓的爱的抚慰，他无意前嫌尽释地接受林歆月，但他绝不拒绝水到渠成的感情置换—有时"失之东隅收之桑榆"不但可以脱俗，反而越发显得奇崛而鲜亮，就像他此时看到的情景，他终于有权轻轻环绕着白慕仪的腰肢。

　　白慕仪并不惊愕，很恬淡地就接受了这份亲昵中的爱抚。别扭的反而是康旭。那一瞬间电流般的触碰，让他有种绝处逢生后不真实的惶恐。艳阳，春色，碧水，终于真情相拥，一切都如期而至，好像拍电视剧的假戏真唱。护城河两岸飞花逐翠，花开一段传奇，收获一生的缘，情缘距他们是那样的近，仿佛触手可及，两个人都浸润在忘我的美好境界中。

　　还是康旭率先幡然醒悟。鳞次栉比的高楼沿着河岸倨傲挺立，每一扇窗户都流淌着日新月异，每扇窗户背后都在延伸他的城市梦。望着蜂巢般团簇的倨傲挺立的楼宇，他有一种突如其来的落寞，极力赶走心中的惆怅。

白慕仪没有吭声。康旭仰头看她的脸，他发现她是勇敢来凯州的目的，实在催生一场生命狙击，脸上却一如往昔的英姿飒爽、风轻云淡。

康旭误以为自己的举止轻薄了她，问："咋地啦？"

白慕仪抿抿嘴唇，沉吟道："我是想，若能一直这样，该多好啊！"

康旭一脸亢奋、涌红，说："嘿嘿，那是必须的！"

康旭蠕动一下突出红杏似的喉结，再次紧紧搂住她，心中的天后白慕仪一挥手，就勾画出一片云水般流淌的彩霞满天，仿佛丹乐江畔被拯救的原音画面，就浮现在蔚蓝的天际……

"哦，忘了，今天我有采访任务。"康旭说。

"我陪你去！"白慕仪只想到郊外去踏青、接近大自然。

丰润镇是南出凯州城的江滨名镇，位于丹乐江的上游。

右岸是遮蔽在如伞的芙蓉树茂密枝的绿树红墙。左岸是巍峨挺立的楼群，其间，流淌着时尚小城市的繁华粉黛。

在左岸和右岸之间，江河水清波漪澜，恬静清冽，乡愁潮涌、田园旷野泛着绿意生态的涟漪……花香一阵浓过一阵街心花园塑有陡峭的假山，覆盖着嫩绿馨香的草坪，屹立在水池中央的人造喷泉，恢宏而潇洒，在初春暖阳中捧出一种水天一色的诗意栖居。郊道两旁，沿途景观渐次流转，"暖暖远人村，依依墟里烟。狗吠深巷中，鸡鸣桑树颠"。馥郁花香浓醇厚过一阵，随风飘溢……他俩陶醉于留住乡愁般的世外桃源。

康旭与慕仪在车上，车内被车窗遮阳玻璃纸挡去外面的阳光，显出粉红色的朦胧温暖。康旭在汽车音响了一首罗马尼亚老电影《沸腾的生活》主题曲，弥漫一种怀旧的激情迸发的色彩，意象中，在孤帆远影碧空尽的大海岸边，一位骑着骏马的威武男人在追逐沸腾的生活，爱在海天一色处温柔留守，释放一种令人痴迷炼狱沧桑的中年伟男的浑厚余味。

汽车沿着田园郊道疾驰前行。两人的心境，似乎有一种被情景音乐所感染，或者在潜意识的重温已逝去了的浪漫激情，恍恍惚惚，胸中就像积压着一团火，由于压抑已久的感情触动，意欲找到突破口，车里随音乐到处盈满荷尔蒙，待心境沸腾后回归于消散瓦解。这段感情突然如后视镜的裂缝里冒了出来，让他们措手不及。眼前彼此都在一面裂缝变形的后视镜里窥视对方鲜活的脸孔。

白慕仪在车上感染这位健硕俊朗、更易招花引蝶的男人的气息，她不是确定世上太多的风情万种，他是否唯独钟情于她这种？

"听说你前女友，又回来找你了？"自知已经不起"人生几多风雨"的白慕仪终于打破沉寂，故作不经意地问。

刹那间，康旭心里咯噔一下，他仿佛下子馄饨了，自己一直排解不开的事情，或者潜意识中一直压抑他那团心中化解不开的伤疼，终于要被强势"倒逼"，如数家珍般地抖落出来。

"你我已经不是已说好了，往事不要再提，不要勾起伤痕的记忆！再说，谁没有过去？过去了就让它过去吧—"康旭没有避开这一话题，没什么好回避的，旧情婚恋又不是狙击命运的魔鬼！

"过得去吗？你不会是吃了锅里望着碗里的色魔狂吧？"慕仪极尽挖苦之能事。

"唉，我说不食人间烟火的天后，说话不要夹枪带棒，好不好？请问我问过你的过去吗？相恋容易相处难，不要在伤口上撒盐！走南闯北的美女导游，未必然男女那点事还没看开？我说过，就算有再多风情万种，至少我心中唯独钟情你那种……"

突然，对面一辆货运大卡车，意欲急转弯超车行驶，差点碰倒康旭的车，一个急刹，康旭的车子停了下来，哇呀，好险！

　　白慕仪被震得目瞪口呆。望着惊魂未定的他暗自叹道，反应这么大，他不会是在女人之间挪腾躲闪中专捡便宜吧？又理智地提醒自己，人家在开车，这种捕风捉影的话，还是留在茶楼咖啡厅说为好！

　　白慕仪已感觉自己话锋带血，既让对方受了刺激，自己也被搞得窘态百出，就说："不就拿话考验你一下，反应那么大？抱歉，影响你开车了，好好开车……"

　　善于产生奇思妙想的白慕仪，心境就像黄昏旷野那浅纱巾似的薄雾，一直朦朦胧胧的笼罩，难以弥漫开来了。汽车在夕照尽头的粉红色云彩中穿行。

　　白慕仪故作好奇地问，语气有些迟缓，"那个姓林的，因你拒绝跟她办证，她才提出分手的，对不对？"

　　康旭苦笑，一脸尴尬，她有点哪壶不开提哪壶，他想"往事留在风中"，当爱已成往事，她却偏要问及他像躲避瘟神都刻意躲避不脱的话题。

　　"都翻篇了，还提她干啥？不要纠结了，好不好？能不能换一个话题？"康旭说。他似乎已无心说话，点燃起一支烟，闷郁地吸着，一缕缕青烟袅袅地越过他的头顶，并在周围冉冉飞旋着……他望着街心花园恬静幽雅、绿意葱茏的草坪和在黄昏中呈粉红色的壮观喷泉，心里飘飘忽忽，无所适从……

　　"不要逃避，如果哪天时间合适，我要亲自去拜访你的前未婚妻林小姐，看她究竟有多珠圆玉润、风情万种？"白慕仪的直白，让康旭宛若五雷轰顶。

　　空气中瞬间飘溢着一种流动的抑郁，这种抑郁摞在他心上，也掠过他眼睛。他暗自咂吧慕仪的话，猛地倒吸一口冷气，心中浮起一种男人少有放纵后的罪孽感，自己从晨起到迟暮，还没搞懂这究竟是为什么！

康旭立马脸色凝重地说："呵呵，建议你最好不要去！"

"为何不能去？"

"道理很简单，去了也白搭，不仅降低了你天后的身份，而且是秀才遇见兵，有理说不清！"与此同时，康旭耳畔回响着林歆月的唠叨声，"那时，你既嫌我不够'淑女'，又嫌我四肢发达、'人脑猪头'，林黛玉的智商就高，还不是成了短命鬼？我就是要活的简单、快乐！不管咋样，我和你在一起时，你的生意做得红红火火，事实已经证明，我是一个旺夫的女人。现在你光混一条，由老总变成了一个打工仔。'东选西选，选了个漏灯盏'，你甩了我，你哭的日子还在后面哩……"

康旭对身旁的慕仪感慨地说："你不了解她，你还不了解你自己？人家心思已放在傍魏总那样的大款上，我和她已经彻底翻篇了……她想干啥，我就搞不懂喽！你还想去找她，真是自取其辱！"

"咋会自取其辱？她找你，不就是想回来再续前缘吗？"慕仪从牙缝里迸出一句话。

"回得来吗？打碎的玻璃渣花瓶，还能还原吗？你我今生有缘相见、相识，情缘需要双方尽情呵护，请别瞎折腾了！"

康旭深情地拍了拍慕仪的手说。

白慕仪立马柳眉倒挂，愤怒地反击："惜缘？想极力遮掩你的肮脏行径？红尘相伴，活得潇潇洒洒，来回穿梭在两个风韵不同的女人之间，尽享秦晋之欢，你觉得这是底层挣扎、绝处逢生的男人所为吗？"

"问题有那么严重吗？我出了什么问题，你拿出证据来？"康旭一时还未回过神来。

白慕仪迅速从包里拿出一个小红包，撕开封口，一字一顿地说："告诉你，女人的直觉最理性、最直观！这是我那晚在你家采集的女人头发的样本……"

"啧啧，女人头发能说明什么问题？"

"还敢强词夺理！你别忘了我是干啥的，你休想逃过我的法眼！说难听一点，那晚在你床上我睡的那个床位，前一晚就必定有另外一个女人在那里和你放纵淫乱！这几根女人头发，就是证据！当时我一进你房间，那种扑鼻的女人馨香气息就提醒了我！你敢不敢去找她对质？"白慕仪一改天后的贤淑，振振有词。

"唉，天后，你是不是福尔摩斯侦探片看多了吧，故事也说得太玄幻了吧！"康旭心里却直打冷战，这女人他真妈的太厉害、太恐怖了！

"在事实面前，居然还敢狡辩！一定要带我去和那个女人对质，要么与她破镜重圆，要么我退出；我可不想用廉价的救命之恩来换取所谓的狗血爱情。救你是我做人的本分，不带丝毫情分、缘分，任何一个人品有问题的男人，无法走进我的感情世界。你我从今天起，永不再见！"白慕仪终于亮出分手的底牌，"告诉你，我承认我喜欢你，但我绝不会与别的女人共享一个男人，这是底线！请你搞清楚一点！"

"别翻脸比翻书还快。对不起哈，我的小命都是你救回来的，我敢放肆嗦？放心，我是不敢跨出你的底线！"康旭感到问题的严重性，心虚了，赶紧道歉、狡辩，"你说得好像我在撒谎，在欺骗你？你能不能清醒一点，那晚我们先就说好了的，双方不再追究以前的事，对不对？"

"你才该清醒一点，我一想到你床上头晚睡着别的女人，我就觉得恶心、肮脏！知道吗，这种事女人最自私、最不妥协，如果一个女人不在乎她爱的男人头晚睡的女人是谁，那个女人还有活着存在的价值吗？你以为我和你小孩过家家，嘴上天马行空，大谈相亲相爱、重组家庭，实际上背后又去招蜂引蝶？你以为带着伤痕恋爱的女人都是脑残、白痴？"白慕仪扭着不放，很纠结，很偏执。

"我忏悔了，你豁达一点、大度一点，好不好？让我过这个坎，就算我犯了错，我保证是初犯，也是最后一次！心中只有你才是唯一！"康旭明确地表了态。

"当面好话说尽，背后骄奢淫靡！警告你，男人既然接受了一个女人，就要对她的终身负责！看到谁漂亮性感，就跟谁上床，还是堂堂的大老爷们所为吗？呸呸，是人渣，是垃圾！你想，我会不会选择这样的人渣男人？"

"啥是人渣？那你相信这个时代还有坐怀不乱的正常男人吗？除非是影视剧里的太监！也希望有了你，我就从此感情专一……"

"你不是落难了，不是想跳江自杀吗，不是想炸尸还魂吗？还有心情去找坏女人鬼混，子弹满天飞？你就不觉得很龌龊、很淫荡？"

"你们女人不是喜欢张爱玲吗？张爱玲曾说过一句非常精辟的话：每个男人的心里都有两朵玫瑰，一朵红玫瑰，一朵白玫瑰。我认为，无论哪位出色的男人，还是女人，这一生中都可能遇到命中注定的三个人。"

"啊呸，不要搬出张爱玲那套说辞来为你的放纵淫荡开脱！当今男人要纸醉金迷、莺歌燕舞，得有经济实力啊，只有高官、富商才玩得转，你有实力吗？"

"没有哦。实话实说，我离了婚，三年多没碰过女人，就因没有经济实力，压抑太久了犯了错！但我仍然有质感呃，不要把我说得那么下三滥，好不好！"

"你没有钱，还有脸和放荡女人滥情？你们这些社会人渣，都喜欢在女人身上干'体力活'，殊不知，男人自身的娱乐价值反被那些淫荡女人'消费'掉了，反而悖逆了社会价值观；女人玩男人的手腕远比你们男人高深得多。沿海一带，那些'基佬'、'鸭鸭'男人都是作为消费品供富豪女人'消费'的……"

"但凡有点拂逆你的意愿，你就用这些刻毒、阴损的话来骂人，啥意思？"

"意思很清楚，提醒你，像你这样的大叔型男人妄想迎来第二春，就要走正规渠道，扎紧自己的裤腰带，不要见花就想踩，不要把成熟男色轻易被当成'基佬'、'鸭鸭'似的被坏女人消费了，到时弄得鸡飞蛋打，人财两空。到时遭人家白玩、要你笑着哭，后悔都来不及！"

"没想到风情万种的天后，话的说这么难听，这么句句戳心！有四十大几被人消费的'基佬''鸭鸭'吗？"

"当'基佬'、'鸭鸭'，感情浓得化不开，活色生香，越老越吃香！"

康旭厚着脸皮说："管他吃香也好，背运也好，本人声明，我没有基友，就你是我的唯一！"

"哼哼，唯一，我可消受不起！别拿流行歌曲来忽悠我，你以为我是十八岁的清纯少女？如果以后再发现你床上有其他女人的头发，我就杀了你！你信不信？"

"咋会遭遇你这样的刁蛮女人！好，以后保证床上的女人头发一定是你的，我好害怕遭杀身之祸哦！"康旭赶紧说软话，顿悟出一种被女人"消费"后宣判"死刑"的诡异情结。

"别嬉皮笑脸的，说正事哦，我就是要你长记性……说得很直白了：如果你觉得四十大几的老男人，还可以红尘相伴、骄奢淫逸，那就请你放我一马，我不想带着彻骨的伤痛和你交往，不想让旧伤痕还没消失，又添新伤痕……不属于我的雨伞，我宁愿选择淋雨奔跑。"白慕仪说得情真意切、泪眼朦胧。

二十一、"鸳梦重温" 命犯桃花

　　白慕仪越理性、越实在，接近的幸福就越触手可及，她像守望麦田般的留守这份感情，而感情却像带着玻璃渣的毒药似的，既欲罢不能，又烙着生痛。当疼痛状态还未达到沸点时，再渗透另一女人的暗香浮动，她变得尤其敏感，唯恐自然生长情感被瞬间吞噬……

　　白慕仪一直像娘子军战士一样，在导游的职业生涯中历练，穿越在时间煮雨的隧道上奔跑，她不知道，是世界改变自己，还是自己改变世界，城市永远沿着一条没有轨迹的地平线演绎它的悲喜剧。永恒的爱情是书中传奇，男人同时拥有几个可供释放的红颜知己，在现实生活中已不足为奇，有的男人碰不得，一碰就支离破碎，她醒着睁眼看着繁星数伤痕，就算临睡前留一盏灯孤寂地照亮自己，表面上不为情所困，实际上是在痴痴地折磨灵魂。

　　这情景再现，随着新型城市化的大势所趋，乡村的农民自然涌进现代大都市，"泥腿上岸"的原乡村民带着飘渺的梦想，用不切实际的最后博弈，多半换来的是苍凉和毁灭，他们用孤独的身体和卑微的意志，成为浮躁城市的执着寻梦者，在大浪淘沙、优胜劣汰的逐鹿中蠢蠢欲动，为未来的衣食无忧透支生命，难以穿越城市的声浪，推开城乡差别冷漠心墙，就算城里有乡村一样的月光，可一路跋涉，难以找到属于自己的那片满天星光，唯有独自掩面悲啼，唯有在自生自灭中抚平内心深处的忧伤。表面上因利益驱动在寻找自我存在的轨迹，为抵达梦想花开的彼岸而枉费心机，不惜从泪水和血泊中跋涉，在隐忍和攻坚的隧道里摸索，诸如"彩票大奖"似的一夜暴富和粉红街巷艳遇的"一夜欢情"，却坚硬地衍生使残酷生活如履薄冰、如临深渊般的举步维艰。

吵架后那些天，太阳照常升起。白慕仪走在江岸那条绿道小径上，满脑子闪念康旭的身影，不仅在她心中挥之不去，反而神使鬼差地无尽牵挂。这种不可抗拒的意念，令她苦不堪言，他像正午当顶的骄阳，心想挥去却不去！她甚至质疑自己作为女人，不够矜持或过于包容，她心底在呼唤感情的峰回路转，潜意识中，憧憬生命中有个威武健硕的男人肩膀，是否犯错？在遇见中找到了，生活将会有怎样的改变？

当她在江岸上及时拯救、自杀未遂的情景模糊而清晰时，令她头痛的是他的前女友又浮出水面了，模糊了两情相悦的某种感觉了。记忆的一切即将沉入江底，他伟岸健硕的帅男形象已被蒙尘，好像不是她所需要那种型男，她的心灵荒芜了，就像插在泥沼上久经岁月侵蚀的木雕塑像。回忆她与他相处的生活碎片，她难以负重那种支离破碎的画面承载，这些画面充满伤痛与绝望，上面还蒙着放纵而荒唐的色彩—前景薄如蝉翼，不敢往下奢望，生命呼吸仿佛在吵架翻脸那天就窒息了，这场看似轰轰烈烈的恋情或许就此灰飞烟灭……

越是刻意不去想，就越要占据整个心扉。辗转反侧中的白慕仪，一次次被手机吵醒，她懵里懵懂，说不出的孤独与惶惑，遂伸手拿起放在床头柜上的手机，手机屏上接二连三地响起了未接来电提示音，十二个未接电话，均来自同一个陌生号，她赶紧照那个号码回拨过去，对方电话嘟嘟几声，稍停片刻，对方电话又固执地响了，然后又纠结地歇了下来……

白慕仪感觉电话那边群魔乱舞，她偏不信，谁敢骚扰本天后？遂穷追不舍地再拨了过去，谁怕谁！她嘴唇有些颤抖，对方似乎怕听到她的声音和呼吸，迟疑一会儿，那首周华健《花心》的彩铃声顽固地持续播放着，响了六声，对方才亮出沙哑而低缓的鹅嗓子女中音，传过来的是散漫而客气的话，"对不起，一大早，打扰你了……"

　　"你好，请问哪位？"

　　"你先答应我别告诉康旭，我才说！"

　　"好，我答应你！"

　　"我是康旭的前女友林歆月，考虑了几天，很想当面和你见个面，不知肯不肯赏脸？"

　　"你怎么知道我的电话号码？"

　　"这个嘛，见面再说！"

　　"在哪里碰面？"

　　"在城西一环路，'花心记忆'茶楼四楼见！"

　　"好，不见不散！"

　　白慕仪先到了。"花心记忆"茶楼设置的所有藤蔓鲜花都是塑料制品，空中弥漫着一种浓郁刺鼻的清新剂味道，金黄色的前台贴有"香茶醉人何需酒，红尘相伴无所求"的草体书法横匾。

　　白慕仪与林歆月在此处会面，显然与这里的茶文化主题相悖，感觉有点滑稽和别扭。

　　林歆月扎了一个火把似的马尾头，姗姗来迟，穿了一身紫色套装进来，随手拖了一张椅子坐定后，发现对方有个陌生的成熟干练的美女在盯着自己看。

　　白慕仪觉得，坐在对面的林歆月，不是想象的粗俗不堪的"乡野村姑"，但气质上仍残存着某种庄稼烟火般的乡土味道，她没有完全融入城市文化的底蕴，一看便知是一位被城市边缘化了的农家打工女。

林歆月盯着身着乳白色风衣的白慕仪，她大概还不知道是这个仪态沉稳的女人曾在阎王爷的牙缝为康旭捡回第二条命。不过，在林歆月看来，"穿这样的白色风衣，显得有点假模假样，自以为是白娘子转世，自以为有品味，有气质，令人讨厌的高冷！"林歆月仗着自己曾与康旭有一年的事实婚姻，感觉自己搞定康旭的胜算筹码还是要多一些。

双方矜持片刻，待服务生把玻璃花茶端上来，双方才相互作了自我介绍。

白慕仪身上少了些许浮躁，多了些许宁静。问："林小姐，你是怎么知道我的手机号的？"

"这个简单，那天他带我去寝饰公司采访，我趁他去上厕所时，在车上就记下了这个号码。"白慕仪心想，"最好去做间谍,偷鸡摸狗！"

林歆月又问："接到我的电话，是不是感觉特意外？"

"哪有哦，你不给我打电话，我也会去找你！请问你找我有什么事？"白慕仪想直接切入主题。

"听说你和康旭好上了，好像你比他还小十岁。"

"他没告诉你，我们是怎样认识、相知、相恋的。"

"没有。他没给你讲，我们以前的关系？"林歆月随即亮相濡与沫一年的实情，抛出瞬间爆炸的"底牌"。

"你是指你们非婚同居一年的事？"

"我们有夫妻之实，而且半个月前我们还在一起……"林歆月试图切断对方的一切念想。

"你说的这些，我都知道了！说难听一点，你们是两厢情愿，这年头，裸婚试婚不足为奇！当初是你选择离开了他的，对吧？"

"我离开他，是因为他不给我一纸婚书，对这份感情没一点诚意！当时他是老板，自以为他真的是金城武了，林青霞、张柏芝就在排班等着他，结果三年过去了，他还是光棍一条，来城里打工，天意安排我们再次相遇，再次证明我们的情缘，我后悔当初离开了他；他也后悔了，我们重新复合是有感情基础的……我告诉你，当初离开他，就是为了考验他对我是不是真感情……"林歆月觉得自己说得巧舌生花、滴水不漏。

　　"他企业倒闭后到凯州来打工，你们是再次见面了，你就觉得你们的缘分又回来了，对不对？"白慕仪那口气，像电视台主持人在对她进行面对面的电视专访。

　　"是的，以前我在他面前很傻，一起生活一年，还怀了孕，连做人流时他都没给我买一点营养品。现在，让他捡了便宜，还污蔑我给别的老板当情妇。在城里，我要文凭没文凭，要技术没技术，要工作连文凭这个敲门砖都没有；要嫁人，像他那样的'二货'都拒绝我，我觉得我这样的高个子和他很配，他就该娶我，好在我们有很深的感情基础……"林歆月在茶楼脱下上装，贴身的粉红色毛衣的衣领口开得很低，隐约露出她那蓬勃毕现的乳峰，她似乎想以性感十足和风姿绰约来击败对手。

　　"他老是怀疑你做人家的情妇，有证据吗？"

　　"他根本就不懂，我更搞不懂，一方面他又不想娶我；另一方面他又要求我为他立贞节牌坊。现在你出现了，他又迷恋你。能不能告诉我，你爱上他什么？原来他是老板，有钱，可现在连固定打工的职业都没有，连供娃娃读书的钱都要找人借，要是不顾及和他以前有感情的话，我才懒得理他哩……"她脸色骤变，咬牙切齿地说。

　　白慕仪的心灵深处似乎猛地被什么刺痛一下，一剪瞳仁里浮出一种无所适从的隐忍与守望。漫不经心地说："也许，当初你再等待一下，隐忍一下，守候一下，对他不离不弃，或许他就是你现任的法定老公了……你今天约我出来，是什么目的？是想让我主动离开他，还是来要求我，把他重新送回你怀抱？"

"话不要说得那么难听！请你来喝茶，一是看看你是何方仙女，康旭那么亲热地喊你'天后'，哎哟，我牙齿都酸掉了！康旭很挑剔、很孤傲的，和你交往只是为了感恩；二是想告诉你，我和他已是事实夫妻，就算你喜欢他，你已经迟到了，一切都得讲究先来后到吧，对不对？"林歆月说话的声调很迟缓，语气很坚决，也很直白，她觉得自己就是用于防守的城堡，谁也休想把康旭从她身边夺走。

"看样子你还是未婚吧？你的婚姻观还很幼稚。说直白了，康旭要选择谁，不是你我说了算，对不对？就算我现在离开他，他未必就能成你的真命天子……"白慕仪这样的悲绝言辞迸出口，林歆月有一种从恶梦中吓醒的感觉，像一个剪影似的僵硬地站了起来，产生了吵架的冲动，骂道："你以为你是圣母转世，碰巧救了男人的命，就想把他捞回去当男人！"白慕仪恬淡地起身已经买了单，恬静地走出了茶楼。

林歆月轻微地痉挛一下，就像被武林高手点了穴位般的毫无反击之力。

"康旭是爱我的，必须的……"

林歆月嘴独自嘀咕着，忧伤地回到了自己栖身的出租屋。这房屋是西郊农民修的楼层上加盖的石棉瓦房，房间外的阳台上放着一台蜂窝煤灶；屋里除了床，还有一落地的简易塑料布折叠衣柜，周围环境脏乱不堪。这是城市边缘化人廉价的聚集地。看来，林歆月当年离开康旭后并没挣到啥钱。居住这样的环境，冬天还凑合，夏天就更惨了，周围弥漫着成堆的粪便、食品和垃圾臭气，蚊子苍蝇漫天飞。她的境遇比想象还要凄凉，除了几套稍微像样的衣服外，几乎一无所有……她一头栽倒在床上呜呜地哭了起来……

从茶楼尾随而来的康旭，见此情景，心里就涌起一种罪孽感，若当年娶了她，她就不会如此落寞遭罪了，作为大男人还有脸羞辱她、刺激她。为了生存，在这个城市的底层挣扎着，渴望摆脱窘迫的生存环境，在这座城市苦撑着活下去。在康旭准备离开她时，他回头远远看了她一眼，看见她醉眼里眸子里，有一抹经痛苦挣扎后闪忽的泪光。

康旭索然无味地悄然离去了。

在回家的路上，康旭明白，这一切都需要改变。是的，改变，现在就改变。林歆月生存环境的窘迫不堪，令他暗自伤悲，她人前风光的假象，终于被打回原形，老是挣扎在城市的边缘，她会被逼疯的……他既然没能力和她一起生活，不如在她背后尝试多帮助她。在感情上，他没有足够的勇气对她"挥泪斩马谡"，这太残酷了！

在原来的《慕来巷》杂志社附近的绿萍区政府采访完毕，就随便乘电梯进到《慕来巷》杂志社，他是来领工资的。魏总不在。要确保能拿到最后一月的工资。向敏奇怪地眨眼说："魏总都晓得你们到了毕行舟的报社，你还请什么假？你跟他撒谎说要请假回家修房子，也不看面对的撒谎对象有多强大？"

康旭说："家里的土地被政府征用了，别的家都在忙着建房造屋，我也不例外噻，争取往地获得理想的拆迁赔偿。都走人了；还有必要撒谎吗？"

向敏信了，忙问："那房子修好了还来不来？"

"当然要看魏总的需要了—"康旭暗想，是回来拿工资的，我才懒得回来帮刘文彩哩！

"你一走，整个杂志社就没人去跑广告了……"向敏对康旭流露出些许不舍。

"魏总独自撑起这么一个大摊子！人才市场上，能说会道、才华出众的广告达人多的是。"康旭向梅德方办公的坐位望去，空的，他或许又去招新员工了吧！

上有父母大人，下有上重点中学的独生儿子，康旭感觉无论自己多么勤奋耕耘，那点微薄收入也是捉襟见肘。不过，这一回，他要自己主宰自己的命运，做自己喜欢做的事，以文字作桨，摆渡自己，失去的是枷锁，得到的将是整个世界！

他已没心情再去收拾办公桌里抽屉里的东西，清清爽爽地乘电梯下了楼。

与《慕来巷》杂志社相比，康旭毕行舟那里能收获一份好心情。毕行舟最大的本事，是凝聚团队力量，营造一种团队打拼的气氛，使他成为领导与员工之间不可缺失的引渡。康旭刚进报社就搞定了三个单子，当然和锐凯那家"佳栋"公司的大单相比，业绩不算突出，但他尝试把深厚的文学功底融入新闻报道的创作中，用隽永的笔触记录时代的进步与嬗变。他的文笔在整个报社是出类拔萃的。

康旭身上背负过于沉重的精神枷锁，他这个年龄段他最怕什么？是失业！是那种无米之炊的恐惧！这一恐惧，导致他打工生涯在几多无地自容的逆境中浮沉。好在上苍长眼，一位睿智而美丽的女人从天而降，用她的情怀为他疗伤。

康旭情绪上，感知这一媒体平台的不堪一击，他们喜欢行走在基层一线，承受着社会的鞭挞与拷问，记者"是不是吃饱了撑着？"社会问题错综复杂，是不是社会典型的曝光率和炒作率在主流媒体所占的份额要高得多，发行量寥寥无几的《凯州商务早报》这样的非主流小报，在整个凯州缺乏读者群，失去应有的社会感召力和权威性。

康旭在压抑和煎熬中度日，痛定思痛，猛然想起了这世界唯一可以坦诚交流的异性对象，就是欲罢不能、欲说还休的白慕仪，原以为彼此把对方"生米煮成熟饭"，关系就"绑定"了，岂知半路上杀出一个"搅屎棍"林歆月，看来这两个女人不怕"生米煮成熟饭"，这年头"生米煮成银耳汤"，她们也自信能凭出众的容貌嫁出去，她们需要厮守到老。带着诚恳和落寞的心绪，康旭给白慕仪打一个电话。康旭听到对方嘟、嘟、嘟的清晰铃声，好像感觉着铃声在讥讽和报复他的厚颜无耻……

康旭有所不知，白慕仪在与林歆月在茶楼密谈后，是不是在刻意与他决绝，不屑于接他电话，拒偷腥的"下三烂"于千里之外。不过，此时，他却误以为白慕仪"人机分离"，而不是刻意疏远他，否则她救他干吗？他又质疑自己逻辑混乱，难道救了他，人家就非他不嫁！对方为何不直接掐断他的来电呢？难道他们彼此"不来电"了……

康旭的倔脾气一上来就一发不可收，有一种掐架的冲动，你胆敢不接电话，本"渣男"直接吵死你，骚扰死你！通过这样自我炼狱般的叫板，再此摁重拨键钮，无休止地连线电话……果然，一会儿，白慕仪就把电话拨回来，康旭眼前祥云浮现，心中不由浮出一阵窃喜。

电话那边，白慕仪语气苍白而沙哑，冷冷地说："刚才在旅游车上，没听见你电话。有事？"

康旭答："没事，就想关心一下你忙什么！"

白慕仪说："工作呗，带团吧。你是不是又喝多了，喝醉了，又把哪个女人薅上床了？"

康旭答："没有喝啊！别把你救过的男人想得那么坏！只想知道像我这样的老男人爱一个女人，为什么就这么难？"

白慕仪问："难吗？我呸，厚颜无耻！你走桃花运，都红得发紫了，还想我干吗？哄鬼！你咋不去呼唤你丰满的林妹妹，找我干什么？近水楼台先得月，那么肥沃圆润的桃花朵朵开，我可不是她的对手哈！非诚勿扰，你放手吧！"

康旭答："谁喜欢丰满女人了？你以为救过我的命，就有权利变成现代魔兽来无止境的折磨我，我承受打击力很差的哈！你总不可能再逼我跳江自杀！"

白慕仪问："若早知道你这么'下三烂'，我才懒得救你哩！朝三暮四，没个正型！是死是活，随你便！"

康旭说："我是纯洁的文学愤青，倒成了'下三烂'？骂也骂了，脑也洗了，就请你原谅我一回吧！你来凯州，我可以把心肝五脏掏给你看—"

白慕仪鼻子哼哈地冷笑："哼，我早已看透了，头晚女人的温热还没散去，第二晚另一个傻逼女人又来捡人家残存的洗脚水喝，这就是你的心肝五脏？你以为你酷毙了，就可以把你的娱乐与销魂资源提供给任何女人'消费'，你不是出卖男色的男妓所为吗？"

康旭说："什么男妓？你骂人太刻薄了吧，没完没了！不是给你解释清楚了吗？能不能包容一点？"

白慕仪答："包容？好，换位思考一下，如果我今晚和一个男人上床，明晚又带着他的余味陪你上床，请问，你能包容我吗？"

康旭答："还是天后，金牌导游，话说得这么难听，思想境界这么肮脏！你我是患难之交，那些伤感情的话就别说了，好不好？"

白慕仪说："你那么龌龊、滥情，还不准别人说，专横！出卖男色的男妓，我现在还没有恶心够呢，你兽性大发，爽够了，恶心够了，又跑来玷污我，我才懒得搭理你。我呸！我要的是纯粹的爱情，你给不了！"

康旭接下来想循循善诱，诠释"百年修得同船渡，千年修得共枕眠"理念，又觉得无助苍白。嘴里本想再问"你是不是又拯救了另一个土豪男人？"但还没说出口，手机就没电了，对方听到他这边嘟嘟决绝声，或许会把手机摔到灰色墙角，砸它个稀烂。

按说白慕仪的综合优势不算太突出，离异，偏执，是那种屋檐下偏要撑走破浪的船的主，有两个拖油瓶，冲动时鼻翼两边粒粒雀斑跳跃充血，鲜活得像要喷溅出来，但英姿飒爽的干练气质，绝对属于中年男人喜欢的对象。还有一个吸点，她是旅游公司的金牌导游，冲这一点就把康旭给撂倒了。

康旭虽然结过婚，纯属父母之令，没有荡气回肠的爱情体验，对向相爱女人缠绵技巧如同白纸，加上又是个心境纯净的人，特别自责那晚的唐突造次。在举棋不定时，只好傻里吧唧地找锐凯参谋。一起玩过"花月痕"，凭直觉，知道锐凯已有历久弥坚、欲死欲仙的情路。

"哈哈，哥们儿，逗我玩这些？"锐凯故意拿香烟点康旭裤裆，他赶忙避让。锐凯反问："一起嫖过娼的拜把兄弟，还蹦起一个原装货的样子，哄我嗦？"

康旭眉头紧皱，打掉了他指指戳戳的烟头，板脸地说："少跟我骚情！跟你谈正事，再这么作践我，谨防今天跟你'拉豁'！"

锐凯当即收敛一脸的骚情相，把食指伸进衣兜，给他发了一支香烟，虚妄地吐口烟圈："旭哥很拽，啥年龄段都走桃花运！"当即如数家珍，将拿下若干个离婚女人的成功案例倾囊相授，"片尾曲"后，还没忘循循善诱，"枪杆子里面出政权，男人是枪族，女人是洞族，男人会用枪，女人才死心塌地。"

康旭陡升反感；"什么流氓经验？用性侵绑定女人！卑鄙！"

康旭心里一阵痉挛，事态的发展证明，他的讨教是何等的荒唐与滑稽。回到家，憋屈得慌，没有直接独自上楼，满怀心事地到了篱笆墙对面父母的农家小院。父母见他脸色苍白、疲惫，就问他原因，康旭一身瘫软坐在桌椅上，说："可能昨晚失眠，有点累了……"

母亲端来杏仁炖肘子汤，说："都这把年纪了，还跟女人怄气！就这点出息！快，趁热吃了，吃饱喝足身体好，还愁没女人要！"

康旭很感激地站起说："妈，你儿子会为女人怄气？除非太阳走西边出来。只是工作压力太大了！"

父亲稳打稳扎地说："干事业，每条蛇都咬人，媒体职业还是比卖保险、搞推销好些，你才干了几个月，就想出好大成绩，别异想天开，得慢慢来嘛！"

母亲剜了父亲一眼，道："你懂个啥？多半是那个姓林的女人又来纠缠他了……我早就跟你说过，她脑残、'一根筋'、二百五，不是个好货色，配不过你，你偏不听！"

康旭不想让父母为自己事操心，就说："我吃了还不行吗？你儿子有几斤几两，你们还不知道？别埋汰人家咯，该嫌弃的是你们没用的儿子！"

母亲苦口婆心地说："不是我啰唆，上个星期，连续两个晚上，你都带女人回家过夜，就不怕邻居在背后戳脊梁骨？"

父亲忙阻止母亲说："他是单身汉，四十出头的男人，还说他这些，有点伤人哈，你也别管得太宽了！"

母亲说："年龄再大，也是我的儿子，自己的饭碗都朝不保夕，还有脸玩野女人？弄出事咋办？"

这句话不无道理，眼前的现实是，那种荒唐带给他的唯一效应，是与白慕仪的关系陷入僵局……

他思忖，干媒体，在这险象横生的社会上很难保不受伤害，很难确保职业的稳定性，时刻都有种"朝不保夕"的压力。企业老总不买媒体的账，社会不愿接受媒体的舆论监督，社会新闻背后的透明度消弱了，人们的整体思维并未因媒体功能起到向导作用，世态炎凉哦。一切似乎都已乱套，包括自己也已不靠谱了，借尸还魂了。二十一世纪了，有实力的企业主各自为阵，在乎与维系自己的那份利益圈子，他不想在这个社会竞争中，把自己变成"大鱼吃小鱼、小鱼吃虾米"的殉葬品！

康旭的心好像被舀汤的勺子刨走了，孤独的空寂感一阵阵袭来，他想走进田园绿野透透气，但心灰意冷，于是就独自上楼睡觉休息。

这虽是一个春风沉醉的夜晚，这个房间显得冷如寒窑。

初春尚显凉意的夜晚，清冷的月光倾泻而下，从窗外流溢到床前，康旭孤独得快要窒息，想竭力梳理和平衡自己的心态，与白慕仪相处感觉还不错，可林歆月想"鸯梦重温"，他已不适应她这种"霸王上弓"的恶语相加，更与她耻于谈爱。他与白慕仪，彼此永隔一江水，独自站在江对岸，尽管都想沉浸于中年重新焕发的情爱中徜徉，可这种情爱的土壤缺乏枝繁叶茂，这种情感只能遥寄和浮游在幽远的满天星空……

一想到自己的人生况味，以及今天在电话上与白慕仪信口雌黄的掐架，一想到他们邂逅在滨江岸边，足见他们的渊源不可谓不深，然而，他们都在天水一色的地平线上停留，那几根前女友的头发，让他感到愧疚与亵渎，好像是被捉奸在床的淫荡男女，与其抵御不了诱惑，不如说是清醒后的余味寡淡，仿佛那触心销骨的血脉亲近就此绝缘，从她电话里决绝的语气中就能预知他们情缘断裂……

康旭有些鼻子发酸，任泪水悄悄滑落。在哀伤而漫长的夜晚转辗反侧，躺在床上，瞪着眼睛痴痴地看天花板，一想到那晚翻江倒海的巫山云雨，他感到一种溢满幸福的战栗……为此他果断做出决定，一定要抓住这个试图落荒而逃的女人，不让人生留下缺憾，中年来之不易的感情稍纵即逝，她就是自己清心寡欲含泪等待的亲密爱人。于是康旭起身靠在床沿上，因激动拿手机的手在颤抖，刻不容缓地给白慕仪发了短信："对不起，今天心情不好，不该和你吵架！为什么受伤的总是我？请理解一个无助男人的为爱痴狂。"

二十二、让人嘘唏不已的隐形逐鹿

康旭难以承受这份挫败感，他没有收到白慕仪的短信回复，他短信里的真情告白，感受一种洗涤不掉的屈辱。也许"连续两晚，就有不同的女人轮流上床"的龌龊与肮脏，已定格在她的脑海里，这貌似销魂的感官刺激给身心的双重打击，那种驰骋在女人身体上的愉悦感现已荡然无存。他自责自己"垃圾"，她那边已切断所有的通道，他表面上心如止水，实际上心灵深处发生重大震撼，产生一种莫名的频死感，不知采取什么行动，让她冰释前嫌。

这几天，康旭又有点喜不自胜。排除一切纷扰，准备在毕行舟的报社考取国家新闻出版署颁发的记者资格证，不忘初心，他的新闻事业又有起色了，并以此换得天后导游的惊鸿一瞥，相信彼此关系将由"藕断丝连"到"云开雾散"。

毕行舟以前所未有的热情，运筹帷幄，抓牢这记者"考证"，那天时针已指向上午十一点，毕行舟从报社总部一回到工作室，就马上就招呼开会。康旭这才从两个女人杂乱的遐想醒过神来……毕行舟讲话的议题，是具体"考记者资格证"事宜和程序，并在会上告诫各位员工，"调整好心态，放下一切杂念，背题迎考。持证上岗的记者，带着'无冕之王'的光环，被社会崇尚的职业，"并煽情地说："懂得深度挖掘新闻媒体资源，具有创意策划能力的记者，才能在这个行业里壁立千仞，百炼成钢！很多媒体从业人员干了一辈子新闻，到老退休，也未能考取记者证。请各位珍惜这次考试，打造人生大格局……"

在部门工作室，在毕行舟的眼里，康旭是在处于男色时代的记忆中，最足以傲视所有包括港台男星的直立行走的雄性物种。那种"高效率、快节奏"让他难以承受负载，好在这是他加盟的第一个正规报社。毕行舟带着欣赏的眼光在栽培他，引领他由半路起家"门外汉"向新闻媒体专业化"蜕变"。毕行舟用晓之以理、动之以情的言传身教，以他严肃和深厚的文学造诣，潜移默化地影响康旭的进步。

康旭背地里抽自己的耳光，含泪喃喃自语道：还男色呢，我有那么帅吗？虽是鼓励，但我一定要把自己塑造成型男了。啧啧，苍天睁眼，终于让顶头上司看顺眼了，我将尝试重塑第二次青春！

康旭不会沾沾自喜，他自认为是飘浮在城市里的一粒尘埃，或视己为一块生硬而简单的"土坷垃"，而土坷垃的归属地应该在田园沃野，而他这块"土坷垃"在毕行舟的敲打和重铸中，将烧成一块对一座新闻大厦奠基的成品砖，再经炼狱浴火，在残酷的锻造中破茧蝶变。

办公室里，如果不出去跑新闻，找客户，他们就聚在一起聊故事，谈自己的年轻的美丽过往。毕行舟的神侃功底最好，若有演艺公司包装，摆"玄龙门阵"并不比李伯清说评书差。

毕行舟夸康旭时，锐凯绝不会是忠实的聆听者，因为他对康旭最知根知底，他贴近康旭的耳边说："认识你这么久，还第一次听见有人当面夸你大帅哥！哇塞，你是传说的那种'好男娶九妻'那种风流骚情的男人，请问你换了几个婆娘？"

锐凯语速平稳、声量不高，似乎是在与康旭耳语，却有着不容置疑的个人见解，见出此言，整个工作室的同事都循声望去，转过头来看康旭，康旭真想找个地洞钻进去……这个乡野粗汉太低级趣味了，无形中刺痛了正陷入感情纠葛中的他，康旭脸色黯淡，耷拉着脸，没作任何争辩与解释……

一路走来，康旭与锐凯时而关系友好，时而渐行渐远。据说，这个"梦想桃园"工作室的成立，也是锐凯去与报社总部帅梓江老总搞定并签的约，原本报社总部有意聘锐凯为部门主编，是他主动转让给曾出了几本书的资深媒体人毕行舟，也就是说，锐凯在魏启勃杂志社时，就与这边工作室来往密切，他是毕行舟安排潜伏在魏启勃身边的"定时炸弹"，在搞得老魏日暮途穷时，在毕行舟急切聘用中走马上任的。从老魏《慕来巷》杂志跳槽来的毕、富二人，共同搭建这家报社的第二工作室。

这次"考证"康旭有明显的资质优势，甚至有点居高临下，这让锐凯产生了某种抵触，感觉对方传递一种无形的蔑视与压力。一旦毕行舟有规定动作，派他俩同时出去跑市场、拉广告，与政府单位和企业主谈判，他还是主动把康旭推在前面，成功了，他有一半功劳；失败了，是康旭运作不当。在毕总面前，他总有理由找出话来推诿。

锐凯那种酸里酸气的性格让人受不了，要对别人酸脸，他也要看对象的，当然，除了毕行舟，这工作室，他对谁都可以酸脸。康旭认为，为了推动工作，简单酸一下脸，其实也没关系，不过，长得威武精壮的男人，酸脸就有点大煞风景了……

毕行舟在例会上，讲了一个有关记者的幽默趣话：一个刚好上岗、领到记者证的报社记者激情迸发，认为全社会所有的荣耀都在照拂着他，他顺便搭上一家物流公司的车，到千里以外的地方去采访，满以为物流公司老板因他有记者"无冕之王"的光环，就让其免费搭车，没想到老板一到达目的地，就要这位记者称体重，要求他按"物件"的重量支付托运费，并要他躺在货物中间，这位记者气得哇哇直叫：

"有没有搞错？本人是国家级新闻记者！"物流公司老板一瘪嘴，不以为然地招呼两位壮汉过来，说："不好意思，我们托运部有两个搬运工，就是从省级电视台和报社分流下来的记者……"这位记者瞧见眼前那两位人高马大、虎背熊腰的搬货工发怔。只听老板说："请看，他俩像不像主流媒体的记者！是不是长得比你还帅？告诉你，记者靠脑子吃饭，搬运工靠身子吃饭！看你既没脑子，又没体力。你不付费，他们吃什么？"那位记者气得要七窍冒烟，赶紧给钱，溜之大吉。

正如俗话说的："会者不忙，忙者不会"。锐凯在报社编辑部每天要打十多个电话，唠唠叨叨，喋喋不休。他扯起破锣嗓子在电话上跟人家讨价还价，频曝粗口，闹得整个工作室员工如临大敌，无法专心工作。毕总走过去拍了拍他肩膀，说："唉，注意一下语言表达方式，注意语调节奏哈。你那样'弄'呀'整'的，是打电话找客户联系业务，还是说怪话过嘴瘾？还不把人家吓跑？存心想把我们弄成高血压，心脏病？"

锐凯为此耿耿于怀。中午吃罢工作餐，毕行舟、康旭和锐凯到工作室对面的文化公园去溜达。

但是，媒体的发展轨迹并不是随人们的意志而转移的，像那些踢脚球的，球迷嘶声力竭的摇旗呐喊，也没有呼喊出国足的全新崛起。相反，还放纵了国足运动的浮躁和喧嚣。仅靠"热炒热卖"版面广告收入作载体支撑，工作室已经完不成报社总部下达的目标任务，毕行舟虚拟的新闻神话，是让康旭、锐凯他们望梅止渴……

春节过了两个多月，工作室若再捞不回来一条"大鱼"，恐怕中午的免费工作餐都难以为继了，就这样在平庸、了无生趣地混日子。

锐凯被毕行舟请进了办公室。毕总带一种探讨的口气问："报社总部通知，过几天要对'考证'的员工进行半个月的专业培训，培训完才能参加考试，工作室的六个人都要去参加—"锐凯说："你是老总，听你安排噻。"毕行舟说："我想，其他人应该没问题。文化课是你的弱项，我意思是说，要不要找人先给你补习一下，然后参加培训，再去考试？大家都可以帮你……"

"毕总意思是说，给我开个扫盲班或补习班？怀疑我对康旭不合作，别忘了，当初是我向您推荐他当副主编的。"被抓住软肋，他脸上露出不悦。

"你是不是想偏了？我看你们关系不错，想安排他帮你'考证'，如果是开卷考试，就好办了；若是闭卷考试，你还不被'烤煳'？我是替你作想。你年龄与他同岁，应该用一种健康心态应试。"

看着毕行舟一副成人之美的样子，锐凯走出门来，心里就直发蒙，好像他把一切都安排妥当了，能不能搞定就看天意了！而后又觉得老毕在"脱了裤子放屁"。无非是先打预防针，"在本部门，文化水平严重残废，一个苍蝇打坏一锅汤，找个人帮你考。"

锐凯愁肠百结，把转椅转到康旭的身边，说："老毕喊我进去，说要先培训，后'考证'，我心里好悬，要是闭卷考试，我就死定了……"

康旭怔怔地看他，安慰他道："不就'考证'吗？又不是上刑场，你何必像掉了魂似的？千万别把自己当成圣贤，什么都会，世上原本就没这样的品种。上次在茶楼就说好了，我能帮就帮你……"

锐凯忙收起烂茄子样的愁绪脸，释怀地与康旭对视而笑："嘿嘿，你这哥们没白交！"

康旭从某种迹象中，隐隐约约地感受到老毕的"梦想桃园"工作室那份日落西山、渔舟唱晚的迟暮之气。

报社各部门再不见昔日的"牛气冲天"，出现严重的资金"短板"。据说毕行舟的工作室连电费和房租都缴不起了……

二十三、变腐朽为神奇

康旭只想考证，工作已没太多热情，他的最终梦想是主流媒体、党报《凯州日报》。

那天早晨踩点上班，康旭在转椅上还没坐热，锐凯就随转椅一屁股就转了过来，做出一副莫测高深的样子，故作玄机地盯着他看，说："帅气，稳健，文章又出彩，怪不得……"

康旭忙问："什么情况？说话哦，说话别说半句跑半句。"

"听说报社总部领导要安排你和老毕去西藏武警总队采访，机票都订好了，你娃踩到狗屎运了，嘿嘿……"锐凯无不羡慕地打了个响指。

"流里流气的，要考'老记'，还不摆出一点样子来？"康旭调侃他。

"说是去采访，实际上是免费旅游，所有费用都由报社报销，你娃才进报社不到半年，就享受这个待遇，再操几年，还不一飞上天了？唉，说这头，是我把你引荐进来的，准备咋个感谢我？"锐凯不依不饶地问。

"想带你去的地方，你又不敢去！"

"我怕个毛，去哪儿？"

"花月痕，那个红酒女郎还在原处等你！"

"红酒女郎是谁？有脾气今晚就去，你敢买单我就敢上……"

康旭身子一秃噜，真皮转椅一滑落，径直撞在三个小青年的办公桌，他差点跌倒摔倒坐在地上。康旭觉得锐凯太假，没想到假得匪夷所思，当副主编后更是变本加厉，夹杂着小农意识和媒体运作的模式，在他头顶上奸诈蛰伏地变换着威武的姿势，俨然一尊自命不凡的泥雕塑像……

毕行舟从里屋走过来，他浑身镀着一层的灯光，"呵呵"一声："这么热闹，在讨论报社未来的发展前景哇？"

他俩当即口若禁蝉，不敢嚣张放肆了。康旭忙不迭地回道："在讨论下一个广告的创意策划—"

康旭感觉，梦想越来越近了。抑或是普济苍生的老天怜惜他的际遇，修正他投错底层农家胎的失误，命运注定要甩他一鞭子又赏了他一红枣，稀释他在尘世的凄苦与挫败，不至于逼他人到中年还自寻绝路，投江自尽，跳出苦海……

接到了新的任务，就是陪同毕行舟到西藏武警武警部队采访，康旭扮演的角色是保镖兼主编助理。

在启程返回凯州的早晨，毕行舟一起床就对康旭说："昨晚做了一个噩梦，我今天一大早心头都就不舒服。"

康旭关切地问："梦见谁了？"

毕行舟说："梦见了富锐凯，他一会儿在报社工作室里号啕大哭，一会儿又变成一只怪鸟腾空一飞冲天，在半空中抖落一身羽毛，光着身子'嘭'地坠落在大江水中挣扎，然后就被江水吞噬了……你说怪不怪？"

康旭觉得嗓子有个堵物，心脏被重重地捶打一下，说："日有所思夜有所梦，半月不见，你可能是有点想他了吧！"

毕行舟说："奇怪的是，两个晚上，我重复做同样的梦。弄得我很憋闷与惆怅，你能不能帮我解读一下这个梦？"

康旭说："你是不是觉得这次西藏之旅应由他陪你？或许，你心里对他存在某种愧疚，想着这事，就自然梦入来了……"

康旭话到嘴边留半句，没有告诉毕行舟蛰伏在心底的隐情—富锐凯是他在凯州打拼的另一半影子……

毕行舟问："你知不知道，锐凯为何来凯州干媒体？"

康旭答："这很简单，打工养家糊口吧。"

毕行舟质疑地问："一个小学文化的山区农民，一大把年纪了，还想在新闻媒体干出名堂，谈何容易！前途暗淡啊！"

康旭说："他经营能力不错，挣钱是把好手。怎么，你意思是说他不该干媒体？应该出现在建筑工地上？"

毕行舟神秘地答："干媒体也可以，大不了给他配一个代笔的枪手。我总觉得他好隐蔽，总看不透……"

康旭坦诚地说："也许你和他接触较少呗。我不觉得他有好复杂，你那个口气，好像他是潜伏在报社的特工间谍似的？"

毕行舟说："你不懂，只是我揣测，他可能受了某种刺激，压抑他最真切的伤痛，隐忍他内心最想要的情感……"

康旭问："我晕了，好深奥呃！他干媒体，就想在屋檐水想撑起破浪的船？"

毕行舟随着思路分析，说："换个视角想，或许有人践踏他，他性格倔强，不抛弃不放弃，等待机遇逆转，自我救赎，以此反击世俗的歧视与挤对……"

一语点醒梦中人。康旭听罢幡然醒悟，说："哦，细想起来，还真有点符合他的人生况味……"

那晚回到家里，康旭心事重重，又失眠了，耳畔老是嗡嗡地回响老毕莫测高深的话。

康旭猛然想起，锐凯常说过的一句，拉广告是"用自己的骨头熬自己的油"，这也没错啊，自己给自己打气！报社只是一个创收致富的假口岸，看上去好像社会上到处都是"可捞到大鱼"的金色鱼塘，其实，多数人在经营创收中迷失方向，缺失人格，看似在外面广阔天地捕捉，而实际上留下都是凄凉的颗粒无收和精神上的一无所获。

　　因为那个奇怪的梦，第二天进办公室上班，毕行舟就把一脸落寞的锐凯叫到办公室，想从他的身上读懂底层媒体民工的需求。锐凯却无法从老毕厚玻璃瓶底似的眼镜里，看出某种对他不利的端倪。毕行舟能看出，为迎接他们的归来，锐凯精心刮了胡须，装束显得整洁干净，只是眼睛滴溜溜飘忽不定。

　　毕行舟示意锐凯坐下，一边拿出一份报社总部的文件，一边语气坚决地说："锐凯，考虑到你这半年多来的业绩表现，对你考记者资格证网开一面……"

　　还没等毕行舟说完，锐凯兴奋得难以抑制，急忙问："咋个网开法？还会有好事轮到我身上，该不会太阳从西方出来了哈？"

　　毕行舟说："当然是好事呃。整个报社就一个名额，落到你身上。呃呃，别激动，听我说完，经报社总部编委会研究决定，在一个季度内完成创收目标任务超过十万的员工，这次考'记者资格证'可免试，到时可直接领取由国家新闻出版署颁发的记者执业资格证，整个报社唯独你符合这个条件，也省去了你考试的繁琐与劳顿。这个喜讯，对你有种'天上掉馅饼'砸你头上的感觉吧？"

　　锐凯忙不迭地点头哈腰，说："是，是……感谢毕总提携和栽培，感谢报社的恩情与厚爱！"

　　"成绩优秀，拿证免考。就不需要康旭帮你考试了，同样可以拿到'记者资格证'。"锐凯最担心的事，终于解决了，一时有种冲破乌云见骄阳的眩晕感，却在康旭面前不流露出来，切合了他深藏不露的本色，他那张脸时而灰蒙时而放亮，似乎随时都在冒出一种幻灭的、蒸腾接地气的烟火。

锐凯收获了意外的惊喜，康旭觉得他"实至名归"，该得到这种优待，人家的业绩突出嘛，省得他为"考证"纠缠自己，这一效果，岂不皆大欢喜！

康旭随时都感得与他共事，不知置身何处！对于锐凯，彼此一半是交情，一半是对手，一半是海水，一半是火焰。他最欠缺在复杂人际关系中挥洒自如的先天条件，锐凯老是和他粘连在职场上，如果谁给他一把尚方宝剑，他也无力把隐秘玄幻的东西一点点地劈开……

二十四、用自己骨头熬自己的油

这些年"潜龙在渊"，康旭自信总有抬头见"太阳升起的时候"。这次与城北"佳栋"的家具集团的合作，他在电视镜头面前呈现的是玉树临风、健硕成稳的成功人士形象，他协助锐凯，终于抓住了已签单的"佳栋"家俬集团的专题宣传契机（毕行舟负责联系找明星为企业品牌代言），把等待转化成了境遇的逆转，幸福来敲门，他此时恰好正准备开门……

一次开例会，毕行舟进行职业测试，提问："你心目中的广告是怎么回事？"

锐凯答："广告就是给报社创收、挣钱！"

毕行舟又点名要康旭回答。

康旭胸有成竹地说："说直白一点，做广告就是媒体人'用自己的骨头熬自己的油'。从本质上讲，广告是一种商业行为，是商品的一部分，是创意策划、产品销售和商务缔结的重要环节。广告费用来自商品销售的利润，它唯一的宗旨是促进产品的市场销售与创意推广。就算人们厌恶某一产品，但通过记者用炫技式的产品信息狂轰滥炸，达到吸引公众眼球、刺激公众神经的目的，最终获得公众的接受和认可……"

毕行舟带头，整个工作室都为康旭切入核心主题的回答而鼓掌。

前面提到的工作室成功签回"佳栋"家俬的大单子，毕行舟安排康旭负责广告创意和专题宣传。那天毕行舟接到电话，说是"佳栋"家俬集团有两位领导已经在工作室门外了，毕行舟马上出去迎接。来者是"佳栋"家俬的王副总和郑主任，一个肠肥脑满，一个像迎风竹竿，一进来就声称要商讨工作室的创意策划和宣传方案，为企业品牌文化的传播把脉，实际上是来凯州吃喝玩乐两天。面对面地与客户周旋，在酒局饭局上与客户"衔接顺畅"，向客户投怀送抱、暗投秋波等诸多程序康旭都有实战经验，还不是为了不断增强消费受众面和人脉关系。毕行舟等工作室所有成员与"佳栋"家俬高管，在一家豪华的火锅店吃了地道的重庆火锅，盛情款待"佳栋"家俬贵宾。

毕行舟事先就对康旭他们说，"这次合作要捂得紧一些，在其他媒体面前必须缄口不提。"

锐凯傻愣一会儿，忙问："凭什么？又不是偷来的！"

毕行舟说："不为什么，我要让其他主流媒体对我们报社刮目相看，这个城市的主流报社能制造广告神话，我们工作室记者也同样是制造这种神话的魔术师……"

那三位年轻员工听说要开"佳栋"家俬明星代言新闻发布会，还能亲眼目睹当红影视明星风采，就笑逐颜开，吵着说："要开新闻发布会，又有红包拿咯……"毕行舟一听，瞪起眼睛莫名奇妙地盯了他们一眼："新闻发布会所有红包一律交公，由工作室统筹安排。"

毕行舟在接待"佳栋"企业高管前，还是有点紧张，事先叫刘会计给银行打了电话，问"佳栋"家俬集团的广告宣传款是否到账，那边银行明确回答款子已到账。毕行舟眉头一皱，计上心来，先安排锐凯陪着两位老总交流，随后拍康旭进了洗手间，安排康旭找两个信封给"佳栋"两位老总给个表示。康旭建议要表示必须用红包。

毕行舟反问："为什么？装多少？"

康旭说："一是红包喜庆，今天是艳阳高照，送一个冬日暖阳，红包象征红红火火；二是用报社的信封，上面印有'梦想桃园'的详细地址和电话，送的钱太多，有行贿之嫌，建议最好封1200元。"

毕行舟一跺脚，脸色大变，说；"哎呀，一出手就是2400？"刚撒了半泡尿，一个激灵，未撒尽的残尿便滴在裤裆外，问："除了洗脚、唱歌外，荤的不来哈！我们是国家级报纸，不搞这些乌七八糟的名堂，做事总得有个度吧！"

康旭冲洗手间的镜子扮个鬼脸，暗笑着说："哇噻，羊毛出在羊身上，十多万的单子花了两千多元，就把你吓得尿撒了一地，这世界哪有干捡尽落的买卖！嘘，不懂市场的货……"

康旭把红包塞给"佳栋"的两位高管，原本人家只想来报社粘点文化人的喜气、附属风雅，竟意想不到收获一个大红包，就以为报社是个堆金砌银之地，接了红包后，两位一胖一瘦的高管，都开心得脸放红光。

在"麻辣骄阳"火锅店，"佳栋"的两位家伙，活像演喜剧小品演员李琦与巩汉林就坐在那儿，加上毕行舟他们在围在火锅旁，边吃火锅，边喝酒，边聊天，双方都为未来的利益驱动而频频举杯，想得更多的是长期合作、是如何稳定延伸广告产业链……

特别是那位像竹竿似的郑主任，说他对记者职业崇尚有加，看了最近的"梦想桃园"版面上康旭为"佳栋"写的文章，伸出大拇指，然后端起酒杯敬了他，自己抿了一口酒，摇晃着身子，唱念道："大手笔啊，你的文章我们在《佳栋周报》转载了，反响很好，真是'相逢识君圆由缘，邀月遥步康乐福'啊！"然后又握着毕行舟的手，看似与他交情匪浅，双方举杯互敬，郑主任真情流露，说："毕总，强将手下无弱兵，一个个硬骨铮铮的纯爷们，成了你的左膀右臂，佩服！"毕行舟也被夸得数度热泪盈眶，说："感谢企业的精诚合作，你们这两位朋友我们交定了，康旭是我们的'金枪手'，你们有什么要求，可随时与他保持信息畅通……"

锐凯脸色有些难堪，心里暗想："我做回来的单子，要他去联系，有没搞错？"

"来，大口喝酒，大口吃肉！"

大家天南海北的浮夸海吹，天马行空地称兄道弟，一看那架势，都是打着文化旗号在吃喝风中"酒精考验"的老鬼……由浅入深，深入浅出，没醉时唱吟几句李白、杜甫的诗，醉了就鬼话胡话一起狂轰滥炸，那气派好像五粮液厂家的产品就成了他俩独享的御用产品。

几个回合下来，毕行舟难有招架之势，先被喝得溜进洗手间抠喉咙，吐得一塌糊涂；锐凯马上整装上阵，很豪迈、挥洒自如，与他们推杯换盏，共谱"何以解忧，唯有杜康"畅想曲，与他们碰杯时也唱"今朝有酒今朝醉，酒逢知己千杯少"，什么"大老爷们，天下英雄，唯有您俩能喝出酒中豪杰"，把那两位家伙陪得激情澎湃，频频举杯，说："富主编，纯爷们，海量呀！来，走一个，够哥们呀……缘分哈！"

康旭从未在"酒精考验"中"修成正果"，只能在"浅出"的档线上徘徊，在这三位"酒仙"面前，只是"沧海一粟"，要不是锐凯，真是有辱这次"陪客"使命了。

锐凯掌控酒场局面确是与众不同，"酒场御夫功底"非同一般，真是令同事们刮目相看，毕行舟在恍惚混沌的那一刻，有了清晰的顿悟，"梦想桃园"工作室，如果没有锐凯，还他妈的真不行！

等康旭扶着毕行舟在大厅休息室醒来时，发现锐凯陪着喝得脸上红霞飘飞的两位老家伙走了过来，就趔趄想站起来。郑主任发出邀请，

"一个字，爽！今天喝爽了！走，请你们唱歌去——"

欧耶，舌头都打不转了，还唱歌？

毕行舟原是公益性报社的法人老总，不懂下海的浮沉的规则与讲究，就不解地问康旭："你看，都喝麻了，还要我们唱歌，去不去呢？"

"我们是东道主，要他们请客？听清楚了，他们的意思是他们请客，我们买单！"康旭毕竟在生意场上摔打十年，这点玄机还是能看得破的。

"原来社交场上那么复杂，好深奥哦，今天可算长见识咯……"毕行舟想，那两个家伙假惺惺地请我们，反倒要我们掏腰包？一想起掏腰包，老毕怕又要"闪尿筋"喽……

一走进KTV包间，那位像巩汉林竹竿似的郑主任就开始吆喝，"找个大包间，找五个美女，想干啥就干啥，想咋爽就咋爽，我买单，不用客气！"一副既能吃喝、又能做足面子的江湖道行高手的样子。

康旭被包间里的暖气弄得昏昏欲睡，恍惚打了个盹，醒来发现五个小姐蛇一样地缠住他们，坐在他们的腿上，按摩他们的敏感部位，再纵深推进，下面的架势，恐怕马上就要上演一幅"老男人酒后聚众嫖娼"淫秽画面，若被派出所抓个现行，以每人5000元的罚款，反倒把人家警察伯伯给"喂肥"了。

康旭极力让思路清晰起来，急中生智，挽救残局，于是，立马趁暧昧的灯光把梅德方的手机号调出来，拨过去……

梅德方立马回打过来，兴奋之情溢于言表，那边在说："帅哥，你在哪儿？我正要去找你呢，你我真是心有灵犀耶……"

康旭推开包间门，出去继续接听，告诉阿梅他们唱歌的歌城地址，请他找几个女的一起来，马上打的过来，费用由他给报销，并说，"毕总、锐凯都在这儿玩新鲜刺激咯……"

阿梅说："我正想给你带来一个小鲜肉美女耶……"

康旭问："谁啊？"

"马上哈，来了就知道了耶……"

大概不到一刻钟，梅德方带着另一个人进来了，康旭在穷途末路之际，亮出了挽救残局的一招一来的人就是压阵的好道具，亮灯！立马按亮了包间的所有的灯，嘴里喊，"朋友们，哥们阿梅来了一"

正在酒后意欲"淫乱群交"进行时，随之戛然而止，那幅一脸的淫荡群像浮现在眼前，不堪入目，男人的软肋与悲哀，恰好摇曳在暧昧中。

那几位小姐瞟见披着艺术家麦粒色长发的梅德方，带着一位珠光宝气、浓妆艳抹的女土豪进来，便以为是某位老男人的家眷来"砸场子"了，就趁机扭动腰肢慌乱地溜掉了。

毕行舟、锐凯都在忙乱中招呼梅德方。毕行舟又把阿梅介绍给那"佳栋"两位主管男人，他们也彼此客套寒暄一番。

在迷蒙灯光下，梅德方把那位看不出实际年龄的女人安排到康旭旁边坐下。接下来，阿梅哆着女音，点唱了一首邓丽君的《船歌》，带头鼓掌又把话筒递给康旭，把那两位饭袋酒囊的家伙晾在在一边，康旭唱一首郑少秋的《天大地大》，赢得满堂彩。接下来，康旭为那两位家伙点了一首张国荣的《当爱已成往事》，可他们连忙摆手说唱不了。

康旭忙问："你们喜欢哪首，我给你点一"

那位促成签单的郑主任说，来一首样板戏《沙家浜》'祖国的好山河寸土不让'吧，结果他唱得字正腔圆，浑厚扎实。你唱罢我上场。那位小品演员李琦似的王副总，附在郑主任的耳朵悄声说："他明显在耍滑头、败兴，不想安排我们要小姐，故意坏了好事，你还唱个人家的铲铲！猪脑！"

来了新面孔，不能让她冷场噻！梅德方为炫耀那位资深美女的音乐魅力，就引荐她清唱一首高康旭原创作词的《没有彼岸的船夫》。

歌声唤醒沉浸于幻梦中的康旭，一下子就明白这女人是梅德方在国外继承亿万遗产的亲姐，不过，在迷蒙炫酷的灯光下，这女人虽是徐老半娘，歌声却声情并茂，魂牵梦绕。《没有彼岸的船夫》被她演绎得荡气回肠，余音绕梁，其空灵飘逸的声音，引起包括"佳栋"的两位老哥献上高分贝的尖叫声，难得能在这种档次的歌城，大饱耳福，听到具有专业演唱水平的歌声！

当天际的闪电折断我梦想的翅膀，

逆流的孤帆掠过正午骄阳，

惊涛中摆渡，不再迷惘，

没有痛感，只想呐喊，

穿越过这大海，

花开彼岸，有我们的信仰。

你的情感一直是我彼岸的守望，

那是一种炼狱般逆转的骄狂，

那是博弈中的救赎，

灯塔引领，大海泽荡我红颜煮雨的沧桑。

当绚烂的夏花化作云水间的暮霭，

划桨的船夫在寂落地踏浪，

大海喷薄出灼热的太阳，

不怕熬煎，不再彷徨，

穿越过这大海，

春暖彼岸，有我们的梦想，

你的情感一直是我彼岸的守望，

那是一种浪遏飞舟的激荡，

那是繁花中的归宿，

彩虹作画，天际升起梦中久违的骄阳。

根据男人们对音乐的趋同心里做出判断，从这伤感而天籁般的歌声中，听出了这位海归女人看似欢颜笑语、风光背后的心酸故事，都纷纷站了起来，一起为她鼓掌，把今天含泪的快乐推向了一个高潮。

康旭不知是自恋，还是惆怅，不作边际地逐梦让他产生创作这首歌词的灵感，不经意间写成的歌词，被梅德方要了去，居然别出心裁，找作曲家作了曲。梅蝶衣在歌声里，寄托着没有彼岸的船夫无尽的坚韧与情怀，让现场的所有人为之动容。他意外地瞟见梅蝶衣回敬大家一个深情的鞠躬，抬头的一瞬已是泪水朦胧。

锐凯紧靠在毕行舟旁边，显示自己在团队的主导地位，因为今天的"佳栋"家俬高管的接待流程都由他来掌控，达到了让双方意想不到的"欢颜笑语"。毕行舟带头端起茶几上的啤酒玻璃杯，走到"佳栋"家俬集团的两位高管面前，请他们喝酒："二位，来，干杯！要不要请这位女士陪你们跳个舞？"

那位胖子王副总举杯却不喝，说："毕总，跳舞就免了，你要我们喝，但要答应我们一个条件，你答应了，我们就喝！"

毕行舟被对方行侠仗义的架势感动了，问："什么条件？"

"今天要让在座的每位先生、女士见证我们的交情，我们一起举杯，来一个桃园三结义，怎么样？"

毕行舟喜出望外，却不知"人在江湖身不由己"的"深水"蕴涵，就满口答应道："好啊，承蒙二位看得起！谢谢！"

那两位老家伙在与毕行舟碰杯时，那位李琦似的的光头王副总站起来，肃然起敬地凝神屏气，啪地跪在冰冷的水泥地上，竹竿似的郑主任见状，也双手把酒杯举过头顶，向毕行舟高高举起酒杯，也随之砰地双膝跪下，于是毕、王、郑来了一个现代版的"桃园三结义"，成了有福同享，有难同当的结拜兄弟，仿佛人间再次涌动一股"刀光剑影、鼓角争鸣"的英雄气。

康旭他们触景生情，感动得噙满泪水，频频地举杯，频频地祝福，频频地划拳，觥光交筹，热血沸腾，这说明企业管理层愿意与媒体记者交朋友，与毕行舟缔结为结拜兄弟。

康旭再次领悟，像毕行舟这样一身正气、济贫扶弱的报社领导，还是很吸引媒体圈外朋友的。康旭的打造人生大格局的目标是《凯州日报》，党报才是引领他城市博弈的灯塔。于是就再次拿起麦克风，为礼赞他们三人的"桃园三结义"，礼赞梦呓中的灯塔，现场献唱一首男声版的《灯塔》。

　海浪不停整夜吟唱

　孤独陪着我守望

　忐忑徘徊执着等待

　我要穿越过这海

　灯塔的光就在彼岸

　那屹立不变的爱

　忽然领悟铭心刻骨

　勇敢地声痛哭

　披星戴月日夜追逐

　哪怕一无所获

　双眼不再模模糊糊

　海水已冲走愤怒

灯塔的光划破浓雾

屹立不变的爱

忽然领悟铭心刻骨

勇敢放肆的痛哭

爱过的人你在何处

是否半途就离开

就离开消逝在

还有灯塔刺眼夺目

那是最后的救赎

那是最后的归宿

在一片雷鸣般的掌声中，梅德方就正式把他亲姐介绍给了康旭，他姐弟俩的个人企图康旭早就心知肚明，她不就是那个城西室内寝饰公司老总池春苗太婆的同学吗？池春苗太婆支持工作室的创收，何不趁机再做一个资深美女在国外打拼的专题宣传，对她进行一个具有超前意识的创意专访，如果能与她合作成功，他的业绩就会与锐凯持平，从而产生要好哥俩都好的"堆堆坐、吃果果"效应。

在康旭谋划着抢先一步做梅大姐的单子时，阿梅去了前台，已经抢先把今天下午的招待费用买了单，这让康旭、锐凯大跌眼镜，真没想到啊，这就传递出一个信息，阿梅有了厚重的经济支撑，以前焦虑的手术费没问题了，让曾在"摸奶巷"缔结"铁三角"的康旭、锐凯频频举杯，真诚地为阿梅祝福。

出了 KTV 歌城，康旭见缝插针地给梅德方"洗脑"，说："唉，你要不要先做手术？由梅德方变成了梅艳方哈，变成了'火闪娘娘'，或者是'百变魔女'，搞得哥们都不认识了哈……"

锐凯因今天的酒精到位了，学着梅德方平时说话的口吻，说得有点不堪入耳："你要有思想准备耶，要切掉某一个零件，用狗鞭另外给你安装一个伸出来的物件，还要安装两坨死卵蛋。可要想好耶，做男人是很辛苦、很受磨难的耶，还不如和你的富婆姐姐做一对美丽的姊妹花好耶……"

梅德方攥着他，就报以几个老拳，骂道："你好意思笑我？你也该把你的那个锥心的野兽似的胸毛剃光才好吧，由野兽猛男变成资深帅男哦！"

锐凯下意识地赶紧拉拢衣领，骂："呃呃，三日不见，当刮目相看。没想到，越来越毒舌了哈！"

康旭在旁边继续敲打他："啧啧，如今有钱了哈，要不，请我和凯哥喝几杯，就没人给你'洗脑'了……"

好在今天梅德方一直欢颜笑语，刻意做出纯爷们的派头，迈着八字步豪爽地说："猪啊，光晓得顾嘴的吃货！耶，不就吃饭吗，哪存在呢？谁叫是我们'三剑客'呢！"

弄得康旭和锐凯鸡皮疙瘩抖落了一地。阿梅带着他们一起去找经典中餐馆共进晚餐。

二十五、浮舟沧海的正午骄阳

　　"人民币可以在所有人的利益需求之间做转换，要把所有的广告销售需求转换成人民币，来满足利益链上所有决策者之间的利益转换。"康旭在一本书看的经典句。不过，又想起读书时学习马克思那句话—"资本来到这个世界，从头到脚，每个毛孔都粘满鲜血和肮脏的东西……"康旭就搞不明白了，孰是孰非，谁能告诉我？在这个观念多变、利益多元、时局多变的时代，每个试图证明自己存在的男人，都在为金钱挣扎，博弈在职场和剃须刀的边缘……

　　毕行舟在送"佳栋"家俬集团两位高管时，自然带出了为"佳栋"家俬找品牌形象代言人的话题，康旭写好了具体创意方案，策划在中国大陆最走红的几位中年影视男明星里筛选，把策划书寄给那两位"佳栋"高管，并请他们转交一份给"佳栋"董事长秦天剑，待到工作室选择好凯州五星级大酒店举办新闻发布会时，康旭会及时通知两位高管，以便于安排全省几家主流媒体记者现场跟踪采访。

　　巩汉林似的竹竿郑主任说："毕总的左膀右臂，都堪称记者中的翘楚，一个策划好，文章好，口才好，有计有谋；另一个办事很爷们，豪爽利落，酒局上来的，公关能力很强，和你们合作，是一种自我提升。"

　　光头王副总说："从今天起，我们三人就是桃园三结义的兄弟了，以后请互相关照，今年加强合作，锅里有，碗里就有，以后保持联系哈……"

返回到办公室，康旭在网上点击"男色时代"字样，屏幕显示出以下文字——

男色，指的是美男形象。当影视剧美男形象唤醒了大众未曾开发的一面，他们与传统的孔武、阳刚等标签形象无甚关系，但对同性和异性都具有超强的吸引力，他们不仅有着时尚、健康、性感，值得信赖的外表，且有涵养、有阅历、知性与性感兼备。成熟男性时代的内涵远非被消费的图像、面孔和皮囊的叠加，在女性消费唱响中国最强音的今天，"男色"传递更多的是一种观念，一种气场，一种选择，一种威武雄壮的审美核心价值取向……

"此情不关明和月，遥望相思无敌处。"像由心生，康旭决定，不随年纪的增大而放弃形象，重塑帅男形象，从四十岁开始。首先坚持每天晨起跑步一小时，每天写日记与自己对话，每天上床第一件事检查今天是否做错什么，及时调整，及时修复自己，排放心中所有的垃圾，逐步形成自己独有的男性时代的非凡气场。

善于利用自身的优势，如身板好就展示身材，若五官俊朗就多露脸，若威猛性感就展示健硕的一面，恰到好处地给人留下美好印象……

男色时代的男人让别人消费一次，又不掉一斤肉，掉肉权当减肥，偶尔哄哄对方又何妨，偶尔个性张扬，只要能合情合法地立足社会，收获一份好心情，又何妨！就算没有雨后初晴一碧如洗般的脸庞，就算有些许沧桑，本人也是资深帅哥！与那些绿豆芽似的"小鲜肉愣头青相比，还是要耐看得多，要有视觉冲击力得多！创新思维在锻造自己中获取，另一种陈旧思维在历练中摈弃，男性时代的帅哥闪烁着捉摸不定的恒久光芒……

就在他意欲重新塑造自己之时，应邀去参加"佳栋"品牌形象明星代言人的新闻发布会。就是他到老毕工作室半年的特殊日子。天已大亮，矗立于凯州中心城区的香格里拉大酒店左侧旁，那个老大爷已经开始摆摊了。前几天，康旭先来酒店看场地，站在那位老大爷的紫竹飞船玩具前，浮想联翩……今天，卖飞船玩具的老大爷已认出了他，拾起一个造型别致的紫竹帆船模具给他，"这是一帆风顺，买一个吧，放在办公室里，它象征着你每天一帆风顺、风生水起、凯旋归来……"

"谢谢，我开完会回来再买！"康旭拿在手里，玩味一下就放下了，心想这世界变化太快，稍纵即逝，他就不信这辈子命中就注定只能做一个随波逐流的紫竹飞船……

卖帆船玩具的老大爷说："小伙子，别小看这些帆船，外国的有鲁滨逊、哥伦比亚，中国的郑和、郑成功都是在借船远航中建功立业的。帆船必须要在江河航行的时候才有风景，才能显出它'孤帆远影碧空尽'的高远意境，其实每个男人的生命不就像一艘起航归航的帆船么？一旦扬帆起航了，什么憋屈的事都在惊涛骇浪中忘记了，对不对？"

康旭先付了紫竹帆船的定金，先放在老大爷那儿，等会后来取。

康旭这个人，不仅亲身经历过市场搏杀的舔血刀锋，而且血液里天生有种艺术特质、慷慨激昂的洒脱自如的天性，为何不在"佳栋"品牌形象明星代言新闻发布会上，面对面采访明星呢？这天上午，在凯州中心城区最豪华的香格里拉大酒店，参加了"佳栋"品牌形象明星代言新闻发布会。据说，这个五星级大酒店是亚洲最大的富家李嘉诚修建的。在康旭看来，这家酒店就像一艘豪华温馨的大客船，只因名利的驱动，来这里栖息片刻，在灯火阑珊的舞台闪亮登场，聒噪过后便归于沉寂，周而复始，每个人只是这里的一个过客，这里每天都在演绎"英雄谢顶，红颜迟暮"世态炎凉的故事。

在香格里拉酒店八楼客厅会场，舞台上灯火辉煌，台下镁光灯不断闪烁，空气反复在飘荡着张国荣演唱的《当爱已成往事》歌曲，主席台的大型视频滚动播放张丰毅主要电影镜头特写……从会场进门直抵舞台坐席，铺着质地很好的红地毯，舞台上中间就坐着今天的重量级核心人物——"佳栋"家俬集团董事长秦天剑，凯州市宣传部袁部长等，嘉宾座位中间的主席位置空置着，一定是给姗姗来迟的大牌男星张丰毅留着，恭候多时的影迷们手拿留影册焦急地等待着，激情四溢的媒体记者"长枪短炮"地抓现场拍镜头……

大概过了半个多小时，一柱聚焦灯射向红地毯的原点，缓缓划过红地毯的入门口，在一片掌声和尖叫声中，在一团团鲜花簇拥中，以硬汉猛男著称影星张丰毅闪亮登场了，整个会场沸腾了，凯州市电视台首席美女主持人鏖夏佳款款走上舞台，会场才恢复了片刻的安宁……

开完新闻发布会，康旭来到酒店大门外来拿紫竹帆船玩具。老大爷拿来早上已选好的那款给他："小伙子，来，都给装好了哈……"

康旭不禁苦笑："小伙子？四十大几了还小伙子？"

老大爷说："小伙子形象跟年龄没关系。男人嘛，可以焕发第二次青春，二十四岁与四十二没啥区别！"

康旭的心脏被为此一震，摆地摊的老大爷说话富于哲理性，不俗！"高人在民间"，把这位老大爷挤对社会底层的夹缝中挣扎，摆地摊既要防交警，又要防备像鬼子进村似的"三光"政策的城管大队，唉，每个男人都活得不容易啊。老大爷瞟了他一眼，颇有心思地说："我原来上班的媒体单位倒闭了，就出来练摊，混一点烟茶钱嘛……"

康旭心想，"原来大爷是媒体记者？真是'凤凰落毛不如鸡！'"

正在康旭为老人境遇鸣不平时，梅德方和他老姐从酒店里出来了，打老远就招呼康旭。

康旭问："你们也来追星了？"

梅德方说："不是追星，是来追你！毕总知道你还没吃饭就跑了，叫我们出来追你回酒店吃饭！五星级饭店那么可口的自助餐，不是每人都能吃得上的，你想放弃？"

康旭拿着那一个紫竹帆船，乖乖地跟他们乘电梯回到了酒店餐厅。

在流动的电梯上，梅德方的老姐梅蝶衣皮肤白净、身材均称，气质高雅，看上去就知，这是有生活积淀、有故事的女人，说起话来叽叽喳喳、节奏非常快，办事情也很干脆利索。她向康旭投以惊鸿一瞥，似乎蕴含着一种重拾缘分的味道，中年女人永远都沉迷于对缘分的迷恋与痴狂中。

一进酒店餐厅循声望去，毕行舟、锐凯他们已围坐在一起，坐在那里等他们。毕行舟今天看上去兴致很高，很会根据对方的需求而转换话题，就算很悠闲自在的人，也可能被他绕进有关梦想的话题。并道出独家新闻：一是马上要"考证"；二是端午节前后，报社总部可能将"洗牌重组"，业务精英者和"混年寿"者对此都很敏感，关系到媒体职业生涯是否继续的问题。

康旭估计毕行舟就此事随便在酒店开个碰头会。经过十年的"商海"浮沉，早已练透了"过耳不入"的本领，无论毕总怎么炫耀报社的宏伟蓝图，康旭不予理会，

明知此类"渣渣小报"没有前途，于是就尝试"左耳听，右耳出"。虚夸纸媒一代更比一代强，还有的无疾而终死在沙滩上。

无论老毕唱什么高调，要看纸媒有何视角独特、站什么高度，突出什么话语权威，这是当今纸媒谋求新突破的生存法则。

在这世界上，康旭只相信自己，不过，这次他想错了，今天毕行舟把他从酒店外拽回去，是另有他意。康旭一进去，只见毕行舟笑眯

眯地招呼他坐在他身边，说："有山无水难成景，有酒无朋难聚欢；曾经沧海难为水，除却巫山不是云。来，拿点酒来—"

待梅德方把酒摆好后，毕行舟站了起来，于是，一群人都齐刷刷地站起来举杯，等着他致辞。

毕行舟说："今天在座的大多是从《慕来巷》杂志社那边跳槽过来的，不容易哈！来，爻用'佳栋'家俬的喜事借花献福，走一圈喽—干杯！"然后，毕行舟又掉头悄声问康旭："听说阿梅把他老姐介绍给你咯？你娃踩到狗屎运了，颜值高，就该拽，被亿万富婆看起了……"

康旭扎实地剜了一眼正眯眼看人的梅德方，见他老姐已闪人了，就笑着说："哎哟，亿万富婆，那么多钱？吓死人了，我何才何德与人家相配？是阿梅给你说的吧？毕总，你不会想通过行政指令来搞拉郎配吧？"

"我无意搞拉郎配。我只想说，人家喜欢你，是你的福气！"

"哦哦，我过惯了饥寒交迫、漂泊流浪的生活，再说，还有一个拖油瓶，谁会看得起我这样的落魄男人？"康旭自我调侃说。

锐凯端起酒杯，向康旭伸大拇指："高康旭，高，就是高！高，实在的高！来，为老高找到了富婆，干杯！"

于是，大家又齐刷刷地站起来冲康旭碰杯、瞎起哄。

康旭伸出手制止手舞足蹈的锐凯："你娃，假，特别的假！一辈子就假字害终身，说起风就是雨嗦？"

康旭与其说是尴尬，不如说是汗颜，一想到心中装着那位天后导游，就有一种万劫不复之感……

锐凯寸步不让，跳起脚来冲他嘶吼："啥意思？人家阿梅老姐配不过你？一个大男人稳起不饿，假得很，一点都不耿直！"又去与阿梅碰杯，学着他的腔调，做了一个阿梅似的掠过秀发的夸张表情，说：

303

"欧耶，康旭要不得哈，好伤害人家阿梅的心耶！"

毕行舟被他们的吵闹所感染，笑得泪眼婆娑，问："哎哎，你们要搞清楚哈，是阿梅喜欢，还是他老姐喜欢？"

梅德方嗲声嗲气地急得直叫唤："欧耶，你们还要不要我活哟？"……

报社总部上下，都在盛传报社内部运行机制改革的事，这引起宸旭的某种职场恐慌。吃工作餐时，他又陷入一种恍惚与不确定的状态中。他开始在半梦半醒间梦呓—白慕仪，一直没有准信的她，是否也在想他？是否愿意在追忆似水年华中陪他度过下半生？

康旭喃喃低语，"我对生活要求并不高，不外乎是有个做喜欢做的职业，有一个栖息之地、几本喜欢的书籍，然后是儿子学有其教，父母颐养天年，然后是一个真心爱慕的女人。可这些作为正常男人的基本需求都那么难，难于上青天……"

对坐的锐凯，看上去似乎很轻松，没什么大的反应，似乎在回味、在惆怅，在沉思中与自己对话，带着某种既深邃又明澈的微笑望着康旭。

康旭迷惑地问："你还在傻笑，你不觉得你我马上就要过一个坎吗？"

锐凯根本没有上心，不加理会，又让人百思不得其解地说，"懒得管啥子坎！上那个坡唱一首歌。哪个男人像你那样一天到晚多愁善感的哦？富婆送上门来，不打起双手迎接，玩哪门子清高？你还典起脸发哪门子的愁？要是我，风骚富婆找我，来一个搞定一个，全单照收，看谁玩得过谁？男人嘛，是需要女人充电地，女人是多多益善地！"

康旭疲倦而厌恶地说："你那个叫啥，知道吗？叫滥情，叫禽兽不如！一个大老爷们，一天到晚就想着等富婆来救赎，你那叫厚颜无耻！"

锐凯不以为然，说："你骂我假，你才假！老话说'色无二味'，富婆就算年龄大点，又有啥关系呢，总有一个热乎乎的女人身子陪着你，总比你打光棍过凄惶日子强噻！一个裆下家伙焦渴得裂缝的男人，只是'抗日英雄'，没人喜欢！再说，人家既有钞票又年轻色美，会要你'二锅头'？你既不是高官，又不是土豪。反正，我离不开女人，就像吸毒一样，这玩意上瘾！人生就像一个游戏，你何必那么认真挑剔呢？"

康旭梗着粗红脖子争辩道："哼哼，当年你爸叫你读书，你跑进林畔逮笋子虫，连这个道理都不懂！说难听一点，如果男人需求只为满足一时的性欲，男人就只像一条穷追腥臭骨头的饿狗，那么男人也贬低了自己存在的价值。在异性相吸中，最重要的是感情支撑，女人要的是'被在乎'，男人要的是'被认同'。只有某些"心机婊"才会特在意床第之欢，厌妃子侍奉皇帝似的满足男人的淫欲，让男人感觉很受用、被尊重，但没有真情实感的交欢，其结局注定是逢场作戏，两败俱伤。"

似懂非懂的锐凯为掩饰尴尬，忙不迭地站起来，虔诚地拱手作揖，嘴里连感叹道："高，实在是高！好一个铁齿铜牙，我服了，还不行吗？你是我的拜把兄弟，领教了哈，要不，我现在就给你下跪，补办一个结拜仪式！"

康旭连忙扶起他，笑说："结拜仪式就算了，你心中装有本兄弟比啥都强！"

二十六、刀锋舔血留下的余味

由于遭到主流媒体的围追堵截，在各大报摊书店看不到的《凯州商务早报》，报社面临着新一轮的媒体逐鹿与终结对决。

报社总部领导层在作孤注一掷的困兽斗，在夹缝中腾转挪移、摸爬滚打的报社三百多位员工，马上就要通过"考证"来优胜劣汰。

毕行舟接到报社总部电话，要求工作室所有成员到报社会议大厅开会。

吃罢工作餐，康旭与锐凯坐公交车，快速赶到报社总部会议大厅，见没来多少人，在靠窗的沙发上，卷缩在墙角枕着靠背打起了瞌睡，远远看上去，宛如两只栖枝而眠的拙鸟。

虽说他们不懂报社运行机制，"梦想桃园"工作室经过他俩的努力，貌似繁华喧嚣，就像碧波荡漾的江河表面上风劲扬帆正当时的帆船，殊不知其深处隐藏着未知的惊涛骇浪。毕行舟已到报社总部探过虚实，总部高层没有传递什么信息，也没有与他达成什么业绩指标的承诺，既不想激励，又不想逼到绝境，反正他是"旱涝保收"的公务员退休人士，不过是发挥余热"玩媒体"而已……

在看似风平浪静的背后，以此为业的康旭、锐凯就"玩不起"了，伤不起了，迷茫中或许不知，男人有多少隐忍和坚守，就有多少磨难在下一个驿站等着他们去折腾……

锐凯因业绩突出，报社总部研究决定他可以免试"领取记者资格证"，这让康旭好不羡慕，生活由来逼人，看人家咋干什么都风生水起！

一走进报社总部会议室，毕行舟隔着厚厚的酒瓶似的眼镜盯着锐凯说："天上掉馅饼，砸在你娃头上了，很多记者干了一辈子都没拿过证，你别高兴得像范进中举了哈……"

"放心，毕总，我就是中了状元，也只剩下这身一百三十多斤的老皮骨，能有多高兴？"锐凯嘿嘿地苦笑着说。

开完总结会，毕行舟把康旭正式带到报社总部总编帅梓江办公室，极力引荐他。帅梓江用赞赏的目光上下打量康旭，连说："唔，受委屈了，文章好，策划好，一表人才！"

然后出来，就报名参加国家新闻出版署的记者资格证考试。当康旭去报名处注册时，报社总部人力资源部粟主任突然提出员考"记者资格证"必须具备两个条件：一是必须持有大学全日制本科文凭；二是有从事记者媒体工作两年的工作经历。康旭傻眼了、抓狂了，这两个条件他都不具备，根本拿不到"考证"入场券。康旭宛如又迷失在本不属于自己的森林，潜意识中，要想执着地走出这片阴霾缭绕的丛林……于是，立即作出快速反应，尽量找毕行舟去找帅梓江老总变通，别无选择，必须要成功地迈过"考证"的坎！

康旭立即找到毕行舟，说他婚变时因撕破脸，前妻把他所有的文凭证件烧掉了。毕行舟听罢，先是一愣，来不及多想，在帅梓江老总办公室前迟疑一下，以报社总部副总的身份，直接把康旭推到"考证"工作人员报名处，阐述了他无法出示本科文凭的真正原因，并证明他从事新闻媒体工作三年了，一直担任副主编，粟主任疑心重重地上下打量康旭，顿了顿，才发了一张考试登记表给他，填好后，又要他去找帅梓江签字确认。

毕行舟又带着他溜进帅总办公室，帅梓江想都没多想，就提笔签了字。康旭顺利取得了新闻媒体从业人员的培训和考试资格。

培训那一周，锐凯在外面飘荡，康旭他们按部就班的进行培训，学习节奏没想象的那么紧张。

"考证"那天，场面好不严格与规范，全省电视台、主流媒体报社等新闻媒体介绍来的记者七百多人参加了考试，国家新闻出版署领导、省新闻出版局领导和报社总部领导都在现场监考，毕行舟的"梦想桃园"中心除了锐凯免考外，其他包括他在内五人全部参加了考试。

一个月后，考试卷子发了下来，考试成绩在报社总部在其网站和会议大厅同时公示。

《凯州商务早报》在报社总部行政大厅的墙上，公示了"考证"成绩单。

康旭挤进人群，看到了自己的考试成绩，与凯州市电视台、《凯州日报》、《凯州商报》、《凯州都市报》等记者一起参考，毕行舟的"梦想桃园"团队考试成绩最好，康旭以88分获得整个考场记者冠军，同时，亚军、季军均由"梦想桃园"工作室独揽。

毕行舟也因此正式调进报社总部担任常务副总编，总编帅梓江不在时，由他全面主持日常工作，原来由他组建的"梦想桃园"工作室的报社第二办公区全部整合到报社总部，并给每个记者安排了办公桌。

新环境激发新激情。康旭同样是每天乘公交车上下班，同样厌倦开口逢人就谈梦想的人；市场拓展，自然练就了"血战到底"的技能，"没有金刚钻，不揽瓷器活！"虽说随时有一股股逆风袭来，他已有足够的底气抗衡八面来风，适时驾舟前行。

《凯州商务早报》报社总部，坐落于凯州一环路西区芙蓉月公园湖畔的一栋写字楼九楼。

推开办公室的绿窗，凭窗而眺，周邦彦《春雨》"欲验春来多少雨，野塘漫水可回舟"的满目诗画，让他目眩神迷。满湖碧水，波光粼粼，湖畔上的垂柳已绽满新绿。公园建筑是唐代流传下来的雕梁画栋、白墙青瓦，屋檐别致的纯争小院，斑驳光晕闪烁的朱红门栏，门轴徐徐开启的响声，与湖中一叶扁舟的划桨声相互交织，沿袭凯州人驰骋梦想的城市禀赋，就像他此时的心境，刚才帅梓江那句"报社给你一条鱼，不如给你一个鱼塘"，再次激荡他心灵深处的涟漪……

毕行舟试图在报社收获风景，居高临下的他，并未找到他的风景，这里原本就没他的风景。表面上他晋升为常务副总编，报社总部的第二把手，他在帅总旁边的单间办公室坐班，先是轮流找报社的骨干记者谈话，接着把康旭和锐凯邀约出去打麻将，最后在报社例会上居高临下地打断帅总的讲话，凸显诸多诟病，最终他未能坐稳报社"老二"宝座，他想象的名利也未能名至实归，他按原《凯州武警报》计划经济的模式运作，想在这家靠市场经济谋生存的报社上位，除了遭受鄙视和厄运外，就只好苦苦在美梦中攀沿，到了濒临被吞噬之际，他还在惟我独尊、无法释怀。

"新官上任三把火"，毕行舟找人私聊，被帅梓江视之为拉帮结派、私筑阵营。于是在报社大会上强调，颁发记者后，要大动干戈作搞"内部运行机制改革"。跑一线的全体记者，参加了颁证那天的最后一次周末会议。康旭在洗手间马桶蹲着，听到总部两位同事在一起聊天，说是"颁证"后毕行舟"老二"席位，有可能将被康旭或锐凯取代，乔总很喜欢和欣赏这两位有市场实力的壮汉—"广告怪才"……这在康旭听来，无所谓悲喜，确有如雷贯耳之感，报社高层投下的一枚重型炸弹！

康旭明白，昙花一现，"腹背受敌"的是惯于唱高调的毕行舟，也特想探究他为何惹祸上身？经过刨根问底，了解到，老毕"试图过足官瘾"，想"官运亨通"，却遭人暗算，让他颜面尽失，难道他这次就彻底认栽、被驱逐出去了吗？

就在康旭充满迷惘和惶惑中，报社总部法人帅梓江的总编秘书粟主任，给康旭打电话，通知他立即赶回报社，要求立马到帅总办公室密谈，并与强调，这次与帅总的谈话内容，一律不得外泄，一语惊醒梦中人，稀里糊涂地蹚了报社这摊浑水，真他妈的莫测高深呃……

临进总编帅梓江办公室时，康旭还是有那么一点"飞鸟入笼"的感觉。他悠闲地先进了一趟洗手间，尚不知已充当别人"猎物"的他，滑稽地对着镜子鼓起绷着硬汉似的腮帮子，强迫自己做一个加油"拿下"的动作，促使冰冷僵硬的脸庞多一点生动，然后，轻轻爽爽地正要进帅总办公室，顷刻，富锐凯从办公室里拱了出来，他俩差点撞个正着，他以一种高层阵营联盟般的眼神剜了一眼康旭。

帅梓江一见康旭进来，就抬起头来，用一种深邃类似比较的眼光打量他，说："老毕没别的本事，发掘人才还是有一套。老毕工作室出来的人才，一个比一个能独当一面—"

康旭感觉对方眼神具有一定的穿透力，他觉得自己脚底都有些抽筋了。

帅梓江以一种试探的口吻问："报社要改制，准备重点栽培你，总部编委会决定聘你为编委，兼任市场拓展部和专题策划部主任，锐凯担任财经纵横部主任，怎么样，没问题吧？"

康旭似梦似幻，半梦半醒，迟疑地答："谢谢哦，一切听帅总安排！"

帅梓江从豪华真皮老板椅上站了起来，围着他身边转了一圈，然后把办公室的门掩过去，神秘地说："问一下你们部门的情况，我提的问题，请如实回答—毕行舟想搞垮报社总部，他在地摊上私自雕刻

《凯州商务早报》公章，你们用他私刻的报社公章去外面签定广告发布合同？对吧？我只想核实一下……"

脓疮一针就被捅破了，脓血一下子就流了出来，摊了一地，肮脏了康旭的视线……

康旭这几天心底纠结的谜底被揭开了。是谁，像青面獠牙的厉鬼，在毕行舟的背后对准其要害处猛捅了一刀？

面临帅梓江刀锋般的眼光，康旭一眼的迷茫，说："对不起，在毕总的工作室里，公章和合同都不归我管，这事我不太清楚！"

帅梓江城府很深，背着手，恰似闲庭信步，了然于胸地说："你想，'佳栋'家俱集团几十万的广告大单，不跟我请示，不去打报社总部的招牌，就你们几个人去空手套白狼，人家家具集团会买账？毕老头也太嚣张了吧！"

康旭独自思忖，"梦想桃园"做回来的广告款，还不是交给了报社总部吗？没觉得毕总这种灵活的"变通"方式有多过分，不至于对此兴师问罪吧！就坦然地敞开心扉说："帅总，这要看站在哪个角度来看，老毕也是逼于无奈，您想，他既要完成报社总部的年度目标任务，又被总部捆住了手脚，如果您是老毕，您该咋办？邓爷爷早就说过：'红猫白猫，逮住耗子就是好猫！'"

帅梓江听罢加重了声调，皱起眉头反驳："照你这么说，报社总部管理机制可以不要了？都跑去'逮红猫白猫'，报社声誉一旦毁了，你们还能到哪里去'逮红猫白猫？'恐怕连一点鱼虾也逮不回来！"

康旭也不骄不躁，沉稳地回击："不管逮回来什么猫，还不是都交给了报社总部？报社领导既要享用'猫'的创收果实，还要给冒着风险'逮猫'的记者打板子，这岂不是跟搞'文化大革命'一样吗？"

帅梓江挥手制止他再说下去，反驳："啧啧，你不要扯远了！报社唯有保住声誉、权威，保住金字招牌，才有可持续发展，这是底线！懂吗？私刻公章如果走法律程序，毕行舟是要判刑的！"

康旭心里曾构筑"无冕之王"的支柱顷刻轰然坍塌，有些口吃地问："呵呵，您还想把毕总弄进去判刑坐牢？"

帅梓江鼻子哼哼地说："你说呢？如果你坐在我这个位子上，该咋办？"

康旭梗着脖子，语无伦次地比划，说："我个人认为，这样不好，如果把事情闹大了，对报社百害而无利，势必成为主流媒体报道的重磅炸弹，让媒体竞争对手笑掉大牙？弄得毕行舟和我们报社两败俱伤！"

帅梓江紧锁的浓眉一下子散开了，立马满脸堆笑，紧紧握着康旭的手说："哈哈，天资聪颖！我咋会搞死毕老头呢？他是伯乐，为报社引进人才有功，他今年最大功劳是发现了你和锐凯！等把记者证发下来，确立记者名分，你和锐凯就是我的左膀右臂。毕老头哪里凉快滚哪里去！"

当争执的气氛有所缓解时，康旭手机轰鸣声骤然响起，刚好掐断，对方又执拗而发飙似的打了过来，帅梓江腻味地瞟他一眼，说："没关系，接吧——"从康旭流露的眼神中，帅梓江凭直觉，知道是锐凯打来的。

康旭捂住手机，觉得帅总办公室不宜久留，得赶紧撤飘！就掉头对帅总说："不好意思，帅总，有客户约我马上过去！若您没有其他指示，我先告辞了！"

康旭气不打一处来，竟然还有这样的人，胆敢在毕行舟背后玩黑腹损招？

攥紧手机的手心出汗了，康旭站在巷口愣了半天，他心里急切希望那个人给他一个合理的解释，却等来毕行舟情绪激动的电话，老毕哽着喉咙沙哑地说："锐凯太阴险了，为当个报社破副总，给帅总打黑报告，揭发我私刻报社公章，挤对我们！你要注意哈，拿了记者证后，锐凯可能就坐上报社的第二交椅！到时他有可能要安排你当他助理，他的机会来啦，正好踩在你头上撒野拉屎！"

康旭没被激得暴跳如雷，说："就他，能折腾出啥名堂？他整的都是和他走得最近的人，你以前骂他在报社滥竽充数，您是不是低估了'滥竽'的厉害了吧？"

毕行舟义愤填膺，提高了嗓门吼："你太正直了，在'梦想桃园'工作室，他岂止是滥竽充数，玩黑腹损招，把我当成他往上爬的垫脚石！你充当的不过是……"

康旭有些诧异，忙问："不过是啥？说呀！"

"不过是充当他的'备用胎'罢了！你看，他把'梦想桃园'工作室闹散伙了，踩倒我们，自己往上爬。你我都成了给他晋升垫背的傻冒！"

这话让一直漫不经心的康旭噤若寒蝉，毕行舟毕竟是武警部队历练出来的文官，居然经不起一点挫败，反问："是滴，他卖主求荣，一个叛徒！你以为报社是他家开的，就凭他那个文化鼓捣，能爬到多高？"

毕行舟那边的声音一下子又提高了："你呀，执迷不悟，是不是憨厚质朴得过了头？一点都不懂报社总部的操作内幕？你听清楚了，记者证发下来后，他的职位比你高出几级，报社要给他提供正式编制，职位是报社总部常务副总，有保底工资，有五险一金，总部还要给他配房配车，退休后每月还拿退休金。一线记者做回来的广告利润，他还要按百分之二十抽层……懂么？为啥都想当官，懂不？叛徒自有叛

313

徒的爱，帅总就喜欢他这口菜！人家背后有人抬轿子！你再有才华，也是草根、屌丝！"

康旭心境沉入谷底，那边电话蕴含不可遏制的愤懑，"嘟嘟嘟"地挂断了，但他手机都还一直痴痴地贴在耳边，心里浮现一个网络新词："屌丝成神，蚂蚁变象"，难道锐凯因举报老毕有功，促成他"屌丝成神，蚂蚁变象"了？这世界原本就龌龊，可龌龊的愁绪，却无止境地从脑海呼啸而过……

康旭只是绷着那口无处可泄的怨怒，质疑老毕的说辞。就那个胡子拉碴咧嘴笑、胸前布满蜘蛛网胸毛的山村粗汉，真把毕行舟"扳倒"了？改制后，他康旭能分在报社哪个部门，还是个悬念哩……

刚才帅梓江找康旭谈话时，锐凯的电话突然打进来。他不是自诩为很纯爷们吗？不是说"同行相恶，何其毒也"吗？康旭今天偏要搞清事实真相，要他为"扳倒"毕总讨个说法，付出代价！

几次未能及时请锐凯喝酒，康旭曾感到一丝愧疚，现在想来，而今如此结局，是何等沮丧和拙劣，人家暗中使绊子，其损招比老毕更具杀伤力

即刻要想见到他，对了，就现在！

已不奢望约他来芙蓉湖畔来，在康旭印象中他多了一个心计，他已不是"花月痕"嫖妓的淫棍了！必须要把他堵在一条街巷的死胡同里，直到他低头认罪，自认识他以来，他从未谈及来凯州前的婚恋之事，心里立马想起"花月痕"红酒女郎"御用"他之丑闻，对了，一个妙计随即浮起，哼，"谁想踩扁我，我就把谁打回原形！"

那天临近要下班时间，康旭从郊区跑广告回来，尾随富锐凯裹在电梯里下班的人群里，走出了那栋芙蓉月湖畔写字楼，就远远看见锐凯在对街公交车的站点上候车，在那堆乘车人群中却有些出色，然后

有一辆公交车慢慢到了站点，停了下来，锐凯随争先恐后挤车的人流，挤进了那辆喷有广告语的公交车……康旭骑着电瓶车，尾随紧跟着那辆公交车的屁股后面，每当前面的那辆公交车一到新的站点，他就立马减速刹车，躲在隐秘处，只要锐凯没下车，他又继续悠哉乐哉地穷追不舍……

"自作恶不可活！"康旭偏不信，一个地道的凯州城里人，竟斗不过一个被骂成"屙红苕屎"的乡野粗汉。就算他是恶魔，他今天也要撕破脸与他摊牌，让他大眼瞪小眼再见到他的厉害，必让他有那种自行车链条被突然卡断"咔嚓"般的目瞪口呆。

掐住他的七寸不放。跟他斗，小儿科而已！

公交车行驶到第四个站点，又开始停车陆续下人了。

锐凯痞气十足地从公交车上跳了下来，穿的那条发白的牛仔裤特别扎眼，晃动着激凸的屌裆，走起路来流氓般的七翘八拱，宛若陈冠希电影里演的地痞流氓。他迅疾地来到了一家挤满家长的小学校门口，然后站在那里等候……

康旭骑着电瓶车追殖在他后面，保持距离，紧盯着他，绕开他的视线，坐在电瓶车上在他的背后拉开重拳出击的架势。

锐凯向校门口直奔过去，一位扎着蝴蝶结的八岁小女孩欢快地向他扑来，他牵着女该的手，问："今天乖不乖？"

"乖，我饿了……"小女孩摇晃着他的手，好像是吵着要吃东西，锐凯牵着她的手，在对面超市给小女孩买了一袋巧克力和薯片，那女孩一边往嘴里塞巧克力，一边拿起喂给他吃。那女孩看上去就很洋气，像个瓷娃娃，一身名牌，嘟噜着粉红色的苹果脸，容貌好萌，小清新，好可爱！

难道小女孩是锐凯的女儿？他原配妻子到了凯州？

来不及多想，康旭远远尾随锐凯拐进了一个居民小区，小区大门标有红底金字的"凯歌花园"的金字招牌。锐凯带小女孩一转弯，进了居民小区的第四栋楼梯口，径直走了进去。

康旭锁好电瓶车，在底楼拐弯处观察暗访，见他上的电梯是 12 楼，然后就穷追不舍，穷追不舍，进了电梯，缓缓地直接抵达 12 楼，在隐秘处，瞅见锐凯掏出钥匙打开住宅的防盗门，然后小女孩先进了家门……

走进新精装的一套三商住楼前，锐凯先伸出脖子环视四周，然后嘭地一声地关了门。

啧啧，没想到锐凯住这么好的房子。紧接着康旭迫不及待地上前，很有节奏地敲门，还是那位长着红苹果脸的小女孩开的门。

康旭急不可耐地一脚跨了进去。

锐凯正在洗手间掏起那屌裆撒尿哩，康旭已长驱直入，一直逼到洗手间门口，锐凯乍地一抬头，才瞭见康旭已直挺挺地戳在他身后，大惊失色。

康旭像侦探似的了然于胸，讽刺他说："没吓得闪了尿筋吧？以后阳痿了，丧失男人功能了，可资质、没福气卖身了，供女人消费还能挣钱，既爽了自己，又可财源广进！"

锐凯第一反应，仿佛看到孤魂野鬼凭空冒了出来，心脏砰砰狂跳，"我的妈呀，我又没得罪你，你突然从哪个墙缝里冒了出来？吓死我喽！"

康旭一边迈着八字步，学着他痞气十足地客厅里转悠，一边嘴里独自叼着香烟，抬头一眼就看见墙头上挂了一张靓照——在"花月痕"艳遇的红酒女郎的靓照，果然不出所料，锐凯终归是把被她"搞定"了，成了供她固定御用的"午夜牛郎"，或许这个她，或许只是他的其一，就说："哦哟，红尘相伴，活得潇潇洒洒！好不滋润哈，还有一朵祖国的向阳花投怀送抱！"

锐凯来不及拉上裤链，红色内裤别扭地露在外面，耷拉着脸说："不要阴阳怪气的，行不？你知道吗，你这是私闯民宅？"

康旭故作惊恐万状之态，恬淡地争辩道："哦，是吗？住进富婆家，还增长了一点法律知识！嗯啦，打110呀，报警呀？想威胁我，也不先看看你裤裆里的录骚气烘干没有？"

锐凯明知对手是真正的将帅、"怪才"，无论正理，还是歪理，对方都是高手，打嘴仗不是他的对手，加上马上那女孩的亲妈——红帽女郎就要回来，闹起来自己很被动、很尴尬。于是，马上就放缓声音地说："哎，哥们，你来以前，也不先打个电话，一贯搞突然袭击！"

康旭指了指这住住宅，说："你在这儿见得光吗？先给你打电话，你愿意邀请我来这儿吗？今天下午不是你给我打电话了吗？我来就想问问你，找我有什么事？"

"帅总不是找你谈了吗？"

"有没搞错，帅总是谁？帅梓江会找我谈话？我算哪根葱！"

"跑来就想吵架？不好意思，这有小孩，请注意影响哈！"

"怕影响？偷来的婆娘过不得夜，你天天当新郎，夜夜进洞房，堕落得够快了哈，还怕影响你颜面？你自己说，我为啥来找你？你说清楚了，我还懒得费口舌哩！"康旭又转过脑袋看那小女孩，说："哎哟，好一副父爱如山的慈父形象哦，感情深哩，还有脸帮红酒女郎接娃娃！你敢说，这女孩是你的吗？球莫名堂！"

锐凯听不得他夹枪带棒，立马翻脸说："关你屁事！这是我的隐私！"

"不关我事？那好啊，我明天就向你学一回，把你在'花月痕'

当鸭鸭收钱的隐私，以及你和红酒女郎的丑闻，闹到报社帅梓江那儿去，然后把你和女孩的妈的照片挂到网上，看你敢把我咋地？"

锐凯气得青筋暴涨、张牙舞爪地吼："去啊，你去闹啊，我这是男女自愿的正常恋爱，谁也没权利管！"

"你骗鬼嗦，你这是贱卖，老百姓俗称为卖身！你把爹妈安装的屌裆拿来卖钱，帮众多的离婚女人解决性饥渴，你是潜伏在新闻单位的隐秘男妓！你敢对着红酒女郎的照片赌咒，你与老家丹乐江山村的老婆离婚了吗？你的两个儿子不叫你爸爸了吗？"

锐凯"腾"地脸一下子就涨成猪肝色，马上语气变柔和了："你背地里暗访我的隐私？是不是我铁哥们哦，你还敢跟踪我？太恶毒了，太奸诈了！啥意思，想跟我彻底撕破脸？"

康旭不容置否地说："你还先别和我谈哥们！这次你玩大了，是你做事先对我撕破脸的！你不是想踩扁我吗？谁不知道你的'底牌'？不过是借报刊杂志征婚之名骗色骗财，把婚姻失败的伤痛女人，作为你泄欲和淫乱的'试验田'！我他妈的真是瞎了狗眼，还把你当成肝胆相照的铁哥们！"

康旭以锐不可当之势，直击对方死穴。他就是要痛击对方的软肋，把他打回原形！

"我做错什么？你跑进来就冲我大喊小叫！"

"你说呢？我恨死你了！我最讨厌一个大男人背后捅刀子、使阴招的小人！你搞毁了梦想桃园'工作室，你毁了苦苦栽培提携你的毕行舟！卖主求荣的渣男，叛徒！"康旭骂得酣畅淋漓，出完恶气，摔门而去……

二十七、鸠占鹊巢"的厚黑术

面向金色池塘，春暖花开的景致更浓了。

早过了上班时间，街巷的路灯尚未关闭，偶尔零星响起的鞭炮声与那浓得化不开的薄薄春雾正在缭绕着飘散着，城市的轮廓在亦梦亦幻亦真地渐次清晰起来……

康旭发现，锐凯暗自被"红酒女郎"等女人包养后，觉得他作为男"暗娼"的龌龊。锐凯想堵他的嘴，但他懒得理他，一见康旭，他说话就像在抽筋似的。刚想进办公室，锐凯在楼梯间碰见了他，就突然去拉他的手，压低声音威胁道："走，我想请你喝茶，给不给面子？别忘了，你我是一起扛过枪、一起嫖过娟的铁哥们！你敢在背后说我坏话，我就把你我嫖妓'二拱一'说出去。谁怕谁？""肮脏，啥叫'二供一？'不懂！"他俩就这样擦肩而过，怎样面对他？怎样洗刷他，康旭心中自有高招。康旭甚至懒得去看他那张青筋暴跳的脸，不想搭理他。或许在此时他确是恨透了他"，敌对情绪已是一览无余，甚至连帅梓江都感到突然和意外，他俩不是拴在一起的蚂蚱吗？锐凯对他"无端献殷勤，非奸即盗"，错了，锐凯对他俯首帖耳，想尽快向他揭示一个神秘的迷宫，所以就特地到他办公室招呼他，康旭碰到这么温柔的呼喊，心就软了，毕竟……呔，不说了！康旭就站住盯着他，带着嘲弄而鄙视的神色看他，看他又要出啥幺蛾子？锐凯病态地搂住他的肩膀直摇晃……

在对面"孤帆骄阳"茶楼，当两位齐头并肩的中年男人走了进来，就算心里彼此有隔阂，也能重新故作平静，面对面地品茶，无需繁琐的寒暄，无须恭谦礼让，康旭此时心里惊涛骇浪，但还是提醒自己，他看似耿直质朴，其实一肚子的坏水！就急于探究真相，真相是不是"鸠占鹊巢"的拙劣，只想要他给他一个出卖老毕的理由！

锐凯给他喊来一杯碧螺春茶，服务员轻轻地放在他面前。康旭的思路从模糊到清晰，他们曾是多个战壕磨合过来的伙伴，同是摆渡人生、狙击命运的城市边缘人。

康旭心里在纠结一个问题：如果被疯狗咬了一口，难道有必要趴下去反咬它一口吗？

康旭单刀直入地问："'梦想桃园'工作室私刻报社总部公章的事，是你给帅梓江举报的吧？"

"错了，不是部门，是老毕！难道不该吗？中国男人这点正义感，我还是有的。"

"你就不愧疚吗？毕总对你有恩，一直在栽培和提携你，你非但不感恩，还在背后心向他捅刀子？"

"我真不知道你是咋个想的，啥子恩哦？他一天到晚，就晓得背起手打官腔、过官瘾，对我们居高临下、指手画脚，广告款是谁挣回来养报社的？他凭啥喝我们的血，提我们的层？他给个球钱不挣的副主编虚职，你就迷三倒四的了……"

"你说这些！你扳倒他，就想自己上位？就凭你，斗大的中国字认不了几个，做你的大头梦吧！"

"我是没文化，才不按常规出牌，'用自己的骨头熬自己的油'，难道我不挣钱只赚吆喝？你清高纯净，又能值多少钱？你被假象蒙了眼睛，老毕一年交给总部帅总多少钱？给我们的提成又是多少钱？他吃的差额又是多少钱？"

"为了利益纷争，你就在背后捅刀子？可是，总部要解散我们'梦想桃园'工作室，所有部门资质档案就要上交总部销毁。你娃摊大事了，你我都要像扔垃圾一样被淘汰！"

"胡说，总部马上就要提拔你我当副总了！帅总不是找你谈过话吗？"锐凯脸上掠过一阵恐慌，随即又恢复那副淳朴憨厚的样子，盯着康旭的眼睛问。

康旭喝了一口茶，面对不谙江湖险恶，又对职位势在必得的锐凯，觉得太不可理喻了。他蠕动几下红杏似的喉结，平静地说："你听说过有个成语叫'鸠占鹊巢'吗？"

锐凯茫然不解地摇了摇头。

康旭嗤之以鼻，淡淡地说："小时候，你爸叫你读书，你跑去田坝头逮油蚱蜢！愚昧，幼稚！请问，你见过哪个报社有连记者名分都没有的副总吗？还相信那个狗屁的谈话，帅总只不过是拿个光环逗你我玩，实际上在套你我的话，是变相的审问，是为踩扁毕行舟提供证词。提你我当报社副总，你以为报社是陪我俩过家家啊？"

锐凯云里雾里地问："不对吧，再过几天，记者资格证发下来，我不就有资质了吗？'鸠占鹊巢'，又咋啦？风水轮流转！"

康旭不无嘲讽地说："再过几天，你就是报社的'老二'了，你不仅'鸠占鹊巢'，还老有所靠、老有保障了？金钱、美女、地位都向你扑来了？对吗？"

锐凯一脸苦涩地说："我从没得罪你，你为啥老是这么践踏我？有意思吗？既骂我嫖娼玩女人，又骂我叛徒，还想吵架？"

康旭说："我才懒得管你那些污七八糟的破事！螳螂捕蝉，黄雀在后。预祝你飞黄腾达！算了，不说了……从此，你享你的荣华富贵，我走我的独木桥，你我已形同陌人！"说着，就要起身拍屁股走人。

锐凯站直身子，跟着迈向门口，伸出那毛孔很重的双手，帮康旭撩起茶楼那一帘幽梦般的珠帘，可就在蓦然回首间，他掉转过头就变脸了，一脸鄙视地盯着康旭，从牙缝里迸出一句："昨天你跟踪我，发现了我'花月痕'后的秘密，我也想还你两个爆炸性的秘密，不，是迷宫，你特感兴趣的迷宫。算咯，不说了……"

康旭沉稳冷漠地看他，又想玩什么腹黑阴招？讥讽地说："哼，大不了，炫耀你的某个亲戚在凯州市政府当大官，在背后有人给你撑腰，吹牛不打草稿，你以为骗幼儿园大班的小屁孩嗦？"

"错，你的那个林美女，喜欢我了……她说你薄情寡义，不愿给她找工作。端午节她要我去给她双亲送节呢。我答应她，上门定了亲后，我就安排她到报社来上班……还有—"锐凯咬咬牙，就点明死穴，一字一顿地说："阿梅的老姐梅蝶衣，就是那个继承亿万遗产的土豪金富婆，她，在你我之间选择了我，说我比你更威猛、更爷们，哈哈……"

剧情瞬间逆转。康旭隐忍许久的燃点，被彻底引爆了，血管不断地膨胀，随手拿起玻璃茶杯，就劈头盖脑绐他泼了一脸，这一切都让他始料未及……

锐凯并不恼怒，放肆淫荡地尽情狂笑着，然后缓口气说："哈哈，你不是说，命运负责洗牌，玩牌要靠自己！你书生意气，跟我斗，需要硬件，需要实力，你有吗？还有，男人的硬件在裤裆里，自古就有男人用这个硬件支撑江山和宫殿！懂不？是我把你引荐到报社来的，你还有脸骂我'鸠占鹊巢'？如果还想跟我玩，我奉陪到底！"接着，他从牙缝里蹦出狠话："另外，你如果敢把昨天看到的事说出去，那好，那我就立即拿下林、梅两个女人，让她俩'二拱一'，多搞几个女人上床，才有男人的王者风范！"

"自作孽不可活！赶尽杀绝，连快六十岁的老太婆都不放过！遭天谴的人渣，赶快在我面前消失，滚，滚！"

锐凯石破天惊地扔出他的惊雷，然后，迅速拉开透明晃眼的茶坊玻璃门，扬长而去。

康旭情绪一下子失控了，朝着自己的脸，狠狠搧了两耳光，然后极力平息自己，一股股的愤怒与结怨冒了出来，悲痛一再积压在胸膛……崩溃！不亚于地震般的坍塌与崩溃，只觉得有股气势强大的灭顶黑云在他上空萦绕，这个潜伏在自己身边的所谓哥们，让他与这个龌龊的世界一起灰飞烟灭吧……林歆月、梅蝶衣……这些女人在他的脑海里重叠着、翻滚着……丧心病狂的恶魔开始伸出魔爪，一时让他措手不及，凡是与他稍有亲近的女人，一个都不少，他恨不得把眼前的一切一股脑儿朝街上砸去，世上所有的美好，诸如爱情、友情、哥们义气等，都在疯狂的破碎声中崩溃，在呼啸中毁灭，或许，这样尚能带来泄愤复仇的一时快感……

在夜深人静的时候，康旭常常感叹自己为何再次跌入命运的谷底，始终没搞明白，为什么厄运老是揪住自己不放？就像魔术师手上的魔棒，即使擦亮眼、不眨眼，也难以洞穿云遮雾罩、莫测高深的城市天空……

回到家，锐凯悠哉乐哉地把那小女孩接回家。觉得从胸部到裆部都在发烫，便脱下衣裤，倒在床上，大叉着双腿，亮出胸毛和肚脐眼连片毛茸茸的阴毛，两只手握那激凸的屌裆放纵地把玩，意淫中脑海里浮现出喜欢康旭的两个女人……

那晚锐凯很亢奋，红酒女郎销魂的声音沉吟浅唱，赞美他的壁立千仞，一柱擎天。其实他已在暗自借助药物功效，让女方享受销心触骨、酣畅淋漓的性爱！望着里屋的红苹果女孩，他一再压抑那种淫荡的蠢蠢欲动……

那个星期六下午，空气中弥漫着春天的芬芳气息，锐凯走进临街的药店，买了一盒印有他不认识的英文字母的壮阳药，然后给梅蝶衣打个电话，邀约她到"骄阳孤帆"歌厅包间唱歌，他先来到歌厅前台，就着矿泉水吃了两颗药，一切都准备得周到圆满。当梅蝶衣走进歌厅包间时，他在刺眼的炫幻灯下重新细细打量了她一番，清晰地读懂她是怎样的女土豪—和梅德方的面部轮廓有点挂像，眼圈和嘴唇都是纹过色彩的，挽起新潮发髻插了一支招摇的和田玉花瓣，浓妆艳抹的脸庞摇曳几缕的发丝……

让锐凯满心欢喜的是，她一来就塞给他两包软中华烟，然后又相拥着到七楼吃了一顿泰国餐，最后，就在包间里煞有介事地唱一些"猫叫春"似的情歌，包括那首《灯塔》，在锐凯的世界里，美女和金钱才是引领他的灯塔。有奶便是娘，谁有钱谁就是他的灯塔。撩拨意淫的嘶喊，非但没有让梅蝶衣气恼，反而感觉一种堆积已久的深情款款、欢颜笑语的情感，向她扑面而来。并不虚妄地说，锐凯感受—梅蝶衣在潜意识中撩拨他、刺激他，渴求与他玩更深层次的，唯恐他没雄风"来电"……看来，她似乎早已倾情于他，于是在亲吻和搂抱中碰出火花，在借助歌厅的靡靡之音，点燃了他们颠鸾倒凤的欲望……

锐凯慌不择食地"亮剑"，承载着对自己命运的愤懑与泄恨，主动撩拨，他们很快就在歌厅包间的沙发上如漆似胶，缠绵悱恻。他要把那种夫妻间该做的程序操作完毕，肆意销魂。在昏暗的灯光下，彼此再次激活了"爱如潮水"的碰撞魔力……对锐凯来讲，激情消退后的一瞬间，他感知他今天"拿下"了钞票和肉欲交织的城堡……

今日之锐凯，用父母安装的那个"激凸"器官，打着"单身汉"

的幌子，博得离婚女人的同情，然后与她们周旋，貌似真情永远、真情相融，实则在挥臂上阵，阐释"男人的天堂在女人的洞穴里"，在敞开怀抱猎艳的同时，赚取女色、金钱和财物。

　　没人知道富锐凯是一个专蹚过女人河的男人，在对梅蝶衣"先下手为强"后，锐凯除了固定周旋在他身边的女人，他在处心积虑设局，决意"拿下"康旭的试婚前女友林歆月……

　　那些同他厮混的离婚女人，都恍然若梦，以为作为待婚的鳏夫，他是她们的花好月圆夜里唯一的爱，"爱情至上"的单身女人，做梦也没有想到，看似仪表堂堂、健硕威武的他，只是为了一时的淫欲和欢愉，恬不知耻地在爱情流转，在她们身上"骗色骗财"，她们收获的也不过是美丽谎言背后的"人财两空"。

　　就在那天晚上，锐凯在那个红酒女郎妈妈的床上，看似健硕强壮的他，却在男女"例行功课"中败下阵来，他已经对身边这个黄桶似的臃肿女人索然无味。在遥望窗外满天星光时，沉湎于交媾挫败后的苍凉，竟产生一种"外来客""食人余唾"的恶心反应……

　　像翻烙饼似的辗转反侧，随后，他就做了一个梦，在烟雨迷蒙的大江里，一轮帆船扬帆起航了，桅杆和船身在行驶着，突然，一江春水向东流，河床烟波浩荡，江水浮现出许多似曾相识的女人的脸孔和脑袋，他挣扎在江水里扑腾，而那些活色生香的女人脑袋组成一江激流，从他的身体侧畔奔流而过，他的脑袋被那些女人的脑袋挤压着、碰撞着，然后，那些女人脑袋架构成一个江中矩阵，浮出水面，覆盖着他赤裸"的躯体，在涛涛江水的地平线夕照尽头，他极度疲乏地扑腾挣扎，紧接着，他感觉江水就要呛死他，他在汹涌的江水里极力支撑自己浮出水面，可江面上是众多女人脑袋的丛林，没有一点缝隙可供他把脑袋冒出水面，他在慌乱中忙喊"救命"，可那些水面上的女人，没一个搭理他，所有女人的脑袋宛如潮水般从他身上碾压流过……美女、金钱和别墅统统涌进了江水里，顷刻间，那些他曾睡过的女人的脑袋，都幻化成一张张厉鬼的面孔，承载一江扑面而来的芬芳，将他呛死、将他吞噬、将他毁灭，他挣扎着伸出江面上的双手，在天水一色的地平线上，他已窒息，慢慢地缩成了一个小黑点……

二十八、乱地离骚一抹红

康旭莫名地愤怒并且憋屈，局促地坐在办公桌上。

锐凯一声不吭地用抹布帮他打扫办公桌，又是那副憨厚纯真的嘴脸。在旁边经过的同事，似乎都在暗自指戳康旭，将他看作总是被锐凯忽悠的傻帽。

康旭心里喃喃自语："不怕神一样的对手，就怕猪一样的队友。"为什么非要和他齐头并进？说不清，道不明，也许是同病相怜吧？也许就只因他跟自己同样的脾性相投？康旭试图寻找彼此共同存在的理由。在这城市，他俩像楼顶预制板缝隙里的狗尾巴草，除了用哥们义气来忽悠，再难寻到一根存活的理由。从无话不谈到恶语相向，有时候，并不仅仅因为谁占谁上风的问题。

康旭心不在焉地翻看一本书，书名叫《自己拯救自己》，懒得搭理他，人家特懂"自己拯救自己"内涵的人，眼看要晋升为报社"老二"了，还干着清洁工的活，看上去很假！

你就瞎折腾吧，反正你会意淫，你是出幺蛾子的高手！本人需要淡定，隔岸观火。还有，你要玩那两个女人，也是吃我剩菜，都是成年人，你有本事"拿下"，跟我没半毛钱的关系，本人凭啥杞人忧天！

你是茅坑里拍砖——找屎（死）！

就在康旭暗自臭骂他时，感觉对桌一双眼睛的窥视，这种眼神足以令他窒息。不知从何时起，锐凯就像那一条不时从江水中现身的鲨鱼，在炫眼的光影中刺痛，继而又潜入深水中，让康旭偶尔感觉来自他的偷袭，却又恰似看不见水中掀起的波澜，已呼啸而过，却让他难以明察来势凶猛的源头，可就在昨天，就在眼前，这条"鲨鱼"他真的现身了，他真切地看到他的存在，隐藏在浪遏飞舟中渐行渐远，现在他又一览无余地僵持在云海苍茫的沙滩上，正在剑拔弩张地拉开终结对决的架势……

萍水相逢，在那家浴霸门市部，他一旦看清老板造假售假，就"玩失踪"，"玩"到了几个离婚女人的床上，过着相对稳定的夫妻生活，那个红酒女郎还花钱安排他进驾校考取了驾证；在《慕来巷》杂志社，为让自己"玩转"媒体，找个枪手证明自己的存在，他不知何时练就一种曲意承欢的功夫，既世故又懂变通，与康旭、阿梅建立了貌合神离的"三剑客"关系，凭质朴淳厚的中年汉子形象，又赢得了较好的人脉，广告业绩突出，只需一个固定枪手便可驰骋新闻媒体。在他眼里，作为"炮弹"的他，在媒体的存活率远远高于康旭，而康旭与其说是充当他文字"枪手"最好人选，不如说是他"鸠占鹊巢"的炮灰！

"世间自有公道，要做就做最好！"人家都做到了，自己还没想到，精神境界到底有多大差距哦？人家可以为财色，游走在几个离异女人之间扮演痴情暖男，有种"脚踏几只船，不怕跌进江里淹死"的胆识，可以周旋在几个女人之间"乐此不疲、天天当新郎"，也不用看别人脸色，滋润地养活自己，只需晚上"招之即来，来之即战"的雄性荷尔蒙功能，财色尽在掌控之中；而康旭一直就自认为是底层挣扎的"苦力民工"，白天行走在路上，晚上熬夜赶稿子，唯恐做得不好被淘汰出局，生活颠沛流离，意欲生活在别处，却又苦于找不到新的平台……

一个"帮助他人就是帮自己"的善举，让别人趁虚而入，毁了"梦想桃园"工作室与主编毕行舟，与一个形同虚设的副主编无谓地"劈面对决"，自己被跌入一个极为尴尬而纠结的泥潭里……

报社总部老编帅梓江早已放出话来，报社副总位子在他俩之间"二选一"，谁在博弈中胜出或放弃，都是"双刃剑"，刀剑如梦、刀口舔血，谁怕谁？或者是命运再次玩弄他，还必须要将这场对决延续下去！

恰在此时，锐凯帮他泡了一杯茶过来，康旭心里冒出一股冷气，心境犹如打入十八层地狱，眼里写满的悲伤已逆流成河……凭他以往的脾气注定会愤怒地打翻那杯茶，现在他不，只是目光游离、幽幽地问："那两个对我感兴趣的女人，都被你设局'拿下'了吧？你觉得还想在我身上刮点什么？我还有被你利用'的价值吗？"

"哪个利用你嘛？真正是你的，我哪有本事'拿下'呢？"

"一贫一富，两个女人，你都要？家里还有一个固定的红酒女郎，脚踏几只船，不怕摔下来被淹死？"

锐凯盯着他，一览无余的憨厚，一览无余的磊落，眼神中有一份挑衅，"你还别咒我！人都是感情动物，有感觉才相爱。你以为我那么傻，动不动就去找女人干'体力活'！"

康旭给他做个贴近过来的手势，捂住他耳朵，犹如直抵跳动心脏的利剑，说："别在秃子面前显摆你的发型！你的红酒女郎我也玩过，惹急了，老子就直接去找那红酒女郎告你重婚罪……流氓加法盲，直接把你送进监狱，信不信？"

"就一起玩玩，又没扯结婚证。你想出卖我，证据呢？"

"你不仁，我才不义！以其人之道还其人之身。你忽悠我，我就叫你鸡飞蛋打，你不是想当官都想疯了吗？"康旭不知是同情他，还是怜悯自己？从牙缝里迸出："昨天你炫耀你旺盛的荷尔蒙分泌功能，我就想问你，是不是男妓？男妓零售卖'坨坨肉'，你的高明之处就是打捆批发，还有一个绑定着捡剩菜的徐老半娘！"

"卖'坨坨肉'？都那么老了，还卖得脱吗？卖给你，你要不要？惹急了，我在办公室非礼你，信不信？哈哈……"锐凯涎着骄狂的淫脸说。

"爱如潮水？荷尔蒙存量过剩？咯，去呀，正合适，去非礼他呀—"正说着，锐凯随康旭指的方向，抬头一看，哇呀，毕行舟迎面走进来了。锐凯脸色骤变，想溜，康旭趁机强行把他拽到毕行舟面前，"毕总，锐凯想找你谈话—"

又有好戏看喽！

康旭转身溜进了洗手间。

锐凯见办公室没人，先给毕行舟鞠一躬，然后就故作自然地说："毕总，你我之间有误解哈，能不能听我解释一下，想打想骂都随你！"

毕行舟没有搭理他，面无表情，视他如空气。独自在报架前，抽一份今天的《凯州日报》阅读，他懒得再对背信弃义的锐凯身上浪费口舌，所谓"话不投机半句多"，所谓"道不同不相为谋"。

"想打想骂"，真的，他语言表达都传递着乡野俗汉的野蛮情结。因为霸气与刁蛮，这个大名叫富锐凯的壮汉临阵翻脸，"鸠占鹊巢"，世上真有肝胆相照的铁哥们，或许是影视剧里的传奇，利益纷争足以让任何感情变味。毕行舟曾想掌控一切，却心有余而力不足，所以不为所累亦不为所惑；康旭受到的冲击最直接，就算再舞动毒舌，也于事无补。见过不要脸的，唯独没见过锐凯这样臭不要脸的，把他苛责成"男妓"，他都无所谓，一副逆来顺受安身立命的样子，他要陷他们于不义，在这场逐鹿竞争中上位，踩在被他置于死地的脊背上，搭建起平步青云的天梯，把自己锻造成立足媒体的极品大咖！

千里之堤，溃于蚁穴。

《凯州商务早报》第二工作室第二天就宣布散伙了。作为工作室老板的毕行舟也太抠门了，居然没请大家吃一顿散伙饭，只默默地在每个人的办公桌上放了250元的工资，似乎象征着该工作室遭人暗算，好像每个人都被忽悠成了"250。"

　　扯开信封里的那250元钱时，康旭心里既蒙尘又蒙羞，手有些抖，眼睛有些涩，这是对他历尽苦难痴心不改"新闻梦"的鞭挞，毕行舟真不是一只好鸟，第一感觉他"有病"—锐凯有病，帅梓江有病，全世界都他妈的有病，保底工资250，他妈的全都有病！这个工作室虽未做成"石头生火、让冰块点灯"，确是他年满四十二岁才踏进的首个正牌媒体，他玩不转，反而搞个250来嘲讽，没有一点挽救和喘息的余地，权当是一次洗脑长智的历练……

　　康旭刚才还以为，看似老毕想让工作室重返光辉岁月的盛世之景，现在彻底绝望了。每位来凯州打拼的人，尽管其文化素养不同，在这个钢筋、水泥、网络世界、尾气污染以及投机钻营中追逐"钱景"，从表象看，好似所有的路径都畅通、所有空间都辽阔、所有前程都辉煌，然而，康旭却找不到一个靠港的驻脚之地，依然飘忽不定，真不知救赎的灯塔，就在遥远处的彼岸……

二十九、深夜醒着数伤痕

毕行舟玩累了，工作室玩不转了，扔下一个揪心而凄惶的二百五，便草草收场。他们只是小小的工作室，小打小闹惯了，不敢贪大喜功，“千里之堤溃于蚁穴”，其溃败的“蚁穴”剑指毕行舟实施计划经济的陈旧套路。锐凯举报他“私刻报社公章”，公章被销毁，档案全部上交报社总部，出了实质性的纰漏，一切都没有可操作性了，这个残局总得让老毕来扛，先前工作室的人还豁达地包容他，纷纷指责锐凯的忘恩负义，一棋出错，全盘皆输，全员倒霉。老毕要掉了乌纱帽，但谁也想不到，最后老毕竟用“佳栋”新闻发布会的记者红包钱，每人扔了个250，就把这事扛下了，这无异于小孩过家家，既想过官瘾，又舍不得掏钱收拾残局，随便薅几个人玩空手道。康旭曾视老毕为沧海孤帆飘荡中的灯塔守候人，现在想来，显得何等滑稽与荒谬！

康旭进了洗手间，让一颗隐忍着水滴状的憎恨，痛心疾首地溢出眼眶。搞他老爸的人造家具！他不知是替老毕，还是替他自己欲哭无泪。回到坐位，锐凯狠狠地剜他一眼，他觉得对眼前这个二百五，理应表达某种抗议，但没有！毕行舟耷拉那张丑陋的伤疤脸，把房租和钥匙交给作为房东的他姨姐，就简单地收拾一下，拍拍屁股走人了。

康旭特有挫败感，身心疲惫，没精打采地回家。别的男人回家，还有一个在家守夜等门暖床的女人，唯有他在外面受了伤害，才会想起家里需要一个女人为他疗伤，需要在家里有一盏孤灯在痴痴地为他守候，永远地照亮他回家的路。他虽然捉襟见肘，再颠沛流离，也没忘回家的路，而等他回去的，是冷如冰窖的巢穴。

还有一种感觉，康旭认定他今天成了被凌辱与被损害的人，无法释怀，平时他就不会献媚，卑微与懦怯在这夜里一再撕裂他的心，而且他感觉到，由于这种男人的劣根性，使他突然之间浑身瘫软无力。老毕咋能这样对待他们呢？他痛心疾首，有一种屈辱的失落感，紧紧攥住了他的心，仿佛他存心想跟老毕狠狠吵一架，就为那愁肠百结的二百五。在潜意识中，把这次小儿科似的散伙，看成是对他的生命狙击，他思路愚钝，对这种狙击云遮雾罩。他给白慕仪发短信，让她来指点迷津。偶尔也不禁会想起，白慕仪在不远处灯塔似的守望，沉稳灵动而神采飞扬地在旅行车上，给游客讲解风土人情……她短信上说过的话，像一阵易热易冷的焰火，时不时在他的脑海里激荡。但凡有焰火忽地掠过时，他感到惶惑与焦灼。他的愁闷与焦灼与时俱增，恍惚中觉得，感情和职场这两座浮在沧海中的大山，并没有灯塔引领，他是两头都没法靠岸，一直挣扎在孤苦无望的茫茫沧海中，除了孤帆远影，随波漂泊，一切都恬淡虚无，怎么都落不到实处……

自在报社工作后，康旭这次回家陪父母过端午节。

端午节前几天，林歆月打来电话，要他陪她一起回乡下老家，这等于无疑给他提供了一次泄愤的机会，她一下子就撞到他"枪口"上。

"端午节，那个骚棍魏总，没带你漂洋过海去夏威夷度假喽？"

"说话不要酸溜溜的。我偏要你带我去，你有钱吗？"

"还有，你那个猛男凯哥，没带你到他们夹皮沟去过红苕饭端午节？去认识你未来的公公婆婆？"

"你别乱说哈，人家锐凯的大儿子都读初中了！"

"消息还灵通哩。你还有一个满心欢喜的事，锐凯要带你和梅蝶衣一起去双双拜见未来的公公婆婆！"

"就他，你自以为他是皇帝，三妻四妾？"

"人家长得威武雄壮，胸毛好不性感，好多女人都花钱争着抢他哩！"

"变态，我偏不信！"

"人家就看上你珠圆玉润，他的下一个猎物注定是你，到时别怪我没提醒你哈！"

"你能不能好好说话？我破罐破摔，我偏要看他咋个来勾引我？"

"端午节后，他就是报社总部的常务副总了，有权有势，不是他找你，而是你自己去投怀送抱——"

"你闲得蛋疼，闲得乱放屁！"

"哎呦，别装清纯了，过了端午节，你就是二十九的老女人了？"

"我霉得慌哦，嫁到夹皮沟去吃红苕稀饭？"

"别假了，他说，你去找过他，还骂我忘恩负义，他就想泡你，但需要你按时付费！"

"疯了，他又不是男妓！"

"回答正确，不要说男妓，只要肯付钱，当基佬又怎样！"

"啥是基佬？两个男人搞同性恋。哎呀，呸呸，我的妈呀，恶心死了……别闹了，快帮我喊个出租，我要带被子衣物回家去洗，洗掉身上的晦气！"

"……"

康旭喊了一辆出租车刚到，林歆月就提着一大包衣物出来，扔进了出租车。

出租车上，司机问："听你们口音，你们是本市人？"

康旭说："我就住在三点五环路上。"

司机问："家距城区这么近，还要租房？"

康旭说："我每天赶公交上班。"

司机说："一看你就是一个有修养、有品味的人。"

林歆月马上接个话头："当然啦，人家是记者，文化人嘛！"

司机噗噗地嗤笑道："哥们，记者是'无冕之王'的时代已过去了，现在不过是敲点文字的'码字工'，挣点烟茶钱而已。说是自己记者，是不是想换取一点平头老百姓的崇尚心理？"

康旭马上扬起脖颈反驳："记者为正义摇旗呐喊，为改善民生发威助力，不好吗？"

司机说："哼哼，现在报纸都在卖版面，谁出钱记者就给谁写歌功颂德的文章。作家和记者相比，我更崇拜像沈从文、莫言那样的作家。"

康旭与林歆月面面相觑。康旭说："隔行如隔山。你就不懂咯，现在的记者，多半是没有实现作家梦才去报社上班的，好多记者都在私下创作文学作品。记者和作家都有文学信仰，不会因金钱失去自我和本真……"

司机咧嘴一笑，说："小伙子，别往心里去哈，个人见解而已哈。"

林歆月立马笑靥如花："都四十多岁了，还小伙子？"

司机在掉过头来重新审视康旭："保养得好哦，相貌看上去真的像三十岁！"

……

报社的经营每况愈下，还有某些不良人士在外搞敲诈。大家都觉得夕阳西下、夜幕低垂，很多私营媒体让记者用自行车驮报纸沿街叫卖，有的媒体关停或洗牌重组，资深记者也纷纷跳槽和转行。康旭是无名之徒，没地儿可去，就只好在端午节假期浑浑噩噩地过。

康旭放了假，回到了父母家，煞有介事地帮父母做一些农活，闲得没事就靠在农家篱笆墙边静坐冥思，"人闲心不闲"，可每想到报社未知的"洗牌重组"，就火烧眉毛焦躁起来，感觉心灵与四肢在逐渐剥离，胸前好似有无数蚂蚁在爬行，一种剧烈的灼痛感又蔓延到后背心，总之，有种焦渴中的坐卧不安，即或想有片刻宁静也做不到……

康旭就跑到篱笆菜畦对面的父母家去。对着院墙上独自打乒乓球的儿子，瞅见他爸来了，就像"猫见老鼠"似的扔掉乒乓拍，面脸通红，满头大汗也来不及擦一下，就赶紧伏在饭桌上写作业。康旭马上找一张洗脸帕，忙去给儿子擦拭汗水，看着这个四岁时就失去母爱的儿子，似乎把他像扔"拖油瓶"扔给年迈的父母，好让自己腾出时间到城市打拼。康旭对父母心生愧疚，想与老父亲聊天，但见父亲坐在竹凳上，捧住一本金庸的《射雕英雄传》在细细品读，始终保持着规范的静坐阅读姿态，一副拒人于千里之外的表情，武侠情怀像绽放馨香扑鼻的鲜花，深深地吸引着他，浸润于书中行侠仗义的英雄厮杀中……

今年端午节，康旭却在深夜遥望天上的满天星，细细地数伤痕，总觉得应在星空里捕捉点什么，来点灵感什么的，哪怕是记一些点点滴滴的小日记、写一篇真情催悲的泄愤小说，也比那些世俗的喜庆热闹、吃喝玩乐脱俗些、实在些。每年端午他都过得慵懒散闲，记忆中最深的是，那年婚变后过端午时，他像飞碟似的将一个白酒瓶砸向窗玻璃，"砰砰"的脆响，似乎省掉了他买爆竹烟花的钱，许多水晶样的七彩碎片，在他眼前迸射，有种焰火迸发股的绚烂和喧嚣……

那是一场撕心裂肺的端午节，为摆脱濒于死亡的婚姻，血气方刚的他将双人床扯得七歪八倒的，但要想瞬间撕毁它并非易事，进而"嚓嚓"地撕烂了双人床靠背的人造皮，他觉得力量太过微弱……又想砸碎曾在上面翻云覆雨的双人床，但双人床稳如泰山，岿然不动，气也没处发，折腾累了却又躺在这个床上四脚朝天、呼呼大睡……

今年一闲下来，想到以往端午节过得比泡沫剧还狗血，还无聊，没有积攒些许过端午节的清新记忆，康旭无法效仿古诗人那种栖树而卧、临风而食和"把酒问青天"的绝世超脱与空灵幽远，更无法像哺乳的婴儿一样，清晨醒来恬静地探头找甘甜的乳汁，低吟一夜端午朦胧的梦呓……

康旭睡了一个懒觉，然后起来泡了一杯茶，思绪难平的他，想急于把杯中茶变成杯中酒。一步一抬头，一步一追忆地从自己孤独的卧室走过绿竹、篱笆菜畦的家院小径，来到父母的农家小院，父母都在做着打扫房间、置办粽子盐蛋之类的杂事。他不忍去打扰。然后回到卧室，无聊地打开衣柜，那件被白慕仪在江边回购、返还回来的名牌西服，睹物生情，一种失落和苍凉袭上心头，"剪不断、理还乱，是离愁，别有一番滋味在心头"，饱受对白慕仪的相思之苦……

他便在孤独的卧室里焚起一炷炉香，一缕缕青烟袅袅升起，想以这种方式遥寄难熬的孤独相思之情……青烟在屋里飘散，好像空气是明澈的，他的思绪随着这袅袅青烟，掀起一丝丝波澜，缕缕青烟中逐渐清晰地幻化成了白慕仪那张哀怨、鄙夷的脸庞……这份随缘偶得的情缘，难道就这样随烟飘逝了吗？这段奇遇而回味悠长的情感，还能回归吗？他不想划地为牢、作茧自缚，要尽力拯救这份在灵魂中堆积的情感，不想因某种误解葬送这段刻心铭骨的爱。

这段时间与白慕仪中断了联系，江边施救、街亭还衣的场面，再次浮现在他眼前。于是，他给白慕仪发了个短信："天后：放假了吗？人逢佳节倍思亲。这是你赐予我绝处逢生的第一个端午节，感激在心，难以言表，想你，相思苦哦……"

大概过了三个多小时，手机传来白慕仪清脆的短信蜂鸣声，一看回复，就傻眼了："相思苦相遇更苦，受煎熬了？想呼唤我回来喝别的女人剩下的'洗脚水'，对吧？有杨玉环似的珠圆玉润，陪你过节，好不滋润，却说相思苦，相恋难，太假了！你以为我是天下第一白痴？"

"这里有误会，不必再相互折磨了，不要不理睬我，不要葬送这份感情！我离不开你了，不管你恨也好爱也好，我都要去找你，哪怕走到天涯海角，我一定要找到你。告诉你，端午节期间，我随时都有可能出现在你面前，一定要到你救过我小命的那个城市找到你——"

"不用玩死缠烂打，这些狗血剧情太拙劣，人家玩剩了的！谁说我救你，就命该委身于你？别来丢人了，去继续品尝你的放纵淫荡吧，找我干吗？"

"你答应过我，往事不要再提！都四十大几的人了，哪个男人没有过去？我现在若是处男，你还要我吗？可惜没有处男修复术！"

"大叔，你说这话，好不粗鄙！已经没戏了，还玩啥精神强奸？再纠缠也没用，没有我，你的生活并不会有啥不同。祝你和你的肥妞幸福！她才是你的菜；你我注定只是'水中月，镜中花'……"

"我俩太不公平，爱和恨全由你操纵！凭什么？"

"大叔，生气啦？就凭我最看重人品，最讨厌花心萝卜！我不适合为填补你的感情空白，而去喝人家剩下的'洗脚水'！拜拜！"

康旭再拨拨她的手机号，已关机了。康旭突然想起《红楼梦》里贾母说的"不是冤孽不聚头"，心里跟自己倔上了，也跟她扛上了，独自恶狠狠地说："想甩掉我，没门！我偏要来找你这个'冤孽'！"于是，马上发短信过去："关机，你是怕了呢，还是投降了？我随时都可能出现在你面前！若恨我，大不了把我推进江水里淹死好了，反正这条狗命是你捡回来的……"

康旭的心像海浪不停、整夜吟唱，静下来能聆听自己浮躁而渴求的声音，带着端午节假日气氛，在孤独荒芜中流逝，这声音，像迟暮黄昏空谷中的枯叶飘落。只能用心灵深处最柔软的触角去领悟、去触碰和煎熬……

康旭终于体验到什么叫度日如年，不停地抽烟，脑海里叠加"只因在江岸多看你一眼，再也没能忘掉你的容颜"原音画面……炽热而焦灼地等了几天，白慕义既没回短信，又没来电话，让他质疑自己是否"一厢情愿"，却又罢不脱空前绝后的思念，一直到了晚上，到父母那边去吃饭，一家人围在桌前吃晚饭，都能看出他的语焉不详。

父亲暗中给端菜的母亲递了个眼色，母亲忙问："唉，怎么回事？平时带斗篷的刚走，穿裳衣的又来了，今儿大过节的，反而没个女人的影子了？"

"老妈，我听不懂，你在说啥哦？"

"别给我装糊涂，我还看不出来？这几天你像掉了魂似的。我孙子的新妈找好没有？不要藕断丝连的，都这把年纪了，你还拖得起吗？"

"就你儿子这个窝囊样，哪个看得起嘛？"

"端午一过，你儿子就十五岁了，慢慢的你也变老了，你还在瞎抓？我看哦，你哭的日子还在后头！"

"人家林歆月喜欢我，你又嫌人家面相'克夫，'现在你要我到哪儿去薅个女人，来给你孙子当新妈？"

"我不管，今年大年三十吃团年饭，不管你抢啊还是偷的，你必须给我带个女人回来吃年夜饭，要不，我懒得管你那个混世魔王！"

"爸，你看老妈说横话，过年还有半年多了，我到哪里去找适合的女人？"

父亲说："要说这事嘛，确是该抓紧了，要不，等你娃娃到了二十岁，到时我们高家究竟是找儿媳妇，还是找孙媳妇呢？拖不起喽，加油！"

听爷爷这么说，康旭儿子咕哝着嘴，不满地说："我爸不结婚，你们就嫌我是拖油瓶，我抗议，我干脆出家当和尚算咯……"

父亲说："你告诉爷爷，哪个嫌过你？你爸要是不顾忌你的感受，早就成家了。"

母亲往孙子碗里夹菜，说："你不要只管你活，不要你爸活噻？你听好了，以后只要你爸喜欢的，带回家来的，你就直接喊她亲妈，免得夜长梦多！"

从小就由祖母带大的康旭儿子扮个鬼脸，举手反驳道："我叫得出口嗦？连个适应的过程都没有，你们欺负少年儿童——"不过，还是端起饭碗跟康旭碰一下，"祝老爸早日帮我找到新妈……"

三十、感觉活在剃须刀边缘

第二天晨起，不能困在原地坐以待毙，不想在彷徨中迟疑等待，康旭骑着电瓶车来到凯州市南站的长途客运中心，恍惚了一个端午节，康旭要乘长途直达一百公里外的三江交汇的丹乐江市去，找寻白慕仪。他出发前早有谋划，如果白慕仪拒绝他，他就在附近找个旅馆住下，他相信通过他真诚和解释，曾在患难中相识、相知的两人一定会冰释前嫌，和好如初。

公交车行驶在高速路上，康旭决定孤注一掷，没有心情眺望窗外不断流转的绿水青山，他的心境像小伙子初恋时那么急于去见相恋的情人，他与她的相识相爱，本身就是一个石破天惊的传奇。

汽车流动的窗口，犹如烟雨红尘的电视屏幕，窗外风景流转，祥云浮现，紫气东来……长途汽车上在播放黎明的经典歌曲《堆积情感》：虽然你已远在他乡，拥有自己理想，我用深情期待你的归期。堆积所有的情感与关怀，托付夜星飘向你身旁，痴心的等候没有怨尤，

你将是我唯一的爱……

沉浸在缠绵悱恻的歌声里，康旭觉得这歌分明是他心境的写照，一直饱受分崩离析的煎熬的他，隐忍着泪水，慢慢地已处于半梦半醒之间……歌声把他带入梦境里，他走进白慕仪的闺房，正在休端午节休假的她，听到他渐次靠近的脚步声，就从床上坐了起来，暗香浮动，

乍一抬头见是他，没表露出意外的惊喜，红着粉脸窃笑："都追到这儿来了？我又不是'杨玉环'。我这儿可没别的男人用剩了的'洗脚水'给你喝哈……"康旭神情凄苦地说："你也是闯南走北的大导游，不要把那事'咬住青山不放松'，都翻篇了，应该向前看？"在蓦然的惊鸿一瞥的刹那间，白慕仪没有经过浓妆艳抹，更纯净秀美了许多，蓬松的秀发恰到好处地在脸庞倾泻飘洒，脸蛋更显得精致脱俗，睡裙松垮而随意地披着，在一缕秀发和窗外逆光朦胧投射中，反倒活脱得像电影里花拂粉柳的古代仕女，那份慵懒而闲适的古代美女的形象，如果手中再拿一把牡丹花团扇，一截莲藕似的柔若无骨的玉手，这一切的一切，都是康旭"直教人生死相许"的追随理由……

汽车到了丹乐江客运中心，没走到 500 米，这里恰好是康旭那次准备跳江自杀的江岸斜对面，带着看似漫不经心，走进昔日绝处逢生之地，江面上骤起轮船起航熟悉的鸣笛声，此时既有振聋发聩之感，又有一种仓皇的迷茫失措之感。驻足于兼葭苍苍的江水堤畔，渴望在水一方的伊人，在朦胧紫雾的云水间清新浮现……

康旭愁绪满腹，恨不能立即朝恋人家狂奔而去，及时调出白慕仪手机号拨了过去，那边连线通了："喂，美女，我已到了丹乐江，现在就站在上次跳江的那个江岸边……"

"大叔，来干嘛？你是不是痴情过了头……丹乐江市没有'杨玉环'，只会很让你伤心失望的！"

"不闹了，好不好？喊天喊地喊慕仪。我对大江发誓，对你的感情苍天可鉴，你好像还在受伤，我来了，就是用爱为你疗伤……"

"别煽情了，要么演戏别当真，要么高傲玩单身！欺骗女人，还有脸跑来煽情，没用！你以为我是十八岁的纯洁少女，好欺好骗？这话去对你的'杨玉环'说，太小儿科了，本小姐不吃这套！找我干吗？

一想到喝人家'剩下的'洗脚水'，我就恶心……你滚回去吧，你我形同陌路，你我已经没戏了！"

康旭带着哭腔说："我就站在江边，你从这里拯救我，难道还想把我重新推下去？"

"你想威胁我，你不要乱来哈？喂喂……"白慕仪这次彻底惶恐了，她清晰地听到了电话里哽咽的哭腔，顷刻间，他的电话挂断了，感到问题的严重性——她胆敢掀起波澜抛弃他，他就敢从江岸上再次葬身江底……

她感到空气的窒息，感到彼此僵持冷战该到此结束了，那种残杀与刻薄的"毒舌仗"打不下去了，矜持忸怩的淑女形象演不下去了，眼看又要出人命了，摊大事了……

旋即顷刻间，康旭手机响起脆滴滴的短信提示音，他含泪点开一看——

"好一个痴情大叔，淡定哈……对岸有一棵梧桐树下红墙青瓦的那栋楼的九楼……"这个女人没有拒绝他这个在风雨飘荡中苟且度日的男人。康旭一阵眩晕中的狂喜，差点一头栽进江水里。

康旭揉了揉发酸的鼻子，抬起头来，那栋红墙青瓦的楼房，就在江岸的对面呼唤他。初夏的正午，骄阳正艳，江岸两旁夏花绚丽，一阵阵轻柔和煦的江风迎面拂来，带着一种人间烟火"池鱼思故渊，倦鸟觅归林"的灵魂驿动，掠过明净的江面，把大江上碧波荡漾的舒爽，一股股地送进他"把悲伤留给自己"的苍茫里，跨过江岸对面，传递一种从真心真意付出的力量，是一种"山重水复"到"不再为爱受苦"的"柳暗花明"。三江交汇处江岸旁的白杨、垂柳、牡丹、槐花等，几乎就在一瞬间，从烬波浩荡的睡眠中苏醒过来，渐次在滨江两岸中尽情绽放，与江天一色交织成一体……

初夏江畔的风，在绿叶间簌簌吹拂，浓郁花香在楼宇间悄悄流淌。一切都是温馨惬意的、恬淡温馨的。沿江两岸延伸展开的城市，如同一个仰面静卧的巨人，用它幽香和湿润的爽意，用它全部身心夏季的炽烈，抚慰着熙熙攘攘的人们。

眼前这栋老式楼房，前有花香盈窗，后有江风送爽。穿过红墙青瓦那栋楼的小区，未到电梯门前的屋檐下，就一脚踩出黑黢黢的污水，刚好蘸了他一裤腿，确是顾不上这些了，再抬头朝九楼望去，众里寻他千百度的亲密爱人，就住在这栋老式临江楼房里，不知她留恋日出东方，大江东去，还是自诩连体"江景别墅"？

康旭在心里敲打自己，"一定要相敬如宾、以礼善待救命恩人……"迅疾走进电梯，然后乘电梯跨进九楼，不经意地抬头，右侧有一扇门正虚掩着，凭直觉这应是白慕仪的住宅房了，于是先敲了几下，问："有人吗？我进来啦！"

只听到里面一个微弱的女音回答："请进—"

然后康旭推门进去。一进房间，进入视线的确与刚才在车上梦境的相逢情景差不多，这个活灵活现的古代仕女像慵懒的病猫一样蜷缩在床上，他不知自己是心酸，还是怜香惜玉？

正午骄阳在唤醒恋床的白慕仪。

窗外投射出斑驳阳光，在她苍白的脸上跳跃。她在迷蒙中看见，康旭一脸疲惫与沧桑走近床前，就一个骨碌试图极力想支起身子坐起来，在潜意识中渴望一个男人的到来，臆想中正好撞上爱自己、疼自己的男人准备可口午餐端过来，准老公说："快吃，美女，吃出一片'锦绣江山一片红'—"恰在此时，这个上天赐予的心仪老公终于出现在她面前，可惜迟了……

康旭心里莫名地浮起一种阵痛的怅惘。她瑟缩在被窝里，在距他很近的床上想咧嘴挤个笑容，那凄苦的笑容闪电般地深深刺痛他的心，是他本人执拗地要来的，来承接这份残酷……

眼前的白慕仪彻底颠覆了她的天后形象，头发乱如鸟窝，睡裙也乱得犹如一团腌菜，恍惚失神的眼睛游离不定，无法掩饰的惊恐万状。他明察秋毫，一眼就能辨识，在他来之前，她受过某种惊吓或摧残。康旭伸出手去摸她的前额，哇，小女子正在发烧哩。他也手足无措，浑身战栗，不知该咋办！他语无伦次，惊慌地问："慕仪，你发烧了，怎么回事？先吃点东西，然后立即去医院！你多会教育我，却把自己折磨成这样子！"说着，就从自己带来的礼品袋里拿出一个咸鸭蛋给她，她柔弱地直摆手，然后伏在他身边，游离不定的眼眸偶尔泛着幽幽星点的莹光……

凭直觉，康旭感到她来自心身的特殊损伤。他转过脸去，捧起她发烫的手，焦灼地问："送你去医院，去不去哦？"

白慕仪声音细如游丝，像遥远处打着旋儿的江风。康旭听到耳朵里，被她飘忽的突发的魔怔吓坏了，心脏突突跳了起来……顿了顿，就在饮水机接了一杯水过来："先喝水，吃点东西垫底，然后我立即带你去医院，必须去——"

"我哪儿都不想去—"

康旭在床上胡乱地把她的外衣笼上去，她还在扭动身子，"别管我，你走吧，让我去死，死了清净！"

康旭一个男人气概的壁立千仞般地担当凸现出来，不由分说，霸气地背起她，就直接冲进了电梯。

在底楼门口，康旭背着瘫软在他背上的她，随手拦住一辆出租车。出租车载着他们去了丹乐江市人民医院。

在医院急诊科，医生很快安排她住院治疗，并要先输液退烧。不知是伤痛，还是愤懑？潜意识中康旭有一个预感，种种迹象表明，在他到她家之前，她一定受到了某种致命的刺激或伤害，原本心理建设那么独立完整的她，居然被挫败得如此溃不成军。

康旭曾对她艳羡不已，以为英姿飒爽是她永恒的本色与特质，而今天，她居然也需要别人救赎，现在一想起她曾发给他的励志短信，就产生盛夏灼心之感。

都迈过一大段至高至纯、杯弓蛇影的情感泥潭，可今天的遭遇太不堪了。凭康旭的感情履历，感觉要忘却过往的悲伤，摒弃那些八卦星座指南的某种逆怨。爱情由来就没有一个固定模式可循，有时候就会由轰轰烈烈回归到平平淡淡，有时候又从痛快撒手到无以自拔，趁还有爱的力气，走过去与她勇敢相恋、与她牵手，在传递亲情温暖中给她力量。谁的誓言都不可信，唯能听从来自灵魂深处的呐喊，救活这段濒于死亡的感情，让幸福撒满她那接近死灰般荒芜的心灵。

守护在白慕仪病床前，康旭唇干口苦，说，"哇呀，急性脑膜炎，再迟一步就没救了……"及时出现在她自我毁灭的当下，在最该出现的时候出现了，这无疑是一场对她生命的救赎，好在感情没有留下实质性的遗憾，他来得正是时候……

消了炎症，白慕仪脸色恢复些许红润，按常规治疗住了两天院，就吵着要回家。康旭问："通不通知你父母？"白慕仪摇头，说："难得放个端午假，给我们留点加深交流的空间吧……"

康旭盯着她，问："我来以前，你是不是出什么事了？受了什么刺激？"

白慕仪闪烁其词，说："你别瞎猜了，我需要好好睡一觉。"

康旭见状深感不妙，脸色一下子就僵持了，就推了她一下，不依不饶地说："你不敢说？是不是给我戴了绿帽子，还好意思骂我给你喝'洗脚水'？"

白慕仪胸脯一挺，嘘地一声，面红耳赤，只是绷着那口无处可泄的怨愤。

康旭望着窗外烟云一般透绿的树林，质问："给我丢脸了？如果我没有猜错的话，一定是你前夫把你……"

白慕仪骤然脸色大变，勃然大怒，嘶声吼道："对，是的，你们男人不都为那点事活的吗？咋啦，你厌恶了，恶心了？你可以走啊——"

冷酷的火焰从心底蹿了出来，宛如阴间的奇异鬼火，这火足以让这份感情瞬间灰飞烟灭。

康旭的脸已被扭曲，心脏不禁一阵痉挛，强行克制自己，问："到底怎么回事？你们还藕断丝连，那你把我当成什么了？"

白慕仪压抑已久，终于找到突破口，崩溃了，"哇"地哭出声，然后自说自话道："你救我干啥？我原本就不想活了！他来要求我复婚，突然从我的手机上，看……看到了我给你回的短信，就强迫……"

康旭的心似乎已被掏空，既想一时撇清，又有些不舍，有灭顶之灾之感，就青筋暴跳，质问："为何不报警？你是不还半推半就……"

白慕仪伤心欲绝地哭道："我也很矛盾……我脸往哪搁？把他送进监狱，我娃儿父亲不就成了劳改犯了？"

康旭心如刀绞，反问："你的面子就那么重要？你还是金牌导游，连一点自我保护意识都没有？你咋会是这种人？"

白慕仪梳理一下那一缕头发，用哀求的泪眼看着他说："事情都发生了，只好共同面对，要不，你嫌我脏了，你拿刀把我捅了，丢到江里，我眼都不眨一下……"

康旭低下头，紧握拳头，吼道："搞他妈的人造家具！你前夫住在哪里？老子不捶他成肉泥！"

白慕仪一把鼻涕一把泪地悲啼，一把揾住他的手："算了，忍了吧！你说过，过去的事情不再提了，都翻篇了。你'洗脚水'的事，我也不提了。你我扯平了……"

康旭暴跳如雷，吼道："还说这些！哪个男人受得了这个？既然对人家没感觉，就不要失手去粘一身的骚！平时装得多高贵、多清纯，轮到自己，还不是被人家捡了便宜？"

白慕仪触碰了最在意的痛点，他一时无法抑制那份愤怒和憋屈。他却又不忍心因此抛弃她，但这次婚事的操纵者应该换位，他们的关系发生了某种微妙变化，他理应掌控这场婚恋。

康旭见她哭得梨花带雨，就忘情了，冲动了，猛地一把她搂在怀里。

这个女人被他的隐忍和包容彻底感动了，抽动的肩膀哭得稀里哗啦，旧伤痕还未抚平又添新伤痕，这种襟襟挂挂的事发生在她身上，让她觉得无脸面对他……

哭过吵过，心里的阴霾也消散一些，心里也就敞亮多了……

初夏的江滨城市，夏花绚烂。天际一刹那间划过一道彩虹。

白慕仪说："这几天，多谢你的照顾。今天我好好亮几手，做几个菜，感谢你的救命之恩！"

康旭说："你刚出院，先调养一下。要不，我们出去吃，就看你挺得住不？"

心灵回归清澈的白慕仪说"这点病痛我都挺不住，也不知我是干啥的！"

康旭猛瞪她一眼，瘪嘴："倔劲又来了，鸭子死了嘴壳硬！"

他们就肩并肩，到了跨过横驾江面的彩虹桥对面的农贸市场。白慕仪太虚弱，一阵眩晕，随时都有可能倒在他的肩上。他心疼地搀扶着她，他在与她目光碰撞的一刹那，瞟见她一脸苦涩的泪光。

白慕仪被愚弄的屈辱感，随着时间的流逝渐渐消磨殆尽。康旭则为此失魂落魄好一阵子，纵然记忆抹不去，不想再提过往的爱恨情仇。他确实需要人倾述，需要有一份感情寄托，需要释放能量的缺口，于是他清醒地意识到自己离不开她，他把这里作为栖身之地，他在她的电脑前写稿子，表达真情实感。她像亲老婆似的帮他洗衣做饭、操持家务，这里没有记者和导游的身份的职业较量，就犹如滚滚大江东逝水浮起的尘埃，被一股江风拂逆而去，彼此托付骄阳飘向彼此，随遇而安地过自己的日子，只因为梦着对方的梦，即便有缺憾需要修复，可没有无尽的岁月可回头了。

让康旭百思不得其解的是，白慕仪嘴里总是唠着他以前的"杨玉环"，却从来绝口不提她前夫的事，说来也怪，他恰好在潜意识中，她越隐瞒，他就越想听她聊她前夫的故事，但一提到她前夫，她马上脸色就耷拉下来，厉声地吼："打住哦，高康旭同学，请不要在女人的伤口上撒盐！"

康旭反驳："你曾以身相许，还给人家生过儿子，总有一点点喜欢吧？总有往事可回味嚟？就当是朋友之间的聊故事嘛……"

白慕仪面露不悦，说："无不无聊哦？哪壶不开提哪壶！"

中国传统节日端午节姗姗来迟。农历五月初五那天，经过几天的调养和康旭的呵护，白慕仪一大清早就起床了，那种明媚清新、英姿飒爽的精神气又回来了。康旭心中又溢满了幸福感。按白慕仪父母的要求，康旭感觉自己年龄"逆生长"，重拾当年"欢喜女婿上门认亲"的奇妙感觉，陪白慕仪成双入对地到女方农村老家，去拜见他未来的岳父岳母，去品尝她家早已精心准备的端午节饭。

红颜依稀，破碎的光环在岁月的风云中渺如尘烟，守望在每一个出发的路口，回归的不仅是酸楚的惆怅，还有奇崛的风景流转。颠簸了近一个小时，从熙熙攘攘的喧哗丹乐江市来到清宁明澈的山村小镇，他们乘坐的公交车才到了通往白慕仪家的乡间机耕道。

空气清澈而迷蒙，到处弥漫着翠绿稻田和黄果兰的香气。

本色的纯朴与清新，在梦的的旷野邂逅那个纯净的小山村，他想起了陶潜的"晨兴理荒秽，带月荷锄归"的田园诗句，学会了柳永"忍把浮名，换了浅斟低唱"看淡人间风云。只因他讨厌那个文艺愤青的自己—其念头一闪而过；拒斥与欲迎还拒的渴望，在他的内心交织。突然回想起即将拜见未来的岳父岳母，他更想浸润这乡野田园里，与白慕仪闲聊时多了些许随性与惬意，他沿着前面的机耕道走去—前方就是白慕仪干净的篱笆墙农家小院。

高康旭和白慕仪站在野花遍地的坡路上，看着太阳怎样当顶，那金黄的、艳红的云霞怎样在江水里熠熠发光，怎样映在农家的窗棂上，融入田野的空气中。空气恬淡、纯净、说不出的清新，这是凯州城区无法比拟的。农舍炊烟袅袅，江水清澈透明，墨绿的树丛和秀挺的绿竹倒映在江水里，一群群白鹅也从对岸游过江来，栖息在江岸的葱绿树荫下，炫彩的亮光愈加炽烈，天上的正午骄阳登顶在碧空中，宛如书写人生巅峰传奇的中年男人的那个红脸膛……

康旭只消走进白慕仪的竹篱小院，就会清晰地浮现那天发生的噩梦，眼前那种邂逅梦想的旷野，已经足以把那天的噩梦冲刷得荡然无存。

当康旭伟岸健硕的身影出现在村道、田园和茶铺上时，几乎都要收获村民的注目礼。

一座围着篱笆的美丽翠竹林苑的整洁院落，即刻出现在视野里。穿过一片被竹篱环绕的翠绿菜畦地，白慕仪就给出来迎接的父母介绍从凯州城来的未来女婿，她的目光电波似的深层地刺入他眼眸，用以及时提醒做什么，他忙不迭的奉上名烟、名酒及水果。她父母流露出惯常的卑微本分、质朴勤劳的农家人本色，他们用挤满稠密的皱纹聚合投射的目光审视他。由衷赞赏他的稳重与健硕，她爸叼着叶子烟杆，咕噜道："稳稳当当的，一看就是实诚耿直人！"

她父亲有点像在央视《星光大道》那位农民歌手马广福，口腔里不时地散发浓重的叶子烟味。康旭喜欢农家小院世外桃源般的生态栖息与丰衣足食。

那天正值中午时分，按事先规定，他没有说多少话，语言表达笨拙得无以复加，有人提问，他就问答，他从不提她前夫的事，一看见那两个十岁左右的男孩，一看那举手投脚就知道是她的亲儿子，白慕仪让他俩叫叔叔，康旭又似乎恍惚在哪儿见过，虎头虎脑的，蛮讨人喜欢的，就按礼节给了他俩各一个红包。

她父母殷勤而热情，把他当成大城市的贵客来款待。端午节饭吃得意犹未尽，他向来不善饮酒，自然引来一阵苦劝，他竟萌生一份自责，人家如花似玉的女儿救过你的命，在耿直憨厚的岳父面前还敢摆谱？何德何能给人家当女婿？陪老父亲喝了许多酒，她不断给他们添菜续酒，反复劝酒："喝吧，今天第一次上门，高兴……"他听罢悠然升起一种温馨感，醉眼惺忪地痴痴地凝望着她，无言以对，那眼神里不亚于贾宝玉第一次见到林黛玉般的痴情，他比画着双手，颇有感触地说："这小山村好山好水，简直就是天然氧吧，我退休了，就到这儿来写小说……"白慕仪立马觉得他有点跑题，眉毛竖立，说："别展望未来了，喝醉了，就去睡！"于是相携相拥，扶他走进房间。

康旭嘴里喷着酒气，舞动手臂嘀咕说："嘿嘿，看不出你家这么多讲究……我说以后写小说，你又不安逸了……嘻嘻，好小气哦！"安顿好满嘴胡话的他在木板床睡了，她忙去了。他这几天经历太多伤心欲绝、缠绵悱恻的伤痛，他让心里平静下来，一直在风雨飘荡中抗争的感情港湾看似已经靠岸了。康旭在懵懂中为是柔情伴眠，随口念一首诗：

镜里不知红颜瘦，穷尽毕生苦渡舟。

今生不再枉凝眉，端午烟花下凯州。

白慕仪父母就是土里刨食、憨厚老实的传统农民，有过女儿婚变让家里人脸面丢尽，康旭初次上门就是一种家族的"救赎"。康旭带着一股难以述说的感恩情怀，迈进跟他家境不相匹配的岳父家。浑噩中康旭算是看懂了，这次白慕仪带他荣归故里，是为了让乡亲们或是同村的前夫艳羡她衣锦归乡的豪迈与浮华。

她父母高兴疯了，女儿"二婚"还白捡一个"乘龙快婿"，弹冠相庆之余，所有的接待规格和程序都是事先统筹好了的。透过玻璃纸窗口，康旭看见白慕仪在风光无限地给小院里的亲朋好友逐个送礼品，煞有介事地讲述导游在某个旅游景点的趣闻逸事，跟她前几天病猫似的卷缩一角的"伤痛样"判若两人。

农民长翘首期盼的过端午节，不就指望在外面飞黄腾达的儿女回家来活出个精彩给亲朋邻居看吗？父母极大的满足感和白慕仪志得意满的获得感，都在她水灵红艳的脸庞焕发出来，他只好屈尊协助她扮演配角，目睹她撒一点钱出来，便可像武则天似的在院子里颐指气使，爽爽快快，挥洒自如……

康旭就看不懂了，这不合乎她一贯的做事风格，那份"翻身农奴把歌唱"般的扬眉吐气，明显流溢出一种表演的痕迹，她演给谁看？父母，前夫，乡邻，还是她本人？一回到老家就俗得冒渣……平心而论，康旭还是喜欢她在旅游路上那份制胜疆场的气场，以及与生俱来飒爽英姿的本色。

可口的传统农家菜，都是从自家田坝里现摘回来的，康旭喜不自禁。吃过丰盛的晚饭，老父亲在白慕仪耳畔嘀咕什么，她诡异地一笑，浅浅地点头。康旭判定他们谈及内容必定有意针对他。果然，老父亲邀请他到乡间茶铺喝茶，下午他们女儿"表演"刚好结束，现在又把他推向前台，继续"演戏"，以未来女婿身份在乡亲们面前频频登场亮相，他感觉有点滑稽和俗不可耐。

康旭压住嗓门说："慕仪，算了，我不想去——"

白慕仪眼里随即浮出一丝忧伤，"过端午节嘛，热闹一下，就算给我一点面子，遂父母一个心愿，好不好？"于是，他们牵手，走过乡土烟火、绿秧飘逸的田园。夜空中有一种特质明澈的气息扑面而来，馥郁芬芳。他俩放着鞭炮，燃烧中迸发出万花筒似的图案，被那两个男孩称之为"鞭而嘣"的鞭炮，用打火机一个个点燃，四个人在田埂上一边走一边放，一个个艳红色的鞭炮猛地蹿到夜空中，一闪念间就在迸发中幻化成娇艳的红纸屑，在空中怒放出一簇簇彩虹般的闪亮惊喜，继而又像红菊花瓣似的纷纷洒落，照亮了初夏激情炽烈的山村夜晚……

白慕仪与她两个儿子嘻嘘着、狂欢着，一路一蹦一跳的，满怀欢喜，开心得满脸通红。

康旭慢慢咂摸出来，这不是那女人娇嗔卖萌深情款款的演戏，而是超越不堪命运的真情流露。可她在享受烟花绚烂升空的瞬间旖旎时，似乎所有的满心期盼都遥寄在烟花迸发处……

上门女婿的品貌职位，是女方家的招牌，也是再婚女子的脸面。向往"梅开二度"的白慕仪觉得一切都天经地义。他觉得俗不可耐，就有点不爽，翻起白眼剜她一眼："是上门认亲，还是拿人出去展览卖弄？"

村委会大院的山村文化广场，正在放着"坝坝电影"，江畔廊桥的农家茶铺也热闹非凡，人们围在一起在聊天打扑克或打麻将……

"坝坝电影"恍惚让他回到了七十年代，一种飘忽不定的情怀，一下子扑面而来，这就是难以捕促捉魂牵梦绕的乡愁！康旭站在"坝坝电影"场地上，从投射的追光柱中，忽然瞟见一个熟悉的精壮阳刚男人的身影，稍纵即逝，他慌乱地揉了揉眼睛，眼里反而更加模糊而潮湿，一切都始料未及，在陌生的异乡土地上，竟然会碰到他？山村的夜晚，为"再婚"来受山风吹拂，全身突地一阵颤抖，跟急性疟疾癫痫似的……真是阴魂不散、冤家路窄，距凯州百多公里外的乡野山村，会撞上他，真是蹲个茅坑也会撞上他？难道……

不会吧，也许是幻觉吧？不过康旭还是嗅到了来自大江晚风吹拂而来奇妙的芬芳，很快拂去他心中的愁绪，只是怔怔望着寂静清澈的山村夜晚，回首与白慕仪交往路途的每一步，真的都走的好辛苦，好孤独，追逐到自己心仪的归属，只求上苍这次保佑他们别再为爱受苦……

三十一、命运对他的玩命狙击

第二天傍晚，白慕仪随康旭返回到了他家，陪他的父母过端午节。白慕仪感觉凯州城区端午节味太淡，除了打麻将，就是看电视，偶尔有人放鞭炮，却显得寂寥和稀落……

康旭和白慕仪订婚后，仍有些孤独，情绪也较低落。凭直觉，他在报社朝不保夕，唯独以文字作桨，摆渡人生，情绪可在写作中任意追逐。白慕仪有时看不惯他熬夜，说："做新闻记者，又想当作家。记者还能领到一份饭票，养家糊口，当了作家又能怎样？一坐就是十多个小时，别把自己写脑残了，我第一需要是你健康，其他都是浮云。实在不行，我可以养你噻……"

"导游是吃青春饭的，导游工作能做一辈子？养我？我是吃软饭的货吗？亏你想得出！"

"你写得个灰头土脸、僵尸出行，关心一下，张嘴就骂人，欠抽！"

"不好意思！我写我的，你忙你的。非诚勿扰，不要赶跑我的灵感……我这辈子就这点特长和爱好，就算是地里画梦，池塘撑船，我也不放弃我！除此外，本人计听言从。"

"没人反对你。只怕你累坏了身体，人家就怕你吃苦、难受嘛！你写小说能写得出一套'临江别墅'来？"

"就你那套红砖老房子，还'临江别墅'哩？一进门就踩出一摊臭潲水，臭得冒泡泡……"

"当然是'临江别墅'喽，每天早晨推开窗子，就能看见太阳从江水里跳跃出来，大江东去，日出东方，天水成一色……江水远处的山脉在江水波浪中就像仙山琼阁哦！"

"看不出哈，你还挺有诗意的，真是高山流水，知音难觅！幸运，幸运！"康旭说得她神采飞扬。

"人无远虑必有近忧，智者千虑必有一失，愚者百失终有一得……"康旭的思绪却老是停留在白慕仪身上，这份感情来之不易啊，因她的来到，他的家庭空间、他的家庭情怀被充实得满满的。新的谋略转换而来的，是心灵洗涤后的充溢，去分享一种的别样人生。

过完端午节假期，康旭的婚事看似渐入佳境。可"洗牌重组"的报社岌岌可危，朝不保夕。康旭想置身于暗流涌动、利益纷争之外，得想一个依附体制但又不被体制所限、进可攻退可守的妙招，他只想静观其变，觉得自己更适合《凯州日报》那样的主流媒体。

要想捞那份饭菜票，端午节后就得回去坐班。端午节前，他与锐凯俩将新晋副总的事，闹得沸沸扬扬，现在看来好像搁浅了，节后到报社总部会议大厅一看，他俩的办公桌仍然在新闻大厅的玻璃格子里，望着副总单间办公室，让他俩有画饼充饥之感，一上班就泡一杯清茶、捧一份报纸枯坐……总编帅梓江办公室里，进来一拨又一拨记者应聘人员和广告合作商。他俩又成了拴在一根绳上的蚂蚱，其共同点就不放弃、不抛弃，苦熬坚守。锐凯有意向康旭表示友好，康旭却懒得搭理他，弄得他叫他喝茶的底气都没有，就在康旭身边打旋旋儿。

"脸皮不厚，底气不够！"康旭是含沙射影，直话直说？锐凯瞪着他正想吵架，"呃，为什么嘴贱呢？"康旭一个激灵，神情恍惚地一巴掌拍在脸上，拍死了一只钉在他太阳穴上的麻蚊子，满手的蚊子爪和血。

报社总部推进内部机制改革，让报社上下认定，锐凯滥竽充数，被彻底边缘化了……帅梓江的秘书粟主任仗势与其不清不白的关系，因其大龄剩女的身份，看他们这些老男人就不顺眼，在开会的时候摆出一种报社"老二"的强势派头，什么事都要管，什么事都较真，又什么事都做不到位。他俩的鲶鱼效应没能体现，创意策划没人审核，还平添了诸多愤慨与怨尤。

报社很多人见惯不惊，心里不满，只是敢言不敢怒；粟主任有两大功能，一是陪帅梓江睡觉；二是捧红踏黑，搅得报社乌烟瘴气。那天开例会，粟主任点名，把经考核的"记者职业资格证"发给记者，并强调"以后持证上岗，外出采访必须出示记者证"。心潮澎湃了吗？没有，康旭手捧玫瑰金"记者资格证"，心底竟没泛起一丝的涟漪。

会议即将完毕，不是说好的，锐凯因业绩部门排名第一，"免试"发证吗？今天发证，没有他的，他"发怔"了，慌神了，再也坐不住了，他是不好惹的，当场举起手，质问："哎哎，都发下来了，为啥没我的？"

粟主任奔拉个脸，反问："你参加考试了吗？"

锐凯说："没考，是报社领导同意我免试的！"

粟主任反问："哪个领导？你搞没搞清楚？考试、发证的单位是国家新闻出版署，不是报社，报社任何领导都没这个权利。你以为国家新闻出版署是你们家开的，代表身份和地位的证件，你想要就能得到？"

他妈的太黑了吧？锐凯瞪起"二筒"眼睛，愣神了："这话我就不爱听了，本来就是报社领导特许我'免试'的！"

粟主任鼻子哼哼地说："你很清楚，'考证'需要具备两个条件，一是要全日制本科文凭；二是要有两年以上从事新闻媒体的工作经历。

你有具备资质吗？没关系，若有，明年可以重新考试，考试成绩合格后才能发证。"

锐凯一下子每根胸毛都竖起来了，青筋暴跳，脸色骤变，说："是当官的要我免考，现在又不发证？把我当成啥了？我是给你们白玩的，是吧？"

粟主任反唇相讥，厉声说："国家新闻出版署又不是慈善机构，你想要就发给你？我们'白玩'你？你能不能告诉我们，你具备'白玩'的资本在哪儿？"

锐凯被弄得下不了台，气得差点背过气去，连跳楼的心都有了。顿了顿，反驳道——

"你还别拿国家新闻出版署来吓唬我，我不怕！你以为报社是国家新闻出版署给你发的工资？你以为是国家财政拨款养活你的？别忘了，是我们'用自己骨头熬自己的油'挣钱回来养活你的，老子挣钱最多，养活你们这些闲人，老子卖臭汗挣钱养活你们这些办公室的寄生虫！你们却反过来'白玩'！好啊，不发证，你把2004年我交的创收款全部退给我，我他妈的拍屁股走人！"

粟主任无还击之力，在沸沸扬扬中，冒了一句："说横话，谁不会？市场经济还是要坚持和强化机制体制建设的。"

就在吵得不可开交时，帅梓江走进会场，聒噪声戛然而止，僵持几秒种，全场竟一片掌声，与其是欢迎帅总讲话，不如说是对锐凯的慷慨陈词助威。

帅梓江威严地扫了一下会场，清了清嗓子，开始讲话，掷地有声："记者资格证已经发给你们了，希望你们不要辜负报社的培养。我们报社一直就有越战越勇的精兵强将，敢于顶住压力，用创收业绩证明自己！每个人都有他的优势，做得好不好？不是别人说了算，不是自己说了算，是市场说了算。在我这儿，每个人都有公平均衡的发展机会，你如果文章写得妙，创收业绩好，人脉好，你就会得到重用。市场就会是你的，活出个样子给自己看！报社的未来发展，还需大家共同努力！"

同事间互相对视，眉头紧锁一声不吭，傻瓜都听得出，帅总在力挺锐凯，或者故意演双簧！那个母老虎粟主任，一个螺丝打坏一锅汤！康旭很同情锐凯的遭遇，暗想："你玩的是心跳，背后捅别人刀子？别人的手段比你更毒辣、老到，玩得你双脚跳！"这时，手机响了，是短信提示蜂鸣声，是锐凯发的："离开这儿吧，到处都可以挣钱，何必受那臭婆娘的窝囊气！"

康旭抬起头，见锐凯在朝他这边看，就拿起手机不无讥讽挖苦地回复："自己玩大了，还骂人，不听话，会死得更难看！别拉我垫背！"唯有此时锐凯才明白被忽悠、被"拒绝"是何种滋味！整个端午节假期都在做"副总"的春秋大梦，帅总对他有承诺，结果暗中派他的女秘书出来反戈一击，让他切实体会报社总部在"陪他过家家"，其"无间道"高深无比，志在必得"记者资格证"，原以为"近水楼台先得月"，结果弄得"乱花渐欲迷人眼"，与之失之交臂。在怨恨帅梓江言而无信的同时，报社某些智囊团一眼就看出他自身的问题，不让他进编委会，他就是被边缘化的"广告民工"。下一步再不出业绩，将面临淘汰出局。

康旭奇怪地发现，从一季度总结会后，毕行舟就一直没露面，他不是玩"失踪"，是锐凯的刀锋切中他的致命要害。

锐凯在办公室摔东西发气，频爆出口，骂得不堪入耳，非但没有赢得同事们的一丝同情，反而把他"背叛毕总"之事作为他诟病的笑柄，然后他枯坐在办公室无所事事，煞有介事地揉搓喉结和脖颈上的痂垢，让人叹为观止；他"踩人往上爬"的逆袭片段，便成了同事们插科打诨、休闲解闷的话题，那架势似乎人人都想试图搞臭他，逼他灰头土脸地滚蛋。可锐凯明知没去处，他偏不走，气死他们！这点打击，他承受得起，偏要留下来做他们的"眼中钉肉中刺"，只要做回广告大单挣了钱，看谁是老大，谁要谁滚蛋，还不一定哩！

锐凯摔东西撒气时，帅梓江在办公室铁青着脸，手托腮，沉默无语。粟主任双手抱胸，横眉冷对。

锐凯，你过分造次、过分嚣张，你会死得更惨！康旭心里说。

帅梓江与粟秘书分别唱着红白脸，把锐凯糊弄得团团转，给点阳光就灿烂，这是后话。

第二天看似风平浪静，帅梓江就找锐凯谈话："常在河边走，哪有不湿脚？你的优势是有人脉，还怕人家嚼舌根？你把苟且活成了潇洒，多与自己竞争，少和别人争抢，学会感恩疏离、伤害过你的人，你在报社就有定力；有我罩着，哪个敢动你一根毫毛—"锐凯感激之情像潮水一样往外冒，工作激情又被激发，热泪盈眶、信心爆棚，又跑出去拉广告了。

"不要活在别人嘴里，不要活在别人眼里。"话虽这样说，可锐凯已自毁形象；惹不起躲得起，"保持距离"，康旭这几天是绕着锐凯走。锐凯的挫败就是一面镜子，干媒体不仅风险大，机遇中蕴含着挑战，如临深渊，如履薄冰。"捞证"泡汤后，锐凯急于搞定一个广告单子，用业绩证明自己，他想逆流泛舟，凭实力再次胜出。他拿到了一个大客户的原始脚本，一团和气、冰释前嫌地站在康旭面前，请他到一家中餐馆吃饭，就想请他再当"枪手"。

康旭冷眼瞧着心里苦着，却又觥筹交错、吆五喝六的锐凯，觉得被人家轻易就扳倒，还死猪不怕开水烫，心里陡升一种复杂的苍凉与悲哀……

锐凯说："康旭，人家挤对我，拒绝我，欺负我，我想找个倾述的人都没有！想来想去，还是觉得我俩一直是'哼哈二将'，平时吵吵闹闹，关系却最铁，感情最深！不是么？现在只有你能救我……"

康旭洞若观火，迟疑地说："你是副总人选，你跑来要我救赎，谁来救我呢？"

锐凯说："没领记者资格证，我认命，还副总呢？别'洗脑'了，我愿赌服输！"

康旭说："你很纯爷们，对吧？你玩黑招，把毕行舟扳倒，你咎由自取！我告诉你吧，我不想陪你喝酒，你要想感念我们还有哥们关系，就必须答应我两个条件……"

锐凯问："哪两个条件？说啊！"

康旭说："一是马上打电话请毕行舟来聚一下，不管怎样，陌路相逢，人家真心帮过我们，男人做事得讲良心；二是不管遇到再大的挫折和打击，都不要放弃，只要不放弃就有机会。若不答应，我马上闪人，我俩只当不认识！"

锐凯说："他私刻报社公章，举报他还有罪？他是你的灯塔，你以为他是省油的灯？我还给他认错？有没有搞错？"

康旭说："你忘了我们在其他公司受了多少苦难，是毕总接纳了我们，就是我们的贵人。再说，他那样做也是不得已而为之。废话少说，赶快打电话！"

锐凯从餐桌上拿起康旭的手机，立马给毕行舟打电话，并开了免提。通了，锐凯说："毕总，我想请你吃饭，当面给你说声对不起……"可是，那边似乎一听是他的声音，就挂了，锐凯还"喂喂"地呼喊，对方已挂断了。

锐凯说："无所谓，反正他已失踪了。说正事，我接了个广告单子，还是请你来帮我写文章。"

康旭说："我做'枪手'，是要按劳取酬的。得看你请得起不？我现在要的稿费有点贵哦……你要按版面比例支付稿费。"

锐凯气得龇牙咧齿，说："我落难了，你还想落井下石？"

康旭说："挑灯夜战，扣出血的眼珠儿写稿，不挣钱，你以为我脑袋被门板压扁了？"

"就算我有错，你骂也骂了，发泄也发泄了，我现在虎落平梁，被母犬欺负，你还好意思谈钱？"

"没人欺负你，是你自己贪得无厌，天作孽犹可违，人作孽不可活！你玩的是心跳？阿梅老姐不是带着一个亿的遗产向你投怀送抱吗？不为钱你会找六十岁太婆上床？我靠这个养家糊口，挣干净钱，不挣点渣渣钱，我咋活？"

"人家富婆看得起我，我就拿身体奖励她、滋润她，有错吗？哦哟，凶啥？要稿费又不要命，给你就是了。"

"别'子弹'满天飞，打空了就废掉啦，劝你悠着点！好，不说你了，给稿费就干活，一手交款，见钱后才写稿。谁都怕你，玩失踪玩出瘾了！哈哈……"

三十二、擦枪走火伤自己

心若辽阔，路径则宽广，心若安暖，灵魂则会生香，心若生态，则满目艳阳，不在毁灭中不朽，就在毁灭中重生。免试领"记者资格证"，这些看似唾手可得的事，可都与锐凯擦肩而过，同事们都惊惧他"不疯魔不成活"的擦枪走火……

锐凯急红了眼，随时准备血战到底，大家能听到他雄性体内迸发的血液撕裂的声音，它们在聚集能量寻求新的释放与突破，试图在释放欲火的灰烬中，成就他的巅峰传奇。

在意念中，最适合终绝博弈的劲敌便是康旭，他存在的全部意义就是在抗衡中挫败对手，他不会因"鸠占鹊巢"的失败而自责，而回归本属于他的建筑工地和田间地头，凭他的直觉，上苍安排他到城市不是撞进凄寒死穴般的黑洞，而是摒弃龌龊肮脏的东西，穿越梦想的时空隧道去救赎自我，在这个充满凄风苦雨的旅途，他会在"踩扁"孤魂野鬼般的丛林中功"上位"。

锐凯躺在红酒女郎（红苹果小女孩母亲）的床上，乘着窗外皎洁月光的照拂，一直急于释放生命的他，把自己身体浸润那个丰润女人，一阵狂风暴雨似的床震后，一种空虚感和寂寥感，从温软的席梦思上升腾而起。电视里还在哼着"花已向晚，飘落了灿烂，凋谢的世道上命运不堪，"他暗自打气，即便是为薄如蚕翼的未来，也要来个最后的厮杀，再见分晓……

　　锐凯这笔到手的广告单子，是"佳栋"家俬郑主任介绍的，拉的是一笔糖尿病药品广告，该产品正准备在凯州开发市场、打开销路，业务经理巫先生拜读康旭写好的文章后很满意，随即在锐凯的卡上打进了百分之十五的广告定金。锐凯当即心花怒放，拉着康旭和郑主任陪业务经理吃饭。业务经理强调他姓巫，自称小巫，给他们二人发了名片，公司总部在凯州东区商务写字楼设有办事处，锐凯也亲自去过，对方很满意苦夸康旭写的文章有厚重度。锐凯立即预定了下周五报纸的版面，预订的是彩页整版，广告款是六万，按行规必须要等广告款"齐活"了才能见报，只因帅梓江女秘书粟主任流产住院，锐凯没有及时在她那里领到业务合同，所以就没有签署正式合同，又有"佳栋"家俬郑主任做担保，锐凯担心广告刊登后，对方客户不认账，就要求巫经理把广告款先打过来，随后巫经理又给锐凯传真了一份工商银行的汇款存根，并强调广告款项已由工商银行成功电汇，催着锐凯让专题文章早点见报。盯着在手的汇款存根，又想急于用创收业绩胜出，锐凯就自己借钱，提前垫钱交给了报社，按预订时间把软文广告刊登出来了。见报后，并还给巫经理送去了五百份报纸，然后就等另一部分广告款进账。

　　男人往往用已知经验来判断未知的事物，拿错误的推论当正确的真理。富就富在不知足，狂就狂在未脱俗，贫就贫在缺真知，贱就贱在太冒进。人生允许有过错，但不能有错过万金难买的后悔药。暗香浮动的背后即是暗流涌动，未知的事并不意味着没发生，隐蔽的黑洞被利益诱惑进去，看不见的圈套就潜伏于激进的路途中……

　　锐凯签回的广告大单，是报社端午节前后广告市场极其疲软萧条背景下，签署的最大一笔单子，恰好又是未获得"记者资格证"的他搞定的，他脱颖而出。帅梓江频频在大小会上表扬他，"峰回逆转"，宣布直接提升他为报社副总，其效应是：作为报社"老二"，他的办公室由原来的大厅玻璃格子座位，正式搬进了帅梓江办公室旁边配置有空调等设施的单间办公室，其待遇实现"升级"，还享受与帅梓江同一级别的报社所有会议、应酬和饭局应酬。报社两位老总晃着膀子进进出出的画面，仿佛给报社发展前景注入勃勃生机。

锐凯梦想，是想注册一家属于自己独立操作的文化传媒公司，创办自己的工作室，进而申请主流媒体的广告代理资格。如果能实现这个梦想，他在凯州媒体业界便可呼风唤雨，金钱、美女、别墅都在向他招手。自从当了报社总部"老二"后，阿梅的老姐梅蝶衣和林歆月被锐凯分别得到邀请，陪他参加一些大酒店的文化交流活动和一些宴请，感情也似乎更加缠绵到位。有权有势就是不一样，权势不仅可以来钱，还可生威。威风凛凛的锐凯留起了鲁迅似的小胡子，"玩的是心跳"，看上去脸庞青筋暴胀、咄咄逼人，那段特殊时期，他过足了官瘾，谁也搞不懂，他在是找灾惹祸，还是真正飞黄腾达了？

凯州这个城市，天上掉馅饼的事随时都在发生。然而，"只有永远的利益，没有永远的朋友"，锐凯被砸中了？他这样在逆境苦旅"熊市"中"反弹"的男人，真的一飞冲天了？

这几天他风光无限，高度亢奋、内心沸腾，常在美梦里笑醒了，以至于包养他的床畔那位红酒女郎有些百思不得其解，甚至质疑，床上这位在热烘烘被窝里"久旱遇甘露"的男人，是不是中了彩票？

锐凯望着白花花的天花板，他不禁唏嘘起来，唏嘘"山不转水转"，峰回路转，命运的确像一条奔流不息的江河，因为某块暗礁、某段堤岸、某种阻碍及某种改造的缘故，流向不同的河床，流转不同的可知或不可知的风景，但最终会拥抱惊涛骇浪的大海……再睡个"回笼觉"吧，锐凯梦见了大江两岸祥云浮现，龙腾吉祥……

那是一个并不特别的星期五，报社惯常地出了一批新报纸。按报社行规开完例会后，已是中午时分，帅梓江很神秘地邀请锐凯到芙蓉月酒店吃饭。锐凯瞟了帅梓江一眼，指了指自己反问："就请我一人？"帅梓江回答："当然请你一人。报社有重大决策需要你我定夺！"

锐凯听得云里雾里，又不便深问。帅总点了一些正合锐凯口味的菜系，反倒对锐凯有一种屈意承欢的意味。品赏美味佳肴，帅总瞟了一大桌丰盛的菜，目光再次移至锐凯的脸上，暗自思忖：或许，对方才是我最大的"菜"……

帅总亲切地问一些他家的情况，想听他对报社未来发展的总体思路和谋略，有何种独到见解。锐凯学着康旭的口吻作了令帅总满意的解答。帅梓江拍了拍他宽厚的肩膀，说："我最欣赏你越挫越勇的作风和气魄。"紧接着，帅梓江告诉让他半天回不过神来的喜讯，当时，他唯一感觉：太阳从西方出来了，好运来了挡都挡住不住！"打个屁都掉金砖，砸中了脚后跟"。

帅梓江所阐释的意思，再明白不过了，强调他要跳槽了，要到他岳父的房地产公司去做市场营销，经多方考察，他担任的《凯州商务早报》法人总编的重任，将托付给富锐凯，并相信锐凯有实力带领报社重塑辉煌。

石破天惊，寒冬腊月炸惊雷？

锐凯发现，帅梓江在与他握手时，眼眶竟然盈满泪水。

有些场合煽情至关重要。帅梓江鼻音浓重地说："祝贺你将成为笑傲江湖的媒体老大！"锐凯还处于梦醒时分，质疑自己在昏睡、在做梦，这个至高无上、可以统帅三百多个记者的报社总编，扔下的馅饼竟然砸在他的头上？他气息渐次粗重，心脏狂跳，目眩神迷，顿了顿，他反问帅梓江："报社那么多比我优秀的人才，你为何偏偏选中我呢？"

帅梓江字一字一顿地说："很简单哦，我也是从外地农村来凯州打拼的，深知外来打工仔的磨难和疼痛。你知道吗？那次暂时不发《记者资格证》给你，恰好是对你的考验，你用业绩经受了考验，你成功了！新一届报社法人CEO非你莫属！来，再次祝贺你！"那一刻，锐凯才恍惚地确认，自己终于穿越黑洞似的苦难隧道，抬头看到了"孤帆远影碧空尽"的骄阳，并沉醉而贪婪地做了个深呼吸，升腾一种感恩之情，说："感谢帅总委以重任。啧啧，老天终于开眼了！"

按说帅梓江也算是贩夫走卒中的一员，70后，高中毕业后，像"候鸟"似的飞到凯州打拼，凭借攀附"干爹"（后成了他的岳父）在《凯州商务早报》当总编，一脸黑帮头目杀戮成性的横肉，亢奋起来满脸冒黑油，纵横交错的横肉膨胀充血，青筋跳跃的酷毙，活像要喷溅出来，看似天庭饱满，可额头和眉眼之间残存一个蚯蚓似的伤疤，其面相绝对不属于官运亨通、平步青云的那种酷男。但有一点，他岳父是某房地产集团的董事长。仅这点光环，在报社就极具有威慑力。

在自我陶醉中，锐凯仿佛从梦幻走进现实，从浮躁归于平静，为给客户缴款垫资，贸然刊登了那个糖尿病药品软广告，使他的钱包见底了，那位巫经理并没有真正汇款过来，他心急如焚，也没有底气去拓展其他广告业务。整天急得要死要活、上蹿下跳，提起座机就给那边公司总部打电话，询问究竟怎么回事？对方财务室解释说，汇款单转账的账号填错了，被银行退了回来，马上就会补办，让他放心。结果，锐凯又傻等了一周，仍不见账上汇款打进来，这下子才略有醒悟，经营记者这碗饭不好吃！锐凯真的傻了、慌了、疯了，刀锋舔血，预感问题的严重性，把前后运作情景稍作理性的分析，幡然醒悟，遭了，便知中了别人设置的圈套，人家挖个诱人的坑，引诱自己跳，自己傻逼似的毫无防范地跳下去……现在才大梦初醒—又遭人家"白耍"了，自己还感恩戴德！

当务之急是设招尽快挽回损失，逼在眉睫！锐凯顾不上面子了，面子和钞票相比，不值一提。他去找康旭当援兵打头阵，义无反顾地带着康旭，火速杀进"佳栋"家俬集团办公大楼，急匆匆地找到那竹竿似的郑主任。郑主任心若止水地说："我只管好心帮你介绍广告业务，又没吃你回扣，至于能不能搞定，跟我没半毛钱的关系！"

一句话就把锐凯踢了，拒他于千里之外。锐凯忧心忡忡，又去市中区办事处找经办人——业务经理巫经理。巫经理正在拿起电话大呼小叫，频爆出口。见锐凯他们来者不善，他立马翻脸，气势汹汹地说："公司又不是我家开的，按流程我只管销售药品，无权过问转账等其他财务上的事，想要钱，建议你去公司找财务科长！"

"你这是有意逃避责任！你们公司就不怕我们走法律程序？你们这是赤裸裸地欺负和坑骗新闻媒体！"康旭见巫经理想撇清，怒火中烧，面对面质问他。

"哼，走法律程序又能有什么结果？你们还得多赔一笔诉讼费。你以为找法院走司法程序，'三角债'就好收回来了？就算打官司，你拿得出证据吗？没有证据，你胜算的几率又有多少呢？"

锐凯问："照你这么说，你们公司一开始就想忽悠我们？"

"这跟公司没关系！所有问题都是你自己有问题！不是吗？这么大的广告款项，连一个书面合同都不签，还有脸要公司给你划款，你以为我们公司脑残啊？连起码的市场经济规律和商业运行契约规则都不懂，折腾啥呢？怪谁呢？一个法盲还干新闻媒体，还跑个铲铲的广告业务？"

"你意思这广告款，就永远收不回来了？"

"去收啊，要的是证据，你拿得出来吗？"

康旭反驳说："口头承诺也具有法律效应！"

"对呀，口头承诺的证据在哪儿，你有录音吗？朋友，没证据和事实，就权当为作法盲交一回学费吧！"

锐凯穷凶极恶、丧心病狂地嘶吼："你们太不要脸了，打劫嗦？我死都不怕，还怕你们赖账？不管黑白两道，我都要你们吃不了兜着走？信不信？"

"好啊，那你就去买个原子弹，把我们公司主体大楼炸了得啦，冲我吼，有屁的用！"

康旭扔一句："骑驴唱戏本，走着瞧！"

三十三、追权逐利的肮脏交易

"大叔，事先签个合同又不死人，拿自己的钱垫广告款，一点都不好玩。你要去签单，能不能提前打个招呼，哥们好帮你完善一些签单流程。"康旭把锐凯付给他的稿费扔给他，"拿去，我怕你'擦抢走火'伤着我"。

锐凯说："对呀，我随时在提醒自己，办事要稳妥，程序要完善，哎，都是太相信朋友惹的祸。"

康旭说："没有金刚钻，不揽瓷器活！你呀，就晓得闷起脑壳泡女人，该读书的时候，你跑去逮花蝴蝶，该挣钱的时候去当混世淫魔。遭人家白玩了，还遭人家骂法盲，只好乖乖交学费，你能靠谱一点吗？哪怕做一件靠谱的事——"

锐凯一个激灵，然后秘而不宣地笑，说："哈哈，有得有失，正常噻！哥们，马上我有一个咸鱼翻身的机会来了，到时会给你一个大惊喜……"

康旭看着锐凯因愚钝而饱受重创，还自诩虽败犹荣，心里很不是滋味，也不想当面拂逆他即将峰回路转的愿景。只是有个噬咬的死疙瘩解不开，他还要折腾，还想逆转？叫他唱歌他总是跑调，叫他拉广告他老是赔钱，叫他竞争上岗他老是"玩失踪"……啧啧，真搞不懂咯，他这次出牌能赢的几率有多大？

康旭说："你呀，孩子他妈舔虎卵——不找死就不得死！"

看似风平浪静，一晃又过了一周，梅德方突然急匆匆来找康旭，告诉他，锐凯与他老姐梅蝶衣打得非常火热，还借了他姐十万块钱，并给他姐承诺，马上安排他姐弟俩到报社总部上班，取代帅梓江那个母夜叉似的粟主任。

康旭跺着脚，不禁一阵慌乱，问："你姐和他真有那事？我还一直蒙在鼓里。他真是'齐不干、打不湿'，又在设招布局，说是要搞一个'惊天动地的大事'？"

梅德方说："他咋那么喜欢折腾呢？单凭他那点能力，可以断定，到头来还不是竹篮打水一场空！"

康旭像在自话自说："凭我的直觉，锐凯近期还有一个惊世骇俗的大动作，只不过瞒住你我而已。我懒得破他的局。就想，在他命运的冥冥之中，潜伏着秘而不宣的利益驱动和裂变陷阱，可他雾里看花，这个报社已经迟暮低垂，老狐狸毕行舟'玩失踪'是个先兆。锐凯"垫钱登报"非但没被击垮，反而还有底气找你姐借款周转，你说，是不是别人耍了他，他又想设招去耍别人，挽回损失？有句话叫'螳螂捕蝉，黄雀在后'，自以为干媒体，就利益所指、所向披靡……"

报社上下有人私下热议，锐凯要倒戈一击，要惊天动地，都在期待即将拉开的终极对决……这种叩击心弦的对决，往往让人感到惊慌，对他拭目以待，倏忽之间又觉得他趋炎附势强大起来，尤其在报社生死存亡的关键时刻，他能否壁立千仞、横空出世？

梅德方告辞后，康旭才顿悟，以锐凯上不粘天下不粘地的名分和资质，是没有市场的，且显得滞销，就算帅梓江想提拔他当常务副总，他也是草根，也是乡野粗夫，也是城市天桥水泥缝里的狗尾巴草，就凭他那股邪性，能否在生死攸关、喧嚣纷扰中惊艳登场呢？

那天下午刚好下班，康旭掏出手机，阅读昨晚毕行舟给他发的短信，满屏的愤懑——讲他要引荐康旭进《凯州都市报》，继续跟他干。锐凯买主求荣、妄想加官晋级，也不知自己是啥货色。二人已没有以前的默契，未见带着心有灵犀的真情碰撞。见未他回复，毕行舟就给直接给康旭打电话，请他到原来吃工作餐那家餐馆喝酒。两人刚好入座，话匣子一拉开，首当其冲地剑指富锐凯——

看来毕行舟还沉浸在交友不慎、遇人不淑的纠葛中，从《凯州武警报》退休，觉得自己有意境，想借助《凯州商务早报》找风景，想把自己蜕变成脚踩黄金、头顶发光的媒体精英，结果粘了一手腥泡沫，惹了一肚子窝囊气，因黯淡神伤而退场。为报帅梓江的"封杀"之仇，他在开动脑筋，如何把康旭从帅总身边撬走，主流媒体的名分和待遇是很有吸引力的，是帅总的"地摊报"无法抗衡的。毕行舟忘却那残酷的"250"，又想当"灯塔"引领，右脸上的丑陋伤疤扑簌着，就很合适宜地打开了一瓶啤酒，"啪"地一声，冲击着康旭脑袋里沧海桑田的紊乱思绪。康旭先前曾认定，自己交了好运，在风雨飘荡中，瞎撞上这位"灯塔"似的导师，然而，一切都匪夷所思……

康旭与老毕碰杯喝酒，然后真诚坦率地跟他说，当初跟锐凯交朋友，是因都是挣扎在社会底层的打工仔，同病相怜，惺惺相惜。毕行舟不以为然地摇头："和你比他差远了，他不配做你的朋友，你不必买他的账！他买主求荣，他一直蛰伏在你身边，不断吸附你的正能量。"

康旭如鲠在喉。是呀，在浴霸门市部，完全没必要和他走得那么近，但为何又成了铁哥们，"三剑客"呢？哦，想起来了，一起风雨同舟走过来，还有"花月痕"一起嫖娼的渊源，都想在媒体找一片阳光取暖，为自我存在提供营生供养，本无可厚非，只是后来走岔道了……锐凯即是从镜子里走出来的另一个自己！际遇不堪，不便明言。这得上升到人性高度来阐释喽！

滚滚红尘，貌似有许多可交往的朋友。朋友一起起航，一路漂泊，一起浪遏飞舟，又有沿途的无限风光，谁也不愿扔掉谁。男人不是每个岔口都能交到好朋友的，对锐凯，他没留下什么遗憾！

"你不遗憾？他把我当成往上爬的垫脚石，卖主求荣，置我于死地而后快。他签个大单，帅总很器重他，他要一飞冲天了？"毕行舟琢磨着怎么把康旭撬走，摆脱帅总的钱权纷争。

"这个很难说，我估计他没那么强大，或许帅总对他有某种承诺，要不，他哪来的底气，那么嚣张？"

"他以为掌控三百多人的大报，像搞女人上床那么方便。他曲意承欢，因为这是个好大的利益诱惑磁场，他看中的不是副总，是地位、霸主，那个肥缺即可把他喂肥。"

"哦，既然是肥缺，帅总为何自己不要，要给他？真搞不懂喽……"毕行舟无言以对。

毕行舟上次被锐凯点明死穴，而康旭也是帅梓江的红人，说一半话，就把想说的下半句咽了回去；反正他都走人了，无需什么顾忌。

"这个嘛，他会献媚邀宠嚛。还有，帅总有意扶我曾经的助手上位，是想用以杀我的气焰，有意恶心我……"毕行舟吸溜着嘴唇，脸上伤疤像他的厚瓶底眼镜似的喷出怒火，话有点儿语无伦次了。康旭皱着眉听着，心里很不是滋味，随后懂了，在他跳槽的那家报社，他日子并不好过。

康旭故意调换话题："好奇怪呃，昨天，帅总还找我谈话，要我做他的专职司机、贴身保镖。我虽才疏学浅，但干媒体也不至于干这个吧……"

"帅梓江，高，实在是高！这就是帅总霸气的高招的，帅总要你当军师，辅佐锐凯，又不好直接提出来，老帅居高临下，老奸巨猾，这样安排，既有名分，又有理由。你和锐凯之间更能产生鲶鱼效应，以后你们就老大、老二和老三'堆堆坐、吃果果'了。"已出局的毕行舟语气中多了几份讥讽和妒意。

康旭皱起眉头说："哪还有'果果'吃呢？都说报社已敲响了丧钟，'堆堆坐'像梁山好汉似的排座次，也没戏了。"康旭把自己放在进可攻、退可守的位置，没什么不好，但他不说出来。

……

芙蓉湖畔的芙蓉树，经端午初夏太阳雨洗涤，显得愈发翠绿盎然。那温煦的夏风，蔚蓝的碧空，湖畔飘逸的白鹭，到处是葱绿嫣红的红杏树和银杏树在随风扭摆轻舞……

一接触及滨水灵动的湖水，一种令人恍惚愤懑的伤痛，使康旭浑身颤抖，额头冒汗，湖畔使他联想起江岸……

芙蓉酒楼里聚来了三百多个《凯州商务早报》全体员工，其他受邀请的朋友也来参加，大家凑在三十多个的餐桌周围，会议举行前，大家交头接耳热议报社"深改"大举措，随后场面慢慢就嘈杂喧闹起来，他们无拘无束地猜测、插科打诨、编排花边新闻，简直是唯恐天下不乱。报社总部领导层结构调整的神秘面纱即将拉开。

那位帅总秘书粟主任跳上一张椅子，提出一个建议，提醒大家在无记名投票选报社法人时，希望都给帅总投票。拍马屁不打草稿。

"报社都是在帅总领导下，由弱到强，由小变大，对吧？他在报社人气最旺、气场最足，对每位记者同事都肝胆相照、称兄道弟，只有帅总当老大，报社发展才能接底气，对吧？"

帅梓江确是有许多固若金汤的拥趸者。

会场一瞬间响起了雷鸣般的掌声和起哄声。

当锐凯携着林歆月刚迈入会议室的一刹那，康旭蓦然感觉整个会场上空在处处刮妖风、邪风，空气里弥漫一种终极对决的火药味，人们都用诡异探究的眼神看着他俩走到前台。

随着与会者目光齐刷刷地望去，梅德方和他的老姐梅蝶衣也尾随而至，报社眨眼间一下子就出现了三个新面孔，有种"似曾相识燕归来"之感，大家嘀咕，从互嚼耳根到平静入座，一看便知，一个排座次似的"堆堆坐，吃果果"的格局。

再看主席台，帅梓江和康旭中间主席台座位上，摆的牌位竟是富锐凯，他占据了首席位置，惊世骇俗，逆天啦！康旭探头一看，粟主任正和女记者叽叽咕咕议论新面孔，随着又捂住嘴肆无忌惮地阴笑，沉默的男人们却绷紧面孔抽烟，会场上下烟雾缭绕，一片乌烟瘴气。

帅梓江推门抿着嘴浅笑着走了进去，喧哗的会议室立马安静下来，没人鼓掌。大家抬头探秘地盯着他，脸上流露各种复杂表情……

康旭暗自心里"咯噔"一下，似乎有一丝不祥的预感，呃，这个端午节后补或迟来的报社大聚会，该不会是散伙饭吧……

主席台首席位子上，富锐凯看上去不知是飞蛾扑火，还是威武健硕，或许还多了一份隐忍憋屈后所迸发的霸气，新穿了一套名牌西装，质地很好的白衬衣敞开三颗纽扣，额头青筋暴跳，一览无余的胸毛在灯光下丝丝入扣，炫动熟男独有的性感与张扬，眼神中蕴藏着些许粗粝与狡诈，黑黝的脸膛放着亢奋的红光，活脱脱就一个小人得志的"淫花怒放"。

大家屏住呼吸，仿佛能听见心脏的突突跳动。帅梓江站起来，摆了摆手，清了清喉咙，滴溜溜地转动眼珠，疲惫地环视会场，这才有稀稀落落的掌声响起……

帅梓江讲话，没有一丝的铺垫或前奏，就直接切入今天主题，正式宣布，《凯州商务早报》的法人总编从即日起，由富锐凯担任，他自己做报社编委会顾问，并带头鼓掌，会场上更多的人用中指敲打桌子，众人目光里流露一种莫名的惊叹与唏嘘。

在帅梓江浓墨重彩地推出锐凯时，自诩性感猛男的锐凯晃动肩膀，挺直腰板站了起来，不知是发飙，还是发表晋升就职演讲，许多人无声抗拒地埋头拨弄手机，会场一片哗然、混乱，康旭脑子里也一片惶惑与混沌，锐凯的话一句都没听清……

康旭埋头发现，今天锐凯有备而来，光亮鉴人的皮鞋，很配摇身一变晋升法人老总的身份，难道他真有亲戚在市委"身居要职"？这个突如其来的"大惊喜"，真太他妈的天方夜谭了……世事沧桑，令人目眩神迷！一个媒体"门外汉"，充其量就靠超群的颜值，会玩点邪门的招摇撞骗……可眼下就脱颖而出，晋级为全体记者心中的"男神"。

"太不可理喻了，帅梓江搞体制改革、搞'洗牌重组'，自己做了缩头乌龟，还设个局让我们钻？挖个坑给大家跳？天天待在这里，却在水中望月……"康旭心里充满幽怨与纠结。那个所谓的编委会顾问，纯粹是骗人的"形同虚设"，笼络人心！要么是在公众视野下立锐凯为木偶，找个"替身"用以逃脱债务追责；要么是报社回光返照，营造"散伙"前虚假的繁华盛世？锐凯是"牛气冲天"，还是自取其辱？报社难道真的要寿终正寝啦，不对啊，或许蕴含着更大的必有用心的阴谋？

一连串的问号，都积压和撕扯着康旭的灵魂。

狗屁的"群龙之首"，穿起黄袍，还是成不了太子！

剧情再清晰不过了，富锐凯不是"鸠占鹊巢"，而是拥有报社的掌控权。可康旭耳畔仍响起"凋谢的世道上命运不堪"的歌声。这事对于康旭，却有种"弃之若敝屣"的寓意。他妈的全世界都在"弃之若敝屣"！

康旭觉得自己的病态与失态，该面对的就面对，这种躬身舔菊的晋位，不值得嫉妒和艳羡，"小肚鸡肠"的男人，是一辈子都难以构建人生大格局的。

随着与会者一起拥到酒店的九楼餐厅，报社全员在此为报社深化改革、洗牌重组举办一个端午庆功会。在电梯上，康旭脑海不禁冒出那首古诗："曾经沧海难为水，除却巫山不是云。取次花丛懒回顾，半缘修道半缘君。"

到了九楼餐厅，一种心绪又袭上心头，锐凯不会像虾子一样"大红之日，便是大悲之时"吧？蹊跷哦，百思不得其解哦，"老江湖"帅梓江竟然会把"总编"宝座拱手送给锐凯？情理上说不过去啊。凭直觉，不会，耿直憨厚的富锐凯多半又摊大事了！

等酒菜上齐后，报社同仁们大快朵颐，康旭想大胆质问身边的帅梓江："这每桌两千多的酒席款，由谁来买单？"可又觉得会大煞风景，就闭了嘴。场面很热闹，人们吃得人喜神欢，齐整整地用筷子敲碗代替鼓掌，用期待的眼神等着帅梓江致辞。

帅梓江恍如隔世般地站起来，先举起斟满美酒的酒杯，敞开喉咙说："请各位站起来，感谢报社的新任总编富锐凯先生，给了我们一个改革重组的庆功会，请各位站起来，举杯，今天让富总破费了哈。来，预祝富总带领记者同志们有钱赚、多发财！有一个美好的发展前景，走向辉煌！"

这些深邃幽远的憧憬，足以慑服所有在场男女。唯独没有触动"众人皆醉我独醒"的康旭，一个历经跋涉和坎坷的草根村夫，真的"蚂蚁成象、屌丝成神"了？帅梓江起身，招呼康旭、锐凯去给每桌员工巡回敬酒，康旭不为所动，推辞说自己要开车，不敢喝，实际上，不想把自己夹在这种尴尬场合，懒得去抢锐凯的风头。帅梓江和锐凯端起酒杯，走马观花地到每桌去推杯换盏，频频为大家的健康和报社的未来祝福。

富锐凯神采飞扬，径直端着酒杯，摇晃着走到康旭面前，用搞怪的无厘头诡异表情说："哥们，你对我给你的这个意外惊喜，还满意吧？"

康旭霍地站了起来，脸正对着他的脸，瞅见他太阳穴处跳跃着暴涨的青筋，又瞟了一眼他蓬勃性感的胸毛，说："哦，富总，祝贺！今天是花团锦簇、风光无限哈？"然后又觉得他在灯光下荷尔蒙旺盛的胸毛显得尤为戳心，变态的自虐狂！就挨近他耳朵问："老实告诉我，昨晚上床前，你是不是吃了伟哥？"锐凯一脸搞怪的惊诧，闪突着眼睛，醉眼惺忪中有雄姿勃发的神采，也贴近他耳畔回答：

"哥们，今天我性感阳刚吗？终于扬眉吐气了吗？有老总气场吧？"

康旭捕捉他幽幽眼睛里的深邃内涵，对方恰似在向他流露某种"临终关怀"，还是炫耀的今日的傲居群雄？康旭心里咯噔一下，心灵被触动了！眼眶有些潮湿，有些许感触与情怀，紧握住他的手，感觉他的手心冰冷，就幽梦般地说："你啊，不是老总的气场，是骚情，硬骨铮铮的骚情！"

"你就不懂了吧，今天要的就是骚情！"

大家认定，锐凯"上位"是新形势下的大势所趋，康旭则觉得他盆满则溢、超强的荷尔蒙功能可御众多女人，报社可不是他以超强荷尔蒙功能就能支撑的。锐凯，不管别人议论，他要靠自己能力解决记者名分问题，挽回他遭拒发"记者资格证"的颜面，今天他做到了！

让康旭大跌眼镜的是，锐凯在酒席现场发表演说，主题是突出报社员工的"公平正义"，以报社总编的身份，在报社聚餐进行时，动员每位员工办理国家新闻出版总署网上可查的正式记者证，该证纳入报社正式编制考核，要求每一位员工今天上交三千元办证押金，并承诺颁发正式记者证时，这笔钱当即如数退还。

聚餐会上，锐凯很煽情，浓重宣读了报社新的人事任免事项：帅梓江任编委会顾问，高康旭任常务副总编，梅德方任办公室主任，梅蝶衣任总编秘书，林歆月任后勤部主任……并带头站起鼓掌祝贺，引来连吼带呼的尖叫声，高潮迭起。紧接着，珠光宝气、浓妆艳抹的梅蝶衣照本宣科，宣读了报社《关于上交办理正式记者证押金的通知》的文件。锐凯在搏杀中血拼了，这一切让康旭太意外了，心脏突地直跳，他妈的太不靠谱了！该出手时就出手，梅德方霍地掏出三千元现金，把红钞票举起来，划拉一下，又转了一圈，一招一式亮相，把钱寄给了梅蝶衣，梅蝶衣煞有介事地在拟好的《记者证办理押金一览表名单》上，画一个红钩；有了阿梅铺垫，锐凯卯足心劲继续热场，也满心欢喜地走过去交了钱，梅蝶衣又划个红钩。富锐凯气宇轩昂，那每根竖起的硬戳戳的胸毛都在为他造势，威武性感男人的气势很快压倒了全场，气氛变得欢快热闹起来，全场交钱的激情被一下子点燃，有中时空交错般的热情澎湃，于是自动排起了一个交钱的长队，帅梓江、粟主任、林歆月等逐一在梅蝶衣处交了现金，悉数到场的员工有的喝得半梦半醒，唯恐与记者证这一采访"敲门砖"失之交臂，都自掏腰包，现钱未带够者，还在大呼小叫，四处找人借钱……

当大家吃饱喝足、人喜神欢之时，梅德方姐弟俩收取了员工押金，场面爆棚欢腾、喧嚣与诡异，锐凯以前承受的所有郁结与凄惶，只因钞票一到手，就变得春暖花开了。

康旭犀利的目光极其鄙视地掠过锐凯的脸。锐凯也没敢去招惹他，他深知，惹毛了他，今天这招就立马全盘皆输！缴纳"办证押金"的步骤和流程，稍有辨识力的一看就知，是事先的预谋策划、详细的脚本和规则，一切尽在急速"找补"的锐凯掌控之中，他吃准了这招——那些怕报社改革被淘汰出局的老员工，唯恐上交押金被拒，蹚了这摊浑水……其中，唯一的"漏网之鱼"便是康旭！他像局外人似的坐井观虎斗，多一份隔岸观火的悠闲，好在没人敢来逼他交钱，他理性地目睹这场拙劣的"变相敲诈"，赤裸裸的利用职权，冠冕堂皇收缴"办证押金"，根本经不起推敲，明显是报社日暮途穷濒于散伙前"非法敛财"，一个集体"脑残"式的行动，上交"记者证押金"，无异于祥林嫂给寺庙的愚昧捐献……

林歆月跃跃欲试，想来找康旭喝酒，怂恿他掏钱交押金，好乘机"人来疯，"抒发一番情怀。康旭铁青着脸一摆手，说滴酒不沾。她便与锐凯互换眼色，她见康旭乌黑的脸几近崩溃，凌厉的目光几乎将锐凯射穿，如果当时把事实真相揭穿，仿佛是置换在聚餐会上的地雷，必会把"变相敲诈"闹剧炸得灰飞烟灭。

从后来的事实证明，同事们懵里懵懂的钻进锐凯设置的"编制"圈套，似乎在祭奠新闻记者的职业生涯，交钱那一刻就成了临界点，"记者证"像"买吼货"似的要人掏钱的那一瞬，他们的记者职业生涯注定已戛然而止，那可是饱蘸血泪的真金白银，而不是阴冷虚飘的手工冥纸，祭奠他们用厮杀血拼成就新闻梦的已逝岁月……

若干年后，康旭为当时没站出来揭穿他们而忏悔不已！

凭他脾性与气场，当时能够及时遏止这场"精神强暴"与"现钞强暴"。同事们的钞票像夕阳尽头的炊烟，刚想缭绕一下，就被黑暗湮灭了。

三十四、炼狱中的"睡面自干"

　　锐凯巧立名目，弄得盆满钵满，填补了他遭客户"坑掉"的广告款，让他自己去承受良心的拷问吧！康旭懒得去搭理他，锐凯也一直没联系他。康旭似乎不大恐惧失业了，潜意识中，总觉得主流媒体《凯州日报》在苍茫的大海中，像灯塔一样，在海天一色的彼岸呼唤他。这几天，他不着急，惬意地躺在紫竹篱笆小院的凉椅上，抿一口现摘的润肺艾叶清茶，看一番田园沃野里的金黄麦浪，折几朵馨香的栀子花放在枕畔，或撒在书房……偶尔，康旭也在想，被他比喻为"绞肉机"的锐凯薅到大笔现钞，是不是又用他的的性感胸毛吸引眼球，跑到"人面猪脑"的林歆月家里认亲去了？

　　红尘不如书相伴，一年几度苦行舟。

　　康旭谋划着如何在四十三岁，重新焕发第二次青春—海明威说：优于别人，并不高贵，真正的高贵应该是优于过去的自己……用三分豪情健身，留七分底气谋生。庭前读书，河畔赏月，雾散驾车，心篱种菊。漠视刀剑，梦里论剑。行空谷幽祠，看正艳骄阳，赏红叶予留乡愁，焚枯枝以烹佳肴，叹拂袖起舞暗自伤，尘沾却不上心间。

　　康旭捧一本《红楼梦》阅读，想起白慕仪阐释她心目中的曹雪芹，一个睡在草绳编织的破床，赊米赊酒度日，才写出了自称为"满纸荒唐言，一把辛酸泪"的伟大作品。由此康旭觉得自己蝼蚁一样的人，就那点挫败感，一旦提及，只有让人汗颜。

报社端午聚餐会后的半个月，毕行舟打来电话，要康旭到"芙蓉骄阳"茶坊见面。康旭迅速赶到，发现毕行舟手上拿着一本书，靠在收银台的旁边坐着。见他进来，就起身招手，扔一本过来，兴奋地说："我这是专程过来给你送书的！还有本人的亲笔签名哩。"

康旭心生敬畏，翻开书，浏览一下标题，啧啧，全是在他原来《凯州武警报》上刊登过三百字左右的"豆腐块"通讯稿，心底就发出质疑：这也叫出书，这也叫文学专著？只不过，当面不便妄加评论。

毕行舟把话引向锐凯，说，"明修栈道暗度陈仓……太没人样了，明知报社要倒闭、要散伙，还把员工当'绞肉机'，搅到钞票就玩失踪了……"

康旭却说："锐凯不是新上任的报社老总吗？他应有这个实权吧？或许他在蛰伏，酝酿大动作！"

毕行舟急得跺脚："你啊，做人太厚道、太耿直了！你只看到问题的表象，看不到问题的实质—"

康旭问："什么实质？不就是报社领导层的利益纷争吗？毕总，你了解我，我对官场反应最迟钝、最麻木，你最好说得具体点？"

毕行舟说："你每天在报社坐班，报社的秘密你居然一无所知。你想，报社散伙，是铁板钉钉的事。事实真相嘛，我也是从帅总秘书粟主任那里听来的—帅梓江觉得吧，当几年报社老总，非但没捞着好处，还欠他师傅十多万的版面承包款，就利用官职作最后一搏，瞅住一心想往上爬的富锐凯，遂拉他作'替死鬼'，就对锐凯谎称他要跳槽到他岳父房产公司当主管，要把《凯州商务早报》总编宝座转交给他，条件是要他拿十六万现款还他师傅的债，便可走马上任；还说，当这个报社老总一年可尽赚一百万。锐凯被金钱所惑，动心了，回去把他老家镇上的一套二住房卖掉了，加上借款凑够十六万交给了帅梓江。十六万啊，仅仅当了几天报社总编！"

康旭眼前顷刻闪现一个迷宫，迷宫渐次开启大门。就忙问："你意思是说，锐凯也是受害者？帅梓江见大势已去，设招挖坑让他跳，欺负一个耿直厚道人？"

毕行舟皱眉一摆手，说："别急嘛，听我讲完。锐凯收了员工'办证押金'十万后，就亲自打电话给帅梓江的师傅，要求交接相关的接任手续，才获知《凯州商务早报》因记者外出敲诈、社会举报率太多和经营不善等因素，已被国家新闻出版署下批文宣告停业整顿了，锐凯如此偏执地在意报社总编，这下醒悟完蛋了，就抱起那笔10万'办证款'逃之夭夭了……"

毕行舟的话，让康旭蹦出的心脏又回到了胸腔，不再有那种砰砰激烈的跳跃声。他心里遭受极大的冲击，百感交集，似水年华的一路履历，在脑海中叠加着，逐一掠过。旋即，他眼前闪念一个画面—锐凯把LV包夹在胳肢窝里，豪迈地走进豪华总编室，时尚型男般地叼着中华烟，高高翘起二郎腿，活像脚踩美金、头顶光环的大牌老板，殊不知《凯州商务早报》作为时代淘汰纸媒已寿终正寝了……写字楼几个物管气势汹汹地闯了进来，气焰嚣张地要收回这层写字楼，同时扔出一大把水电、气及物管之类的票据，一直沉浸在报社繁荣假面中的富锐凯恍若大梦初醒，确认自己博弈失败，全身癫痫般的颤抖……

一种对《凯州商务早报》所代表的新闻媒体的崇高信仰油然而生。康旭认定自己没有为新闻事业做出伟大而带荣耀的贡献，为锐凯不知是贪婪，还是亦步亦趋地救赎报社心生敬畏，对自己做出鄙视锐凯的卑琐放荡行为而愧疚。致此，"我是《凯州商务早报》的记者"，俨然成为一个信仰，壁立千仞，并在未来的流金岁月里弥坚不朽。2005

年端午节后，当《凯州商务早报》作为一个纸媒符号被市场残酷地吞噬了，康旭还魂牵梦萦，寻找那个已被官方吊销了的报社总部，还在寻找随报纸寿终正寝而玩失踪的富锐凯。

冰火两重天。如临深渊般的报社像薄冰一样碎了，康旭在梦醒时分，黎明前晨起，抬头仰望北斗星……

听罢此言，毕行舟的嘴巴一张一合吧唧着。太过用情的康旭走神了，渐次滋生起一种落寞感，现实好不离奇，好不玄幻，两只眼皮莫名地不停跳动。接过毕行舟的话题，百思不得其解地问："请问，帅梓江欠他师傅的十六万元承包款从何说起？"

毕行舟又撕开了一层迷雾，说："《凯州商务早报》用的国内统一刊号，是帅梓江师傅的《凯州厂长经理报》报纸刊号的分流包版，凭关系转包给帅子江的。《凯州商务早报》判了死刑，他师傅自然要找帅梓江收回自己应得的那部分转包承包款噻。"

康旭恍惚梦里划破浓雾，醍醐灌顶，说："哦，原来帅梓江背后还有一个没露面的后台老板，这也太高深了……毕总，若你不嫌弃，把我引荐到《凯州都市报》去和你一起干！"

毕行舟说："我正想跟你谈这件事。如果你明天上午有时间，就到我办公室，我当面把你引荐给蒋主任。"

康旭问："蒋主任？什么背景？"

毕行舟说："蒋主任是资深记者，是广纳贤才的好领导。你的事我已给她谈过了，成不成，就看你面试后的造化了。"

康旭心里顿时翻江倒海，问："还有一点我搞不明白，锐凯还有六万元的广告款没有收回来，他能失踪到哪里呢？"

毕行舟扔一支软云香烟给康旭，于是，二人就用袅袅升腾的烟雾，赶走心中的层层疑团。

毕行舟揉了揉白多黑少的眼睛，说："锐凯在凯州轮流给六个离婚女人当情夫，还要得完的钱？再说，那区区六万元，人家稍动黑白关系，随便就能搞定！你以为你很了解他？人家黑白通吃！知道不？"

康旭听得云遮雾障，但还是感觉他在"满嘴跑马"，是一种主观臆测。觉得自己才是遭别人坑害的"白痴"，说："可他独吞了员工十万'办证'押金，他不怕别人告他'诈骗'？"

毕行舟说："你没交押金吧？告他，证据呢？那天报社员工在酒楼聚餐，花掉了三万多，员工交款时又没有索要票据、凭证，拿什么告他？再说，他也是受害者，彻底被帅梓江'洗白'了，从某个角度讲，他才是报社散伙最后的殉葬者。"

康旭心惊肉跳，说："锐凯以为当报社总编可以呼风唤雨、财源滚滚；帅梓江利用他的贪欲，把他作为报社倒闭垫背的替死鬼，帅梓江最后成功捞了一大把，事实上，他们打的是法律的擦边球。"

毕行舟说："你和锐凯关系不错，你说他离开这个城市，离开豢养他的那五个陪吃陪睡的女人，把她们拒之于千里之外，他舍得吗？"

康旭说："应该舍得吧，这个城市彻底抛弃了他，玷污了他最神圣的东西，他彻底绝望了。为了挣钱，他或许要去寻找另一种门道，他还会奢望登上别人遥不可及的巅峰。他原本就逍遥自在惯了，他不想做体系的奴才，却又净扎在体系管束和悠闲漂泊之间，他再'玩失踪'已经没有一点创意了……"

毕行舟说："锐凯总站在社会的对立面，总以为全社会都欠他的，想对这个社会索取太多，贪得无厌，咋不认栽嘛！"

康旭有一股无名火积压在胸中。报社是个"清水衙门"，偏有人在此富了口袋，但穷了脑袋；有人在此筑梦，但缺了信仰。过多地沉湎于物质中纠缠，沉浸在欲壑中挣扎，到头来身心俱疲，精神迷惘，身败名裂。或许他们太忽略心灵的强大，唯有心灵深处的强大支撑才能让记者在厄运里逆转，在挫败中蝶变，在颓废中重生，在混沌中明智。

今日之锐凯，已心如死灰，又陷入往日凄风苦雨、孤独挣扎地漂泊中，没什么留恋了，所有路的尽头都被堵死了，唯剩下一个幽魂般的躯壳，在红尘滚滚中游离、飘忽……

与毕行舟喝茶聊天的那个晚上，康旭独自在床上辗转反侧，锐凯的影子挥之不去。或许曾经貌合神离，但他俩纯洁的革命友谊是不可复制的。进入梦乡不久，康旭真的梦见了锐凯。

"要远走高飞？"康旭愕然，心嘭嘭乱跳，真怕它跳出喉咙来。康旭想它要是在胸腔憋不住万一不幸跳了出来，康旭恐怕是没技术让它回归了，或者，康旭更想挽留锐凯，如果他真的远走高飞了，康旭从此想找个痛痛快快吵架的哥们，都没有……

"汇小流成大海，积小善成大德。"康旭从梦境里的这句话中惊醒，再无睡意，就从枕边拿起一本威廉．福克纳小说《押沙龙押沙龙》秉灯阅读，连打几个哈欠，阴魂不散的锐凯又恍然入梦了——

呃，那不是锐凯吗？抖一身靓装，戴一副墨镜，骑一辆电瓶车，在那条飞花逐翠的江岸上行驶，后面驱赶他的是一群青面獠牙，他的衣服被人撕了下来，他发疯拼命奔跑，恨不得三脚并两脚摆脱他们，被后面的人拽着不放，他胸腔上蓬勃涌动的胸毛都在呼呼喷出焰火，继而，他那性感强硬的漆黑胸毛被烧得精光，火光一直蔓延到他的裆部，他先幻化成一个妖魔似的骷髅，继而幻化成一缕青烟，由上向下飘逝在那一江滚滚东逝水里……或许，就在他像青烟升腾空中的那一瞬，体味了他全心身追逐的蚀骨销魂的一丝欲望……

康旭按毕行舟的预约，来到《凯州都市报》时尚版《凯州都市投周刊》面试，一位气质超凡女干部模样的蒋主任接待了他。蒋主任上下打量他后，交谈半小时即拍板聘用了他，并交代了跑教育版的"规定动作"和"自选动作"，鼓励他在市级主流媒体干出成绩。他没有晋级升位之感，他只希冀：如果干纸媒收入稳定，就把白慕仪娶回家，踏踏实实过正常男人的生活。

康旭在蒋主任的教育工作室，是首位搞定专题广告的记者，而且每月业绩遥遥领先，蒋主任很欣赏他，每次上交广告款，她都会单独请他吃饭，川菜、湘菜、鲁菜、西餐、泰式菜都请个遍，同时还鼓励他继续守望文学梦想。

过了不到半年，教育工作室的"做大做强梦"，因那几位小富即安的媒体退休人士的经营不善，而萌生退意，广告收入量和市场拓展量锐减。康旭后劲不足，被打回原形。这才发现，无论怎样折腾，也不过是"广告贩子"。恰在新一轮人生岔道上，康旭在《凯州日报》首页，读到了招聘记者的广告，有种灯塔的光划破浓雾之感，兴奋不已，当晚就把简历按其指定的电子邮箱投了过去，静心等待回复。

康旭把投简历应聘《凯州日报》之事，告诉了白慕仪。她说："你颠沛流离这么多年，不就为了冲刺党报《凯州日报》吗？预祝你事事遂愿！"白慕仪出现了，盯着他这张麦粒色般的俊朗脸庞，因触摸梦想，脸上每个毛孔都在呼哧呼哧地溢彩，每个细胞都在哼哼唧唧地吟唱……命运峰回路转，前所未有的幸福即将来敲门。白慕仪思忖，这位挨了命运的"降龙十八掌"、屡遭"佛山无影脚"的沧桑男，是否能心想事成呢？

康旭接到电话，被召见到《凯州日报》社会部新闻部面试，那天他一大早就进洗手间洗个澡，想把一身晦气来个通透的洗涤。那位看上去有六十岁的男主任，招他进去面试，表面还是认可的，但一看他的资质，就叫他回家等电话通知。临走时，老男人叹息："可惜了，党报聘用记者，其资质必须要有全日制在校学习的本科文凭，而你文凭是自考的，你过不了人力资源部那关。"

康旭没有退缩和绝望，他回请蒋主任吃饭，告诉她自己的"文凭资质不够"，蒋主任当即提供一位《凯州日报》记者的电话号码，要康旭主动联系。不敢有半点迟疑，康旭独自去报社找到那位叫武毅的记者，记者除了开会，就是按规定动作外出奔赴新闻现场，一直行走在路上。跑了几天，都与武记者擦肩而过。康旭气得直跺脚，真想见面就扪他两耳刮子，自以为居高临下、高不可攀！

感觉所有梦想都开花、并渐入佳境，机遇，从天而降；来了，不可遏制。

恰是这位被康旭视为清高摆谱的武记者帮了他。在凯州报业集团大厦二楼咖啡厅，武记者与他一见面，会意地对视了一下，颜值出众的康旭足以让武毅满心欢喜，彼此心神领会地对视了一下，像是蓦然回首间擦出了火花，在他俩脸上绽放出两朵相恨见晚的笑容。武毅告诉他，蒋主任是他的生命贵人，而蒋主任的真正身份，是省委原副书记的夫人，她的引荐岂敢怠慢，说凭他文笔和气质，更适合走明星记者的线路。随后就爽快地提出，要康旭先做他的助手，文章见报署名高康旭，业绩提成也全归他，暂时只帮他业绩冲量，实习三个月后，再向报社编委会申请，走程序，需经考核合格，方可进入编制。随后的一个周末，康旭和武记者他们呼朋唤友，聚在一起切磋麻将，或者到近郊旅游小镇体验田园风情……色厉内荏的命运从此开始有了逆转，扑朔迷离的生命狙击，开始破浪起航了……

记者就是战士，在酷暑里，康旭在新闻现场挥汗如雨，生命的最后博弈，全身的血管和毛孔都在喷张，在新闻潮流惊涛骇浪的搏击中，他足以成就"蚂蚁成象，屌丝变神"的巅峰传奇。那天中午，康旭在采访车上午休，在半梦半醒的梦呓里，大江两岸的花朵在第次绽放……突然眼前一片漆黑，朝前走，正欲穿越黎明前的黑暗隧道，印象中一个精壮瓷实的中年男人死死地拽住了他，他使出"佛山无影腿"把那中年汉子摔翻在地，拼命逃离黑暗隧道，隧道外的喷薄骄阳就在眼面，雍容华贵的王母娘娘给他递烟，伟岸慈祥的玉皇大帝在帮他点火，在天水一色的江水中，渐行渐远的地平线已是彩霞满天……

　　在对的时候碰到对的人。按报社的招聘程序，历经三个月试用期，同样是前次那位60岁的男主任当即拍板聘用了他，要求康旭带上照片、身份证和记者资格证等资料，上交报社人力资源部作留存档案，经考核成功转正，进入报社编制，享受基本工资、稿分计酬和五险一金待遇。当他领到报社记者证、工作吊牌，被安排好办公桌座位时，他一口气冲进刚开启的电梯，登上了这栋传媒集团大楼二十九层顶楼，俯视底层繁华街道像爬行甲壳虫样的往返车辆，泪流满面地伸出双臂，全心身地拥抱了凯州这个美丽的城市，上苍赋予他在"阵地"上守望乃至悲壮的"崇高信仰"，热泪盈眶地发出具有冲击力的嘶喊："哦呵呵，老天开眼，我终于成了先进文化的传播者了，成了'无冕之王'！"

　　前面提及的原《凯州商务早报》法人总编帅梓江，在报社散伙前，设圈套让锐凯"垫背"出资收拾残局，自己毫发无损。斗转星移，时光交错，四年后的今天，帅梓江依然过着衣食无忧的生活。那年他谎称要去他岳父的房产公司做销售部经理，其实他盘算着到凯州北郊的江岸边，抽离已逝去的新闻梦想，筹集资金开了一家名叫"沧海灯塔"的农家生态休闲庄，打造集郊游、休闲、餐饮和娱乐于一体的生态旅游产业链，以此为他价值观分崩离析的疼痛慢慢疗伤。他主动出击，接受角色转换和生活置换，他想破茧，非但没能华丽转身，反而越发落寞凋零，就像他现在经营疲软的农家生态休闲庄。

就在帅梓江对独资经营的农家休闲庄不报乐观态度时，"孤帆骄阳碧空尽"背景下的江岸红叶，吸引了市民携家带口来他这里。在自驾游的人群中，出现一位曾饱受他挤对的伤疤脸，那位老男人悠闲地坐在蓝天碧水下品茶，手上拿着那个厚瓶底似的眼镜，用软布拭擦着永远擦不干净的镜片，那因高度近视而白多黑少的眼睛，乍地搭眼一看，就瞟见了帅梓江，然后转过头，视而不见，一脸漠然。帅梓江先是怀疑他是食品纪检局的卧底，可走近细看，才认出，这不是在原报社发挥余热"玩媒体"的毕行舟吗！

其实，毕行舟早就获悉帅梓江的近况，在苍凉与混沌中，以江岸雅士或闲鹤隐士自居，守着那半死不活的休闲庄苦撑着，就像一个因盛夏硕果而神情笃定的原乡农夫，潜心经营这片希望丰衣足食的"自留地"。

不过难熬的日子觉得凄惶，个中滋味太过复杂。真的，一晃，四年的大好时光流走了了，一直居高临下的毕行舟懒得搭理他，懒得倾囊相授。这恰好与他相悖，难得重逢昔日媒体朋友，帅梓江既要人脉，又不让人看出他的捉襟见肘。他不管老毕是从哪群人堆里钻出来的，遂有天涯遇故交之感，就硬着头皮出面登场了，满脸堆笑地主动打招呼："毕总，你好！欢迎—"

毕行舟假意惊诧，乍地站起，两位昔日报社领导紧紧握手了。帅梓江忙给他冒上一杆软中华香烟，尽地主之谊，带着昔日故交惊喜"相逢"，拖个板凳坐在毕行舟面前，岁月已抹去了他原有的霸气和锐气，已游离于数场傲视群雄、鬼哭狼嚎的商场肉搏，看上去已是身心疲惫，那睿智十足的日渐花白的剑眉下，强作笑脸过后，却仍隐含两道威严的目光。毕行舟盯着他看，不肯罢眼，那是一种满有怀旧意味地追视良久。

毕行舟是武警出生的退休处长，每月有旱涝保收的退休金，却不觉得在自主经营产业的帅梓江面前要矮几分，恰好老奸巨猾的帅梓江设局把憨厚的锐凯打下地狱，让老毕觉得他的不仁，着装名牌也没改变他腰圆身粗的一身匪气；帅梓江一眼就辨识出，老行舟对自己仍然抠门，"吝啬鬼""攒钱棍"的习性未改，浑身上下均是廉价而邋遢的地摊货。帅梓江面子上要敬他，不是他有好优秀，而是想突出自己的优秀。就拍着老毕的手说："毕总，都过了四年了，今日相见，真是缘分啦！兄弟当年愚昧哦，有眼无珠，大材小用，错失和你精诚合作的良机，现在想来有点愧疚，还望多多海涵！"

毕行舟绷着伤疤脸，站起来摇摇头，摆摆手。不太认同他的说法，不知是撇清还是客套？似是而非地说："一切都过去了，还是相忘于江湖吧！"然后又蜷缩在那烈焰状的布沙发上，显得有些老态龙钟，疲惫得好像骨头散架似的，说："帅总不必客气，其实当年让我及时抽身，没搅合你们报社'改制，没让我去蹚那摊浑水，恰好就是你的英明决策、高明之处，真正体现你的大智慧！"

帅梓江感知他的讥讽，暂不回应，潮湿而凸显的眼线袋，在他那张老脸上纵横捭阖地流露出一种落寞感。他忙叫服务员端来瓜子水果，故作趣味盎然地摆了几碟，说："哦，对了，还是你让人羡慕哈，终身享受军衔红利……也不知，康旭、锐凯他们近况如何？"

毕行舟说："听说锐凯还在玩失踪吧；康旭嘛，真让人羡慕，人家考进了主流媒体《凯州日报》了，一路走红哩，是本市党报的金牌记者了，是我们这一拨人里的英雄……"

帅梓江面露惊喜，却说："呵呵，羡慕啥也不羡慕记者这个高危职业。康旭还不错，《凯州日报》是权威、主流媒体，不好加盟进去的！"

毕行舟吧唧着干瘪的嘴，把一片不慎喝进嘴里的茶叶又吐回玻璃杯，抬起满是头皮屑的硕大的脑袋，说："啥叫高危职业？人间正道是沧桑。只要有信仰，就没有高危职业。现在康旭发展很稳定，跑社会新闻很能吃苦，几乎跑遍凯州21个区市县，为100多家乡镇、县委政府部门、医院和学校写纪实报道，纪实文学在全国80多家纯文学杂志转载，有600多篇作品被全国各类选本、文集、汇编、丛书和名牌大学学报收录，纪实文学、短篇小说和中篇小说在全国获奖或登文学年度榜，作品转载率覆盖全国各个省市区，有的作品被翻译到国外，在社会上产生极大的轰动效应。他的文章已经站在主流媒体的一个高度。"

帅梓江听罢，微笑着指了指头顶上的碧空骄阳："哦，康旭成了正午骄阳、如日中天了？或许你我此身最大的荣幸，就是培养和提携了他，以前在报社，其他人拿着记者证到处搞敲诈，唯独他凭人品和一手好文章去出去闯荡，他是以前《凯州商务早报》里唯一走进主流媒体的记者。"

毕行舟说："他确实一个媒体奇才，他的文章视角独特，有筋骨，有质感，切入社会热点，有时代感，文如其人。康旭认为，个人自主创业看似是一种冒险，却是最安全的。他注册了一家文化传媒策划公司，独资创办了文化传媒工作室，既在报社上班，又给自己打工。"

帅梓江听罢，眼睛好像被刚切开的洋葱气息熏到似的眯着，想当初，他不忍心动康旭，是不忍心去折煞他，还不是因他颜值高、文章转载率高，早就认定他像锐凯那样的媒体屌丝，没啥前途；不想用权势玷污康旭的才华；他静观媒体内部运行机制的利益纷争，他从不攀附权贵，不曲意承换，很有成熟男人魅力。顷刻，帅梓江发出扼腕之叹："没想到哈，半路出道的康旭，终于熬出来了哈。呃，还有一点，康旭的人品也莫得说的，拜把兄弟锐凯多次暗自设招整他，他还是像亲兄弟样的善待他！'贫则独善其身，达则兼济天下'，他能从当下低迷的纸媒中闯出来，除了人格魅力外，还得益于他文笔过硬……"

毕行舟隐隐觉得他话说得有点虚飘，就顺着他的话往下一掰扯，荡起那张温和的伤疤脸，说："哦，还听说他在北京权威出版社出了一本书，卖得不错，还获得了全国文学奖，还加入了省作协，他用隽永的笔触记录时代的进步与嬗变，实现了从企业老板向新闻记者的晋位升级。"

帅梓江喝一口茶说："锐凯一辈子都跟康旭叫板，这次被康旭彻底比下去了……他们二人都想把乡村池塘当成沧海，在里面硬想撑走破浪的轮船，呵呵，要么翻船摔死，要么有灯塔引领，扬帆抵达彼岸。"

毕行舟点头称是，很认同，又说："康旭品行端正，浑身正气。听说他跳江自杀的一瞬间，一位天后级别的女导游从天而降，救了他。啧啧，真是大难不死，悉数未尽，命不该绝啊！"

帅梓江说："康旭历经企业倒闭之痛，角色置换成功了。真是钟鸣鼎食散一朝，红颜依稀还复来。"

这话让毕行舟依稀看到，帅梓江额头上的光亮早已消失了，跟过去领导报社龙腾祥云、紫气东来的至尊高贵的风光，已是不可同日而语，但这不足以威胁他的俗世生活。

毕行舟突然想起，康旭唯一拒交"记者证"押金的情景，高山仰止哦。就说："求百事之荣，不如免一事之辱；邀千人之欢，不如释一人之怨。锐凯已声名狼藉；耐得孤独，方能守得繁华。康旭听了质疑声内心不焦虑，就是胜在他的内心强大！成功属于耐得孤独、越挫越勇的人。"

帅梓江一听，便知这些都是网上语录，还来不及和他争辩，他们头顶上的天色骤然变色，碧空下的一轮骄阳隐去，天空随即变得灰黯阴沉，一片萧杀，大好秋色渐次隐遁，一股萧瑟的阴风劈面吹来，他俩觉得头猛地眩晕，空中划闪过一道阴郁的白光，又掠过一片黑云，天上乱云飞渡，他俩突地觉得头轻脚重，想竭尽全力站稳，却觉得势单力薄。定了定神，二人就感觉右眼皮一阵阵狂跳：真他妈的邪门了，男人右眼跳挨—已经失魂落魄成如此狼狈了，还有啥值得惧怕的？只在苍凉揪心的一瞬间，又想极力梳理愁绪，但仍禁不住心慌意乱。突然，原来那位报社办公室主任、休闲庄大堂经理（后成了帅梓江情妇）粟主任，神色慌忙地出现在他俩面前，一脸大祸降临的霉气样，说："帅总，出大事了，赶快去看哦—"

帅梓江刚好掠过愁绪的眼角从狂风中隐退……经她这一喊，更加手忙脚乱、惊魂未定，忙问："惊风火扯的，火上房子了？到底发生啥子事吗？"粟主任眼光落在毕行舟身上，谦恭而语无伦次地说："在休闲庄靠近江岸上的渡船上，从上游漂浮来一个面目全非的男尸。你们要不要去看一下？"帅梓江脸色铁青，吼道："活见鬼，一个泡胀发臭的男尸，有屁的看头？还不快打110报警！"

一簇簇芦苇芦花的江水浅滩上，悬浮着一具无名男尸，脑袋埋在江水里。110警察火速赶到，从江水里打捞起来一看，男尸的脸已看不清轮廓，惨不忍睹。帅梓江见状一阵呕吐，毕行舟像被电流击中似的，一阵眩晕，一手扶住树桩，极力不让自己跌倒，因为他听到那位勘测警察在说："据勘测，无名男尸已在江里漂浮了至少有十天，奇怪的是，他裤裆里的生殖器不见了……"

"好惨喽，死无完尸，那个男人的重要部件都成了江中鱼蛇的味美晚餐。"

一位年纪稍大的警察目光犀利刀锋似的扫了众多围观群众的脸上，强调说："为何嘴巴鼻子耳朵都在，偏偏是男人生殖器弄丢了，凭这就可断定，这可是男尸命案的最大线索？疑似情杀！"

帅梓江独自暗想："多半这男人活着时，淫荡过度，用他的男人生殖器做了有悖天意的缺德事！从上游冲到我的生态休闲庄，肮脏哦，难道尸体的灵魂故意枭醒龌醢我？败了我的风水，真是霉气一呸呸！"

三十五、腾空飞翔中的陨落

　　毕行舟没一丝错愕，只是对那些来江边看男尸的游客嗤之以鼻。一直养尊处优的他，大概没把这浮尸与他的熟人相联系；更未曾想到，他刚才口若悬河提及的富锐凯，已在大众视线中消失了……

　　在城市"余唾自干"的宿醉中，激活锐凯那汹涌潮水般的贪欲，"无耻会无敌"，"能捞就要捞够"，他的兽性与欲望，很难与这个城市接地气，"饱受欲望伤痛，仍无止境地追逐欲望"，不是命运戏弄他，是他迷失命运走向，很难逆转他颠沛流离的生活。毕行舟曾这样描述他——他本性是欲壑难填，纵使他百折不饶，也难以改变其际遇，"白日卑微、夜晚不朽"，尚未舔干城市余唾，一个地狱般的"血盆大口"吞噬他，他的苟延残喘，他的肆意嚣张，他还来不及发出一丝忏悔呢喃，就将在千疮百孔的城市中灰飞烟灭……

　　梅德方把锐凯说成"楚留香"，绷足硬汉的"威武雄壮"，用他"活色生香"供女人"消费"，且已上瘾，津津乐道热衷于这种嗜好，寡廉鲜耻干这种"体力活"，在几个女人之间腾挪辗转，与他上床的多是残留着再婚幻想的女人，"谁给钱，就赤膊上阵"，从像涌泉般喷发的"恋情"到变味为洪水泛滥般的"滥情"，这种填补离婚女人感情空白的"把玩"，让他在体验"蹚过女人河"中颠鸾倒凤，难以自拔。他的需是"色财兼得"，又要"临空飞翔"的销魂感，构建一种怪异感情世界和钞票交错的城堡，以一种堕落的疯狂，只为抚平他一点点的忧伤。

事态像暴风骤雨般的让人措手不及，惊涛骇浪般的急剧变化，最终定格在划破长空闪电雷鸣的苍茫云水间。作为自以为是从镜子走出来的另一个锐凯，康旭因忙于报社的目标任务，没再去苦苦追问锐凯的相关消息，一旦有空穴来风，反倒质疑锐凯躲在某个温柔乡捂热陌生女人的被窝……

那个异乎寻常的下午，康旭从外面采访回到办公室，脑海里突然冒出锐凯伤痛凄苦的脸，随即他的左眼一直跳个不停，就不安地揉着眼睛，刚走到传媒集团金碧辉煌的底楼大厅门口，瞅见一辆豪华宾利轿车，大摇大摆地驶进报业大厦门前，门前的保安竟然没有拦住，再作仔细观察，瞟见豪华轿车上的梅德方老姐梅蝶衣和一位中年玫瑰色长发美女，神气活现地从车上跳了下来……

虽然整个世界越来越孤独了，但做最好的自己，就会遇见最好的别人。人生中或许某种遇见是躲不脱的。康旭有种预感，她们是冲自己来的，就立即走过去迎接。让他鸡皮疙瘩掉一地的是，眼前那位中年玫瑰色长发美女，竟然是已做变形和整容的梅德方！近观就知，哇塞，有个亿万富姐确是好，去韩国做个变性手术像进了一次美容院，近距离一看，脸型变精致了，披肩大波浪的发型，还真的想把自己铸造成已故天后梅艳芳了，身着名牌服装，这种花色显得时尚前卫，脸颊上的斑点消失了，下巴变尖了，眼神还是流转着无尽的愁绪与暧昧，声音还是那副鸭公嗓……两姊妹都浓妆艳抹，珠光宝气，忸怩作态，稍作辨识便知是肥得流油"海龟"暴发户。她们一见到康旭，就流露满心的欢颜笑语，且眼里盈满喜泪。

康旭惊喜地问："今天起来就感觉眼角跳，确是有贵客到！二位好有雅兴哈，自动来帮我完成目标任务？"梅德方打情骂俏本性不改：
"要不得哈，当了名记，是懒得搭理我们了，还想抛弃我们的革命友谊？"
康旭说："你看嘛，我累得脑壳快冒烟了，哪像你们有钱又有闲！"梅
德方说："薄情寡义！你不想理我，我偏要找你这个大帅哥玩！"康旭
贴住他耳朵问："你不会又要给我介绍富婆女友吧？怎么，你们跟锐凯
'拉豁'（分手）了？"梅德方一声叹息，说："都四年多了，还见面
就掐，啥时能变成熟一点耶？还锐凯哩，他在哪儿？死了，说不定骨头
都能打鼓了……"康旭故意板着脸说："还"三剑客"哩，别乱咒人家哈，
别忘了我们是没有血缘的兄弟姐妹，是打断骨头连着筋的'三剑客'！"

　　梅蝶衣过来拉着她做了变性手术的妹妹，说："一晃都四年了，
是死是活谁都不知道，你们还好意思自称是'三剑客'？我意思是说，
能不能抽空到他老家去找找，费用我全包。今天呀，我们是专程来请
你的，凯州好吃好玩的酒店你应该很熟吧？"康旭摇摇头说："还大
酒店哩，就连一般的孤帆会所、凯歌俱乐部，都是些烧钱的破地方，
只供你们这些土豪、富婆消费的，我们一辈子都没戏咯。欧耶，看不
出你们的夜生活挺丰富浪漫的哈……"

　　梅德方倔劲上来了，说："如果你有办法找到锐凯，我每月都请
你去孤帆会所撮一顿。哦，对了，你还必须带你的美女导游……"

　　梅蝶衣瞧他一脸沉醉痴迷的表情，就问："哦，对了，你们美女
导游，就没跟你一起泡过夜店，是不是怕在场面上拿不出手？"

　　康旭迷惑地反问："唉，有没搞错？你想找锐凯，还是关心我的
女朋友？哪有男人到花天酒地的地方，还带自己老婆去呢？"于是就
说，"那……那，你们去吧，我还要回家掌灯熬夜赶稿哩……"梅德
方扭住不放，说："今天是周末，周末就两天时间，你就能写成一部
长篇小说？健康至上，劳逸结合嘛，懂不？不给面子嗦？不去别后悔

398

哈，去了就帮你拉一个广告大客户……"

开车到了孤帆骄阳会所，康旭从骨子里排斥这种环境，这种"拿青春赌明天"场景，让多少男人"淫花怒放"，他也反感自己的自恃清高，但还是觉得凭自己的天性禀赋，就不适合在这里混！

走在回家的路上仔细琢磨，康旭才茅塞顿开，这对姊妹花试图把他当成了锐凯的替带品，带他去休闲娱乐的目的，旨在敲打他去找"玩失踪"玩得渺无音讯的锐凯，她们一直难以放下对作了几天总编梦的锐凯的牵挂。看来，她们这次是动了真格，豁出去了，"活要见人，死要见尸，"带着郁结与惆怅，康旭决定，就算大海捞针也要让锐凯浮出水面。

富锐凯成了康旭哽咽在喉咙口咽不下去的一根刺，让他欲罢不能。锐凯这次"玩失踪"，玩得他妈的太有深度了，玩得视别人的牵挂置若罔闻。他老家在哪儿，谁知道？他从不给任何打工单位提供有效证件，反正是命运不堪，漂泊晃荡，干脆在《凯州日报》登个寻人启事，不就完事了！康旭反又有点自责，锐凯魅力究竟有多大，以前的同事对他还苦恋不忘？康旭有点抓狂，梅德方姊妹俩想锐凯都想坏了身体、想坏了大脑，想得没了生活的滋味和色彩，未必然他（她）变了性，就不再是城市怪胎了？她变性难道就为了与她姐梅蝶衣争着抢锐凯，难道她们还在为锐凯的爱白白受苦？

康旭走在夜色朦胧的街道上，喧嚣城市的灯火阑珊处，让他把思绪尽量绕过锐凯，却又生出许多有关他的猜想，他是否还在帮那位红帽女郎接送"苹果脸"小女孩？是否还在用健硕阳刚的雄性男色换取变味造孽的日常开销？是否还继续出没与"相亲进行时"的人们公园？红尘相伴，他蹚过莺歌燕舞的女人河，用"东方不败"的男人神威换取明天的金钱与美色？他在哪里？康旭不否认，他很纯爷们，仗剑寒光，行侠仗义，他猛冲猛打、敢闯敢拼，这种魄力既成就了他，又毁了他。他俩哥们情意深厚，康旭再次咬牙向天发誓，就算掘地三尺，也一定要找到他！

街巷的晚风轻拂而来，康旭沉醉于霓虹绚烂的城市夜晚里，其间充斥着陷阱和欲望，男人的内心混沌而迷茫，与其说繁华喧嚣的城市不待见边缘人，不如说边缘人在灵魂深处也在拒绝融入这个城市，他仿佛聆听到了锐凯的乡愁幽灵在城市里哀嚎。

"等在报社稳定下来，就把白慕仪娶回家来，是该结婚了，是该有个完整的家了……"

父母的话在耳边响起，现在有感情稳定的白慕仪，让他重新回归人间烟火的喜怒哀乐。再婚，重构知冷知热的幸福家庭，就得爽爽快快而又严肃认真地去办结婚证，去大胆拓展半路夫妻的未知领域，这一切让他辗转反侧，通宵未眠……半夜下床，翻箱倒柜地找出了与前妻的离婚证，然后i在写字台给报社写了请假条，准备开车到白慕仪老家所在的乡镇办结婚证，让有情人终成眷属，不要为生命留下一丝遗憾！

康旭一直在给自己打气，如何敞开心扉向白慕仪表达？

第二天中午，骄阳当顶。康旭在报社办公室给白慕仪打电话，既唐突又诚恳地提出办结婚的请求。唯恐再次惹得一场恶吵。

白慕仪仿佛被突如其来的喜讯击晕了头，反而故作矜持，沉吟片刻，反唇相讥，说："你没受什么刺激吧？结婚？我看你脑袋倒有点发昏？我两个儿子，加上你的那个，哇呀，我的妈呀，三个'拖油瓶'，还要不要人活哟？想都不敢想，人家男女结合等于三，我们一加一等于五，啧啧，一想这事，我脑袋都快爆炸了……"

康旭耐心听了她说话，像一把抹了糯米粥的钝刀子，腻歪歪地剜在他心上。反问："奇怪，你有一个儿子不是已判给你前夫了吗？"

白慕仪极其郑重地说："前夫是谁？别胡言乱语哈！我的词典里从来就没'前夫'二字。你清醒点，不要因我救过你，就为感恩戴德，盲目娶我？劝你理性分清感恩和爱情的区别哈。考虑清楚哈，你我脾性都要强，是否适合重组家庭？考虑清楚哈！"

一张英姿飒爽的清新美女突然在脑海里掠过，落到婚姻的调色板上，就变成了一个举步维艰的城堡；这份爱情，好不纯粹！难道真的是江岸邂逅，上苍帮忙成就了旷世爱情？然后康旭调整心态，没有怅惘地抓狂，点点滴滴又重新拾掇内心激荡的碎片，反驳道："告诉你，我既没受刺激，也没一时冲动，深思熟虑。我只明白，有爱才有家，有婚姻家才稳定，有你才有幸福……"

顷刻间，白慕仪电话那边的刻薄掷地有声："听好了哈，你我都说二婚哈，我不知道半路夫妻所有路的尽头，究竟是悲是喜？我可不想背上'救一个男人，就把他捡回家来当老公'的骂名。"

想撇清，矫情，还是扭捏作态？

而今浮上心头的伤心绝望，已不再夹裹着彻骨的惊恐伤痛。康旭明知她莫测高深，急得眼睛喷火，嘴唇打颤，彪悍凌厉地争辩道："哎，天后，你啥意思？二婚还有你这么故作玄虚吗？你意思是非处男不嫁，对吧？还是等你的屌丝前夫回心转意、与你复活，对吧？我不管，当今社会半路夫妻结缘的多了去了，尤其跟天后导游结婚，不丢人！"

电话那边被他的感情守望沉默了，过一会儿，她发出深呼吸后低吟："嗯啦，嗯啦，别东拉西扯咯。如果你承诺每天早晨起床，先乖乖叫我一声'天后'，我就给你一个当暖男的机会！"康旭很执拗，出现在彼此的生命里，相亲相爱，把彼此的内心搞得翻江倒海、愁肠百结，对方突然想假意抽身逃离，是试探，还是反骨？真是个玩睿智深沉的天后！他若没这天后女人的爱，唯独徒留这行尸走肉般的躯壳……

康旭在户口所在街道办事处开好结婚证明，然后独自开车上了到丹乐江市的高速公路，直接把车开进白慕仪父母的紫篱笆小院，与她一起分别在她所在的村和镇盖章，然后又双双急匆匆地返回康旭的原籍，到街道办事处办理结婚证。

当办事处那位女办事员在结婚证上加盖钢印前，细细地打量这对半路夫妻，觉得他们是天造地设的一对，于是，就伸出手，说："按照办理程序，要求男女双方回交原来的离婚证，你们的离婚证带来了吗？"

白慕仪出于逆反的好奇心驱动，只想看看康旭的原配妻子是什么"品种"，就先"唰"地抢过他的离婚证，搭眼看上面女方的照片，只见照片上竟是一个粗鄙俗气的龅牙女人，露出庸俗卑微的笑容，就忍俊不住笑出声来；就在白慕仪抢了他手上的离婚证鄙视他的过去时，康旭也猝不及防地夺过她斑驳发黄的离婚证，急于"欣赏"白慕仪只字不提的前夫是何方"英雄"，原来唯恐"在伤口上撒盐"，现在是受法律保护的合法夫妻了，看一下被她吊足胃口的前夫尊容又何妨？

办证大厅一片空寂，能听见正午骄阳快速地从楼外拂拭玻璃墙的嚓嚓声。当康旭拿起白慕仪离婚证里的照片仔细一看，就让一直自视为福尔摩斯般睿智的康旭，犹如头顶是炸响一磅冬日惊雷——

在白慕仪的离婚证上，与她并头齐肩的前夫，竟是在他视野里消失了四年多的富锐凯！锐凯定格在照片上那健硕俊朗的脸庞，此时就鲜活地躺在斑驳发黄的离婚证纸页上，恒久冰冷地躺在纸页上……赫然在目。

堤坝轰的一声坍塌了，康旭被巨大的冲击力激得身体往后仰，脑子一片恍惚轰鸣，有点失控，想极力平衡自己，怎么会是这样呢？一缸蜂蜜里的泥鳅在空中乱舞，他此时不知哪是蜜，哪是泥鳅？仿佛条条粘蜜的泥鳅都与他扯上了关系，哪一条他能抓稳呢？

"我这是犯贱，还是犯浑？"康旭听到了自己躯壳肝胆破裂的声音，忏悔而自虐的泪水，在他脸庞纵横捭阖地刻出真切的惨痛，他失控掩面，跑进了洗手间，用指甲深深抠进粉墙，那些绿色粉末碎裂着簌簌而下，像是在遭受天旋地转的重灾地震。

康旭好想把指头磨细，好想搅清自己的脑浆。他用深不可测的眼睛疲惫地端详白慕仪，心里波涛汹涌，心底苦涩地挣扎，心底再次呐喊：怎么会是这样呢？

在四年前的那场端午荣升"总编"的庆功酒会上，锐凯就是用这张健硕俊朗的脸庞，任性地炫耀其风流倜傥的新晋老总风采。而这张"溢淫骚情"的脸庞，四年来像阴魂不散的鬼魅，一直在康旭的梦境里呼之欲出，挥之不去。照片上的锐凯站在年轻而清纯美女白慕仪的身旁，一副志得意满的情投意合，足以羡煞世上所有男人……

"这不是自讨受虐吗？你觉得和哥们前妻一起受虐，自虐狂，很酷吧？骚情，玩出了一个"重口味"的哥们前妻？"康旭竟有时空交错之感，说不出是屈尊，还是冤孽？真的还不如跳江自杀算了，此时就想找个地缝，他会义无反顾地钻进去……

康旭曾向天发誓，一定要找到锐凯，也苦苦找了四年，而今却在他与白慕仪斑驳发黄的离婚证纸页上"重逢"了……这种感觉，让康旭顷刻间想起了日本作家阿刀田高小说讲的一个故事—非常要好又成绩相当的甲乙二位高中同学，同时去参加高考，二位同学的共同理想是一起同时考上医科大学。高考后，甲同学顺利考走，而乙同学又连考三次均告失败，乙同学随后又饱受丧父之痛，成了孤儿。甲同学希望他能温课再考，一起有个好前途。然而，四年后，甲同学却在他就读的医学院教室的尸体解剖课中，与乙同学意外"相逢"了，让他心惊肉跳的是，躺在解剖水槽的尸体竟是他真切思念已久的乙同学……

此情此景，康旭心境与那位甲同学如出一辙。

另一种感觉充斥着他，而更多则是伤痛欲绝，仿佛被掏空的心脏，一腔热血往脑门直冲。作为知名记者，康旭无疑是一位唯物主义者，摒弃所有的宿命论，但让他心惊肉跳的缘由，是凭直觉，他清醒地作出理智判断—富锐凯已不在人世了……

捷克文学家米兰·昆德拉有句名言："因为世界太丑陋，所以死去的人都不回来了。"这句名言，像炸雷似在康旭耳边不断回响。那种痛彻心扉的感觉又梗在胸膛，憋屈得慌！

锐凯曾是"泥腿上岸两眼一摸黑"，独闯凯州城，毫不知城市"潭水"有多深，从拉人力三轮做起，把康旭视为改变其命运的灯塔，从不亮出"底牌"，像建筑工地上的农民工一样，在险恶的市场风雨中上蹿下跳，不知有江湖就有伤痛，欲速则不达，占据着媒体的一方领地，看上去有一种"万物皆为我所有，必归我所属"的嚣张劲，未能"改变可以改变的一切，适应不能改变的一切"。不懂"要想改变自己的口袋，首先要改变自己的脑袋"。但是职场最致命的一种，即是所有诱惑都有陷阱，运筹帷幄制胜疆场需要实力。这些被他忽略了，导致他所有的博弈和抗争都付诸流水……

那漫过一江秋水的江岸，在他眼底匆匆转换，那健硕的体魄和性感标签的胸毛，那咬牙抗争与堕落，那一次次热血澎湃与饿狼捕食后的挫败感，却又在脑海里纷至沓来，在一片痛彻的纷纭中瞟见白慕仪质疑而柔弱的目光。康旭已是泪眼朦胧，接二连三地抽烟，脚下是遍地的烟锅巴。面临这一巧合的机缘，他试图用一份糊涂而豁达的心境释怀，可今天他做不到！

从白慕仪的角度来看，反觉得他在钻牛角尖，与康旭感情笃定，出现这一意外桥段，非但没受一丝打击，反而成了渐入佳境的感情升华，一切都在她运筹帷幄的掌控之中。那年端午节，康旭第一次到白慕仪家去"上门"认亲，在那晚的乡村"露天坝坝电影"的人群中，当时他就依稀发现一个熟悉的壮汉的身影，就算当时以亦幻亦真的假象来否认，自己都觉得有些牵强，就算锐凯化成一把灰他都认得，当时只是自惭形秽，太过麻痹，几次想问她为何锐凯住在她们村，又怕节外生枝，忍了忍就没深究，竭力想采摘这江岸上的仲秋硕果。而今天，他陷入一种类似"解剖水槽"重逢"乙同学尸首"般的撕心裂肺。崩溃了，就萌生一种冲动，特想彻底探究一探究锐凯犹如一粒尘埃在滚滚红尘中消失的缘由。

康旭眼里不禁隐忍一丝苍凉的潮湿，随白慕仪缓缓出来，没有一丝缔结姻缘的喜庆，默默相伴走进办事处对街的"家常菜"饭馆，心里纠结憋屈得慌，或许要在时机成熟时再来谈锐凯，一个婚姻生活的锐凯，一个在职场上的锐凯……彼此二人都成了正式夫妻，就应该无所顾忌、无话不谈，有关锐凯的话题一开闸就刹不住……

康旭面对白慕仪，事无巨细地一一道来，厌烦得连自己都说不清的喋喋不休。他明知再和锐凯纠缠不清，别说境界与情怀，就连与这场江畔邂逅的情缘都搞变味了……但他还是愿意聊锐凯—锐凯一直在寻找往上爬的台阶，但他不知自己是文化残废，干媒体"老虎吃天无从下手"，只以为抓住他这个代笔"枪手"，就抓住了一根救命稻草，他在媒体就可以站稳脚跟、笑傲江湖了，可是他不知职场如战场，原以为可在挫折中成熟，却被这天意无常的滚滚红尘所吞噬。

康旭说："他走捷径，不仅表现在对女人的贪欲上，在职场上也在自我突破中膨胀起来，想要的东西太多了，他的贪欲注定了他只得认栽……"白慕仪觉得大煞风景，耷拉着脸，懒得说话，一脸的风轻云淡，见他刹不住话，就像脚下踩着云朵似的上了洗手间。

康旭聊锐凯，在白慕仪听来味同嚼蜡，狠狠愣他几眼，也没让他自感无趣。她就搞不懂了，滔滔不绝谈一个死人，无不无聊？她头一次表情惶惑与怅惘，第二次换成了隐忍克制，第三次就升级为心烦意乱，再后来就认定锐凯阴魂不散，让康旭真的杯弓蛇影了……

凭直觉，白慕仪一定知晓锐凯的死因，可她就是三缄其口，她不说，康旭就不问，穿过夕阳西下的暮雾与焰火，真相自有大白天下的那一天。康旭对锐凯失踪四年的情况一无所知，忽然，康旭感觉身旁一股冷风劈脸袭来，整个饭馆的人，在那瞬间就安静了下来，随着一种被烟叶呛喉粗重的咳嗽声，循声望去，一个六十多岁的身板结实的农村老汉走进来，康旭注意到这老汉长一抹俗称美髯的络腮胡，这使他那张饱经风霜的脸略微有些有些遮盖，显得男人多重磨难的沧桑，大气而周正的五官写满凄惶与寒酸。他睡意昏沉、倦意十足地上下打量康旭，独自在他旁边坐下。康旭正面临陌生老汉手足无措时，白慕仪脸色一下子泛出一片红晕，惆怅而纠结地盯着那老汉，泪光闪烁，口气僵硬地说："老伯，每个人总是要走的，你节哀顺变吧？"礼貌地站了起来，把络腮胡老汉介绍给康旭认识，老汉就是富锐凯的父亲。

康旭回头打量老汉，与锐凯长得有几分相像，一双已穿变形的塑料拖板鞋，一身皱巴巴发白的军装，一脸布满饱受世事沧桑的皱纹，一头粘连而蓬乱的头发，漆黑的胸毛与下巴的胡须交织一起。

"富老伯，这是锐凯的好朋友高康旭！好了，你们聊，我去买菜了，失陪……"白慕仪语气中带着内心的某种冷酷，说着就借故离开了。

富老伯沉默地看着康旭，俩人一时无言以对。

康旭真的不想再提老年丧子的伤痛。从老汉的脸色上看，心中泛起几多辛酸，锐凯的死活，就写在老汉的脸上，锐凯扑朔迷离的过往，老汉会为他揭开．看来，为儿子在天堂安息，老汉确是很想找人倾诉……

饭馆投射一缕缕旧光抚摸着老人满脸凝霜的面颊。那双布满生活苦旅与伤痛的双肩，在与康旭友善的对视中松弛下来。康旭能辨识到对方厚重的呼吸气息．然后感受到对方为敞开心扉所承载的悲伤与不堪。

康旭先请他吃饭，然后，又要来一杯茶，端给老人。这时，富老伯打破了沉寂，说："听说你们今天扯了结婚证，道喜哈！锐凯在天之灵也会祝福你们的……"

"在天堂？"康旭抬头瞅见富老伯眼眶流出浑浊的泪水，就问："富大伯，锐凯一贯喜欢玩失踪，他或许还活着……"

富老伯说："小兄弟，你别安慰我了……你大概不知道吧，他已经走了一个多月了……"

康旭给富老伯点燃一支中华香烟，在淳朴耿直的农家老汉面前，自己反倒显得自惭形秽，平时在社会上舌战群儒、红脸白脸等技巧，面对富老伯，却显得苍白无力，一想到铁哥们锐凯，他大脑就一片混沌，含泪听富老伯讲那让自己牵心挂肚四年多的故事。

富老伯一把拉着他的手说："听锐凯说，你是他城里最要好的朋友，他没听你的劝告，才遭人家暗算的……你知道为啥你们现在才正式办结婚证？因为锐凯活着的时候一直希望和白姑娘复婚……凯娃栽就栽在贪字，对女色的贪，对金钱的贪……命该我老年丧子，白发人送黑发人啊！"说着就用袖口擦掉浑浊的眼泪。康旭坦诚地说："锐凯吃了很多苦，他觉得这世界对他太不公平，不想太亏欠自己，人生苦短，所以他想抓住男人打拼的一点机会，尽量能多抓住一些东西……"

富老伯仰天感叹道："好人呀，还是你了解富娃哦！"

三十六、沧海横流方显英雄本色

康旭与锐凯并非冰火两重天，他俩是一纸婚书照片的互换，你中有我，我中有你。

"锐凯可能觉得他这四十多年活得太窝囊了，想试着改变，结果飞蛾扑火……"从富老伯的交流中，康旭终于揭开了锐凯荷尔蒙分泌旺盛的秘密。色字头上一把刀，"擦枪走火刺伤自己"，对女色的过分贪欲，与毒品一样置他于死地。

据富老伯讲述，锐凯母亲刚生下他时，他父亲就找人算命，说"好男有九妻"，锐凯命中注定要与固定的九个女人周旋，并在女人滋润和照拂下飞黄腾达。他从幼年到少年，他经常犯"走肾"病，就是男孩左睾丸自动进入腹腔诱发肚子痛，他父亲按民间偏方就到山上去采摘一种补肾壮阳的草药给他治疗，这种草药他一直坚持吃到十六岁，一直吃到流鼻血才停止服用；另外，富老汉曾是走南闯北的流动放蜂人，而蜂王产的蜂蜜都留给锐凯独自享有，所以他的身体从小就蓬勃健康，为他后来成年后娶妻生子、凭男性雄风"轮番"取悦城里离婚女人，想以此透支生命取悦女人，来改变命运际遇，那些被俗称为爱情的东西，宛如潮水般喷涌而出，感情释放，并未见稀里哗啦地败下阵去。在职场打工"玩失踪"玩到了那些单身女人床上，既满足了自己日趋膨胀的欲望，又换回一些钞票养家糊口。

当年锐凯与白慕义的离婚大战，皆因他"贪恋女色"而引爆，离婚后两个儿子各养一个。白慕仪为摆脱他的纠缠，通过读电大成功参加自考，拿到了大学本科文凭，进了一家旅游公司当了专业导游。锐凯殚精竭虑地打拼，试图挽回这段失败的婚姻，独闯凯州城，想活出个样子给前妻看。可是，他是原乡机耕道上冒出来的"操哥"，贴着蓬勃健硕的标签，有时勃发，有时幻灭，那个看似质朴粗犷的农家汉子，在尘世红颜碰撞中，随时都可冒出一种蒸腾和释放的热能……

再追溯到四年前，从《凯州商务早报》端午聚会的"散伙饭"后，为接替帅梓江担任报社总编，变卖了他赖以栖身的唯一的一套二住房，他带回老家的，是那笔办理所谓"记者证"近十万的员工押金，然后到丹乐江市农业银行办了一张卡，先是去找白慕仪复婚，被遭绝情的拒绝后，就住进了一家廉价旅馆。在与同学聚会喝酒时，获悉了一个东山再起的挣钱门道，即针对当前很多夫妇的不育不孕，以及一些富豪人家想急于生儿子继承财产的现状，富翁们想出钱找帅气伟岸的壮汉"播种"，用以延续香火。接下来，锐凯另辟蹊径，经过精心的筹备，谋定而后动，意欲尝试拓展这一富于创意的、具有人性化的潜在市场。在丹乐江畔的槐荫树下，找了一位被称之为"薛半仙"的算命先生指点迷津，又添置和购买了许多算命看相的书，骑着那辆在旧货市场新购的二手电瓶车，弄到了民间测算生男生女的御女"秘笈"，并潜心揣摩专研体验，他终于修炼成一套"包生儿子"床战"的灵丹药方。诸如此类的谋生之道，岂止是惊世骇俗，男人用自己的骨血，熬别人家的男孩，这等肮脏与娼妓何异？对一个价值观分崩离析、鲜廉寡耻的锐凯来讲，如此偏执地追逐欲望与金钱，才是他的谋生之本。锐凯初涉此道，顿感茅塞顿开——自己和前妻不是生了两个儿子吗？天助我也，其"播种"方式与专研秘笈"妙法"如出一辙，于是"淫花怒放"，着手在丹乐江市区开了一家荒诞的"包生儿子"的地下接待室。把自己搞得像农村走乡窜户"配种"的公猪似的明码标价，用他自以为优良品种充当女人的"播种机"，怀孕三个月后，经医院监测，如果女方怀的是儿子，他就先收费六千元，成功分娩后确定是儿子时，再收六千，拢共一万二，薪火相传，扔出一万二，就能拥有一个儿子传宗接代，那些乡村土豪大款何乐而不为！康旭只想立即把被原报社帅梓江设圈套骗走的钱，以潜心"播种"卖身的方式捞回来，重新在丹乐江市区购买一套三居室的大住房，把农村老家的老爸也接到丹乐江城区来安度晚年，有了经济实力，再谋划与白慕仪复婚，然后带她一起同闯凯州城。

在这四年间，随着配种"包生儿子"业务的不断扩大，加上那笔所谓的记者"办证押金"垫底，锐凯积攒资金，付清了购房首付，以每月月供还房贷的方式，在丹乐江城区购买了"江景房"，据说这套商住楼与白慕仪的住宅以水毗邻，下一步他筹划再挣够一辆买丰田卡罗拉的轿车，便"见好就收"，"金盆洗手"，重新回归凯州城，去找康旭他们重操旧业，或者从城市到乡村开着呼啸而过的卡罗拉新轿车，气度非凡地停在前妻白慕仪的面前，让她重新认可自己作为成功男人的核心价值，让她情愿乖乖地重新回到他的温暖怀抱。

踩着命运狙击的尾巴借势最后肉搏，等挣够有房有车、衣食无忧后，回归凯州去"玩"有闲有钱的富人生活。锐凯眼看就要接近这种幸福，他拼搏，他孤独，虽败犹荣！他蘸血为墨的倾情纵欲，引起极度的亢奋，已经五天五夜都没正经睡过好觉了，也没机会好好吃一顿饱饭了，疲惫不堪地趴在桌子上，抬起疲惫的充满血丝的双眼，看着新购的"江景房"里，正在帮他装修的民工们，只因他第十二个成功"包生儿子"的客户打来电话，来电的客户告诉他，那位客户的老婆前天凌晨已生下了儿子，请他明天早上八点半，及时到丹乐江滨江酒店底楼茶坊，去拿那份另一半的"配种"酬金六千元。

大江东去。日出东方！再次的满心欢喜、再次的大功告成。惊涛骇浪的丹乐江岸上空升腾出一轮正午骄阳！

感念到这笔钱一旦到手，就可以具备实力再回到凯州城了，锐凯拿自己太当一回事了，兴奋得通宵未眠，睡眼惺忪地起床后，就在自己的太阳穴上胡乱抹了一些风油精，用以清醒提神，左手拿着黑芝麻糊，右手熟练地掐着香烟，拼命地让自己的心境平静下来，保持足够的头脑清晰和足够精力。现在他已无需蹦足雄壮和品质男人的假面具。他要活得更加自然生态。他那种像乡村田坝机耕道"牲口"配种的"公猪"，一谈好业务与价钱，就解衣脱裤"亮剑"直奔主题，客户要的是儿子，他要的是钞票，他懒得管得别人暗中叫他"脚猪"或"配种机器"，这种称谓是不是比"男妓"、"基佬"还肮脏龌龊呢？他不管过程与名声，也不管啥叫声名狼藉，他在像农夫似的苦心耕耘，有效利用自然生长的男人雄性荷尔蒙，或是用他那雄壮男人特异功能，深度挖掘促进别人家庭和谐幸福的资源，所以他必须要吃好睡好，把所有人该收的钞票都最后核实一遍，然后逐一真金白银地拿到手，看似这个职业有独特优势。没男人愿意跟他竞争，既倍儿爽，又有创意，重要的是不遭人挤对，不像报社一窝蜂抢广告客户，抢得屁滚尿流！现在多好啊，唯我壁立千仞、一柱擎天……不需铺垫，不许累赘的调情、不需肉麻的前奏，便可堂而皇之地与不同款型的女人上床"配种"，现年锐凯已经四十六了，在存在获得感的同时，时不时已有被掏空虚脱的感觉，偶尔也有头轻脚重、体力不支的晕眩感。

锐凯现在出卖的是爹妈原装的裤裆下体，也是他唯一能促进别人家庭和谐稳定的生态资源。躺在床上，他居然从亢奋到失眠，与自己斗其乐无穷，"无耻就能无敌"，"脸皮不厚，底气不够"，这些理念在不断驱动他的鲜廉寡耻，自己"办事"想怎么玩就怎么玩，看到底谁能打败自己，没人拯救自己，自己用裤裆下体救赎自己，关别人屁事！

　　锐凯瑟缩在临江的窗前，向眼前奔腾不息的大江拼命嘶喊："哦呵呵，苍天开眼，老子终于又熬出来了—"

　　那个早晨很奇异地萦绕薄雾，江面上一片烟雨迷蒙。

　　锐凯因忙于去拿到那笔"配种"成功的尾款，然后准备给儿子留下一点钱，然后为自己"赎身"，重新杀回凯州城。估计他在策划骗取员工"记者证"押金前，也没这种阵势和亢奋，俨然形神全失，一路上几乎是躺在疾驶的电瓶车上呼呼大睡，既像电影里蒙太奇似的高速飘逸的慢放，又像是江中惊涛骇浪的一叶浮萍，总之，在急速呼啸的滚滚红尘中的每一个碰撞，此时都立体地掠过他脑际，显得那么模糊而清晰……唯有那一瞬间，锐凯传递到大脑思维中枢的唯一信息，即是"大江东去、日出东方"的神圣画面，就像满天飘飞的红钞票一样，直晃他迷蒙而冒星的双眼……

　　按古代作家蒲松龄《聊斋志异》小说的核心表达，一个肉体虽然死了，但他的灵魂还依然活着，那具有顽强生命力的灵魂，犹如袅袅青烟从死掉的躯体里剥离出来，在时空中肆意飘忽游荡……有着强力生活愿望的锐凯或许此时就是这般情景……

　　从富老伯丝丝入扣的讲述，康旭觉得，已命赴黄泉的锐凯，表现出他的双重人格，时而卯足男子汉气概雄姿勃发，时而悖逆人性凸显兽性，其兽性高于人性、淫毒攻心的嘴脸也太昭然若揭了。康旭立即作出决定，以锐凯两个儿子继父的身份，迅疾开车赶到驻地公安局，去确切地核实锐凯的真正死因，对他自己的宁静心灵和同事们的揪心牵挂，给一个明确翔实的交代。

苦于在沧海横流中，不断寻找灯塔的锐凯，以为灯塔的光，就在彼岸，拼命摆渡一叶扁舟，妄想穿越过那片海，哪知自己无舟可渡，春暖花开的彼岸不属于他，他只是没有彼岸的船夫。他误以为前妻白慕仪是他屹立不变的爱，是他最后的归宿，他却未能获得最后的救赎，丧身江水中……

康旭依稀能听到锐凯在海水中扑腾、放肆的痛哭……

到了辖区公安局办公楼询问，扑朔迷离的谜底才被彻底揭开了——锐凯以"包生儿子"为职、托起逆转的梦想、他的生命之旅戛然而止的经过。那位年轻的警察从公安局的卷宗里，"啪"地扔出一张打印纸，锐凯的"死因"，全在这张煞白冰冷的纸上昭然若揭了——

一辆来自凯州城里印有《凯州日报》字样的送报纸的大货车，在风雨萧瑟的公路上中规中矩地行驶，而此时正忙着急于去酒店取"播种"钱的富锐凯，从送货汽车的旁边擦肩而过——成也萧何败也萧何……

锐凯为了"激凸"他独有的性感威猛的鲜明特征——一抹漆黑网状的黑焰火似的胸毛，正骑着那辆二手破电瓶车，他穿的紫色格子衬衫没扣上纽扣，象征着他纸醉金迷生活的性感胸毛肆无忌惮地敞开着，忙乱中他裤裆的拉链也忘了拉上——上面"亮毛"下面"亮剑"，那随风意淫飘飞的紫花格子衬衫，突然就被那辆从凯州市区送报的专用货车后面一个铁钩死死地挂住了，就在他衣角被挂住的那一刹那间，锐凯与他的漂泊灵魂就随之飘飞起来了，被送报的大货车足足拖了十多米后，随着电瓶车一跃而起，像一个沉闷的大石头"咕咚"一声，被重重地甩进了波涛汹涌的江水里……

当时在现场，人来车往，有许多市民当时看到，锐凯的衬衫被大货车一个铁钩死死挂住，然后被抛成一道炫目的粉红色弧线，重重地跌落到汹涌的江水里……

在生命攸关之际，目睹者当时就说，如果他的衬衫钮扣是扣上的，他的衣角就不会挂住送货车上的铁钩……在衣衫飘飞中抛起，跌落江水的那一刻，从小就吃他爸自酿的蜂王浆长大的他，犹如淫心荡漾妄想占据整个世界美色的蝼蚁，被江里一汪碧绿的蜂蜜似的泥潭牢牢地粘住了，滚滚东逝的大江水彻底锁定了他的生命。

锐凯因急于去拿"用自己的骨血结人家的硕果"的"配种"钱，办事一直有一种杀伤力的他，怎么会去跟送报货车抢道呢？据康旭分析，是因疲于奔命、失眠和不确定性，害怕万一去迟了，人家走人不认账了，拿不到钱了，因为他遭受这个社会"白玩"和伤痛太多了，真是浴血悲伤淫流成河啊！

一位戴着眼镜的公安局警察一语道破天机："'包生儿子，'多荒唐、多愚昧的行当啊！还有脸堂而皇之的以此为职业挣钱，搞活市场，搞多元化经营，连起码的做男人'君子求财，取之有道'的人伦都丧失了，没底线、素质差到羞死人不说，干这种肮脏玩意儿，就注定他最终要摊大事，自作孽不可活，天意不可违啊！"

为了"快速致富"，锐凯把"包生儿子"的经营模式烂熟于心。可有的客户因"急于要儿子"，面对他承诺时，把胸口拍得砰砰响，用他父母安装的男人下体去与陌生女人狭路相逢，等你去干了看似捡便宜的"体力活"，客户女人若没怀上儿子或是因故夭折，那他"爬坡上坎"的粗粝耕耘，非但得不到现金酬劳，反而还有可能被反咬成性侵女方的罪名；如此大的玩命风险，他竟然熟视无睹；还有一大弊

414

病，这种经营方式没有固定法律合同的约束和保障，虽说有口头承诺，就算对方生了儿子也有可抵赖拒不支付酬金，就算嘴上不明说，暗地里就是拖着不给，他也得自认倒霉。

锐凯拂逆人伦常理，不安常规狙击命运，放任自流，自我堕落，康旭对此早已见识多了，此时捶胸顿脚已与事无补。恍惚间领悟，向苍天发出痛切哀叹：朗朗乾坤，一个正常健康男人，但凡有一点生存能力，怎么会去干那种淫秽肮脏有悖天伦的行当呢？

据公安局的那位眼镜警察介绍，出事后过七天，尸体才在下游名为"沧海灯塔"农家休闲庄的江边上打捞起来（农家休闲庄系帅梓江经营的近郊旅游产业），死者裤裆的拉链敞开着，也就是说，在锐凯骑电瓶车穿越整个主城区时，除了上面敞开紫色格子衬衫"亮胸毛"，下面还一直敞开裤裆"亮剑"，在天意无常的滚滚红尘中，他骑车的身影被秋日艳阳照得炫目而炽烈，使他的壮汉轮廓产生强烈诡异的"雄姿勃发"，尤其是他敞开的胸毛和裆部下体，在艳阳灼痛时炫动"淫亮"的光晕，看起来让人眼热心跳、触目惊心。

或许被世人叹为观止的富锐凯，犹如一块沉闷的城市"怪胎"坠入苍茫的江底，是为终结潜心耕耘"播种机"生涯？那一瞬，他就有一份嚣张的无止境追逐淫欲的狂放，或许他在张开性感销魂的翅膀时，就已经尽情自由地飞翔了，他绽放的生命终结点，或许就是那汹涌浴血的一江秋水……唯有那一刻，他是多么接近辉煌，拉近了现实与梦想的距离，只为拿到那区区六千块钱，他将不在城市"食人余唾"了，美色和现钞润泽着他的灵魂，面带着鄙视一切的厌世冷笑，以空前绝后的沸腾呼啸，一头栽进扑腾的江水里，定格成一种生命凄美的永恒……

或许，他在迷茫与信仰中撕咬，并没有感到一丝跌倒的疼痛，与他"睡意昏沉"的电瓶车一起，在面向江面跌落的那一瞬，他就腾云驾雾般地升天了，承载着"付款"的那张纸，对了，或许是那张手写协议，一张不以法律条款为约束的"白条子"，那张"帮别人播种生儿子"获取酬劳的类似契约的废纸，恰好就是那张轻飘的废纸，折断了他回归凯州重操就业的翅膀，带着他心生呼啸的命运葬身江底，尘世没地方"玩失踪"了，也不好玩了，便去沧海里去"捕捉"更大的鱼，而那张被称之为协议的废纸也化作一粒尘埃，在空中越飞越高……

康旭默默地走到他爱开始的地方—江岸！泪水无声地扑打在江堤岸边的潮水。

或许，锐凯认知，死，是他还击命运的唯一抗争。

在那晚的睡梦中，康旭像踩着棉花一样地在锐凯坠落江水的江岸上跑了起来，蓦然回首间，恍惚不经意间，一脚踏进了江水，江水渐渐淹没了他的身子，他在水中瞎抓、扑腾，试图抓到一种缓冲浮出水面的支撑力，慌乱中，被呛了几口水，感觉一阵绝望的窒息与沉闷，突然，就像脚底下踩着一条船似的鲨鱼的脊背，把他托到江水面，他看到了正好骄阳当顶，便大口呼吸清新空气，心里不禁悲从中来，泪流满面……

梦中的丹乐江秋水中，康旭出现在江畔，风景、绿道、绿树和江面融合一体的江水中，远远地模糊而清晰地看见一个阴森恐怖的镜头，犹如落汤鸡酷似锐凯的男人，挣扎着从江水中"噗"地冒了起来，腾空一起，扑腾一会儿，旋即幻化成一只飞翔的火鸟，在骄阳似火中被立马打回原形，浑身的羽毛一见天光就渐渐自动脱落，在空中舞动飘洒，继而那只被扒光羽毛喋血的火鸟，一下子"噗"地蹿上半空，顷刻间，又沉闷地再次重重地跌落在江水里……

这个惊心动魄的回响，仿佛大锤一样，重重地敲打康旭的心灵深处，血液都知趣地凝固在心脏里，锐凯的跌倒之声，确是给他的灵魂带来了重创……

　　康旭此时大梦初醒，大汗淋漓。或许，这就是传说的死者在江水里飘出来的魂吧！

　　这几天，康旭仿佛坐上了时空的"穿越器"上，脑海里总是重复浮现锐凯在江水中冒起又跌落的画面，虽然时间仅仅几分钟，可是仿佛漫长得充斥着他的整个世界……

　　不知不觉地走进锐凯的农家小院，仿佛走进了悲伤的森林。

　　康旭是来祭奠锐凯的。富老伯哭他老年丧子，哭声像拉锯似的，时而长麻掉线，时而襟襟吊吊，散播开去，撞过院墙，又反弹回来，在场的人和过路人的心被揪得很紧、很紧，脸上浮出那种生死无常的叹息。富老伯那种老所无依的绝望中哀嚎，仿佛是延续锐凯城市里的幽灵在红尘阡陌中哀嚎，像对着面目萧瑟的乡村旷野吹响结集号。他乍地抬头，一见看眼泪婆娑的康旭，就用衣襟擦拭泪水。康旭走进锐凯的房间，他生前的音容笑貌一下子呼之欲出，稍停留片刻，就有一种莫名的窒息感，赶忙闪到院坝，大口呼吸蓝天白云下的山乡新鲜空气……

　　一片湛蓝的天空，天上的云彩变得更加纯净了，骄阳正艳，毗邻其家院的那一崇山峻岭，绿幽幽的柚子树梢挂满了金黄柚果。庭院里，已过花期的芙蓉花心灰意冷地耷拉在摇曳的秋风中……康旭上前用劲触碰芙蓉树枝，原以为枯萎的花瓣便像雨滴似的纷纷飘落，可那已经发黑焦枯的花瓣，却依然顽固地守留在枝头上，直至要待到严冬时节，在凌厉寒风中自然风化掉……稍远处，还有漫山遍野红艳艳的野红柿，在艳阳高照的光亮中，仿佛镂刻带点金属质地似的橙红光泽。

富老伯悲哀地说："锐凯活着的时候，确是要强，宁折不弯，所以不得善终。当前有两件事我一直放不下，一是他和前妻所生的两个儿子怎么办？二是他喜欢在报社打工，他把每次和高老师一起写的文章用红布包裹着珍藏着……"

"多情自古空余恨，好梦由来最易醒。"康旭鼻子不禁发酸，有一种欲哭的冲动，心里暗自较劲地说："锐凯，你不够哥们，这次玩彻底的失踪，一拍屁股就走掉了，扔下一老两小，他们怎么办？"

来到树木葱茏的锐凯墓地前，康旭盘腿坐在摆着雄鸡、猪肉刀头、水果的的墓地前，松风雨石旁，焚烧了两炷香，倒酒，叩首，然后与墓地前的酒杯碰一下，扬起脖子猛喝了一口白酒，来不及用手纸擦去嘴角的残酒，脸颊被烈酒烧得通红，两眼放出像锐凯生前饿狼般愤世嫉俗之光，憋屈郁积已久，有了一吐为快的冲动，就喋喋不休地与一捧黄土下的锐凯对话："锐凯，你其实就是个巨贪，一个不折不扣的巨贪！既然你有脾气当'包生儿子'的'播种机'，就该起来继续'播种'去啊，既销魂又挣钱，就别睡在这儿啊！扔下一家老小，躺在这儿算哪门子本事？你无止境地贪色、贪财，可你就一个蚂蚁似的编外广告民工，嗨，嗨，还偏要当报社老大？人间正道是沧桑，沧海横流方显英雄本色，在媒体茫茫沧海里，你算哪根葱啊，唉？卷走了记者证的办证压金十多万，你还不知足，还躲在农村来玩'播种'，玩爽了吧？一辈子都没玩够！你有脾气出来啊，唉！你就是一个怪胎，还真把自己当成妻妾成群的皇帝啦！你有本事，你会堕落，你最后还不是把自己小命给搭进去了……嗨，你太让我失望了！我都不知该咋说你好了！你一路走好，在那边安息吧！两个娃儿有我照顾哩……你在这儿待着多好啊，没人竞争，没人挤兑，没人唾弃，无烦无恼无忧愁，绿水青山随你游，想美女了，就修炼好，上天堂去找仙女玩吧，唉……"

　　兔死狐悲、物伤其类。他俩曾是拴在一条绳上的蚂蚱，锐凯是他随时可敞开心扉的朋友。在无端的狙击命运中，生命徘徊在"剃须刀"边缘上，他陨落了……他不得善终，对康旭具有一定的警示和震撼，在媒体市场化、庸俗化和边缘化的今天，让他感到彻骨的悲哀，锐凯的今天，或许就是他的明天……

三十七、悖逆的魔咒

　　像一条断裂的喋血悬崖，而康旭，就站在悬崖边上，当落霞和江水逆光交错的地方，一道喋血的奔流江水从地平线的天际延伸过来，在天空与江水的交织处，苦涩腥味的江风从耳畔吹拂过来。锐凯的坠江溺死，世界仿佛就剩下了他孤独一个人了，拥有了白慕仪，又仿佛拥有了整个世界。锐凯的溺死，仿佛让他焕发了第二次青春，他仿佛是富锐凯那斑驳离婚照片里钻出来的新郎官。这一刻，临窗观江水，泪如潮涌，眼看那轮骄阳被汹涌江水吞噬，那一瞬将他荒芜而迷茫的心灵唤醒，独自沉浸在"江海洗我胸襟"而不被纷扰的自我考量中。

　　被锐凯死因折腾一大圈以后，康旭突然领悟，男人在被城市边缘化的生命相对悖论。加上富锐凯夜夜出现在他梦境中，感觉自己的身体所有的生殖器官反应功能，全部被他的幽灵折磨到了极限……锐凯生前与他如影相随，死后老婆又与他相濡以沫……他死不瞑目啊，在冥冥中，驱动他赶快对此作个了结，让自己心境纯净，从此从云遮雾罩的阴霾里走出来。

　　为欲望所伤，但又无止境地追逐欲望……

　　富锐凯的家乡丹枫镇，是烟雨迷离、诗意栖居的滨江小镇，是都市人魂牵梦绕的生态休闲旅游名镇，但他选择进城打拼，并非像每个乡下人那样，担忧进城能否掘到第一桶金，带着一种挥之不去的乡愁记忆，想在城市钢筋水泥丛林里杀出一条血路，沐浴城里的雨露与骄阳，将有限的城市资源"余唾"烘干，以苍凉的边缘人之心，为满足诸多欲望，立足并融入大城市，非常善于等候地追寻和隐忍，不惜从血泊中艰辛跋涉，采用各种"无耻则无敌"的"腹黑术"，使自己败坏与沦丧，心甘情愿在城市中"食人余唾"，丧失了乡村男人那份质朴纯真。事实上，人体内有一只外壳在游走，没有人能伸手去阻止它，喜欢伸长触角贪婪地窥探并索取着周围的一切，以此满足日趋膨胀的欲望……

从"江景房"的窗口，看灯火阑珊的城市，康旭仿佛看见街灯下有一个鬼影似的中年男人咂咂贪欲的嘴唇，在舔舐"余唾"般的垃圾……

毋庸置疑，没有崇山峻岭般的内心抵御的屏障，没有"打铁还需自身硬"的本领，仅靠单打独斗"屠场"屠夫般的搏杀，就想养肥自己，白白折腾不说，反而像生猪的肚皮被开膛破腹，抛洒出的内脏被像垃圾一样扔出一地……

玫瑰色的黎明，敲打着窗棂，唤醒了噩梦缠绕的康旭，从被窝里伸出脑袋，仿佛新的一天正在向他露出清新明媚的笑脸。

滴滴……电话的蜂鸣声迅疾地刺激他的听觉神经，手机屏显示，是梅德方打来的。

康旭只想连抽自己几个耳光，真是忙昏了头，悲伤过头了，把原来的"三剑客"都整忘了。"众人皆浊我独清"，原有的精神气都跑到哪儿了？

康旭电话告诉梅德方，富锐凯找到啦！告诉她有关锐凯车祸坠江而死的事，并要她通知林歆月他们一起来，祭奠这位底层挣扎、本质并不坏的同事，送他最后一程。

电话那边，康旭明显听到了梅德方嘤嘤的啼哭声。

由此看来，历经险境丛生的《慕来巷》杂志，彼此建立的"三剑客"情谊，是真诚的，同事间的情意，融入一种叫悲伤的情感，也伴随着一份遗憾与残缺。锐凯掀起波澜抛弃了所有的朋友，结束了他跌宕起伏的一生，他是上天堂，还是下地狱，谁知道呢？留给朋友们的是无尽的疼痛与谜宫。

泪眼朦胧中，方可清晰看见滚滚红尘间腾空的彩虹，但无法透视潜伏在心底脉动的"贪欲"。锐凯藏在陵园那一捧黄土里，上苍赐予他四季如春的祥和与安宁……

不是说"当局者迷，旁观者清"吗？这几天康旭一直就丧魂落魄，是唇亡齿寒，还是质疑白慕仪对往昔的讳莫如深？作为锐凯前妻的白慕仪，对锐凯惨剧表现的沉默与冷漠，使他始料未及。康旭自以为他懂女人，虽说"女人心，大海针"，却比爱因斯坦的相对论还要莫测高深。锐凯不得善终，看似未在她心底泛起涟漪。相反，她显得神情淡漠，好似脸上蒙了一层掩饰的"面膜"，康旭不想去触碰她的痛点，由责任担当到落寞悲情，引诱白慕仪有所倾述，锐凯葬身江底，都难以化解残存在她心底的伤痛和污秽，以前的婚恋宛如一场扑朔迷离的噩梦，让她视若罔闻。她与锐凯过去不就是因"志趣不投"离异的吗？康旭不想深究，他不想像祥林嫂似的活在过去，他不想漠视她不近人情的孤傲清高。

残阳如血的迟暮江水中，野菊花的馨香从远处烟雨江岸吹拂而来，江岸缭绕的薄雾不可遏止地洋溢它的芬芳。康旭与白慕仪踩着江堤上的花岗石绿道上散步，说来也巧，在不知不觉中，他俩又来到了当年"跳江施救"的那个江岸栅栏旁……

白慕仪神情迷离地想，今夜康旭假装约她出来散步，目的是想打烂砂罐问到底，再次狂妄地在她"伤口上撒盐"？她倚在康旭身旁，说："我知道，你心里一直在质疑我，为何一直闭口不谈他的事？告诉你吧，说了你别多心，我性格一直很爽快，斯人已逝，毕竟以前夫妻一场，要说没有一点触动，那就有点牵强，有点虚伪了……"

　　康旭觉得对方在窥视自己的灵魂，不过，更欣喜她的善解人意。

　　白慕仪平静地告诉他，昨晚她一直在噩梦里徜徉，梦见难得一见的"神秘光环"——佛光。乌云还未褪去的丹乐江大佛上空，突然出现了日晕现象，"孤帆远影碧空尽"处露出正艳骄阳，四周闪现出一个内红外紫的七彩光环，色彩忽明忽暗，在江岸上的那棵扇形丹枫树上，有无数鲜红欲滴的树叶，犹如雨点般与他的头颅一起飘落下来，整条奔腾的丹乐江在一眨眼间，就变成奔流腥红的血河，漂浮他的脑颅……梦醒后，她蓦然感伤：那些飘飞鲜艳的红雨点，就如同与他有过染的女人，作孽哦，那条血河，就是他激情纵欲蹚过的女人河……

　　康旭听罢，有点毛骨悚然，而后又思忖，天后级别的美女导游可以晋升为天后诗人了！为何一个活生生的锐凯会变成大树上滴落的红雨点，就像一个男人无法想象另一个男人的幽灵是啥模样。他死死盯着江岸绿色长廊上的树叶，锐凯在康旭迷乱的意识中渐次鲜活起来，复原成一位在江水中挣扎嘶喊的男人……

　　这个星期过得好漫长，康旭一直在奇思妙想，自问自答。与其说难以释怀他是现任妻子的前夫，不如质疑这个与自己同年同月同日出生的男人生活轨迹，为何在百多里以外与四年前他自杀的同一地点出事，重复同样的狗血故事？把内心的排斥转化成感情的接受，也不奢望从白慕仪嘴里去掏出太多他"逆袭"的过去。仅凭一点心有灵犀的牵引，去穿越岁月如金的流砂和屏障—

康旭心里掠过他俩两情相悦的爱情画面——

十多年前，在暮色中的江滨小镇，锐凯站在乡间机耕道的丹枫树下，目光远眺着白慕仪的闺房，用竹叶放在嘴里吹奏《月光下的凤尾竹》，这个丹乐江畔的王子，一身的俊朗健硕，满脸的憨厚质朴，他的伟岸身躯倒影在江水中飘忽闪亮，嘴里叼着一支红塔山香烟，两个鼻孔喷出袅袅的烟雾，内心躁动着一种农家小伙少有的不安分与不确定性，痴痴地向白慕仪的深深庭院不住仰视……

白慕仪从闺房的窗前伸出脖子，清纯靓丽，向他吹奏的方向张望，隔着江岸的烟雾与盛夏骄阳的交织处，两人偷偷牵着手朝着大江东去的方向跑去……

从四年前被白慕仪拯救，康旭到现在，才意外发现他与锐凯的"迷宫"，生命中等来刻心铭骨的女人，竟然是"铁哥们"的前妻，恍恍惚惚，兜兜转转，他落寞地看到他们夫妻之间，站着一个梗着脖子阻扰的锐凯……浑身已大汗淋漓，他神经质地搓起手，极力想驱散脑子里的催悲情结。

"太离奇了，孤帆远影碧空尽，唯见长江天际流……一个男人在另一个乡村，在婚恋中重复着远隔一百多里的另一个男人的故事；一个男人死了，一个男人则从他的离婚证旧照里钻出来，接纳他的妻子，浴火重生了……"康旭为驱散烦扰，在采访本上写下这句话。

白慕仪走过来，看了他的随笔，寄一支烟给他，目光洞穿一切，像电波似的地闪入他的眼眸，说："更不可思议的是，你和他竟然是同年同月同日出生，而且出生的时辰都在午时—恰是正午时辰，骄阳当顶的时辰……"

"哦，是吗？"

只要有人说起锐凯，康旭就觉得头痛欲裂，犹如有百只蚂蚁在脑袋里跳舞。他既热血涛腾，又心神不宁，试图想说点什么，但老半天说不出一句话来。

白慕仪的道白触目惊心，她说："你说，人世间怎么会有那么多的巧合？不仅出生时间相同，还有，你有没有掐算过？他出车祸淹死那天，恰好就是你跳江自杀被我救起的四年纪念日？也是我们相识、相知四年的纪念日。"

康旭以前也想过这问题，只是思绪不太清晰，经妻子点明死穴，难免心惊肉跳，极其震撼，认定里面蕴含红尘奥妙，忙问："这我也想过，但未深究。你意思是说，你救了我，老天又收了他？或者说，一个前夫去送死，就意味着新任丈夫的诞生，就意味着你的现任丈夫，在替他延续他的后半生，我是从他离婚证旧照纸页里钻出来的？你是不是躺在情绪里还没醒过来哦？你能否信奉唯物主义？悲伤变成了过分的痴愚。"

白慕仪据理力争："什么叫痴愚？我只是实话实说。说句你不爱听的话，你身上有很多他的影子！你初次见他，不觉得他身上那股宁折不弯、一意孤行的浮躁和倔强，与你有几分相似。他那样，用俗话说，就是一种遭凶的'咬卵倔'的样子？"

康旭不以为然，坦率地说："'遭凶'？你好像对这个结局早有预料？听起来有点幸灾乐祸？你们结婚有十年了吧，有点过哈！我厌恶他干'包生儿子'的肮脏行当。可这也是他被社会淘汰出局、被逼无奈所致。早知今日，何必当初！"

白慕仪扬起脖子，一缕头发飘洒着，说："你错了，我无所谓讨不讨厌，文化层面的弱势在那儿摆起，长有性感胸毛有屁的用，又不是茹血扑食的原始社会！你不是一直想听现实版的《篱笆·女人和狗》

的故事吗？告诉你吧，他的父亲和我父亲是战友，婚恋自然带有父母之令的色彩……他原来是村小学的体育代课老师，一次我放学回家手上的动脉被野狗咬断了，血流了一地，被他发现后，他一口气把我背到二十多里的镇卫生院抢救了过来……他原来淳朴敦厚，多好的小伙子啊，进城打拼后，他丧失了原有的本色，活变味了，堕落了……"

康旭眼里露出情以何堪，尴尬地问："原来是因为他救过你的命，你才嫁给他的？"

白慕仪愣他一眼："认知肤浅！问题的症结不在这里，年轻不懂爱情，没有比较优势，看他俊朗健康，看顺眼就喜欢了、就嫁了；后来没有共同语言，就离了。你要不懂女人，请去听一下林忆莲的《伤痕》，'爱有多销魂，就有多伤人'……"

康旭叹口气，纠结地说："要经营婚姻，你也要学会懂男人嚷，应该去听刘欢的《离不开你》，'我俩太不公平，爱和恨全由你操纵'。你敢否认，他今天的堕落与悲剧，与你当年的无情抛弃不无关系？"

白慕仪垂下眼帘，不以为然地说："也许是，也许不是！他本质是好的，但初恋少女，个个是白痴，大多以貌取人。我和他，只是半路夫妻的命……不存在怪不怪谁的问题！听说，他为挣钱，在城里和几个有钱的离异女人上床？那不是成了'男妓'了，哇呀，我的妈呀，太肮脏了，真是跳进丹乐江都洗不清他的肮脏……"

康旭摇了摇头，说："哎哎，人都死了，你怎么还忍心这么'八卦'？"

白慕仪奇怪地白他一眼："听你那口气，你的哥们好像是我逼死的？告诉你，就算你和他同时站成江对岸的两棵树，我都会选择你！天作孽犹可恕，人作恶不可活！天意不可违！"

康旭抢白道："又来劲了？人家都遭洗白了，你和人家好歹还共同拥有两个儿子，这样骂人家，不觉得残忍？他真正的症结，不是'男妓'问题，是社会公平问题投射到他身上，上演的人间悲剧，懂吗？他独自闯凯州，到处碰壁，他要活下去，另辟蹊径，拓展财路，这种事，男女之间你情我愿，假戏真唱，又不犯法？法定的婚路走不通，他去填补离婚女人的感情空白，资源共享，没犯罪吧？不是说，不在天长地久，而在曾经拥有，人各有所需嘛！破锅自有破锅盖，啥人自有啥人爱。你管得了嗦？"

白慕仪独自摇摇头，一脸不屑："你以为他逆袭？他那是道德沦丧，是淫荡纵欲的魔咒！遭天谴是迟早的事！谁不想过好日子？就他，朽木不可雕也，粪土之墙不可圬也！"

这话听起来，真有点醍醐灌顶。康旭不敢相信，此话竟然出自白慕仪之口。就说："管他朽木还是粪土，反正阎王老爷已拉他报到了。他活着喜欢女人的波涛汹涌，波涛汹涌的秋水成了他的归属地。"

康旭理解妻子对锐凯的反感，从结婚到离婚，家里就一直硝烟弥漫，战火不断，他曾在家里不仅是吵架的弱势，更是经济地位的弱势，更让她生不如死的是，没一点品位不说，他居然还仗势他的颜值走男色"被消费"的线路，并常常以此反击和自勉，他的性感胸毛、腱子肉就像乡间男人标本似的在盛夏骄阳下蹦跶跳跃，他的"臭美"，博得了这个生态乡村树木花草，以及梦想亲近他的村姑大嫂们向他行注目礼，他不停地改变自己，不停地在雕塑中跋涉，曲意承欢，跨过人生风景游走的奈何桥，直抵城市边缘的悬崖之巅。

历经两天的心灵辗转，康旭才算从锐凯车祸之殇的阴霾里稍微缓过来。这期间，接了几个采访单位的电话，此时又返回到白慕仪乡下的父母家，再焦急也没用。答应要来祭奠锐凯的梅德方他们，却一直没打电话过来，康旭也落个清闲自在，也不去招惹新婚老婆，但凡有点闲暇，就晃荡着溜进锐凯老父亲家里，看看他有没有从老年丧子的伤痛中走出来。

康旭走进富老伯的农家小院时，富老伯正太阳底下翻晒自制的红苔粉。

"哎，高老师，来，请坐！听说你要和小白结婚了？婚礼准备得咋样了？小白可是个好女人哦，可惜我们凯娃没缘分……"

康旭一听，就称赞他养了一个好儿子，在凯州城里工作成绩一直很出色。

富老伯说："出色个啥？败家的货，连县城里的住房都被他败出去了。"

康旭说："这个不怪他，当时他只想用房子来翻本，热血担当，挽救即将倒闭的报社，事关他的前途和事业，当时他也迫于无奈。"

富老伯说："凯娃吃的就是文化上的亏。闷起脑壳瞎整，其实他啥也不懂，又不晓得多请教你！"

康旭说："老伯，男人啊，在城里有多少诱惑，就有多少陷阱。我也好多事都搞不懂！哦，前几天，忘了问你，听说锐凯有一个前辈，也就是你的幺兄弟，在凯州市委里当大官嗦？按理说，他应该给锐凯指条明道噻……"

富老伯一下子愣个神，惶惑而颤抖着，苦笑说："唔唔，吹牛不要本钱噻！我们富家祖坟没长弯弯树，又没冒青烟，祖祖辈辈都的'面向黄土背朝天'的农民，哪有啥子市委当大官的哦！你想，如果有当官的亲戚管住他，如果凯娃有后台、有靠山，他会不得善终？"

康旭沉思着，叹口气，悟出锐凯的致命软肋在哪里！

康旭不由得问住了自己，这才发现与他相处这么久，自己居然没有对他命运生死的关键点做出深入的剖析，这或许要提升到农民涌入城市打工存在的社会问题来探讨。

康旭告诉富老伯，"再过几天是周末。锐凯以前在城里的几个好朋友，要去他的墓碑前送他最后一程，这样做，就是要告诉这里的乡亲们，锐凯有情有义，在城里走的是正道，城里有许多真正关心他的朋友……这次他出车祸，纯粹是个意外……"

富老伯说："真难为你了！有你们这些真心朋友，凯娃在九泉之下也可瞑目了……"

康旭满脸疑惑地仰过脸来，问："你儿子过世后，你梦见过他吗？"

富老伯说："梦见过，总是梦见他从江里被打捞上来的那个样子，当时看着并不害怕，只是浑身颤抖得慌，当时他面目全非，还有我不明白，他的胸毛都没脱落，唯独裤裆里的命根不见了……看来，凯娃的灵魂还没有飘进天堂…………"

康旭忙问："此话怎讲？"

富老伯神秘地说："你想，他是非正常死亡，又不是寿终正寝，阴间阎王老爷根本就不买账，不接收他，他的灵魂只好在阴曹地府外面不停地游荡，夜晚就走进我们梦里…………"

康旭打了个激灵，问："有这种说法？你们老年人经历多，有办法解决吗？"

富老伯说："办法是有，可要花钱，找一个大寺庙给阎王老爷烧点香蜡纸钱，给凯娃通报一下，需要给寺庙捐献八百八十八元钱，保佑他到地狱不被五马分尸，确保灵魂归穴……"

康旭当即拍板道："这个好办，等他城里的朋友们来了，我来具体操办……"

意念中，锐凯被打捞上岸那双定格的鱼白眼睛，足以刺穿康旭的灵魂，足以让他在梦醒时分浑身战栗。

内外交困，外面刚安顿好，后院也快"火烧眉毛"了！

那天还未晨起，天刚蒙蒙亮，康旭正处于酣睡中，被枕边的白慕梦中诡异的尖叫声惊醒，随着江岸帆船的鸣笛声，隔着晨曦窗户透过的微光，康旭看见丹乐江那腰由东向西发往凯州城区的汽轮已扬帆起航了……康旭摁开床头灯，发现白慕仪双眼盈满泪水，脸色惨白，便问："是不是又做噩梦了？梦见你前夫了？"

白慕仪情绪恶劣地开骂："有没有搞错？与他形同陌路，凭啥会梦见他？碰到鬼啦？"她索性神经质地坐了起来，极力驱散脑子里的恐怖。康旭一下子拥抱了她，安慰她，"看你魂不附体的样子，还嘴硬？不怕，有我陪在你身边！"

这句话才让白慕仪由噩梦的惊吓，感知一点回归再婚新生活的人间烟火。男人的强大力量，像一股强劲而又幽远的江畔之风，鼓满了女人化解危机的风帆，男人就是她赖以存活的江岸，她懒得去梳理刚才诡异而残缺的噩梦，她只想敞开怀抱，拥有裹着骄阳气息的健硕男人。

康旭的眼睛，就像清澈得像两颗镶嵌的黑珍珠，紧紧盯着白慕仪，嘿嘿地笑了起来。说："唉，天后，你折腾个啥呀？你越否认，越证明你有问题。自从他死后，你就像掉了魂似的，让我也睡不好，吃不香。潜意识中，已经告诉我了，你梦见他了……一日夫妻百日恩。没关系，说出来，我不会吃醋的……"

白慕仪从被窝探出头来，问："我就不明白，为什么你老是把我往他身上扯，弄得家里阴魂不散？你别刨根问底了，别在我身上寻找创作素材了，好不好？"她还未从烦闷的噩梦中苏醒，惊慌地争辩，眼睛迷离而黯然……

康旭被她的话，激得心脏砰砰地狂跳，说："你的心结释怀了，阴魂不就飘散了——你敢说你刚才没梦见他？我听见你的梦呓，还嘴硬？"

白慕仪回想起噩梦的时候，总带着特别厌恶的表情，想起康旭曾半夜偷偷从床上站起来，仿佛怕有人在暗中窥视他似的，悄悄地拉开卧室门，走到楼梯间，面向江水，倾听滚滚江水的奔流声，听着他如何在楼梯间做深呼吸和来回踱步，听了好久，足有十多分钟，带着一种奇特的探究心，她屏住呼吸，心扑通通地直跳，不就死一个哥们吗？至于这样折腾吗？沉吟片刻，她又进入假寐，噩梦就来袭了。见瞒不过，白慕仪还是坦白了，她告诉康旭，她做了一个阴森恐怖的梦，梦见自己和一个僵尸睡在一起，那僵尸一动就幻化成锐凯那僵尸出行的鬼脸。就在一眨眼间，一只不知什么名的怪鸟，从这屋里飞划而过，飞出窗户，那只怪鸟飞在烟雨迷蒙的江水上，发出一阵阵扑腾腾的振翅声，怪鸟身上的羽毛随即全部抖落下来，露出一个像被扒光羽毛赤裸裸的肉身，然后"砰"地沉入江底。而那抖落的羽毛如同江面上的浮萍，随血红色的江水漂逝而去……

这一梦境康旭难以辨识与阐释，只是似曾相识，说："奇怪，我也做过类似的梦，毕行舟在西藏出差时，也做过同样的梦，当时锐凯还活着。我只想问你，那次在江边救我，我的际遇是那么狼狈、落魄，你竟然对我一见钟情、相见恨晚……能给我一个理由吗？"

白慕仪说："当时感觉很新奇哦，感觉你是我生命中要找的那个男人。"

康旭反驳："不对，难道就没有别的因素？难道你不觉得，从我身上看到某种你前夫的影子吗？难道我四年前跳江自杀那天，恰好就是你前夫今年同月同日的忌日，你不觉得太巧合了吗？"

白慕仪凄苦而怪异地大笑，说："照你的分析，你该不会怀疑出事那天凯州来的那辆送报车挂住他衣服，是我的巧意安排吧？是我为了获得你的感情去蓄意谋杀他，对吧？"

康旭苦笑说："咋会，神经质了？你又跑题了！算咯，说了你也不懂！我是想问，你第一次见到我，为什么会怦然心动？"

白慕仪反问："你说为什么？"

康旭蠕动着喉结，咽了一口唾沫，笑着说："都是半路夫妻了，说错了，就请原谅哈！因为你在用你前夫的标准在追寻新的感情，而我，恰好就是你要追寻的那个达标男人！……"

白慕仪点头称是，学着某电视主持人的动作说："分析有理，加十分！"

康旭继续进行心理解剖，问："还记得我第一次到你的卧室，请你去我家过端午节的情景吗？"

白慕仪心里咯噔一下，问："记得，那天我正发高烧，你把我送进了医院，想证明你有男人的担当和责任，对吧？"

康旭摇头说："错，又跑题了，没别的意思哈，知道你很开明豁达，才问这些的，目的是想梳理清你心中的纠结和疑惑，释放阴霾，重新回归美丽人生。那天，我到你房间里前两个小时内，有一个男人曾来过，而且还发生了……"

白慕仪不解地昂起脑袋，大惊失色地问："我看你是被锐凯之死憋疯了？谁来过？你说呀—"

康旭摇摇头，故意哀伤地说："这种态度，我怎敢说吗？你态度温柔一点，我就说，虽然有点残酷，但是捅破了，就可以化解爱恨情仇。不用欲盖弥彰，那天到你房间里来的那个男人，正是被你抛弃的锐凯，而且他喝了酒，要求你复婚，被你当场拒绝，他还性侵了你……"

白慕仪脸色大变，勃然大怒，吼道："真不愧是作家，想象力也太丰富了吧？他性侵我，我不报警？你还在嫉妒，还在感情踟蹰，还在耿耿于怀？你烂牙腔，乱说话就不怕闪了舌头？你有证据吗？"

康旭润了润喉咙，思路清晰地分析说："你还别吼！证据？这太简单了，当时我一走进你房间，首先闻到你前夫锐凯身上的气息……还有，那天在你农村父母老家，晚上出去看坝坝电影，我同样闻到了他的气息，同时也看到了他的身影……"

白慕仪被激得面红耳赤，嗤之以鼻地说："哼，你真是变态狂！你骂别人怪胎，我看你才是怪胎！深究这事，你是福尔摩斯电影看多了吧，产生奇妙幻觉咯……"

康旭从容镇定，底气十足地说："你大概忘了，那天送你医院打点滴，你感动了，都自己承认了；现在嘴上否认，并不表明没发生！这恰好是你做恶梦的青结所在，因你没化解对他未了的心结！信不信，把这些说开了这，今晚你就注定不再做噩梦了。不要死要面子活受罪，硬撑啥嘛，过去的逆缘都不足以影响感情！"康旭抬起头，看她脸上毫无血色，绝无反驳之力，又说，"你能做到'不以物喜，不以己悲'，保证就不再做噩梦了……"

凭啥要戳破她心底蛰伏已久的感情脓疮？康旭自己也搞不懂。他后来一辈子都把这种自虐"对话"，称之为"卑鄙"，这原本该珍藏在心底的，说出来确是没一点营养，他却偏要"搅局"，他事后反觉自讨无趣。在"捅破"那一刻，他丝毫没指责和怨恨，爱恨情仇就发生在一瞬间，为什么冒着撕破脸的危险旧话重提？伤痕上撒盐，不好玩，他的初心，是老婆心灵变纯净温馨，驱使他在升华感情的基石上经营再婚家庭。

三十八、"播种机"玩火自焚

今天梅德方呼朋引伴来了，把宾利豪车开进了水韵小镇。

大家都在聆听毕行舟在车上闲聊，他郑重其事地说，锐凯之死，代表一个火爆的纸媒时代，已经终结，那些以"名记者"身份行走江湖的人，既好高骛远，又无过硬本事，既乐于听人恭维，又不能妙笔生花，是因被供职的媒体抬高了身价，也被这个社会宠坏了，根本没有实干能力。百无一用是记者。车上的同事们听罢，都没心情反驳，老毕的风格就是一贯"一竹竿打死一船人"。同事们心情原本就沉痛、阴郁，再被老毕洗脑，心里更不是滋味。

林歆月快言快语反问："哎哎，毕总，你是来悼念锐凯的，还是来戳他的脊梁骨的？"

一车的人对此很赞同。毕行舟不放弃过"官瘾"任何机会，在此确有弄巧成拙之嫌。

通过车窗，他们贪婪地向窗外眺望，沿途的原乡旷野、金黄山丘、江岸红叶，以及在艳阳高照的天上飞向南方的鸿雁。大自然的恩赐，让他们浸润大江东去、秋风送爽的诗情画意里，他们心情也豁然开朗起来。

他们尽量回避在车上谈富锐凯。绕开老毕，尽量谈最感兴趣的事，那就是康旭与他的天后导游的邂逅与结缘，但聊了一阵，又扯到梅德方身上，问她做了变形手术，是否要像金星那样去找个外国老公？梅德方满眼迷蒙，不作回应，只当是耳边风，实际上她并没领会，其实大家在衷心祝福她；梅蝶衣老成稳重，不想吱声，心情已由旷野意境，一路收获美丽风景。高颜值的富锐凯的形象在她的脑际轻轻掠过，她与他曾有"一夜情"，那种触骨的灵魂激荡，可谓刻骨铭心。作为在美国打拼十多年的海归，她不认知彼此曲意承欢，有多见不得人，爱就爱了，跟别人没关系！

宾利豪车渐行渐远，开始渐入泥泞的乡间机耕道，汽车开始时而颠簸、滑动，时而滑动在黄水坑里。梅蝶衣亲眼目睹农村见状，脑海里萌生一种规划，要尽自己绵薄之力，投资公益，让城乡旧貌变新颜。"用城市反哺农村，让农村转变生产生活方式，填补农村公益服务短板，建设美丽乡村，为美丽乡村注资，她一马当先，让更多像富锐凯那样的农村汉子，可以就近上岗打工挣钱，安居乐业，不让他那样的悲剧再重演，让农民真正过上城里人的生活，农民人进城"食人余唾"的历史将会彻底翻篇。梅蝶衣一路想着心事，宾利豪车很快就到了锐凯所在的水韵特色镇，稍作休整，就直奔镇外的瑞样寺。"为何锐凯那样疲于奔命的男人，却不能活到寿终正寝？男人活着的全部意义就是贪色、贪财吗？"梅德方在车上提出问题，违反了事先的约定，整个车上的人，都懒得搭理她，都在大口呼吸江畔送爽的秋风。

从丹乐江主城区沿路南下的城南乡镇不远处，一座金碧辉煌的寺庙瑞样寺就横卧在江畔的左侧。

"自由飞翔，走了，什么都不想说，不带走一片云彩的陨落"。梅蝶衣触景生情，不禁进出一句诗。

锐凯与尘世诀别，被江水浸泡后化成一股青烟，永远栖息在毗邻瑞祥寺不远依山旁水的公墓里。

乘坐在梅蝶衣豪华宾利车上，大家没有再聒噪，话多了反让人生厌，不再以故作玄虚的口吻讲述锐凯的城市艳遇，远看即将抵达半山腰上公墓，大家立即静若寒蝉，似乎能听到彼此心脏的跳动，汽车又穿过峰回路转的山间石路，一路颠簸地驶入公墓。

远处有一家人在公墓里举行葬礼，凄厉的唢呐声，流淌着看不见的叹息与生命的灰飞烟灭……

宾利豪车在公墓洞开的红色大门前，靠近一棵扇形古树停下，进门后便是左右两旁的甬道，一直延伸到一层层山坡梯田状的墓地，大家走在分岔甬道上，间或便可清晰聆听一泓山泉，在山谷里恬静流动，发出富有节奏的淙淙声。偶尔也可望见几只带有红黑斑点的蝴蝶在轻盈飘飞，或暂栖在标有姓名白菊锦簇的墓碑上，偶尔听见，高坡上浓密树丛中燃起白日焰火的爆竹声，林中枯叶随之被籁籁纷纷的震落得沙沙作响……

就着一个小匣子睡在黄土里，锐凯在此长眠。回溯往日一起共事的片段，宛如隔世。一种撕裂的哀伤之感，不由从康旭心头涌起，锐凯在这里很接地气，空灵而幽静的环境，无不让人萌生一种挣脱尘世浮躁，做一个恬淡隐居的闲云孤鹤，看来绿水青山才是最后的救赎……

以前从未觉得一块清冷的闲置坡地，竟然是安放锐凯的最后宿醉的归属。

富老伯带着康旭、白慕仪和梅德方姊妹俩，毕行舟带着原《凯州商务早报》"梦想桃园"工作室全体员工，默默走到锐凯安息的墓碑前，为他送上最后一程。每人统一身着黑色衣裤，佩戴墨镜，默哀三分钟后，康旭先是念了简短的悼辞，接着，大家轮流给锐凯说了一句话，都觉得胸口有点儿堵，但还是带着马不停蹄的忧伤，乘坐梅蝶衣的宾利豪车辗转疾奔，摇晃着直接驶入了凯州城南最大的寺庙—瑞祥寺。

436

在康旭的视野里，心中虔诚，心里有佛。佛即已故人，人是未来佛。佛之所以尊称为佛，皆因看透了常人看不透的红尘，空灵了常人达不到的空灵，成就了常人做不到的传奇；人之所以是人，皆因七情六欲缠身，看不透，也走不出尘世境界；心若能通透领悟，人人皆可成佛。佛，不是一尊偶像，而是人生修行硕果的墓碑。来寺庙焚香叩拜，只是一种虔诚表达，性善自然佛在心，而不困扰于身外物。寺庙看似高深，却只是佛之载体，为逝者超渡灵魂，为活着者普度苍生。

邀约朋友们来一场特殊聚会，除了送锐凯最后一程，来瑞祥寺拜菩萨，还有结缘也化缘的初始目的：为了让锐凯"在地狱不被五马分尸"（富老伯之语），给阎王老爷捐献八百八十八元，遂了锐凯老父的一桩心愿；或许，找不到更好的其他方式来哀悯，一点愚昧无助的表达，都花在毫无创意的寄托里，是乡村老汉的念子寄托，这与迷信无关。

"云飘雨落花满天，又是阳光如注时。"除祭奠外，还有一个意图，即顺便邀请朋友们来丹乐江旅游、观光，体验守望浓郁乡愁的闲适生活。

城市到处都在翻新拆建，锐凯沉睡的那个荒凉而废弃的墓地和眼前的这个瑞祥寺，说不定几个月后，将会变成一片废墟，政府用生态画笔打造日新月异的江滨之城。康旭为此暗想，锐凯生前风雨漂荡、颠沛流离，死后埋在随时都有可能被铲平的疏于管理的墓地，还不如一直漂在江水里风化掉，让他死后也脑残，他的尸体竟然会漂浮在帅梓江休闲庄的江岸边呢？似乎想用他的魂魄缠绕把他当"替死鬼"的帅梓江，让他的魂灵在这一拨人中挥之不去？康旭的思绪被一阵急促而霸气的手机唤醒，报社领导又在安排"规定动作"了。在人散曲终之际，康旭内心突然萌生一种落寞的逃离感。

出了瑞祥寺庙大门，同伴们就一改阴郁沉闷的情绪，开始雀跃起来。

行走在晨钟暮鼓、香火缭绕的白的石头甬道上，人头攒动的道路两旁，算命的，卖纸钱香蜡的，卖仿冒玉石佛珠的，卖仿冒珍珠项链的……应有尽有，大家呼吸着来自江畔清爽的凉风，游山玩水之心爆棚，受好奇心驱动，东瞅瞅，西看看……

斑驳的石头甬道上，蹲着那个魅惑而凌厉的面孔，看似与这个依山傍水的祠庙相悖，有点大煞风景，那老男人蠕动着阴囊似的硕大喉结，手指在潜下心数着佛珠，嘴里叽叽咕咕地念着佛经。康旭搭眼便觉得，此人仿佛在哪儿见过……

顷刻间，康旭只觉心里突突地乱跳，与毕行舟不经意地对视一眼，走近那位长着浓密白胡子的算命老人摊位前。康旭一直化解不开自己何以与锐凯同年同月同日、同是午时出生的缘由，就想不妨听一下资深算命先生的解读，当他们去招呼那位胡须齐胸、衣衫褴褛的算命先生的一瞬间，那位泛着凶光的算命先生看似认出了他们，眼里又多了一股阴冷凌厉之光，沮丧而虚幻的眼睛，乍地瞟见康旭和毕行舟，眼神慌乱迟疑地黯淡下去，故作睡意昏沉，眯眼沉下头继续念佛经，试图遮挡那个再熟悉不过的、像戳破了下垂阴囊似的硕大喉结，低头阴郁地又拿起他的算命书，照本宣科念着稀奇古怪的佛经，阿弥托佛，善哉，善哉！

康旭与毕行舟见状，顿时大惊失色，不约而同地面面相觑，同时惊奇地认出，绝了！这种认出，宛若江面上劈面响起一个晴天雷霆，异口同声地指着他问："你是魏总—魏启勃吗？"

是的，没错，此人正是刻意化了妆的魏启勃！

这位曾呼风唤雨、一挥手便可勾画蔚蓝天空的、把《慕来巷》杂志社变成淫窟的公司老板魏启勃！

沧海桑田，世事由来折煞人！

康旭刚才只是猜测，不敢确认，对质后，脑袋炸雷似的轰响，一阵眩晕，一阵惶惑……

林歆月和白慕仪一群人叽叽喳喳地也涌过来看算命老头，也情不自禁地惊叫，啊呀，魏总，魏启勃！不禁想起了一首歌《去者》：人鬼天地万金似慷慨，浮生若梦安载道；钟鸣鼎食散一朝，空守昨日财；夙愿扁舟寒江钓，风掸须发白……

康旭面对曾丧心病狂曾欺侮他的魏启勃，竟石破天惊地主动从金利来皮包里掏出中华烟敬他，魏启勃满脸疼挛地抽着烟，稍作调适，一改刚才的尴尬，低眉顺眼地问："你们咋会出现在这儿呢？"

林歆月立即上前抢白他一句，"应该我们问你才对，你咋会在这儿给人家算命呢？"

康旭把林歆月推到后面，说："瞎问个啥？易经八卦也是学问，人家魏总当风水先生了，从地摊上算命来拉风水测地的大生意，无本万利！"

昔日的恶魔加淫鬼，魏启勃闻言，恍若今天见到群魔乱舞，该出场的都出场了，该不会来催命哦，报应！

魏启勃脸色由猪肝色变成惨白色，双手渐渐开始抽筋，就像那次始料未及带着晦气的"垮床事件"。

林歆月偏不退让，气得波涛汹涌，发泄憋屈已久的愤懑，说："从城市包围农村，到处坑蒙拐骗！"

毕行舟制止她，说："杀人不过头点地。算了，别说了！"

装扮成鹤发童颜的魏启勃，缓缓垂下头，轻轻撩拨一下长长的胡须，故作镇定，双唇启合，双手合一，寂落阴郁地沉吟道："阿弥陀佛！"

"富锐凯……死了。"林歆月冲魏启勃嚷叫。

魏启勃乍地瞪大诡异的正常人眼睛，盯着林歆月不断开合的嘴唇。旋即，他又恢复一脸的阴冷凌厉，风轻云淡，茫然地拿起那一串佛珠一个一个地数着，睡眼低垂，黑厚皮嘴巴一张一合，"阿弥陀佛！"

康旭抬脚拽起林歆月就走。林歆月被他像中邪似的魔怔吓住了，不再多说废话，耷拉着脸翘趄地跟在后头。

因意外碰到魏启勃，大家心里不仅仅局限于愤懑与困惑，觉得大煞风景，顿时无话。

他们一行又乘车，回到白慕仪父母家的农家小院，白慕仪父母早已为他们准备了丰盛的饭菜，见他们的车开进院坝，就摆好碗筷，准备吃饭。他们一边吃饭，一边对魏启勃现今的境遇还难以释怀。

林歆月说："老天开眼，欺男霸女的东西，报应！遭车祸淹死的应该是他！"

毕行舟说："在凯州，他的产业链咋会断裂呢？他用生化药品渣喂猪，大肆生产潲水油，还用潲水剩渣养肉鸡，投放市场后，为市场不断提供致癌的再生食品，不知祸害了多少老百姓。光是罚款，算便宜他了，应该拉去枪毙都不过分！"

康旭说："他的魔鬼式管理法，让人生不如死，天天暴跳如雷，像个疯狗，逮住那个咬那个。坑蒙拐骗，也只能显赫一时，现在他已被市场主体淘汰出局了，他成了孤家寡人，一个孤魂野鬼。多行不义必自毙！"

白慕仪说："他原来犯的是阳光下的罪恶；现在不改坑蒙拐骗的本性。他再劫难逃，是命中注定的事。"

康旭把脸转过来，瞅着一直丧魂落魄的梅德方和梅蝶衣，问："呃，你们两姊妹咋不吱声呢？有这么悲伤吗！"又暗自思忖，锐凯借了她们十万元钞票，转眼就变成死账和呆账了，她们不会因此而纠结吧？

梅德方说："活鲜鲜的人，说没就没了。这也太恐怖了吧！"

康旭感觉嘴巴连日来一直粘满青苔，口舌生疮，说："生命，在大自然面前不堪一击。两位，能不能高兴一点，我和白慕仪马上就要结婚了，你们就算强装笑脸，是不是该祝福我一下？"

梅德方和梅蝶衣马上站起来给康旭敬酒。康旭却说，"应该先敬毕总噻，感恩一路有毕总的提携和栽培，才有我们的今天，要不是毕总当年的一念之差，聘用我们，或许我们还在城市边缘流浪漂泊呢……来，大家一起敬毕总—"

大家齐刷刷地站了起来，频频举杯，恭祝毕总健康快乐！

梅德方说："毕总最器重锐凯了，锐凯现在就这样走了，毕总，你大智慧，你早就没有一点预测？"

毕行舟说："锐凯确实是纯爷们，勤奋，肯吃苦，就是太浮躁，太虚妄了，明知某种诱惑迷人，是陷阱，是漩涡，他却要一猛子扎进去，他不知道，不是每个吞噬他的漩涡的边缘，都有照亮他的灯塔。"

大家一致为毕总的哲理性致辞鼓掌。

毕行舟接着又说："说我器重锐凯，一点不假，我明知就他就那点底子，多帮助他，让他媒体的大爱；还有，他从来没拿过报社保底工资，就靠那点'渣渣'业绩提成过日子，他需要有多大的精神支撑，才扛得住。你说，他咋不另辟蹊径，他咋不走邪路？哦，人都没了，扯远了，不说了……"

林歆月说："毕总，我冒昧地问一句，锐凯那年在帅总那儿举报你私刻公章，你遭他扳倒了，你就不恨他？"

康旭剜了林歆月一眼，又瞅见，富老伯和毕行舟都一脸的尴尬与窘迫，就制止林歆月："哪壶不开提哪壶！"

毕行舟咽了咽嘴里的菜，说："媒体不是官场胜似官场。小林，你性格外露，又那么直率单纯，真的不适合干媒体！"

林歆月说："我才懒得干哩，点灯费蜡，累死不说，而且每个人都像蜂窝煤似的长那么多心眼。以前，我只是干勤杂工。你们不觉得，锐凯就是入错了行，才把小命搭了进去的？"

白慕仪反驳说："媒体是锻炼人的大熔炉。这一特殊行业是社会变化的晴雨表与风向标。他不是入错了行，而是他明知自己不适合，却偏要滥竽充数！"

毕行舟激灵一下，掉过头来，瞟了白慕仪一眼："你好像对记者行业怀有崇尚心里？"

白慕仪羞涩地一笑："还行吧，适应一下我先生的职业环境……"

林歆月鼻子哼哼地说："不这样，能征服人家帅哥的心？毕总，你不知道吧？她才是我们这群人的灭绝师太，好事都被她薅走了……"

毕行舟乐呵呵地笑着说："哦，有这么厉害？说来听听——"

林歆月夹枪带棒的程度，远超过当初与康旭的厮打，说："不是厉害，是命好！初恋时爱上帅哥锐凯，中年又轻易搞定康旭！两个男人都为她爱得发狂……只有我们落单了……唉！"在场每个人听罢，宛如头顶上划过一道寒冬闪电……

毕行舟忙问："慢点说哈，我们老年人反应迟钝，怎么回事？"

梅德方不紧不慢地举手，说："我来汇报，四年前一位导游美女在丹乐江岸边，救回一位跳江自杀的中年帅哥，就顺便捡回去一个真爱天子；四年后的同一天，那位美女导游的前夫在同一地点的江边公路，被汽车撞飞坠河身亡……"

林歆月瞟了一眼表情复杂的梅蝶衣，接过话头说："坠河身亡的那个男人回到农村，靠给人家播种'包生儿子'挣钱养家糊口，就那么简单！"又探向毕行舟神秘地问："毕总，您知不知道，他在您的'梦想桃园'部，凭啥优势做回来的广告？"

毕行舟忙摆手说："这个……还真的不知道。"

林歆月说："靠在诚里几个女人之间赤裸裸地卖身呗，嘻嘻……"

富老伯脸色立马套拉下来，随即闪出座位。

康旭质问："你没喝醉吧？信口开河！"

林歆月愣了白慕仪一眼，说："你是我什么人？要你管？你也不是啥好玩意儿，人家美女舍命救了你的狗命，你却偏让人家喝'洗脚水'。哈哈……"

康旭直瞪这个"搅屎棍"，但并不生气，说："你不骚扰别人，你心里就不平衡？"

林歆月撇撇嘴，觉得这不是骚扰的问题，反驳："哦，凶个啥？你当了《凯州日报》的名记，就好了不起嗦？多挣几个银子，你还不是'楚留香'！"

毕行舟更是一脸迷惑，这话却激活他的兴奋点，希翼的目光热切，如同江风吹拂林歆月的脸，忙质疑地问："啥叫'楚留香'？"

林歆月与梅家姊妹对视一下，三人爆发出隐忍中的浪笑，笑得花枝乱颤、气喘吁吁……梅德方才上气不接下气地说："嘻嘻，毕总，你培养出来的两位金牌男记者，都操成'楚留香'了……"

毕行舟更是云里雾里，问："我人老了，落伍了！别卖关子了，'楚留香'是啥意思？"

林歆月款步走过来，端起酒杯，说："毕总，你把这杯酒喝了，我就告诉你哦—"

大家一起起哄，拍掌鼓励！

毕行舟就谦逊地和她碰了一下酒杯，一饮而尽。

林歆月拂去笑出的泪花，说："其实，凯州人都知道啥叫'楚留香'，对吧？当帅哥到处受女人宠爱，财色双赢，自然就成了'楚留香'……他们留下的是男色之香，到处当'播种机'哦，我忘了，老百姓咋个称呼他们的？"

毕行舟不住地摇头，说："我反对。米兰·昆德拉说：'没有一点儿疯狂，生活就不值得过。听凭内心呼声的引导吧，为什么要把我们的每一个行动像一块饼似的在理智的煎锅上翻来覆去地煎呢？''楚留香'是'不疯魔不成活'，男人魅力所在嘛！"

紧接着，林歆月就与梅家姊妹勾肩搭背，一起扯起鸭公嗓唱起了港版电视剧《楚留香》插曲——

湖海洗我胸襟，河山飘我影踪，

云彩挥去却不去，赢得一身清风。

尘沾不上心间，情牵不到此心中，

来得安去也写意，人生休说苦痛。

天际黛绿色的山脊，烟云一般透绿的树林，电杆顶上偶尔栖息几只叽喳的翠鸟……夕阳宛如浴血般地坠落小院外的江水里，斜照在这群人的脸上，在投射最后一抹光晕里，他们的脸色也投映着血红的光芒……

林歆月和梅德方姊妹在歌声里相拥而泣，端着酒杯的手，在夕阳尽头的天空比划着，手指像狂风恶浪中的枝丫，尽情抒发她们心中的苍凉和命运的不堪……唱得仿佛江岸的柳枝变黑了，丹乐江的水倒流了……

毕行舟又问："我还有一个疑点，听说锐凯的尸体在江水里漂了七天，最后漂到帅梓江的休闲庄江边，就飘不走了，自动停泊在帅总那里；还有他的男人器官不知何故被丢失了？"

梅德方和梅蝶衣对视一眼，笑说："这个啊，依我说，一是可能是江水里的女鬼，把它当香肠吃了；二是帅梓江拿他当过"替死鬼"，锐凯浮尸在他那里，寓意是变鬼都不放过他！"

梅蝶衣沮丧地望着江水，似乎在缅怀锐凯活着时颜值的傲视群雄，悲痛他车祸后的死无完尸。在迟暮低垂的江水与天际的交界处，剑拨弩张的闪电向如黛绵延的远山划过，大家围坐在竹篱小院前，头顶上"轰隆"一声焦雷，似乎老天爷在眨眼，一下子农家小院就变得黑咕隆咚了，恰在这时，又有一道撕裂的、晃得人睁不开眼的闪电，在头顶上空划过，于是，电光中仿佛每个人的眼球都像被撕扯出了眼眶，骷髅般地闪现在鬼魅的磷火里，奔流不息的丹乐江水，宛如红得令人窒息的腥红鲜血在扑腾，在流淌……

白慕仪那两个儿子惊雷吓得像幽灵似的目瞪口呆、酷似锐凯的小脸，吓得赶紧伸到白慕仪的怀里打滚，这情景让这群凯州来客大惊失色……康旭伸出手，想亲热地抚摸那个孩子的脑袋，被那孩子用小手像摔一条蚂蝗一样地摔脱了。这一举动，被雷鸣闪电惊得大呼小叫的三位女人看见了，当时康旭的那副落寞无奈的样子，极其深刻地镌刻在她们记忆中。

"妈妈，爷爷说，阎王老爷的地狱大门开闸了，天上打雷，是我爸显灵啦—"

那两个顽童的话，清晰地冲击所有人的耳鼓，让他们似乎看到了腥红色江水的江面面上，所有浮游物都幻化成了锐凯的头颅……

三十九、离婚证旧照片里冒出的男人

窗外不远处，一片祥云在住宅的窗外浮现。

康旭心里闪出了一个念头，好运即将来临，诸多征兆让他确信，即将到来一种猝不及防的好运，一时比一时强烈。哦哦，想起来了，可能要出书了，就打开电脑，查看有没有出版社的 QQ 留言。

把酒言欢，抵脚而眠，自成莫逆之交。他偶尔也会想起锐凯，也会独自望着一江秋水伤悲流泪……锐凯的影子已经镶嵌在他的脑海里，挥之不去。还好，锐凯在江水里扑腾像火鸡似的掉毛的噩梦，再也没来困扰他了。为此，康旭耕耘天地间，没把大好时光浪费在麻将桌上，尽快把该做的事做好，光阴荏苒，不想把岁月留给遗憾。

两个多月前，他把曾发表过中短篇小说汇总成一本《骄阳欲火》的中短篇小说集，并不为阐释"罪恶与救赎"，舔舐城市伤痛，旨在表达自己的思想。并通过电子邮件发给凯州文艺出版社。他不懂出书潜规则，也没人点拨与引荐，就碰运气吧，既没有精心雕琢，也懒得咨询和跟踪此事，权当一个自我慰藉，向自己的文学信仰致敬！

潜意识中，等待这天来临，等得已经凄惶了、困顿了，等得几度花儿都谢啦。心境变得孤寂而纯净，脑海里一度浮现唐朝大文豪柳宗元的诗《江雪》——

千山鸟飞绝，

万径人踪灭。

孤舟蓑笠翁，

独钓寒江雪。

康旭认定自己就是"孤舟蓑笠翁"，活着就该逢山开路，遇水架桥；他没有靠山，把自己矗立成山，生活给他压力，他就还生活奇迹。他的家庭生活也渐渐进入正规。婚后的天后白慕仪洗净铅华，那种不食人间烟火的仙气，飘逝得无影无踪。如同往常的一样风轻云淡，白慕仪今天单位轮休，不用疲于奔命带游客，在家当起了接地气的烧饭婆。趁康旭在家写作，她在厨房里用当归、黄芪、红枣炖乌骨鸡，平时休假，她都会这样用砂锅炖乌骨鸡烫，康旭在电脑前写创意策划、写文章用脑太多，遵循名中医的健康指南，当归、黄芪、红枣和枸杞合用炖汤，既可以补脑，又可提神健体、提高男人的免疫力。

把炖好汤，白慕仪才在客厅拖地，干完活也没开电视机，就枯坐在沙发上寂寥地发痴，有事难以定夺，然后，又伸起脖子朝康旭的书房里望去，客厅与书房仅一门之隔，上学的孩子们尚未回家，一套三的精装客厅稍显空旷而寂静。

枯坐了一会儿，在沙发上打盹，睡意朦胧中，白慕仪恍惚驮回一个被人丢弃的旅行箱，打开拉链，里面像是一本厚书，再细看，竟是六个闪闪发光、炫彩夺目的金砖！呵呵，她和再婚丈夫衣锦还乡了，他们的雷克萨斯豪华轿车风光地停在篱笆墙农家小院，承载至古沿袭的"文官下轿、武官下马"的荣耀感，夫妻被亲朋好友簇拥着，她见人就发个红包。礼花、喝彩、鲜花、赞美像春潮般地扑面而来……

书房里，康旭呛烟的咳嗽声，把她从梦幻里唤醒，乍一抬头，发现客厅门前挂一个偌大的黑蜘蛛，有客来？心境从惬意到风景，产生无尽的遐思。有些许寂寥，便硬着头皮进了书房，给康旭的茶杯续了水，她欲言又止，不忍心去打扰他，平日里目睹康旭为个难以预知的专题策划弄得绞尽脑汁，被折腾得无止境的失眠，写作需要保有一颗完整的本性和一颗纯净的灵魂。昨晚在枕畔，康旭在给她讲解俄国文豪陀思妥耶夫斯基的《卡拉马佐夫兄弟》，陀思妥耶夫斯基说过："魔鬼与上帝在进行斗争，而斗争的战场就是人心。"康旭告诉她这句话时，她不合时宜地引申到经营婚姻上，不想把她的"再婚"，放在带着伤痕的临界点上拷问，她不奢望梦境里的荣华富贵，不奢求夏花绚烂、秋叶静美，只要全家平安健康，就知足了，他们家庭承载不起太多的欲望与伤痛，这个家有丈夫就有爱，有一个家，是他们唯一的栖息客栈，她一手构筑的婚巢，需要她好好经营，相亲相爱。

现眼前，这两件事是绕不开的话题，白慕仪在斟酌如何告诉康旭。

康旭拍拍她的手，问："在我面前老晃悠，是不是有话要说？三个娃儿又淘气了，惹你生气了？"

"没什么，你继续写吧，不打扰你写作！"白慕仪进了厨房，把一个乌骨鸡洗净，放在砧板上砍成小块，开始放进滚烫的汤锅。

康旭起身走到厨房门前，探着头问："好香呃，有事就说噻。"

白慕仪心平气和地说："两件事，一是希望你找关系，把那两个'费头子'转到凯州城里来读书；二是因建设凯州南部新区，我家农村乡下的房屋宅基地规划要修飞机场了，马上要拆迁，也就是说，我农村的父母马上要过上城市人生活了。我心里一直为留下两个'拖油瓶'而愧疚，怕拖累太大，你养家太辛苦，现在好了，两个娃娃都有六十平米的房屋拆迁安置和子女拆迁补助，以后他们的读书费用就有了保障。"

"嗨，喜事哈，这么快？我们家才拆迁了一年多，你那儿马上又要拆迁了。也就是说，两家在农村的'采菊东篱下，悠然见南山'的篱笆墙都要铲平了……"

"听你的口气，好像有点舍不得？现在，哪个农民还想过'日出劳作日落息'的农耕生活？哪个不想过现代化的城市生活？"

康旭说："你就不懂咯，第一次到你家，你家水韵小镇那股浓浓乡愁很，最能叩击我心坎，可以'夜闻山泉叮咚，晨沐雨露花香，坐闻蜂鸣蝶舞，立观云山雾海'。现在，要拆迁了，一切都变了，我心中远离车马喧嚣所扰的世外桃园消失了……"

白慕仪柳眉倒竖，不解地盯着他问："你这不是犯贱吗？不接地气！你究竟要做现代隐士陶渊明，还是要当一个行走在时代前沿的记者作家？"康旭答所非问："陀思妥耶夫斯基说过，我一直在考虑一件事情，那就是，我是否对得起我所经历过的那些苦难，苦难是什么？苦难应该是土壤，只要你愿意把你内心所有的感受、隐忍在这个土壤里面，很有可能会开出你想象不到灿烂的花朵。"

康旭的原乡情结、文学情结，折射在他对那本中、短小说集《骄阳欲火》是否出版上，若出版了，能否能产生相应的轰动效应呢？

望着乌骨鸡在沸腾的汤锅里翻滚，联想起越来越有奔头的未来，他俩心情温润至极，就在他端起这碗浓香浮动的乌鸡汤，准备摆开架势品富豪之佳肴、享神仙之口福时，外面有人敲门了。

"去看谁来了？"白慕仪开门，一个中年男子兴冲冲地走到康旭跟前。

时间是午后三点半，康旭从书房到客厅，刚才门上掉蜘蛛，今天什么好日子，贵客不请自到！

白慕仪刚才梦见书本变成闪闪发光的金砖，而康旭昨晚的梦也有点怪异，当时开车时因碰瓷打架，恍惚中是某个阡陌紫柳的郊区，对面与他会车过来的司机拿大灯不断地闪烁，晃得他睁不开眼。他愤怒地从车上跳了下来，扯起喉咙就开骂，一手把那男人从车里拽了出来，但伸手就接触那硬扎扎的胸毛，那个健硕汉子，一滑溜便从他的指缝间溜走了……惊醒后才幡然醒悟，梦里的壮汉竟是锐凯，一大早他很落寞，提醒自己，今天最好别开车出门，免得惹祸生事！

康旭又猛喝了几口乌鸡汤，并想象喝的不是鸡汤，而是是消愁的酒，当他的手接触防盗门时，就预感，准会摊上烦心事。

那位中年男人出示名片，啧啧，是来约稿的，凯州文艺出版社总编助理魏小宝。

魏小宝随康旭走进书房，就直接坐在沙发上，发了名片。康旭泡了一杯茉莉花茶过来。魏小宝直奔主题，问："出版社领导安排我来，是要我当面问高老师，您那本中短小说集《骄阳欲火》，没一稿多投吧？"

康旭是文学梦园的潜心耕耘者，想按常规出版一本小说集，可到处要求他掏钱自费，可他只想常规出版，他要的就是这种质感，若没有质感，他宁愿付之一炬。就说："你们要退稿，打个电话不就行了，何必劳驾亲自跑一趟呢？"

魏小宝答所非问，又说："你这本小说集，你没跟其他的出版社签约吧？"

康旭一头雾水，说："咋会呢？投稿的行规，我懂！写作者的基本素质我还是有的。觉得小说集的语言风格特适合你社，我干吗要给别人呢？"

魏小宝如释重负地叹了口气，喝口茶，语速渐次放缓，但语气却很坚决："鉴于你创作不可多得的作品，我社通过严格程序的审核，同意为你出书。喏，这是出版社的合约书，你看看，先付保底稿费，然后出版后，版税你得七点五层，特高！"

康旭以为听错了，一时懵里懵懂地戳在那儿，手脚无措，这个时间段被过世的锐凯折腾得够呛，觉得锐凯比悲情小说还催悲、还狗血……当他在文学坚硬的墙外漂泊了二十多年，小说集竟能如期公费出版，他一时五味杂陈。

魏小宝把合约书放在咖啡色茶几上，说："请签了吧，我和杨编辑费了好大的劲，才在社长面前争取到出版机会，别让社里当官的又改变了注意哈……"把签字笔塞到他的手上，然后又从公文包里拿出小说集清校稿，要他在上面签字。

康旭手捧凝聚二十年心血的书稿，内心从悲伤到豪迈……接过笔正要签，书房里手机蜂鸣声大作，想跑过去接，魏小宝郑重其事地拉住他的手："高老师，签了吧，我的电瓶车还在楼下没上锁哩。出版社还要我马上去联系印刷厂……"

康旭在合约书上稀里哗啦地签了字，书房里的手机不依不饶地嘶喊着……

电话那边说："高人深藏不露，才不外露！预祝高老师的著作面世大卖！"

送走魏小宝，随即关上门。康旭赶紧跑进书房接那个不绝于耳的电话，嘿，是那个变性美女的梅德方。

梅德方喜出望外地说："嗨，咋老不接电话？这几天，你上网没有？"

康旭心不在焉地说："没有啊，我连夜赶稿子，脑壳都整大了，哪有时间呃哦，怎么啦？"

梅德方说："欧耶，这几天你和富锐凯的名字哦，在网上点击率一路飙升。大记者，恭喜你，你成了网络走红作家啦……"

康旭如梦如幻，不解地说："有啥好稀奇的，现在是互联网时代，我发表的文章都可在网上阅读，我一篇纪实文学在人民网就有三百多万的点击率，加上小说，我也算是点击率上千万的写作者……"

梅德方急得哇哩哇啦地叫了起来："哎哎哟，我说天，你答地！知道吗，网上点你的名字，就增加了六、七万条你的讯息。你还没睡醒吧，这次网上炒作的不是你写的作品，是你和锐凯一家的纠葛……"

康旭被弄得如坠雾里："有没有搞错？我和一个死人有何纠葛？"

梅德方说："反正网上炒作说，锐凯过度放纵自己的欲望，上演悲剧；又说，是你先设招搞死了他，然后又去搞定他的婆娘娃儿……看不出你潜伏得挺深哈，嘻嘻……"

正当康旭要与他辩解时，另一个电话又响起，接起来一听，原来是凯州南郊一家全国改革名镇请他去策划宣传的电话。康旭一只手捏着一个电话，嘴里忙得不知该先回答哪一个，只觉得脸热心跳、唇焦舌苦，但依然满心欢喜。

康旭冲进书房，在百度搜索中点开自己名字，哇塞，满屏铺天盖地，都是他和锐凯高颜值的照片，还有许多有关他出书的报道，没想到快奔五的男人，竟大红大紫起来，红得壁立千仞、骄阳当顶……康旭觉得全身燥热、祥云缭绕，男人在爆红的瞬间，竟有点虚脱。不知是锐凯的英年早逝成就了自己，还是有高人暗中蓄意谋划？康旭是锐凯离婚证照片上钻出来的另一个活着的锐凯，死去的锐凯，焕发了康旭的第二次青春，康旭觉得自己像小伙子样的雄姿勃发。心潮起伏，思绪难平，他也懒得去探究谁在暗中密约了主流媒体记者，给他们爆了猛料。

从百度滚动的网页来看，网上那种"不把死人炒活誓不罢休"的气势，看似"螳螂捕蝉、黄雀在后"，好像康旭是踩在锐凯尸体上爬起来的、罄竹难书的"变态狂"。

车祸坠江丧命的锐凯，他的神秘身世，被网络像拔了毛的火鸡一样，被赤裸裸地披露出来，纵深挖掘他媒体"楚留香"变态轨迹，他出生农村，"三代种地苗正根红"，养蜂农民的儿子，从小吃地方特产壮阳蜂王浆长大，轻车驾熟，周旋在城里六个离异女人之间，恶贯满盈，以"恋爱"之名大肆骗色捞钱；锐凯与白慕仪是青梅竹马，与康旭有过"基佬"关系，只因厌恶发妻，把自己发妻扔给了哥们康旭……还有，他在农村当男妓、"包生儿子"挣配种钱，买了豪华别墅，现已留给了他前妻和康旭，如此"城市奇葩"、"暖男"事迹的讯息纷至沓来……

在媒体炒作中，不断撩拨锐凯最隐秘而欲罢不能的劲爆点，而号称新闻"楚留香"的金牌记者高康旭，似乎成了锐凯狗血悲剧的大赢家。网络上对锐凯生前铁哥们康旭一片吐槽，人肉搜索出好多有关潘金莲似的"奸夫淫妇"类的声讨，好像高康旭就是现实生活版中"横刀夺美"的西门庆。

锐凯以前很多由康旭当枪手执笔发表的文章，又被重新发在网络转载了，出乖露丑地同时署两人之名。对锐凯的褒奖可谓滑稽，什么威武阳刚，什么雄壮性感，什么傲视群雄，就连他胸前那片故意亮出来炫酷的网状胸毛，也被炒作成荷尔蒙旺盛的"曾经沧海难为水"———盛夏灼心的骄阳欲火。言辞中，好像不是在怜惜和赞美锐凯，像在炒作某位影视硬汉明星，在这场没有硝烟的人性斗角场上，锐凯骄奢淫逸，消费离异"熟女"，反而耗空自己。曾经锐凯在农村老家像"播种机"一样，出卖灵魂与肉体，含泪给人配"猪种""捐精"似的"包生儿子"之时，这些断章取义的炒作者又在哪里呢？

在愤懑和惶惑中，到了第五天晚上，康旭再次上网，他看到了让他灵魂出窍的那滚动的网页，他那本原创中、短篇小说集《骄阳欲火》的封面设计图，以及在本月最后一个周末举办新书签售会的新闻，而自己的名字始终与锐凯如影相随，网页上赫然打着《骄阳欲火 高康旭中短篇小说集》的封面图，在显示屏上不断地摇曳生姿、炫彩登场，也就是说，那本小说集《骄阳欲火》还好未放市场，就有数百万读者看到了新书上市的炒作。

互联网时代冲击力太大了，点击率魔幻般地一路飙升，屏幕是那种"雪花那个飘"，吊足了读者的胃口。康旭小说集《骄阳欲火》新书签售会在十日后如期举行，由出版社出面邀请媒体和书迷，在凯州市中区最大的翰墨轩购书中心举办，康旭被媒体长枪短炮争相采访，凯州电视台为他新书面世作了专题访谈，康旭被记者变换着各种角色推出去，然后又送回来，名人效应的产生，让康旭始料未及，眼前"风光无限"来得太快了，让他目不暇接，在镁光灯的光晕中，他睁不开眼，他真的没搞懂是白慕仪"旺夫"效应，还是锐凯"车祸坠江"狗血事件，焕发了他的第二次青春？潜心耕耘这么多年，在匆匆收获成功果实之际，康旭确是笑不起来，打开电视访谈的视频，觉得他眼里尽是落寞与苍凉，虽然看上去有种与生俱来的超凡气质，但没有发自骨子里的那种气宇轩昂、傲视群雄，那种超群的质感。那一刻他突然醒悟，这一切不是他爬上塔尖上，当了名记者、名作家了，而是某几个人暗中创意策划、蓄意布局掌控的结果。

在新书签售会上，以往陪他练摊的"众神归位"了，梅德方带来了原《摸来巷》杂志社的所有同事，毕行舟带来了《凯州商务早报》的同事们，帅梓江带来了"沧海灯塔"休闲庄的朋友们，连康旭的父母兄弟、浴霸门市部的陈莹青他们都来了……康旭事先准备了四百听加多宝，答谢前来参加签售会的亲朋好友和书迷们。在一片喧嚣和骚动中，昨晚通宵失眠的高康旭，感觉自己坐在日出东方、露水凝重的江岸上。

别开生面的签售会上，专家团队和名作家的坐牌，长长地摆在会场熠熠生辉，康旭创作的那首《没有彼岸的船夫》的音乐，在舒缓悠扬地静静流淌；周围的墙上，挂满康旭各个年龄段潇洒俊朗的酷照，书迷们像急于抢购"葵花宝典"似的，逐一排队在书堆前取书等作家签售，自发要求新书签名的书迷已经排到了书城外面的半里路，纷纷等待排到当红作家康旭的发布台前签名，购书。康旭先握手，后挥笔签名。当时在现场就签售了近 600 本，白慕仪在现场数钱数得手抽筋。

晨昏聒噪，新书面世，给这个荒芜日久的凯州城带来一场精神冲击力。签售会进入尾声，梅德方肆无忌惮地拥抱康旭，"祝贺，帅哥作家，走红了哈，出名了哈！人一走红就红满天咯……"康旭给她眨个鬼眼，"嗯啦，别搞变味了哈，这次你不会说，你家蝶衣姐还暗恋我吧？"

梅德方热泪盈眶，声音有些失控："别说我姐，说我！别忘了我现在已是纯女人了哈，资深美女，不是暗恋，要爱就爱我吧！"

一群记者围了过来，长枪短炮的对准康旭。康旭质疑自己在半梦半醒中被人算计，把自己搞得像注射过鸡血一样，此时完全有踩在云端上的感觉，就想起锐凯当年晋升为报社老总一般壮怀激烈，不断地在炫彩的新书发布台上自然流畅地变换着酷毙的姿势，让那些记者们从各个角度随意拍摄。

康旭不想直面梅德方，驳回她姊妹的好意，和颜悦色地问她："阿梅，请告诉我，这次出书出版、签售会，所有的策划都是你和你款姐在暗中炒作、谋篇布局的，对吧？"

"没错哦，这是我们送你的礼物！是你自己说的，你身上有很多锐凯的影子，锐凯之死，焕发了你的第二青春，你是从锐凯离婚旧照里面钻出来的男人，有可能重蹈锐凯的覆辙，这可吓坏我们了，我们失掉了锐凯，不想再失掉你，所以就找媒体帮你策划了这个新书签售会。以后不准再说'锐凯的今天，就是我的明天，'听了这话，我们就想哭。你现在不属于你个人，已经不是在为你个人和家人活着，你已经是公众人物了！"

　　用强大的攻势策划这场签售会，作为独资赞助商，今天的梅蝶衣光彩照人、气质高贵典雅，她向康旭走来，竖起大拇指点赞："一叶扁舟，也有可能摆渡到浩瀚的大海，漂泊到春暖花开的彼岸，成就梦想！沧海横流方显英雄本色。守望到最后就是赢家。你今天是王者归来，从成功的彼岸归来，落入凡尘。你是我们一拨人的至尊王者。祝贺！"康旭被她的话彻底震慑了，赶忙站起，不置可否地看着她，然后动情地拥抱了她："蝶衣姐，你不仅改变了你的弟弟，也成就了我的梦想！认识你，此生无憾！谢谢！"

　　别人再怎么夸奖，以他为傲，康旭仿佛游离于签售会之外，始终没有流露他十足的"王者"风范。

　　梅德方扬起兰花指，说："偶耶，你光顾自己的无限风光，就不关心一下，我们姊妹俩一挥手，勾画的下一步宏伟蓝图吗？"

　　康旭说："哦，我正想问这个问题哩，未来二位有何打算？"

　　梅蝶衣轻描淡写地说："哦，这个，我准备在凯州投资老年颐养中心和双语高端幼儿园。到时，你放心不下的美女林馨月，就可以随意获得一个满意的职位。"

　　"有钱就是任性。谢谢！"康旭此时才真正体悟，沧海横流，人间一股英雄气在驰骋纵横，一股呼之欲出的正能量在传递，就一手一个，把她姊妹俩热烈拥抱，还未来得及尽情欢腾，已被疯闹着跑过来的林歆月抢拍了下来。

签售会结束，安排书迷们各自依次拿着书在《没有彼岸的船夫》音乐中散场。梅蝶衣过来打招呼，要康旭走完流程就去凯州大酒店去聚餐。

在离开金碧辉煌的书城签售会大厅时，康旭没有想象中"王者归来，凯歌高奏"的荣耀感，他的王者身份幽灵般地根植在梦想旷野的江岸上了……

康旭想要回自己点缀会场的六张不同年龄段的照片，昨天主办方要求他提供面带笑脸的照片，可是，他几乎找不到那种欢颜笑语的单人照，都是那些被梅蝶衣点赞的高颜值"酷照"。现在鲜花和掌声已飘逝，没有众星捧月的骚动与喧嚣，书城回归到宁静与空寂。康旭去了经理办公室，要求把他的大幅彩照拿走，说是下次开新书签售会时再用。那男经理的胸牌乍地一晃悠，一撇嘴："一个红得发飙的大作家还那么抠门！"

高康旭把那六张彩照铺在地上，依傍着签售会大厅的钢琴旁，有一种历经喧嚣假面舞会后的惊醒，该把照片带回家呢，还是把它带到锐凯车祸陨落的江岸去焚烧？风吹落秋叶，静得能听见凋谢的声音，以此无声地祭奠锐凯从"骄阳欲火"到"骄阳坠落"的沧桑岁月，一种肃穆与豪迈，在康旭心底升腾而起，岁月就像铁砂掌般地一巴掌打了过来，掌风凌厉，蓦然回首间，就把他从地狱打到了繁华尘世……

初稿于 2005 年 3 月 23 日

定稿于 2016 年 7 月 27 日于成都